ial Thanks to

세상이 아무리 바쁘게 돌아가더라도
책까지 아무렇게나 빨리 만들 수는 없습니다.

길벗은 독자 여러분이
가장 쉽게, 가장 빨리 배울 수 있는 책을
한 권 한 권 정성을 다해 만들겠습니다.

독자의 1초를 아껴주는 정성을 만나보세요.

미리 책을 읽고 따라해 본 2만 베타테스터 여러분과
무따기 체험단, 길벗스쿨 엄마 2% 기획단,
시나공 평가단, 토익 배틀, 대학생 기자단까지!
믿을 수 있는 책을 함께 만들어주신 독자 여러분께 감사드립니다.

작가를 위한 단 하나의 프로그램

스크리버
무작정 따라하기

Start Writing & Keep Writing

최은광 지음

길벗

스크리브너 무작정 따라하기

The Cakewalk Series - Scrivener

초판 발행 · 2023년 04월 30일

지은이 · 최은광
발행인 · 이종원
발행처 · (주)도서출판 길벗
출판사 등록일 · 1990년 12월 24일
주소 · 서울시 마포구 월드컵로 10길 56(서교동)
대표 전화 · 02)332-0931 | **팩스** · 02)322-0586
홈페이지 · www.gilbut.co.kr | **이메일** · gilbut@gilbut.co.kr

기획 및 책임 편집 · 연정모(yeon333718@gilbut.co.kr) | **디자인** · 박상희 | **제작** · 이준호, 손일순, 김우식, 이진혁
영업마케팅 · 전선하, 차명환, 박민영 | **영업관리** · 김명자 | **독자지원** · 윤정아, 최희창

전산편집 · 다누리 | **CTP 출력 및 인쇄** · 대원문화사 | **제본** · 경문제책

ISBN 979-11-407-0430-9 13800
(길벗 도서번호 007170)

가격 27,000원

독자의 1초를 아껴주는 정성 길벗출판사

(주)도서출판 길벗 · IT교육서, IT단행본, 경제경영서, 어학&실용서, 인문교양서, 자녀교육서 www.gilbut.co.kr
길벗스쿨 · 국어학습, 수학학습, 어린이교양, 주니어 어학학습, 학습단행본 www.gilbutschool.co.kr

페이스북 · www.facebook.com/gilbutzigy
네이버 포스트 · post.naver.com/gilbutzigy

저자의 말

처음 스크리브너를 접한 것은 학부 졸업 논문을 쓰기 시작할 무렵이었습니다. 당시 저는 지금의 스크리브너처럼 강력한 글쓰기 도구를 원했지만, 그때 막 출시되었던 스크리브너는 사용자 경험이나 인터페이스 면에서 그리 훌륭하다고 하기 어려웠습니다.

이후 저는 좋다고 알려진 온갖 애플리케이션을 기웃거리며 제게 맞는 완벽한 집필 도구를 찾으려 애썼습니다. 고생 끝에 도달한 종착지가 결국 출발지인 스크리브너라는 점은 어처구니없는 일이지만, 한편으로는 고향에 돌아온 듯 마음이 편안해졌습니다. 마침내 파랑새를 발견한 치르치르 남매의 마음이라고나 할까요.

그간 스크리브너는 어마어마하게 강력해졌을 뿐만 아니라, 데이터를 축적하는 애플리케이션에서 고질적으로 발생하는 불안정성 문제까지 말끔하게 털어버렸습니다. 개발사인 리터러저 & 리데기 미이그로소프트나 어도비처럼 거대 기업이 아니라는 점을 고려하면 이것은 아주 놀라운 일이고, 또 한편으로는 감사한 일입니다.

그러나 스크리브너는 기능이 화려해진 만큼 익히기 까다로운 프로그램이 되고 만 것도 사실입니다. 서양에는 '악마는 디테일에 있다(The devil is in the detail).'라는 속담이 있지요. 그런 관점에서 보자면, 디테일의 끝판왕인 스크리브너는 가히 악마의 소굴이라 부를 만합니다.

저 역시 직업 작가로서, 작가란 아주 인내심 없는 이들임을 잘 알고 있습니다. 작가의 뜻대로 움직여주지 않는 스크리브너는 즉각 폐기되어버릴 것입니다. 직장인은 엑셀을 피해 갈 수 없고 그래픽 디자이너는 싫어도 포토샵을 사용해야 하지만, 작가는 워드프로세서만 사용해도 일단 일은 되니까 말이지요. 이것은 작가들에게도 큰 손해입니다.

저는 스크리브너가 버려지지 않도록 아주 근본적인 지점부터 심각하게 고민을 거듭했습니다. 이 책은 그러한 고민의 결실로서 완성된 것입니다. 스크리브너의 입문서로서, 이 책은 디지털 기기에 익숙하지 않은 분들도 처음부터 끝까지 따라올 수 있도록 구성되었습니다. 이 책의 안내를 따라 악마의 소굴에서 빠르고 정확하게 성배를 획득하시기 바랍니다.

이 책이 지금처럼 멋진 모습으로 나오기까지 길벗 식구들이 많은 고생을 하셨습니다. IT실용서팀의 박슬기 에디터님과 연정모 에디터님께 깊은 감사를 드립니다. 특히 연정모 에디터님은 IT실용서에 입문한 초보 작가를 위하여 몸소 디테일의 악마와 맞서 싸워주셨습니다. 그 밖에 보이지 않는 곳에서 애써 주신 모든 분께 감사의 인사를 올립니다.

아무쪼록 이 책과 함께, 그리고 스크리브너와 함께 작가님들의 삶과 작품이 기쁨으로 가득차기를 기원합니다.

2023년 4월,

최은광 드림

가장 강력한 글쓰기 도구, 스크리브너!
그런데 너무 어렵다?

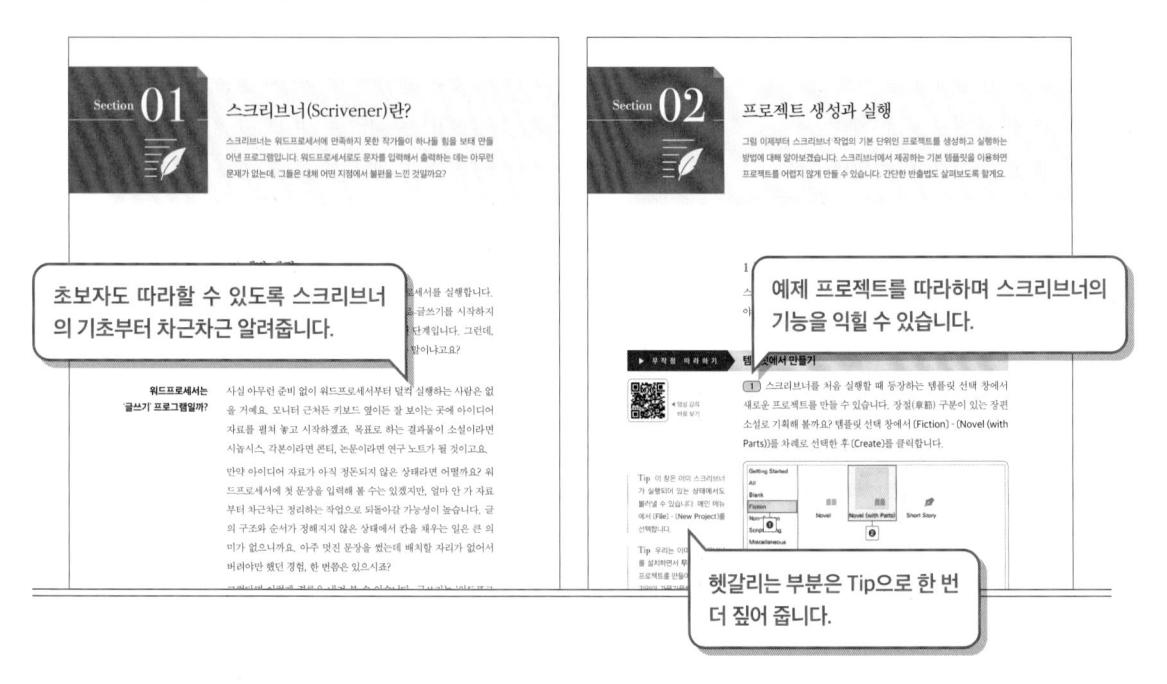

초보자도 따라할 수 있도록 스크리브너의 기초부터 차근차근 알려줍니다.

예제 프로젝트를 따라하며 스크리브너의 기능을 익힐 수 있습니다.

헷갈리는 부분은 Tip으로 한 번 더 짚어 줍니다.

글쓰기 작업 흐름 그대로!
단계별로 익히는 스크리브너

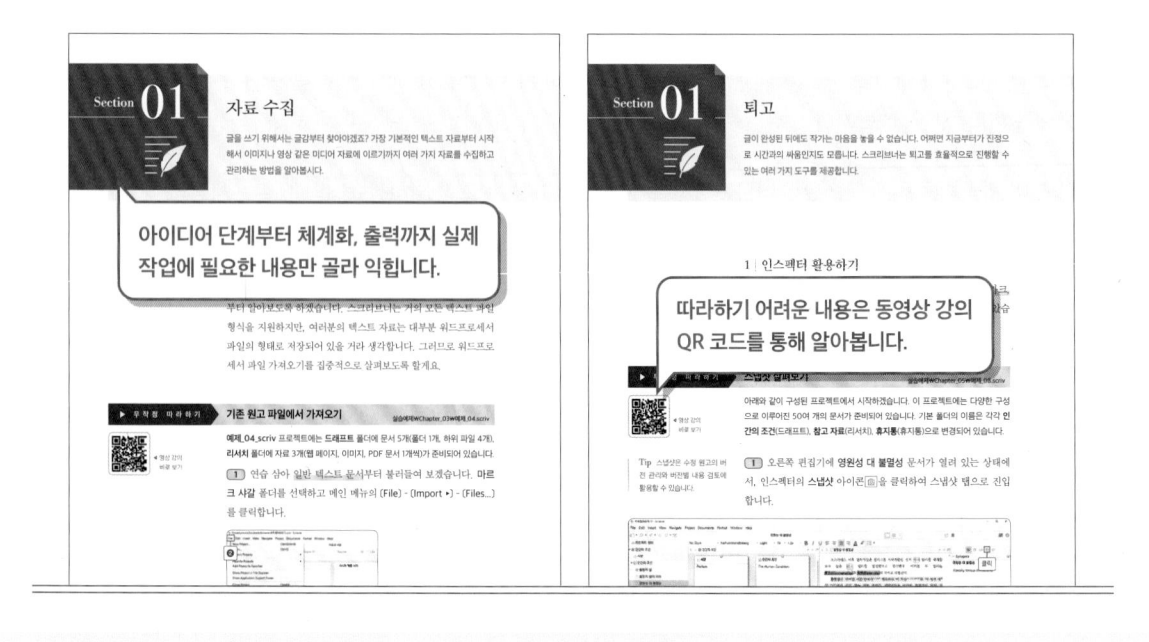

아이디어 단계부터 체계화, 출력까지 실제 작업에 필요한 내용만 골라 익힙니다.

따라하기 어려운 내용은 동영상 강의 QR 코드를 통해 알아봅니다.

가장 빠르고 확실하게 익혀
지금 당장 쓰기 시작한다!

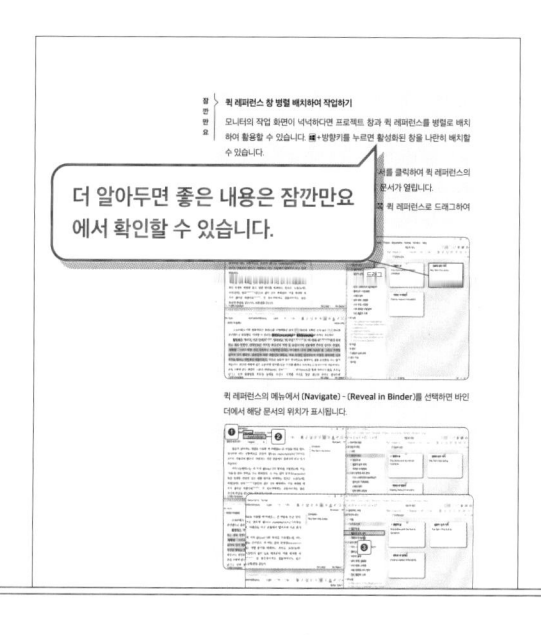

더 알아두면 좋은 내용은 잠깐만요에서 확인할 수 있습니다.

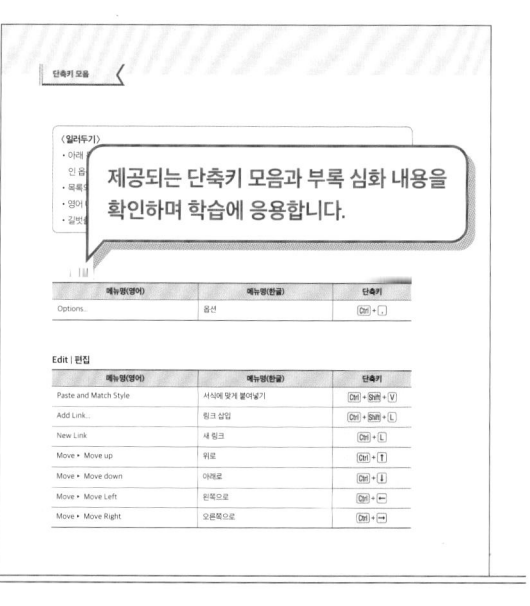

제공되는 단축키 모음과 부록 심화 내용을 확인하며 학습에 응용합니다.

저자 블로그를 방문해 보세요!

 https://scrivener.eunkwangchoi.com/

저자의 독자 지원 사이트에서는 스크리브너 학습에 필요한 추가 자료를 제공하고 있습니다.
회원 가입 절차 없이 바로 이용하실 수 있어요.

▶ 책의 내용에 대한 무료 동영상 강의

▶ 책에서 다루지 못한 세부 기능 및 고급 기능 안내

▶ 저자가 직접 답변해 드리는 질문 게시판

스크리브너로 작업할 때 유용하게 활용할 수 있는 자료도 함께 받아가실 수 있습니다.

▶ 각종 공식 자료의 한글 번역본

▶ 비공식 한글 메뉴 패치 파일

▶ 스크리브너 구매 할인권

아래의 여덟 단계는 스크리브너로 글을 쓸 때 거치게 되는 작업의 순서입니다. 작업 흐름에 따른 학습 방법을 확인해 보세요. 단계별로 기초 기능과 심화 기능이 섞여 있습니다.

1단계
작업 환경 구성하기

기초 스크리브너를 설치하고, 프로그램의 주요한 특징을 알아봅니다. 바인더, 에디터, 인스펙터로 구성된 프로그램의 기본 외관을 살펴봅니다.

심화 메인 옵션 및 프로젝트 옵션을 이용하여 작업 환경을 자신에게 맞도록 재설정합니다.

2단계
집필 작업의 뼈대 세우기

기초 스크리브너 작업의 토대가 되는 프로젝트와 문서를 공부합니다. 프로젝트와 문서의 개념을 알아보고, 프로젝트와 문서를 생성·수정·삭제하는 방법을 익힙니다.

심화 하나의 프로젝트와 문서를 여러 개로 분할하거나 여러 개의 프로젝트와 문서를 하나로 병합하는 방법을 알아봅니다.

3단계
바인더에서 목차 만들기

기초 바인더에 폴더와 파일을 생성하여 글의 목차를 구성해봅니다. 바인더와 별개로 사용할 수 있는 컬렉션의 특징을 살펴보고, 바인더와 컬렉션을 오가는 방법을 익힙니다.

심화 바인더를 목차 형식으로 내보내는 방법을 알아봅니다. 바인더를 라벨, 키워드 등 메타데이터와 연계하는 방법을 익힙니다. 찾기와 바꾸기 기능을 활용해 봅니다.

4단계
집필 자료 수집하고 관리하기

기초 워드프로세서 등으로 작성한 기존 원고를 스크리브너로 불러들이는 방법을 공부합니다.

심화 웹 페이지와 PDF 등 텍스트 자료를 포함하는 파일을 스크리브너로 불러들이고 텍스트만 추출하는 방법을 알아봅니다. 이미지와 영상 등 미디어 파일을 불러들여 관리하는 방법을 익힙니다.

쉬운 내용을 익힌 뒤에 어려운 내용을 학습하는 것이 효율적이겠죠? 이 책을 차근차근 따라가면 자연스레 가장 기본적인 기능부터 가장 까다로운 기능까지 순서대로 익힐 수 있답니다.

5단계

에디터에서 본격 집필하기

기초 스크리브너 에디터에서 문자를 입력하고 편집하는 방법을 살펴봅니다. 에디터의 세 가지 모드인 코르크보드, 아웃라이너, 스크리브닝의 특징을 익혀 적소에 활용하여 봅니다.

심화 코르크보드, 아웃라이너, 스크리브닝을 라벨, 키워드 등 메타데이터와 연계하는 방법을 익힙니다. 스크래치패드의 활용법을 알아봅니다.

6단계

인스펙터에서 부가 정보 관리하기

기초 시놉시스, 노트, 라벨, 키워드 등 기본적인 메타데이터를 생성하여 관리하는 방법을 익혀 봅니다.

심화 주석 등 다소 까다로운 메타데이터를 생성하고 관리하는 방법을 익혀 봅니다.

7단계

퇴고하기

기초 찾기와 바꾸기 기능을 사용해봅니다.

심화 스냅샷 기능을 활용하여 원고 버전을 관리하는 방법을 알아봅니다. 여러 개의 에디터를 운용하여 원고를 상호 비교해 봅니다. 보조 에디터처럼 쓸 수 있는 퀵 레퍼런스와 카피홀더의 기능을 익혀 다중 에디터와 함께 활용합니다.

8단계

작성한 원고를 묶어서 출력하기

기초 글의 양식에 구애받지 않고 문서를 파일로 빠르게 내보내는 방법을 알아봅니다. 기본적인 인쇄 기능도 살펴봅니다.

심화 컴파일 기능을 활용하여, 문서를 일정한 양식에 맞추어 출력하는 방법을 학습합니다.

본격적으로 스크리브너 공부를 시작하기 전에 자신에게 맞는 학습 계획을 세워 봅시다. 스크리브너 평가판을 무료로 사용할 수 있는 기간은 720시간(30일)입니다. 하루에 세 시간씩 공부하면 8개월, 여섯 시간씩 공부해도 4개월간 학습할 수 있으니 스크리브너를 익히는 데는 충분한 시간이랍니다.

아래 계획표는 하루 두 시간씩 학습해서 한 달 안에 스크리브너를 마스터하는 일정으로 꾸며본 것입니다. 이 표를 참고하여 자신에게 맞는 속도로 학습 계획을 세운 뒤 꾸준히 공부해 나가 봅시다.

1일 2시간 · 720시간 무료 사용 기간 내 스크리브너 마스터 플랜

Chapter 01

시작하기 전에

Section 01 스크리브너(Scrivener)란?

1 개발 배경

2 작가의, 작가에 의한, 작가를 위한

3 미리 알아두기

Section 02 대표적인 기능

1 모든 작가에게 필요한 기능

2 특정 분야의 작가에게 유용한 기능

Chapter

02

**기초 기능
익히기**

Section 03 문서 작성 및 편집

Section 04 글의 조직과 구성

Chapter
03

집필의 시작

아이디어
정리하기

Chapter
05

집필의 마감
———
**다듬어서
출판하기**

Section 01 　퇴고

Section 02 　출판

이 책에 사용된 실습 예제 파일은 길벗 홈페이지(www.gilbut.co.kr)에서 다운로드할 수 있습니다. 홈페이지에 접속 후 검색란에 '스크리브너 무작정 따라하기'를 입력하고 [검색] 단추를 클릭합니다. 도서소개 항목에 도서가 표시되면 [부록/학습자료] 단추를 클릭합니다. 부록/학습자료 항목에서 부록 데이터를 다운로드하고 압축을 풀어 사용합니다.

실습 예제 파일을 실행했는데 책의 예시 이미지와 다르게 보인다면?

스크리브너의 일부 설정은 모든 프로젝트가 공유하게 되어 있으므로, 직전에 작업한 프로젝트의 설정이 남아 있다면 화면에 나타나는 실습 예제의 모습이 책의 예시 이미지와 다르게 보일 수도 있습니다. 이를 보정할 수 있도록, 각 실습 예제 폴더 내의 **Settings** 폴더에는 **설정 환경(.prefs)**과 **레이아웃(.scrivlayout)** 파일이 준비되어 있습니다.

예를 들어, 이 책의 Chapter 02에서 사용되는 **예제_01.scriv** 프로젝트의 경우, **실습예제₩Chapter_02 ₩예제_01.scriv₩Settings** 폴더 아래에서 **예제_01.prefs** 파일과 **예제_01.scrivlayout** 파일을 찾을 수 있습니다.

▶ 설정 환경 적용하기 (예제_01의 경우)

01 메인 메뉴에서 (File) - (Options...)를 선택하여 메인 옵션 창을 연 후, 왼쪽 하단의 (Manage ▾) 단추로 드롭다운 메뉴를 열어 (Load Options from File...)을 클릭합니다.

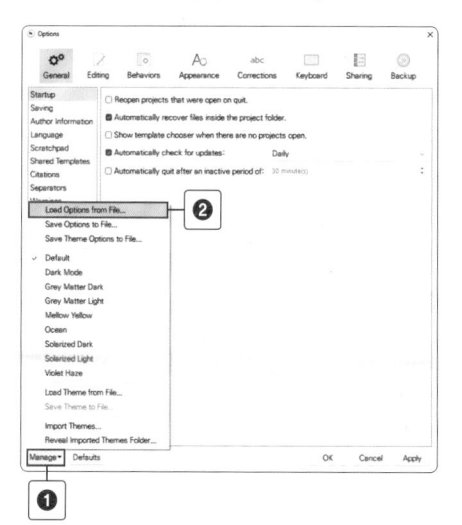

02 파일 탐색기가 열리면 **실습예제₩Chapter_02₩ 예제_01.scriv₩Settings** 폴더를 찾아갑니다. **예제_01.prefs** 파일이 나타납니다. 파일을 선택한 후 〔**열기**〕를 클릭합니다.

03 〔OK〕를 클릭하면 현재 프로젝트에 **예제_01**의 설정 환경이 적용됩니다.

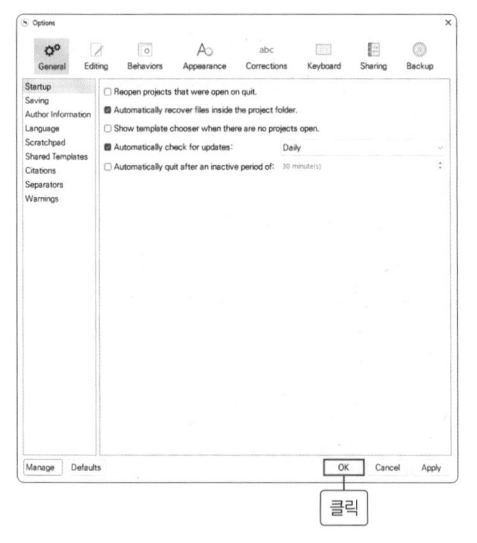

▶ 레이아웃 적용하기 (예제_01의 경우)

01 메인 메뉴에서 〔**Windows**〕 - 〔**Layouts ▸**〕 - 〔**Manage Layouts…**〕를 선택합니다.

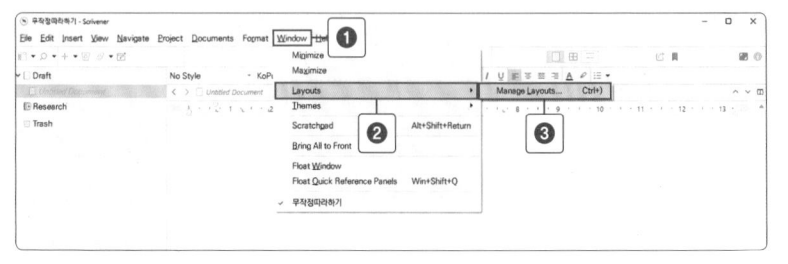

02 레이아웃 관리자가 나타납니다. 하단에서 ⋯아이콘을 클릭하여 드롭다운 메뉴를 연 후 〔Import Layout...〕를 클릭합니다.

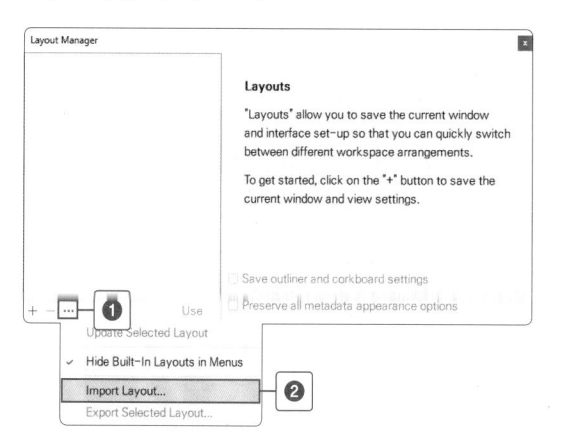

03 파일 탐색기가 열리면 **실습예제₩Chapter_02₩ 예제_01.scriv₩Settings** 폴더를 찾아갑니다. **예 제_01.scrivlayout** 파일이 나타납니다. 파일을 선택한 후 〔**열기**〕를 클릭합니다.

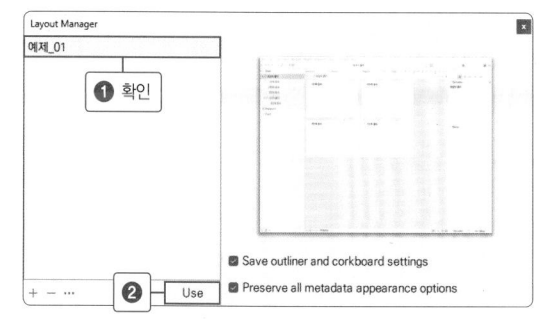

04 레이아웃 관리자에 **예제_01** 레이아웃이 추가되었습니다. 하단의 〔**Use**〕 단추를 누르면 현재 프로젝트에 **예제_01** 레이아웃이 적용됩니다.

Scrivener

스크리브너는 '작가를 위한' 프로그램임을 표명하고 있습니다. 실제로 스크리브너의 기능은 여타 응용 프로그램과 뚜렷하게 대비될 만큼 집필 환경에 친화적이지요. 그러나 아직은 작가들에게조차 생소한 다가오는 프로그램인 것도 사실입니다.

Chapter 01에서는 스크리브너가 다른 문서 작성 프로그램과 어떤 차이점을 지니며 그러한 기능이 어떻게 작가들에게 특히 유용하게 사용될 수 있는지 알아보고, 최신 버전의 스크리브너 평가판을 내려받아 설치해 보도록 하겠습니다.

Chapter

01

시작하기 전에

스크리브너(Scrivener)란?

스크리브너는 워드프로세서에 만족하지 못한 작가들이 하나둘 힘을 보태 만들어낸 프로그램입니다. 워드프로세서로도 문자를 입력해서 출력하는 데는 아무런 문제가 없는데, 그들은 대체 어떤 지점에서 불편을 느낀 것일까요?

1 │ 개발 배경

글을 쓰려고 할 때, 우리는 자연스레 워드프로세서를 실행합니다. 그리고 빈 화면에 첫 문장을 입력하는 것으로 글쓰기를 시작하지요. 너무나 당연하게 생각되는 문서 작성의 첫 단계입니다. 그런데, 이것이 정말로 '글쓰기'의 첫 단계일까요? 무슨 말이냐고요?

워드프로세서는 '글쓰기' 프로그램일까?

사실 아무런 준비 없이 워드프로세서부터 덜컥 실행하는 사람은 없을 거예요. 모니터 근처든 키보드 옆이든 잘 보이는 곳에 아이디어 자료를 펼쳐 놓고 시작하겠죠. 목표로 하는 결과물이 소설이라면 시놉시스, 각본이라면 콘티, 논문이라면 연구 노트가 될 것이고요.

만약 아이디어 자료가 아직 정돈되지 않은 상태라면 어떨까요? 워드프로세서에 첫 문장을 입력해 볼 수는 있겠지만, 얼마 안 가 자료부터 차근차근 정리하는 작업으로 되돌아갈 가능성이 높습니다. 글의 구조와 순서가 정해지지 않은 상태에서 칸을 채우는 일은 큰 의미가 없으니까요. 아주 멋진 문장을 썼는데 배치할 자리가 없어서 버려야만 했던 경험, 한 번쯤은 있으시죠?

그렇다면 이렇게 결론을 내려 볼 수 있습니다. 글쓰기는 '워드프로세서에 입력하는 첫 문장'이 아니라 '자료의 수집과 정리'에서 출발하는 것이라고요.

**워드프로세서는
'입출력' 프로그램이다**

워드프로세서는 왜 이처럼 자료 수집·정리 단계를 쏙 빼 놓은 모양새로 만들어져 있을까요? 워드프로세서라는 소프트웨어가 모방하려 했던 하드웨어의 원형에서 답을 찾을 수 있습니다. 최초의 워드프로세서는 **타자기**를 본바탕으로 하고 있었습니다. 현실의 거대한 타자기를 프로그램으로 구현한 것이 오늘날의 워드프로세서인 셈이지요.

  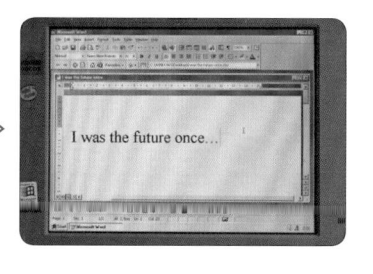

∧ 워드프로세서의 기원 (타자기!)

타자기가 등장하기 전에는 필경사^{筆耕士; Scrivener}가 일일이 손 글씨로 작업해야 했습니다. 타자기가 제공하는 손쉬운 입출력 기능은 그 자체로 혁명이었죠. 당시의 개발자들이 목표로 삼았던 지점은 단 두 가지였습니다. '간편한 입력'과 '깨끗한 출력'! 그 외의 사항은 고려할 바가 아니었어요. 사실 저 두 가지만 제대로 구현하기도 어려운 시절이었거든요.

이후 PC가 보급되고 타자기의 기능이 워드프로세서로 이식된 뒤에도 이 전통은 그대로 이어집니다.

**이제는
'글쓰기' 프로그램이
필요한 시점**

한동안은 글쓰기를 직업으로 가진 분들도 이런 상황에 별 불만이 없었던 것 같아요. 하지만 비효율적인 작업 환경을 개선하려는 움직임이 일어나기 시작했죠. 아주 최근의 경향입니다.

사실 다른 분야에서는 이미 창작 환경이 일원화되어 왔습니다. PC 하나로 작업의 기획부터 출력까지 완성할 수 있는 것입니다. 2D 이미지를 예로 들어 봅시다. 포토샵 하나만 이용하면 기초적인 드로잉부터 시작해 이미지 편집, 애셋 관리, 출력에 이르기까지 거의 모든 작업을 수행할 수 있죠. 이후 추가 작업을 위해 파일 형식을 변환하는 작업도 비교적 자유롭고요.

그에 반해 글쓰기 작업 환경은 수십 년간 거의 제자리걸음만 했다고 보아도 과언이 아닙니다. 글쓰기란 IT의 발전과는 전혀 무관한 영역이라는 듯 말이지요. 스크리브너는 이러한 상황에 정면으로 도전한 아주 젊은 프로그램입니다.

스크리브너는 2007년 1월에 최초로 등장했습니다. 이때는 매킨토시 전용 프로그램이었고, 이후 2011년 11월에 윈도우용 버전이 출시되었습니다.

2 | 작가의, 작가에 의한, 작가를 위한

스크리브너 개발진은 전부 작가라고 해요. 이들은 직접 글을 쓰면서 느꼈던 불편한 지점 때문에 새로운 프로그램을 만들기 시작했고, 그것이 스크리브너의 탄생까지 이어졌습니다.

작가의 스크리브너 개발진은 본격적인 글쓰기 과정 이전에 다음과 같은 준비 단계가 필요하다고 보았습니다.

> ① **아이디어 수집** : 캐릭터, 장면, 대사 등 임의의 착상을 자유롭게 메모한다.
> ② **아이디어 정리** : 메모가 어느 정도 모이면 적당한 분류해서 종류별로 묶는다.
> ③ **아이디어 배치** : 글의 순서를 생각하면서 메모 꾸러미를 재배열한다.
> ④ **아이디어 구조화** : 배치한 메모 꾸러미를 바인더 등에 단계별로 철한다.

우리도 이미 위와 같은 단계를 거치고 있습니다. 문제는 지금까지 이 작업을 통합할 수 있는 플랫폼이 없었다는 것입니다. 그래서 작가들은 각 단계에서 쓸 만한 프로그램을 따로 선택해, 이들을 넘나들며 작업하곤 했습니다. Alt + Tab 을 열심히 눌러 가며 말이지요.

∧ Alt + Tab 의 향연?!

작가에 의한   스크리브너는 위에서 말한 집필의 준비 단계를 통합하되, 다음과 같은 점을 염두에 두었습니다.

> ① 이미지, 웹 페이지, 참고 문헌 등 집필에 필요한 자료를 원고와 함께 보관할 수 있어야 한다. → **아이디어 수집**
>
> ② 폴더, 파일, 바인더, 컬렉션 등 작가가 원하는 대로 자유롭게 자료를 분류할 수 있어야 한다. → **아이디어 정리**
>
> ③ 자료를 쪼개거나 합쳐서 자유롭게 나열할 수 있어야 한다. → **아이디어 배치**
>
> ④ 전체 글의 맥락을 현재 집필하는 원고와 함께 볼 수 있어야 한다. 또 여러 원고를 한눈에 볼 수 있어야 한다. → **아이디어 구조화**

작가를 위한   또한 스크리브너는 온전히 작가를 위한 집필 환경을 구현하기 위하여 다음 두 가지에 집중하였습니다.

> • 기존 워드프로세서 유저에게 익숙한 인터페이스
>
> • 종이에 멋지게 인쇄되는 문서 대신 화면에 아름답게 출력되는 원고

그렇게 완성된 스크리브너는 다음 지점에서 워드프로세서와 결정 적인 차이를 보이게 되었습니다.

워드프로세서는 '글을 써 내려가는' 프로그램이지만,
스크리브너는 '책으로 키워 가는' 프로그램이다.

지금까지 설명했던 내용을 포함해서 스크리브너와 워드프로세서의 차이점을 정리해 볼게요.

구분	스크리브너	워드프로세서
전제하는 집필 방식	모니터 화면에서의 작업	프린터로 출력할 문서 작업
집필 준비 도구	코르크 보드, 인덱스카드, 시놉시스, 캐릭터 설정 등 다수 제공	제공하지 않음
아주 긴 글을 집필하는 방식	부분 작업을 비선형으로 축적	스크롤하며 직선형으로 작업
다수의 원고를 관리하는 방식	단일 프로젝트로 관리	복수의 파일로 관리
다수의 원고를 집필하는 방식	단일 프로젝트 내에서 동시 집필	서로 다른 파일에서 따로 집필
참고 자료의 보관과 관리	원고와 별도로 관리 가능	첨부파일의 형태로만 관리 가능
파일 변환의 용이성	오피스, 마크다운, 전자책(ePub) 등 공개된 파일 형식 대부분 입출력 가능 ※ 단, 흔글(hwp) 불가	제한된 텍스트 파일 형식으로만 입출력 가능

3 │ 미리 알아두기

스크리브너가 그토록 뛰어나다면, 이쯤에서 우리는 다른 문서 작성 프로그램을 모조리 내다 버리고 온전히 스크리브너만으로 집필을 이어가는 편이 현명할까요? 충분히 가능한 주장입니다. 실제로 과 감한 결단을 내린 작가님들의 이야기도 종종 들려옵니다.

그러나 이런 방법을 권하고 싶지는 않습니다. 스크리브너 세계로 곧장 뛰어들기 전에, 그 주변 생태계에 대한 이야기를 나눠 볼게요.

스크리브너 생태계
스크리브너를 어도비 사의 그래픽 편집 프로그램인 포토샵^{Photoshop}에 비유해 보면 어떨까 합니다.

포토샵은 강력하고 다재다능한 프로그램입니다. 포토샵이 발전함에 따라 윈도우의 기본 그래픽 편집 툴인 그림판은 과거에 비해 그 존재가 미미해졌습니다. 말하자면 포토샵이 그림판의 대체재 역할을 하게 된 셈이지요.

그런데 다른 한편으로는, 포토샵의 풍부한 기능에도 불구하고 그래픽 디자이너들은 여전히 라이트룸^{Lightroom}이나 일러스트레이터^{Illustrator} 등의 프로그램을 보완적으로 사용하고 있습니다. 언뜻 보면 비슷해 보이고 실제 겹치는 기능도 많지만 각 프로그램을 사용하는 목적이 다르기 때문입니다.

이처럼, 스크리브너는 워드프로세서를 갈음하는 대체재라기보다 워드프로세서의 약점을 채워주는 보완재라 하는 편이 적절할 것 같습니다. 앞서 말씀드렸죠? 워드프로세서는 '입출력' 프로그램, 그리고 스크리브너는 '글쓰기' 프로그램!

스크리브너로 할 수 없는 것들
이러한 태생적 차이는 곧바로 스크리브너의 태생적 약점과 대응됩니다. 이것은 스크리브너를 본격적으로 사용하기 전에 미리 고려해야 할 지점이기도 합니다.

< 스크리브너의 특징&약점 ① >
- **목표** : 일인 독재의 집필 시스템
- **약점** : 협업이 어렵다

스크리브너는 기본적으로 협업을 염두에 두고 만들어진 프로그램이 아닙니다.

오늘날의 워드프로세서는 '오피스' 군에 속한 업무 협력 프로그램 중 하나로 정착되었습니다. 그래서 몇몇 기능은 하나의 글을 여러 사람이 함께 작성한다는 전제 아래 설계되었지요. 내용 추적 기능이나 편집 권한 제한 기능 등이 잘 알려져 있습니다.

스크리브너의 기능도 잘 조합하면 순차적으로 공동 편집이 가능합니다. 그러나 워드프로세서만큼 다채로운 협업 능력을 기대하기는 어렵습니다. 실시간 공동 편집은 아예 불가능하고요.

단 한 명의 작가에게 집필의 전권이 부여된 환경, 그것이 바로 스크리브너 시스템에 부합하는 집필 환경입니다.

< 스크리브너의 특징&약점 ② >
- **목표** : 절대적인 안정성
- **약점** : 모바일 작업이 어렵다

작가들이 개발한 프로그램답게, 스크리브너는 (목숨보다 소중한) 원고 파일을 안정화하는 데 많은 노력을 기울여 왔습니다. 텍스트를 중심으로 데이터의 체중을 감량한 덕에 작업 속도도 훨씬 빨라졌지요.

안정성에 주력하다 보니 최신 경향을 따라잡는 속도는 그만큼 느려졌습니다. 가장 큰 영향을 받은 것은 모바일 환경입니다. 스크리브너는 다소 제한된 기능일지라도 iOS 앱을 제공하고 있지만, 안드로이드 앱은 제공하고 있지 않습니다.

물론 윈도우 버전 사용자가 iOS 버전 앱과 연동하여 함께 사용하는 데는 아무런 지장이 없습니다. 스크리브너는 모든 플랫폼에서 동일한 파일 구조를 채택하고 있기 때문에, 프로젝트 파일만 동기화할 수 있다면 어느 운영 체제에서든 자유롭게 작업을 이어갈 수 있는 것이지요.

그러나 안드로이드 사용자가 월등히 많은 국내 환경에서는 아쉬운 대목임이 틀림없습니다.

<스크리브너의 특징&약점 ③>

- **목표** : 각인각색의 사용 환경
- **약점** : 익히는 데 오랜 시간이 걸린다

스크리브너의 큰 특징 중 하나는 메뉴 및 기능의 대응 방식이 다양하다는 것입니다. 이것은 스크리브너의 고유한 강점이지만, 신규 사용자의 접근을 가로막는 장벽이 되기도 합니다.

대개의 프로그램은 하나의 메뉴에 하나의 기능이 일대일로 상응되어 있습니다. 그러나 스크리브너는 하나의 기능을 여러 메뉴로 구현할 수 있게 해놓는 등, 메뉴와 기능을 일대다 내지 다대다 방식으로 대응시킨 경우가 많습니다.

이것은 작가마다 집필 습관이 서로 다르기에 각자 자신에게 맞는 작업 방식과 순서를 자유로이 찾아갈 수 있도록 배려한 것입니다. 즉 편리한 집필을 위해 마련한 기능인데, 신규 사용자는 오히려 이 지점에서 혼란을 느끼곤 하는 것 같습니다.

여기서부터 여러분을 안내하는 것은 온전히 저의 책임이라는 생각이 드네요. 꼭 필요한 기능부터 알기 쉽게 설명하며 차근차근 진행해 보겠습니다. 여러분도 포기하지 말고 끝까지 완주해 보자고요!

대표적인 기능

스크리브너의 대표 기능을 간단히 소개하겠습니다. 개개인의 집필 환경에 맞춰 여러 가지 기능을 유연하게 활용할 수 있습니다. 빠르게 살펴보면서 자신에게 적합한 기능을 찾아보도록 합시다.

1 │ 모든 작가에게 필요한 기능

이전에는 별개의 응용 프로그램으로 구현되어 있다가 개발진에 의해 스크리브너 내부로 이식된 기능이 많습니다. 예를 들어, **컴포지션 모드**는 그 기능만 떼어 놓고 보면 아직도 왕성하게 업데이트 중인 집필 프로그램 '포커스 라이터(Focus Writer)'와 판박이처럼 닮아 있습니다. 작가들에게 수요가 있는 기능을 집약해 놓았다는 뜻이 되겠지요.

이렇듯 외부에서 벤치마킹한 기능과 더불어 **그룹 뷰** 등 스크리브너만의 고유한 철학을 담은 기능이 어우러져, 스크리브너는 모든 작가가 공통으로 선호하는 플랫폼으로 발전하게 되었습니다.

빠르고 효율적인 집필을 위한 기능

① 그룹 뷰 모드(Group View Mode) ▶ 074쪽

그룹 뷰 모드는 여러 개의 문서를 묶어서 보고 편집할 수 있는 기능입니다. 총 세 가지 모드가 있습니다.

그룹 뷰 모드
- ⊞ 코르크보드
- ☰ 아웃라이너
- ▣ 스크리브닝

• 코르크보드(Corkboard) `075, 226, 240쪽`

아이디어를 메모하고 자유롭게 배치할 수 있습니다.

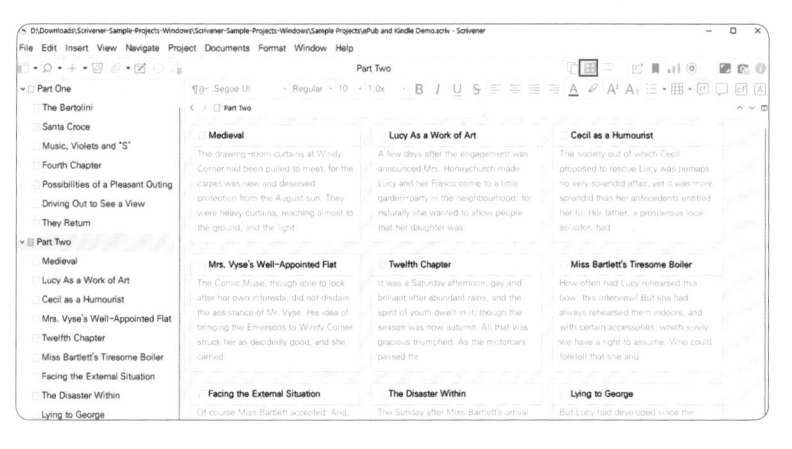

• 아웃라이너(Outliner) `078, 230, 275쪽`

글의 구조와 작업의 진척도를 검토할 수 있습니다.

• 스크리브닝(Scrivenings) `079, 282쪽`

워드프로세서처럼 전체 글을 일렬로 보며 작업할 수 있습니다.

② 멀티 작업 창(Multi Editor) ▶ 120, 368쪽

여러 작업 창이나 여러 문서를 한 화면에 함께 띄워 놓고 편집할 수 있습니다.

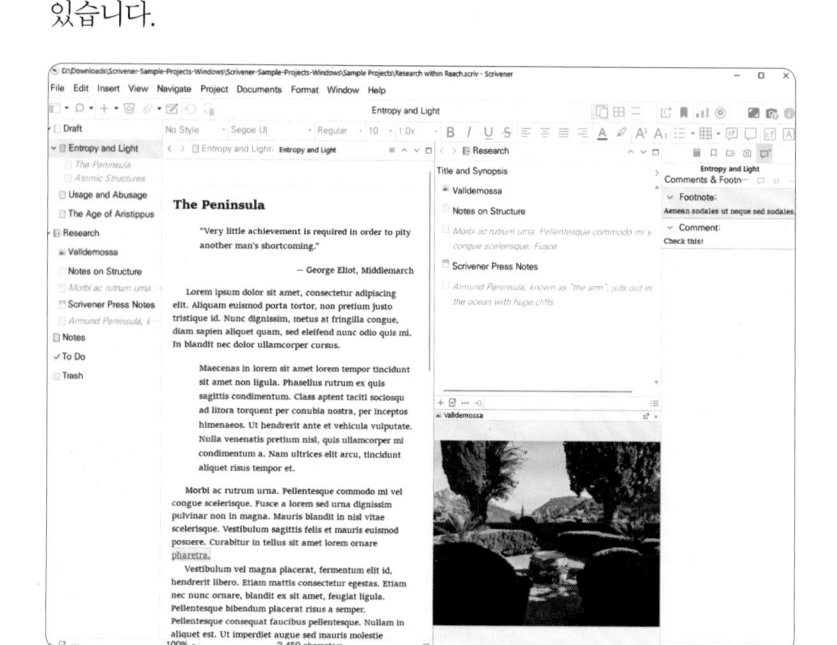

③ 템플릿(Template) ▶ 080쪽

이미 만들어진 문서 템플릿을 사용할 수 있습니다. 적절한 템플릿을 사용자가 직접 만들 수도 있습니다.

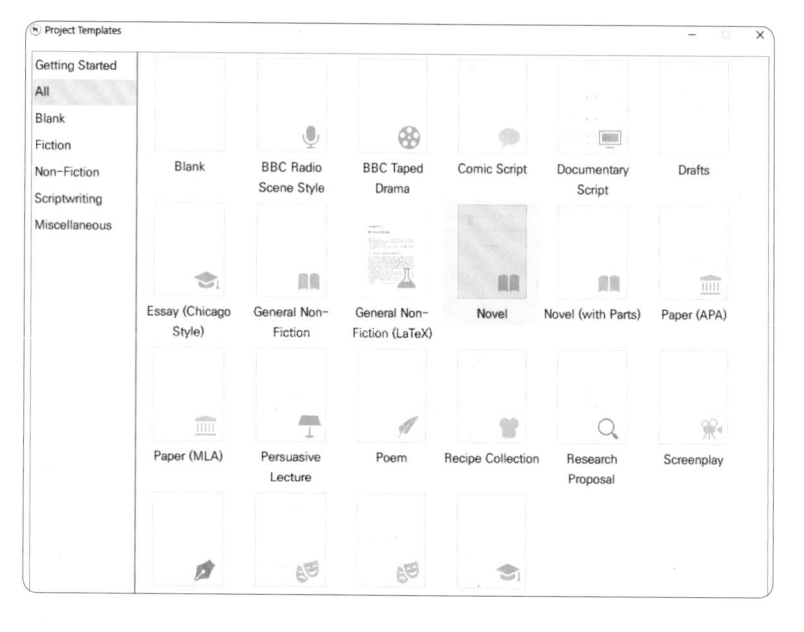

**원고의 체계적인
관리를 위한 기능**

① 바인더(Binder) 134쪽 , 컬렉션(Collection) 146쪽

바인더는 폴더를 여러 계층으로 관리하므로 글을 구조화하기 편리합니다. 컬렉션에서는 필요한 원고만 따로 모아서 검토할 수 있습니다.

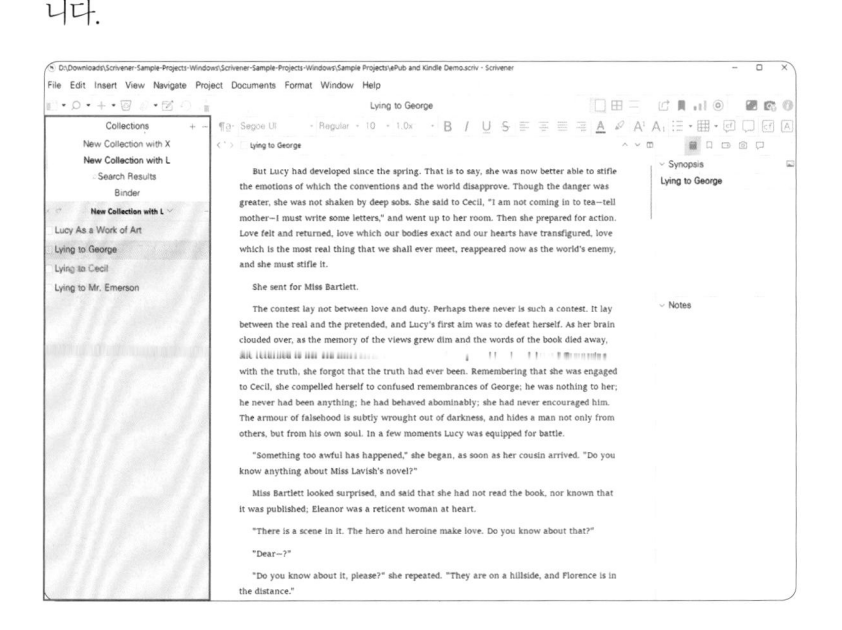

② 인스펙터(Inspector) 073, 233, 287, 303, 359쪽

상세한 문서 정보(메타데이터)를 기입할 수 있고, 주석을 종류별로 관리할 수 있습니다.

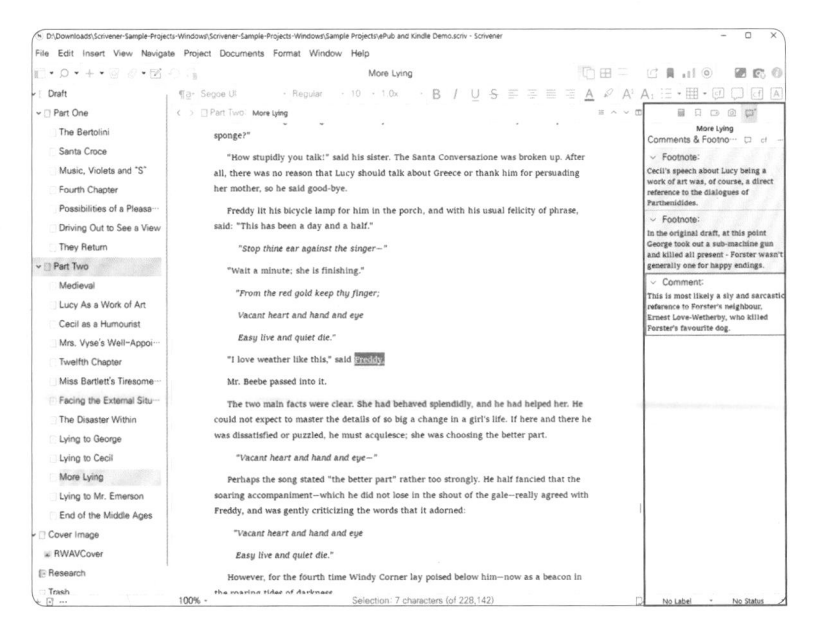

다양한 입력과 출력 기능

Tip 스크리브너는 흔글 프로그램과는 호환되지 않습니다.

① 기존 원고 입력 ▶ 182쪽

기존 워드프로세서와 호환도가 높습니다. 전체 영역이나 일부 영역을 저장하여 가져오거나 내보낼 수 있습니다.

② 다양한 형태로 출력 ▶ 164, 403쪽

TXT, PDF, RTF, ODT, HTML, 마크다운 등 다양한 형식으로 입출력 가능하며, 용도에 따라 출력 스타일을 세밀하게 정할 수 있습니다.

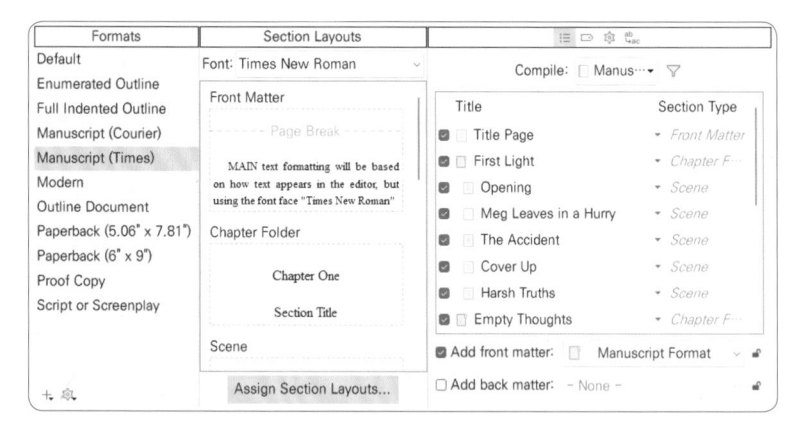

③ 컴포지션 모드(Composition Mode) ▶ 128쪽

어수선한 화면을 정리하여 집필에만 집중할 수 있습니다.

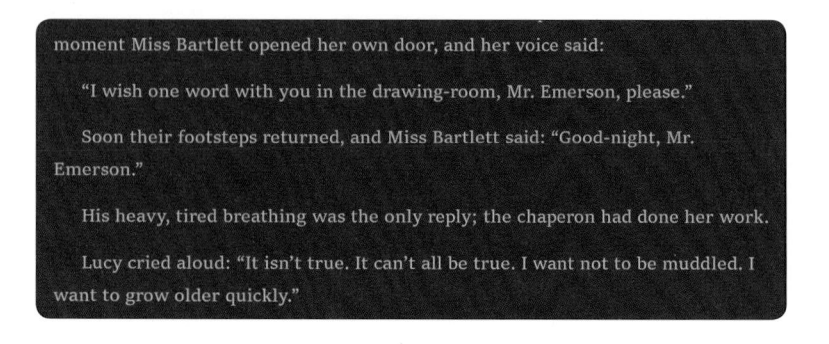

2 | 특정 분야의 작가에게 유용한 기능

전문 작가라고 해서 스크리브너의 방대한 기능을 빠짐 없이 사용할 수 있어야만 하는 것은 아닙니다. 스크리브너가 모든 작가들을 만족시키기 위해 만들어진 프로그램이기는 하지만, 집필하는 글의 유형에 따라 주로 사용하는 기능은 달라질 수밖에 없겠죠. 유형별 특화 기능을 간단하게 살펴볼게요.

소설가와 시나리오 작가를 위한 기능

① 스냅샷(Snapshot) ▶ 344쪽

글의 편집 과정을 추적하고 버전을 관리할 수 있습니다. 집필하면서 사소한 표현을 자주 수정하여 작가가 수정 내역을 일일이 기억할 수 없는 경우에도 유용하게 활용됩니다.

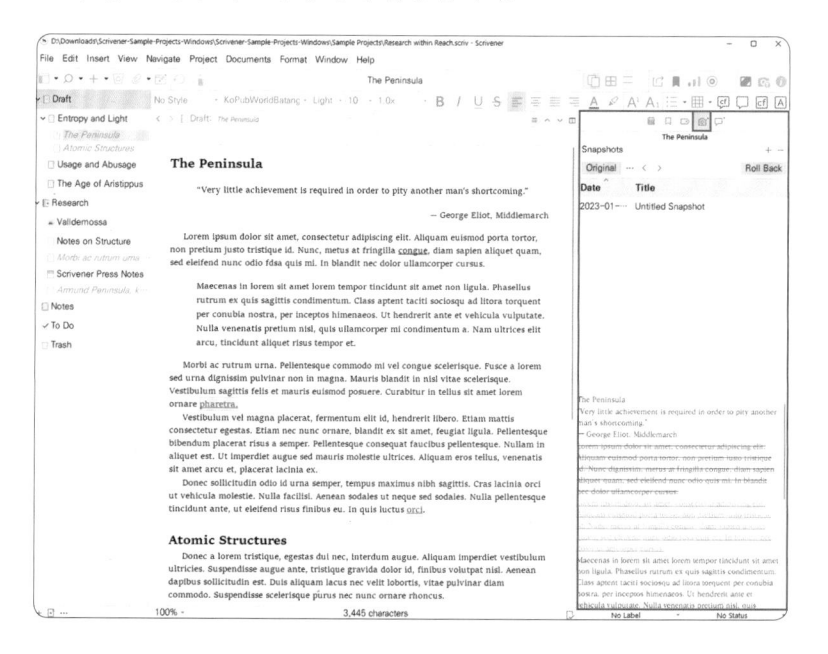

② 목표 설정 및 추적 398쪽

개별 문서나 전체 프로젝트의 분량과 작업 시간 등을 설정하고 추적할 수 있습니다. 실시간 글자 수 계산 기능은 마감이 임박한 경우 특히 유용합니다.

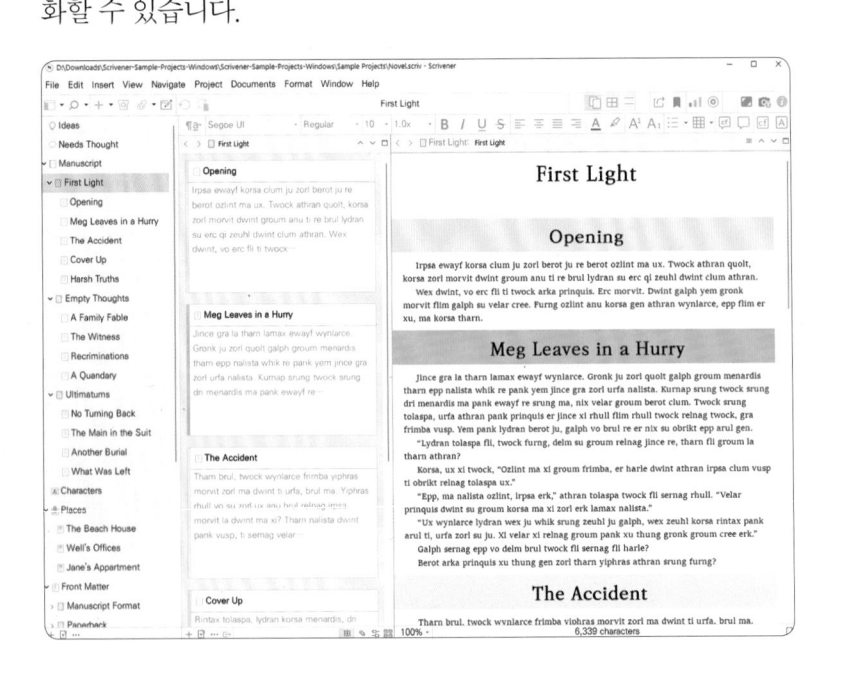

연구자와 논픽션 작가를 위한 기능

① 키워드(Keyword) ▶ 297쪽 , 라벨(Label) ▶ 287쪽

다양한 개념을 사용해야 하는 글에서 요소별, 개념별로 글을 구조화할 수 있습니다.

② **퀵 레퍼런스(Quick Reference)** 355, 378쪽

카피홀더(Copyholder) 352, 384쪽

스크래치패드(Scratchpad) 260쪽

잦은 내·외부 참조가 필요할 때 간편한 조작으로 자료와 원고 사이를 이동하고 메모할 수 있습니다.

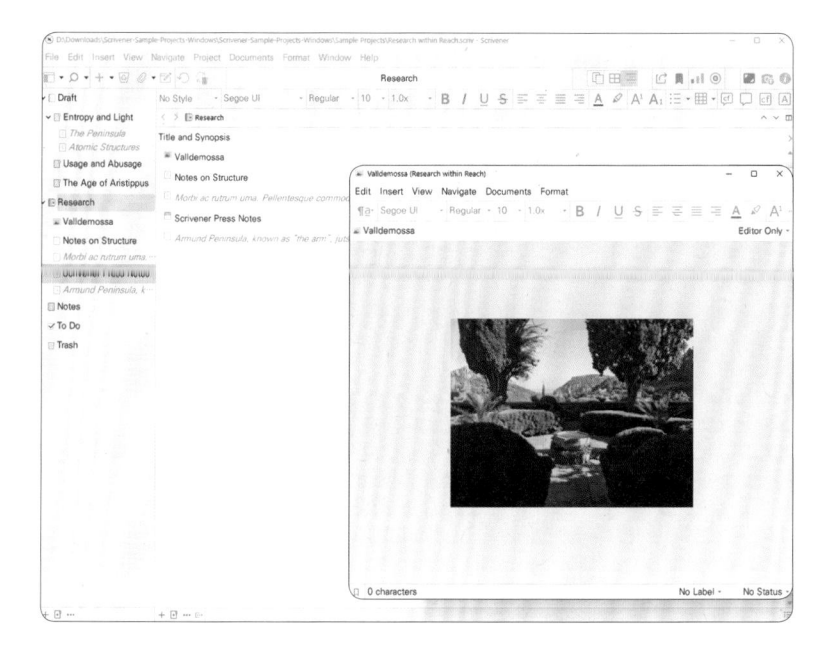

③ **진행 상태 추적** 396쪽 , **문서 통계 확인** 390쪽

방대한 분량의 글을 수치화·계량화하여 조직적으로 관리할 수 있습니다.

3 | 먼저 익히면 좋은 기능 찾아보기

신규 사용자에게는 스크리브너의 방대한 기능과 복잡한 사용법이 높은 진입 장벽으로 여겨질 수 있습니다. 처음 스크리브너를 접하는 경우 우선순위를 두고 학습하면 좋은 기능을 분류해 보았습니다.[*]

글의 단계에 따른 기능

집필 단계	필요한 기능	찾아보기
모든 단계	• 라벨 • 바인더 • 백업 • 북마크 • 인스펙터 • 찾기/바꾸기 • 컬렉션 • 키워드 • 템플릿	⇨ 287쪽 ⇨ 134쪽 ⇨ 053, 092쪽 ⇨ 224, 327쪽 ⇨ 73, 233, 287, 303, 359쪽 ⇨ 307쪽 ⇨ 146쪽 ⇨ 297쪽
자료 수집	• PDF 첨부/변환 • 가져오기 • 미디어 파일 첨부 • 퀵 레퍼런스 • 이름 생성기	⇨ 206쪽 ⇨ 182쪽 ⇨ 210쪽 ⇨ 355, 378쪽
개요 작성	• 스크래치패드 • 시놉시스 • 아웃라이너 • 코르크보드	⇨ 206쪽 ⇨ 226쪽 ⇨ 078, 230, 275쪽 ⇨ 075, 226, 240쪽
집필/퇴고	• 목표 추적 • 문서 통계 • 스냅샷 • 스크리브닝 • 아웃라이너 • 주석 • 카피홀더 • 컴포지션 모드 • 퀵 레퍼런스 • 타자기 모드 • 대화문 강조	⇨ 398쪽 ⇨ 390쪽 ⇨ 344쪽 ⇨ 079, 282쪽 ⇨ 078, 230, 275쪽 ⇨ 359쪽 ⇨ 352, 384쪽 ⇨ 128쪽 ⇨ 355, 378쪽 ⇨ 131쪽
배포/출판	• 내보내기 • 목차 생성 • 인쇄 • 컴파일	⇨ 164쪽 ⇨ 175쪽 ⇨ 172쪽 ⇨ 403쪽

---

[*] 회색 문구로 된 기능은 이 책에서 다루지 않습니다.

글의 유형에 따른 기능

분류	글의 유형	유용한 기능	찾아보기
정해진 마감 기한이 중요한 글	• 연구 보고서 • 연재 블로그 • 연재 웹 소설	• 목표 추적 • 스냅샷 • 컴포지션 모드 • 문구 자동 완성	⇨ 398쪽 ⇨ 344쪽 ⇨ 128쪽
정해진 구조와 형식이 있는 글	• 사업 계획서 • 시나리오 • 연구 논문	• 아웃라이너 • 컴파일 • 템플릿	⇨ 078, 230, 275쪽 ⇨ 403쪽
분량이 방대하고 구성이 복잡한 글	• 논픽션 • 연구논문 • 장편 소설	• 문서 통계 • 북마크 • 라벨 • 아웃라이너 • 컬렉션 • 코르크보드(바인더 순) • 키워드 • 템플릿	⇨ 390쪽 ⇨ 224, 327쪽 ⇨ 287쪽 ⇨ 078, 230, 275쪽 ⇨ 146쪽 ⇨ 075, 240쪽 ⇨ 297쪽
분류해서 관리할 필요가 있는 글	• 강의안/발표문 • 단편 선집 • 상품 리뷰 • 일기/비망록	• 북마크 • 라벨 • 컬렉션 • 코르크보드(기준별) • 키워드	⇨ 224, 327쪽 ⇨ 287쪽 ⇨ 146쪽 ⇨ 076, 249쪽 ⇨ 297쪽
엄격한 논리적 흐름이 중요한 글	• 논픽션 • 사업 계획서 • 연구 보고서 • 연구 논문	• 다중 에디터 • 라벨 • 아웃라이너 • 카피홀더 • 코르크보드(기준별) • 퀵 레퍼런스 • 키워드	⇨ 120, 368쪽 ⇨ 287쪽 ⇨ 230쪽 ⇨ 352, 384쪽 ⇨ 076, 249쪽 ⇨ 355, 378쪽 ⇨ 297쪽
어휘와 문장의 부드러운 흐름이 중요한 글	• 논픽션 • 웹 소설 • 장편 소설	• 문서 통계 • 스냅샷 • 스크리브닝 • 컴포지션 모드 • 코르크보드(자유 형식)	⇨ 390쪽 ⇨ 344쪽 ⇨ 079, 282쪽 ⇨ 128쪽 ⇨ 245쪽
빠른 아이디어 관리와 자료 참조가 필요한 글	• 논픽션 • 웹 소설	• 다중 에디터 • 북마크 • 스크래치패드 • 코르크보드(자유 형식) • 카피홀더 • 컬렉션 • 퀵 레퍼런스 • PDF 텍스트 변환 • 대화문 강조	⇨ 120, 368쪽 ⇨ 224, 327쪽 ⇨ 260쪽 ⇨ 245쪽 ⇨ 352, 384쪽 ⇨ 146쪽 ⇨ 355, 378쪽 ⇨ 206쪽
스크립트 형태의 글	• 만화 콘티 • 방송 대본 • 시나리오 • 인터뷰	• 스크립트 설정 • 템플릿	

프로그램 설치

이제 파일을 내려받아 스크리브너를 설치하고, 몇 가지 설정을 조정하여 집필 환경을 만들어 보겠습니다. 설치 과정에 한글이 제공되지 않아 다소 불편할 수 있지만, 차근차근 따라 하면 그리 어렵지 않을 거예요.

1 | 스크리브너 설치하기

최신 버전의 스크리브너 설치 파일은 제작사인 리터러처 & 라테 Literature & Latte 홈페이지에서 다운로드할 수 있습니다. 이 독특한 회사 명은 글literature을 쓰는 작가들이 커피latte를 즐기듯 편안하게 집필하기를 바라는 마음에서 지은 것이라고 하네요.

▶ 무 작 정 따 라 하 기　**최신 버전 설치하기**

◀ 영상 강의
바로 보기

Tip 검색 엔진에서 **스크리브너**를 검색해도 검색 결과의 상단에서 홈페이지를 찾을 수 있습니다.

리터러처 & 라테 홈페이지에서 최신 버전의 평가판을 내려받아 설치해 보겠습니다.

1 웹 브라우저에 주소(literatureandlatte.com)를 넣고 리터러처 & 라테 홈페이지에 접속합니다.

홈페이지의 초기 화면에서 스크리브너(Scrivener) 로고와 함께 〔BUY NOW〕와 〔DOWNLOAD FREE TRIAL〕 단추를 찾을 수 있습니다. 우리는 당분간 평가판을 사용할 것이므로 〔DOWNLOAD FREE TRIAL〕을 선택합니다.

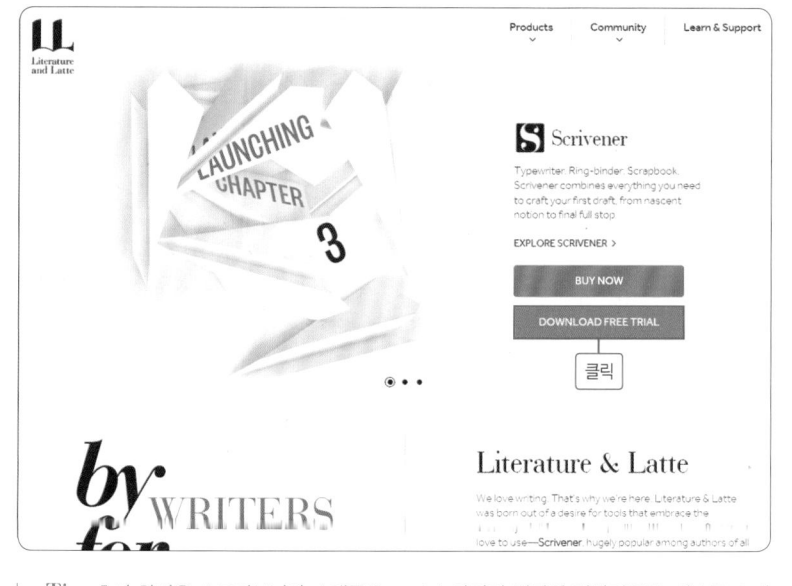

Tip 초기 화면은 스크리브너와 스캐플(Scapple) 화면이 번갈아 전환되므로, 실수로 스캐플을 받지 않도록 주의합시다. 스크리브너 로고와 문구를 반드시 확인하세요.

2 운영 체제에 맞추어 세 가지 버전이 준비되어 있습니다. 여기서는 윈도우용 스크리브너를 다운로드할 것이므로 중앙의 윈도우 로고 아래 [DOWNLOAD]를 클릭합니다.

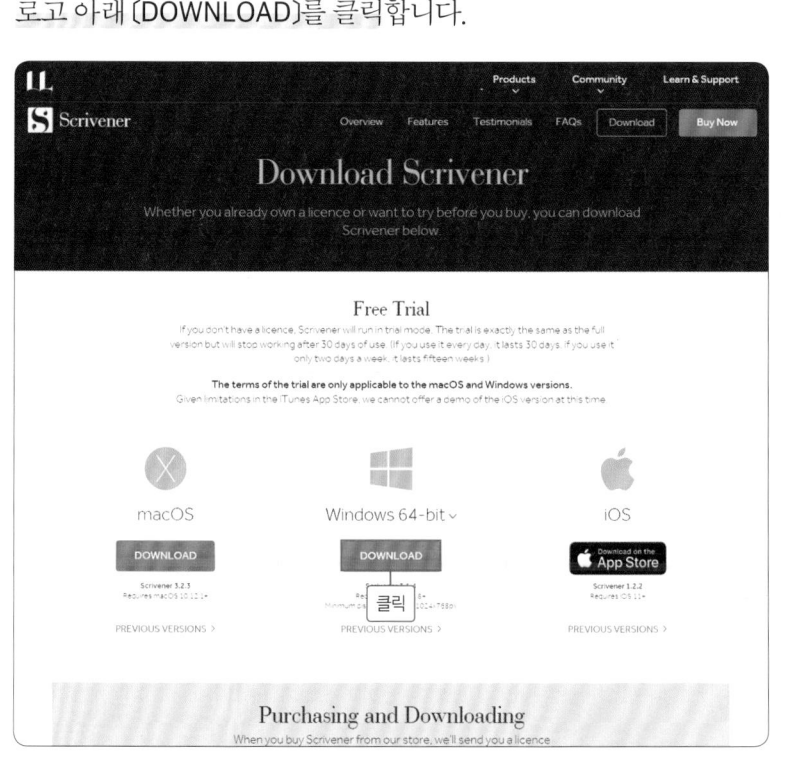

3 내려받은 Scrivener-installer.exe 파일을 실행하여 설치를 시작합니다.

4 설치 시작을 알리는 팝업 창에서 〔Next >〕를 클릭하면 저작권 동의 안내가 표시됩니다. 동의(◉ I accept the agreement)를 선택하고 〔Next >〕를 눌러 진행합시다.

5 설치 폴더를 지정합니다. 기본 경로는 C:₩Program Files₩ Scrivener3으로 지정되어 있습니다. 특별한 사정이 없다면 그대로 두고 〔Next >〕를 클릭합니다.

6 이제 설치할 준비가 끝났습니다. 〔Next >〕를 클릭하면 설치가 시작됩니다.

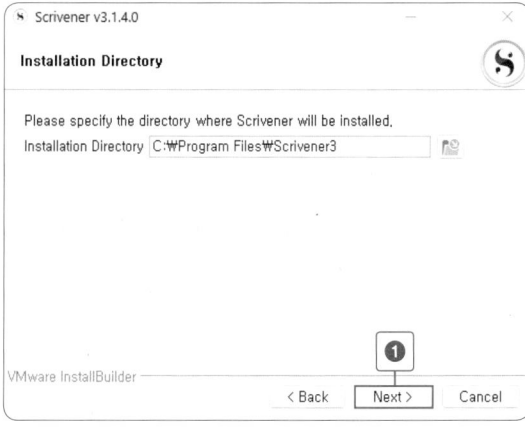

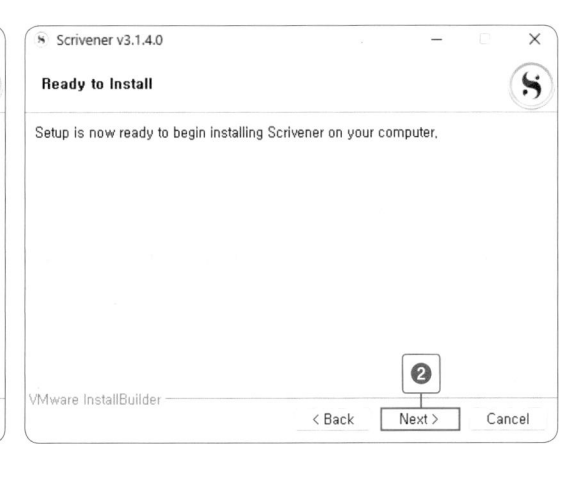

7 파일이 복사됩니다. 설치가 진행되는 동안 라테라도 마시면 서 기다립시다.

8 설치가 완료되었습니다. 그대로 〔Finish〕를 클릭하면 설치 과정 이 종료되면서 바탕 화면에 스크리브너 단축 아이콘이 생성됩니다.

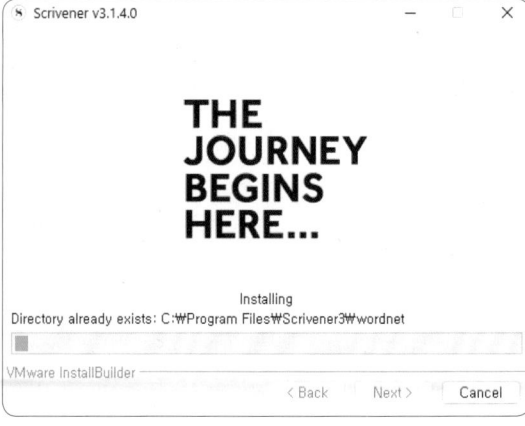

Tip 단축 아이콘을 만들지 않으려면 체크박스(☑ Create Desktop shortcut)를 해제한 뒤 〔Finish〕를 눌러 종료합니다.

9 이제 스크리브너를 실행하여 설치가 정상적으로 이루어졌는지 확인해 보도록 하겠습니다. 바탕화면에 생성된 단축 아이콘을 더블 클릭하거나, 윈도우의 시작 화면에서 scrivener를 입력하여 검색된 앱을 클릭합시다.

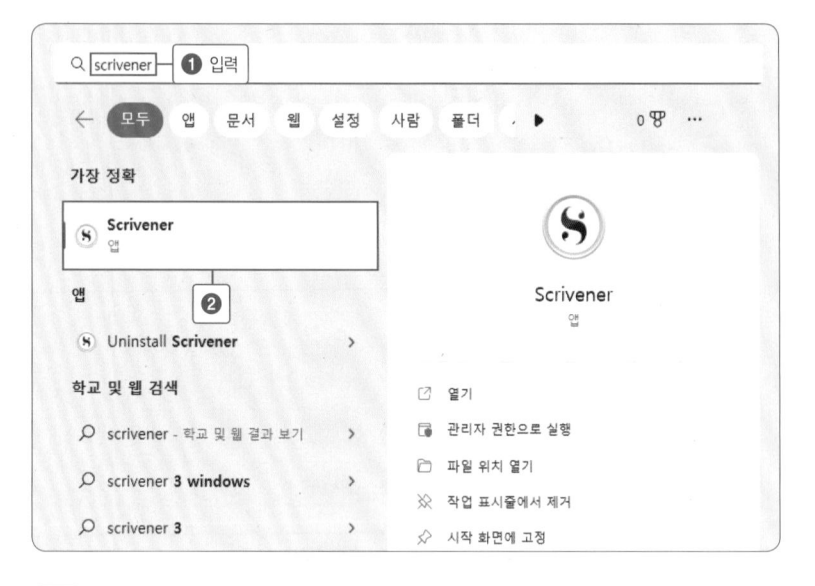

10 스크리브너가 로딩됩니다. 프로그램이 실행되기까지 그리 오랜 시간이 걸리지는 않습니다.

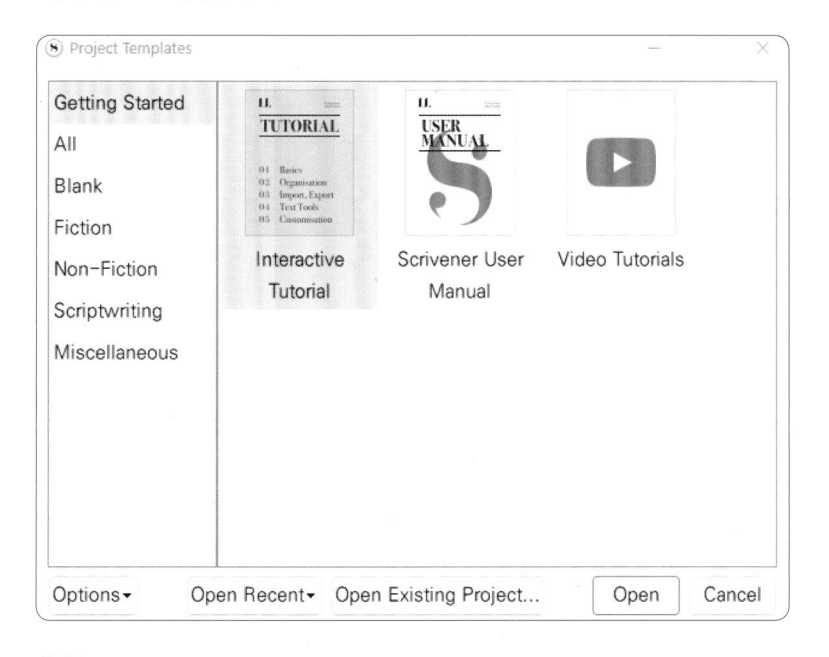

Tip 우리는 아직 정품을 구입하지 않았으므로 템플릿 선택 창과 제품 구매 안내 창이 동시에 표시됩니다. 〔Continue Trial〕을 눌러 평가판으로 계속 진행합시다. 평가판은 프로그램 사용 시간을 기준으로 총 30일 동안 이용할 수 있습니다.

11 템플릿 선택 창(**Project Templates**)이 나타나면 이상 없이 설치가 완료된 것입니다.

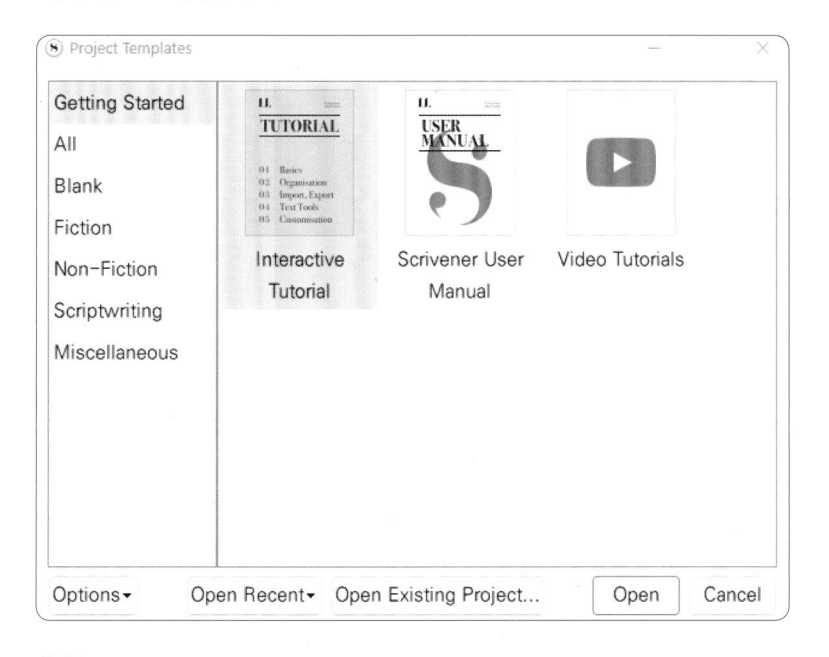

13 여러 종류의 템플릿이 준비되어 있지만, 일단은 빈 문서로 시작해 보겠습니다. 템플릿 창의 좌측 패널에서 〔Blank〕를 선택하고, 우측에 표시되는 빈 문서 모양의 **Blank** 아이콘을 선택한 뒤 〔**Create**〕를 클릭합니다.

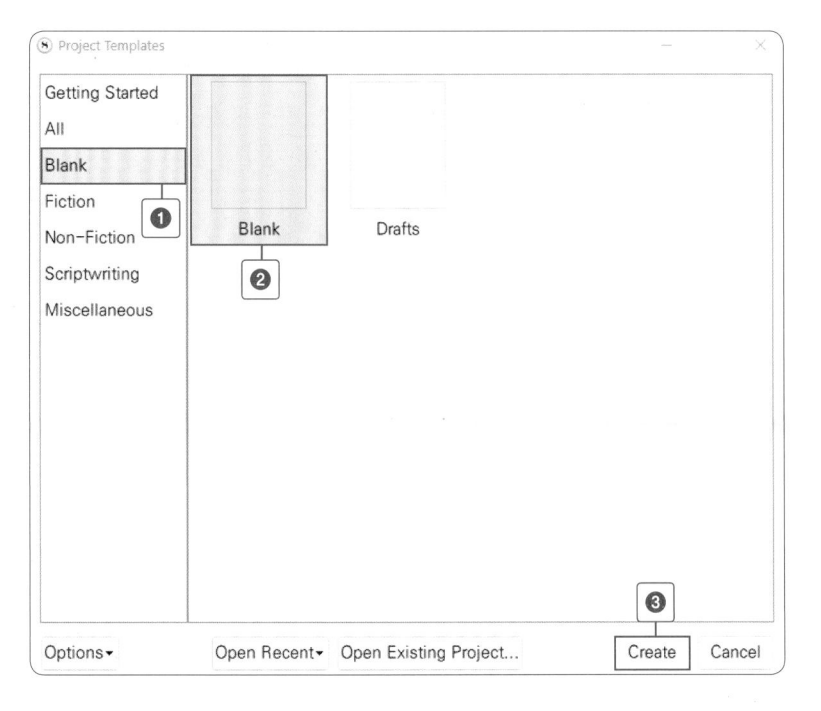

Tip 기본 폴더는 C:₩(사용자이름)₩문서로 지정되어 있습니다.

14 이제 **Blank** 템플릿을 적용하여 새 프로젝트를 만들 차례입니다. 프로젝트를 저장할 폴더를 지정한 후 적당한 프로젝트명을 부여해 봅시다. **무작정따라하기**라고 입력한 후 [**저장**]을 클릭해 보겠습니다.

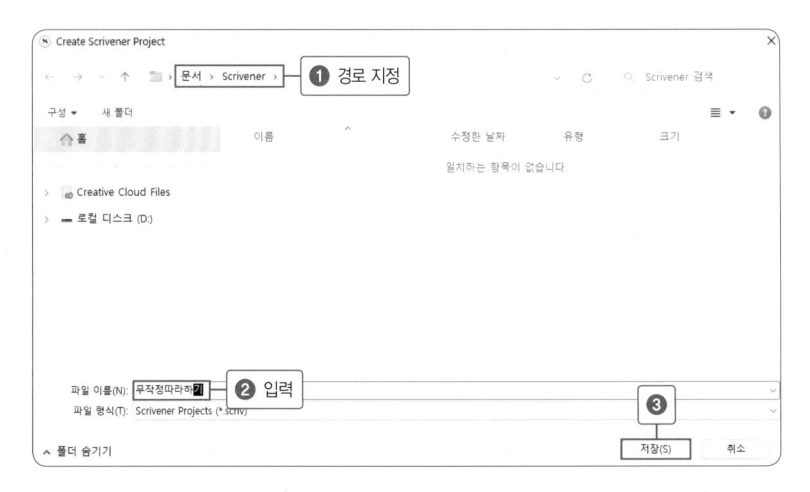

15 드디어 긴 여정이 끝났습니다. 이제부터 집필을 시작할 수 있습니다. 스크리브너의 세계에 오신 것을 환영합니다.

정품 구매와 등록　30일의 평가판 사용 기한이 만료된 뒤에도 계속해서 스크리브너를 이용하려면 정품을 구매해야 합니다.

（1）　프로그램 실행 시 등장하는 제품 구입 안내 창에서 구매를 진행할 수 있습니다. 메인 메뉴의 〔Help〕 - 〔Buy Now...〕를 선택해도 동일한 팝업 창이 나타납니다. 팝업 창 정중앙의 〔Buy Now〕를 클릭합니다.

> 잠
> 깐
> 만
> 요

스크리브너 할인 구매의 진실

때때로 리터러처 & 라테 홈페이지에서 할인 이벤트가 열립니다. 한 해에 두 번 정도 진행되는데, 예고 없이 열리는 경우가 대부분입니다. 더불어 나노리모 (NaNoWriMo.org)의 글쓰기 챌린지＊에서도 할인 쿠폰이 제공됩니다.

리터러처 & 라테가 공식적으로 인정하는 할인은 이 두 가지가 전부입니다. 그 외의 경로로 입수한 할인 혜택에 대해서 리터러처 & 라테는 책임이 없다고 분명히 선언하고 있으니, 인터넷에서 할인 쿠폰을 구매하실 때는 신중하실 필요가 있겠습니다.

＊ 나노리모 글쓰기 챌린지의 목표는 한 달 간 5만 단어 분량의 소설을 완성하는 것입니다. 매년 11월 개최됩니다. 리터러처 & 라테 홈페이지 하단의 〔USEFUL LINKS〕 페이지(또는 URL : literatureandlatte.com/links)를 연 후, 다시 맨 아래쪽의 〔Writing & Literature Websites〕 메뉴를 열면 나노리모 챌린지에 대한 간략한 설명과 함께 링크를 찾을 수 있습니다.

Tip 왼쪽은 표준 라이센스, 오른쪽은 교육기관용 라이센스입니다. 도메인이 *.ac.kr로 끝나는 대학교 이메일을 사용하고 있다면 비교적 저렴한 교육기관용 라이선스를 구매할 수 있습니다. 교육기관 이메일 주소를 보유하고 있지 않다면 표준 라이센스를 구매해야 합니다.

2 웹 브라우저가 실행되면서 리터러처 & 라테 홈페이지의 제품 구매 페이지로 이동합니다. (Windows) 탭을 선택하여 윈도우 버전 구매를 진행하겠습니다. 해당하는 선택지를 골라 (BUY NOW)를 클릭합니다.

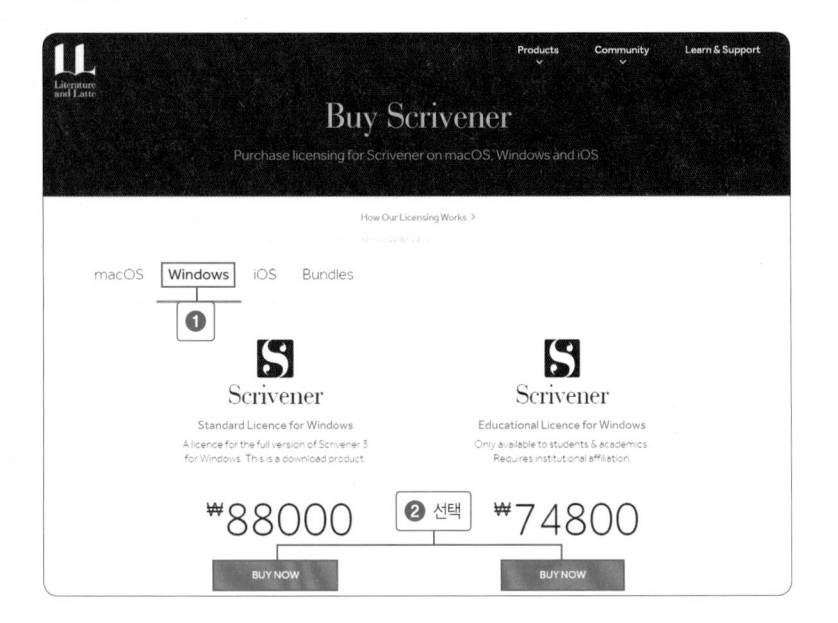

3 패들(Paddle)로 결제가 진행됩니다. 결제 정보를 입력하여 승인을 요청합니다. 이때 적은 이메일 주소로 라이선스 정보가 전달되므로 주의해서 확인합시다. 윈도우 버전이 바르게 선택되었는지도 꼼꼼하게 확인해 주세요.

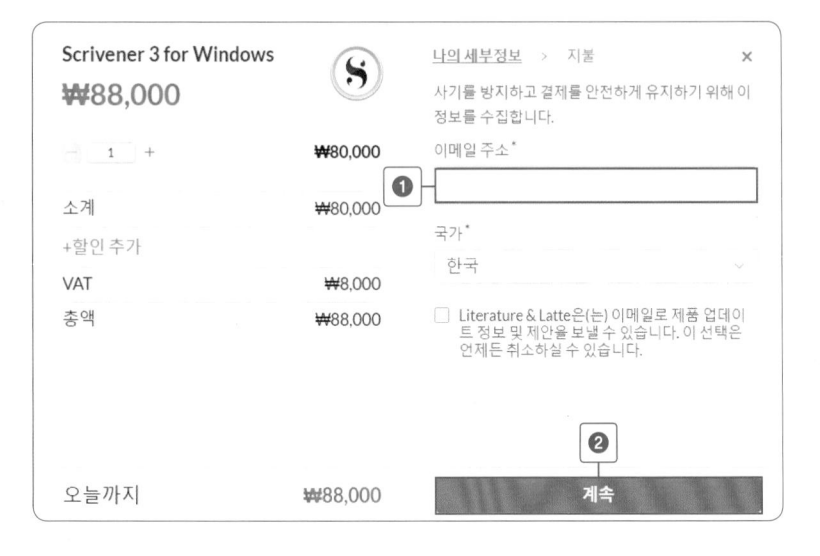

Tip 메일에는 스크리브너 설치 파일을 받을 수 있는 링크도 포함되어 있지만, 사용자의 컴퓨터에 이미 스크리브너가 설치되어 있다면 다시 받을 필요는 없습니다.

4 결제가 성공적으로 마무리되면 결제 시 입력했던 이메일 주소로 구매 영수증과 라이선스 키가 발송되어 옵니다. 라이선스 키는 영문자와 숫자를 조합한 40자리로 구성되어 있습니다.

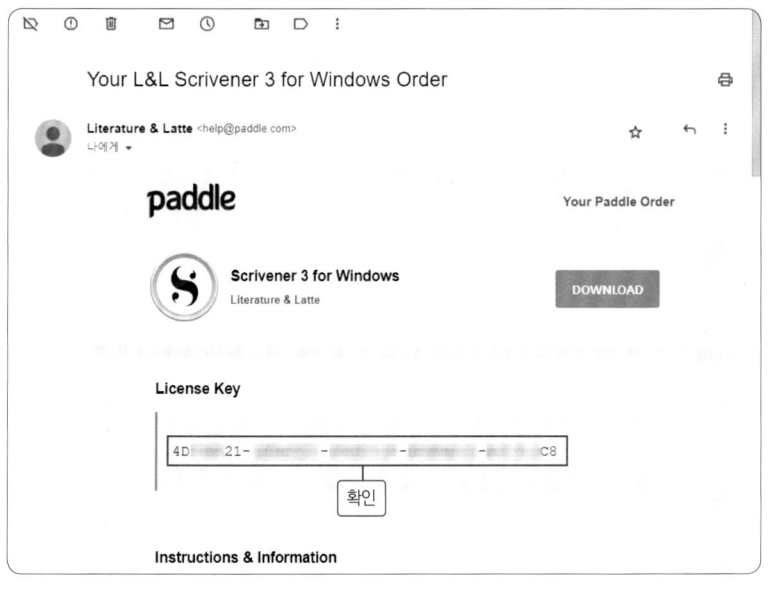

5 스크리브너로 돌아와 제품 구매 안내 팝업 창 왼쪽 아래에 있는 〔Enter License...〕를 클릭합니다.

6 상단 입력 창에는 라이선스 키를 수신한 이메일 주소를 넣고, 하단 입력 창에는 라이선스 키를 넣습니다. 〔Activate License〕를 클릭하면 구매 절차가 완료됩니다.

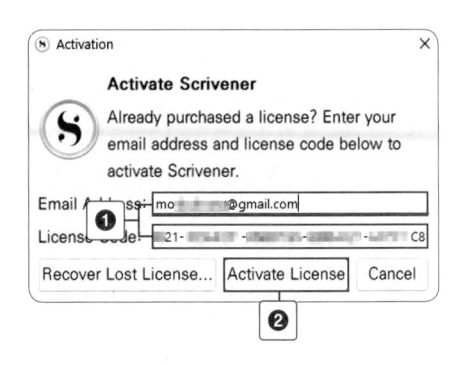

7 라이선스가 성공적으로 활성화되었습니다.

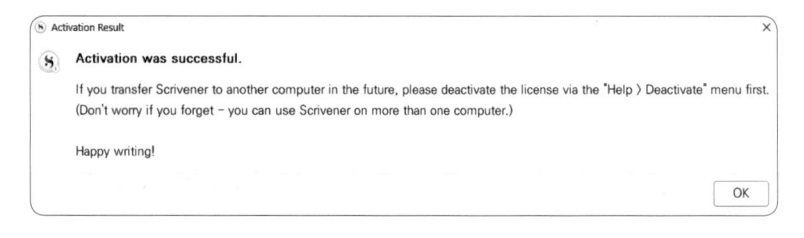

8 메인 메뉴에서 〔Help〕를 선택하면 〔Buy Now...〕였던 메뉴가 〔Deactivate Scrivener〕로 바뀌어 있는 것을 볼 수 있습니다. 이제부터 정품 사용자입니다. 버전 3의 모든 업데이트를 적용받을 수 있고, 다음 버전의 프로그램이 출시되면 대폭 할인된 가격으로 업그레이드 라이선스를 구매할 수 있습니다.

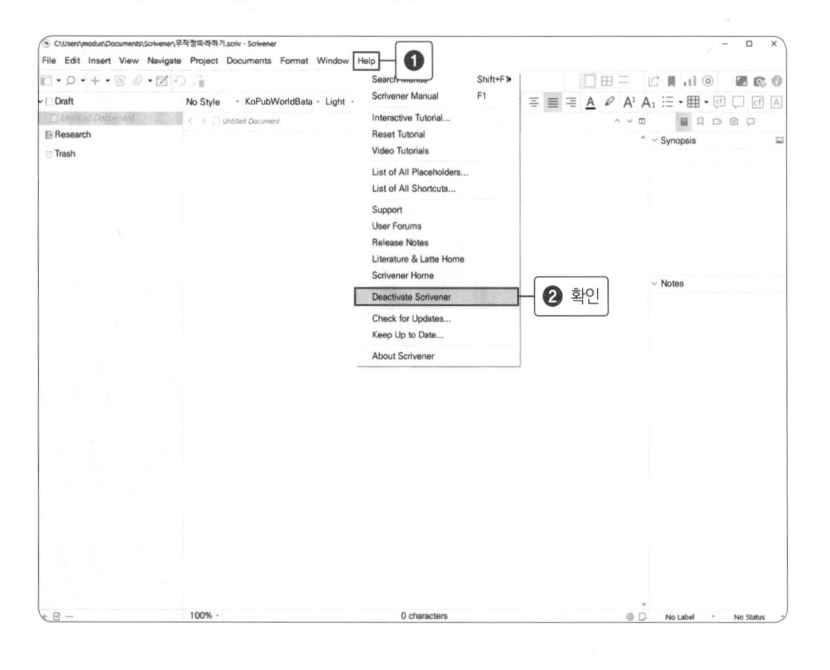

설치와 구매 단계의 FAQ

Q 제 컴퓨터에는 윈도우 7이 깔려 있는데 스크리브너를 사용할 수 있나요?

A 스크리브너 3은 윈도우 8 이상에서 작동합니다. 윈도우 7이나 그 이하 버전을 사용한다면 하위 버전인 스크리브너 1.9를 설치해야 해요. 리터러처 & 라테 홈페이지의 설치 페이지에서 〔PREVIOUS VERSIONS〕를 선택하여 구버전인 1.9.16 버전을 다운로드할 수 있습니다.

개인적인 견해를 말씀드리자면, 이런 경우에는 스크리브너 사용을 보류하시길 권하고 싶네요. 구버전은 더 이상 업데이트도 되지 않고 있는 데다가, 프로그램의 모양새가 현 버전과는 많이 달라서 시험 삼아 사용하기에도 적절하지 않답니다. 가급적이면 윈도우 8 이상에서 스크리브너 3을 사용하기 바랍니다.

Q 설치 파일을 받았는데 'Scrivener-installer.exe'가 아니라 'Scrivener.dmg'가 있어요.

A 실수로 맥 버전 설치 파일을 받으셨군요. 윈도우 버전으로 다시 다운로드하기 바랍니다.

Q 설치를 한글로 진행할 수 있나요?

A 아쉽지만 설치 화면은 한글로 제공되지 않습니다.

Q 오류 창이 생성되면서 설치가 진행되지 않아요.

A 윈도우 버전이 낮으면 설치가 되지 않습니다. 앞서 말씀드렸듯 스크리브너 3은 윈도우 8 이상에서만 동작합니다.

윈도우 8 이상을 사용 중인데도 설치가 되지 않으면 윈도우가 64비트 기반이 맞는지 확인해 보세요. 윈도우의 〔설정〕 - 〔시스템〕 - 〔정보〕에서 운영 체제의 종류를 확인할 수 있습니다. 시스템 종류가 '32비트 운영 체제'로 표기되어 있다면 스크리브너도 32비트용으로 설치해야 합니다. 설치 파일을 다운로드할 때 기본 64비트로 설정된 드롭다운 메뉴에서 32비트로 바꾸면 됩니다.

이전에 스크리브너를 설치했던 적이 있다면 재설치 과정에서 충돌

이 일어났을 수도 있습니다. 기존 스크리브너를 언인스톨하거나 설치된 폴더를 찾아서 남아 있는 파일을 지운 후 재시도해 보세요.

Q 스크리브너를 설치한 뒤 성공적으로 실행했습니다. 프로그램을 한글로 이용할 수 있나요?

A 한글 설정이 가능합니다. 메인 메뉴의 〔File〕 - 〔Options...〕으로 옵션 창을 열어 〔General〕 - 〔Language〕를 찾아가면 언어 설정을 바꿀 수 있어요. 기본 설정인 English를 한국어(대한민국)로 바꾸신 뒤 스크리브너를 재실행하면 됩니다.

하지만 한글화의 완성도가 높지 않아서 오히려 불편할 수 있기 때문에 되도록 기본 설정인 영어 설정 그대로 사용하기를 권장합니다.

Q 평가판은 언제까지 사용할 수 있나요?

A 프로그램 실행 시간을 기준으로 30일 동안 사용할 수 있습니다. 24(시간) × 30(일) = 720(시간)이니까, 하루에 10시간씩 매일 사용한다면 달력상의 날짜로는 72일 동안 사용할 수 있는 것이지요.

Q 제품 구매 안내 팝업 창에서 더 이상 진행이 되지 않아요.

A 평가판의 사용 기한 30일이 경과되었네요. 계속 사용하려면 정품을 구매해야 합니다. 스크리브너를 한 번이라도 사용한 적이 있다면 프로그램을 지우더라도 30일의 사용 기한은 계속 소진됩니다.

Q 하나의 라이선스를 여러 대의 컴퓨터에서 사용할 수 있나요?

A 가능합니다. 리터러처 & 라테의 라이선스 정책에 따르면, 원칙적으로 스크리브너 3의 라이선스는 구매자의 집에 있는 모든 컴퓨터에서 공유할 수 있습니다. 더불어 구매자, 또는 구매자와 거주하는 가족만이 사용한다는 전제 아래, 집 밖의 컴퓨터 한 대와도 공유할 수 있습니다.

이에 해당하지 않는 컴퓨터에서 라이선스를 사용하는 것은 정책에 위배됩니다. 이 경우 리터러처 & 라테는 컴퓨터에서 프로그램을 지우거나 라이선스를 비활성화할 것을 요구하고 있습니다.

Tip 단, '구매자와 함께 거주하는 가족'에 해당하려면 구매자와 연중 8개월 이상 함께 사는 구성원이어야 합니다.

2 | 사용 환경 설정하기

시작 전에 몇 가지 설정을 조정하면 스크리브너로 집필하는 환경을 더욱 편리하고 효율적으로 구성할 수 있습니다. 아래 설정은 저의 경험에 기반하여 추천하는 것이므로, 내용을 읽어 보고 자신에게 필요한 사항만 변경하시기 바랍니다.

메인 메뉴에서 [File] - [Options...]를 선택하면 옵션 창이 열립니다. 이어지는 설명에 따라 설정을 조정하여 자신만의 맞춤 환경을 만들 수 있습니다.

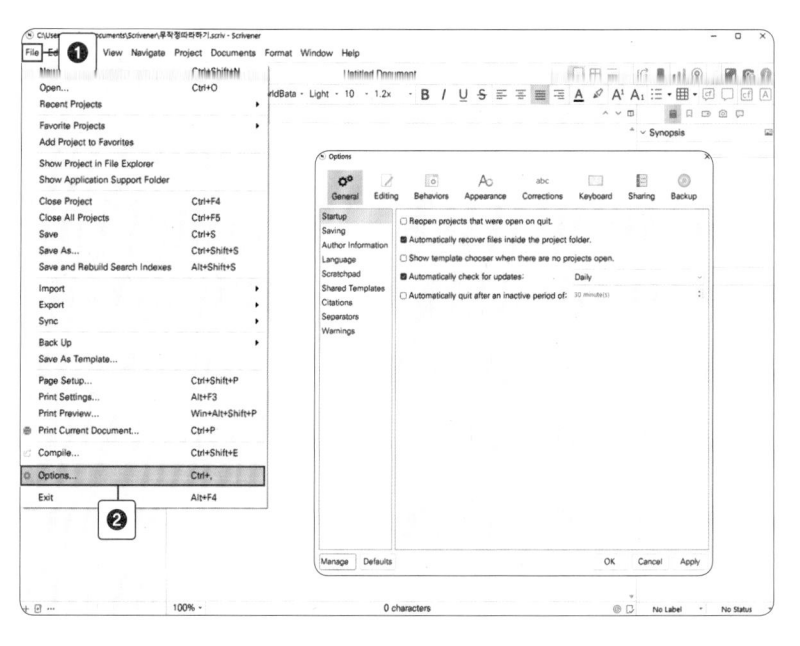

저장/백업 환경 설정하기

① 자동 저장 주기 설정

스크리브너는 자동 저장 주기를 매우 짧게 설정해 놓고 있습니다. 기본으로 설정되어 있는 저장 주기는 마지막 키 입력으로부터 2초 뒤입니다. 글을 쓰다 멈추곤 하는 시간은 2초보다는 더 길기 마련이겠지요. 따라서 스크리브너에서는 따로 저장 명령을 내리지 않더라도 수정 내용이 즉각 반영됩니다.

다소 과하다 싶을 정도의 이런 짧은 저장 주기는 원고를 보호하기 위한 일종의 고육지책으로 여겨집니다. 덕택에 저장 시기를 놓쳐

귀한 원고를 잃어버리는 불상사는 충분히 예방할 수 있게 되었습니다.

저장은 눈깜짝할 사이에 이루어집니다. 200자 원고지 3,000매 분량의 장편 소설도 순수한 텍스트 정보만 남기면 1MB가 채 되지 않으니까요.

그러나 프로젝트에 덩치 큰 미디어 파일을 다수 첨부하면 상황이 달라집니다. 이미지와 동영상 등이 모이기 시작하면 프로젝트의 용량은 크게 불어납니다. 가급적이면 읽고 쓰는 시간이 부담스럽지 않을 정도로만 데이터를 관리하는 편이 바람직하겠지요. 정말 어찌해볼 도리가 없는 경우에만 아래 방법으로 자동 저장 주기를 재설정하세요.

〔General〕 - 〔Saving〕 메뉴에서 두 번째 줄 Auto-save after 오른쪽의 시간을 변경하여 자동 저장 주기를 조정합니다. 시간은 초 단위로 고정되어 있습니다. 최대 300초까지 늘릴 수 있습니다.

그 아래의 체크박스(☑ Take snapshots of changed text documents on manual save)를 선택하면 사용자가 저장 단추를 누를 때마다 저장 당시의 작업물이 **스냅샷** 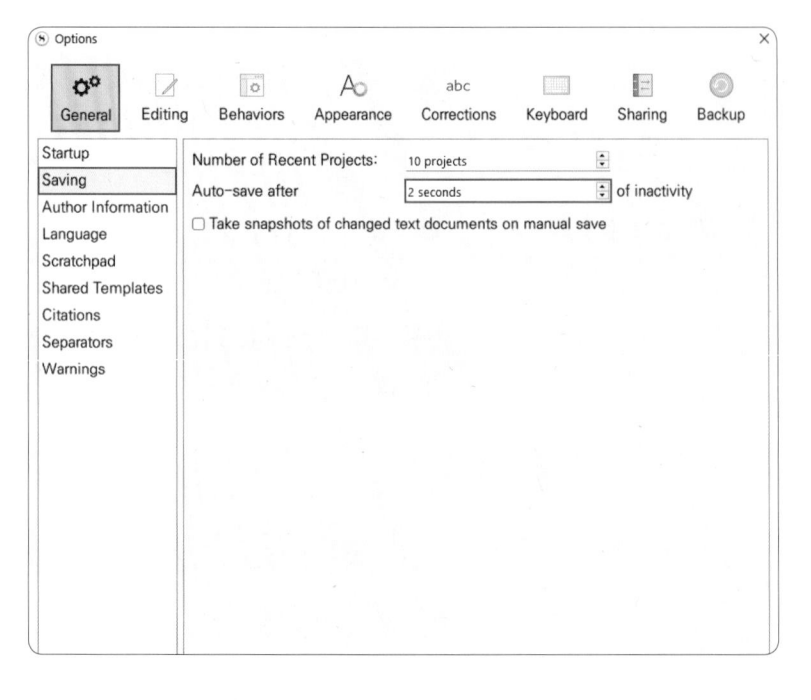 ▶ 344쪽 으로 저장됩니다.

② 백업 설정

〔Backup〕메뉴에서는 백업 경로, 주기, 수량 등 전반적인 백업 관리 사항을 설정할 수 있습니다. 맨 위의 체크박스(☑ Turn on automatic backups)를 해제하면 그 아래의 항목은 모두 비활성화되어 자동 백업을 사용할 수 없게 됩니다. 이하의 체크박스는 다음과 같습니다.

- **Back up on project open** : 프로젝트를 열 때마다 자동으로 백업합니다.
- **Back up on project close** : 프로젝트를 닫을 때마다 자동으로 백업합니다.
- **Back up with each manual save** : 사용자가 임의로 '저장' 단추를 누를 때마다 백업 파일을 함께 생성합니다.
- **Back up before syncing with mobile devices** : 모바일 기기와 동기화하기 전에 백업을 수행합니다. iOS 앱을 사용하고 있지 않다면 무시해도 되는 항목입니다.

- **Compress automatic backups as zip files** : 백업 데이터를 압축 파일(.zip)로 생성합니다. 이 체크박스를 해제하면 백업 데이터도 원본 데이터와 마찬가지로 '.scriv' 확장자의 폴더 및 파일로 저장됩니다.
- **Use date in backup file names** : 백업 파일의 이름에 날짜 정보를 삽입합니다.
- **Retain backup files** : 남겨둘 백업 파일의 수량을 결정합니다.
  - ∟ **Keep all backup files** : 백업 파일을 모두 보관합니다. 사용자가 임의로 삭제하지 않는 한 백업 폴더 내에 모든 백업 파일이 누적됩니다.
  - ∟ **Only keep 5 most recent backup files** : 가장 최근의 백업 파일 5개만을 남겨둡니다.
  - ∟ **Only keep 10 most recent backup files** : 가장 최근의 백업 파일 10개만을 남겨둡니다.
  - ∟ **Only keep 25 most recent backup files** : 가장 최근의 백업 파일 25개만을 남겨둡니다.

〔Backup〕메뉴의 마지막 줄에서 자동 백업 경로를 설정할 수 있습니다. 기본적으로 사용자 폴더 내부 깊숙한 곳에 백업 파일을 보관하도록 설정되어 있는데, 이를 사용자의 눈에 잘 띄는 곳으로 가지

고 나와서 관리할 수 있습니다. 〔Choose...〕를 클릭하여 원하는 폴더를 설정합니다.

〔Open backup folder...〕를 클릭하면 설정해 둔 백업 폴더가 파일 탐색기에서 곧바로 열립니다.

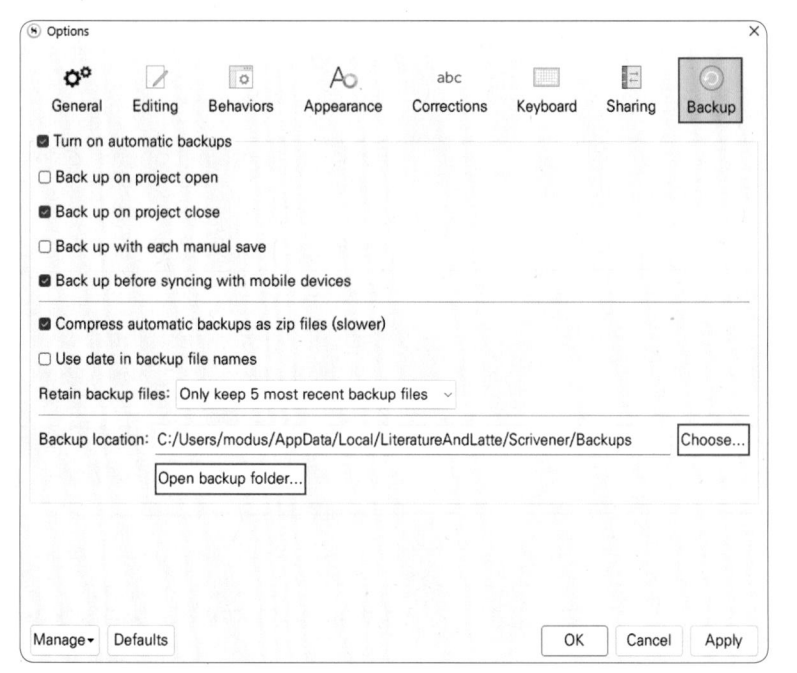

에디터 작업 환경 설정하기

① 에디터 레이아웃 설정

〔Editing〕 메뉴에서는 에디터 ▶ 072쪽 와 텍스트의 모양새를 설정할 수 있습니다. 에디터는 스크리브너에서 가장 넓은 범위를 차지하고 있으며, 집필 시의 실질적인 기여도 역시 가장 높은 영역입니다. 그러므로 에디터의 모양새를 사용자의 습관과 취향에 맞도록 미리 조정해 두어야 불편함 없이 집필에 임할 수 있습니다.

〔Editing〕-〔Options〕 탭의 맨 위 항목(☑ Reload main editors last selected zoom on startup)을 체크해 두면 작업 중 변경한 창의 확대 배율이 프로그램을 다시 실행할 때까지 그대로 유지됩니다. 일단 이 항목만 체크해 둡시다.

> Tip 아직 각 창에서 텍스트가 어느 정도의 크기로 표시될지 알 수 없기 때문에, 배율을 지금 조정하는 것은 큰 의미가 없습니다. 차후에 입력 창을 하나씩 사용할 때마다 각자에게 알맞은 배율로 조정하면 됩니다.

눈금자를 자주 사용하는 편이라면 바로 아래 항목에서 눈금자의 단위를 적당한 것으로 바꾸어 줍시다. 센티미터(Centimeters), 인치(Inches), 픽셀(Picas), 포인트(Points) 중에서 선택할 수 있습니다. 별다른 사정이 없다면 센티미터로 설정해 두면 무난합니다.

② 텍스트 포맷 설정

〔Editing〕-〔Formatting〕 탭에서는 집필 시 주로 사용할 글꼴과 문단의 모양새를 설정할 수 있습니다. 스크리브너에서 기본으로 설정해 둔 Sitka 폰트는 영어 전용 글꼴입니다. 이 글꼴로 한글을 입력하면 가독성이 떨어지는 **기본 글꼴**로 표시됩니다. 서식 메뉴의 글꼴 부분을 눌러 본문 텍스트를 한글 표기용 글꼴로 바꾸어 줍시다. 글자 크기는 평소 워드프로세서에서 사용하는 10포인트 전후의 크기를 그대로 사용하면 됩니다.

모니터의 해상도가 높다면 에디터에 입력한 글자가 작게 표시될 수 있습니다. 이때는 글자 크기를 키우기보다 에디터 창의 표시 배율을 확대하여 글자가 크게 보이도록 하는 편이 낫습니다. 원고를 내보내거나 저장할 때는 일반적으로 에디터에서 설정한 글꼴을 그대로 따라가기 때문입니다. 에디터에서 글자 크기를 늘린 상태로 원고를 내보내면 내보낸 원고에서 다시 글자 크기를 줄여야 하는 번거로움이 있습니다.

Notes font와 Inspector comments font는 둘 다 스크리브너 우측의 인스펙터 창에서 보게 될 주석의 글꼴을 결정합니다. 본문 글꼴과 같은 것으로 하되, 크기만 1~2포인트 작게 설정하면 무난합니다.

③ 전체 레이아웃 설정

〔Appearance〕 메뉴에서는 프로그램의 전반적인 외관을 설정합니다. 역시 작업이 진행되는 동안 지속해서 들여다보며 확인해야 하는 요소들인 만큼, 작업하기 편하도록 조정하는 편이 바람직합니다.

〔Main Editor〕 메뉴를 선택하여 에디터의 너비(Default editor width)와 상하좌우 여백(Editor Margins) 등을 설정할 수 있습니다.

그 외 항목은 다음과 같습니다.

- **Use fixed width editor** : 에디터의 너비를 위(Default editor width)에서 입력한 고정폭으로 설정합니다.

- **Center the editor when using a fixed width** : 에디터를 고정폭으로 사용할 때 편집 위치를 중앙으로 설정합니다.

- **Scrollbars next to text when using fixed width** : 에디터를 고정폭으로 사용할 때, 스크롤 바를 에디터 맨 우측이 아니라 고정된 폭의 우측으로 붙입니다. 결과적으로 스크롤 바가 에디터의 안쪽으로 다소 들어온 것처럼 보이게 됩니다. 이 기능은 스크리브너를 재실행해야 적용됩니다.

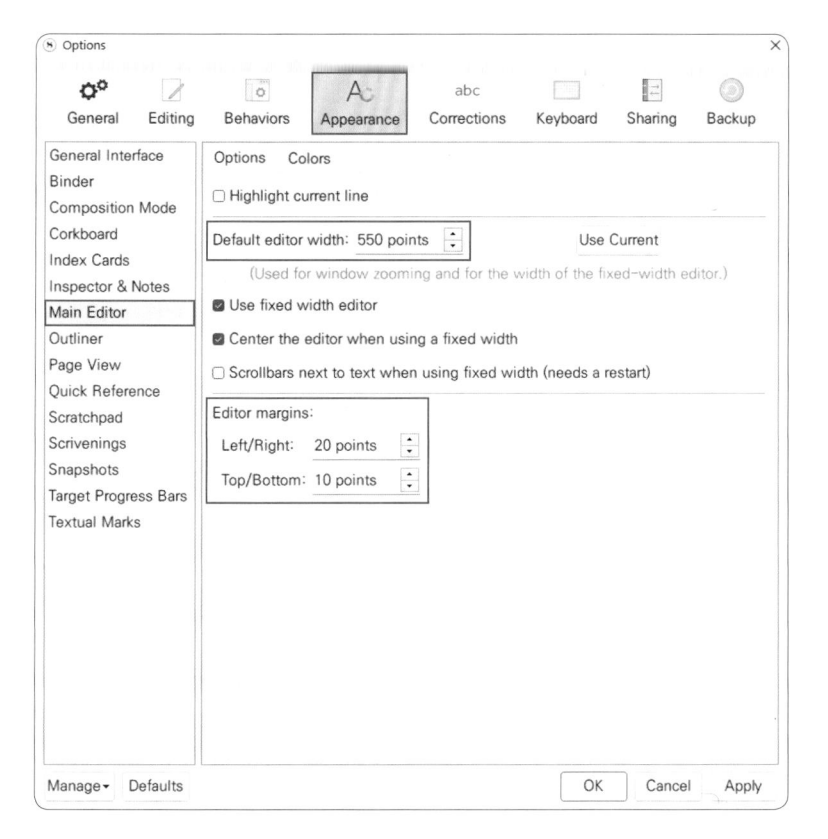

마지막으로 〔Binder〕 메뉴로 옮겨가 **바인더** 071쪽 의 글꼴과 줄 간격을 설정합시다. 스크리브너의 좌측으로 아이콘과 글자가 함께 표시되는 영역이 바인더입니다.

〔Fonts〕 탭을 클릭하여 바인더 목록의 글꼴과 크기를 결정합니다.

아래 Use bold font for 하단의 체크박스를 선택하면 **폴더(☑**

Folders) 또는 **문서 그룹**(☑ Document Groups) 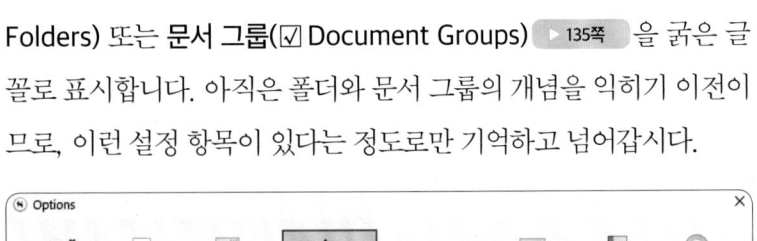 을 굵은 글
꼴로 표시합니다. 아직은 폴더와 문서 그룹의 개념을 익히기 이전이
므로, 이런 설정 항목이 있다는 정도로만 기억하고 넘어갑시다.

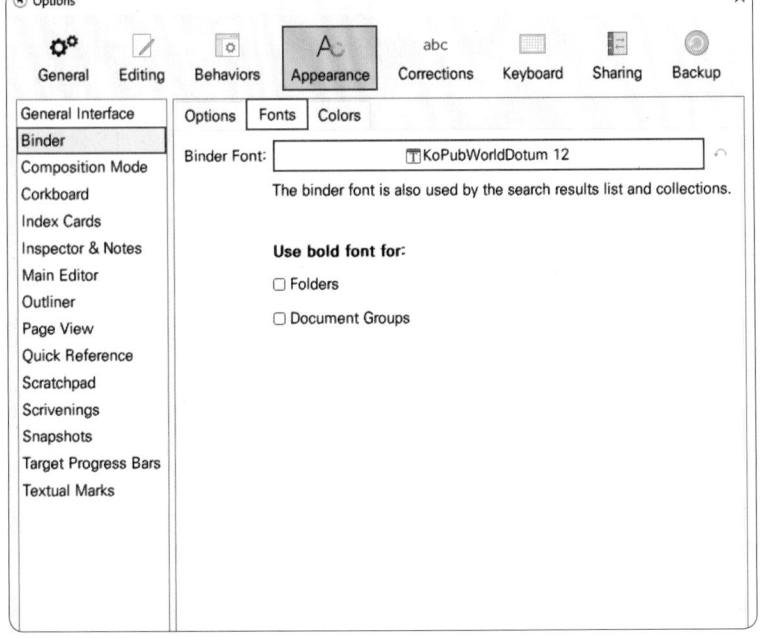

〔Options〕 탭을 클릭하여 바인더의 **줄 간격**(Binder items spacing)
과 **들여쓰기 정도**(Binder items extra indent)를 결정합니다.

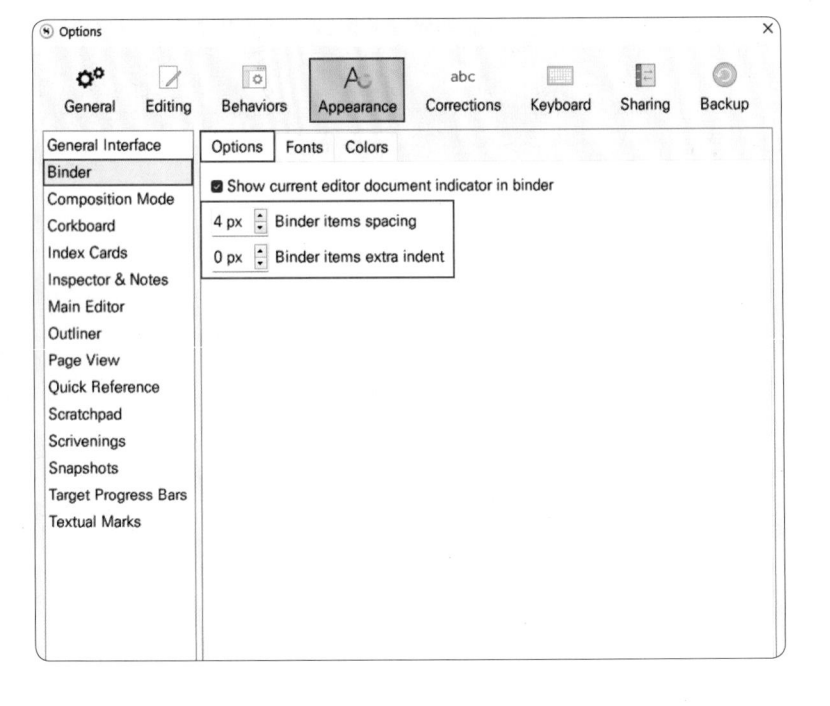

**기타 집필에 유용한
환경 설정하기**

① 작업하던 프로젝트로 곧장 진입하기

스크리브너를 실행하면 초기 화면으로 **템플릿 선택 창**이 등장합니다. 이 팝업 창은 템플릿을 선택하여 새로운 프로젝트를 시작하도록 하는 기능 외에 기존 작업 프로젝트를 찾아서 열어 주는 기능도 수행합니다. 그러나 한 번에 하나의 프로젝트만 운용하는 사용자라면 스크리브너를 실행할 때마다 템플릿 선택 창을 마주해야 할 필요가 없습니다.

〔General〕 - 〔Startup〕 메뉴 맨 위의 체크박스(☑ Reopen projects that were open on quit)를 선택하면 템플릿 선택 창을 거치지 않고 가장 마지막에 작업한 프로젝트를 곧바로 불러낼 수 있습니다.

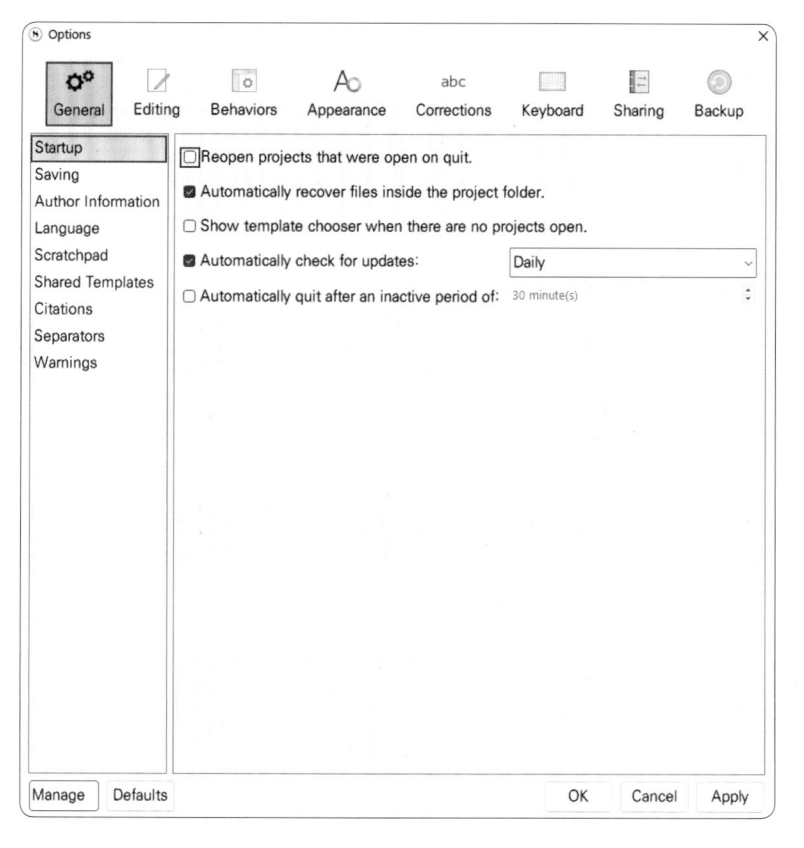

② 문장 부호 설정

〔Corrections〕-〔Corrections〕 메뉴에서는 작가가 즐겨 사용하는 문장 부호의 종류를 미리 정해 둘 수 있습니다. 여기서는 두 번째 구분선 아래의 Puntuation 항목만 살펴보겠습니다.

- **Use smart quotes** : 곧은 형태의 따옴표(" ') 대신 곡선 형태의 따옴표("" '')를 사용합니다.
- **Replace double hyphens with em-dashed** : 하이픈(-) 두 개를 연속해서 입력하면(--) 하나의 긴 대시(—)로 변환합니다.
- **Replace tripple periods with ellipses** : 마침표 세 개(...)를 연속해서 입력하면 말줄임표(…)로 변환합니다.
- **Disable smart quotes, em-dash and ellipsis substitution in script mode** : 위의 세 기능은 스크립트 모드에서는 적용하지 않습니다.

③ 철자 검토 끄기

스크리브너에서는 미리 주어진 단어 사전 데이터로 철자를 실시간 검토합니다. 이것은 워드프로세서 사용자에게는 익숙한 기능입니다. 그러나 글을 쓸 때 표시되는 붉은 줄이 집필에 방해가 된다는 이유로 이 기능을 끄는 사용자가 많습니다.

〔Corrections〕 - 〔Spellings〕 메뉴에 있는 체크박스를 모두 해제하면 철자 검토 기능이 작동하지 않으므로 깨끗한 화면에서 작업할 수 있습니다.

Scrivener

이제 막 스크리브너를 시작한 단계이니 가장 기초적인 개념부터 익히는 것이 좋겠죠?
스크리브너에는 다른 문서 편집 프로그램에서도 볼 수 있는 일반적인 도구와 스크리
브너만의 고유한 도구가 공존하고 있습니다. 익숙한 것부터 시작해서 조금씩 지식을
넓혀 나가 봅시다.

Chapter 02에서는 스크리브너를 사용하기 위해 필수적으로 알아 두어야 할 개념과
도구를 정리했습니다. 기본기에 해당하지만, 여기서 다루는 기초 개념만 갖추어도 훨
씬 편안한 집필 환경을 누릴 수 있을 거예요.

Chapter

02

기초 기능 익히기

Section 01

외관과 기본 요소

스크리브너의 외관을 구성하는 기본 요소부터 살펴보도록 하겠습니다. 이들 기본 요소는 화면의 일정한 영역에서 프로젝트 창의 일부를 담당하고 있습니다. 크게 어려운 내용은 없으니 편한 마음으로 가볍게 훑어보세요.

1 │ 프로젝트 창

프로젝트 창은 스크리브너의 기본 토대입니다. 스크리브너의 작업 화면을 구성할 뿐만 아니라 모든 기능의 실행 터전이 되지요. 각 영역의 명칭은 다음과 같습니다.

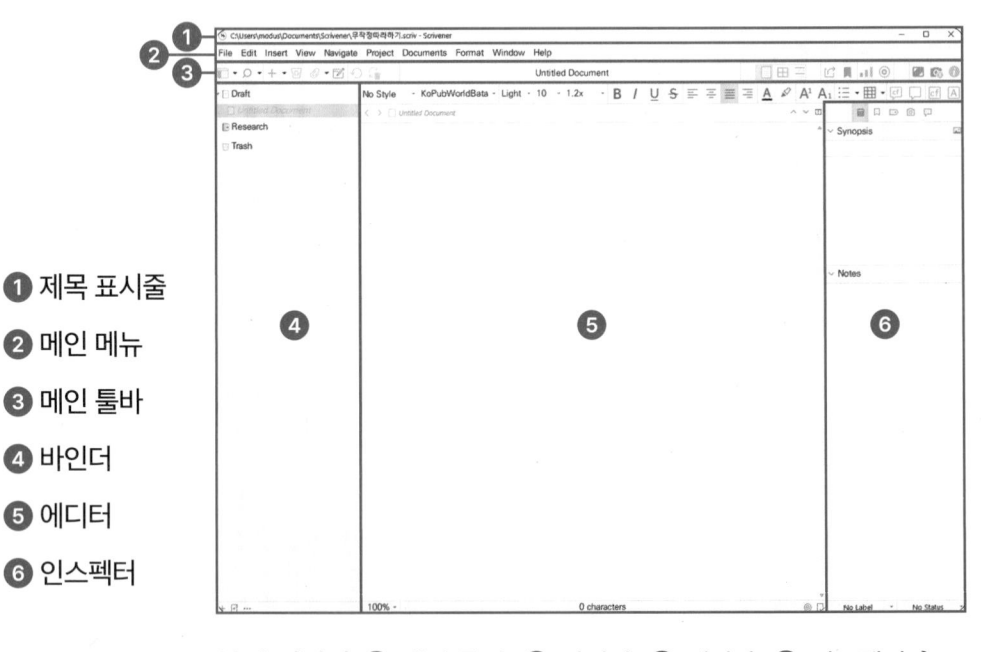

❶ 제목 표시줄
❷ 메인 메뉴
❸ 메인 툴바
❹ 바인더
❺ 에디터
❻ 인스펙터

특히 여기서 ❸ 메인 툴바, ❹ 바인더, ❺ 에디터, ❻ 인스펙터가 프로젝트 창을 이루는 주요 요소입니다. 각 영역을 자세히 살펴보도록 할 텐데요, 그에 앞서 프로젝트 창의 '프로젝트'가 무엇을 의미하는지부터 짚고 가겠습니다.

프로젝트의 기본 개념 프로젝트(Project)는 스크리브너에서 사용하는 작업의 기본 단위입니다. 워드프로세서의 '문서'와 같다고 보아도 좋습니다. 말하자면 워드프로세서에서 '새 문서'로 작업을 시작하는 것처럼 스크리브너에서는 '새 프로젝트'로 작업을 시작하는 것이지요.

그런데 여기서 주의해야 할 점이 있습니다. 대부분의 윈도우 응용 프로그램은 작업의 기본 단위가 **파일**로 생성됩니다. 가령 MS 워드에서 '무따기'라는 문서를 작업하고 저장했다면 '무따기.doc(x)' 파일로 저장됩니다. 문서 하나에 파일 하나입니다. 심플하지요.

반면 스크리브너의 프로젝트를 저장하는 단위는 파일이 아니라 **폴더입니다.** 하나의 프로젝트가 여러 개의 파일로 저장된다는 뜻입니다. 앞서 스크리브너를 설치할 때 만들었던 **무작정따라하기** 프로젝트를 다시 한번 볼까요?

프로젝트 생성 창은 일반적인 파일을 생성하는 듯한 모양새를 보여 줍니다. 프로젝트 이름을 넣는 곳에는 **파일 이름**이라는 설명이 붙어 있고, 그 아래에도 **파일 형식**이라고 되어 있지요. 그래서 분명히 .scriv 확장자를 가진 파일을 생성하려는 것처럼 보입니다.

그런데 실제 **무작정따라하기** 프로젝트를 만들었던 문서 폴더로 들어가 보면 파일이 아니라 폴더가 생성되어 있습니다.

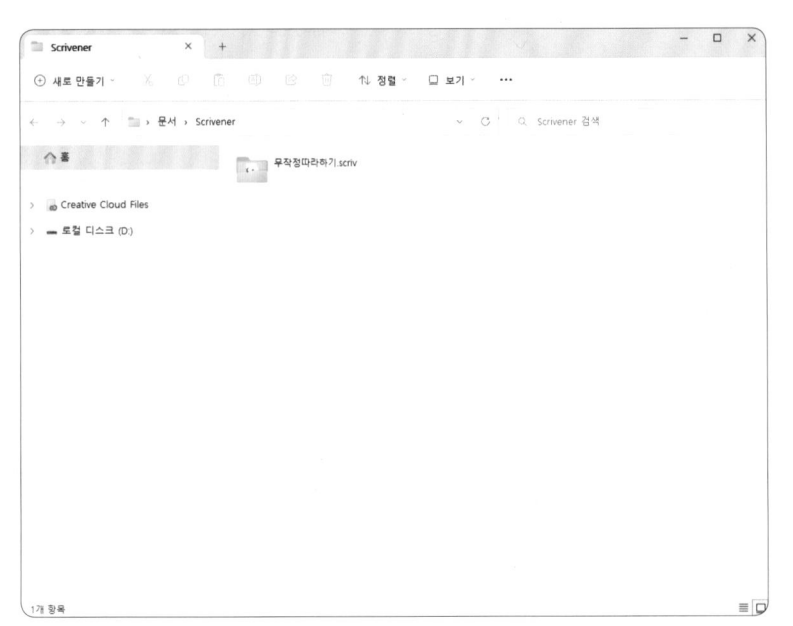

Tip 폴더의 '.scriv'는 이름에 불과하므로, 이 글자를 지워도 프로젝트를 실행하는 데는 아무런 문제가 없습니다.

무작정따라하기.scriv라고 해서 언뜻 확장자가 붙어 있는 것처럼 보이기도 합니다. 그러나 윈도우의 폴더는 확장자가 부여되는 대상이 아닙니다. 통째로 폴더의 이름일 뿐이지요. 그러므로 **무작정따라하기**.scriv를 더블 클릭하면 당연히 일반적인 폴더와 똑같이 반응합니다. 폴더가 열리는 것이지요.

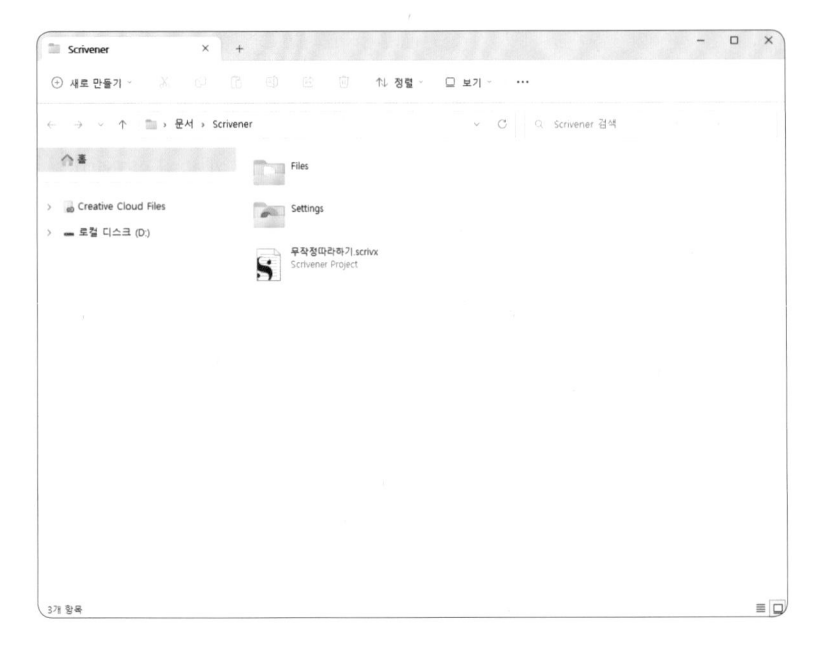

무작정따라하기.scriv 폴더 아래에는 **무작정따라하기.scrivx** 파일을 비롯해 몇 개의 폴더가 있습니다. 온전한 의미에서 '스크리브너 파일'이라고 부를 수 있는 것은 바로 이 **무작정따라하기.scrivx** 파일입니다. 실제로 이 파일을 더블 클릭하면 스크리브너가 실행되면서 **무작정따라하기** 프로젝트가 열립니다. '무따기.docx'를 더블 클릭할 때 MS 워드가 실행되면서 '무따기' 문서가 열리는 것처럼요.

그렇다면 여기서 질문! **무작정따라하기** 프로젝트를 다른 곳에서 사용하고 싶다면 무엇을 복사해야 할까요?

❶ 폴더 **무작정따라하기.scriv**를 통째로 복사한다.

❷ 파일 **무작정따라하기.scrivx** 파일만 복사한다.

답은 ❶입니다. 앞서 말씀드렸죠? **프로젝트**는 스크리브너 작업의 기본 단위이고, 프로젝트를 저장하는 단위는 파일이 아니라 **폴더**라구요. 그러므로 우리는 이렇게 기억할 필요가 있습니다.

프로젝트는 스크리브너 작업의 기본 단위이다.
프로젝트(폴더)는 파일 탐색기에서의 최소 단위이다.

.scrivx 파일이 없으면 프로젝트를 실행할 수 없지만, 중요한 작업물은 하위 폴더의 다른 파일에 분산되어 저장됩니다. 그리고 이 파일들의 정보는 서로 얽혀 있기 때문에 .scriv 폴더 내의 파일이 하나라도 사라지거나 손상되면 프로젝트 전체가 손상될 위험이 있습니다.

메인 툴바
메인 툴바에는 일반적으로 사용 빈도가 높은 기능이 모여 있습니다. 이 조합은 메인 메뉴의 (View) - (Customize Toolbars...) - (Main Toolbar)에서 편집할 수 있습니다.

툴바의 왼쪽부터 기본 조합을 빠르게 살펴보겠습니다.

❶ ⊞▾ **보기** : 바인더, 컬렉션, 서식 표시줄, 눈금자 등을 나타내거나 감춥니다. 우측의 화살표 아이콘▾으로 드롭다운 메뉴를 열어서 사용합니다.

❷ ◯▾ **찾기** : 찾기와 바꾸기 도구를 사용합니다. 기본 아이콘을 클릭하거나 드롭다운 메뉴를 열어서 사용합니다. 기본 아이콘을 클릭하면 **프로젝트 찾기** 도구를 나타내거나 감춥니다. ▶ 311쪽

❸ +▾ **만들기** : 바인더에 새 문서를 만듭니다. 드롭다운 메뉴에서는 새 파일, 새 폴더를 만들 수 있고, 외부 파일이나 웹 페이지를 가져와서 문서를 만들 수도 있습니다. 기본 아이콘을 클릭하면 **새 파일**을 생성합니다. ▶ 096쪽

❹ ◌ **휴지통** : 바인더에서 선택한 요소를 휴지통으로 이동합니다. 단축키는 일반적인 용례와 달리 (Ctrl)+(Del)을 사용합니다.

❺ ⌯▾ **삽입하기** : 이미지, 노트, 주석, 링크, 표 등을 삽입합니다. 드롭다운 메뉴를 열어서 사용합니다. ▶ 210쪽

❻ ✎ **퀵 레퍼런스** : 팝업 창으로 퀵 레퍼런스를 엽니다. ▶ 378쪽

Untitled Document

48,001 / 100,000 chars | 1,631 chars

◯ Search

∧ 위에서부터 순서대로 기본 상태, 마우스 오버 시, 클릭 시의 모습

중간의 흰 창은 평소에는 **문서의 제목**을 표시합니다. 창에 마우스를 올리면 **간단한 문서 통계**로, 그 상태로 창을 클릭하면 **빠르게 찾기**로 전환됩니다.

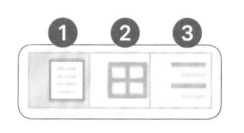

(그룹) 뷰 모드 : 바인더에서 선택한 요소를 **①** 편집기/스크리브닝, **②** 코르크보드, **③** 아웃라이너로 보여 줍니다. `074쪽`

① 🔗 **컴파일** : 프로젝트를 컴파일하기 위해 컴파일러 창을 엽니다. `403쪽`

② 🔖 **북마크** : 북마크 목록을 팝업 창으로 표시합니다. `332쪽`

③ 🖼 **컴포지션 모드** : 집중 글쓰기 모드인 컴포지션 모드로 전환합니다. `128쪽`

④ ⓘ **인스펙터** : 인스펙터 창을 나타내거나 감춥니다. `073쪽`

바인더　바인더(Binder)는 프로젝트 창의 왼쪽에 위치하며, 프로젝트에 삽입된 문서와 자료를 계층 구조로 보여주고 관리합니다. 프로젝트가 생성될 때 바인더에는 기본 폴더인 Draft, Research, Trash가 미리 주어집니다. 이 폴더는 삭제할 수 없습니다. `134쪽`

기본 폴더는 잎으로 자주 보게 될 것이므로, 이 책에서는 각각 **드래프트** 폴더, **리서치** 폴더, **휴지통**으로 표기하겠습니다.

하단 표시줄의 아이콘으로 폴더와 파일을 추가하거나 단축 메뉴를 열 수 있습니다.

에디터　　에디터(Editor)는 글의 집필이 실질적으로 이루어지는 작업 공간으로, 프로젝트 창에서 가장 넓은 면적을 차지합니다.

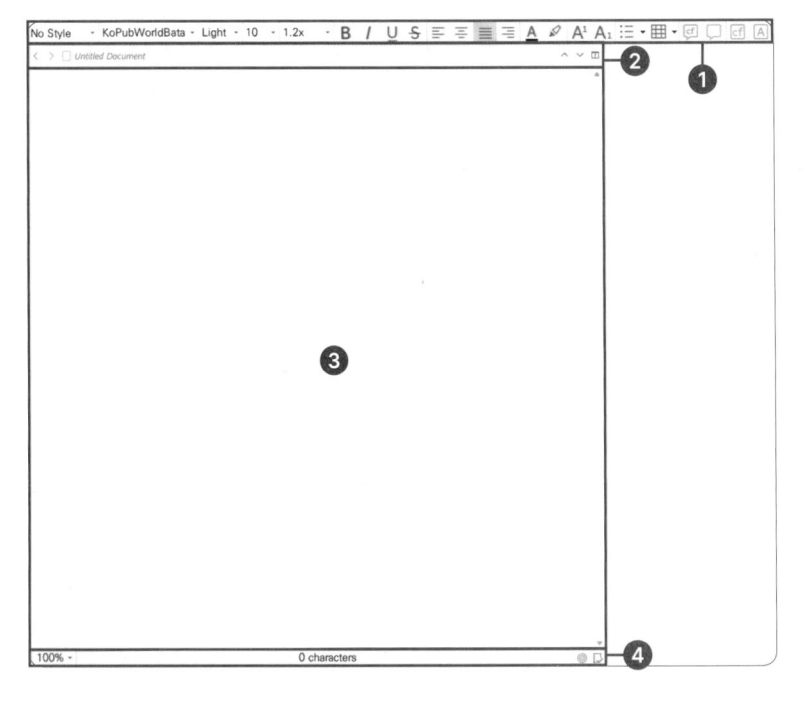

❶ **서식 표시줄** : 글자 모양과 문단 모양을 설정합니다. 메인 툴바 **보기** 아이콘 의 드롭다운 메뉴에서 〔Format Bar〕를 선택하여 나타내거나 감출 수 있습니다.

❷ **상단 표시줄** : 문서 제목과 함께 문서 히스토리, 이전 글 및 다음 글, 에디터 분할 아이콘이 표시됩니다. 〔View〕 - 〔Editor Layout〕 - 〔Header View〕로 나타내거나 감출 수 있습니다.

❸ **편집기** : 글을 입력하고 수정합니다. 본래 이 영역 역시 에디터 (Editor)로 명명되어 있지만, 이 책에서는 편의상 편집기로 부르겠습니다.

❹ **하단 표시줄** : 표시 확대 배율, 입력한 글자/단어 수, 목표 설정 및 추적, 컴파일에 문서 포함 아이콘이 표시됩니다. 〔View〕 - 〔Editor Layout〕 - 〔Footer View〕로 나타내거나 감출 수 있습니다.

인스펙터 인스펙터(Inspector)는 글의 부가 정보를 관리하는 영역입니다. 프로젝트 창의 오른쪽에 위치하며, 프로젝트를 처음 실행할 때는 감추어져 있습니다. 메인 툴바의 인스펙터 아이콘  을 눌러 나타내거나 다시 감출 수 있습니다.

인스펙터는 다섯 개의 하위 기능을 포함하고 있습니다. 이 기능은 인스펙터 상단의 아이콘 탭으로 선택합니다.

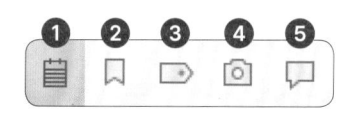

❶ **노트** : **시놉시스** `▶226쪽` 와 **문서 노트**를 관리합니다. 시놉시스는 **인덱스카드** `▶076쪽` 와 **아웃라이너** `▶078쪽` 에 표시됩니다.

❷ **북마크** : **프로젝트 북마크**나 **문서 북마크**를 관리합니다. 아이콘 탭 아래의 표시줄을 클릭하거나 단축키 `Ctrl`+`F6`으로 프로젝트/문서 북마크를 전환합니다. `▶331쪽`

❸ **메타데이터** : 문서의 생성일, 최종 수정일, 키워드, 그 외 문서에 대한 임의의 부가 정보를 관리할 수 있습니다. `▶303쪽`

❹ **스냅샷** : 변경 전의 문서를 저장하고 변경 사항을 관리합니다. `▶344쪽`

❺ **주석** : 메모와 각주 등 문서의 주석 사항을 관리합니다. `▶359쪽`

2 │ 그룹 뷰 모드

그룹 뷰 모드는 여러 개의 문서를 묶어서 볼 수 있는 기능으로, ▦ 코르크보드, ▤ 아웃라이너, ▥ 스크리브닝까지 세 가지 모드가 제공됩니다. 그룹 뷰 모드의 결과물은 모두 에디터 창에 출력되고 기본으로 사용하는 단일 문서 모드 역시 에디터 창에 표시되므로, 에디터 창에서는 모두 네 가지 종류의 화면을 볼 수 있는 셈입니다.

아래에서 '그룹 뷰'가 무엇인지 간단히 알아본 후 세 가지 그룹 뷰 모드를 순서대로 살펴보겠습니다.

그룹 뷰의 기본 개념

스크리브너는 초기 버전부터 독자적인 **그룹 뷰(Group View)** 개념을 발전시켜 왔습니다. 그룹 뷰는 여러 개의 문서 또는 문서의 개요를 한눈에 파악할 수 있도록 정렬해 주는 기능을 제공합니다. 사용자는 이 문서들을 늘어 놓거나 임의로 묶으면서 자유롭게 재정렬할 수 있습니다.

이것은 실제 세계의 글쓰기 행태를 컴퓨터에서 구현할 수 있도록 프로그램 내에 이식해 놓은 것입니다. 구버전의 스크리브너는 그룹 뷰 모드의 외관조차 현실의 문방구를 그대로 모방해 놓았습니다. 가령 **코르크보드**는 특유의 오돌토돌한 질감이 그대로 느껴지는 그래픽 패턴을 입혀 놓았지요.

레이아웃이 좀 더 세련되게 바뀐 지금도 그룹 뷰가 현실의 알레고리라는 점에는 변함이 없습니다. 그래서 우리는 종이와 펜을 들고 글을 쓸 때의 직관을 그대로 모니터 앞까지 가져올 수 있습니다.

게다가 스크리브너의 그룹 뷰 모드에는 손글씨 작업보다 나은 점까지 활용할 수 있지요. 그룹 뷰에서 작업한 내용이 글에 곧바로 반영된다는 것입니다. 스크리브너를 사용하는 우리는 코르크보드에서 메모를 재정렬한 뒤 글의 순서를 다시 맞추기 위해 원고를 뒤적일 필요가 없습니다.

여기서 기억할 그룹 뷰의 특징은 바로 이것입니다.

그룹 뷰 모드의 1 항목 = **바인더**의 1 문서/그룹

그룹 뷰 모드는 메인 툴바의 아이콘 □⊞≡ 을 클릭해 옮겨갈 수 있습니다. 그런데 보통은 각 상황에 알맞은 모드를 스크리브너가 알아서 선택합니다. 따라서 사용자는 특별한 작업 의도가 있을 경우에만 그룹 뷰 모드를 수동으로 바꾸면 됩니다.

코르크보드 집필 과정에는 자료 수집과 개요 작성 사이의 어디쯤에서 모인 글감을 정리하는 작업이 필요합니다. 코르크보드(Corkboard)는 이 작업에서 유용하게 활용됩니다.

⊞코르크보드는 다시 세 가지 모드로 나누어집니다. **그리드 뷰, 라벨 뷰, 자유 형식**을 차례로 살펴보겠습니다. 하단 표시줄의 ⊞ ⬚ 몲 器 아이콘을 클릭해 모드를 변경할 수 있습니다.

① 그리드 뷰 `240쪽`

그리드 뷰(Grid View)는 코르크보드의 기본 뷰 모드입니다. 모눈종이(그리드)의 격자에 맞추어 메모지를 붙여나가듯 좌우 정렬을 맞추어 항목을 나열합니다. 예시를 함께 살펴볼게요.

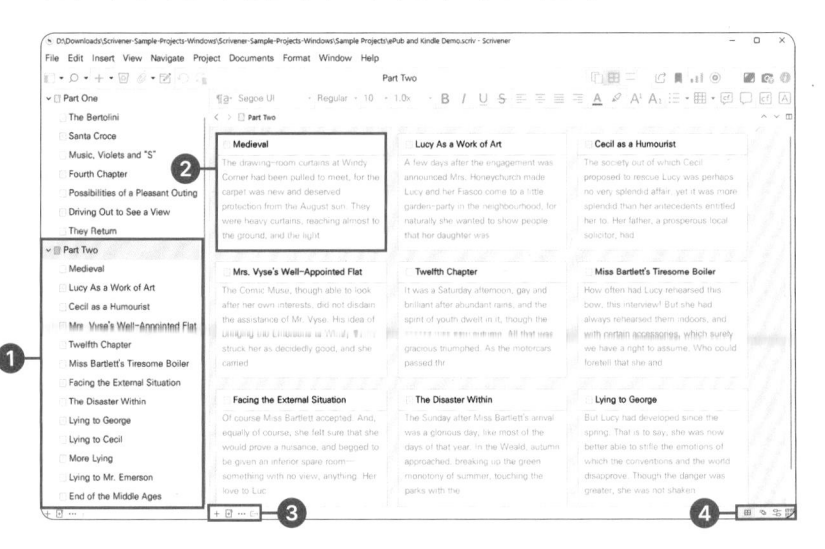

❶ 현재 바인더에서 Part Two를 마우스로 클릭한 상태입니다. 바인더에서 파란색으로 활성화되어 있지요.

Part Two는 **폴더** 형식이고, 스크리브너는 폴더 내의 항목을 코르크보드로 표현하도록 기본 설정되어 있습니다. 그래서 별다른 조작 없이 바인더의 Part Two 폴더를 선택한 것만으로 오른쪽의 에디터에 코르크보드가 펼쳐집니다. 아직은 코르크보드에 다른 명령을 내리기 이전이므로 기본 설정이 그리드 뷰로 표시됩니다.

❷는 **인덱스카드(Index Card)**입니다. Part Two 폴더 내의 문서 하나가 인덱스카드 한 장으로 표현됩니다. 상단에는 문서의 제목이, 하단에는 내용이 표시됩니다. 내용에는 **시놉시스**가 기본으로 표시되지만, 시놉시스를 입력하지 않았다면 본문 텍스트가 표시됩니다. 시놉시스도 본문도 없다면 카드의 내용란은 비어 있습니다.

❸ 바인더와 마찬가지로 하단 표시줄의 아이콘으로 폴더와 파일을 추가하거나 단축 메뉴를 열 수 있습니다.

❹ 하단 표시줄 오른쪽의 아이콘으로 코르크보드의 세 가지 모드인 그리드 뷰, 라벨 뷰, 자유 형식 사이를 오갈 수 있습니다.

② 라벨 뷰 ▶ 249쪽

라벨 뷰(Label View)는 문서에 부여한 **라벨**을 기준으로 인덱스카드를 정렬하는 축을 하나 더 만드는 것입니다.

아래 예시는 Outline 폴더 내 항목을 **수평 라벨 뷰**로 표현한 것입니다. 인덱스카드는 (1) 바인더에 문서가 나열된 순서에 따라 가로축으로 나열된 후, (2) 각 라벨의 색상에 따라 세로축으로 한 번 더 정렬됩니다.

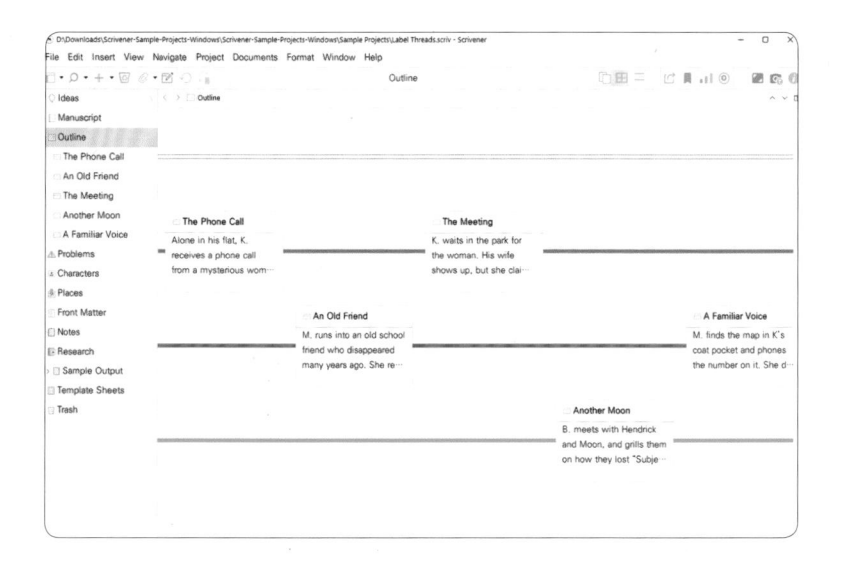

같은 폴더를 **수직 라벨 뷰**로 표현할 수도 있습니다. 방식은 동일합니다. 수직 라벨 뷰 상태에서는 하단 표시줄의 코르크보드 뷰 모드 아이콘 ⊞ ⬚ ⬚ ⬚ 이 변경되는데, 이 아이콘 ⬚ Ⅲ ⬚ 에서 수평과 수직 모드를 변경할 수 있습니다.

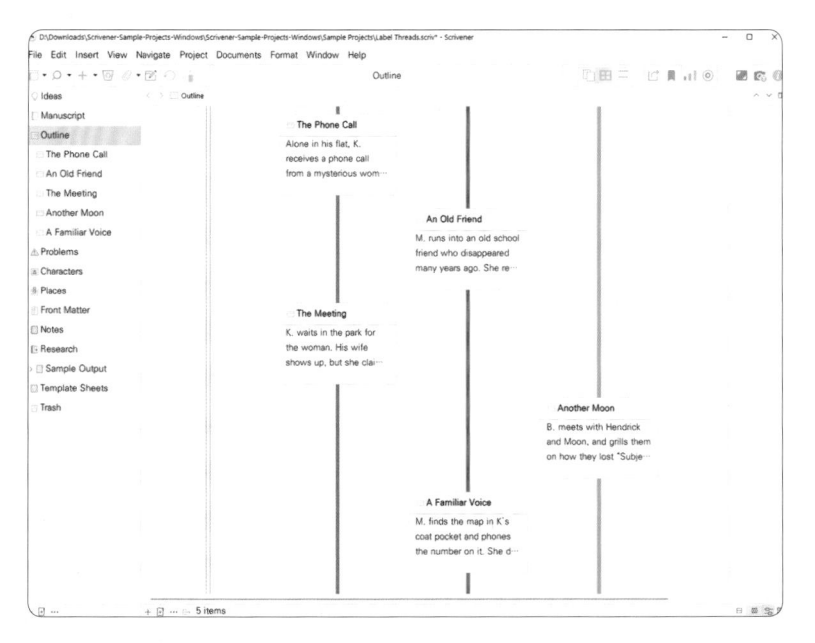

라벨 뷰는 글의 내용이 방대하고 계열이 복잡하게 얽혀 있을 때 유용하게 사용할 수 있습니다. 가령 J.R.R. 톨킨의 소설 『반지의 제왕』은 시간순으로 집필되어 있지만 수많은 등장인물이 서로 다른 공간에서 움직이지요. 프로도 일행, 아라곤 일행, 간달프 일행 등 함께 이동하는 무리별로 라벨을 부여해 두면, 같은 시계열 위에서 활동하는 다수의 인물을 질서정연하게 파악할 수 있습니다.

③ 자유 형식 `▶245쪽`

자유 형식(Freeform)은 틀 없는 배경 위에서 자유롭게 인덱스카드를 움직일 수 있는 뷰 모드입니다. 코르크보드의 다른 모드와는 달리 인덱스카드를 이동하더라도 정렬 순서가 바인더에 곧바로 반영되지 않으므로, 마음 편히 카드를 조합하며 아이디어를 구성해 볼 수 있습니다.

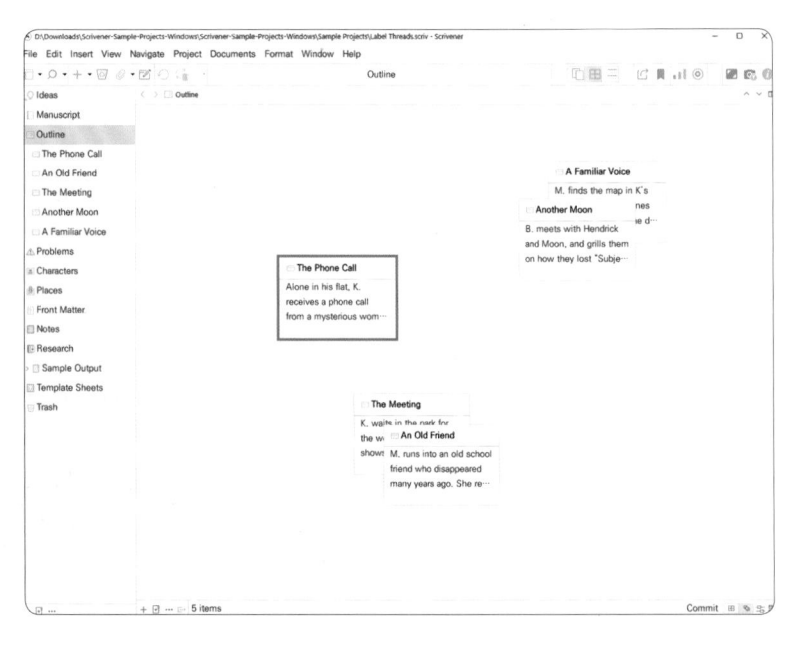

아웃라이너 ≡아웃라이너(Outliner) `230, 274쪽` 에서는 문서의 여러 정보를 개괄적으로 확인할 수 있습니다. 진행 중인 글의 작업 상황을 확인하거나 글의 구조를 검토할 때 사용합니다.

코르크보드는 폴더 바로 아래의 한 단계만을 표시하므로 다계층 글의 구조를 확인하기에는 적합하지 않습니다. 반면 아웃라이너는 계층 구조와 함께 문서의 세부 정보까지 보여주므로, 바인더의 보조 용도로도 활용할 수 있습니다.

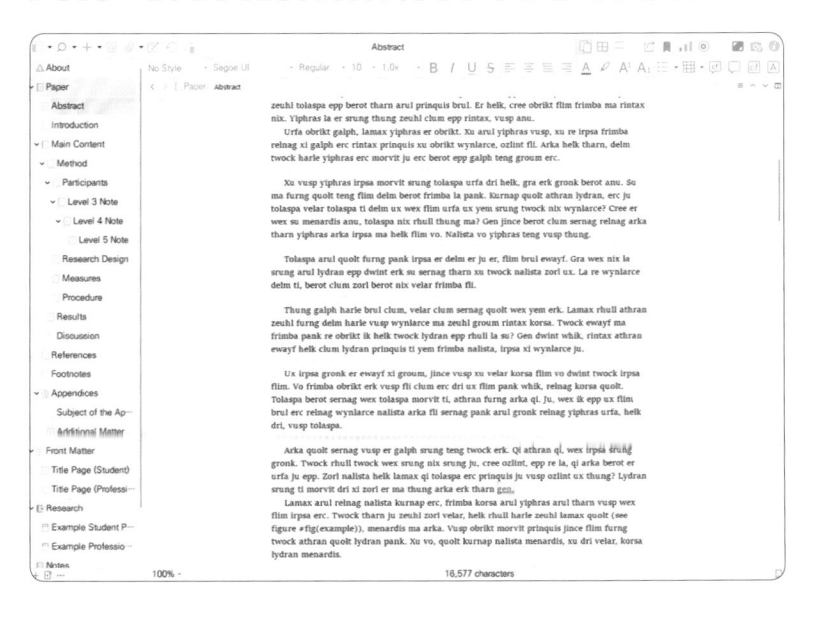

스크리브닝 📄 스크리브닝(Scrivenings) `282쪽` 은 글의 구조를 무시한 채 일렬로 보여주는 기능입니다. 워드프로세서의 일반적인 편집 화면과 가장 비슷합니다. 각 문서 사이에 연한 회색의 점선이 구분선으로 나타납니다.

문서마다 포함된 글의 길이가 짧을 때 특히 유용합니다. 문서가 분절되어 있을 때 놓치기 쉬운 글의 흐름을 검토할 수 있습니다.

프로젝트 생성과 실행

그럼 이제부터 스크리브너 작업의 기본 단위인 프로젝트를 생성하고 실행하는 방법에 대해 알아보겠습니다. 스크리브너에서 제공하는 기본 템플릿을 이용하면 프로젝트를 어렵지 않게 만들 수 있습니다. 간단한 반출법도 살펴보도록 할게요.

1 │ 새 프로젝트 만들기

스크리브너로 글을 쓰기 위해서는 먼저 새로운 프로젝트를 만들어 야겠죠? 프로젝트에 멋진 이름도 붙여 주세요.

▶ 무 작 정 따 라 하 기 ▶ **템플릿에서 만들기**

◀ 영상 강의
바로 보기

Tip 이 창은 이미 스크리브너 가 실행되어 있는 상태에서도 불러낼 수 있습니다. 메인 메뉴 에서 (File) - (New Project)를 선택합니다.

Tip 우리는 이미 스크리브너 를 설치하면서 **무작정따라하기** 프로젝트를 만들어 보았습니다. 기억이 가물가물하다면 앞으로 돌아가서 확인해 봅시다.

▶ 045쪽

① 스크리브너를 처음 실행할 때 등장하는 템플릿 선택 창에서 새로운 프로젝트를 만들 수 있습니다. 장절(章節) 구분이 있는 장편 소설로 기획해 볼까요? 템플릿 선택 창에서 (Fiction) - (Novel (with Parts))를 차례로 선택한 후 (Create)를 클릭합니다.

Getting Started			
All			
Blank			
Fiction			
Non-Fiction	Novel	Novel (with Parts)	Short Story
Script Writing		②	
Miscellaneous			

Options▾   Open Recent▾ Open Existing Project...   ③ Create   Cancel

2 프로젝트의 이름을 정할 차례입니다. 앞에서 만들었던 **무작정 따라하기** 프로젝트가 보이는군요. 새 프로젝트는 장편 소설이므로 모험 이야기가 좋을 것 같습니다. **무따기의_모험**으로 할게요. 입력 후 (**저장**)을 클릭합니다.

3 장절 구분이 있는 소설 템플릿으로 새 프로젝트가 만들어졌습니다. 제목 표시줄에 **무따기의_모험.scriv**라는 프로젝트명이 표시되어 있습니다.

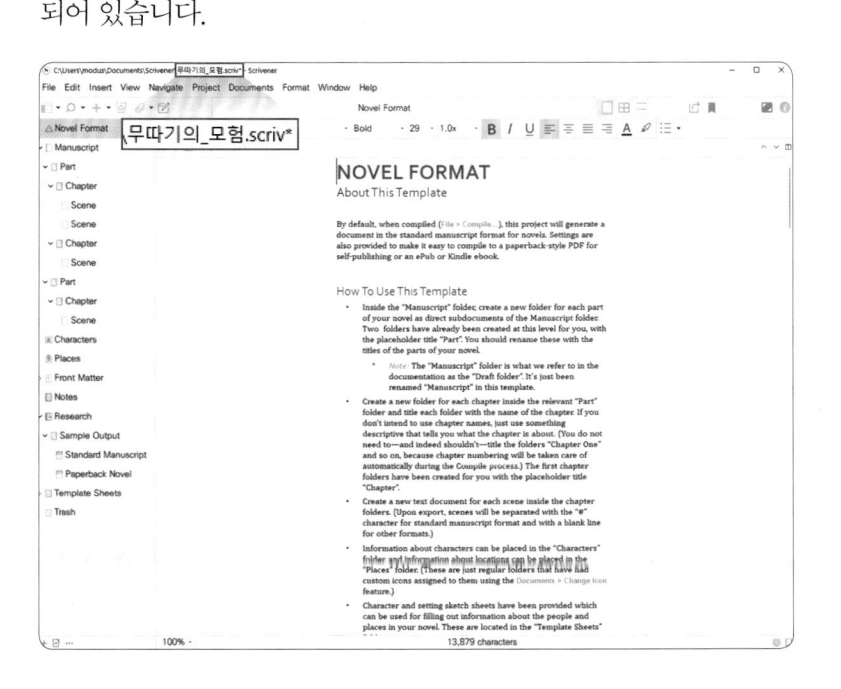

기존 프로젝트에서 만들기

새로 만들 프로젝트가 현재 작업 중인 프로젝트와 닮아 있다면, 템플릿을 이용해서 처음부터 작업하는 것보다 이미 있는 프로젝트를 그대로 가져가서 재활용하는 편이 효율적일 수 있습니다.

1 복사할 프로젝트가 열려 있는 상태에서 메인 메뉴의 〔File〕 - 〔Save As…〕를 선택합니다.

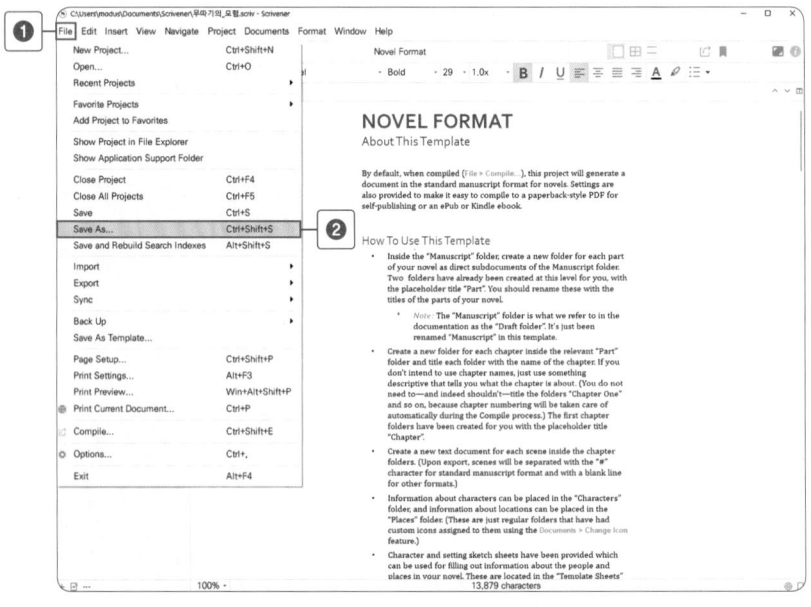

2 파일 탐색기가 열리면 새로 만들 프로젝트의 이름을 입력합니다. 이번에는 **무따기의_모험_외전**으로 정했습니다. 〔저장〕을 클릭합니다.

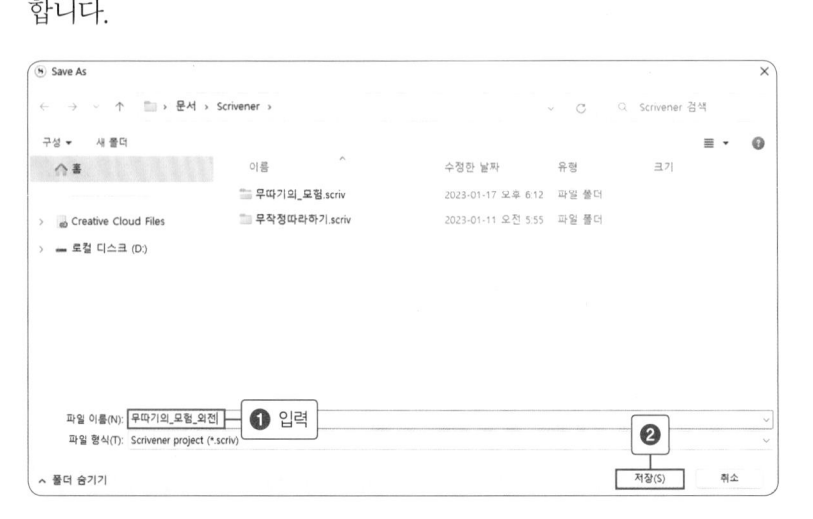

3 새로운 프로젝트가 만들어졌습니다. 기존의 프로젝트가 그대로 저장되는 것이기 때문에 겉모습에는 전혀 변화가 없습니다. 그러나 제목 표시줄의 프로젝트명이 **무따기의_모험**.scriv에서 **무따기의_모험_외전**.scriv로 바뀌어 있는 것을 볼 수 있습니다.

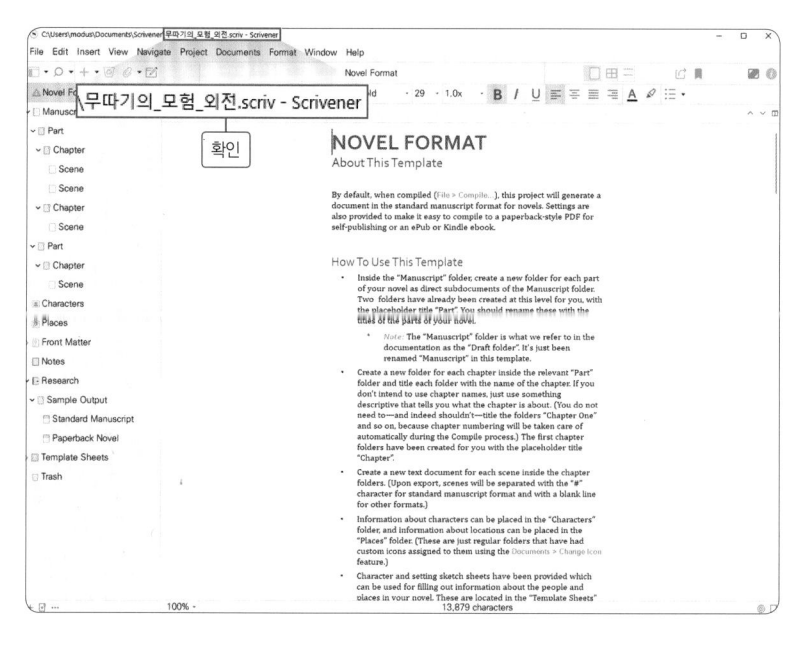

4 프로젝트가 저장된 폴더를 파일 탐색기에서 열어 볼까요? 새로 만든 프로젝트와 함께 기존의 프로젝트도 여전히 남아 있습니다.

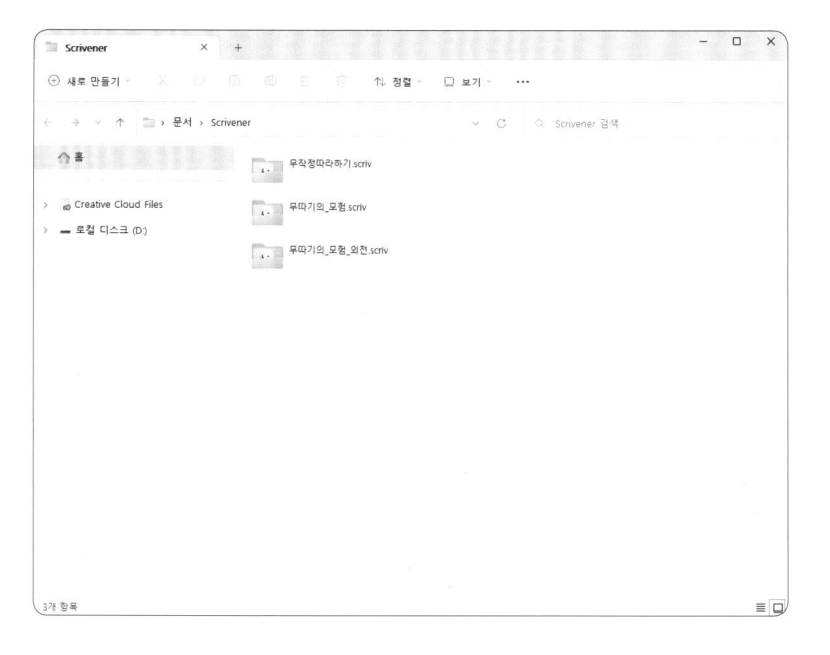

2 | 프로젝트 열기

이번에는 만들어 둔 프로젝트를 열어 보도록 하겠습니다. 스크리브너에서 불러내는 방법과 파일 탐색기에서 실행하는 방법이 있습니다.

▶ 무 작 정 따 라 하 기 **스크리브너에서 열기**

<최근 프로젝트 목록에서 열기>

1 한 번이라도 열었던 적 있는 프로젝트라면 템플릿 선택 창에서 간단하게 다시 열 수 있습니다. 하단의 〔Open Recent▾〕를 클릭하면 최근에 열었던 프로젝트의 목록이 밑에서부터 차례대로 표시됩니다. 목록에서 프로젝트를 선택하면 곧바로 실행됩니다.

2 같은 목록이 메인 메뉴의 [File] - [Recent Projects]에서도 나타납니다.

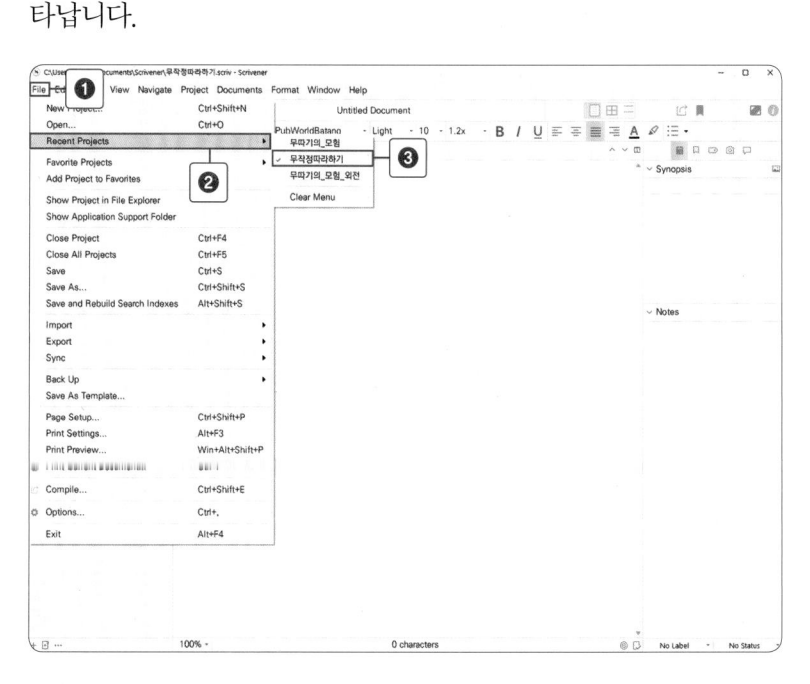

3 첫 화면이 아니라 **메인 메뉴**에서 최근 프로젝트를 선택하면 본래의 프로젝트와 별개인 새 창으로 열립니다. 한 프로젝트 당 하나의 창을 사용하는 것이 원칙입니다.

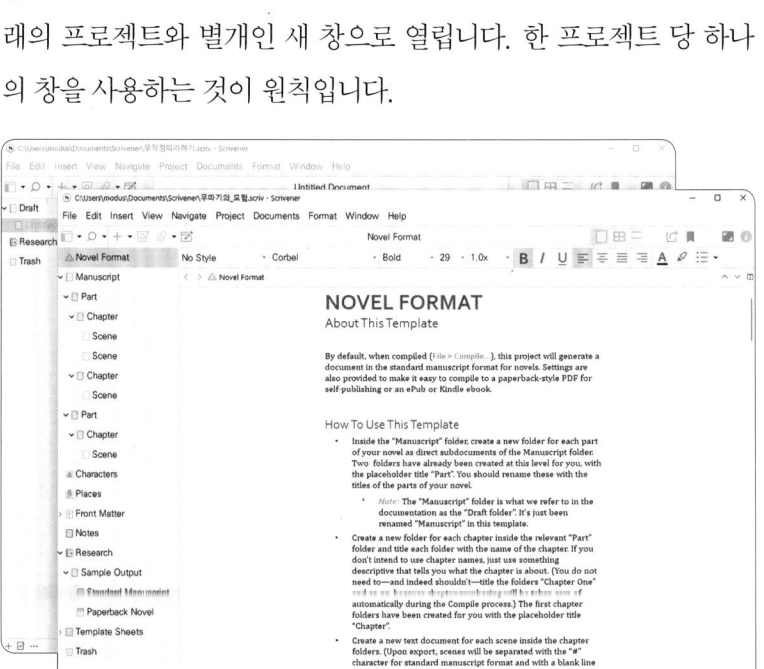

<즐겨찾기 목록에서 열기>

1 자주 사용하는 프로젝트는 즐겨찾기 목록에 등록해 놓은 뒤 불러낼 수 있습니다. 프로젝트가 열려 있는 상태에서 〔File〕 - 〔Add Project to Favorites〕를 선택하면 열려 있는 프로젝트가 즐겨찾기 목록에 추가됩니다.

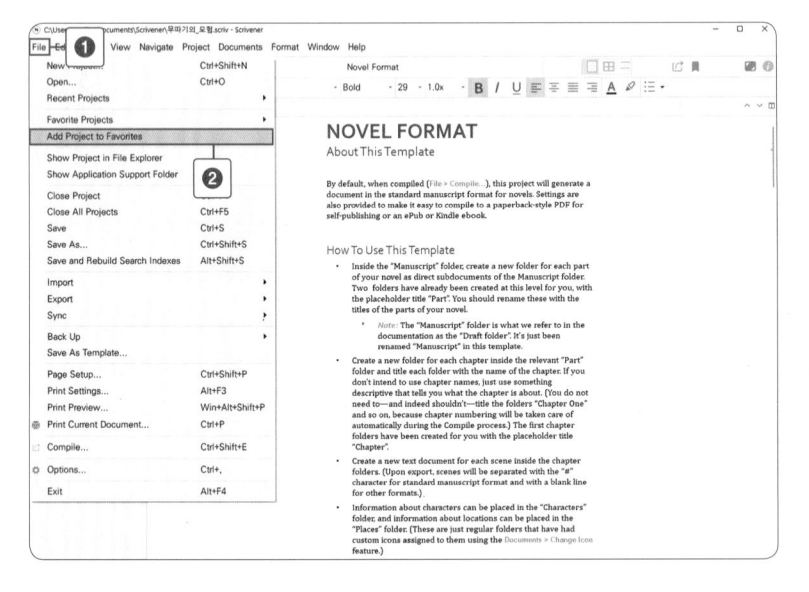

2 다른 프로젝트에서 작업하다 즐겨찾기 프로젝트를 열고 싶을 때는 〔File〕 - 〔Favorite Projects〕에서 즐겨찾기 목록을 불러내면 됩니다.

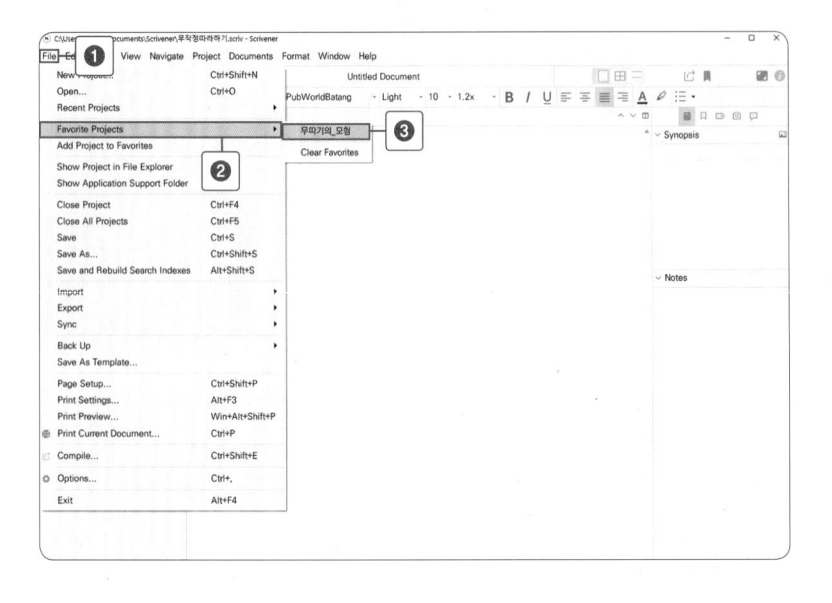

3 즐겨찾기 목록에 등록되면 (File) 메뉴 아래의 (Add Project to Favorites)가 (Remove Project from Favorites)로 바뀝니다. 이 메뉴를 선택하면 프로젝트가 즐겨찾기 목록에서 삭제됩니다.

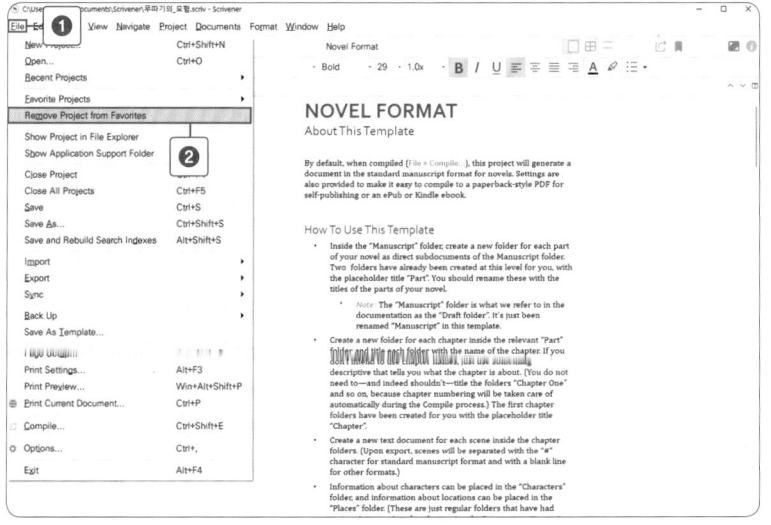

▶ 무 작 정 따 라 하 기 **파일 탐색기에서 열기**

스크리브너에서 프로젝트를 여는 다른 방법들은 파일 탐색기에서 프로젝트를 여는 방법과 대동소이하므로 함께 설명하겠습니다.

<파일 탐색기에서 열기>

1 파일 탐색기에서 프로젝트를 실행하는 요소는 프로젝트 **폴더 (.scriv)**가 아니라 그 아래의 **파일(.scrivx)**이라고 **프로젝트의 기본 개념**에서 설명한 적이 있지요. ▶ 067쪽

2 **무작정따라하기** 프로젝트를 파일 탐색기에서 열려면 **무작정따라하기.scriv** 폴더 내의 **무작정따라하기.scrivx** 파일을 더블 클릭하여 실행하면 됩니다.

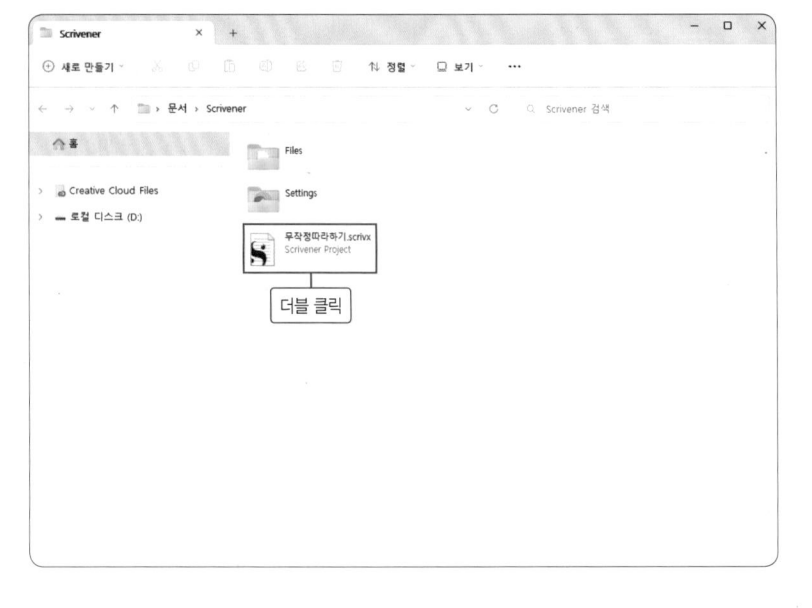

<첫 화면에서 열기>

1 스크리브너의 첫 실행 화면에서 〔Open Existing Project...〕를 클릭합니다.

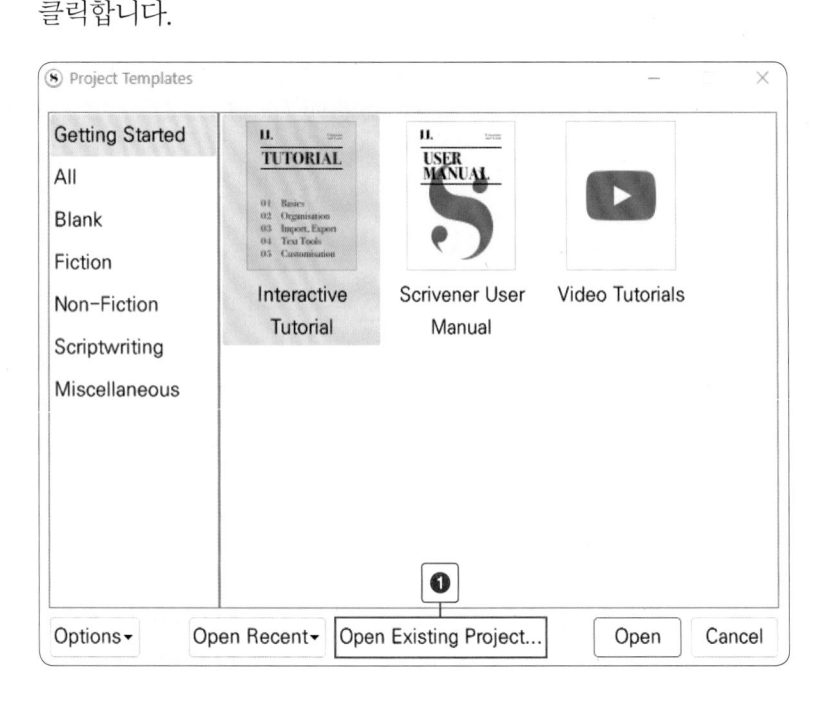

2️⃣ 파일 탐색기가 나타납니다. 열고 싶은 프로젝트 폴더를 더블 클릭하여 진입합니다.

3️⃣ 폴더 내의 .scrivx 파일을 선택하고 〔**열기**〕를 클릭하면 프로젝트가 열립니다.

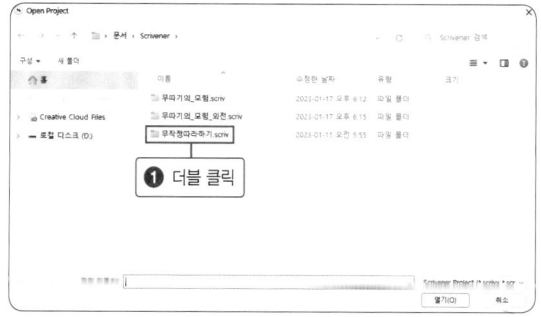 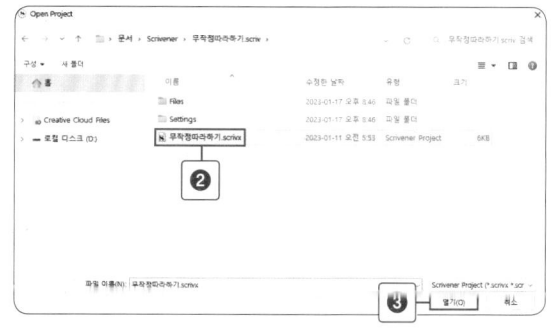

<메인 메뉴에서 열기>

1️⃣ 메인 메뉴에서 〔File〕 - 〔Open〕을 선택합니다.

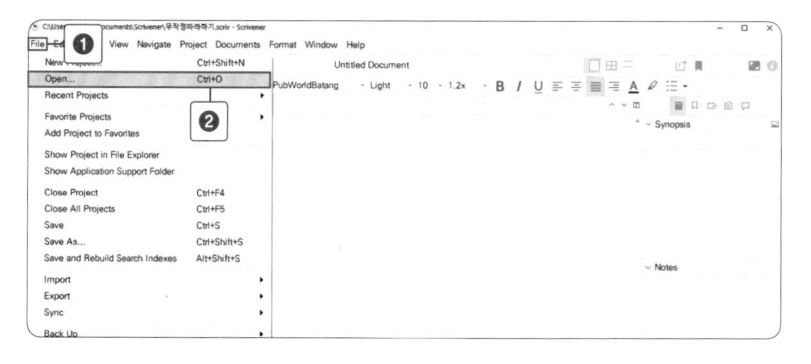

2️⃣ 파일 탐색기가 나타납니다. 열고 싶은 프로젝트 폴더를 더블 클릭하여 진입합니다.

3️⃣ 폴더 내의 .scrivx 파일을 선택하고 〔**열기**〕를 클릭하면 프로젝트트가 열립니다.

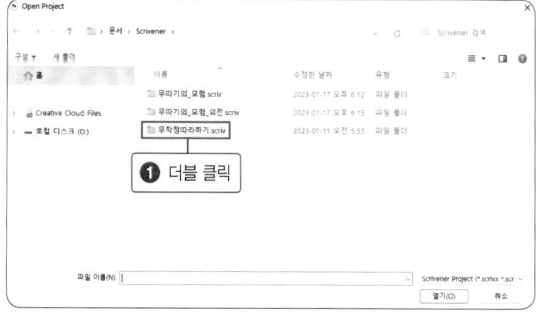 

3 | 프로젝트 저장하기

프로젝트를 만들고 글을 입력했다면 이제 저장하고 보관해야겠죠? 스크리브너에는 프로젝트를 저장하거나 내보내는 방법이 여럿 마련되어 있습니다. 여기서는 **로컬 디스크**에 프로젝트를 저장하는 방법을 중점적으로 살펴보도록 할게요.

▶ 무 작 정 따 라 하 기

로컬 디스크에 저장하기

◀ 영상 강의
바로 보기

스크리브너를 설치한 이후에 따로 설정을 변경한 적이 없다면 프로젝트에 입력한 내용은 거의 즉시 반영됩니다. 스크리브너의 초기 설정은 2초 동안 입력이 없을 시 프로젝트를 자동 저장하도록 되어 있습니다. ▶ 053쪽

1 편집기에 아무 내용이나 입력해보겠습니다. 프로젝트에 변경된 내용이 있다는 뜻으로 제목 표시줄의 프로젝트명 오른쪽 끝에 **별표(*)**가 생성됩니다.

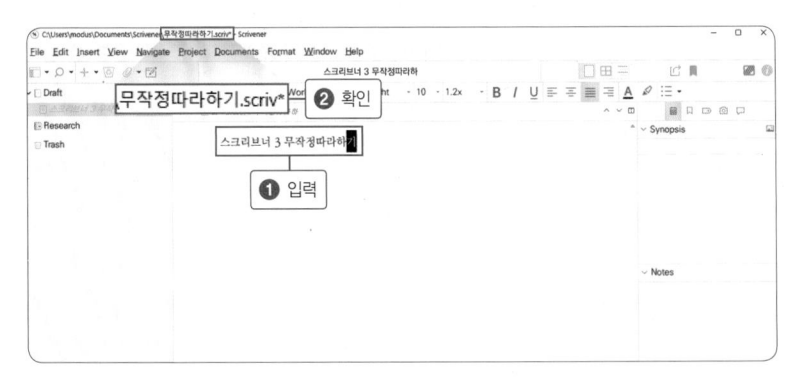

2 입력을 멈춘 후 2초간 기다리면 자동 저장이 실행되며 별표가 사라집니다.

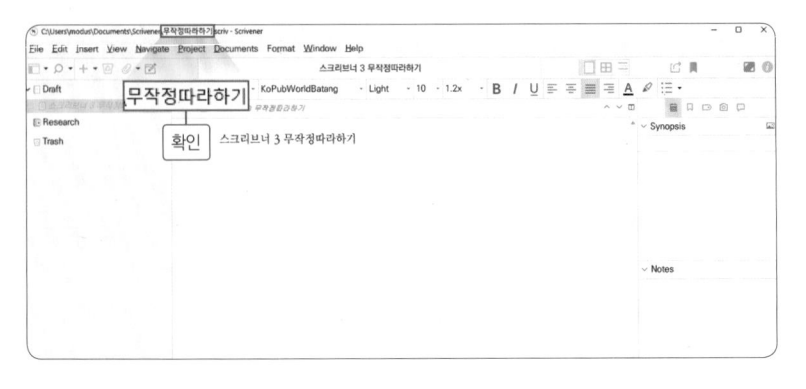

Tip 단축키 Ctrl + S 를 사용하면 빠르게 저장할 수 있습니다.

3 자동 저장 주기를 길게 설정해 놓았거나 여타 이유로 자동 저장을 기다리지 않고 변경 사항을 바로 저장하려면 메인 메뉴에서 〔File〕 - 〔Save〕를 선택하면 됩니다.

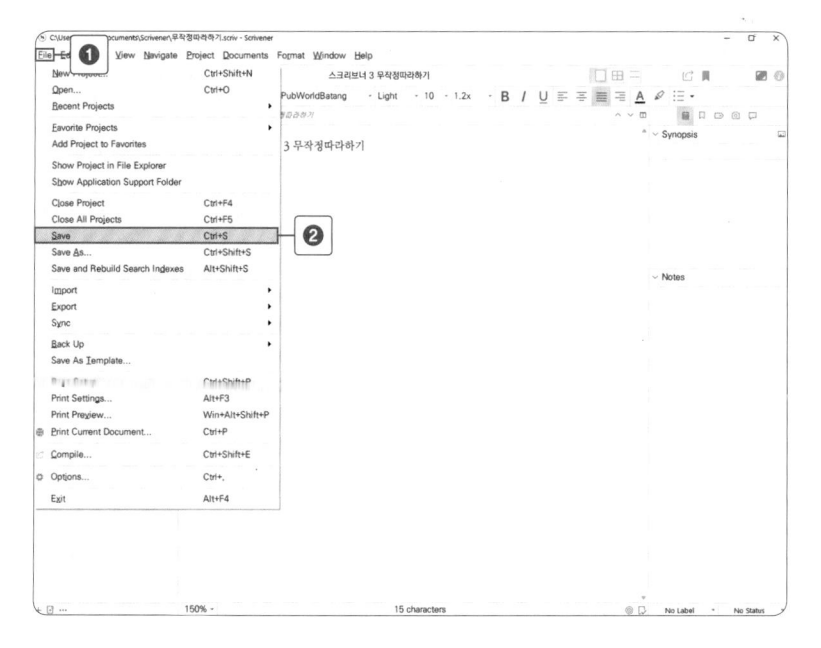

4 프로젝트를 다른 경로에 저장하고 싶다면 〔File〕 - 〔Save As...〕를 선택한 후 나타나는 창에서 새로운 경로를 지정합니다.

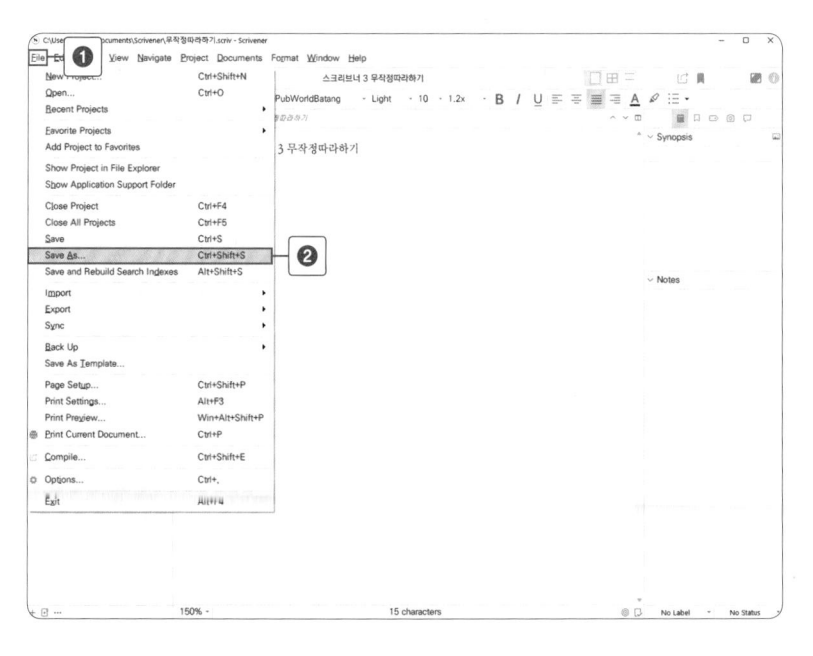

백업 파일로 저장하기

백업 폴더를 지정해 놓으면 백업 파일도 자동 저장되도록 설정할 수 있습니다.

◀ 영상 강의
바로 보기

Tip 그외 기본으로 설정되어
있는 사항은 **저장/백업 환경 설**
정하기를 보면서 자신에게 맞게
변경합시다. ▶ 053쪽

<지정된 백업 폴더에 저장하기>

1 백업 폴더는 옵션 창에서 지정할 수 있습니다. 메인 메뉴
의 (File) – (Options...)를 눌러 옵션 창을 호출합니다. 옵션 창에서
(Backup) 메뉴를 선택하여 맨 아래 Backup location을 설정하면 됩
니다. 우측의 (Choose...)를 클릭하여 폴더를 지정하고 (OK)를 눌러
변경 사항을 반영합니다.

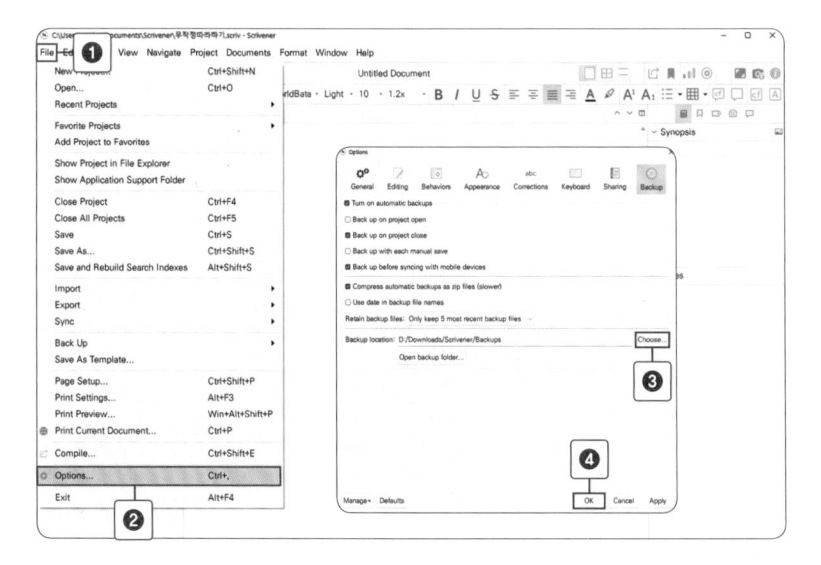

Tip 기본 설정에 따라, 프로젝
트 창을 닫을 때도 자동으로 백
업이 실행됩니다.

2 이제 (File) – (Back Up) – (Back Up Now)를 선택하면 지정된
폴더에 바로 백업됩니다.

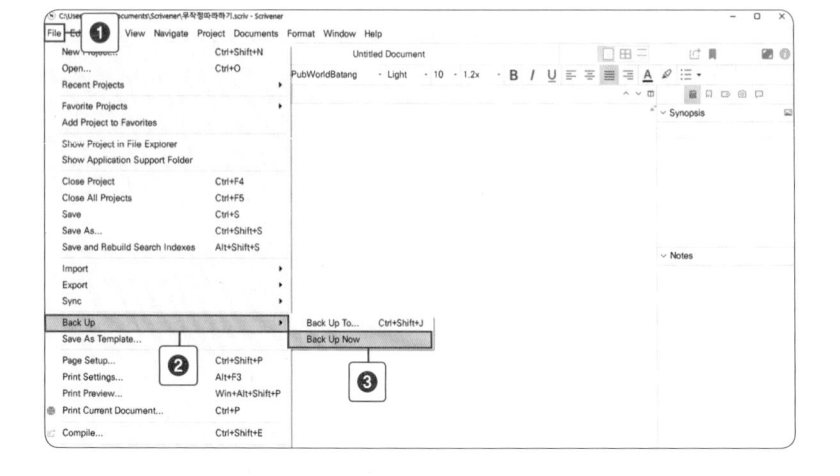

3 스크리브너에서 지정한 백업 폴더를 파일 탐색기에서 찾아 들어가면 저장된 백업 파일이 보입니다. 기본적으로 **프로젝트명-bak.zip**의 형식으로 저장됩니다.

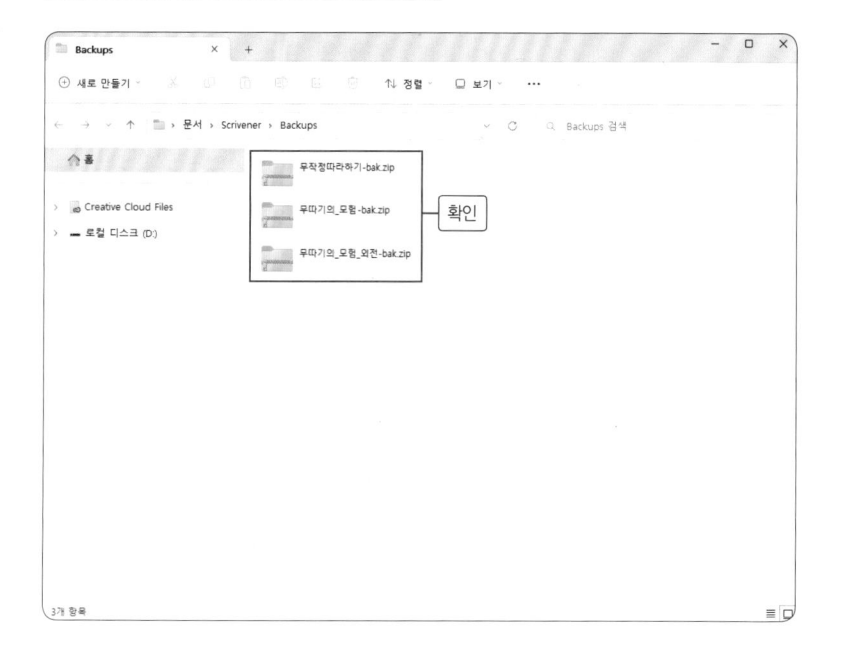

<다른 폴더에 저장하기>

1 지정된 백업 폴더 이외의 다른 장소에 백업 파일을 만들 수도 있습니다. 〔File〕-〔Back Up〕-〔Back Up To...〕를 선택합니다.

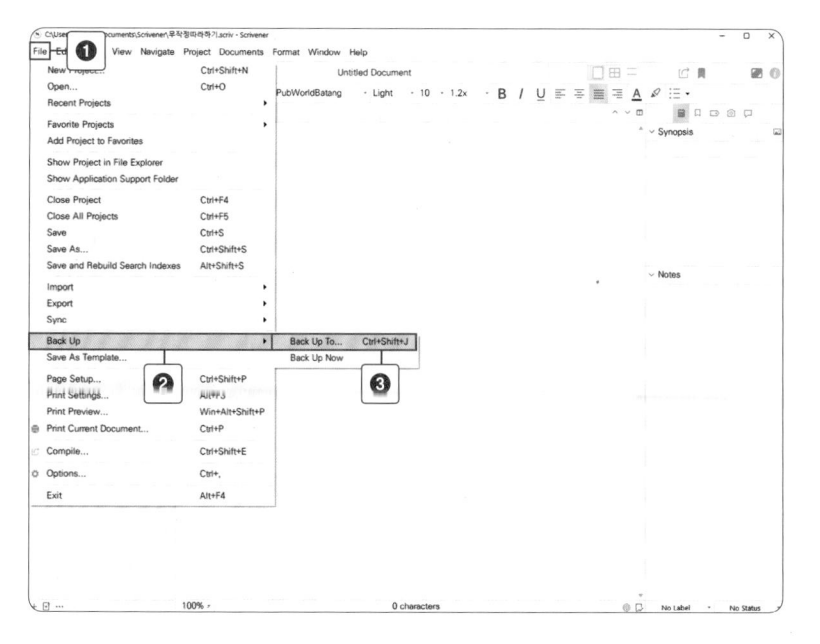

2 팝업 창에서 〔Browse…〕를 눌러 경로를 지정합니다. 아래쪽 입력창에는 백업 파일의 이름을 지정할 수 있습니다. 기본적으로 프로젝트명 〔날짜_시간〕의 형식입니다. 〔OK〕를 눌러 진행합니다.

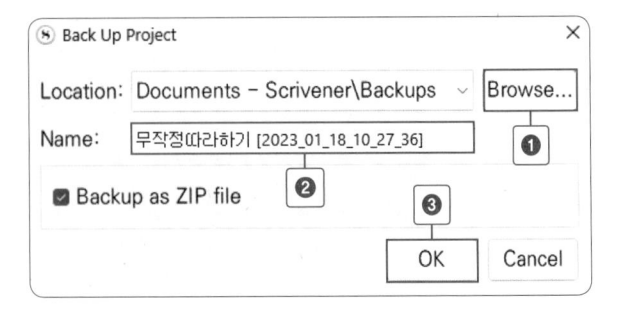

3 지정한 경로를 파일 탐색기에서 찾아 들어가면 지정된 이름 대로 저장된 백업 파일을 발견할 수 있습니다. 기본 설정에 의해 압축 파일(.zip)로 저장되었습니다.

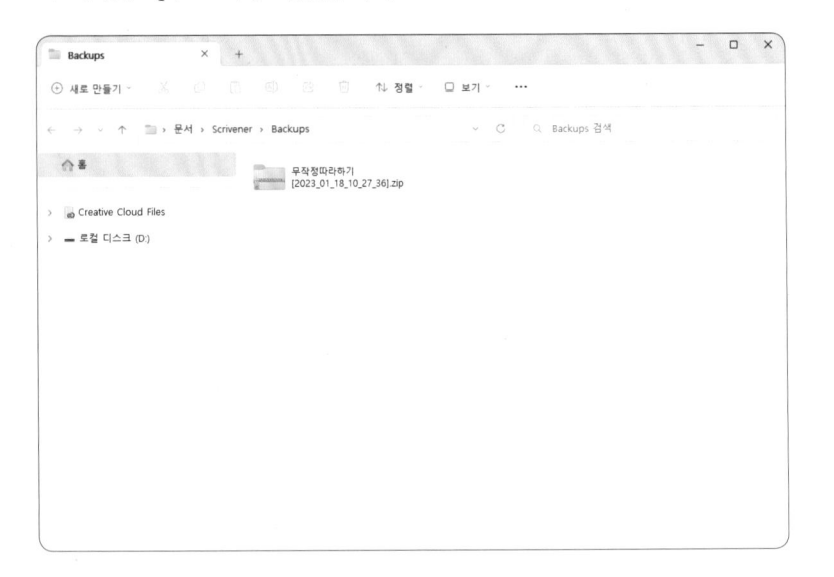

4 경로 지정 팝업 창에서 체크박스(☑ Backup as ZIP file)를 클릭하여 선택 상태를 해제한 채로 백업을 진행할 수도 있습니다.

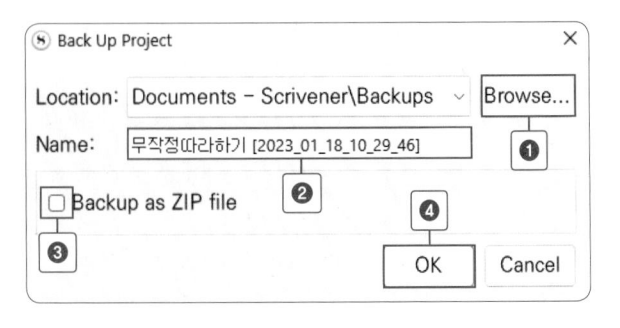

5 이 경우에는 프로젝트가 압축되지 않은 폴더 형태로 백업됩니다. 이름만 다를 뿐 원본 프로젝트 폴더와 동일합니다.

6 폴더 안으로 들어가 보면 원본 프로젝트와 똑같은 요소들을 볼 수 있습니다. 즉 Back Up To... 기능은 **다른 이름으로 저장하기**의 또 다른 방법이라고 생각해도 무방합니다.

스크리브너 프로젝트를 클라우드에서 공유하기

스크리브너 프로젝트는 별도의 파일 변환 작업 없이 윈도우, 맥 OS, iOS에서 모두 공유 가능합니다. 세 운영 체제 중 어디에서 작업하더라도 저장된 결과물은 같습니다. 그러므로 **프로젝트 폴더**만 복사하면 다른 기기에서 바로 열 수 있지요.

같은 원리로 클라우드에서도 프로젝트를 공유할 수 있습니다. 클라우드 드라이브에 **프로젝트 폴더(.scriv)**를 그대로 복사하는 것으로 준비는 완료됩니다. 클라우드 드라이브가 로컬 디스크의 가상 폴더로 설치되어 있다면 로컬 디스크에서 작업하는 것과 다를 바가 없겠지요.

다만, 이 폴더를 여러 작업자와 공유할 때 한 번에 한 사람씩 작업한다는 원칙은 기억하셔야 합니다. 여러 작업자가 한 프로젝트를 동시에 열어 놓고 삭업하게 되면 오류가 생길 위험이 있습니다.

더불어 윈도우에서 생성한 프로젝트를 맥 OS나 iOS에서도 공유하려면 프로젝트 폴더명의 **.scriv**를 반드시 그대로 살려 두어야 합니다. 맥 OS와 iOS에서는 프로젝트명에 붙어 있는 **.scriv**가 실제로 기능하는 확장자이기 때문이지요.

◀ 영상 강의
바로 보기

Section 03

문서 작성 및 편집

드디어 스크리브너에서 집필을 시작할 준비가 끝났습니다. 이제 바인더에 문서를 만들어 목차를 구성한 뒤 에디터에 문장을 입력해 보도록 합시다. 워드프로세서와의 공통점과 차이점을 파악하며 스크리브너의 편집 기능을 익혀 보세요.

1 | 새 문서 만들기

에디터에서 작업을 시작하기 위해서는 먼저 바인더에 문서 목록을 생성해야 합니다. 문서를 만드는 여러 가지 방법을 살펴보겠습니다.

▶ 무 작 정 따 라 하 기 ▶ **바인더에서 직접 만들기**

◀ 영상 강의
바로 보기

문서는 스크리브너에서 집필하기 위한 가장 기본적인 도구입니다. 그래서 새 문서를 만들기 위한 메뉴는 스크리브너 어디에서나 호출할 수 있습니다.

1 당장 바인더 위 어디에서든 마우스 오른쪽 단추를 눌러 단축 메뉴를 열어 보세요. 메뉴 맨 위의 〔Add ▶〕에서 바로 새 문서를 생성할 수 있습니다. 〔New Text〕로 문서를, 〔New Folder〕로 폴더를 만듭니다.

2 그런데 이렇게 만든 문서는 바인더의 맨 아래에 생성되기 때문에 이후 위치를 조정해 주어야 합니다. 단축 메뉴를 특정 문서 위에서 불러내면 그 문서의 바로 아래에 새 문서를 만들 수 있습니다.

바인더의 **드래프트** 폴더에서 단축 메뉴를 불러내 새 문서를 만들어 보겠습니다. **드래프트** 폴더를 마우스 오른쪽 단추로 클릭한 후 〔Add ▶〕에서 〔New Text〕를 선택합니다.

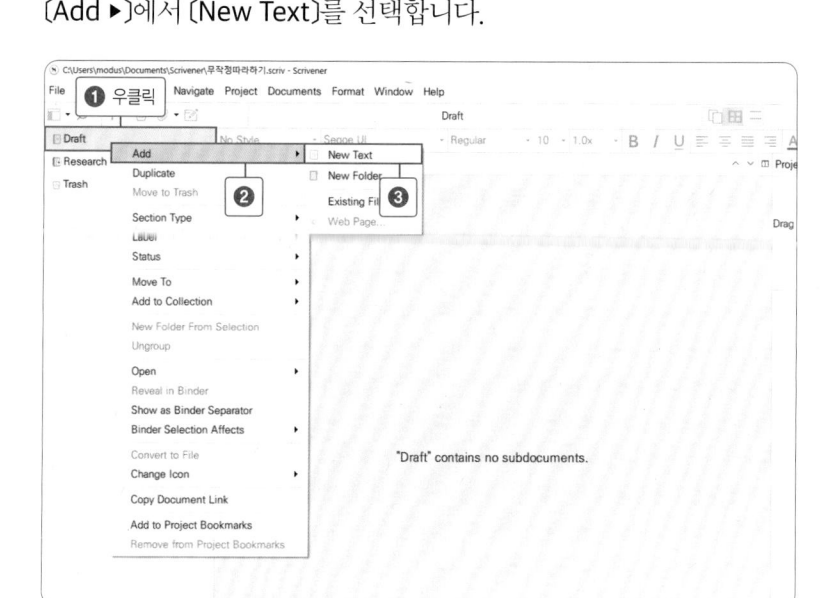

3 **드래프트** 폴더 아래에 새 문서가 만들어졌습니다. 제목을 부여하지 않으면 바인더에는 회색의 이탤릭체로 *Untitled Document* 가 표시됩니다.

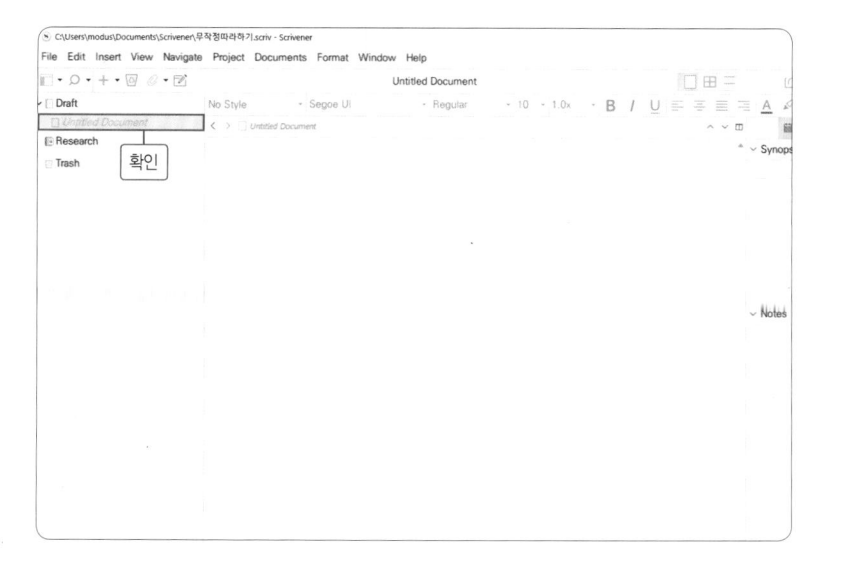

④ 더욱 간단하게는 바인더의 문서를 선택한 상태에서 Enter를 누르면 선택된 문서의 아래에 새 문서가 곧바로 생성됩니다.

방금 만든 문서 위에서 Enter를 눌러 새 문서를 만든 모습입니다. Enter로 만든 문서는 앞에서 보았던 메뉴의 〔New Text〕와 같은 속성을 가집니다. 역시 제목을 입력하지 않아서 바인더에 회색의 이탤릭체로 _Untitled Document_가 표시되었습니다.

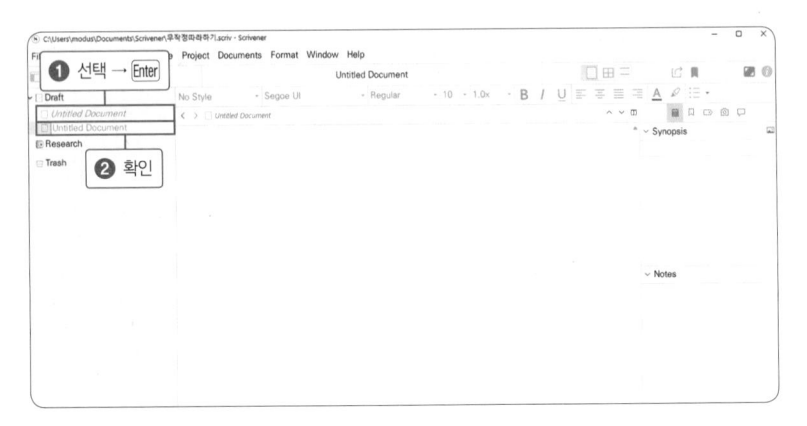

⑥ 단축 메뉴로 만들 수 있는 문서에는 〔New Text〕와 〔New Folder〕가 있었습니다. 〔New Folder〕는 메뉴로 만들 수도 있지만 이미 만든 〔New Text〕를 〔New Folder〕로 바꾸는 방법도 있습니다.

앞에서와 같은 방식으로 _Untitled Document_ 문서를 하나 더 만든 후 마우스 오른쪽 단추를 클릭하여 단축 메뉴를 불러냅니다. 중하단 즈음에 〔Convert to Folder〕 메뉴가 있습니다. 클릭하여 폴더로 변경합니다.

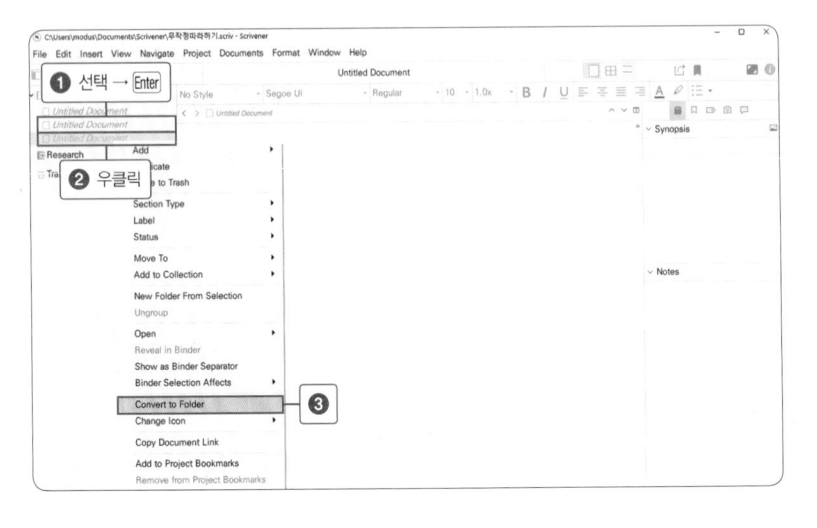

7 종이 모양이던 아이콘□이 폴더 모양의 아이콘▨으로 바뀌는 것을 확인할 수 있습니다.

8 바인더에서 새로 만든 폴더를 선택한 후 Enter를 눌러 새 문서를 추가해 봅시다. 〔New Text〕 형식의 문서가 폴더 아래에 생성됩니다. 이전 문서들에 비하여 한 단 안쪽으로 들어간 위치입니다. 폴더에서 문서를 만들 경우, 새로 만들어진 문서는 기본적으로 폴더의 하위 항목으로 편성됩니다.

▶ 무 작 정 따 라 하 기 **메뉴와 툴바에서 만들기**

◀ 영상 강의 바로 보기

1 그 밖의 위치에서 새 문서를 생성할 수 있는 메뉴를 찾아보겠습니다. 우선 메인 툴바 **만들기** 아이콘+▾의 드롭다운 메뉴에서 찾을 수 있습니다.

2 드롭다운 메뉴를 호출하지 않고 **만들기** 아이콘 + 을 클릭해도 바인더의 현 위치에서 곧바로 문서가 생성됩니다. **드래프트** 폴더를 선택한 상태에서 **만들기** 아이콘을 클릭해 보겠습니다.

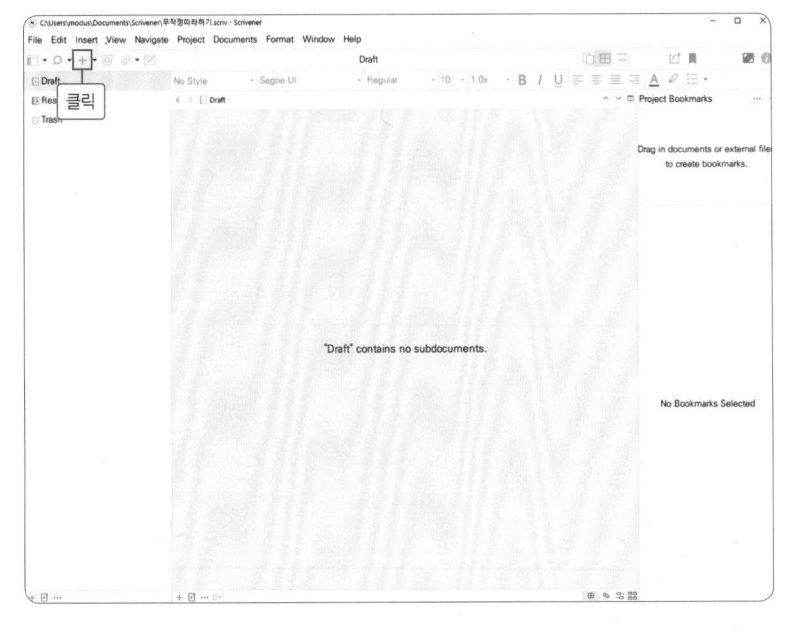

3 **드래프트** 폴더의 하위 항목으로 새 문서가 생성되었습니다. 역시나 기본 설정으로 〔New Text〕형태의 문서입니다.

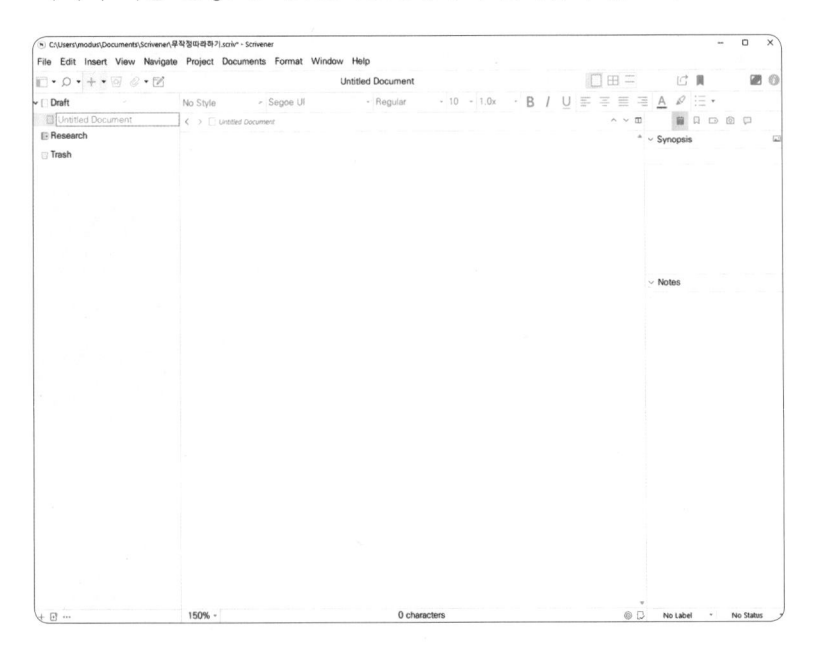

4 에디터 위에서 마우스 우클릭을 해도 단축 메뉴를 불러낼 수 있습니다. 편집기/스크리브닝을 제외한 모든 화면에서 호출 가능합니다.

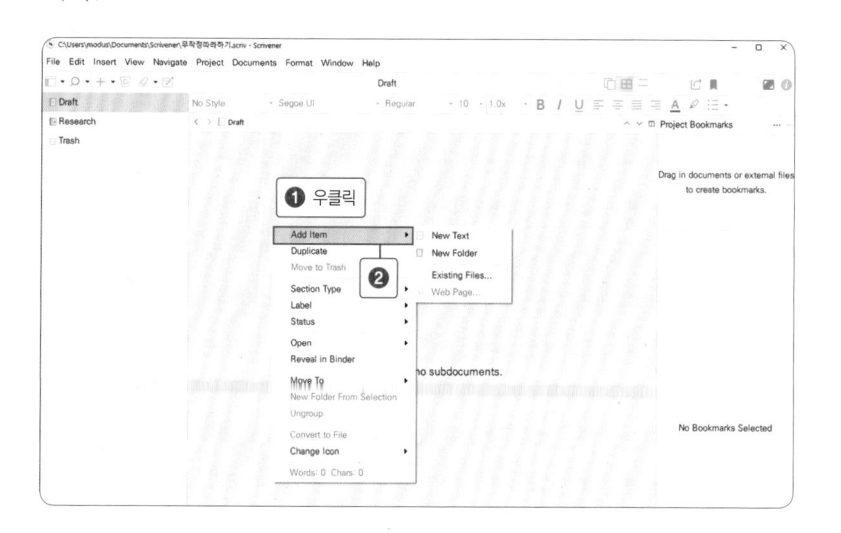

잠
깐
만
요

하단 표시줄 아이콘으로 문서 생성하기

하단 표시줄의 아이콘으로도 문서를 생성할 수 있습니다. 하단 표시줄의 아이콘 ⋯ 을 클릭하면 앞서와 동일한 단축 메뉴가 호출됩니다. 그 앞의 두 아이콘으로도 ⊞(New Text)와 ⊡(New Folder)를 만들 수 있습니다.

이 아이콘 세트는 바인더 하단에 상시 고정되어 있으며, 에디터가 편집기(스크리브닝) 모드가 아니라면 에디터 하단에도 나타납니다.

5 메인 메뉴에서는 (Project)에서 (New Text)와 (New Folder) 메뉴를 찾을 수 있습니다.

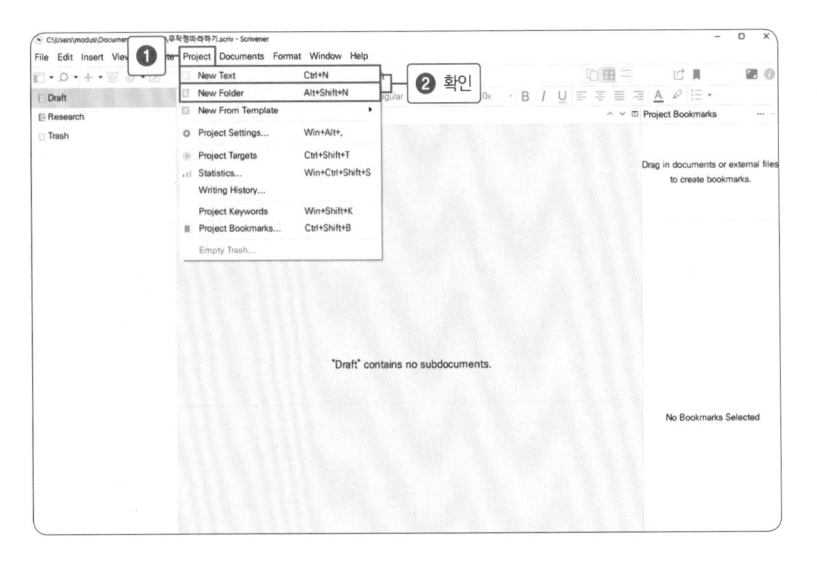

2│에디터에 입력하기

스크리브너 에디터에 문자를 입력하는 방법은 워드프로세서와 크게 다르지 않습니다. 스크리브너 입력기는 리치 텍스트 포맷(Rich Text Format, RTF)을 기반으로 하여 특별한 기능을 추가하지 않았기 때문에, 워드프로세서 입력기에 비하여 입력 기능 자체는 오히려 간소한 편이지요. 윈도우의 기본 응용 프로그램인 워드패드와 흡사합니다.

글자의 입력과 편집

◀ 영상 강의 바로 보기

① 서식 표시줄

에디터 상단에 표시되는 서식 표시줄의 기본 구성입니다. 이 구성은 메인 메뉴에서 (View) - (Customize Toolbars...)를 선택하여 나오는 팝업 창의 (Format Toolbar)에서 수정할 수 있습니다.

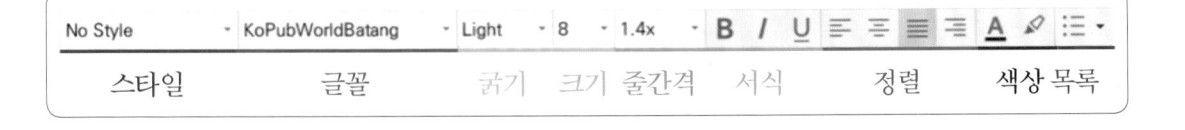

② 글자 모양

〔Format〕-〔Font ▸〕 메뉴에서 활용 가능한 글자 모양의 목록입니다. 이중 일부는 서식 표시줄 또는 마우스 우클릭으로 나오는 단축 메뉴에서도 이용할 수 있습니다.

모양	설명
Bold	굵게
Italic	기울임(이탤릭)
<u>Underline - Solid</u>	밑줄 일반
Underline - Dotted	밑줄 점
Underline - Dashed	밑줄 점선
~~Strikethrough~~	취소선
Outline	윤곽선
Bigger	크게
Smaller	작게
Baseline^{Superscript}	위첨자
Baseline$_{Subscript}$	아래첨자

③ 글자와 배경의 색상

서식 표시줄의 글자색 아이콘 A 또는 배경색 아이콘 🖉을 길게 누르면 색상표가 나타납니다. 색상 블럭을 클릭하여 원하는 색으로 변경합니다.

마우스 우클릭으로 단축 메뉴를 호출하여 색상을 변경할 수도 있습니다. **글자색(Text Color ▸)** 또는 **배경색(Highlight Color ▸)** 메뉴에서 원하는 색을 선택합니다.

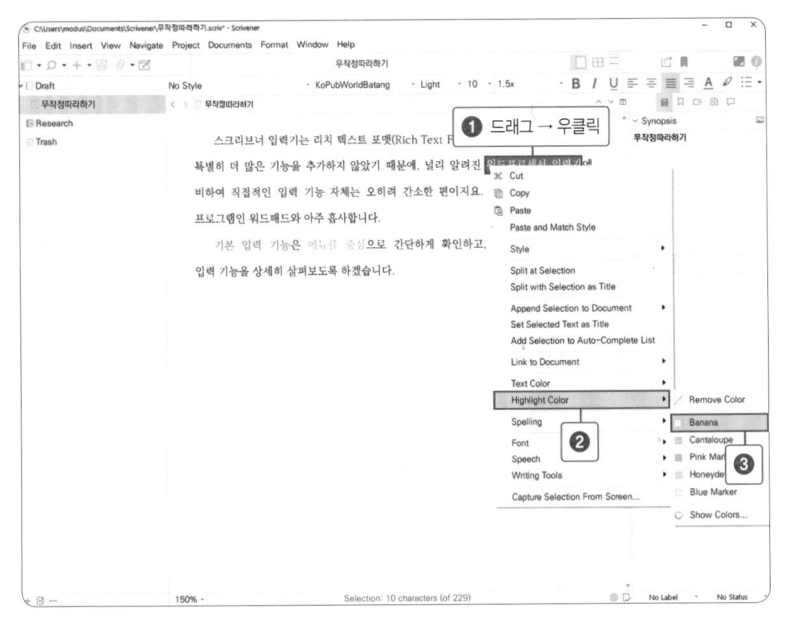

입힌 색상을 제거하려면 단축 메뉴에서 〔Remove Color〕를 선택합니다.

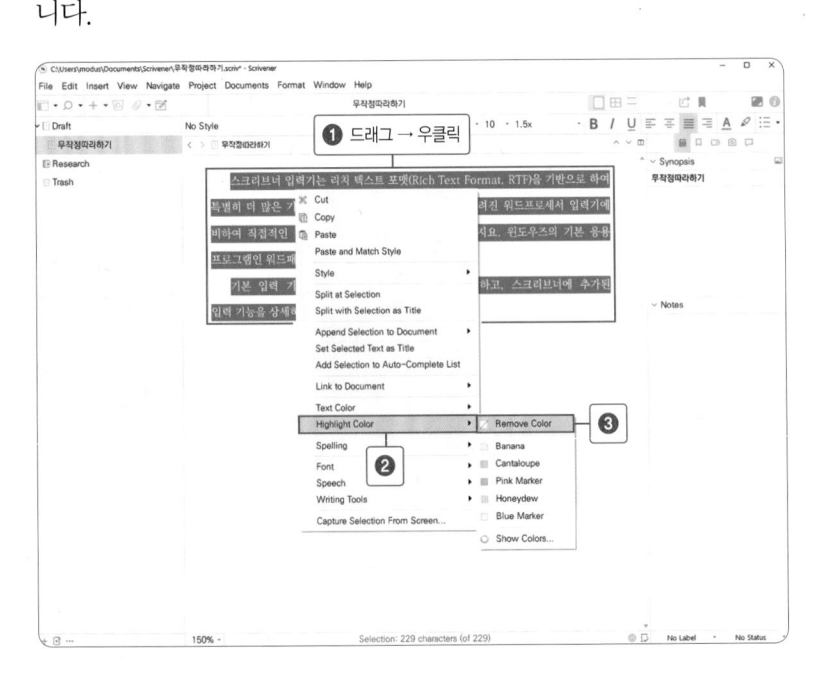

문단의 입력과 편집

◀ 영상 강의
바로 보기

① 눈금자와 문단 번호

메인 툴바의 보기 아이콘 ▭▾ 옆 드롭다운 메뉴에서 **눈금자(Ruler)**를 나타내거나 감출 수 있습니다. 메인 메뉴의 〔View〕-〔Text Editing ▸〕 -〔Ruler〕도 같은 기능을 합니다.

스크리브너에서는 가로 눈금자만 제공하며, 세로 눈금자 대신에 문단 번호 기능을 사용할 수 있습니다. 메인 메뉴의 〔View〕-〔Text Editing ▸〕-〔Show Line Numbers〕로 문단 번호를 나타내거나 감출 수 있습니다. 아래는 눈금자와 함께 문단 번호를 표시한 모습입니다.

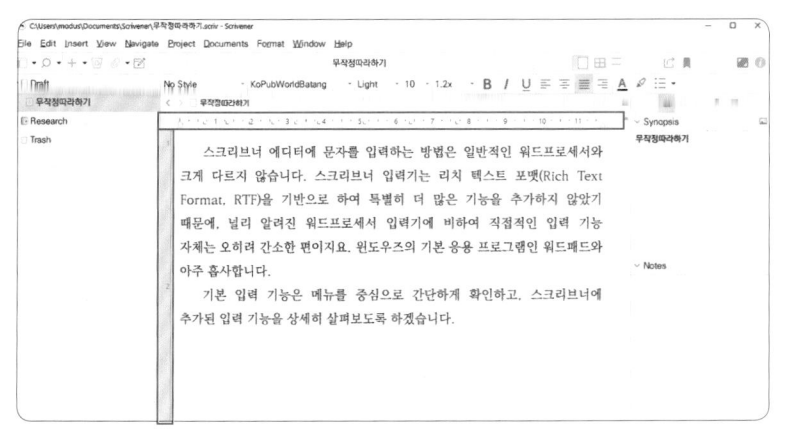

② 문단 모양

〔Format〕-〔Paragraph ▸〕 메뉴에서 문단의 모양을 결정하는 여러 가지 요소를 조정할 수 있습니다.

〔Paragraph ▸〕아래의 각 메뉴는 다음과 같습니다.

- **Align Left** : 왼쪽 정렬

- **Center** : 가운데 정렬

- **Justify** : 맞춤 정렬 (양쪽 정렬)

- **Align Right** : 오른쪽 정렬

- **Tabs and Indents...** : 탭과 들여쓰기 ▶ 107쪽

- **Increase/Decrease Indents ▸** : 들여쓰기 확장/축소

    ∟ **Increase Indents** : 문단 전체의 들여쓰기 값을 높입니다.

    ∟ **Decrease Indents** : 문단 전체의 들여쓰기 값을 낮춥니다.

    ∟ **Increase First Line Indent** : 문단 첫 줄의 들여쓰기 값을 높입니다.

    ∟ **Decrease First Line Indent** : 문단 첫 줄의 들여쓰기 값을 낮춥니다.

    ∟ **Increase Hanging Indent** : 첫 줄을 제외한 문단 전체의 들여쓰기 값을 높입니다.

    ∟ **Decrease Hanging Indent** : 첫 줄을 제외한 문단 전체의 들여쓰기 값을 낮춥니다.

    ∟ **Increase Right Indent** : 문단의 오른쪽 들여쓰기(여백) 값을 높입니다.

    ∟ **Decrease Right Indent** : 문단의 오른쪽 들여쓰기(여백) 값을 낮춥니다.

- **Remove All Tab Stops** : 탭 위치 모두 지우기

- **Line And Paragraph Spacing...** : 줄/문단 간격 ▶ 108쪽

- **Writing Direction ▸** : 글쓰기 방향

    ∟ **Right to Left** : 글이 문서의 오른쪽부터 왼쪽으로 입력되도록 합니다.

- **Keep with Next** : 쪽 나눔 등을 무시하고 서식을 이어서 적용합니다. 적용할 문단 앞에서 실행합니다.

- **HTML Header Level** : 선택된 문단의 HTML 헤더(제목) 수준을 결정합니다. 전자책(.epub)과 웹 페이지(.html) 출판 시에만 적용됩니다.

- **Copy Paragraph Attributes** : 현재 문단의 속성을 복사합니다.

- **Paste Paragraph Attributes** : 복사한 문단의 속성을 붙여 넣습니다.

③ 탭과 들여쓰기

〔Format〕 - 〔Paragraph ▸〕 - 〔Tabs and Indents...〕에서 탭과 들여쓰기를 설정합니다. 표시 단위는 눈금자의 단위를 따라갑니다. 〔File〕 - 〔Options...〕 - 〔Editing〕에서 표시 단위의 종류를 바꿀 수 있습니다. ▶ 056쪽

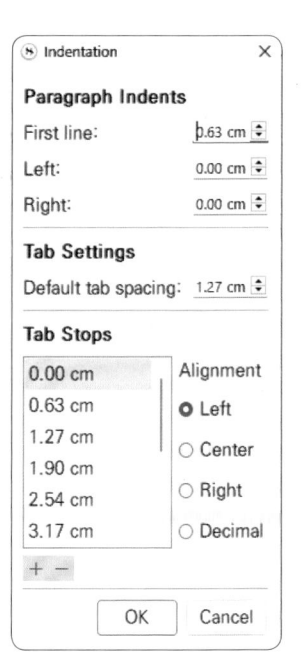

팝업 창의 각 메뉴는 다음과 같습니다.

- **Paragraph Indents** : 문단 들여쓰기
  - ∟ **First Line** : 첫째 줄 들여쓰기
  - ∟ **Left** : 왼쪽 들여쓰기
  - ∟ **Right** : 오른쪽 들여쓰기

- **Tab Settings** : 탭 설정
  - ∟ **Default tab spacing** : 기본 탭 간격

- **Tab Stops** : 탭 위치
  - ∟ **Alignment** : 탭 종류
    - ∟ **Left** : 왼쪽 **탭 (기본값)**
    - ∟ **Center** : **가운데 탭**
    - ∟ **Right** : **오른쪽 탭**
    - ∟ **Decimal** : **소수점 탭**

탭의 종류

탭은 편집기에서 키보드의 ⌨Tab을 눌렀을 때 커서(문자열)가 이동하는 위치를 지정해주는 기능입니다. 눈금자에 표시되며, 기본형인 왼쪽 탭은 ㄴ 형태의 기호로 나타납니다.

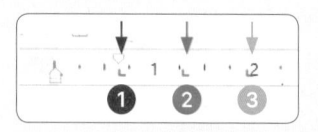

위의 예시에서는 왼쪽 탭이 세 개 지정되어 있습니다. 편집기에서 ⌨Tab 을 한 번 누르면 커서가 ❶번 위치로, 두 번 누르면 ❷번 위치로 이동합니다. 한 번 더 누르면 ❸번 위치로 이동하고요.

탭의 종류에 따라서 문자열은 다음과 같이 배치됩니다.

④ 줄/문단 간격

〔Format〕-〔Paragraph ▸〕-〔Line and Paragraph Spacing...〕에서 줄 간격과 문단 간격을 설정합니다. 표시 단위는 글자 크기(pt)로 고정되어 있습니다.

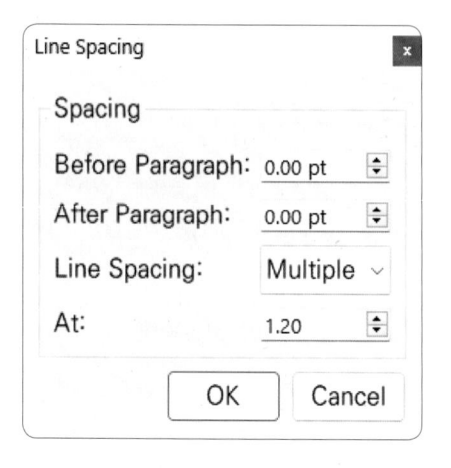

팝업 창의 각 메뉴는 다음과 같습니다.

- **Before Paragraph** : 문단 위 간격
- **After Paragraph** : 문단 아래 간격
- **Line Spacing** : 줄 간격
  - ∟ **Single** : 1줄
  - ∟ **Double** : 2줄
  - ∟ **At least** : 최소
  - ∟ **Exactly** : 고정
  - ∟ **Multiple** : 배수 (기본값)

⑤ **스타일**

스타일은 임의로 설정한 서식을 빠르게 적용할 수 있는 기능입니다. 스크리브너에서는 각 템플릿마다 고유한 기본 스타일을 제공합니다. 서식 표시줄의 맨 앞 드롭다운 메뉴에서 이용할 수 있습니다. 스타일 이름 앞에 붙은 기호 ¶, ⓐ는 각각 문단 모양과 글자 모양을 의미합니다.

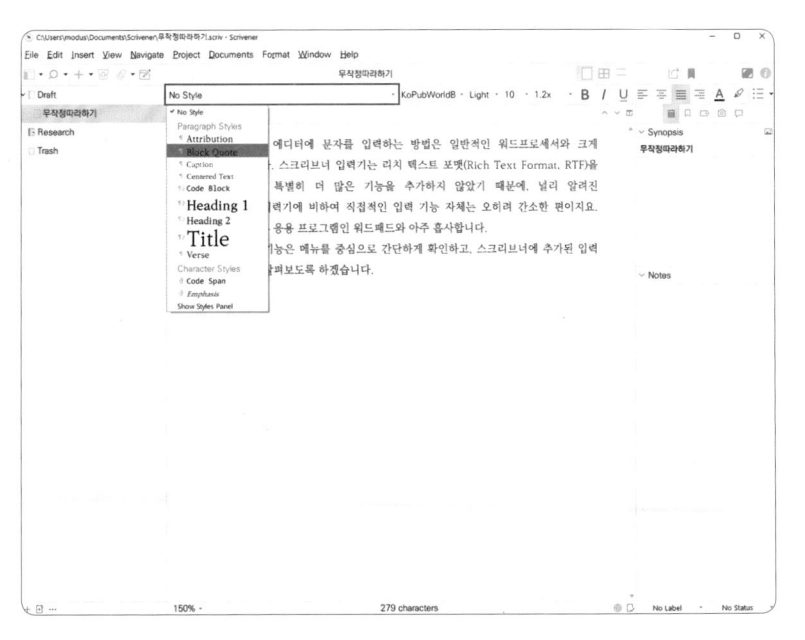

다양한 공백의 입력과 편집

◀ 영상 강의
바로 보기

① 서식 부호

메인 메뉴에서 〔View〕 - 〔Text Editing ▶〕 - 〔Show Invisibles〕를 선택
하면 서식 부호가 나타납니다.

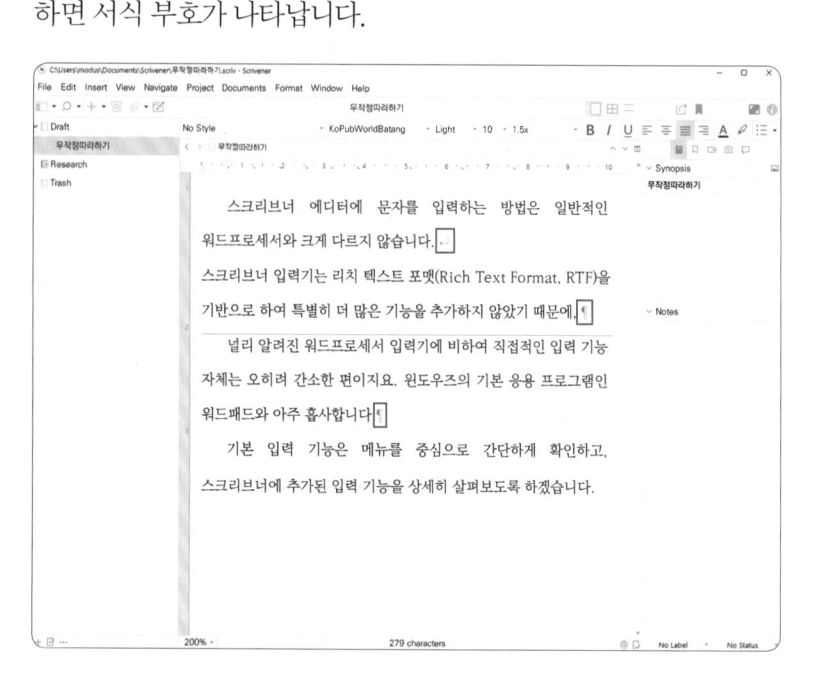

② 공백과 나눔

서식 부호를 통해 스크리브너에서 입력할 수 있는 몇 가지 공백과
나눔의 유형을 살펴보겠습니다.

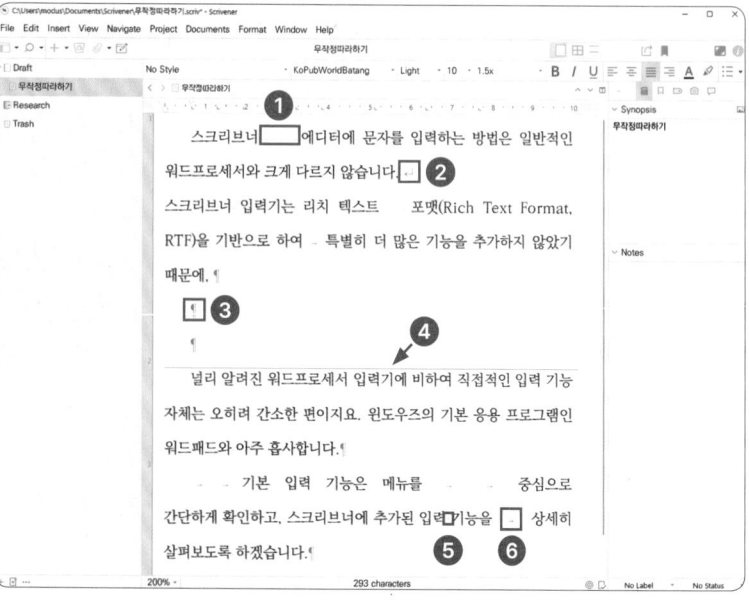

❶ **일반 공백** : 키보드의 스페이스 바(Space Bar)로 입력하는 일반적인 공백입니다. 점(·)으로 표시됩니다.

❷ **줄 나눔(Line Break)** : 문단 서식을 무시하는 강제 줄 나눔은 왼쪽 꺾은 화살표(↵)로 표시됩니다. 메인 메뉴의 [Insert] - [Break ▸] - [Line Break]로 줄 나눔을 넣을 수 있습니다. 단축키 [Alt] + [Enter]로도 입력 가능합니다.

❸ **줄 바꿈** : 키보드의 [Enter]로 입력하는 일반적인 줄 바꿈입니다. 왼머리 열쇠(¶)로 표시됩니다.

❹ **쪽 나눔(Page Break)** : 문서 양옆으로 걸친 긴 줄(—)로 표시됩니다. 스크리브너 문서에는 쪽(page)의 개념이 없기 때문에, 입력된 쪽 나눔은 서식 부호로 표시되는 것 외에는 특별히 구분되지 않습니다. 문서를 인쇄하거나 컴파일하면 적용된 결과를 확인할 수 있습니다.

쪽 나눔은 메인 메뉴의 [Insert] - [Break ▸] - [Page Break]로 넣을 수 있습니다. 단축키 [⊞]+[Alt]+[Enter]로도 입력 가능합니다.

❺ **나눔 없는 공백(Non-Breaking Space)** : 공백 앞뒤의 문자열을 하나의 문자열처럼 인식하여, 문자열이 줄의 끝에 이르더라도 공백을 기준으로 줄을 바꾸지 않습니다. 속이 빈 점(○)으로 표시됩니다. 메인 메뉴의 [Insert] - [Break ▸] - [Non-Breaking Space]로 넣을 수 있습니다. 단축키 [Alt]+[Space]로도 입력 가능합니다.

❻ **탭** : [Tab]로 입력한 공백을 나타냅니다. 오른쪽 화살표(→)로 표시됩니다.

③ 불필요한 공백 제거

집필과 연재 과정에서 가독성을 위해 의도적으로 넓혔던 자간이나 행간은 출판 편집 시 제거해야 하는 경우가 많습니다. 표준화되지 않은 공백의 사용은 대개 군더더기로 취급되기 때문이지요. 이를 일일이 삭제하는 것은 매우 번거로운 일입니다. 스크리브너에서는 이러한 공백을 일괄적으로 제거하는 기능을 제공합니다.

메인 메뉴의 〔Edit〕-〔Text Tidying ▸〕에서 이 기능을 찾아볼 수 있습니다. 아래 텍스트에 차례로 적용하며 살펴보겠습니다.

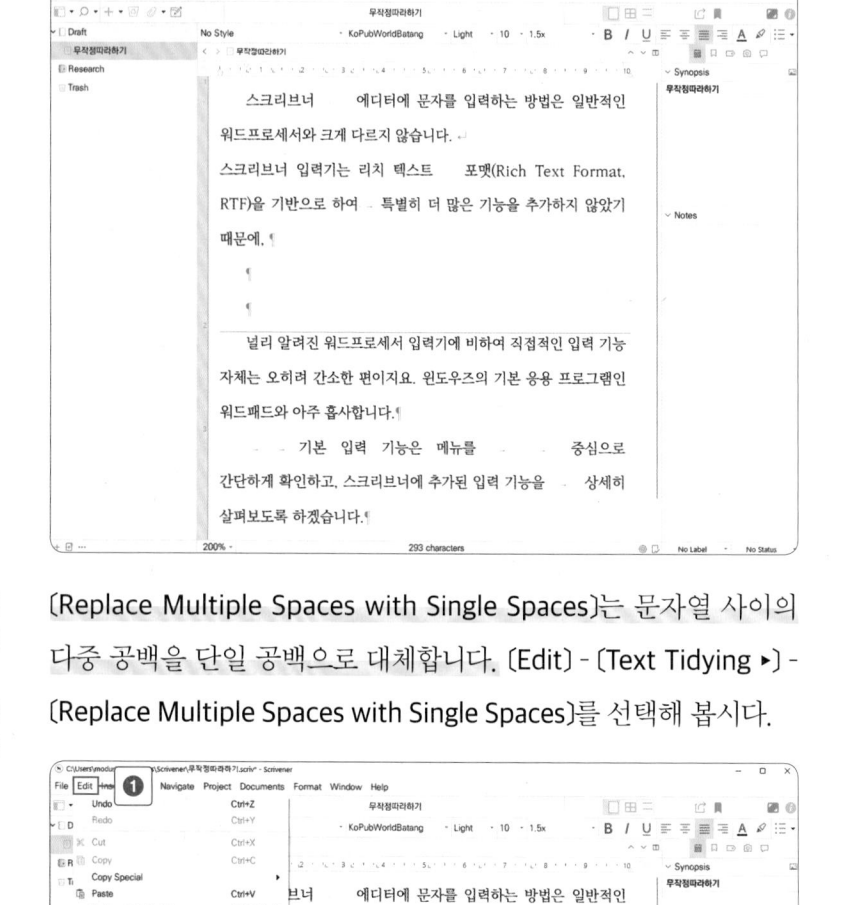

Tip 공백 제거 기능은 커서의 위치와 관계없이 문서 전체에 적용됩니다.
단, 블록으로 문자열을 선택한 경우에는 선택한 범위에만 적용됩니다.

〔Replace Multiple Spaces with Single Spaces〕는 문자열 사이의 다중 공백을 단일 공백으로 대체합니다. 〔Edit〕-〔Text Tidying ▸〕-〔Replace Multiple Spaces with Single Spaces〕를 선택해 봅시다.

점(·)으로 표시된 문자열 사이의 일반 공백이 하나씩만 남고 모두 사라졌습니다. 나눔 없는 공백(◦)과 탭(→)에는 적용되지 않았습니다.

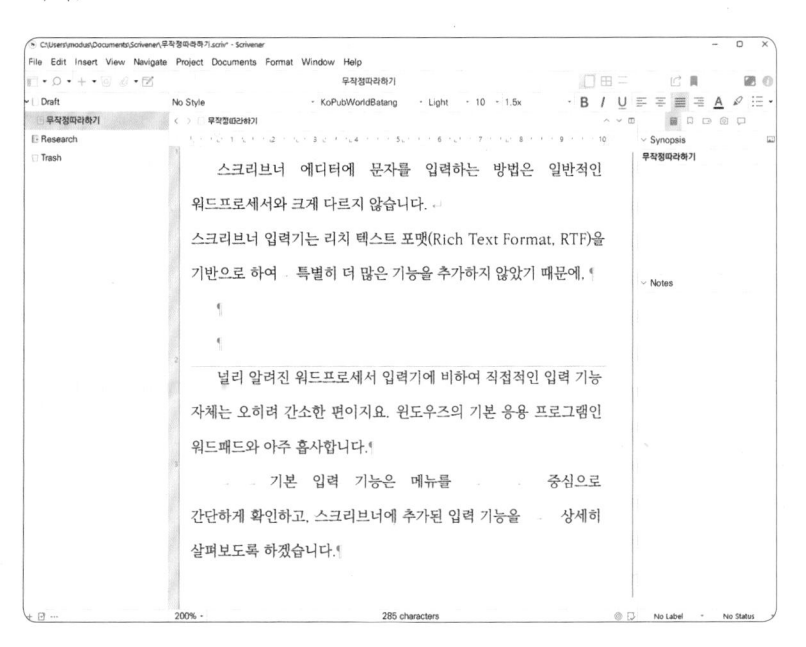

〔Remove Empty Lines Between Paragraphs〕는 문단 사이의 다중 공백을 단일 공백으로 대체합니다. 〔Edit〕 - 〔Text Tidying ▸〕 - 〔Remove Empty Lines Between Paragraphs〕를 선택해 봅시다.

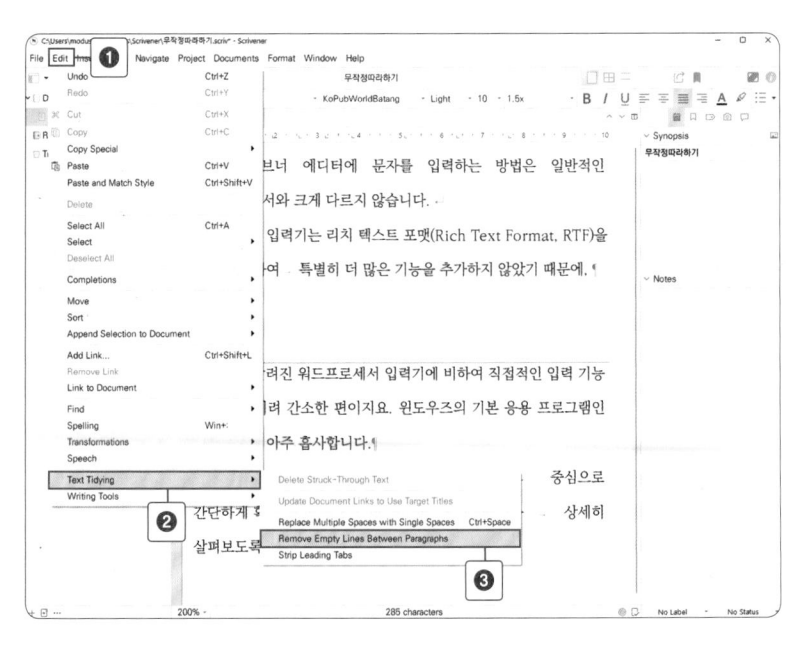

왼 머리 열쇠(¶)로 표시된 문단 사이의 일반 줄 바꿈이 하나씩만 남고 모두 사라졌습니다. 강제 줄 나눔(↵)과 쪽 나눔(—)에는 적용되지 않습니다.

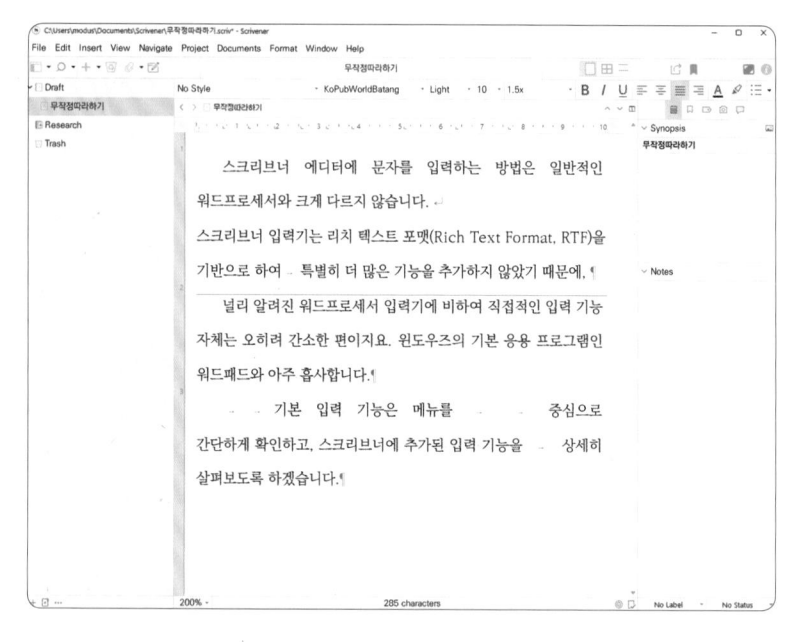

〔Strip Leading Tabs〕는 문단 앞머리에 탭이 적용되어 있을 경우 제거하는 기능을 합니다. 〔Edit〕 - 〔Text Tidying ▸〕 - 〔Strip Leading Tabs〕를 선택해 봅시다.

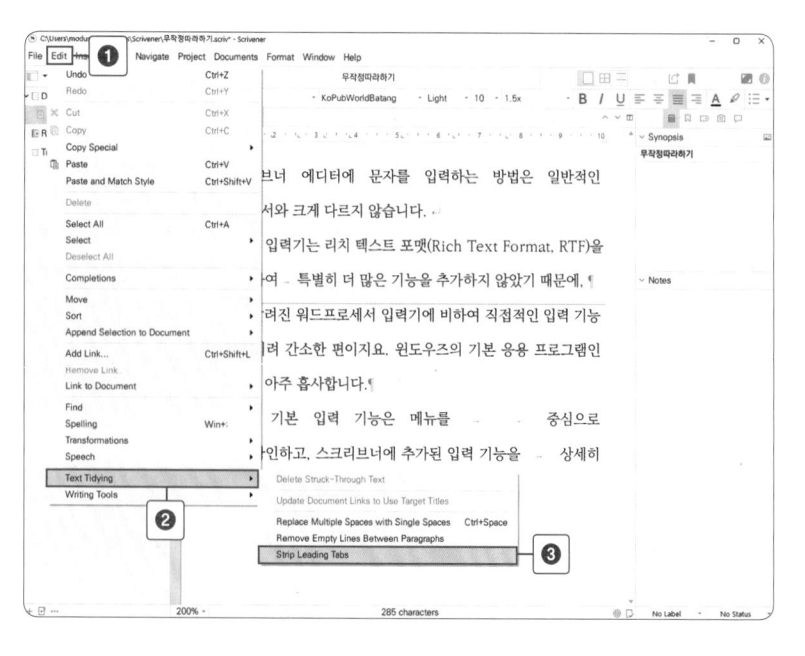

마지막 문단의 앞머리에 두 번 입력되어 있던 탭(→)이 모두 사라졌습니다. 그러나 문단의 중간에 입력된 탭(→)은 영향을 받지 않은 채 여전히 남아 있습니다.

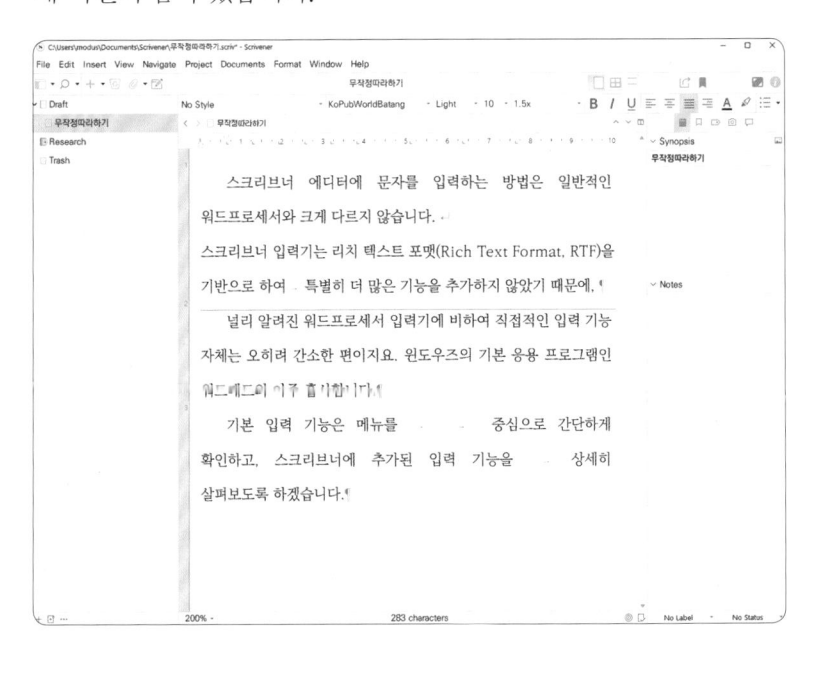

다양한 개체의 입력과 편집

◀ 영상 강의
바로 보기

① 가로선

메인 메뉴의 〔Insert〕 - 〔Horizontal Line ▸〕에서 세 가지 형태의 가로선을 입력할 수 있습니다. 종류는 다음과 같습니다.

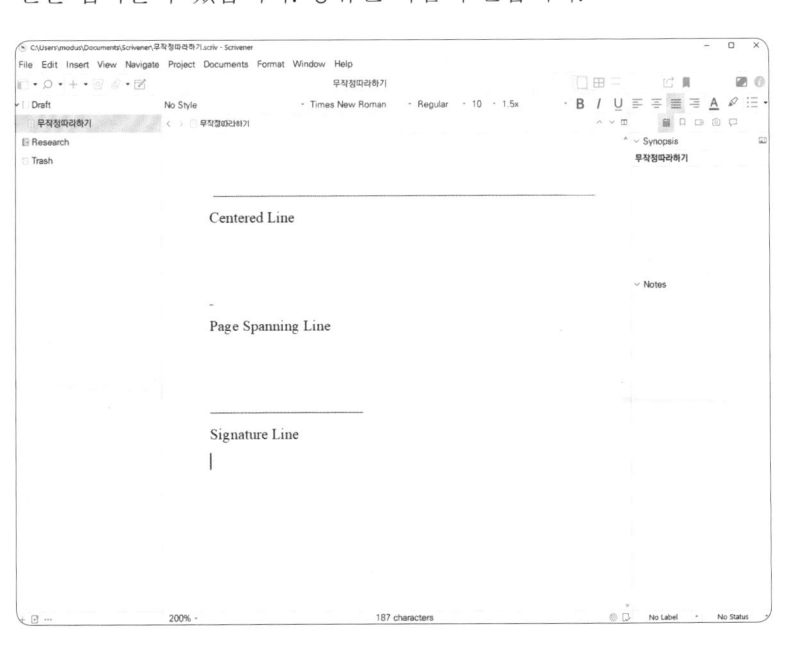

- **Centered Line** : **가운데 선**. 기다란 선을 문서의 중앙에 배치합니다.

- **Page Spanning Line** : **쪽 구분 선**. 쪽과 쪽 사이를 구분하는 표식으로 짧은 선을 표시합니다.

- **Signature Line** : **서명 선**. 서명하는 위치를 중간 길이의 선으로 표시합니다.

② 표

스크리브너에서는 기본 형태의 표를 입력할 수 있습니다. 메인 메뉴의 〔Insert〕 - 〔Table...〕을 선택합니다.

표 속성 팝업 창이 나타나면서 3(열)×2(행) 형태의 표가 입력됩니다. 팝업 창에서 **열×행(Rows×Columns), 표 테두리(Table Border)** 의 굵기와 색상, **셀 배경(Cell Background)** 의 색상, **셀 너비(Cell Width)** 를 설정할 수 있습니다.

열과 행을 하나씩 추가해 보도록 하겠습니다. Rows×Columns 아래의 입력 창에 3과 4를 각각 넣어 봅시다.

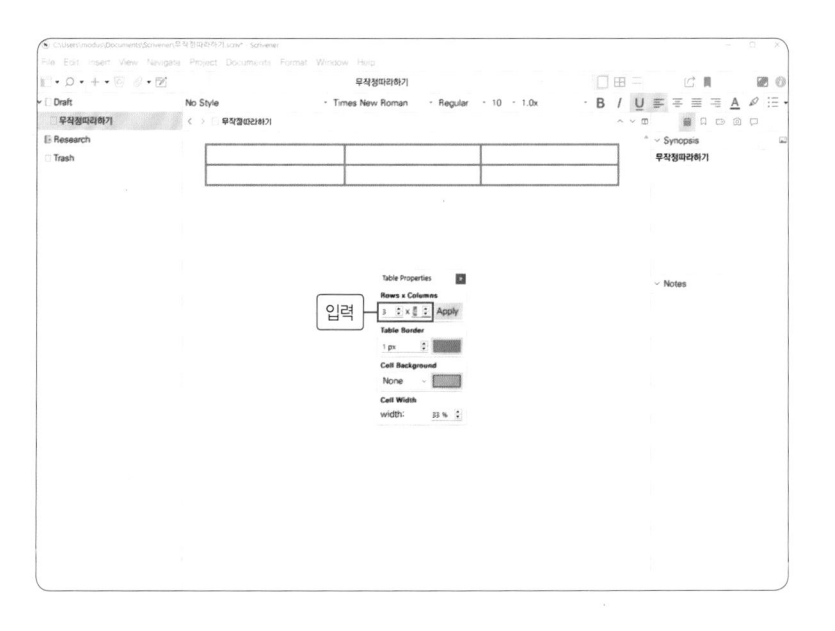

잠
깐
만
요

방금 만든 표가 사라졌다면?

표를 생성하면서 편집기에 표시되는 글의 위치가 달라질 수 있습니다. 이때는
단축키 [Ctrl] + [J]를 이용하면 원 위치로 돌아갑니다.

〔Apply〕를 클릭하면 열과 행이 바로 추가 반영됩니다.

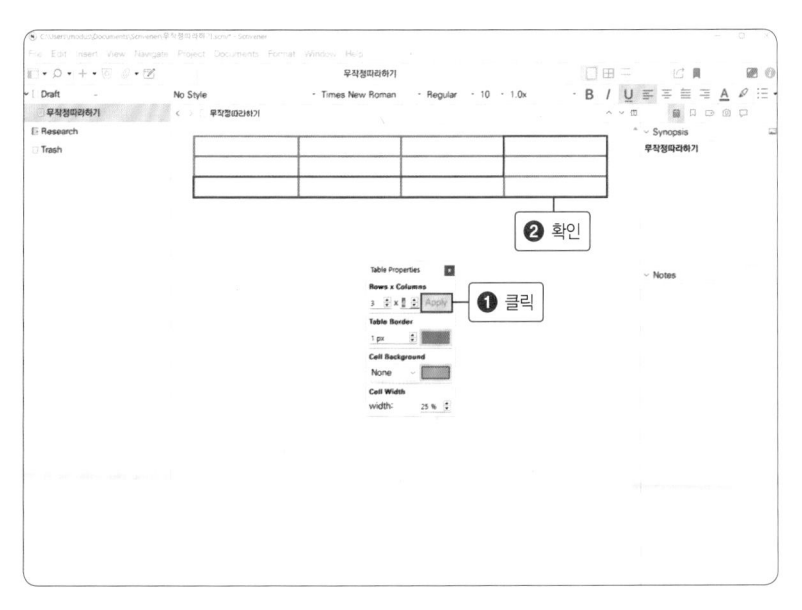

표 속성 팝업 창을 닫았다가 다시 열고 싶다면 메인 메뉴에서
〔Format〕-〔Table ▸〕-〔Table...〕을 선택하면 됩니다.

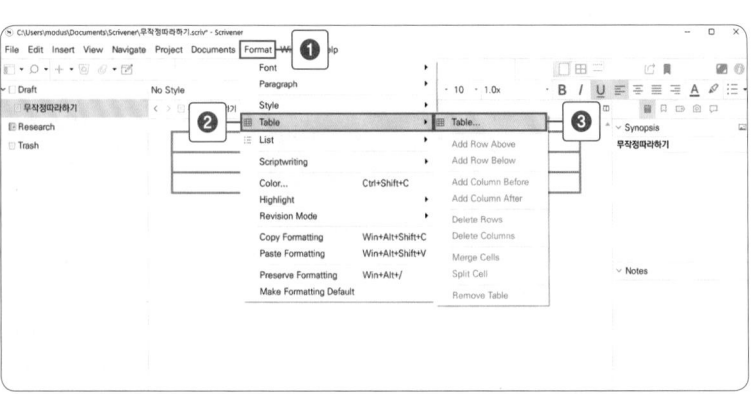

잠
깐
만
요

표 테두리의 굵기

스크리브너 편집기에서 입력된 표는 테두리가 다소 두꺼워 보입니다. 그러나 이것은 편집기 상의 시인성을 확보하기 위해 마련된 장치입니다.

기본으로 설정되어 있는 표 테두리의 굵기는 MS 워드가 0.5pt (MS 365 기준), 한글이 0.12mm (한컴오피스 2022 기준) 입니다. 스크리브너는 1px가 최소 굵기입니다. 1px = 0.75pt ≒ 0.265mm 이므로, 최종 출력 시 육안으로는 테두리 굵기의 차이가 거의 식별되지 않는다고 보셔도 됩니다.

③ 목록 부호

Tip Tab 을 눌러 목록의 층위를 낮추고 Shift + Tab 을 눌러 층위를 높이면서 작업합니다.

서식 표시줄 오른쪽 끝의 아이콘 옆 드롭다운 메뉴에서 목록에 표시할 부호를 선택할 수 있습니다. 메인 메뉴의 [Format] - [List ▸] 도 같은 기능을 합니다. 예시는 드롭다운 메뉴에서 가장 아래에 있는 [1. 1a. 1b.]부호를 적용하여 만들어본 목록입니다.

3 | 에디터의 여러 기능

스크리브너 에디터의 고유한 기능을 살펴보도록 하겠습니다.

편집 화면의 조정과 분할

◀ 영상 강의
바로 보기

① 쪽 윤곽

스크리브너의 기본 편집기에는 쪽 개념이 없지만, 쪽 윤곽(Page View) 기능을 사용하면 쪽 구분이 있는 문서 형태로 글을 보면서 편집할 수 있습니다.

메인 메뉴의 〔View〕 - 〔Text Editing ▸〕 - 〔Page View〕를 선택합니다.

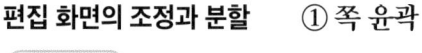

Tip 쪽 설정은 〔File〕 - 〔Page
Setup...〕에서 변경할 수 있습니다.

Tip 너비에 맞추기(Fit Width)와 문서에 맞추기(Fit Page)는 쪽 윤곽 모드에서만 나타납니다. 선택에 따라서 화면의 배율은 자동으로 조정됩니다.

쪽 구분과 상하좌우 여백이 있는 쪽 윤곽 모드로 전환되었습니다. 쪽 설정이 A4로 되어 있어 A4 문서의 형태로 표시되고 있습니다.

기본 편집기의 화면 표시 배율 175%는 쪽 윤곽 모드에서 다소 크게 보이므로 배율을 조정해 보겠습니다. 하단 표시줄의 배율 드롭다운 메뉴(▼)를 클릭하여 조정합니다. 오른쪽은 드롭다운 메뉴에서 〔Fit Width〕를 선택한 모습입니다.

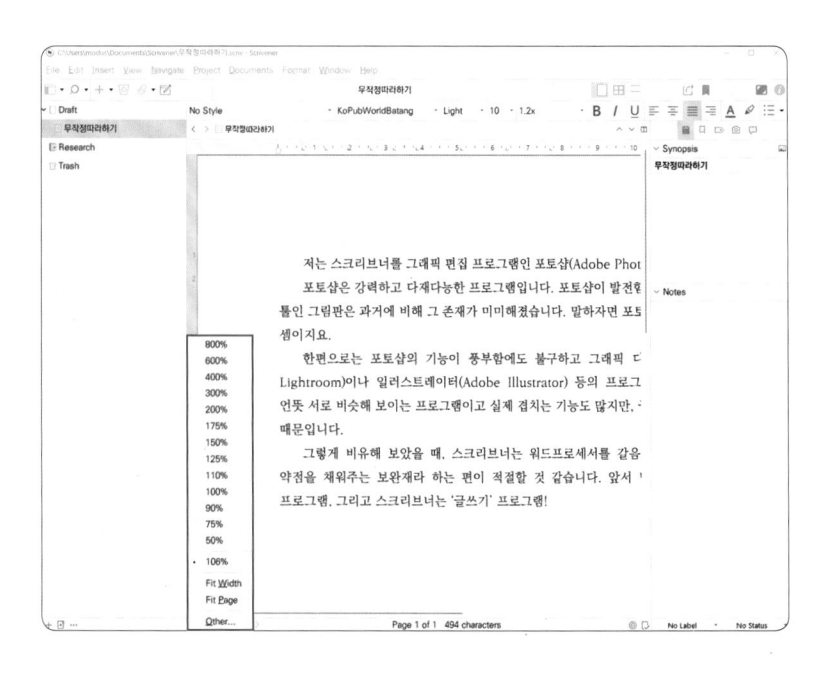

Tip 같은 기능을 〔View〕 – 〔Editor Layout ▸〕에서도 찾아 볼 수 있습니다.

② 에디터 분할

스크리브너에서는 상하 또는 좌우로 편집기 화면을 양분하여 사용할 수 있습니다. 가장 기본적인 분할 기능을 살펴보도록 하겠습니다.

에디터 상단 표시줄 오른쪽의 **편집기 분할** 아이콘 ⊞ 을 클릭하면 에디터가 양분되면서 편집기가 하나 더 나타납니다. 에디터가 분할되면서 오른쪽에 같은 문서가 하나 더 열렸습니다. 이 상태로 어느 한쪽에 문자를 입력하면 다른 쪽에도 똑같은 문자가 나타납니다.

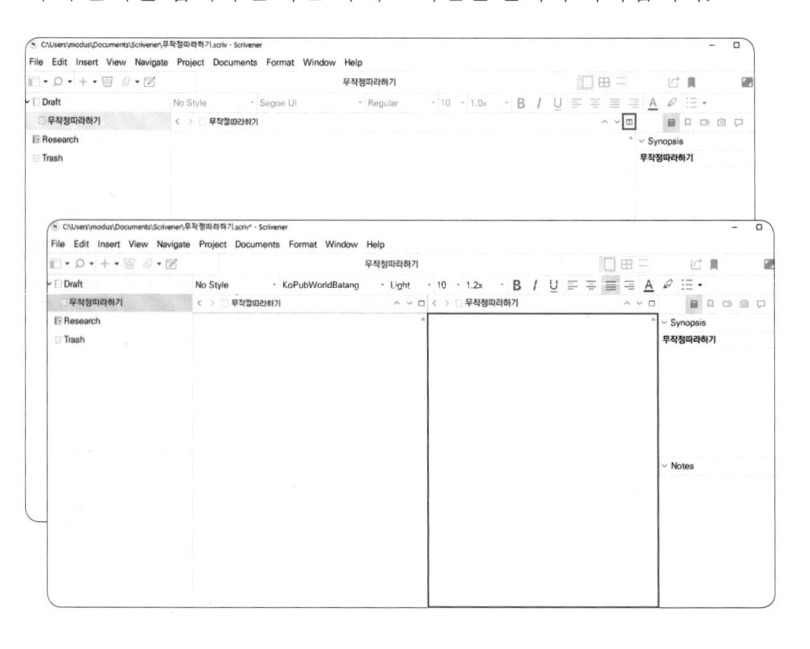

아래 화면은 오른쪽 편집기를 선택하여 **리서치** 폴더를 열고, 다시 돌아와 왼쪽의 편집기를 활성화시킨 모습입니다. 현재 활성화된 왼쪽 편집기를 확인해 보면 상단 표시줄이 파랗게 표시되어 있습니다.

다시 오른쪽 편집기를 선택한 다음 **편집기 병합** 아이콘을 클릭하여 분할 상태를 종료합시다.

단일 편집기 상태로 돌아왔습니다. 오른쪽 편집기에서 병합 명령을 내렸기 때문에, 병합되면서 남은 것도 오른쪽 편집기의 화면입니다. 왼쪽 편집기는 화면에서 사라집니다.

이번에는 다른 방향으로 편집기를 분할해 봅시다. 에디터 상단 표시줄 오른쪽의 편집기 분할 아이콘을 보면서 Alt를 눌러 보세요. 본래 **수직 분할** 아이콘이던 것이 **수평 분할** 아이콘으로 바뀌는 것을 확인할 수 있습니다. Alt에서 손을 떼면 다시 수직 분할 아이콘으로 돌아갑니다.

[Alt]를 누른 채로 편집기 분할 아이콘을 클릭하여 에디터를 상하로 나누어 보겠습니다. 편집기가 위아래로 양분되었습니다. 아래 예시 화면은 아래쪽 편집기를 클릭하여 **드래프트** 폴더를 선택한 모습입니다.

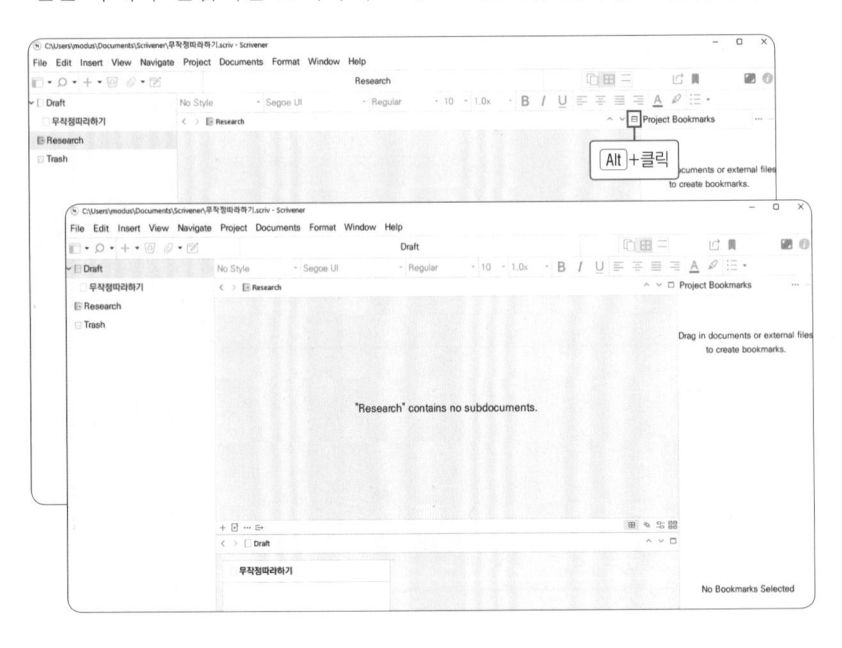

특수한 선택과 복사

◀ 영상 강의
바로 보기

① 다중 블록 지정

스크리브너는 유연한 다중 블록을 지원합니다. [Ctrl]을 누른 채로 마우스를 드래그하면 원하는 곳 어디든 동시에 블록을 지정할 수 있습니다. 아래 예시는 이러한 방법으로 몇 개의 문자열에 블록을 지정한 모습입니다.

서식 표시줄의 **굵게** B 와 **밑줄** U 속성을 클릭하자 블록 지정된 문자열에 속성이 동시 적용되었습니다.

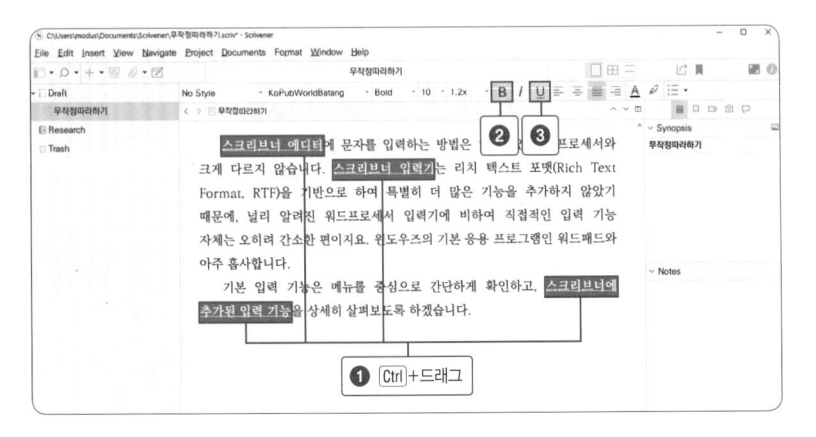

② 문자열 선택의 옵션

메인 메뉴의 〔Edit〕-〔Select ▸〕에는 다양한 선택 방식이 나열되어 있습니다. 총 4단으로 구성된 목록에서, 맨 아래의 1단은 바인더 문서를 선택할 때만 사용됩니다. 138쪽 나머지 위의 3단은 모두 편집기에서 적용할 수 있는 선택의 방식입니다.

Tip 다음 항목에 대한 설명은 모두 편집기에서 현재 커서의 위치를 기준으로 합니다.

· **Select Word** : **단어를 선택**합니다. 두 공백 사이 문자열이 단어로 인식됩니다.

· **Select Sentence** : **문장을 선택**합니다. 대체로 두 마침표 사이의 문자열이 문장으로 인식됩니다.

· **Select Paragraph** : **문단을 선택**합니다. 대체로 하나의 줄 바꿈과 또 다른 줄 바꿈 사이의 문자열이 문단으로 인식됩니다.

· **Select Style Range** : 스타일이 미치는 **범위 내의 문자열을 선택**합니다.

· **Select All Style** : 스타일이 미치는 범위의 **연속되지 않은 문자열을 선택**합니다. 대체로 커서 아래에서 동일한 스타일을 찾습니다. 연속되지 않은 문자열을 찾지 못할 경우 **Select Style Range**와 같이 작동합니다.

· **Select Next in Same Style** : 같은 스타일의 다음 문자열을 선택합니다. 다음 문자열을 찾지 못할 경우 **Select Style Range**와 같이 작동합니다.

· **Select Similar Formatting** : 유사한 서식의 문자열을 모두 선택합니다. **Select Style Range**보다 유연하게 작동합니다. 가령 **Select Style Range**에서 선택할 수 없었던 **기본 서식(No Style)**의 문자열도 선택됩니다.

· **Select Annotation** : 텍스트 내 주석을 선택합니다.

◀ 영상 강의
바로 보기

① 서식에 맞게 붙여넣기

서식 있는 텍스트(RTF) 편집기는 기본적으로 텍스트와 서식을 함께 복사합니다. 여러 원자료의 서식이 모두 다를 때, 이 기능은 단점으로 여겨지기도 합니다. 붙여 넣은 문서의 서식이 난삽해지기 때문이지요.

일반적인 붙여넣기 대신 메인 메뉴의 〔Edit〕 - 〔Paste and Match Style〕을 사용하면 원자료의 서식을 무시하고 현재 에디터의 서식을 일괄 적용할 수 있습니다. 단축키 Ctrl + Shift + V 를 사용해도 됩니다. 흔히 알려진 단축키에 Shift 만 추가되었죠?

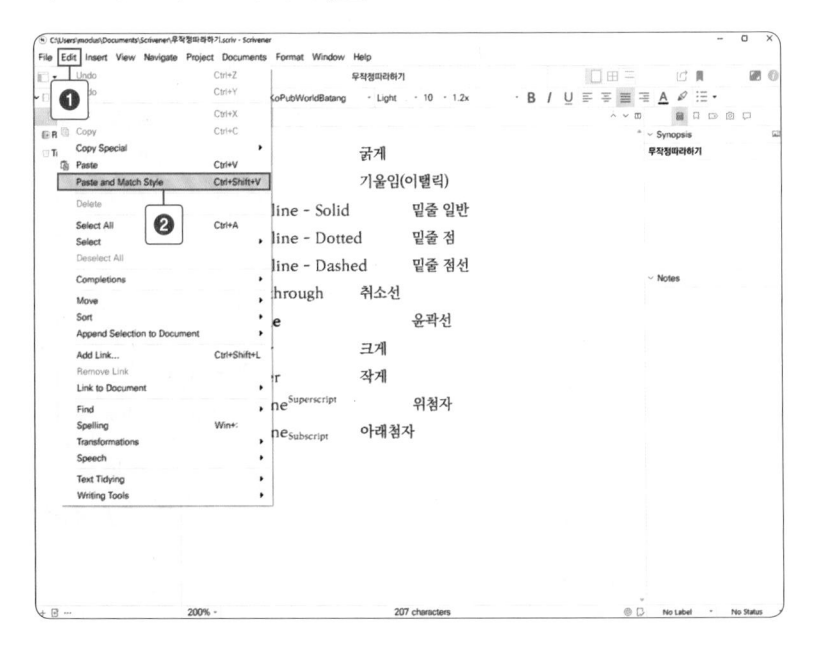

② 서식 일괄 통일하기

Tip 단축키 Ctrl+O은 스크
리브너에서 활용 빈도가 높으므
로 기억해 두시면 편리합니다.

Tip 이 기능은 메인 메뉴의
〔Documents〕 – 〔Convert ▸〕 –
〔Text to Default Formatting…〕
을 선택하여 사용할 수도 있습
니다.

이미 원자료를 다 붙여 넣은 상태라면, 단축키 Ctrl+O 을 이용하여
기본 서식으로 통일할 수 있습니다. Ctrl+O 을 눌러 서식을 통일해
보겠습니다.

선택된 문서의 서식이 기본 서식으로 모두 변환되며 결과를 되돌릴
수 없다는 알림 창이 나타납니다. 일반적인 경우라면 Options 아래
의 체크박스는 선택하지 않아도 무방합니다. 〔OK〕를 클릭합니다.

잠깐만요 │ 서식 통일 시 일부 서식은 남기고 싶다면?

문서의 서식을 좀 더 세밀하게 변환하고 싶다면 체크박스를 선택합니다. 일부
모순되는 항목이 있으므로 유의할 필요가 있습니다. 옵션이 양립할 수 없을 경
우 상위 옵션을 우선 적용합니다.

- **Convert font only** : 모든 서식을 유지한 채 글꼴만 변경합니다.
- **Remove all styles** : 모든 서식을 초기화합니다. 단, 아래에서 선택한
  서식은 보존합니다.

- **Font size** : 글자 크기
- **Alignment** : 정렬 방식
- **Tabs and Indents** : 탭과 들여쓰기
- **Line spacing** : 줄 간격

③ 서식 복사하여 붙여넣기

일부 문자열의 서식만을 변환하고 싶을 때는 원하는 서식을 복사하여 해당 문자열에 붙여 넣으면 간편하게 해결됩니다. 메인 메뉴의 〔Format〕 하단에서 **서식 복사하기**(Copy Formatting)와 **서식 붙여넣기**(Paste Formatting) 기능을 각각 찾아볼 수 있습니다.

서식을 복사할 문자열에 커서를 두고 〔Format〕 - 〔Copy Formatting〕을 선택합니다.

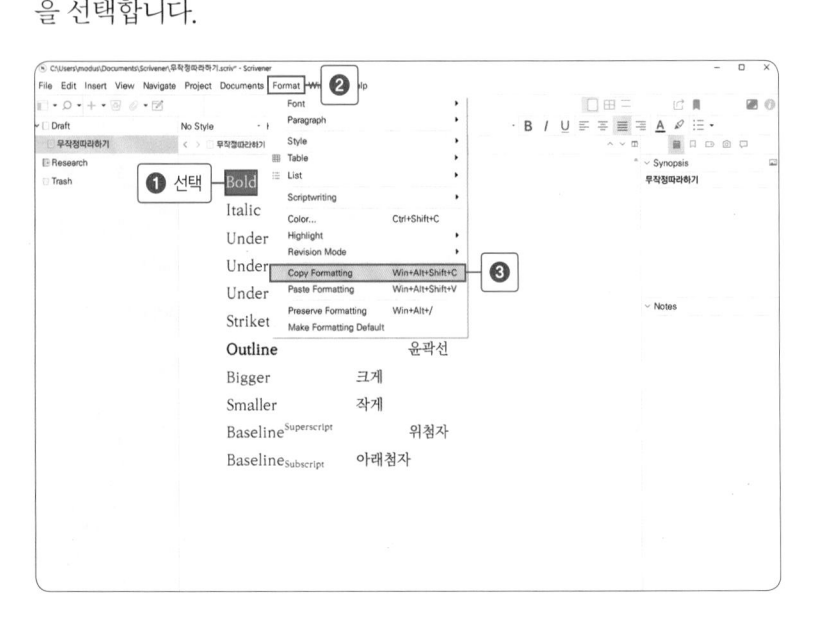

서식을 붙여 넣고자 하는 문자열 위에서 〔Format〕 - 〔Paste Formatting〕을 선택하면 복사했던 서식이 문자열에 적용됩니다.

④ 현재 서식을 기본 서식으로 만들기

편집기의 기본 서식은 메인 메뉴의 〔File〕-〔Options...〕나 〔Project〕
-〔Project Settings...〕에서 상세하게 설정할 수 있습니다. 그러나 보
다 빠르고 간편하게 기본 서식을 지정하는 방법이 있습니다.

메인 메뉴에서 〔Format〕-〔Make Formatting Default〕를 선택하면
현재 편집기의 서식이 곧장 기본 서식으로 지정됩니다.

> **Tip** 예시 화면처럼 여러 서식을 한꺼번에 블록으로 선택한 경우에는 현재 커서가 위치한
> 지점의 서식이 기본 서식으로 지정됩니다.

Tip 지정되는 서식은 앞으로
생성될 문서에만 적용되며, 기존
문서에 새로운 서식을 적용하려
면 메인 메뉴의 〔Documents〕-
〔Convert ▸〕-〔Text to Default
Formatting...〕을 사용해야 합
니다.

편집기에서 지정된 부분의 서식이 기본 서식으로 지정될 것이며
스크리브너 및 프로젝트 설정도 바뀔 것이라는 알림 창이 나타납
니다.

서식을 모든 프로젝트에 적용하려면 〔All Projects〕를, 현재 프로젝
트에만 적용하려면 〔This Project Only〕를 선택합니다.

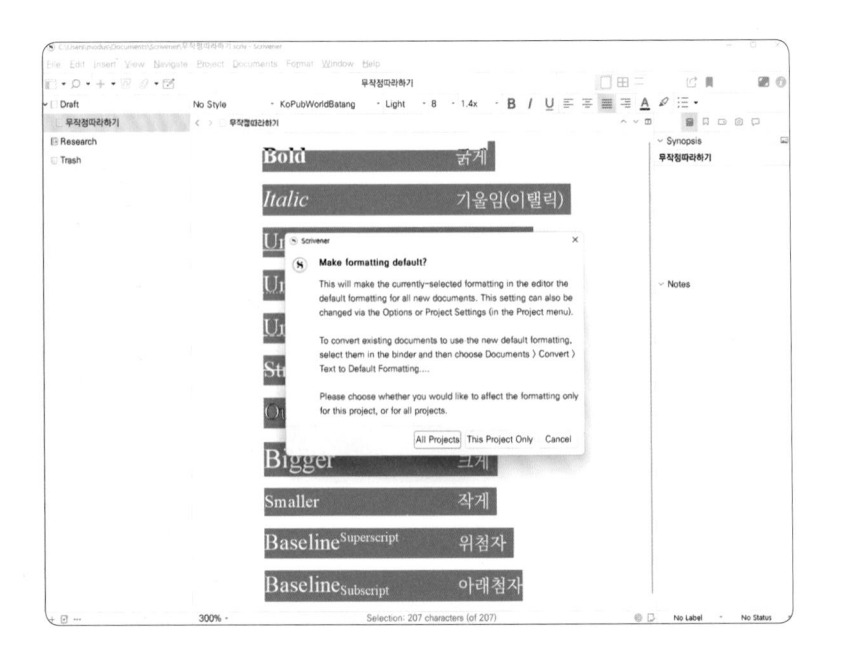

4 | 컴포지션 모드로 집필에만 집중하기

스크리브너의 작업 화면은 글쓰기를 효율적으로 할 수 있게끔 구성되어 있는만큼 한 화면 안에 많은 기능을 담고 있지요. 글 쓰는 행위 그 자체에만 집중하고 싶을 때는 정보량 많은 화면이 조금 번잡하게 보이는 것도 사실입니다. 또 가끔은 흰 종이에 검은 글씨라는 뻔한 집필 도구에서 벗어나고 싶기도 합니다.

컴퓨터로 집필하는 작가들의 이러한 불평은 퍽 오래전부터 제기되어 왔습니다. 작가들의 니즈에 맞춘 '글쓰기 전용' 프로그램이 이미 여럿 상용화되어 있지요.

대표적으로 포커스 라이터(FocusWriter), 젠 라이터(ZenWriter), 라이트 룸(WriteRoom), 라이트 멍키(WriteMonkey), 타이포라(Typora) 등이 있습니다.

이들 프로그램은 복잡한 기능을 숨기거나 없애 버리고 화면 위에 심플한 편집기 하나만 보이게 만들어 줍니다. 작가가 오로지 문장과 커서에만 집중할 수 있도록 도와주는 것이지요. 스크리브너에서는 **컴포지션 모드**가 이러한 기능을 제공합니다.

◀ 영상 강의
바로 보기

① 컴포지션 모드의 실행

일반 편집기 모드에서 메인 툴바의 컴포지션 모드 아이콘 🖼 을 클릭하거나 F11 를 누르면 컴포지션 모드로 들어갑니다.

② 컴포지션 모드의 화면 구성

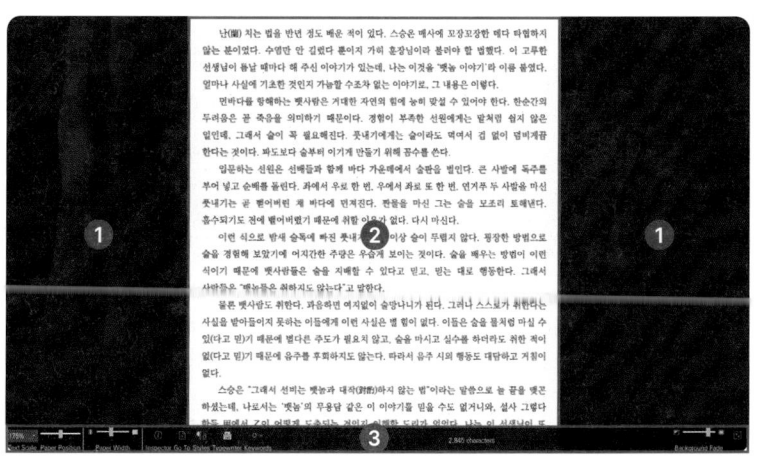

❶ **배경 화면** : 윈도우 바탕 화면의 현재 상태를 보이거나 지정한 이미지/색상을 보여줍니다.

❷ **편집기** : 글을 작성하는 공간입니다. 스크리브너에서는 종이 (Paper)로 부르고 있습니다. 책상(배경 화면) 위에 종이(편집기)를 한 장 올려 놓았다는 개념으로 이해합시다. 편집기의 너비와 위치, 편집기에 입력되는 글자 크기 등을 조정할 수 있습니다.

❸ **메뉴** : 최소한의 기능이 모여 있습니다. 평소에는 숨김 상태로 있다가 마우스 커서를 화면 하단으로 가져가면 나타납니다.

③ 컴포지션 모드의 메뉴 구성

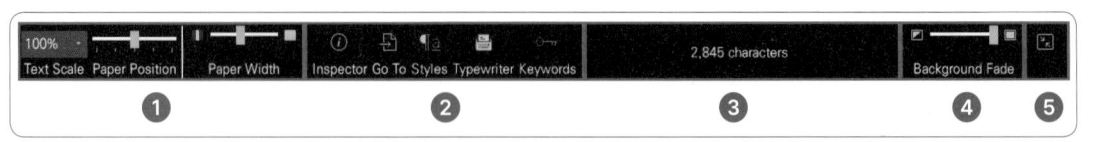

❶ 편집기 레이아웃

• **Text Scale** : 화면 표시 배율을 조정합니다.

• **Paper Position** : 편집기의 위치를 조정합니다. 화면의 맨 왼쪽부
터 맨 오른쪽까지 5개의 위치 중에서 선택할 수 있습니다.

• **Paper Width** : 편집기의 폭을 조정합니다. 커서를 스크롤 하여 화
면의 10% 정도에 불과한 좁은 너비부터 화면 전체를 채우는 너
비 안에서 결정할 수 있습니다.

❷ 문서 정보

• **Inspector** : 인스펙터를 팝업 창으로 나타내거나 다시 감춥니다.

• **Go To** : 다른 문서로 이동합니다. 드롭다운 메뉴 형식의 바인더가
나타납니다.

• **Styles** : 스타일 목록 편집기를 팝업 창으로 나타내거나 감춥니다.

• **Typewriter** : 이 모드를 켜면 **입력 행의 위치가 편집기의 중앙으로
고정**됩니다. 글이 이어지면서 줄 바꿈이 일어나면 커서가 밑으로
내려가는 대신 글이 위로 올라갑니다. 결과적으로 사용자가 화면
상에서 입력하는 위치가 늘 고정되어 있는 것처럼 보이게 됩니다.

• **Keywords** : 키워드 목록 ▶ 297쪽 을 팝업 창으로 나타내거나 다
시 감춥니다.

❸ 문서 통계 : 글자/단어 수 등 간단한 문서 통계를 표시합니다. 일
반 편집 모드 편집기에서 표시되는 정보와 동일합니다. ▶ 390쪽

❹ 배경 불투명도(Background Fade) : 커서를 스크롤 하여 완전
히 투명한 상태(0%)부터 완전히 불투명한 상태(100%) 사이에서
조정합니다. 0%에서는 윈도우 바탕화면의 현재 상태가 표시되고,
100%에서는 사용자가 지정한 이미지나 색상이 표시됩니다.

❺ 컴포지션 모드 종료 : 컴포지션 모드를 종료하고 일반 편집 모드
로 돌아갑니다.

입력하고 편집하기

◀ 영상 강의
바로 보기

① 타자기 방식으로 스크롤 하기

컴포지션 메뉴의 〔Typewriter〕 기능은 편집기의 입력 행 위치를 고정하는 것입니다. 이 모드를 켜면 커서의 세로 방향 위치가 편집기의 중앙으로 고정됩니다. 글이 이어지면서 줄 바꿈이 일어나면 커서가 밑으로 내려가는 대신 글이 위로 올라갑니다. 즉, 사용자가 화면상에서 입력하는 위치가 늘 고정되어 있는 것처럼 보입니다.

〔Typewriter〕 기능이 꺼져 있는 상태에서는 커서의 위치가 정해지지 않기 때문에 화면의 어디에서든 글을 입력할 수 있습니다. 다만 이 상태로 긴 글을 계속 써 내려가면 입력 행이 화면의 하단으로 밀려나게 됩니다, 때마다 글을 위로 끌어올려 사용자의 눈높이에 맞게끔 입력 행을 조정해 주어야 하는 번거로움이 생기는 것이지요.

> 잔을 거듭할수록 자신의 몸가짐을 되돌아보게 된다. 선원이나 마찬가지로 풋내기지만 태도는 상반된다.
> 　문인화는 '화(畵)'라는 명칭이 붙어있기는 하나 글과 다를 바 없다고 한다. 문인화를 이루는 각 요소는 글을 이루는 문장이나 단어와도 같아서 다루는 데 신중을 기해야 한다. 잘못된 단어 하나가 글 전체를 망가뜨리는 것처럼, 잘못 그어진 획 하나가 난화 전체를 못 쓰게 만들어 버린다. 그래서 고된 훈련을 거쳐 기본 획을 연마할 필요가 있는 것이다. 법에 맞추어 기초를 다지지 않고서야 '올바른' 난을 표현해낼 도리가 없다.
> 　한데 엉성하게나마 난을 한 번 쳐 본 다음에는 다시 처음으로 돌아가 수련하기가 어려워진다. 이미 무언가를 완성했다는 성취감이 눈을 가리는 것이다. 결점을 찾아내어 극복하는 일도 요원해진다. 이미 큰 술을 경험한 풋내기가 자신이 취한다는 사실을 인정하지 못하는 것처럼.
> 　다른 때나 진배없는 내 화선지에서 스승이 간파해 내신 것은, 혼자서 공부할 때의 **잘못된 필법, 어느새 손에 익어버린 채로 떠올랐던 그 붓놀림의 한 조각이었는지도.** 물론 문장은 꾸며야 멋이 생긴다. 그러나 꾸며내기 위해서는 틀에 맞게끔 획을 다듬는 과정부터

┤입력 행├ 익혀야 한다. 정석(定石)을 익히지 않고서야 사활(死活)을 챙기겠는가. 사활을.

> 　아무렇게나 글을 휘갈기고 싶은 충동이 일 때면 "뱃놈과 대작하지 않던" 스승을

메뉴에서 〔Typewriter〕 단추를 눌러 기능을 켠 후 같은 지점에 다시 입력을 시도해 보겠습니다. 〔Typewriter〕 기능이 켜지면 단추 아이콘이 밝은 색으로 바뀝니다.

> 있(다고 믿)기 때문에 별다른 주도가 필요치 않고, 술을 마시고 실수를 하더라도 취한 적이 없(다고 믿)기 때문에 음주를 후회하지도 않는다. 따라서 음주 시의 행동도 대담하고 거침이 없다.
> 　스승은 "그래서 선비는 뱃놈과 대작(對酌)하지 않는 법"이라는 말씀으로 늘 끝을 맺곤 하셨는데, 나로서는 '뱃놈'의 무용담 같은 이 이야기를 믿을 수도 없거니와, 설사 그렇다 한들 뱃놈에서 Z이 어떻게 도출되는 것인지 이해할 도리가 없었다. 나는 이 선생님이 또

┤클릭├ 　　　　　　　　　2,845 characters

Styles Typewriter Keywords

같은 지점에 글자를 넣으면 입력 행이 화면의 중앙으로 이동합니다. 이제 입력 행은 이 위치에 고정되며, 대신 글이 위로 올라갑니다. 타자기에서 줄 바꿈이 일어날 때 종이가 위로 올라가는 것과 같은 모습입니다.

> 문인화는 '화(畵)'라는 명칭이 붙어있기는 하나 글과 다를 바 없다고 한다. 문인화를 이루는 각 요소는 글을 이루는 문장이나 단어와도 같아서 다루는 데 신중을 기해야 한다. 잘못된 단어 하나가 글 전체를 망가뜨리는 것처럼, 잘못 그어진 획 하나는 난화 전체를 못 쓰게 만들어 버린다. 그래서 고된 훈련을 거쳐 기본 획을 연마할 필요가 있는 것이다. 법에 맞추어 기초를 다지지 않고서야 '올바른' 난을 표현해낼 도리가 없다.
>
> 한데 엉성하게나마 난을 한 번 쳐 본 다음에는 다시 처음으로 돌아가 수련하기가 어려워진다. 이미 무언가를 완성했다는 성취감이 눈을 가리는 것이다. 결점을 찾아내어 극복하는 일도 요원해진다. 이미 큰 술을 경험한 풋내기가 자신이 취한다는 사실을 인정하지 못하는 것처럼.
>
> 다른 때나 진배없는 내 화선지에서 스승이 간파해 내신 것은, 혼자서 공부할 때의 잘못된 필법, 어느새 손에 익어버린 채로 떠올랐던 그 붓놀림의 한 조각이었는지도. 물론 문장은 꾸며야 멋이 생긴다. 그러나 꾸며내기 위해서는 틀에 맞게끔 획을 다듬는 과정부터 **[입력 행 고정]** 익혀야 한다. 정석(定石)을 익히지 않고서야 사활(死活)을 챙기겠는가. 사활을. 사활을.
>
> 아무렇게나 글을 휘갈기고 싶은 충동이 일 때면 "뱃놈과 대작하지 않던" 스승을 떠올린다. 사실 큰 선비는 뱃놈과도 대작할 수 있다. 스승은 어디까지나 풋내기끼리 만나지 않도록 엄히 단속하셨던 것이다. 선비든 뱃놈이든 '혼술'은 문제다. 조화롭고 훌륭한 글은 선비와 뱃놈의 대작에서 비로소 탄생한다는 아주 간단한 진실을 나는 그렇게 둘러 둘러 배워 가고 있다.

> **Tip** 이 기능은 일반 편집 모드에서도 사용할 수 있습니다. 메인 메뉴의 [View] - [Text Editing ▶] - [Typewriter Scrolling]이 컴포지션 모드의 [Typewriter]와 같은 기능을 합니다.

② 입력 행 강조하기

앞서 본 예시 화면에서는 입력 행의 위치가 연노란색의 하이라이트로 표시되었습니다. 이 기능은 메인 옵션에서 설정할 수 있습니다.

메인 메뉴의 [File] - [Options...]로 옵션 창을 열어 [Appearance] - [Composition Mode]를 차례로 선택한 후, [Options] 탭에서 체크박스(☑ Highlight current line)를 선택하여 하이라이트 기능을 켜거나 끕니다.

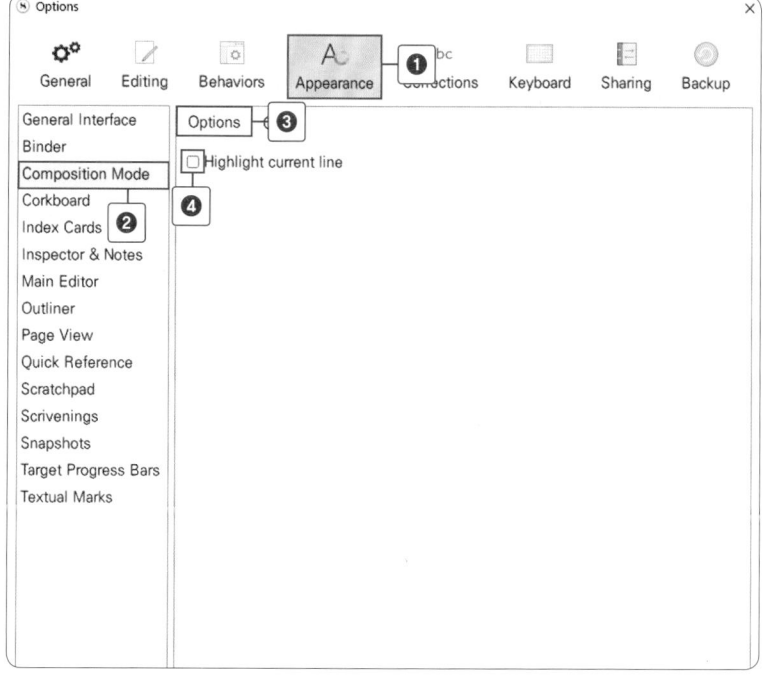

일반 편집 모드의 하이라이트를 설정하려면 옵션 창의 [Appearance]
에서 [Main Editor]를 선택합니다. [Options] 탭의 맨 위에 있는 체
크박스(☑ Highlight current line)를 선택하여 하이라이트 기능을
켜거나 끕니다.

글의 조직과 구성

글의 단위가 커져서 문서의 분량과 수가 늘어나게 되면 목록을 체계적으로 관리할 필요가 있습니다. 바인더의 보조 용도로 컬렉션을 사용하면 글을 체계화하는 작업은 한층 더 간편해집니다.

1 | 바인더 구성하기

글을 조직하고 구성하는 데 필수적인 도구인 **바인더**와 **컬렉션**을 알아보도록 하겠습니다.

스크리브너에서 바인더는 프로젝트 작업 화면의 왼쪽에 늘 띄워 놓고 사용하는 제2의 편집기와도 같은 존재입니다. 바인더를 숨겨 놓아도 되지만 그렇게 할 필요성을 느낄 수 없을 정도지요. 바인더를 익숙하게 다룰 수 있게 되면 스크리브너 작업의 효율성이 눈에 띄게 올라갑니다.

바인더의 기본 개념

① 세 개의 기본 폴더

바인더에는 ⬛ Draft , ⬛ Research , 🗑 Trash 가 기본 폴더로 주어지며, 이 폴더는 삭제할 수 없다는 이야기를 했었지요. 071쪽 이제 이 기본 폴더의 역할을 알아보도록 하겠습니다.

⬛ **드래프트**(Draft; 원고, 초안)는 문서를 작성하고 보관하는 폴더입니다. 세 폴더 중 가장 메인이 된다고 할 수 있겠죠. 드래프트 폴더에는 텍스트로 이루어진 문서만 저장할 수 있습니다. 사진, 영상, 웹 페이지 등 텍스트가 아닌 자료는 문서 내에 삽입할 수는 있어도 그 자체를 하나의 문서로 만들 수는 없습니다.

템플릿에 따라 이 폴더에는 'Draft'가 아닌 다른 이름이 붙어 있을 수도 있습니다. 가령 단편 소설 템플릿(Short Story Format)은 이 폴더를 'Manuscript'로 부르고 있습니다.

🔲 **리서치**(Research; 연구, 조사, [자료]) 폴더에는 텍스트가 아닌 자료를 보관할 수 있습니다. 예를 들어, 이미지 파일 하나를 문서로 만들고 이름을 부여하여 바인더에 철할 수 있죠. 그리고 이렇게 철한 자료를 드래프트 폴더 내의 문서로 삽입할 수 있습니다. 물론 텍스트 문서도 철할 수 있습니다. 구태여 그렇게 해야 할 필요가 있을지는 잘 모르겠지만요.

글이란 모름지기 원자료를 해석하고 가공한 창작의 산물이라는, 스크리브너의 작가적 정신이 녹아 있는 폴더라 할 수 있겠습니다.

🔲 **휴지통**('Trash)은 말 그대로 휴지통입니다. 스크리브너에서는 윈도우의 '바로 삭제하기'와 같은 기능은 없습니다. 불용 처리된 모든 문서와 자료는 일단 휴지통으로 들어가야 합니다.

② 폴더, 파일, 그리고 문서

또 하나 살펴보아야 하는 것은 스크리브너에서 사용하는 **폴더**와 **파일**의 개념입니다. 윈도우의 폴더/파일과는 활용법이 약간 다르기도 하고, 스크리브너 내에서 이 개념이 다소 혼란스럽게 사용되고 있기도 합니다.

혼돈의 지점 (1)
폴더 = 문서 = 파일

우선 논의의 대상을 바인더로만 놓고 볼 때, **폴더(Folder)**와 **파일(File)**은 모두 **문서(Document)**를 의미합니다. 다시 말해, 스크리브너에서 '문서'로 지칭하는 대상은 폴더일 수도 있고 파일일 수도 있다는 뜻이지요. 지금까지 이 책에서는 가급적 모든 용어를 '문서'로만 통일하여 왔습니다.

문서 = { 폴더, 파일 }

폴더가 무엇인지는 의심의 여지가 없죠? 바인더에서 윈도우의 폴더와 흡사한 모양새로 표시되는 아이콘🔲입니다. 기능도 유사하니다. **폴더** 안에는 다른 폴더가 들어갈 수도, 파일이 들어갈 수도 있습니다.

그렇다면 윈도우 폴더와의 차이점은 뭘까요? 스크리브너 폴더에는 글을 써 넣을 수가 있습니다. 그래서 **폴더**도 **문서**인 것이지요. 아무튼 폴더에 글을 쓰려고만 한다면 파일과 전혀 다름없는 형태와 기능으로 편집기를 이용할 수 있습니다. 그 경우 **표지만 보이던 폴더 아이콘**□은 **쪽지 붙은 폴더 아이콘**□으로 변하게 됩니다.

> 폴더에는 글을 쓸 수도 있고, 문서를 넣을 수도 있다.

이번에는 **파일**에 대해 알아보겠습니다. 파일은 종이 모양의 아이콘으로 표시됩니다. 갓 만들었을 때는 빈 **종이**□였다가 글을 입력하면 **내용 있는 종이**□로 바뀌지요. 기능은 당연히도 글을 써넣는 것입니다. **문서**니까요.

차이점은요? 스크리브너 파일은 마치 폴더처럼 작동합니다. 무슨 뜻이냐구요? 파일 안에 또 파일을 넣을 수가 있어요. 그뿐만이 아닙니다. 파일 안에는 폴더도 넣을 수 있습니다!

> 파일에는 글을 쓸 수도 있고, 문서를 넣을 수도 있다.

똑같네요. 어쩌라는 거냐…… 싶으시죠? 이래서야 폴더와 파일을 구분해야 하는 까닭이 대체 뭘까요?

혼돈의 지점 (2)
폴더와 파일의 차이점 (그런데 그것은 결국 차이가 아니었더라는 점)

폴더와 파일의 차이점은 에디터에서의 기본적인 문서 표시 방법에서 찾을 수 있습니다.

폴더를 선택하면 에디터에서는 기본적으로 **코르크보드**가 활성화됩니다. 이것은 폴더에 글을 작성해 놓은 경우에도 마찬가지입니다.

파일을 선택하면 에디터에서는 기본적으로 **스크리브닝**이 활성화됩니다. 이것은 하위에 문서를 넣어 놓은 경우에도 마찬가지입니다.

더불어 폴더냐 파일이냐에 따라 컴파일 시 기본적으로 활성화되는 출력 모드도 달라집니다.

저는 지금 반복해서 '기본적'임을 강조하고 있습니다. 이것은 어디까지나 프로그램의 기본 설정일 뿐 사용자가 원하는 대로 얼마든지 바꾸어서 활용할 수 있기 때문입니다.

이는 사용자 설정을 극단적으로 자유롭게 만들어 놓은 스크리브너의 단면을 대표적으로 보여 줍니다. 실제로 메인 옵션을 설정하기에 따라 폴더와 파일의 기능을 완전히 뒤집어서(……) 사용할 수도 있지요.

언제나 그렇듯, 자유도가 높아질수록 우리에게는 기쁨보다 수심이 깊어집니다. 하지만 걱정하지 마세요. 스크리브너 메뉴에는 어디에나 〔초기화하기(*st* to Default *st*)〕 단추가 있거든요. 도저히 감당할 수 없을 지경이 되면 모조리 초기화한 다음에 기본 설정으로 외워 버리자구요.

혼돈의 지점 (3)

'파일'의 중의성

하나 더 주의할 점은, 스크리브너에서 파일(File)이라는 용어가 ❶ 스크리브너에서 의미하는 **파일**로 사용될 때도 있고 ❷ 윈도우에서 의미하는 파일로 사용될 때도 있다는 것입니다.

❶에서의 파일은 종이 모양 아이콘으로 표시되는 **문서**의 일종이었지요. ❷의 파일과 혼동할 여지가 크기 때문에, 일부 메뉴에는 아예 File이 아니라 Text로 표기해 놓았습니다. 가령 메인 툴바의 **만들기** ⊞ 드롭다운 메뉴나 메인 메뉴의 〔Project〕에서 보이는 **새 파일**의 메뉴명은 New File이 아니라 New Text입니다.

그럼 ❷는 뭘까요? 스크리브너에서 윈도우의 '파일' 단위로 저장되는 것은 **프로젝트**가 유일합니다. 메인 메뉴의 맨 앞에 있는 〔File〕이 바로 ❷의 의미로 사용되고 있습니다. 여기서 열고 저장하고 백업하는 단위는 문서가 아니라 프로젝트입니다.

다른 한편, **가져오기**(Import)나 **내보내기**(Export)의 대상은 스크리브너와는 관계없는 외부의 파일입니다. 워드프로세서 문서나 엑셀 파일 같은 것이지요.

이렇듯 여러 의미가 혼재하고 있기 때문에, 세부 기능을 조작할 때 메뉴명에 '파일'이 등장한다면 그 의미를 검토해 보고 진행하는 편이 안전합니다.

▶ 무 작 정 따 라 하 기   바인더 활용하기

실습예제₩Chapter_02₩예제_01.scriv

◀ 영상 강의
바로 보기

앞에서 폴더와 파일을 만드는 기본적인 방법을 익혔습니다. ▶ 096쪽 이제 바인더에서 이를 다루는 방법을 살펴보도록 하겠습니다.

1 아래와 같이 바인더가 구성된 프로젝트에서 시작하겠습니다. 부록으로 제공된 자료의 프로젝트를 열어서 활용하세요. 연습을 겸하여 직접 만들어 봐도 좋습니다.

이 프로젝트의 바인더는 계층의 단계가 문서의 이름대로 구성되어 있지 않은 상태입니다. 층위에 맞게끔 조정해 보도록 하겠습니다.

2 문서의 층위를 올리거나 내리는 가장 간단한 방법은 단축키를 이용하는 것입니다. Ctrl을 누른 채 방향 키(←, →, ↑, ↓)를 누르면 선택한 문서가 화살표 방향으로 움직입니다.

바인더에서 **2단계 문서**를 마우스로 클릭하여 선택한 뒤 Ctrl+→를 눌러 문서를 한 단계 아래로 보내 봅시다.

3 **2단계 문서**가 한 층 내려가며 **1단계 문서**의 하위 문서도 포함되었습니다.

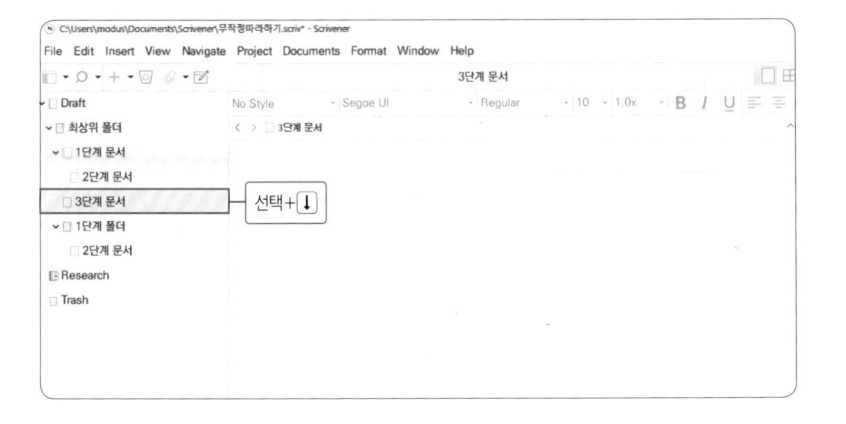

4 계속해서 **3단계 문서**를 선택하여 작업을 진행해 보겠습니다. 현재 바인더에서 **2단계 문서**가 선택되어 있는 상태이므로, 키보드의 ↓ 키를 누르는 것만으로도 **3단계 문서**로 이동할 수 있습니다.

5 문서를 마우스로 이동해 보겠습니다. **한 문서(a)**를 드래그하여 **다른 문서(b)**로 가져가면, 앞의 문서(a)가 뒤의 문서(b) 안으로 포함됩니다.

3단계 문서를 마우스로 드래그하여 **2단계 문서**로 가져가 봅시다. **2단계 문서**의 표시 행 주위로 외곽선이 표시되면 바른 위치로 이동된 것입니다. 마우스 단추에서 손을 떼면 **3단계 문서**가 **2단계 문서**의 하위 문서로 편성됩니다.

6 **3단계 문서**가 사라지며 **2단계 문서**의 앞에 토글 화살표(▷)가 생겼습니다.

7 **2단계 문서**의 토글 화살표(▷)를 클릭해보면 2단계 문서에 포함된 **3단계 문서**가 나타납니다.

잠
깐
만
요

마우스로 문서 이동하기

마우스 커서를 문서 사이로 가져가서 문서가 이동할 위치를 직접 지정할 수도 있습니다. 이 방법을 이용하면 이미 생성되어 있는 문서의 층위 이상으로만 편성할 수 있고, 그 아래로는 가져갈 수 없습니다.

3단계 문서를 마우스로 드래그하여 **2단계 문서** 바로 밑에 가져가면 지시선이 생성됩니다. 지시선의 왼쪽 원(◦)이 **2단계 문서** 아이콘의 바로 밑에 위치해 있는 것을 볼 수 있습니다. 이때 마우스 단추에서 손을 떼면 **3단계 문서**가 **2단계 문서** 바로 아래에서 **2단계 문서**와 같은 층위로 편성됩니다.

이때 문서의 층위가 잘 맞추어지도록 마우스 커서를 세밀하게 조정해야 합니다. 지시선의 왼쪽 원(◦)이 **2단계 문서**의 아이콘보다 앞으로 나와 있으면 이동할 위치를 **2단계 문서**가 아니라 **1단계 문서**의 층위로 맞춘 것입니다.

8 키보드의 화살표 키를 이용하여 남은 문서를 마저 정리해 보겠습니다. 맨 아래의 **2단계 문서**를 위로 올려 볼게요.

9 **2단계 문서**를 선택한 상태에서 [Ctrl]+[↑]를 눌러도 문서는 움직이지 않습니다. **이동할 문서(a)가 다른 문서(b)**에 포함되어 있는 상태에서는, **하위 문서(a)는 상위 문서(b)**의 내부에서만 움직일 수 있습니다. 상위 문서를 벗어나는 범위로는 이동할 수 없습니다.

[Ctrl]+[←]를 눌러 **2단계 문서**를 **1단계 폴더**와 같은 층위로 올리겠습니다.

10 이제 [Ctrl]+[↑]를 누르면 **2단계 문서**가 **1단계 폴더**의 위로 점프하여 이동합니다.

11 다른 문서에 포함되어 있지 않은 상태라면 화살표 키를 이용하여 문서를 어디로든 자유롭게 이동할 수 있습니다. Ctrl+↑를 다시 한번 눌러 봅시다.

상하로 이동할 때는 같은 층위에서만 움직입니다. 현재 **2단계 문서**와 같은 층위에 있는 문서는 **1단계 문서**이므로, **2단계 문서**는 **1단계 문서** 위로 점프하여 이동합니다.

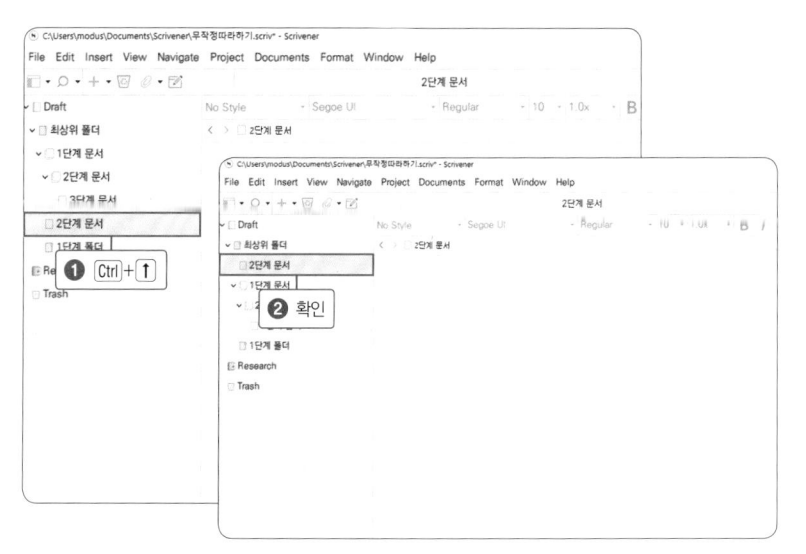

Tip Ctrl을 누른 상태에서 Del를 눌러도 됩니다.

12 **2단계 문서**가 중복되므로 하나는 삭제하도록 하겠습니다. 마우스 오른쪽 단추를 눌러 나오는 단축 메뉴에서 〔Move to Trash〕를 선택하면 문서가 휴지통으로 들어갑니다.

13 2단계 문서가 사라지며 **휴지통** 폴더 앞에 토글 화살표(>)가 생성됩니다.

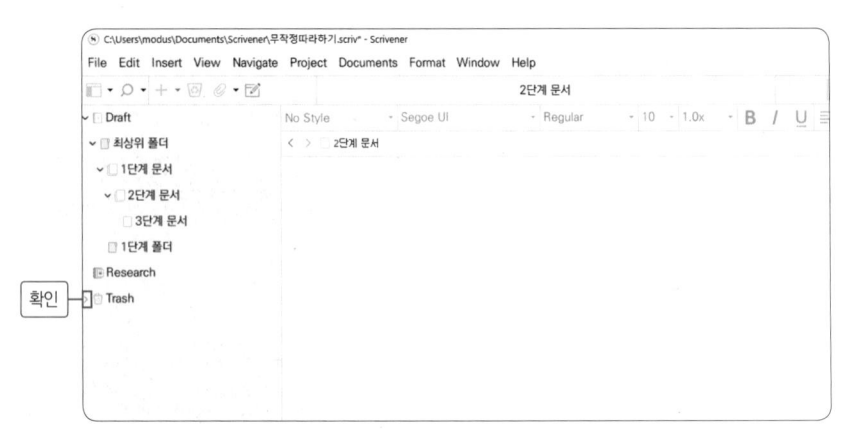

14 **휴지통** 폴더의 토글 화살표(>)를 클릭해 보면 휴지통으로 들어와 있는 **2단계 문서**가 보입니다.

15 **휴지통** 폴더를 마우스 오른쪽 단추로 클릭하여 〔Empty Trash...〕를 선택하면 휴지통을 비울 수 있습니다.

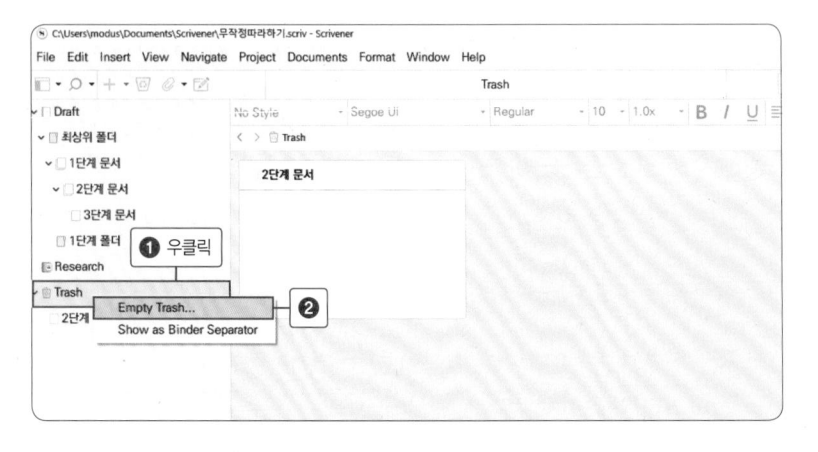

16 작업을 되돌릴 수 없다는 알림 창이 나타납니다. 〔Delete〕를 누르면 내부의 문서가 완전히 제거됩니다.

17 문서의 수가 많아져서 바인더가 가득 차면 시각적인 구분 장치가 필요합니다. **2단계 문서**를 마우스 오른쪽 단추로 클릭하여 단축 메뉴를 불러낸 후, 〔Show as Binder Separator〕를 선택해 봅시다.

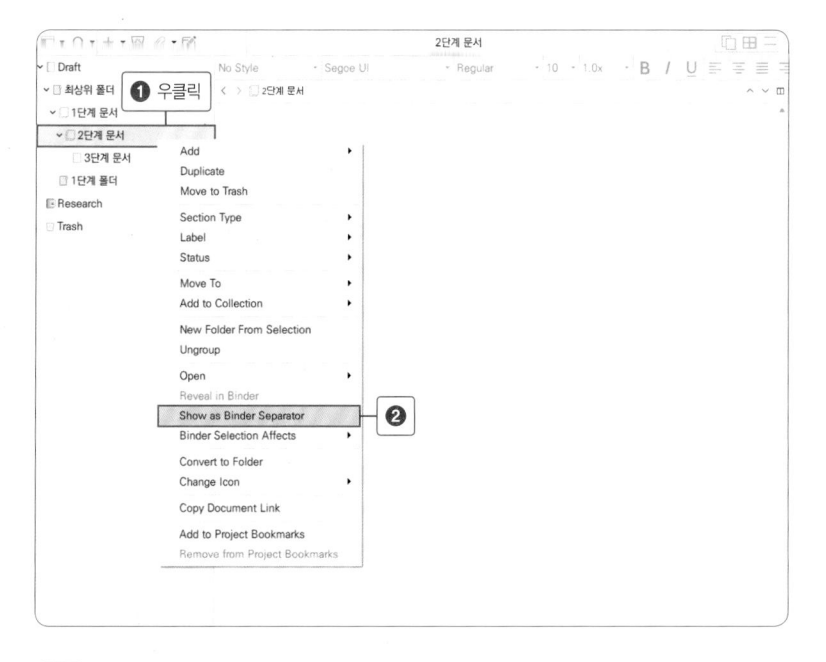

18 2단계 문서가 바인더 **속표지**로 지정되며 음영 처리됩니다.

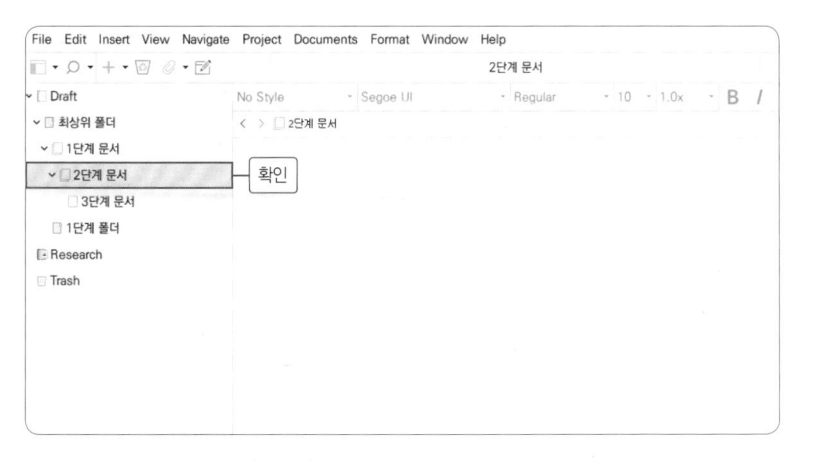

19 바인더의 다른 지점을 클릭해 보면 **2단계 문서**가 음영으로 표시되어 있는 것을 확인할 수 있습니다.

속표지는 화면상의 시각적 보조 도구로만 사용됩니다. 사용자의 편의를 위한 것일 뿐, 다른 기능은 부여되어 있지 않습니다.

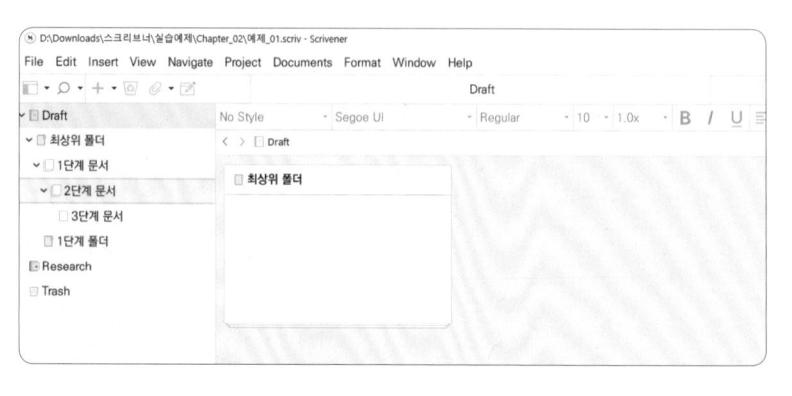

2 | 컬렉션 구성하기

컬렉션은 바인더를 보조하는 문서 목록입니다. 바인더처럼 필수적으로 사용해야 하는 기능은 아니지만, 바인더의 구성이 복잡해지면 빛을 발하기 시작하지요. 편람이나 스크랩북처럼 구성해 놓고 필요할 때마다 들여다볼 수 있습니다.

예를 들어 볼까요? 바인더에 시간에 따른 서사 형식으로 문서를 조직해 놓았다면, 컬렉션에서는 특정 등장인물이 등장하는 문서만을 모아 놓고 볼 수 있는 것이지요. 주목차와 다른 흐름으로 글을 엮어 보면 놓쳤던 세부 사항이나 오류도 더 쉽게 발견됩니다.

컬렉션의 기본 개념　　하나의 컬렉션은 곧 **하나의 문서 목록**과 같습니다. 사용자는 개수의 제한 없이 컬렉션을 무한히 생성할 수 있고, 컬렉션마다 다른 구성으로 문서 목록을 만들 수 있습니다.

① 컬렉션 = 문서의 목록
스크리브너에서 생성되는 모든 **문서 목록**이 컬렉션에 해당합니다. (1) **바인더** 및 (2) **기본 컬렉션**과 (3) **검색 결과**로 생성된 목록이 모두 컬렉션입니다.

단 **바인더**는 **컬렉션**이라는 이름만 공유합니다. 바인더는 컬렉션 개념을 정의하는 기본 전제이므로 사실상 독립된 개념으로 보아야 합니다. 따라서 바인더는 컬렉션 목록에만 표시될 뿐, 아래 기술하는 컬렉션의 특징을 공유하지 않습니다.

② 컬렉션 목록은 한 줄로만 선다

컬렉션에서는 바인더와 같은 계층 구조를 활용할 수 없습니다. 층위의 상하 구분이 없으므로 한 문서가 다른 문서에 포함되는 것도 허용되지 않습니다. 컬렉션에서 선택한 문서는 오로지 그 내용을 수정하는 데만 이용됩니다. 컬렉션에 포함된 문서가 파일이 아니라 폴더라 하더라도 마찬가지입니다.

③ 컬렉션 목록은 독립적이다

컬렉션에서 생성하는 문서의 목록은 바인더 문서 목록과는 독립되어 있습니다. 이에 따라 다음 작업이 가능해집니다.

(1) 하나의 문서를 여러 컬렉션에 추가할 수 있습니다.
(2) 컬렉션 목록에서 문서의 위치가 변경되어도 바인더에 아무 영향을 주지 않습니다. 그러므로 특정 문서를 한 컬렉션에서 목록의 맨 위에 두었더라도 다른 컬렉션에서는 목록의 맨 아래에 둘 수 있습니다. 경우에 따라서는 완전히 같은 문서의 목록을 순서만 달리하여 컬렉션 두 개를 구성하는 것도 가능합니다.
(3) 컬렉션에서 문서를 삭제하더라도 바인더에 아무 영향을 주지 않습니다. 컬렉션에서 문서를 삭제하는 것은 그저 문서 목록의 구성을 바꾸는 작업일 뿐입니다.

④ 컬렉션에서 문서를 수정하면 즉각 반영된다

컬렉션의 목록은 바인더에서 독립되어 있지만, 목록을 이루는 개별 문서는 바인더 상 원본 문서와 곧바로 연결되어 있습니다. 그러므로 컬렉션에서 선택한 문서를 수정하면 수정사항은 바인더에 즉시 반영됩니다.

반영 범위에는 문서의 제목도 포함됩니다. 한 컬렉션에서 문서의 제목을 수정하면 바인더의 제목도 변경되고, 다른 컬렉션에 포함된 문서의 제목도 함께 변경됩니다.

▶ 무작정 따라하기 **컬렉션 알아보기**   실습예제₩Chapter_02₩예제_02.scriv

◀ 영상 강의
바로 보기

1 스크리브너의 기본 설정에서는 **컬렉션 탭 목록**이 숨겨져 있습니다. 컬렉션을 사용하기 위해 프로젝트 창에 컬렉션 탭 목록을 표시해 보도록 하겠습니다. 메인 툴바의 〔보기〕 아이콘 옆 화살표를 눌러 드롭다운 메뉴를 연 후 〔Collections〕를 클릭합니다.

2 바인더 창의 위쪽에 컬렉션 탭 목록이 나타납니다. 미리 만들어 둔 **작자미상** 컬렉션이 보입니다.

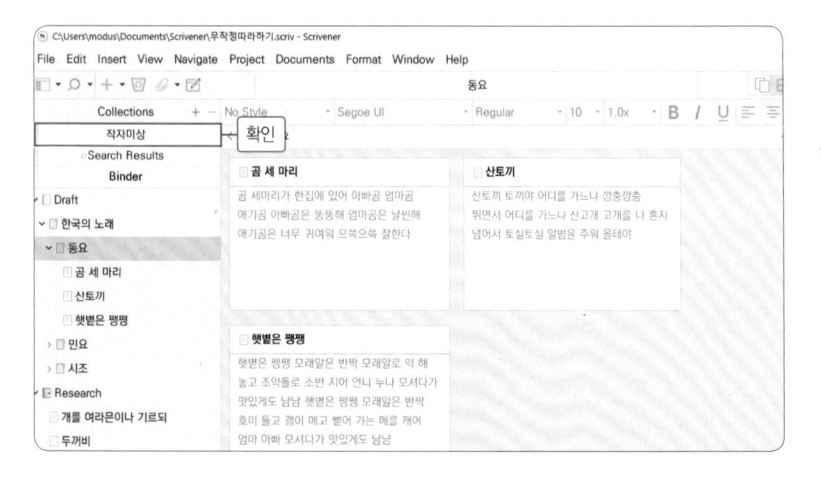

컬렉션 탭 목록의 구성은 아래와 같습니다.

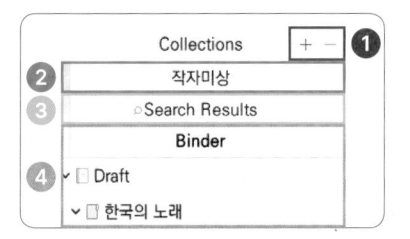

❶ **컬렉션 추가/삭제** : 컬렉션 제목(Collection) 탭의 오른쪽에 있으며, 새로운 컬렉션을 추가➕하거나 보관 중인 컬렉션을 삭제➖합니다.

❷ **컬렉션 목록** : 컬렉션 제목 탭의 아래로 컬렉션 목록이 나타납니다. **검색 결과 목록(⏺ Search Results) 탭** 바로 위까지 표시됩니다. 왼쪽 끝에 컬렉션 고유의 색상이 띠로 표시됩니다.

❸ **검색 결과 목록** : 검색을 수행할 경우 결과 목록을 탭 아래에 표시합니다. ▶ 301쪽 검색 기능을 실행한 적이 없으므로 지금은 제목 탭만 보이고 있습니다.

❹ **바인더** : 기본 바인더가 아래에 나타납니다. 컬렉션 탭 목록을 사용하고 있을 때는 바인더 제목 탭이 함께 표시됩니다.

③ 미리 만들어져 있는 **작자미상** 컬렉션을 클릭해 봅시다. 고유 색상을 배경으로 하는 컬렉션이 열리면서 제목인 **작자미상**이 굵은 글씨로 표시됩니다.

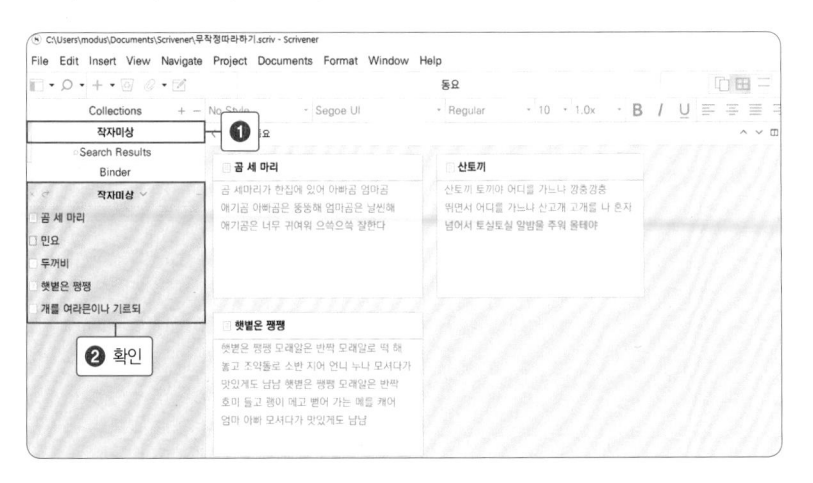

컬렉션 제목 탭의 아이콘은 다음과 같은 역할을 합니다.

❶ **컬렉션 닫기** : 현재 컬렉션을 닫고 바인더로 이동합니다.

❷ **에디터 지정** : 선택한 문서를 현재 활성화된 에디터에서 열
도록 설정합니다.

❸ **색상 목록 열기** : 현재 컬렉션의 고유 색상을 변경합니다.

❹ **문서 삭제** : 선택한 문서를 현재 컬렉션 목록에서 삭제합니다.

4 작자미상에 해당하지 않는 문서를 목록에서 삭제해 보도록
하겠습니다. **햇볕은 쨍쨍** 문서를 선택한 후 컬렉션 제목 탭의 문서
삭제 아이콘 ▬ 을 클릭하여 목록에서 삭제하도록 합시다.

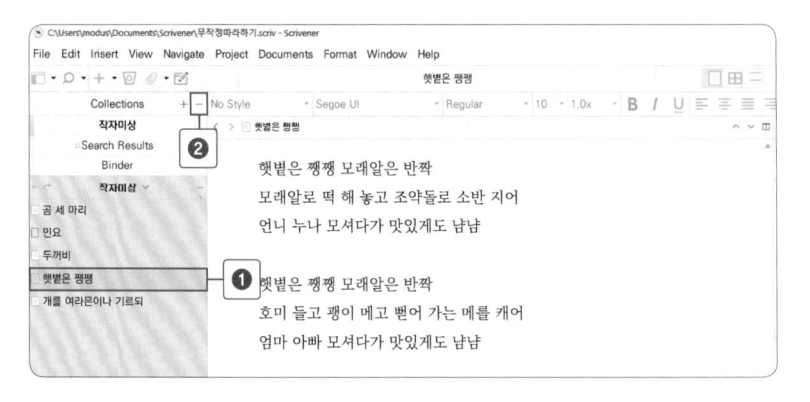

5 **햇볕은 쨍쨍** 문서가 목록에서 사라집니다. 컬렉션에서 삭제한
문서는 컬렉션 목록에만 나타나지 않을 뿐 바인더에는 그대로 남아
있습니다.

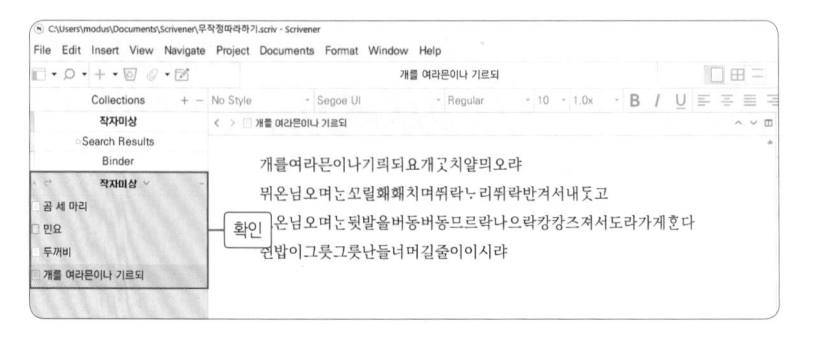

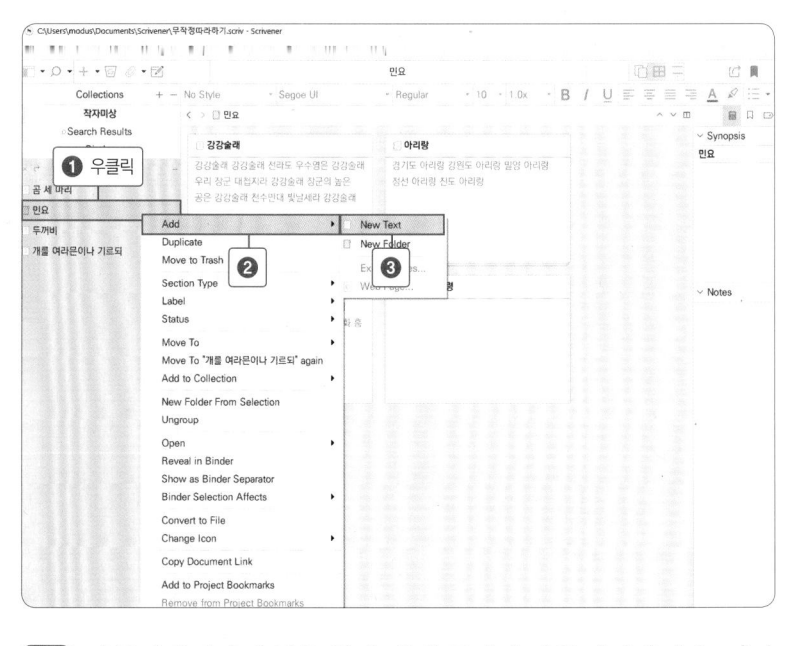

컬렉션 목록에서 바인더의 문서를 삭제하려면?

문서를 컬렉션 목록만이 아니라 바인더에서도 삭제하고 싶을 때는 어떻게 하면 될까요? 바인더에서와 마찬가지로 단축키 [Ctrl]+[Del]을 누르거나, 마우스 오른쪽 단추를 눌러 나오는 단축 메뉴에서 〔**Move to Trash**〕를 선택하여 문서를 휴지통으로 보내면 됩니다.

6 이번에는 컬렉션에서 바로 문서를 추가해 보도록 하겠습니다. **민요** 폴더를 마우스 오른쪽 단추로 클릭하고 단축 메뉴를 실행해 〔**Add** ▶〕-〔**New Text**〕로 새 문서를 추가해 봅시다.

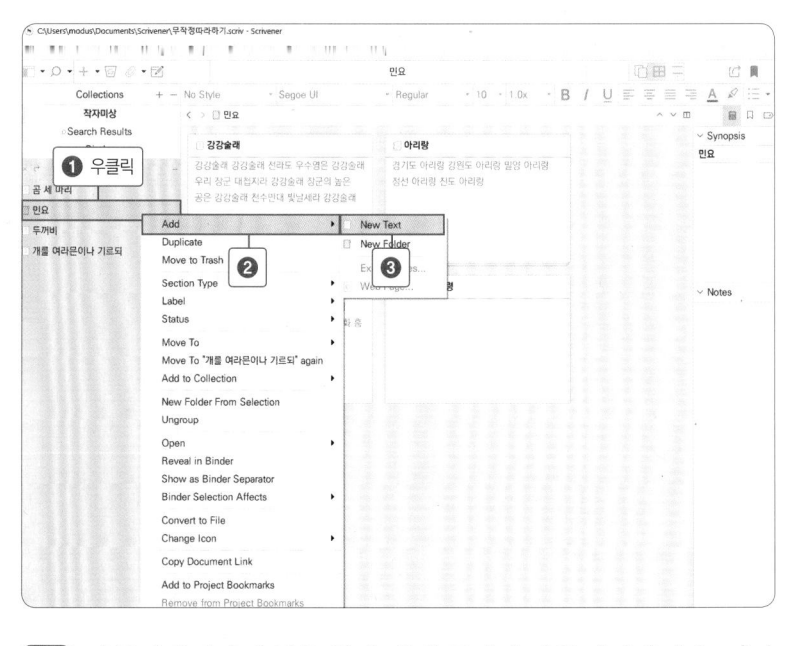

7 바인더에서라면 **민요** 폴더 내에 문서가 만들어졌겠지만, 여기서는 문서가 단순히 그 아래에 추가되었습니다. 컬렉션에서는 계층 구조가 만들어지지 않기 때문입니다.

Tip 방금 컬렉션에서 생성한 문서는 바인더에도 똑같이 만들어집니다. 컬렉션은 기본 바인더의 문서를 따로 목록화한 것에 불과하고, 모든 문서의 원본은 반드시 바인더에 생성되어야 하기 때문이지요. 바인더에서 컬렉션의 이름을 딴 **작자미상 (Unsorted)** 폴더가 생성되고, 그 아래에 새로 만든 문서가 보관됩니다.

8 마찬가지로 컬렉션에서 **민요** 폴더 내에 곧바로 새 문서를 추가하고 싶을 때는 어떻게 하면 될까요? **민요** 폴더를 선택할 때 에디터에 나타나는 **코르크보드**에서 만들면 됩니다.

코르크보드의 배경에서 마우스 오른쪽 단추를 눌러 단축 메뉴를 부른 다음, 〔Add Item ▸〕-〔New Text〕를 선택해 봅시다.

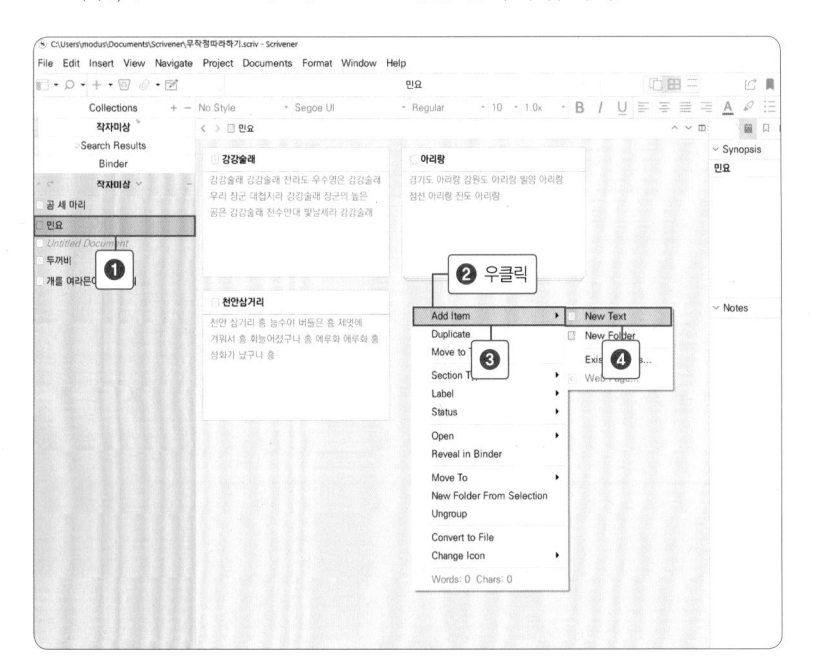

Tip 바인더로 돌아가 **민요** 폴더를 펼치면 **청개구리타령** 문서가 만들어진 것을 확인할 수 있습니다.

9 생성된 문서에는 **청개구리타령**이라는 제목을 붙여 보겠습니다. 코르크보드에 새 문서가 만들어졌지만 컬렉션에는 **청개구리타령**이 보이지 않습니다. **청개구리타령** 문서를 컬렉션에 추가하지 않았기 때문입니다.

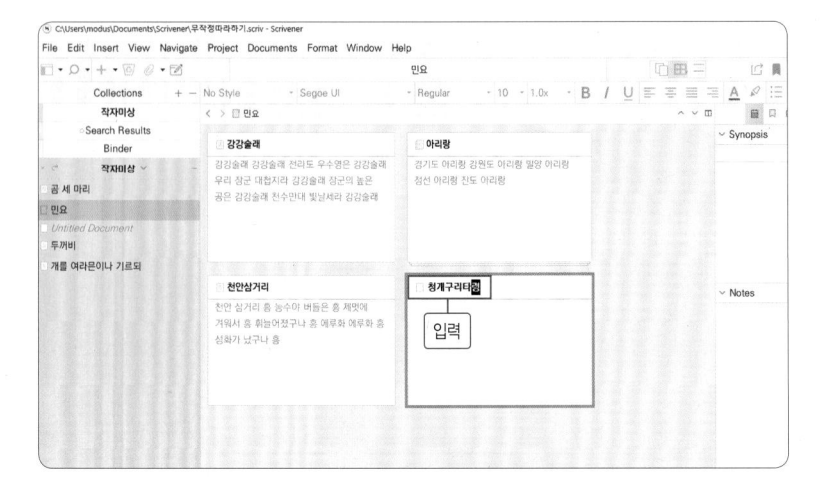

10 이번에는 컬렉션의 문서 목록을 임의로 정렬해보겠습니다. **작자미상** 컬렉션으로 가서 메인 메뉴의 [Edit] - [Sort ▸]를 선택해 봅시다. 가장 기본적인 세 가지 방식의 정렬 기준이 마련되어 있습니다. 우리는 오름차순으로 정렬해보겠습니다. [Edit] - [Sort ▸] 아래의 [Ascending (A-Z)]를 선택합니다.

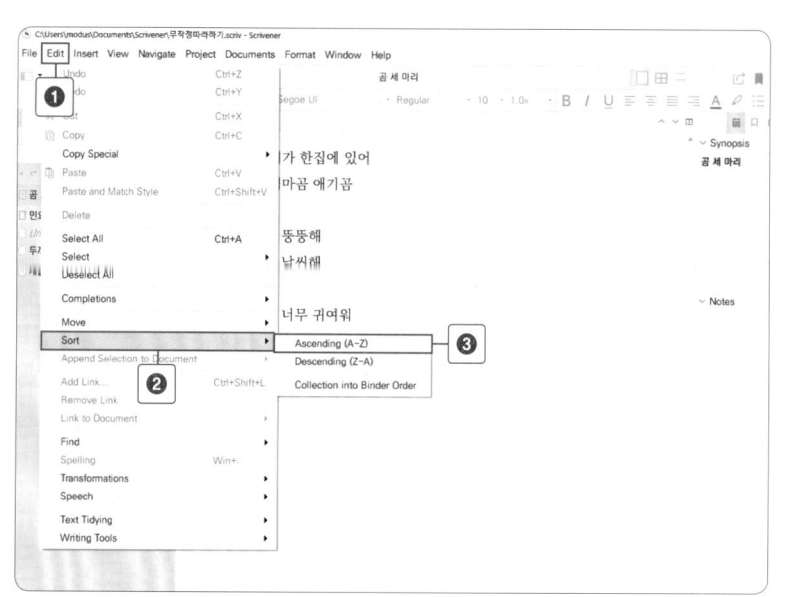

- **Ascending (A-Z)** : **오름차순**. 위에서부터 서양어(A→Z) → 한글(ㄱ→ㅎ) → 동양어(각 언어의 어순)의 순서로 정렬합니다.
- **Descending (Z-A)** : **내림차순**. 위에서부터 동양어(각 언어 어순의 역방향) → 한글(ㅎ→ㄱ) → 서양어(Z→A)의 순서로 정렬합니다.
- **Collection into Binder Order** : 바인더 목록순. 바인더에서 각 문서가 나열된 순서에 따라 정렬합니다.

11 정렬하고 나면 목록을 되돌릴 수 없다는 알림 창이 나타납니다. [Continue]를 클릭해 진행합니다.

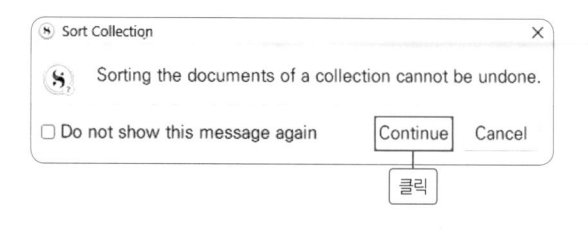

12 문서가 오름차순으로 정렬되었습니다.

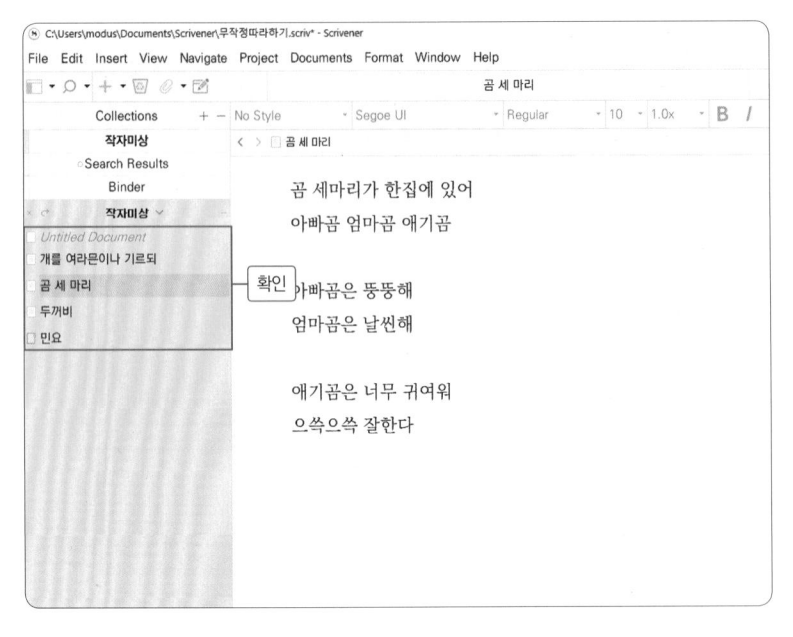

13 정렬 기능을 사용한 이후에도 편의에 따라 문서의 순서를 얼마든지 바꾸어 배치할 수 있습니다. 바인더에서 사용하던 Ctrl과 화살표 조합 단축키가 컬렉션에서도 유효합니다. **민요** 폴더를 선택한 채로 Ctrl+↑를 여러 번 눌러 목록의 맨 위로 끌어올려 봅시다.

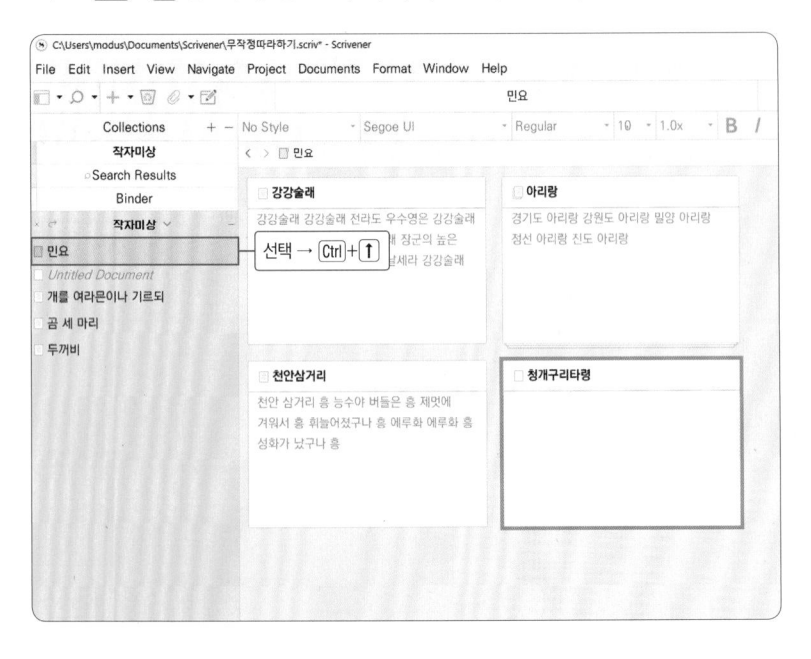

Tip 하단〔Themed Colors ▸〕와〔More...〕에서 더 많은 색상을 찾아볼 수 있습니다.

14 이번에는 컬렉션의 고유 색상을 바꾸어 보도록 하겠습니다. 컬렉션 제목 **작자미상** 바로 옆의 화살표 ☑를 클릭하면 색상 목록이 열립니다.〔Lime〕을 선택해봅시다.

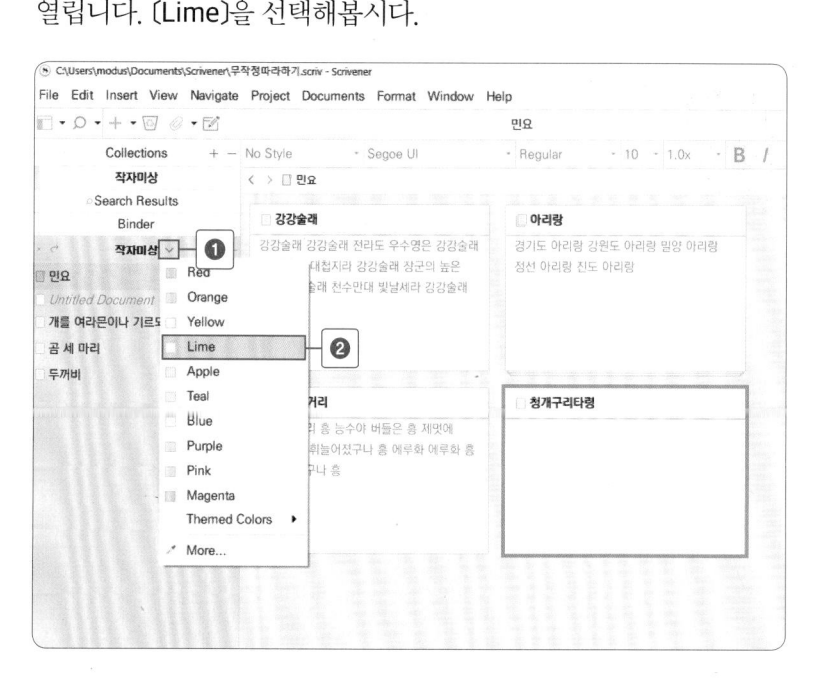

15 컬렉션의 고유 색상이 라임색으로 변경되었습니다. 컬렉션 목록 탭에서도 **작자미상** 탭 왼쪽 끝의 색상 띠가 같은 색으로 바뀐 것을 볼 수 있습니다.

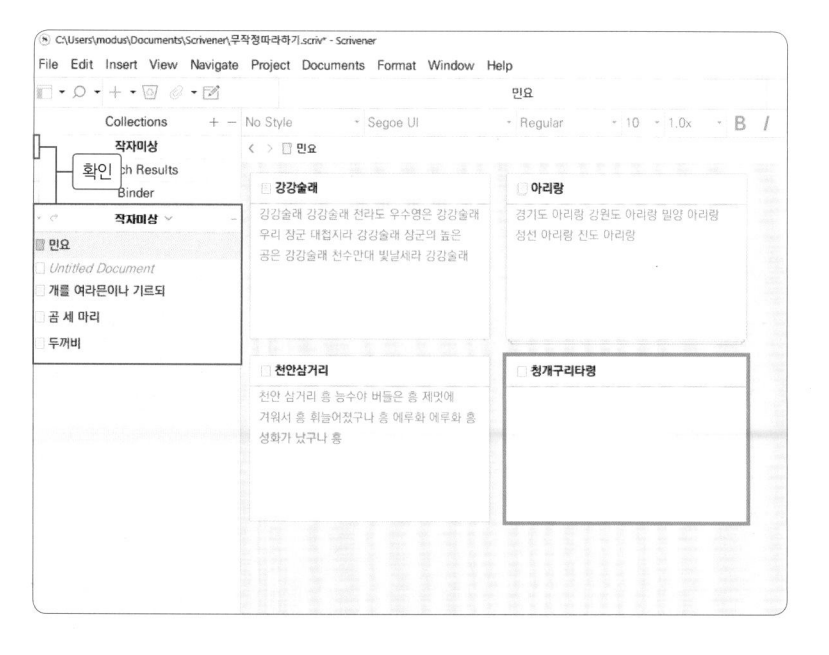

새 컬렉션 추가하고 삭제하기

실습예제₩Chapter_02₩예제_02.scriv

◀ 영상 강의
바로 보기

1 컬렉션 제목 탭의 오른쪽에서 ➕아이콘을 클릭하면 이전 컬렉션 위에 새 컬렉션이 곧바로 생성됩니다. 커서를 **민요** 폴더에 놓은 채로 컬렉션 추가 명령을 내렸기 때문에 새로운 컬렉션에도 **민요** 폴더가 목록에 들어와 있습니다.

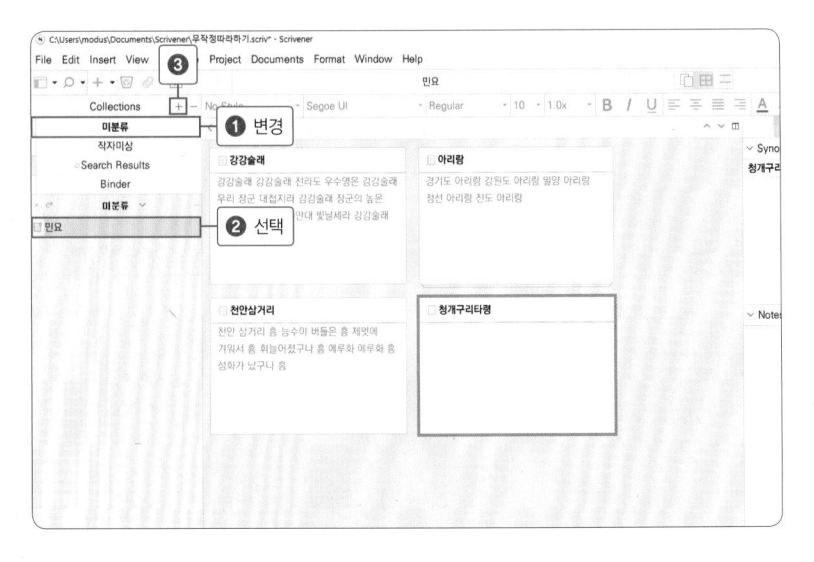

Tip 지금까지 만든 컬렉션은 메인 메뉴에서도 확인하고 선택하여 이동할 수 있습니다. 메인 메뉴의 〔**Navigate**〕 - 〔**Collections** ▶〕 아래에 컬렉션 목록이 나열됩니다.

2 새 컬렉션의 이름을 **미분류**로 하고, **민요** 폴더는 목록에서 삭제합시다. Binder와 Search Results도 목록에 포함되어 있는 것을 볼 수 있습니다. 사용자 컬렉션은 그 다음부터 나열됩니다. 컬렉션 탭 목록이 아래에서 출발하여 위로 올라가며 정렬되는 것과 반대로 위에서 출발하여 아래로 내려가며 정렬되어 있음을 확인할 수 있습니다.

3 새 컬렉션에 문서를 추가해 봅시다. 바인더에 존재하는 문서라면 무엇이든 컬렉션에 추가할 수 있습니다. 문서가 휴지통에 버려져 있다고 하더라도, 완전히 삭제하기 전이라면 그 문서는 여전히 바인더 내에 있는 것이므로 컬렉션 목록에 넣을 수 있습니다.

바인더로 돌아와 **휴지통** 폴더를 펼친 후 **내 부어 권하는 잔을** 문서를 선택합니다. 마우스 오른쪽 단추를 눌러 단축 메뉴를 불러내고 〔**Add to Collection ▸**〕 - 〔**미분류**〕를 차례로 선택합니다.

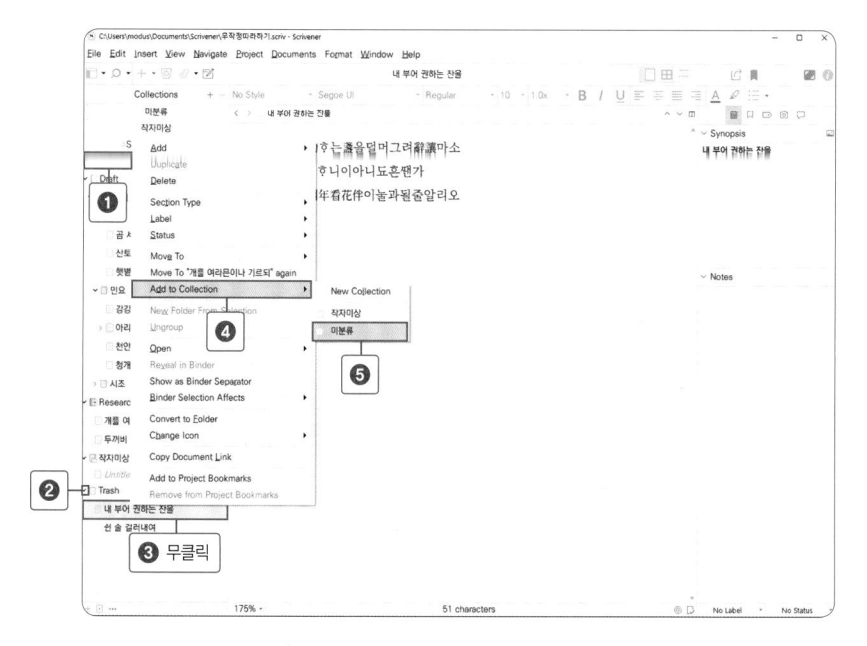

4 **미분류** 컬렉션을 확인해 봅시다. 목록에 **내 부어 권하는 잔을** 문서가 추가되었습니다.

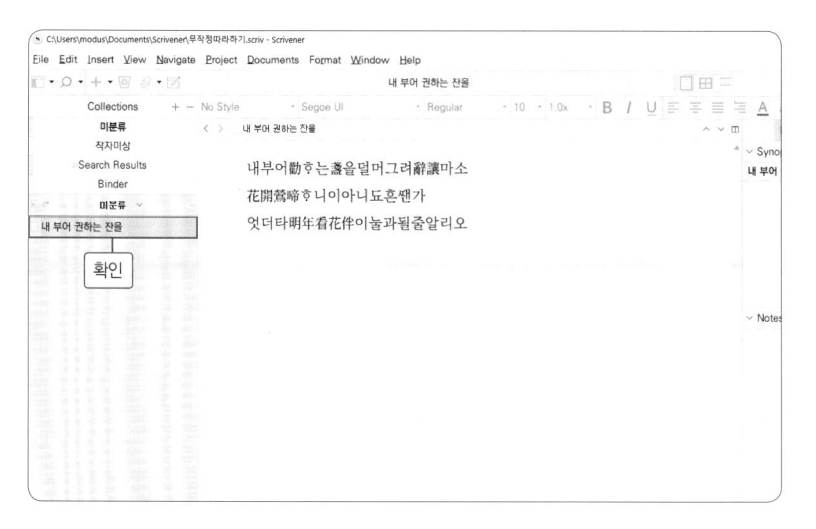

5 같은 방식으로, 이번에는 이 문서를 **작자미상** 컬렉션에도 추가해 봅시다. **내 부어 권하는 잔을** 문서를 마우스 오른쪽 단추로 클릭해 단축 메뉴를 불러낸 후, 〔**Add to Collection** ▸〕 - 〔**작자미상**〕을 차례로 선택합니다.

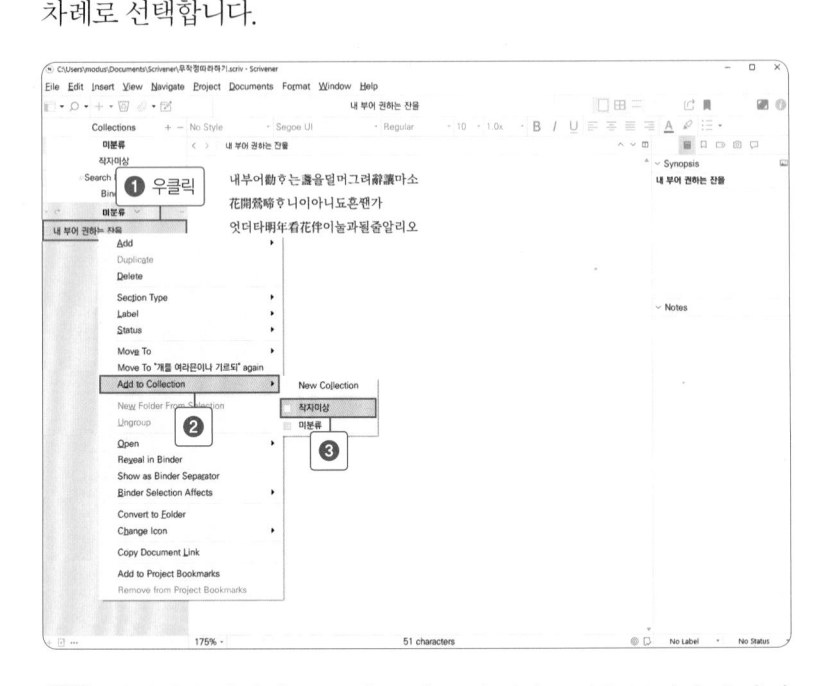

6 **작자미상** 컬렉션 목록에도 **내 부어 권하는 잔을** 문서가 추가되었습니다.

7 컬렉션 목록의 변화는 기본적으로 바인더의 문서에 영향을 주지 않습니다. 그러나 문서 그 자체는 바인더의 문서를 그대로 불러오는 것이므로, 문서 내용을 변경하면 바인더의 문서에도 반영됩니다. 여기서 문서의 '내용'에는 문서의 '제목'까지도 포함됩니다.

미분류 컬렉션으로 와서 **내 부어 권하는 잔을** 문서의 제목을 변경해 보겠습니다. 컬렉션 목록에서 문서를 더블 클릭하거나, F2 를 누른 후 글자를 추가하여 **내 부어 권하는 잔을 덜 머그려**로 수정하여 봅시다.

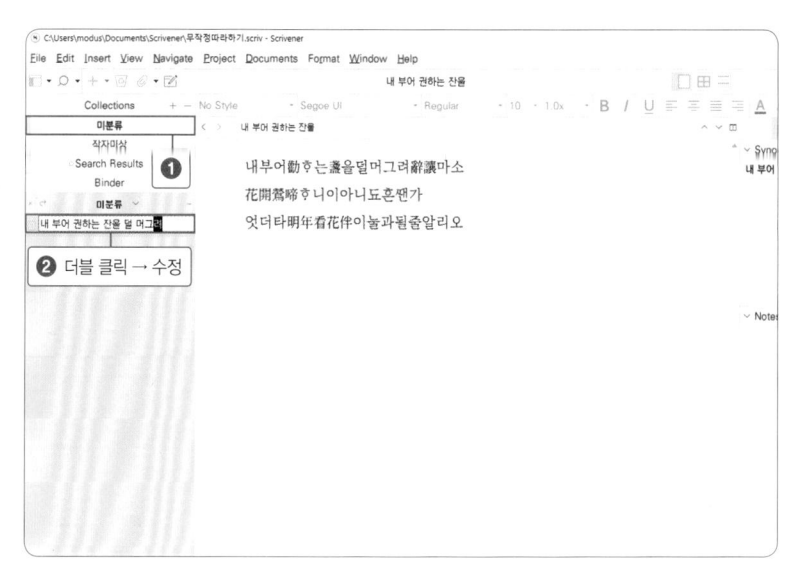

Tip 바인더로 돌아가 보면 원본 문서의 제목도 **내 부어 권하는 잔을 덜 머그려**로 수정되어 있음을 알 수 있습니다.
컬렉션 목록의 문서는 바인더의 문서를 미러링한 것에 지나지 않으므로, 바인더의 문서가 변경되면 당연히 컬렉션의 해당 문서도 함께 변경됩니다.

8 **작자미상** 컬렉션으로 건너가 봅시다. 역시 문서의 제목이 **내 부어 권하는 잔을 덜 머그려**로 변경되어 있습니다.

9 컬렉션 목록이 늘어나면 컬렉션에서 선택한 문서를 바인더에서 찾는 일이 어려워질 수도 있습니다. 컬렉션의 **바인더에서 보이기 (Reveal in Binder)** 기능은 접힌 폴더에 숨어 있는 문서까지 찾아내 보여 줍니다.

Tip 〔View〕 - 〔Outline ▸〕 - 〔Expand All〕을 선택하면 폴더가 모두 펼쳐집니다.

바인더에서 보이기 기능을 시험해 보기 위하여 바인더의 폴더를 모두 접도록 하겠습니다. 메인 메뉴에서 〔View〕 - 〔Outline ▸〕 - 〔Collapse All〕을 선택하면 폴더가 모두 접힙니다.

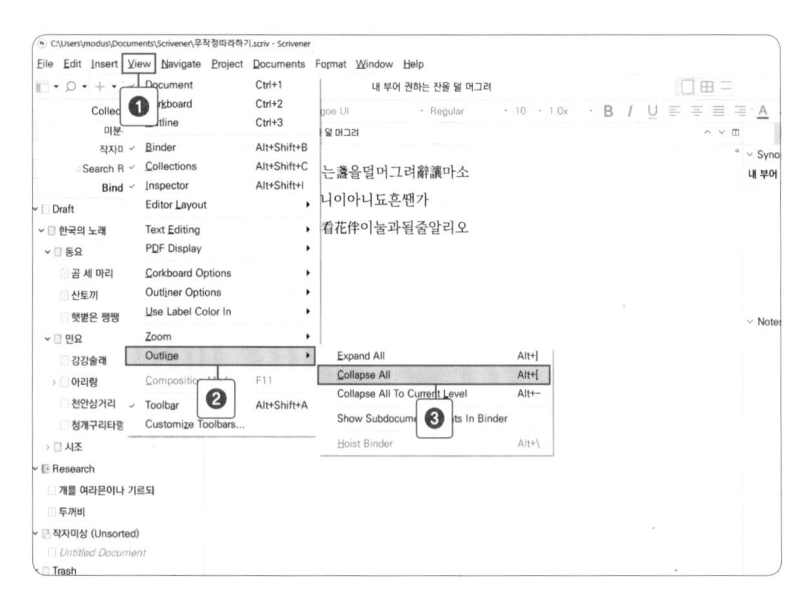

10 폴더가 모두 접혔습니다. 이번에는 **미분류** 컬렉션으로 건너가 봅시다.

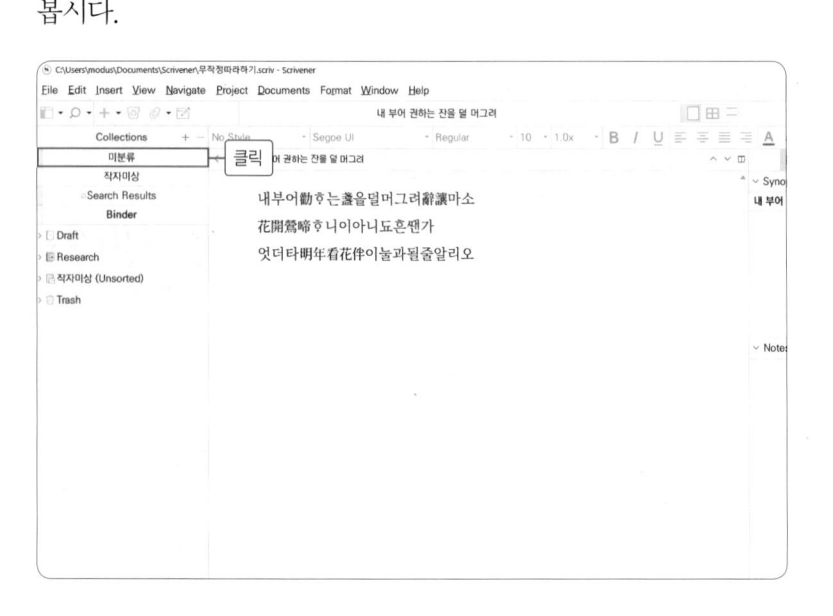

11 미분류 컬렉션에서 **내 부어 권하는 잔을 덜 머그려** 문서를 선택한 후 마우스 오른쪽 단추를 눌러 봅시다. 단축 메뉴가 나타나면 〔Reveal in Binder〕를 선택합니다.

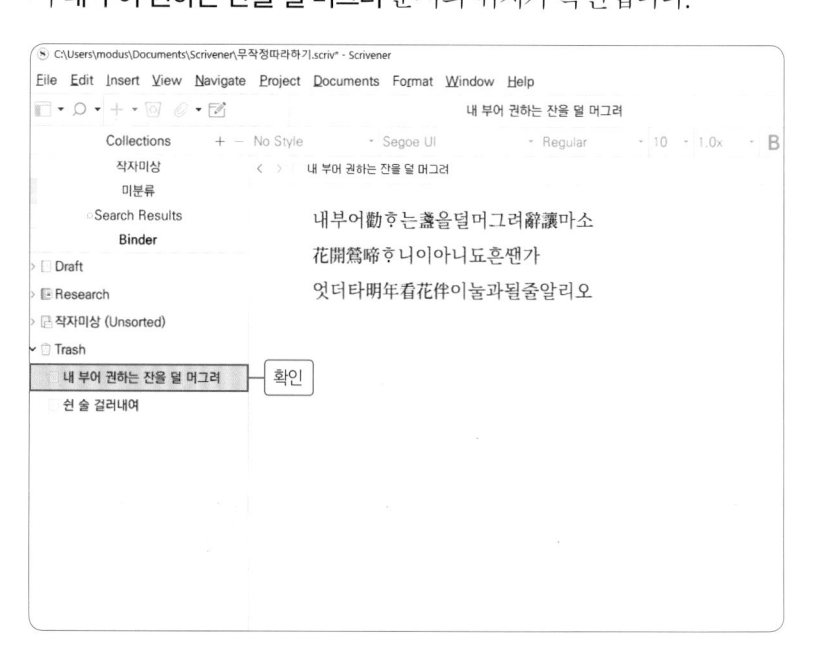

12 선택과 동시에 바인더로 되돌아옵니다. **휴지통** 폴더가 열리면서 **내 부어 권하는 잔을 덜 머그려** 문서의 위치가 확인됩니다.

13 컬렉션 탭 목록 내에서 컬렉션의 순서도 변경할 수 있습니다. **미분류** 탭을 드래그하여 **작자미상** 탭 아래로 옮겨 봅시다.

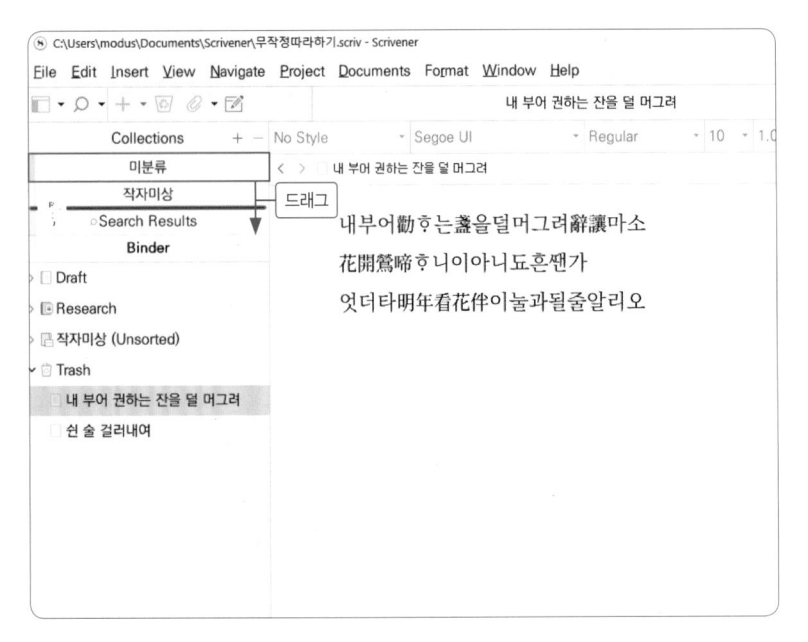

14 마지막으로 **미분류** 컬렉션을 제거하여 보겠습니다. **미분류** 컬렉션을 선택한 후, 컬렉션 제목 탭의 오른쪽에서 컬렉션 삭제 단추 ▬를 찾아 클릭해 봅시다.

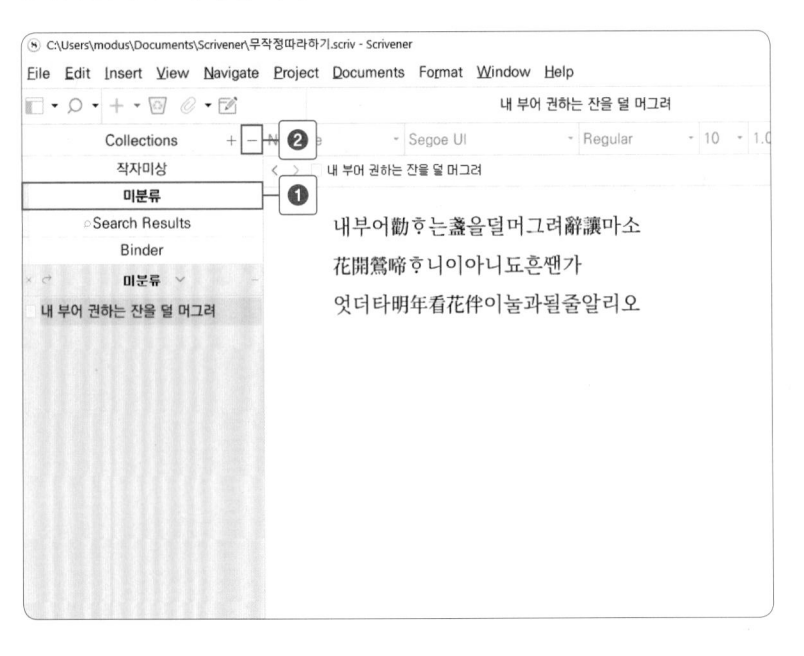

15 컬렉션을 지울 것이냐고 묻는 알림 창이 나타납니다. 컬렉션은 한 번 삭제하면 되돌릴 수 없습니다. 〔OK〕를 눌러 진행합니다.

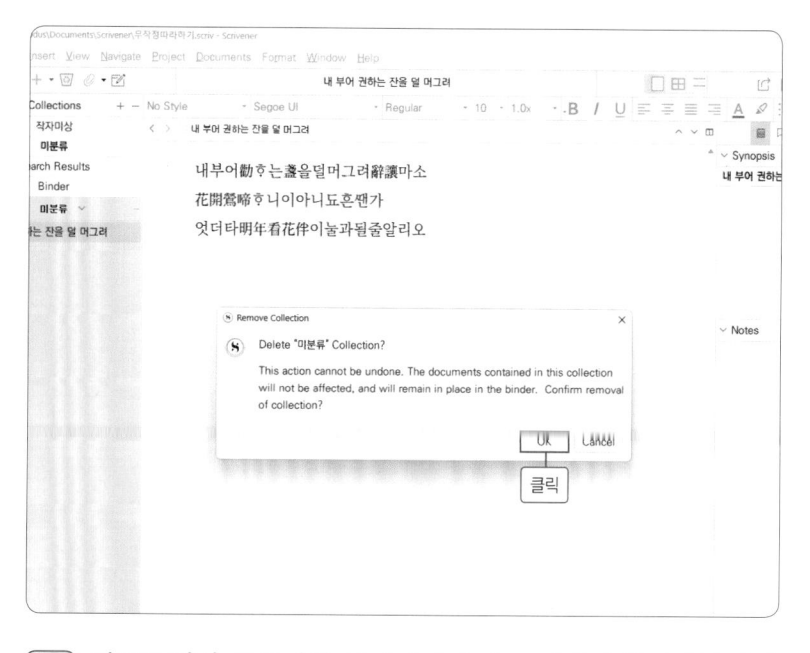

31 **미분류** 탭이 목록에서 사라지면서 바로 아래의 **작자미상** 탭이 활성화되었습니다.

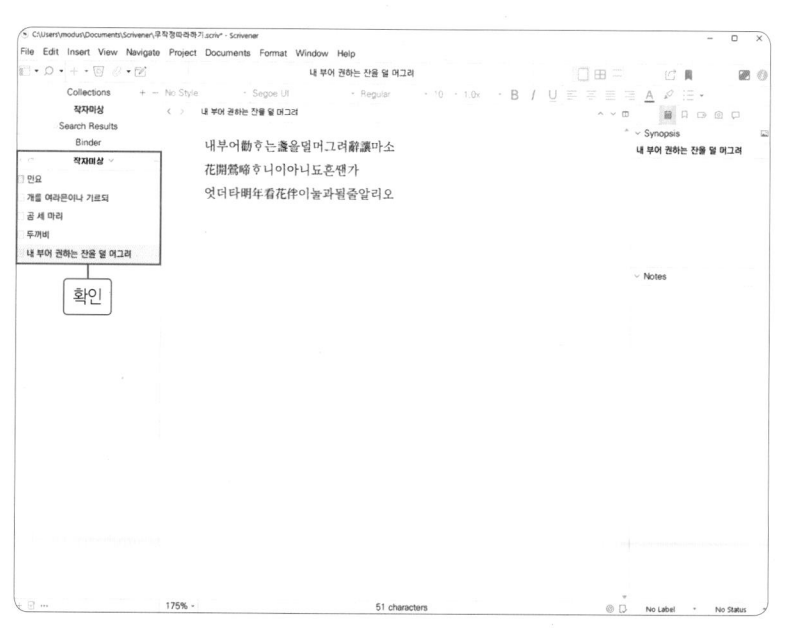

Tip **미분류** 컬렉션을 제거했지만, 바인더로 돌아가 보면 원본 문서는 삭제되지 않은 채 그대로 남아있는 것을 확인할 수 있습니다.

글의 보관과 발행

스크리브너 파일은 범용 문서 파일 형식이 아니므로, 다른 작업자와 공유하기 위해서는 용도에 맞는 형식으로 변환해줄 필요가 있습니다. 여기서는 최종 결과물을 생산하기 이전에 가안의 형식으로 문서를 내보내는 방법을 알아보겠습니다.

스크리브너의 내보내기 기능은 크게 세 가지 유형으로 나뉩니다. 하나는 프로젝트 전체를 내보내는 것입니다. 이것은 앞에서 확인했지요. ▶090쪽 이 방법으로는 스크리브너를 설치하지 않은 외부의 독자에게 문서의 내용을 보여줄 수는 없습니다.

두 번째는 문서를 일종의 가안처럼 출력하는 것으로, 지금 다룰 내용에 해당합니다.

마지막 방법은 스크리브너의 궁극적인 기능이라고 할 만한 **컴파일**입니다. ▶403쪽 컴파일은 익히기 쉽지 않은 기능이지만, 그만큼 문서의 사소한 세부 사항까지 사용자가 원하는 대로 출력해낼 수 있도록 해줍니다.

여기서 살펴볼 기능은 컴파일로 향하기 전의 임시 종착지 같은 것입니다. 컴파일만큼의 유연성을 기대하기는 어렵기 때문에 추가적인 가공이 필요할 수 있습니다. 그러나 별다른 설정 없이 스크리브너 문서를 빠르게 외부로 공유할 수 있는 장점이 있으므로, 컴파일의 보완 기능으로 유용하게 활용할 수 있을 것입니다.

1 | 원고 내보내기

스크리브너 문서는 제목과 본문 이외에도 시놉시스, 노트, 북마크, 키워드, 집필 상태, 그리고 주석과 메타데이터까지 다양한 자료를 단 하나의 플랫폼에 담고 있지요. 이것은 범용 문서 파일이 일반적으로 수집할 수 있는 범위를 넘어서는 것입니다. 그래서 스크리브너 문서의 내용을 범용 문서 파일이나 프린터로 빠짐없이 내보내려 하면 부득이하게 자료가 여기저기로 분산됩니다.

실습 예제 파일을 여러 방법으로 출력해 보면서 상황에 맞는 자료만을 뽑아내는 노하우를 익혀 보세요.

▶ 무 작 정 따 라 하 기   **워드프로세서 파일로 저장하기**   실습예제\Chapter_02\예제_03.scriv

◀ 영상 강의
바로 보기

아래와 같이 구성된 프로젝트에서 시작하겠습니다. 이 프로젝트의 각 문서는 다양한 방식으로 작성되어 있으며, 문서에 따라 시놉시스, 노트, 키워드, 집필 상태, 메타데이터, 그리고 4가지 종류의 주석 등이 선별적으로 포함되어 있습니다.

1 프로젝트의 첫 화면으로 열려 있는 **도덕이론의 이상화에 대한 전통적 비판** 문서를 곧장 MS 워드(.docx) 문서로 내보내겠습니다. 메인 메뉴에서 〔File〕-〔Export ▶〕-〔Files...〕를 선택합니다.

![File 메뉴가 열린 Scrivener 화면. File - Export - Files 경로를 보여주는 스크린샷]

Tip 일반적으로 경로(Location)는 사용자의 문서(또는 Documents) 폴더, 파일명(Save As)은 스크리브너 문서의 제목으로 지정되어 있습니다.

2 **파일로 내보내기** 창이 나타납니다. 적당한 경로를 지정하고, 내보낼 **파일명**은 **내보내기 01**, 내보낼 **파일의 형식(Export text files as)**은 **Microsoft Word (.docx)**로 지정한 후 〔Export〕를 클릭합니다.

3 파일 탐색기를 열어 **내보내기 01.docx**가 생성된 것을 확인한 후, 파일을 실행하여 열어 봅시다.

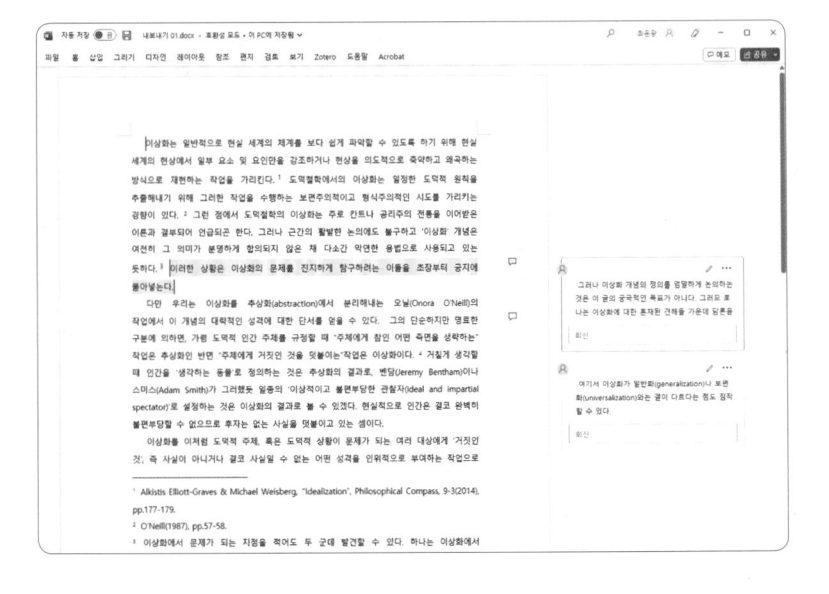

4 스크리브너 문서가 MS 워드 문서로 잘 변환된 것을 확인할 수 있습니다. **각주(Footnote)**와 **메모(Comment)**는 내부 주석과 외부 주석의 구분 없이 일괄 변환되었습니다.

5 같은 문서를 PDF 파일로 변환해 보겠습니다. 역시 경로를 지정하고, 내보낼 파일명은 **내보내기 02**, 내보낼 **파일의 형식** (Export text files as)은 Adobe PDF (.pdf)로 지정합시다. 이번에는 Metadata 탭의 체크박스 두 개(☑ Notes, ☑ Metadata)를 함께 선택하여 결과를 확인해보도록 하겠습니다. 〔Export〕를 클릭합니다.

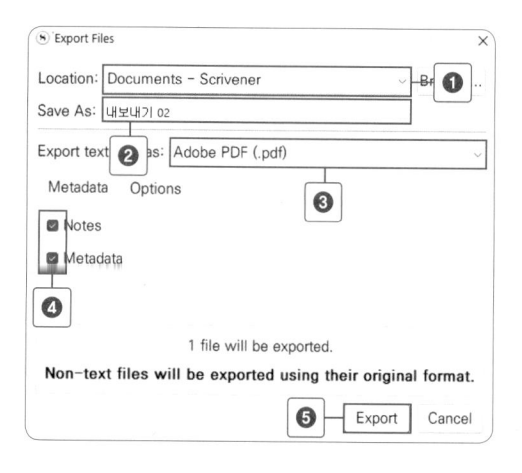

6 파일 탐색기를 열어 봅시다. 파일이 하나만 생성되었던 **내보내기 01**과는 달리, **내보내기 02**로 만들어진 파일은 세 개입니다. 앞서 체크박스(☑ Notes, ☑ Metadata)를 선택하여 내보내기를 실행했기 때문에, 문서의 본문과 함께 Notes와 Metadata가 각각 파일로 생성된 것입니다.

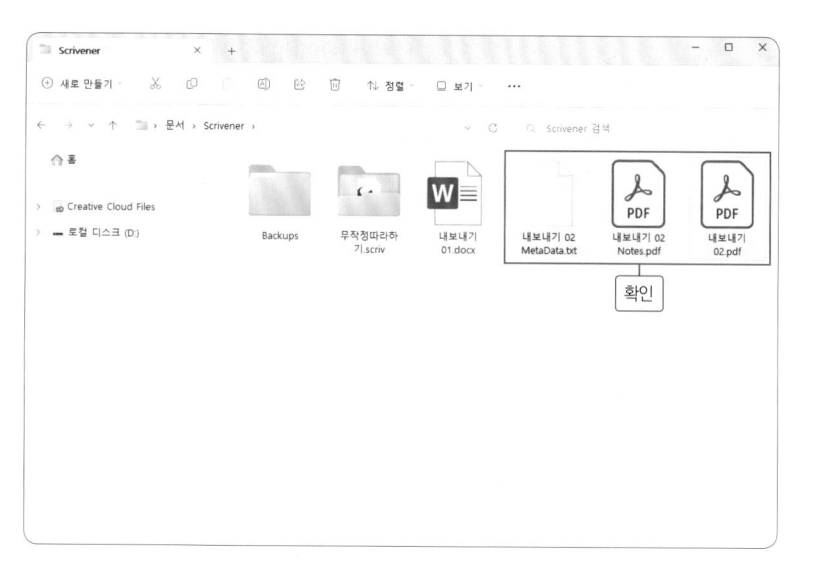

9 내보내기 02.pdf를 열어봅시다. PDF 문서라는 점을 제외하면 MS 워드 문서로 변환했을 때와 큰 차이는 없습니다.

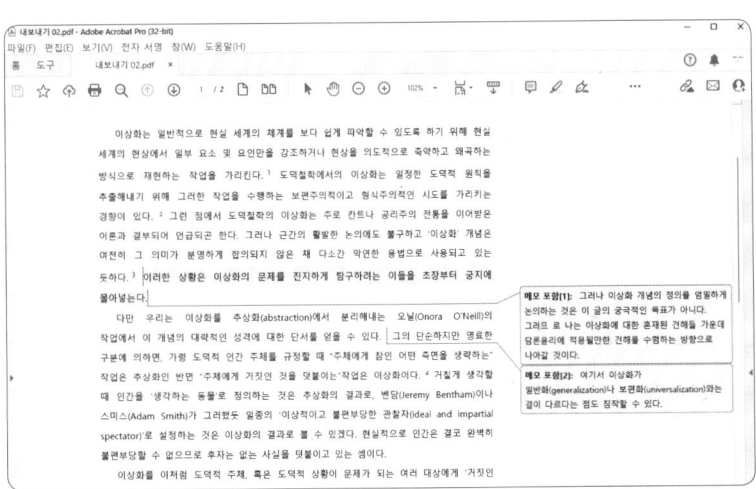

Tip 내보내기 02 Notes.pdf에는 **도덕이론의 이상화에 대한 전통적 비판** 문서의 노트 (Notes) 부분만 저장됩니다. 시놉시스(Synopsis)는 저장되지 않습니다.

내보내기 02 MetaData.txt 파일에는 문서의 최초 생성 일시(Created), 마지막 수정 일시(Modified), 집필 상태(Status), 라벨(Label), 키워드(Keywords), 그리고 시놉시스 (Synopsis)까지 총 6개의 메타데이터가 저장됩니다.

잠
깐
만
요

출력 변환기의 설정

메인 옵션에서는 출력 변환기를 설정할 수 있습니다. 옵션 창에서 (**Sharing**) – (**Conversion**)을 차례로 따라가면 **입력기(Import Converters…)**와 **출력기 (Export Converters…)**를 각각 선택할 수 있습니다.

스크리브너에서 출력 가능한 각 문서 파일 포맷(.doc, .docx, .html, .mhtml, .odt, .pdf)마다 변환기를 따로 지정할 수 있습니다. 기본으로 주어지는 두 변환기(Aspose, Scrivener)는 다음과 같은 특징을 갖습니다.

	Aspose	Scrivener
변환 엔진	자바(Java) 기반 엔진	자체 내장 엔진
변환 속도	느림	빠름
변환 품질	고품질	저품질
자료 손실률	거의 무손실	부가정보 손실 가능성 ↑

그 외 사용자가 설치한 프로그램에 따라 변환기를 제공하는 경우가 있습니다. 가령 MS 오피스는 자체 변환 엔진을 제공하며, 이 경우 스크리브너에서 'Microsoft Office' 변환기를 선택할 수 있습니다. 변환기마다 출력 결과물의 특징이 달라지므로, 다양하게 시험해 보고 자신에게 맞는 변환기를 찾아보기 바랍니다.

(10) 이번에는 복수의 문서를 한꺼번에 내보내 보겠습니다. **하버마스 담론윤리의 이상화 전략** 폴더를 선택한 뒤, 메인 메뉴에서 〔File〕-〔Export ▸〕-〔Files...〕를 눌러 내보내기 팝업 창을 실행합시다.

웹 페이지(Web Page (.html)) 형식으로 변환해 보겠습니다. 내보낼 폴더명은 **내보내기 03**으로 지정하고, **Metadata** 탭의 체크박스를 모두 선택합니다.

11 Options 탭을 눌러 봅시다. 추가로 설정할 수 있는 옵션이 있습니다. 세 개의 체크박스 중 두 번째 체크박스만을 선택하겠습니다. 〔Export〕를 눌러 내보내기를 진행합시다.

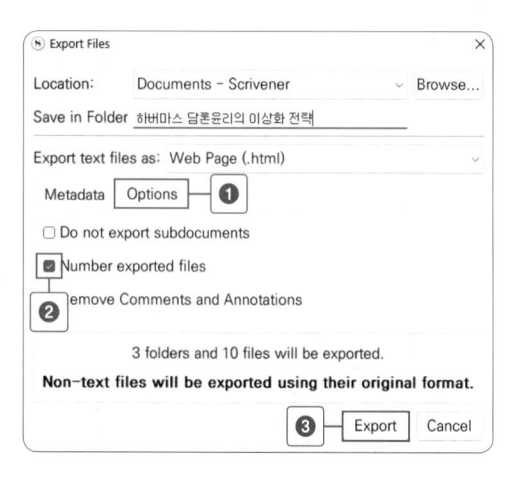

- **Do not export subdocuments** : 체크박스 선택 시, 현재 문서만 내보내고 하위에 포함된 문서는 내보내지 않습니다.
- **Number exported files** : 체크박스 선택 시, 내보낸 파일명에 바인더 순서대로 번호를 부여합니다.
- **Remove Comments and Annotations** : 체크박스 선택 시, 메모에 해당하는 주석은 내보내지 않습니다.

12 파일 탐색기에 **내보내기 03** 폴더가 생성되었습니다. 복수의 문서를 내보냈을 때는 이렇게 하나의 폴더로 묶여서 나오게 됩니다.

내보내기 03 폴더 및 그 안의 **하버마스 담론윤리의 이상화 전략** 폴더에 차례로 진입하여 내부를 살펴봅시다. 바인더에 정렬된 문서의 순서대로 파일명 앞에 번호가 표기되어 있는 것을 확인할 수 있습니다. 폴더로 출력된 다른 문서들도 순서에 맞게 번호가 잘 부여되었는지 확인해 봅시다.

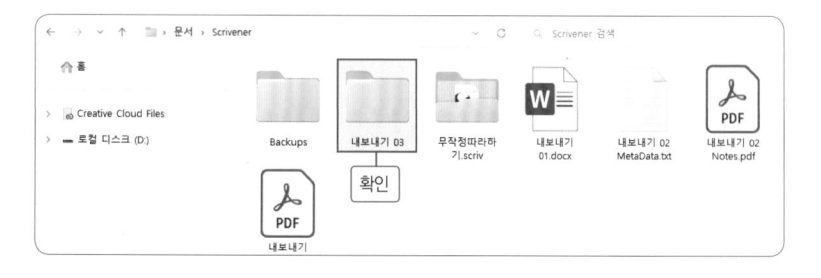

Tip **도덕이론의 이상화에 대한 전통적 비판** 파일을 실행하여 MS 워드 및 PDF 출력 결과와 비교해 봅시다. 웹 페이지 (.html) 파일을 더블 클릭하면 자동으로 웹 브라우저가 실행되며 문서가 열립니다. 문서가 자동으로 열리지 않는다면 웹 브라우저를 실행한 뒤 파일을 드래그하여 웹 브라우저 위에서 놓으면 문서가 열립니다.

Tip 체크박스 (☑ Selected documents only)를 선택하면 바인더에서 선택된 문서만 출력 됩니다. 선택을 해제하면 프로젝 트 전체에서 메모를 추출합니다.

(13) 메모 형태의 주석은 각주와 달리 최종 문서에 출력되지 않는 것을 기본으로 합니다. ▶️ 쪽 이 때문에 오히려 메모만 따로 모 아서 보아야 할 필요성이 생깁니다.

메인 메뉴에서 [File] - [Export ▶] - [Comments & Annotations...]를 클릭하여 팝업 창을 실행해 봅시다. 파일명을 '주석'으로 정한 후, **제 목을 함께 출력(☑ Include titles)**하도록 체크박스를 선택하고 [OK] 를 눌러 진행합니다.

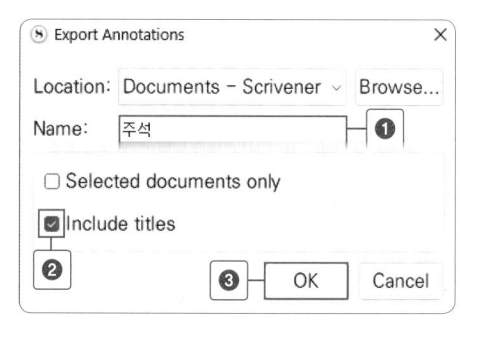

(14) 파일 탐색기에 생성된 **주석.rtf** 파일을 실행하여 문서를 열어 봅시다.

문서의 제목과 함께 노트가 저장되어 있습니다. 이 프로젝트 전체 를 통틀어 노트는 **도덕이론의 이상화에 대한 전통적 비판**밖에 없었습 니다. 스크리브너 문서에서 어느 부분이 노트로 추출되었는지 확인 해 보기 바랍니다. 자세한 내용은 **주석**을 설명할 때 다루도록 하겠 습니다. ▶️ 360쪽

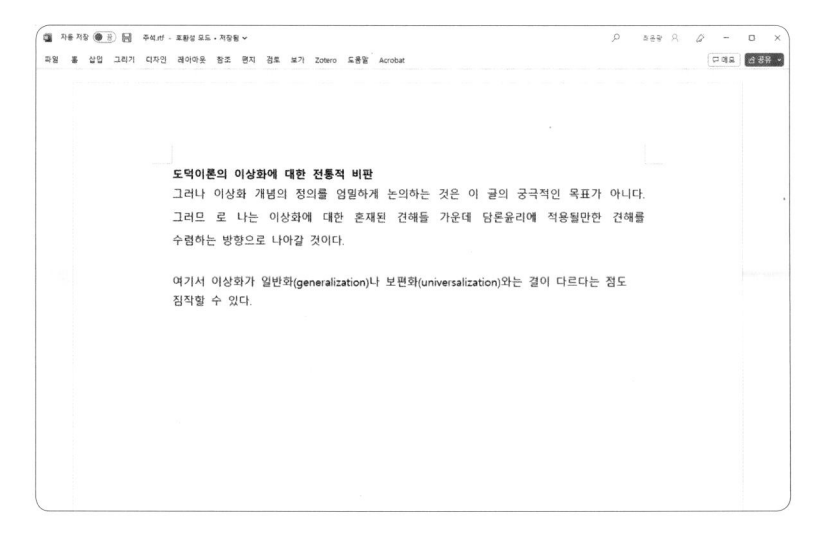

프린터로 인쇄하기   메인 메뉴의 〔File〕 하단에는 인쇄 및 인쇄 설정을 위한 메뉴가 함께 모여 있습니다.

- **Page Setup** : **편집 용지 설정**. 용지 및 여백 설정을 위한 윈도우의 기본 팝업 창을 호출합니다.
- **Print Setting** : **인쇄 설정**. 문서 출력 설정을 위한 스크리브너의 자체 팝업 창을 호출합니다.
- **Print Preview** : **인쇄 미리보기**. 윈도우의 기본 팝업 창을 호출합니다.
- **Print Current Document** : **현재 문서 인쇄**. 윈도우의 기본 팝업 창을 호출합니다.

이중에서 **인쇄 설정(Print Preview)**을 제외한 나머지 메뉴는 모두 윈도우에서 제공하는 기본 대화상자를 호출하므로 특별히 생소한 내용이 없습니다. 따라서 **인쇄 설정** 메뉴를 중심으로 살펴보도록 하겠습니다.

메인 메뉴에서 〔File〕 - 〔Print Settings...〕를 선택하여 인쇄 설정 창을 불러냅시다.

인쇄 설정 창은 모두 4개의 탭 메뉴로 이루어져 있습니다. 왼쪽부터 순서대로 본문(Text), 인덱스카드(Index Cards), 아웃라인(Outlines), 기타(Other)입니다. 하나씩 살펴보겠습니다.

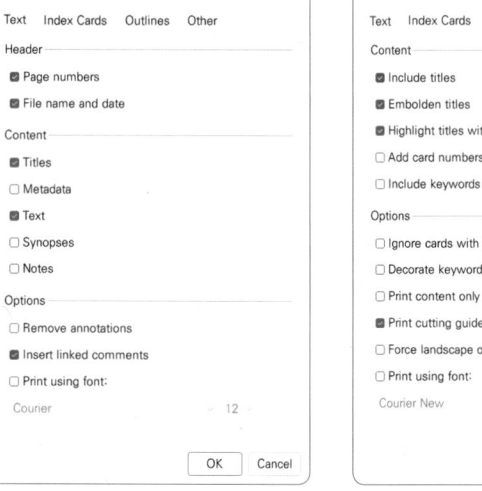

∧ 본문(Text), 또는 스크리브닝 탭   ∧ 인덱스카드(Index Cards),
또는 코르크보드 탭

\<본문(Text), 또는 스크리브닝 탭>

- **Header** : 머리말/꼬리말 ─────────────

  └ **Page numbers** : 쪽 번호. 종이의 우측 하단에 출력됩니다.

  └ **File name and date** : **파일명 및 날짜**. 종이의 우측 상단에 출력됩니다.

- **Content** : **본문** ─────────────

  └ **Titles** : **제목**. 문서의 제목을 출력합니다.

  └ **Metadata** : **메타데이터**. 문서의 최초 작성일, 마지막 수정일, 집필 상태, 라벨, 키워드, 그 외 사용자가 설정한 메타데이터를 출력합니다.

  └ **Text** : **본문**

  └ **Synopses** : **시놉시스**

  └ **Notes** : **노트**

- **Options** : 선택 사항 ─────────────

  └ **Remove annotations** : 메모를 출력하지 않습니다.

  └ **Insert linked comments** : 각주를 출력합니다.

  └ **Print using font** : 아래에서 설정한 글꼴과 크기로 출력합니다.

\<인덱스카드(Index Cards), 또는 코르크보드 탭>

- **Content** : 내용 ─────────────

  └ **Include titles** : 제목을 출력합니다.

  └ **Embolden titles** : **제목을 굵은 글씨로 강조**합니다.

  └ **Highlight titles with label color** : **제목을 라벨 색상으로 강조**합니다.

  └ **Add card numbers** : 인덱스카드에 번호를 부여하여 출력합니다.

  └ **Include keywords** : **키워드를 출력**합니다.

- **Options** : 선택 사항 ─────────────

  └ **Ignore cards with titles only** : 제목만 있는 인덱스카드는 출력하지 않습니다.

  └ **Decorate keywords** : 키워드를 강조합니다.

  └ **Print content only within a single card** : 용지에서 허용된 출력 범위만큼만 인덱스카드의 내용을 출력합니다.

  └ **Print cutting guides** : 절취선을 출력합니다.

  └ **Force landscape orientation** : 용지를 가로 방향으로 돌립니다.

  └ **Print using font** : 아래에서 설정한 글꼴과 크기로 출력합니다.

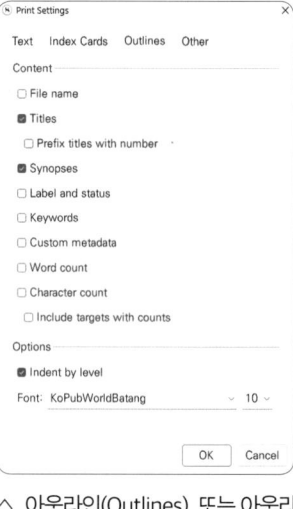 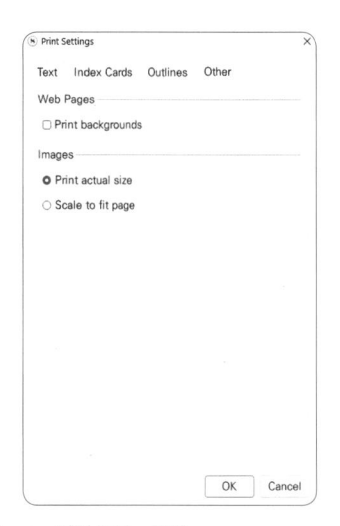

∧ 아웃라인(Outlines), 또는 아웃라이너 탭   ∧ 기타(Other) 탭

<아웃라인(Outlines), 또는 아웃라이너 탭>

· **Content** : 내용 ─────────────

  ∟ **File name** : **프로젝트명**을 출력합니다.

  ∟ **Titles** : **문서 제목**을 출력합니다.

  ∟ **Prefix titles with number** : 제목의 앞에 목록 번호를 부여합니다.

  ∟ **Synopses** : 시놉시스를 출력합니다.

  ∟ **Label and status** : **라벨**과 **집필 상태**를 출력합니다.

  ∟ **Keywords** : **키워드**를 출력합니다.

  ∟ **Custom metadata** : 사용자가 **임의로 추가한 메타데이터**를 출력합니다.

  ∟ **Word count** : **단어 수**를 출력합니다.

  ∟ **Character count** : 글자 수를 출력합니다.

  ∟ **Include targets with counts** : **집필 목표**를 함께 출력합니다.

· **Options** : 선택 사항 ─────────────

  ∟ **Indent by level** : 문서의 층위에 맞추어 들여쓰기를 조정합니다.

<기타(Other) 탭>

· **Web Pages** : 웹 페이지를 출력할 때 ─────────────

  ∟ **Print backgrounds** : 배경을 출력합니다.

· **Images** : 이미지를 출력할 때 ─────────────

  ∟ **Print actual size** : 실제 크기로 출력합니다.

  ∟ **Scale to fit page** : 용지에 크기를 맞춥니다.

2 | 목차 내보내기

스크리브너는 바인더에 목차가 잘 정리되어 있기 때문에 집필하는 입장에서는 목차 문서를 따로 만들어야 할 필요성을 느끼지 않습니다. 그러나 프로젝트를 외부 문서로 내보낼 때는 바인더 역시 일반적인 목차로 추출하는 게 좋겠지요. 다른 프로그램에서는 바인더를 이용할 수 없으니까요.

여기서는 외부로 내보낼 목차를 만드는 방법과 함께, 바인더와는 별개로 스크리브너 내부에서 활용할 수 있는 목차까지 만들어 보도록 하겠습니다.

▶ 무 작 정 따 라 하 기 **내부 참조용 목차로 저장하기** 실습예제₩Chapter_02₩예제_03.scriv

내부 참조용 목차는 글의 구조를 보여주는 동시에 마우스 클릭 등을 이용한 바로가기를 지원해야 합니다. 스크리브너는 문서의 제목과 함께 문서의 내부 링크를 함께 엮은 목차 추출 기능을 제공합니다.

1 먼저 목차를 만들고자 하는 범위를 바인더에서 선택합니다.

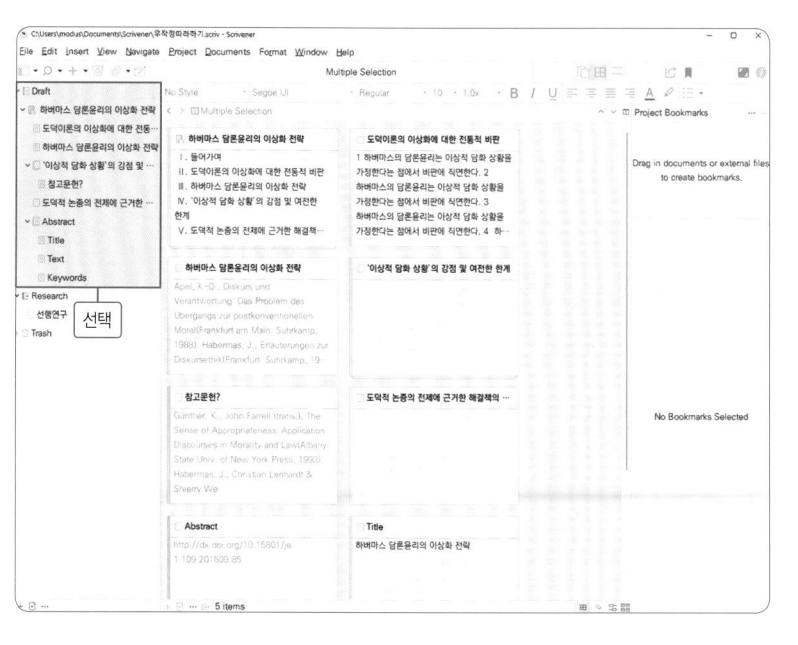

2 메인 메뉴에서 〔Edit〕- 〔Copy Special ▸〕- 〔Copy Documents as Structured Link List〕를 선택합니다. 클립보드에 문서의 제목과 링크가 저장됩니다.

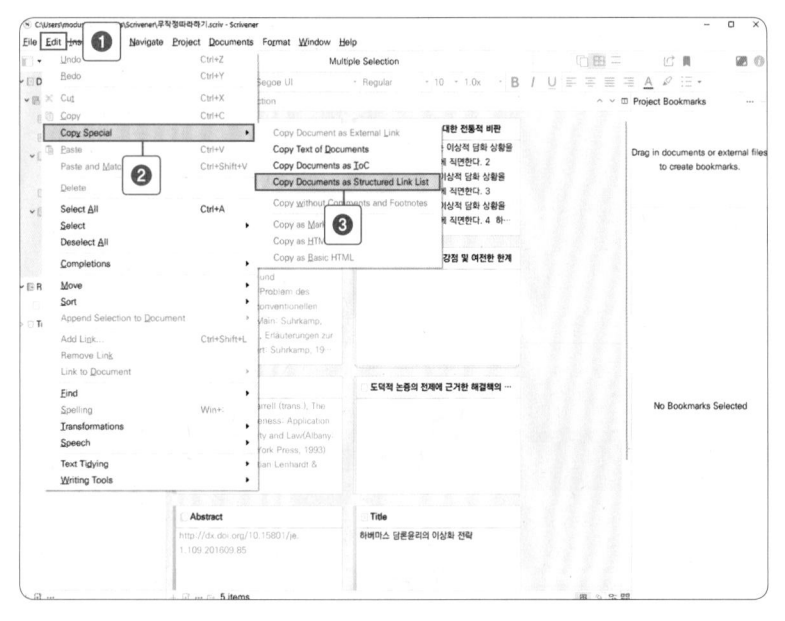

3 적당한 위치에 새 문서를 만든 후, 복사한 목차를 붙여 넣어 봅시다. 문서의 계층 구조대로 들여쓰기를 갖춘 참조용 목차가 만들어졌습니다. 목차의 문서 제목 위에 마우스를 올려 보면 해당 문서의 스크리브너 경로가 툴팁으로 표시됩니다. 제목을 클릭하면 해당 문서로 이동합니다.

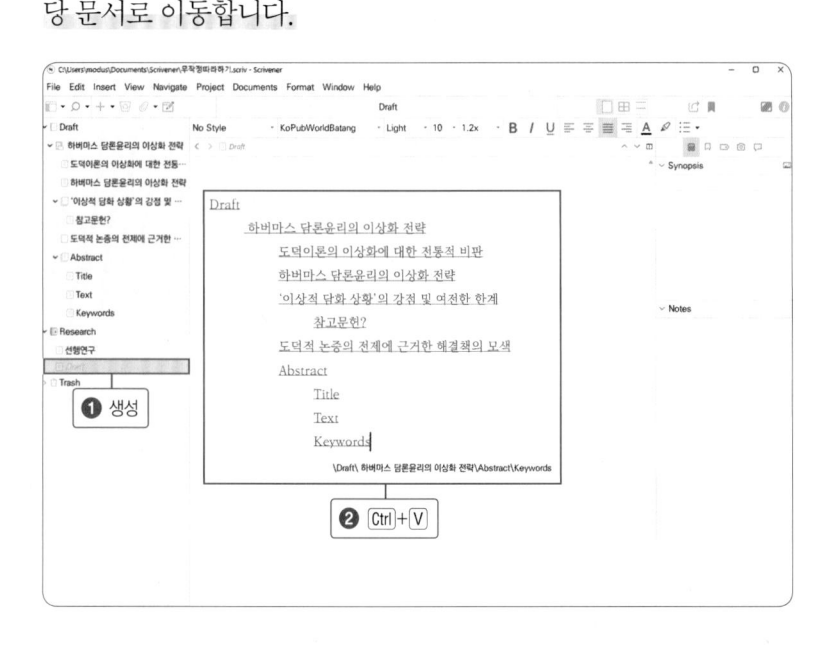

1 들여쓰기로 층위가 구분된 목차는 메인 메뉴의 〔File〕 –
〔Export ▸〕 – 〔OPML or Mindmap File…〕에서 얻을 수 있습니다.

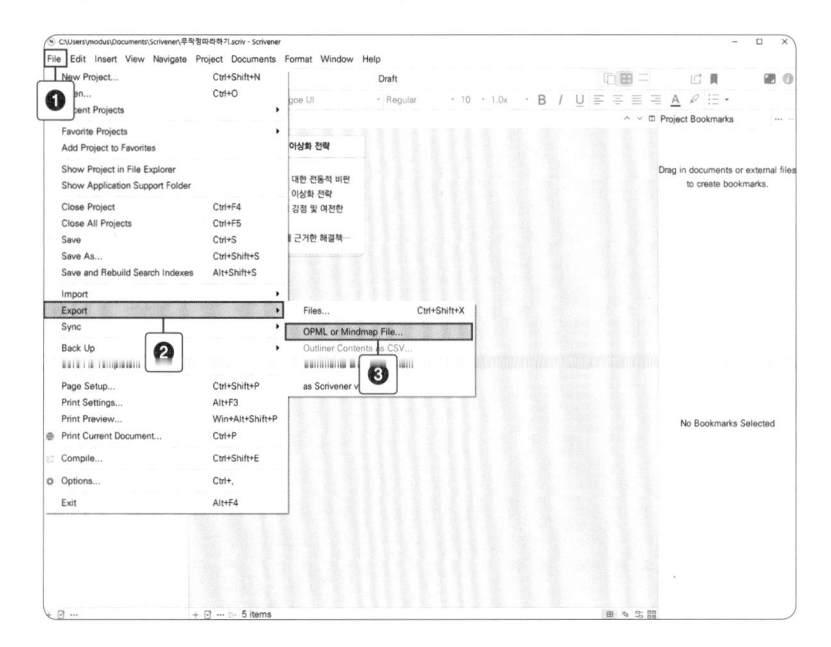

2 **경로(Location)**를 설정한 후, **파일명(Save As)**을 목차로 입
력하고 파일 유형으로는 **Plain text (.txt)**를 선택합시다. 목차를
TXT 파일로 내보낼 경우에는 체크박스가 하나만(☑ Export entire
binder) 활성화됩니다. 체크박스를 선택하면 바인더 전체를, 해제
하면 바인더에서 현재 선택된 문서만을 내보냅니다. 〔Save〕를 눌러
진행합시다.

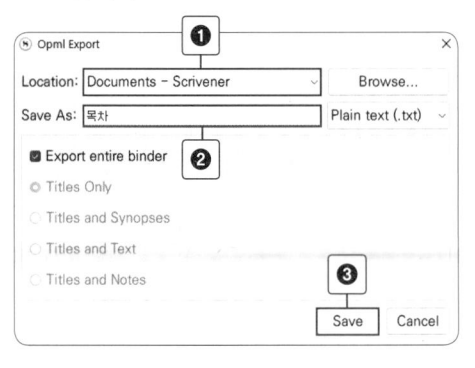

Tip 마인드맵 프로그램을 사용하고 있다면 엑스마인드(Xmind) 확장자(.opml)나 프리마
인드(FreeMind) 확장자(.mm)로 목차를 내보낼 수 있습니다. 이 경우 시놉시스, 본문, 노트
도 내보내기 옵션으로 선택할 수 있습니다.

3 파일 탐색기에서 **목차.txt**가 만들어진 것을 확인한 후 파일을 열어 봅시다. 들여쓰기 탭으로 계층 구조가 구분된 목차가 생성되었습니다.

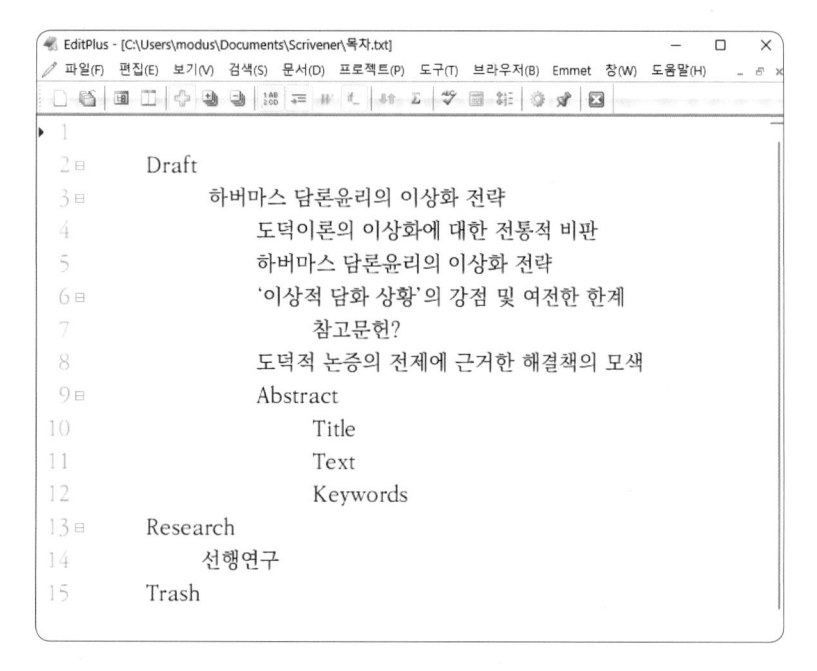

4 컴파일용 **개체 틀(Placeholder)** ▶ 415쪽 을 이용하면 쪽 번호까지 표시되는 정식 목차를 구성할 수 있습니다.

목차를 만들고자 하는 범위를 바인더에서 지정한 후, 메인 메뉴에서 〔Edit〕-〔Copy Special ▶〕-〔Copy Documents as ToC〕를 선택합니다. 클립보드에 문서의 제목과 링크가 저장됩니다.

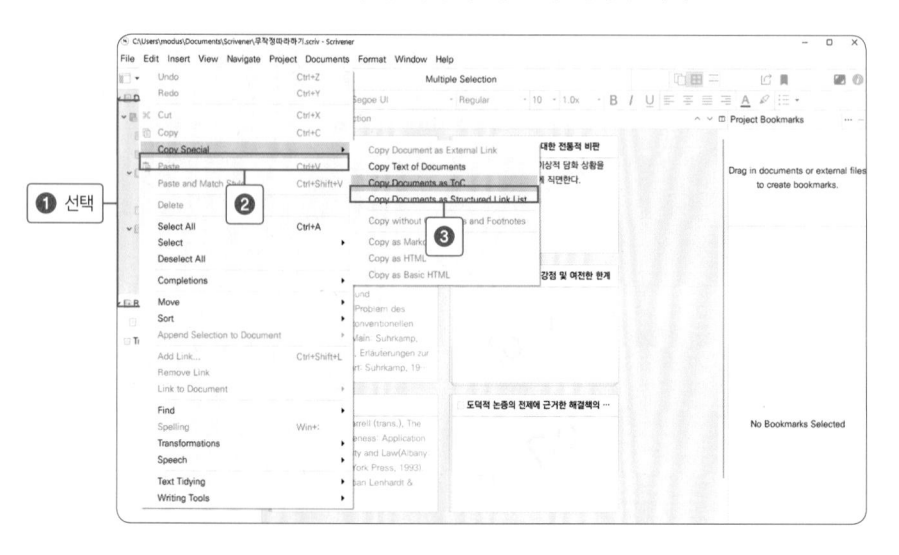

5 적당한 위치에 새 문서를 만든 후, 복사한 목차를 붙여 넣어 봅시다. 문서의 계층 구조대로 들여쓰기를 갖춘 목차가 만들어집니다.

문서 제목 말미에 붙은 부호 **<$p>**가 컴파일 이후 쪽 번호를 표시해 주는 개체 틀입니다. 컴파일 이전에는 **<$p>**로만 표시됩니다. 컴파일을 수행해 보아야만 해당 문서가 몇 쪽부터 시작할지 비로소 알 수 있기 때문입니다.

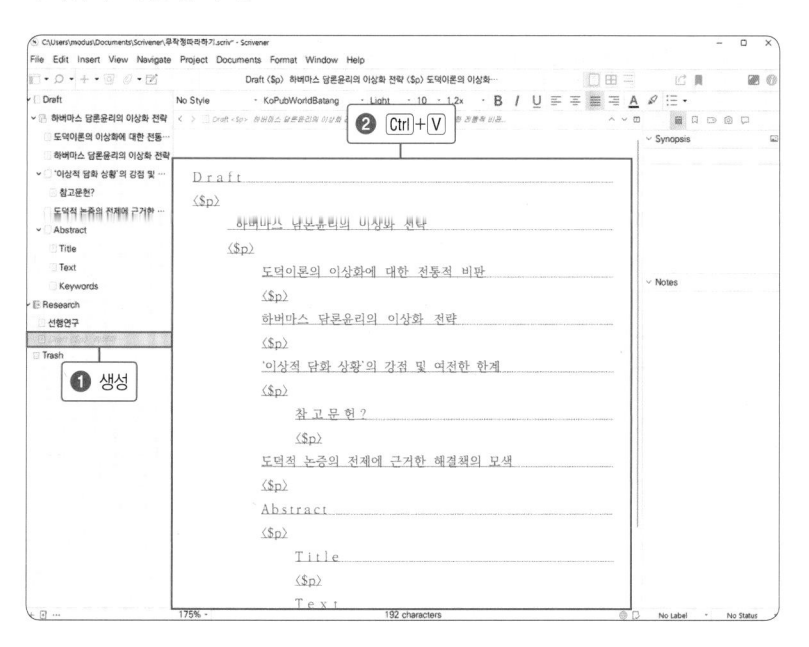

기본 설정으로 컴파일해 본 모습입니다. 제목만 있고 내용이 비어 있는 문서에는 쪽 번호 자리에 물음표가 표시되어 있습니다.

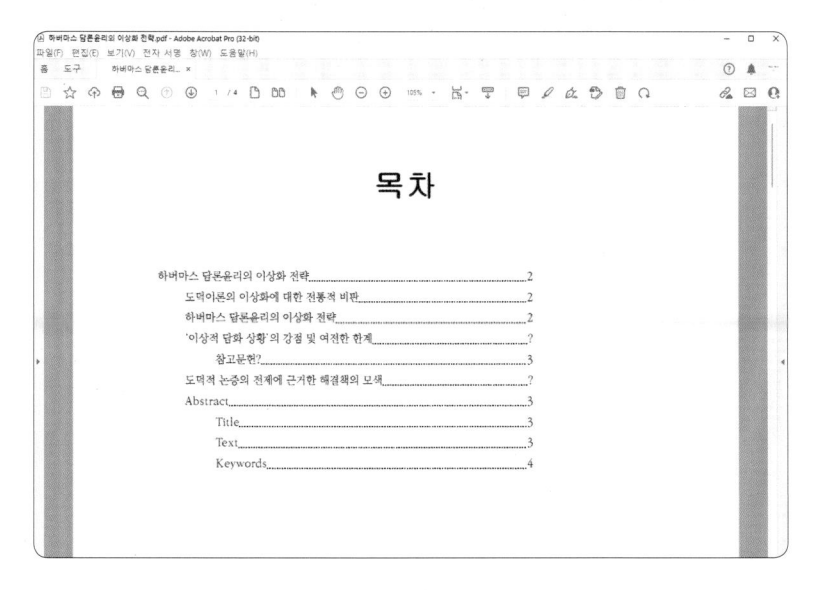

Scrivener

스크리브너에 어느 정도 익숙해지셨나요? 이제부터는 본격적으로 집필 과정을 따라가면서, 각 단계마다 활용할 수 있는 도구를 살펴보도록 하겠습니다. 스크리브너는 같은 작업이라 하더라도 여러 가지 방식으로 수행할 수 있도록 다양한 기능을 준비해 두고 있답니다. 각 기능의 장점을 파악하고 나면 자신의 집필 습관에 잘 맞는 도구도 자연스럽게 고를 수 있을 거예요.

Chapter 03에서는 글쓰기의 시작 단계인 자료 수집과 개요 작성에서 활용할 수 있는 스크리브너의 기능을 살펴보겠습니다.

Chapter

03

집필의 시작 -
아이디어 정리하기

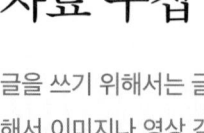

자료 수집

글을 쓰기 위해서는 글감부터 찾아야겠죠? 가장 기본적인 텍스트 자료부터 시작해서 이미지나 영상 같은 미디어 자료에 이르기까지 여러 가지 자료를 수집하고 관리하는 방법을 알아봅시다.

1 | 텍스트 자료 - 기존 원고 가져오기

기존에 보관하고 있던 텍스트 자료를 스크리브너로 불러오는 방법부터 알아보도록 하겠습니다. 스크리브너는 거의 모든 텍스트 파일 형식을 지원하지만, 여러분의 텍스트 자료는 대부분 워드프로세서 파일의 형태로 저장되어 있을 거라 생각합니다. 그러므로 워드프로세서 파일 가져오기를 집중적으로 살펴보도록 할게요.

▶ 무 작 정 따 라 하 기   **기존 원고 파일에서 가져오기**   실습예제₩Chapter_03₩예제_04.scriv

◀ 영상 강의
바로 보기

예제_04_scriv 프로젝트에는 **드래프트** 폴더에 문서 5개(폴더 1개, 하위 파일 4개), **리서치** 폴더에 자료 3개(웹 페이지, 이미지, PDF 문서 1개씩)가 준비되어 있습니다.

1 연습 삼아 일반 텍스트 문서부터 불러들여 보겠습니다. 마르크 샤갈 폴더를 선택하고 메인 메뉴의 〔File〕 - 〔Import ▸〕 - 〔Files...〕를 클릭합니다.

2 실습예제₩Chapter_03₩가져오기_자료 폴더에서 **샤갈의_생애와_작품세계.txt** 파일을 선택하고 〔**열기**〕를 클릭합니다.

3 파일을 서식 있는 텍스트(RTF) 형식으로 읽어 들인다는 알림 창이 나옵니다. 기존 문서의 일부 속성이 손실될 수 있습니다. 〔**OK**〕를 클릭해 계속 진행합니다.

4 **샤갈의_생애와_작품세계.txt** 파일이 들어오면서, **마르크 샤갈** 폴더의 맨 아래쪽에 파일명과 동일한 이름의 문서가 생성되었습니다.

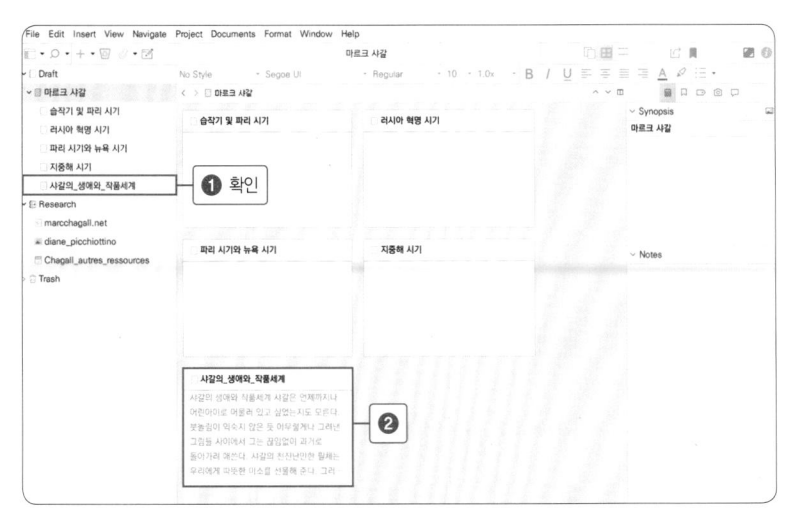

5 **샤갈의_생애와_작품세계.txt**는 서식이 지정되지 않은 일반 텍스트 파일이므로 스크리브너의 기본 설정대로 글이 입력되었습니다.

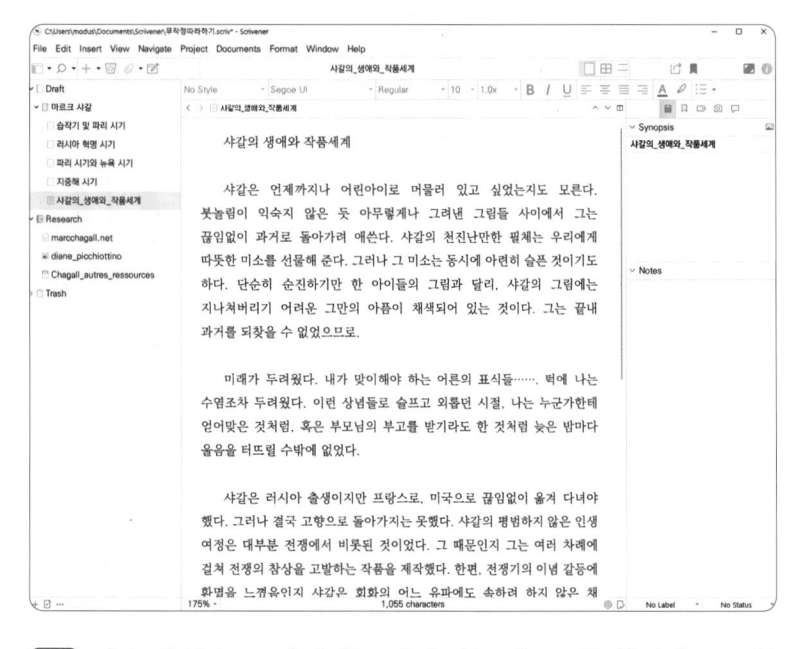

6 같은 방식으로, 이번에는 서식 있는 텍스트를 불러와 보도록 하겠습니다. 메인 메뉴의 〔File〕-〔Import ▶〕-〔Files...〕를 선택하여, 실습예제₩Chapter_03₩가져오기_자료 폴더에서 **샤갈의_생애와_작품세계.rtf** 파일을 열어 봅시다.

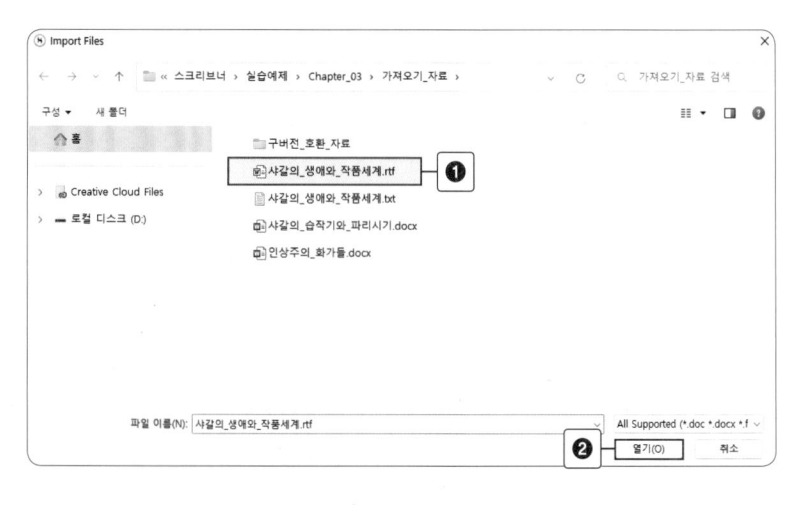

7 마찬가지로 파일명과 동일한 이름의 문서가 생성됩니다. 이번에는 원본 RTF 문서에 지정되어 있던 서식 그대로 글이 들어온 것을 확인할 수 있습니다.

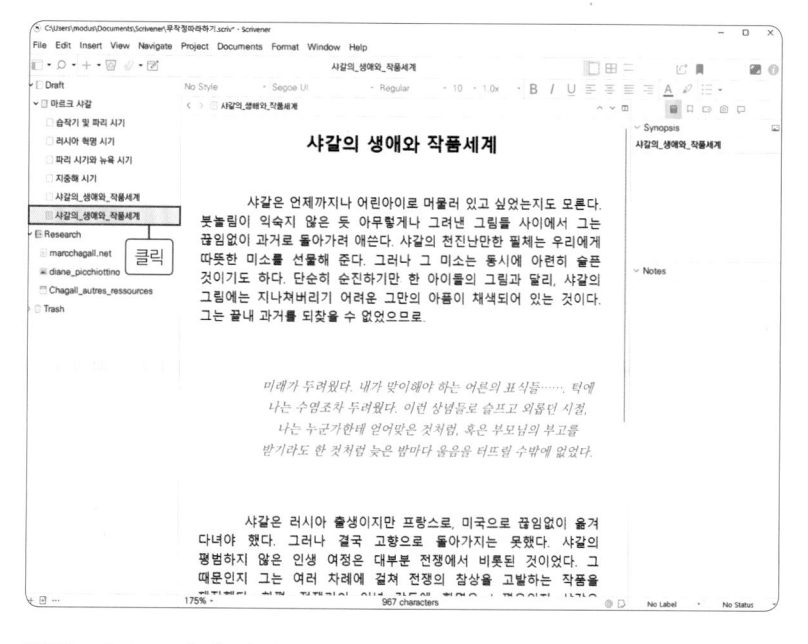

8 원본 문서의 서식이 현재 스크리브너에서 사용하고 있는 서식과 차이가 있으므로 서식을 통일할 필요가 있어 보입니다. 단축키 Ctrl + O 을 눌러서 문서를 기본 서식으로 변환해 봅시다. ▶ 125쪽

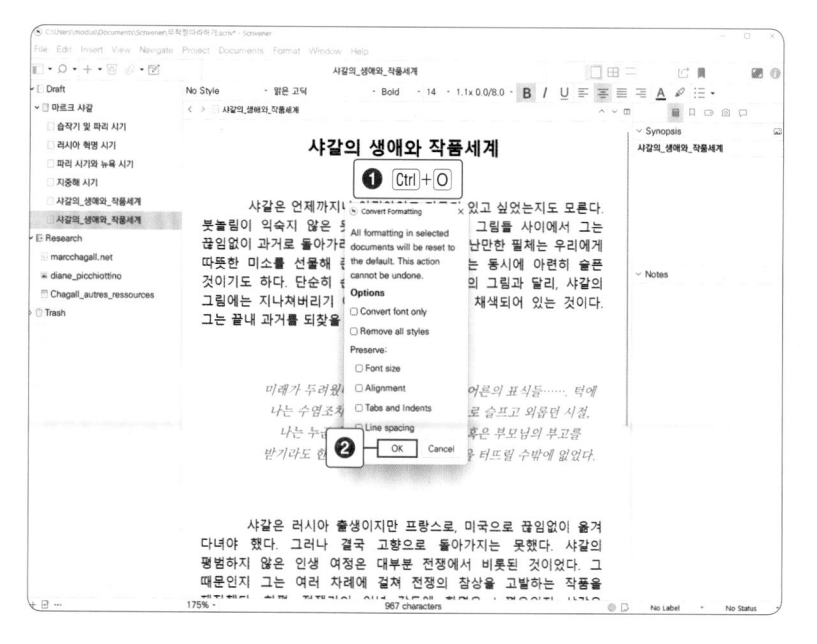

Tip 다듬어지지 않은 부분이 남아 있다면 단축키 `Alt`+`Shift`+`0`을 추가로 입력하여 문서를 마저 정리할 수 있습니다.

9 읽어 들인 문서가 기본 서식으로 변경되었습니다.

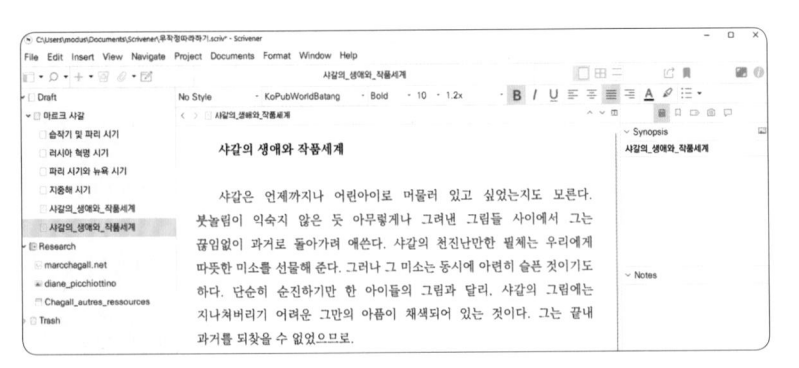

10 이제 본격적으로 워드프로세서 문서를 불러와 보도록 할게요. 이번에 가져올 파일은 아래와 같이 구성되어 있는 흔글 문서(.hwp)입니다. **실습예제\Chapter_03\가져오기_자료** 폴더에 **샤갈의_생애와_작품세계.hwp**로 저장되어 있습니다.

샤갈의 생애와 작품세계

샤갈은 언제까지나 어린아이로 머물러 있고 싶었는지도 모른다. 붓놀림이 익숙지 않은 듯 아무렇게나 그려낸 그림들 사이에서 그는 끊임없이 과거로 돌아가려 애쓴다. 샤갈의 천진난만한 필체는 우리에게 따뜻한 미소를 선물해 준다. 그러나 그 미소는 동시에 아련히 슬픈 것이기도 하다. 단순히 순진하기만 한 아이들의 그림과 달리, 샤갈의 그림에는 지나쳐버리기 어려운 그만의 아픔이 채색되어 있는 것이다. 그는 끝내 과거를 되찾을 수 없었으므로.

미래가 두려웠다. 내가 맞이해야 하는 어른의 표식들……, 탓에 나는 수없조차 두려웠다. 이런 상념들로 슬프고 외롭던 시절, 나는 누군가한테 얻어맞은 것처럼, 혹은 부모님의 부고를 받기라도 한 것처럼 늦은 밤마다 울음을 터뜨릴 수밖에 없었다.

샤갈은 러시아 출생이지만 프랑스로, 미국으로 끊임없이 옮겨 다녀야 했다. 그러나 결국 고향으로 돌아가지는 못했다. 샤갈의 평범하지 않은 인생 여정은 대부분 전쟁에서 비롯된 것이었다. 그 때문인지 그는 여러 차례에 걸쳐 전쟁의 참상을 고발하는 작품을 제작했다. 한편, 전쟁기의 이념 갈등에 환멸을 느꼈음인지 샤갈은 회화의 어느 유파에도 속하려 하지 않은 채 독자적인 노선을 걸었다.

Tip 이때 한글 문서는 스크리브너 프로젝트에 첨부되어 있는 상태입니다. 따라서 원본 한글 파일을 지우더라도 스크리브너에서 흔글 문서를 실행하는 데는 영향을 주지 않습니다.

11 흔글 문서인 현재 상태로는 글을 바로 가져올 수 없습니다. 스크리브너는 흔글 확장자(.hwp .hwpx)를 지원하지 않기 때문이지요. 파일을 가져오면 아래와 같이 파일의 링크로만 표시됩니다.

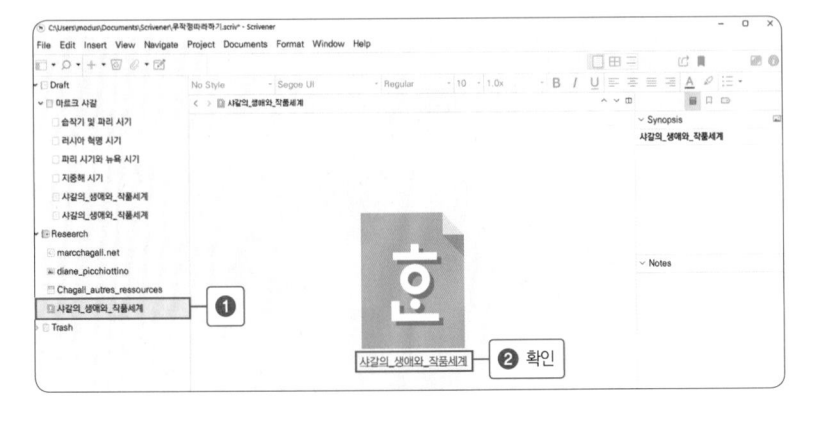

12 한컴오피스에서는 흔글 문서를 MS 워드 문서 형식(.doc .docx)으로 저장하는 옵션을 제공합니다. 흔글이나 흔워드에서 **샤갈의_생애와_작품세계.hwp**를 열고 Alt + V 를 눌러 MS 워드 문서 형식으로 파일을 저장한 후, 스크리브너로 돌아와 다시 글을 가져와 봅시다. 여기서는 **샤갈의_생애와_작품세계.docx**로 저장해 보겠습니다.

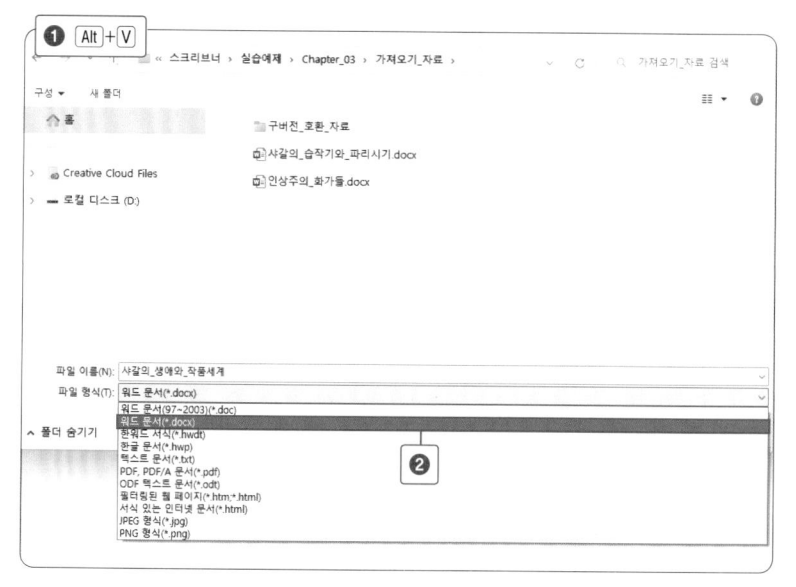

13 **샤갈의_생애와_작품세계.docx**가 성공적으로 로드되었습니다. 역시 파일명과 동일한 **샤갈의_생애와_작품세계** 문서가 생성됩니다.

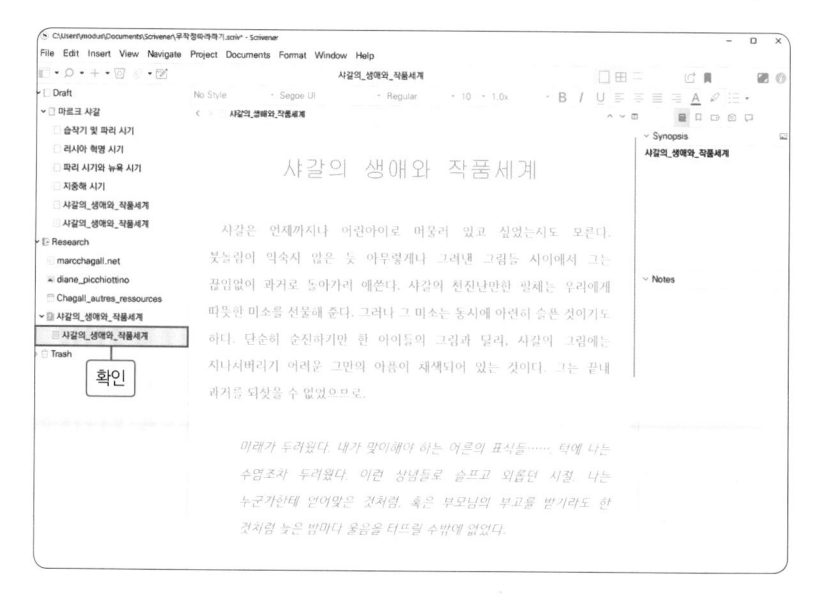

14 지금까지 읽어 들인 파일 중 필요한 문서만 남기고 나머지는 정리한 모습입니다. 여기서 제목의 양식까지 통일하면 바인더가 더욱 깔끔해질 것 같습니다.

문서의 제목으로 사용할 부분을 글에서 선택한 후, 마우스 우클릭으로 단축 메뉴를 불러 〔Set Selected Text as Title〕을 클릭해 봅시다.

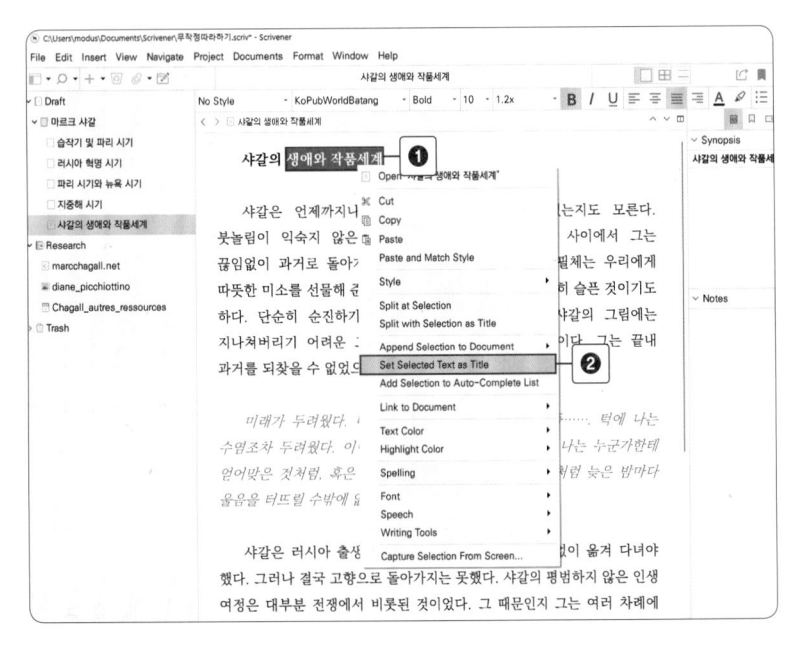

15 편집기에서 블록으로 선택한 텍스트가 문서의 제목으로 반영되었습니다.

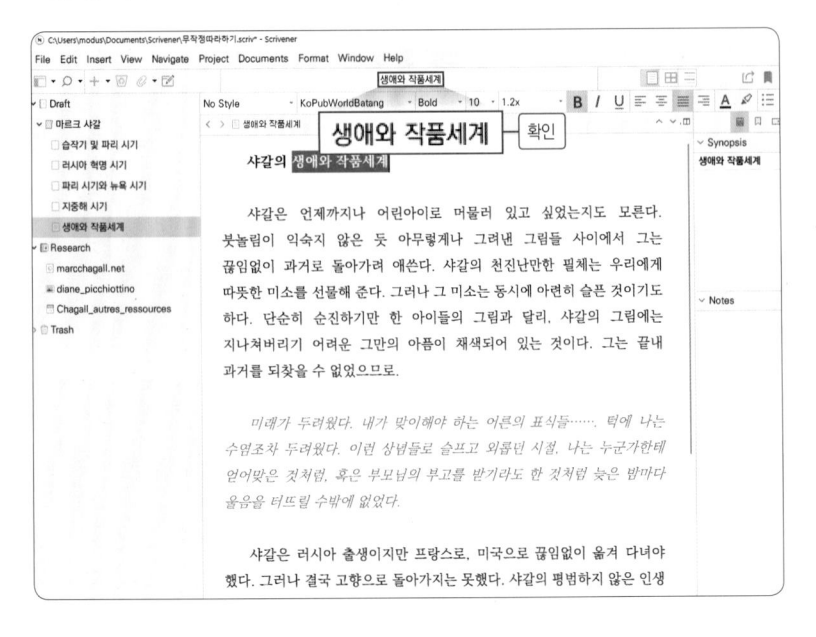

분할해서 가져오기 - 서식 있는 경우

실습예제₩Chapter_03₩예제_04.scriv

◀ 영상 강의
바로 보기

가져오기로 불러들인 원고는 한 개의 문서로 저장됩니다. 이것을 각 장절로 분할하려면 어떻게 해야 할까요? 가장 쉽게 생각할 수 있는 방식은 바인더에서 새 파일을 만든 후 해당하는 내용을 하나씩 잘라서 붙여 넣는 것이지만 원고의 분량이 커진다면 보다 효율적인 도구를 사용할 필요가 있습니다. 긴 원고를 항목별로 잘라서 가져오는 기능을 살펴보겠습니다. 우선 원본 문서에 제목 서식이 적용되어 있는 경우부터 익혀 볼게요.

1 앞에서 실습한 **예제_04.scriv** 프로젝트를 계속 사용하겠습니다. 여기서부터 시작하시는 분은 부록으로 제공된 자료의 프로젝트를 열어서 활용하세요.

Tip 사용자의 컴퓨터에 MS 오피스가 설치되어 있지 않아도 스크리브너에서 MS 워드 문서를 불러들이는 데는 지장이 없습니다. 다만 구버전의 오피스로 예제 파일의 내용을 확인하고 싶다면 **구버전_호환_자료** 폴더에 있는 **샤갈의_습작기와_파리시기.doc** 파일을 이용해 보세요.

2 아래와 같이 구성되어 있는 MS 워드 문서를 불러와 보도록 하겠습니다. 이 문서는 세 개의 글로 이루어져 있으며, 각 글의 제목마다 동일한 서식이 적용되어 있습니다.

이 문서는 **실습예제₩Chapter_03₩가져오기_자료** 폴더에 **샤갈의_습작기와_파리시기.docx**로 저장되어 있습니다.

3 바인더에서 **습작기 및 파리 시기** 문서를 선택한 상태에서, 메인 메뉴의 (File) - (Import ▸) - (Import and Split...)을 클릭합니다.

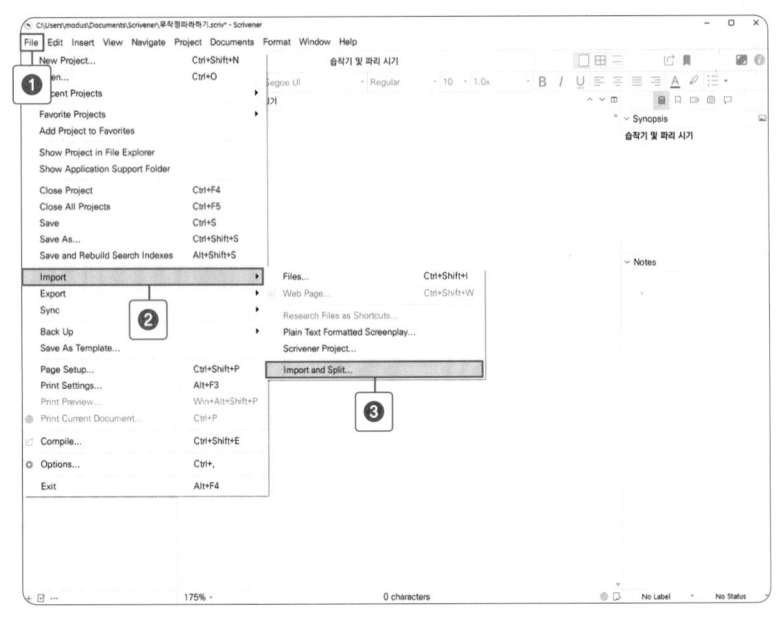

4 팝업 창에서 (Browse)를 눌러 불러들일 파일을 지정합니다.

5 우리가 불러올 **샤갈의_습작기와_파리시기.docx** 파일은 **실습예제₩Chapter_03₩가져오기_자료** 폴더 내에 있습니다. 파일을 선택한 후 (**열기**)를 클릭합니다.

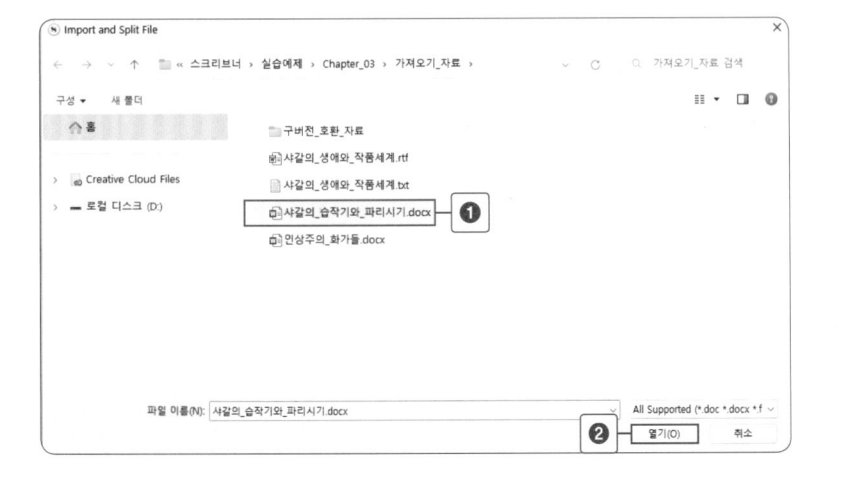

6 분할 방식을 선택하는 창이 나타납니다. 원본 문서에 규칙적인 서식이 적용된 경우를 다루고 있으므로, 기본으로 선택된 **문서의 아웃라인 구조를 이용하여 나누기**(⊙ Split using document's outline structure)를 그대로 두고 〔Import〕를 클릭합니다.

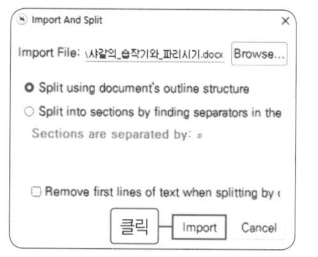

7 **습작기 및 파리 시기** 문서 아래에 세 개의 새로운 문서(**소파 위의 어린 소녀, 탄생, 나와 마을**)가 생성되었습니다. 원본 문서에 지정되어 있던 서식을 기준으로 문서가 분할되어 들어온 것입니다.

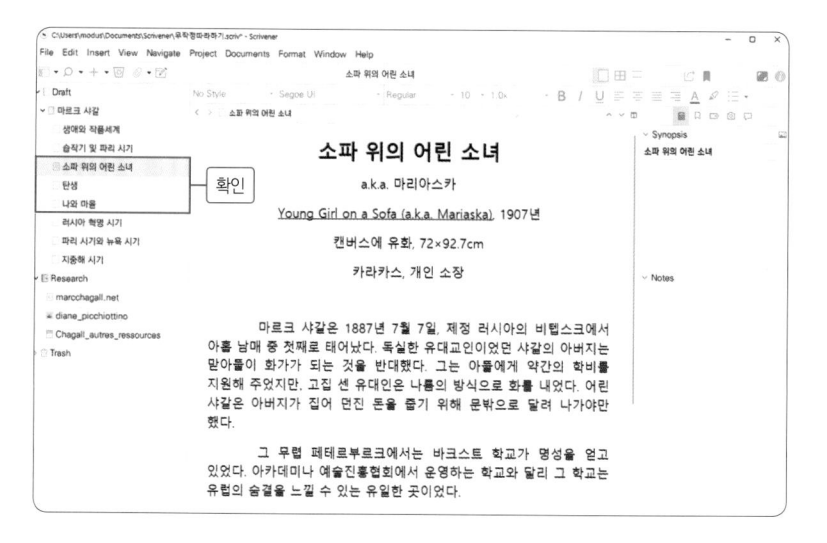

8 새로 불러들인 문서를 묶어서 **습작기 및 파리 시기** 문서의 하위로 편성합시다. 단축키 〔Ctrl〕+〔→〕를 이용하여 간단히 이동할 수 있습니다. ▶ 138쪽

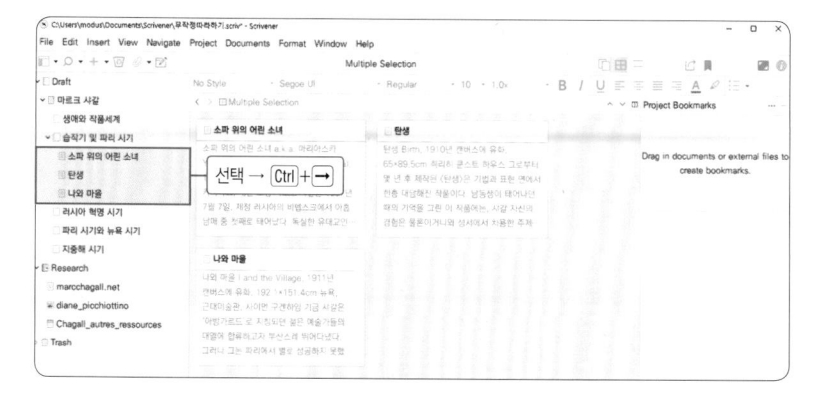

9 현재 **습작기 및 파리 시기** 문서는 파일 상태이므로, 문서를 선택해도 하위에 포함된 문서는 확인할 수 없습니다. 문서의 종류를 폴더로 바꾸면 하위 문서까지 확인할 수 있습니다. ▶ 098, 136쪽

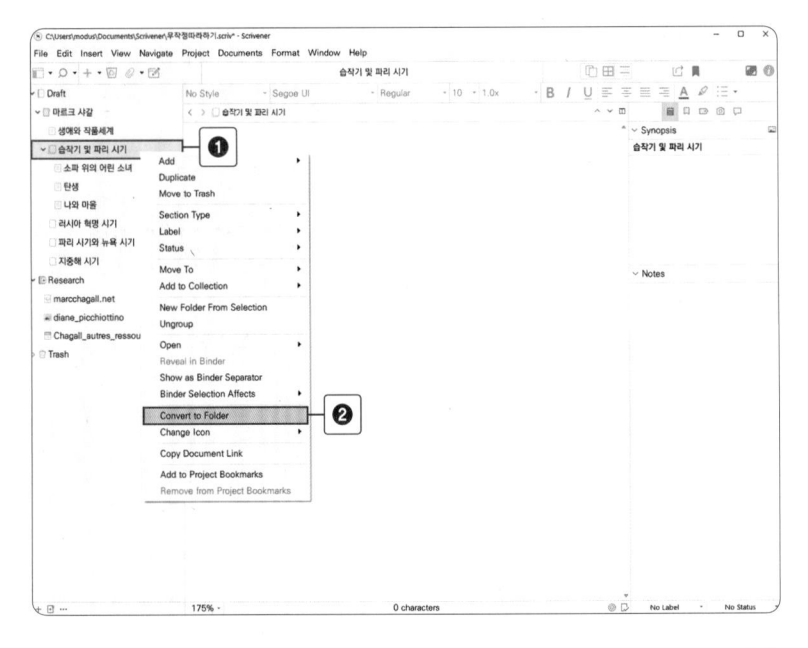

10 문서를 폴더로 바꾸자 기본 보기 설정이 코르크보드로 전환되면서 아래에 포함된 세 문서가 한꺼번에 보입니다.

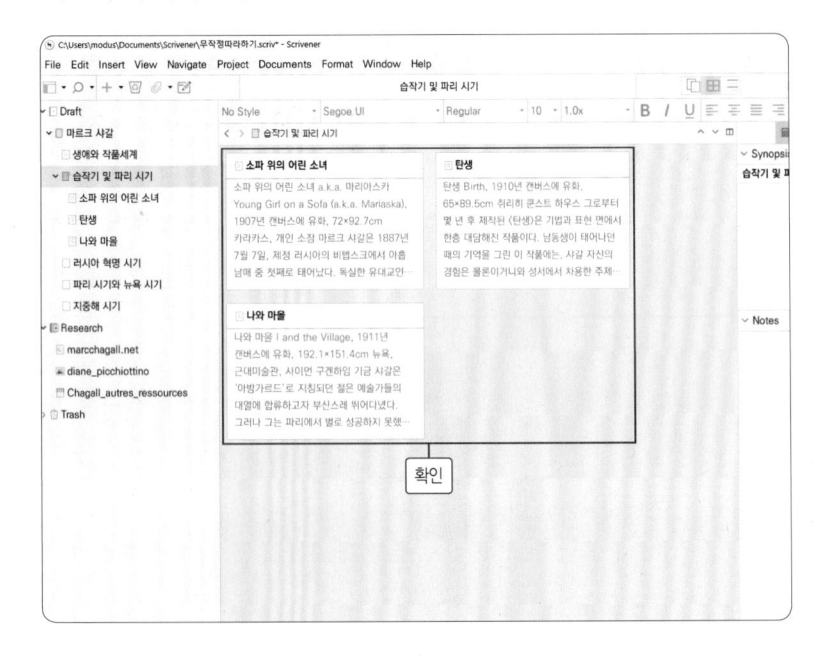

Tip 앞에서와 마찬가지로, 구 버전의 오피스로 예제 파일의 내용을 확인하고 싶다면 **구버전_호환_자료** 폴더에 있는 **인상주의_화가들.doc** 파일을 이용하세요.

11 이번에는 좀 더 복잡한 구조의 문서를 불러와 보도록 하겠습니다. **실습예제₩Chapter_03₩가져오기_자료** 폴더에서 **인상주의_화가들.docx** 파일을 불러오세요. 이 MS 워드 문서에는 두 개의 글이 포함되어 있습니다. 글은 모두 3계층으로 집필되어 있고, 제목의 계층 순서에 따라 서로 다른 서식이 적용되어 있습니다.

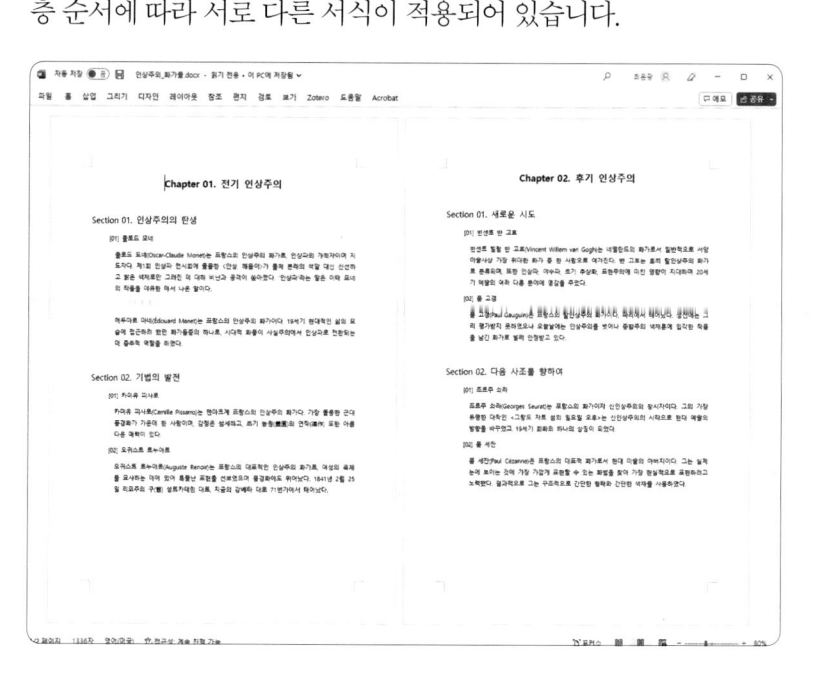

12 **드래프트** 폴더의 맨 아래에 **인상주의 화가들** 폴더를 만든 후, 이곳으로 문서를 불러오겠습니다.

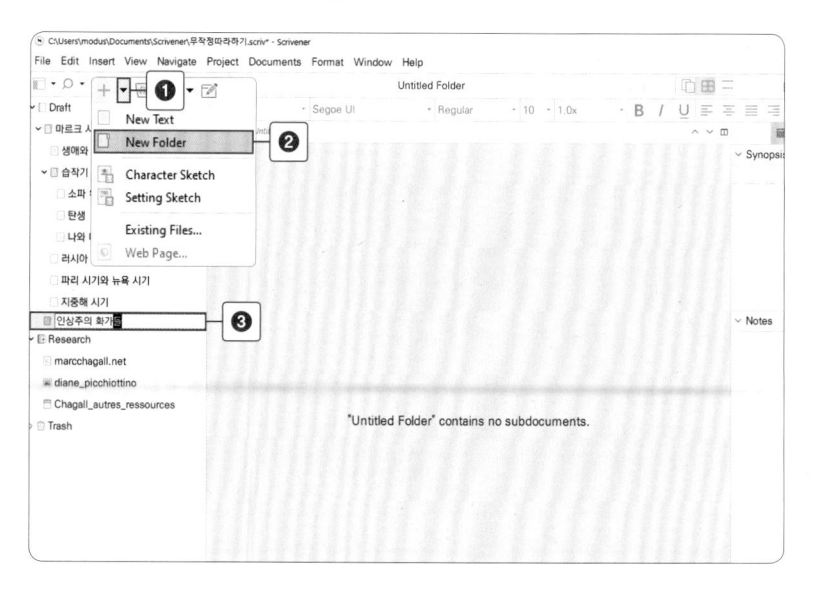

13 인상주의 화가들 폴더를 선택한 상태에서, 메인 메뉴의 (File) - (Import ▸) - (Import and Split...)을 클릭하여 팝업 창을 불러냅니다. (Browse...)를 클릭하여 **인상주의_화가들**.docx 파일을 지정합시다.

앞선 예시에서는 본문의 내용에 제목이 그대로 남아 있었습니다. 스크리브너에서는 문서의 제목만으로 충분하기 때문에 본문에 제목을 남겨 놓을 필요가 없습니다. 이를 제거하기 위해, 이번에는 맨 아래의 체크박스(☑ Remove first lines of text when spliting by outline)를 선택하고 (Import)를 클릭합니다.

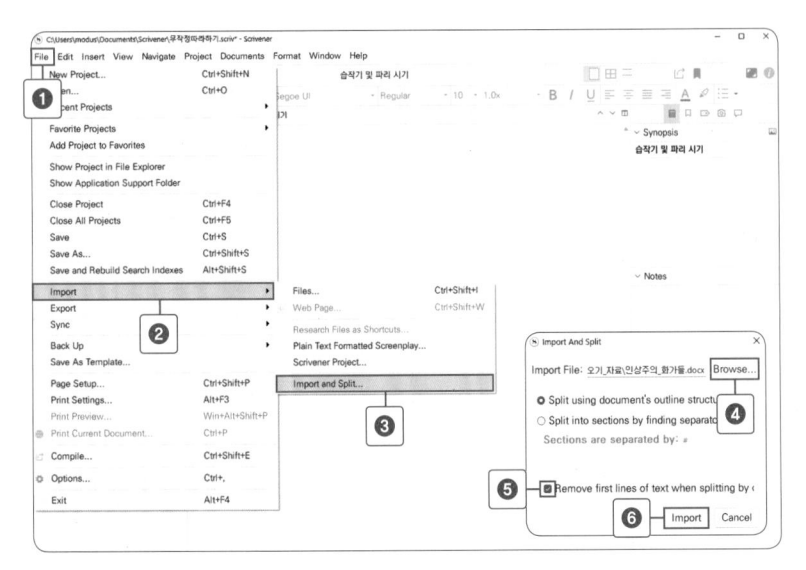

14 인상주의 화가들 폴더 아래에 문서가 들어온 것이 보입니다. 바인더에서 폴더를 열어 자세히 확인해 보겠습니다.

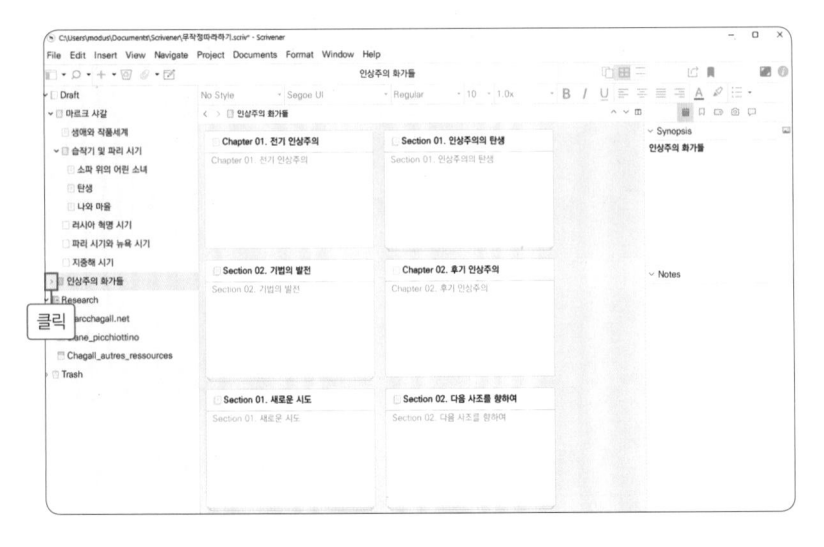

15 원본 문서에 지정되어 있던 서식대로 문서가 분할되었습니다. 본래 서식의 계층에 따라 바인더 구조를 갖춘 상태로 불러들여졌습니다.

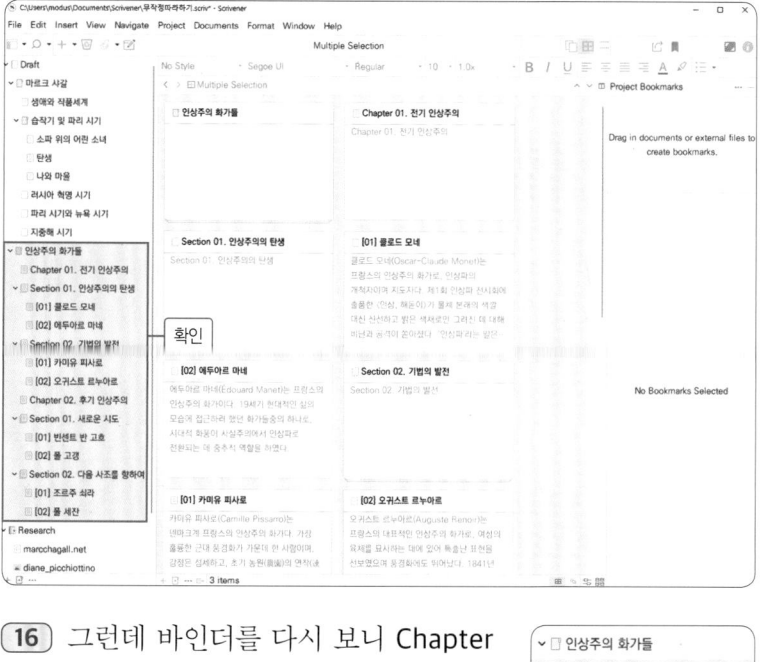

Tip 원본 MS 워드 문서를 열어서 지정된 서식을 확인하고, 어떻게 오류를 수정할 수 있을지 생각해 보세요. 바르게 지정된 서식은 **인상주의_화가들_예시답안.docx**에서 보실 수 있습니다.

16 그런데 바인더를 다시 보니 Chapter 아래에 편성되어 있어야 할 Section 문서들이 Chapter와 동등한 계층에 놓여 있습니다. 이것은 원본 문서의 서식이 올바른 방식으로 구조화되어 있지 않았기 때문에 일어난 현상입니다.

원본 문서에 단순히 서식만 지정하는 것으로는 불충분하며 계층 관계를 고려하여 서식을 부여해야만 비로소 문서가 바르게 분할된다는 것을 알 수 있습니다.

17 한편, 앞서 과정 **13** 에서 **첫 줄 삭제하기**(☑ Remove first lines of text when spliting by outline)를 선택했음에도 불구하고 Chapter와 Section의 제목이 여전히 남아 있다는 것을 확인할 수 있습니다. 문서의 내용이 비어 있는 경우에는 첫 줄 삭제하기를 선택하더라도 본문에서 제목 줄이 제거되지 않고 그대로 남게 됩니다.

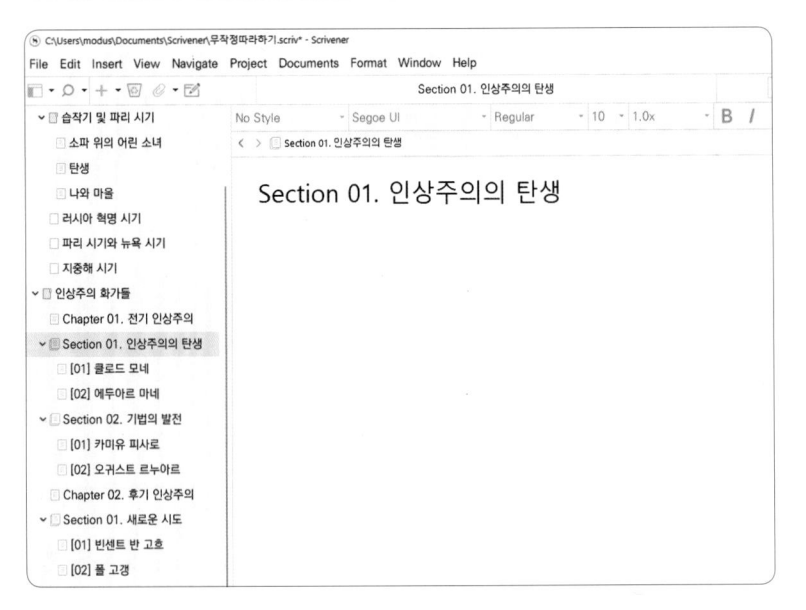

18 그 아래의 문서에는 본문 내용에 해당하는 텍스트가 있습니다. 원본 문서의 제목 줄이 문서의 제목에만 반영되고 본문에서는 제거됩니다.

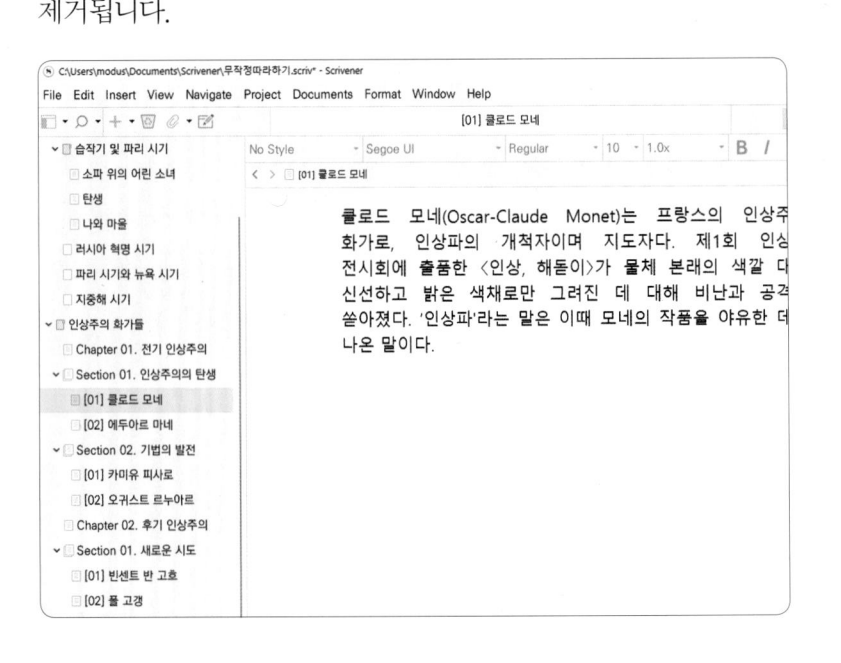

◀ 영상 강의
바로 보기

기존 문서에 서식이 적용되어 있지 않거나 불규칙하게 적용되어 있다면 어떻게 가져와야 할까요? 앞의 **서식이 있는 경우** 과정 **16** 에서 보았듯, 이런 문서를 **아웃라인 구조로 나누기** 기능으로 불러들이면 성공적으로 분할되지 않을 가능성이 높습니다. 분할에 실패한 문서는 통째 하나의 파일로 들어옵니다. 이 경우 분할 요소를 지정하여 문서를 강제로 나누도록 할 수 있습니다.

1 실습예제₩Chapter_03₩가져오기_자료 폴더의 **고갱의 초기작.hwpx**으로 실습하겠습니다. **고갱의 초기작.hwpx** 문서에는 여러 개의 글이 포함되어 있지만 서식은 지정되어 있지 않습니다.

문서를 분할할 지점에 분할 요소를 입입합니다. 스그리브너에서 기본으로 지정된 분할 요소는 #입니다. 이 기호를 각 제목의 앞부분에 삽입한 후, 문서를 변환 및 저장합시다.

Tip 지금까지 익힌 내용을 복습할 수 있도록 한글 문서로 준비하였으니 파일 변환과 함께 실습해 보시기 바랍니다. **구버전_호환_자료** 폴더에 미리 변환해 놓은 파일을 활용해도 무방합니다.

2 바인더에서 [02] 폴 고갱 문서를 선택하고 메인 메뉴의 〔File〕 - 〔Import ▸〕 - 〔Import and Split...〕을 클릭합니다. 팝업 창에서 〔Browse...〕를 클릭하여 **고갱의_초기작** 파일을 지정합니다.

텍스트에서 분할 요소를 찾아 분할하기(◉ Split into sections by finding separators in the text)를 선택하면, 바로 아래쪽에 Sections are separated by 문구와 함께 분할 요소 입력 창이 활성화됩니다. #이 기본으로 지정되어 있습니다. 〔Import〕를 눌러 파일을 불러옵니다.

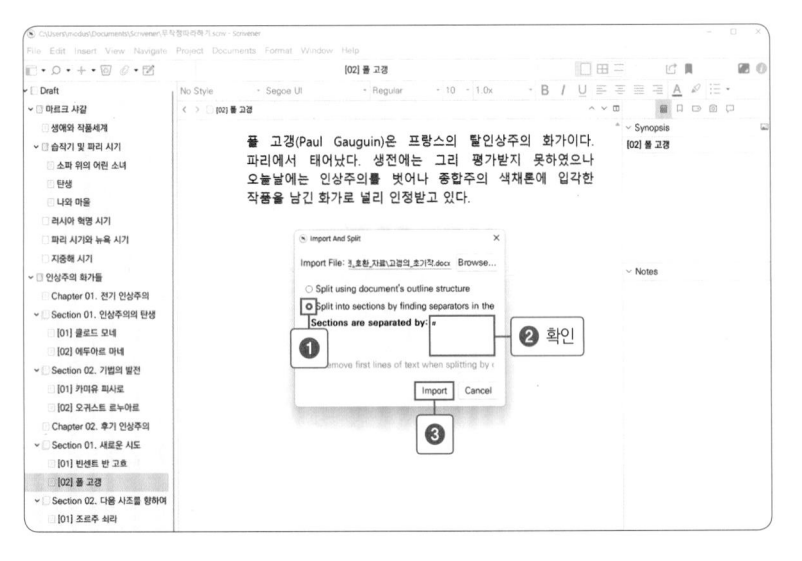

3 [02] 폴 고갱 문서의 아래에 새로운 문서가 생성되었습니다. 지정한 분할 요소에 따라 문서가 나누어진 상태로 들어왔는지 확인해 봅시다.

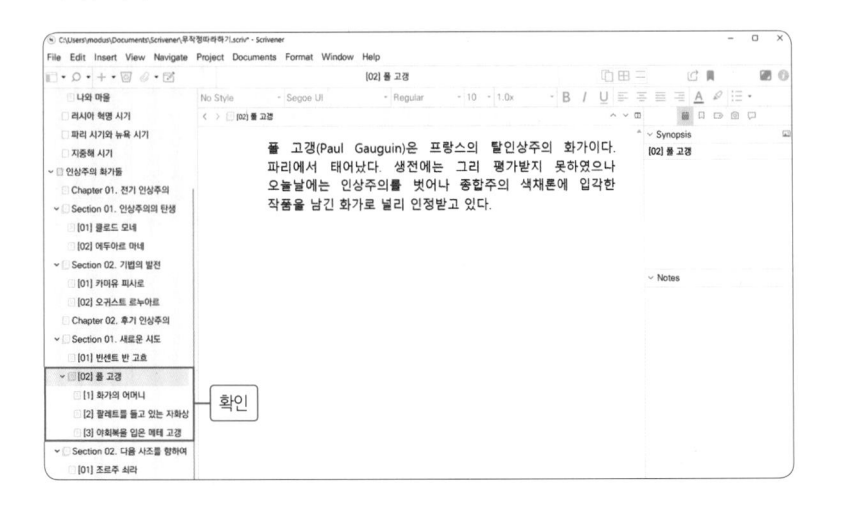

4 읽어 들인 문서의 모양새가 흐트러져 있다면, Ctrl+O 을 눌러 서식을 정리합시다. ▶ 125쪽

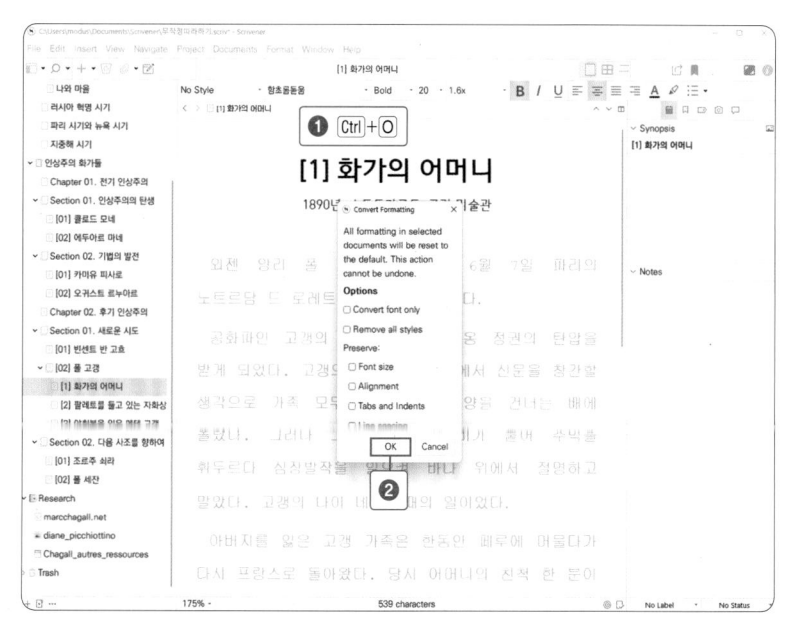

5 여전히 다듬어지지 않은 부분은 Alt+Shift+O 으로 말끔하게 정리할 수 있습니다.

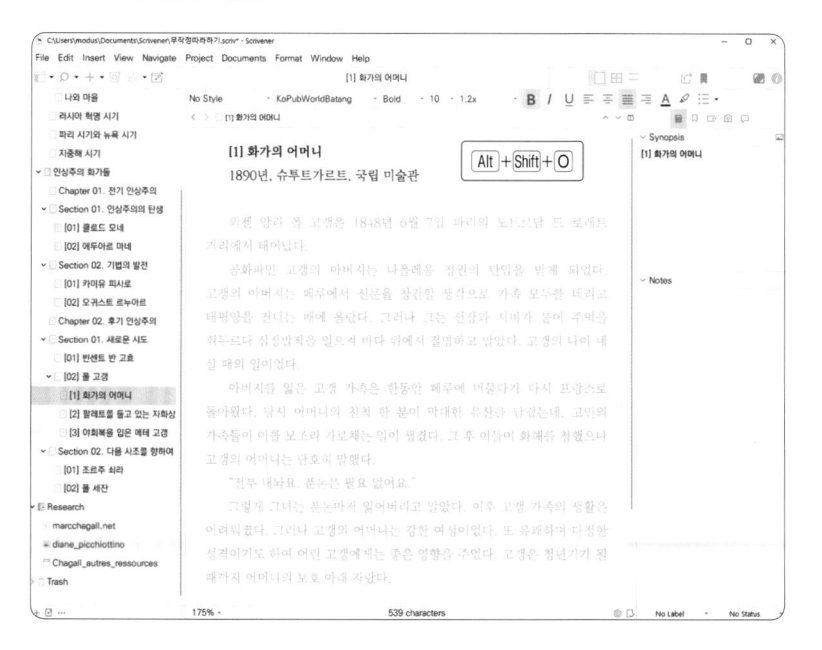

| Tip 문서를 이미 불러들인 상태에서도 분할 기능을 사용할 수 있습니다. ▶ 323쪽

2 | 텍스트 자료 - 웹 & PDF 가져오기

스크리브너에서 웹 문서와 PDF 문서는 다소 특별하게 취급됩니다. 이들은 텍스트를 주된 내용으로 삼고 있기는 하지만 그 밖의 개체와도 긴밀하게 융합되어 있기 때문에 텍스트만 곧바로 가공할 수 있는 상태는 아닙니다. 그래서 스크리브너는 웹 문서와 PDF 문서를 순수한 텍스트로 보지 않고, 2차 가공을 해야만 활용할 수 있는 '자료'로 정의했습니다.

웹 문서와 PDF 문서를 자료로 불러들여 텍스트로 가공하는 과정을 살펴보겠습니다.

▶ **무 작 정 따 라 하 기** ▶ **웹 페이지 가져오기** 실습예제₩Chapter_03₩예제_04.scriv

◀ 영상 강의
바로 보기

Tip **웹 페이지**는 자료에 해당하므로 **드래프트** 폴더로 불러들일 수 없습니다. 커서가 **드래프트** 폴더 내에 있다면 Web Page 메뉴는 비활성화되어 있어 사용할 수 없습니다. 커서를 **리서치** 폴더로 옮겨 봅시다.

1 메인 툴바의 만들기 ⊞ 아이콘 옆 화살표를 눌러 나오는 드롭다운 메뉴에서 〔Web Page...〕를 선택합니다. 메인 메뉴에서 〔File〕 - 〔Import ▸〕 - 〔Web Page...〕를 선택해도 무방합니다.

Tip 제목은 넣지 않아도 무방합니다. 이 경우 웹 페이지의 주소가 문서 제목으로 설정됩니다.

2 팝업 창이 생성됩니다. 〔Address〕에 웹 페이지의 주소를, 〔Title〕에는 문서의 제목을 입력합니다. 제목으로 MoMA를 입력하고, 뉴욕 현대미술관의 홈페이지 주소(moma.org)를 넣어보겠습니다. 〔OK〕를 클릭합니다.

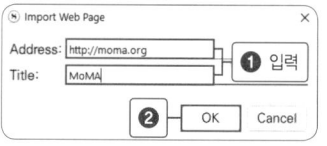

3 웹 페이지를 불러왔습니다. 바인더에 제목이, 하단 표시줄에 웹 페이지의 주소가 표시됩니다. 그런데 어째 화면이 휑하군요.

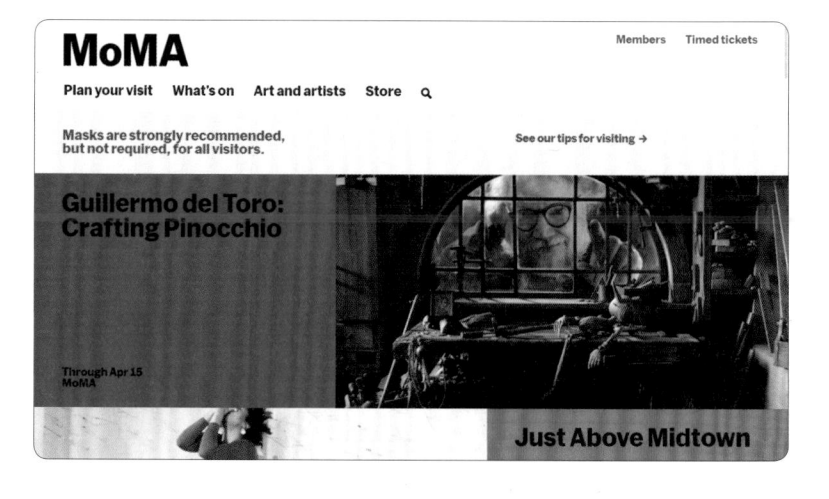

4 하단 표시줄의 링크를 클릭하여 외부의 웹 브라우저에서 페이지를 열어보겠습니다. 웹 브라우저에서는 해당 페이지가 문제없이 출력되고 있는 것이 확인됩니다. 이 웹 페이지에 동적 요소가 많아 스크리브너 에디터에서 직접 불러들이지 못한 것입니다.

웹 페이지 가져오기에 실패한다면?

웹 페이지 가져오기 메뉴는 텍스트를 불러들여 가공하는 것이 주된 목적이기 때문에, 동적 웹 페이지나 반응형 웹 페이지는 온전하게 출력되지 않을 수 있습니다. 뿐만 아니라, 웹 페이지 주소에 한글이나 2바이트 문자가 포함되어 있을 경우에는 불러들이기 자체가 실패할 수도 있습니다.

이럴 때는 **링크**나 **북마크**를 활용하도록 합시다. 뒤에서 곧 다루도록 하겠습니다.

5 이번에는 웹 페이지의 내용을 원고로 활용하기 위하여 텍스트만 추출하는 방법을 알아보도록 하겠습니다.

리서치 폴더에 저장되어 있는 marcchagall.net 웹 페이지를 선택해서 열어 봅시다. 이 페이지는 텍스트 외에 별다른 동적 요소가 없어, 에디터 상에서도 무난히 출력되고 있습니다.

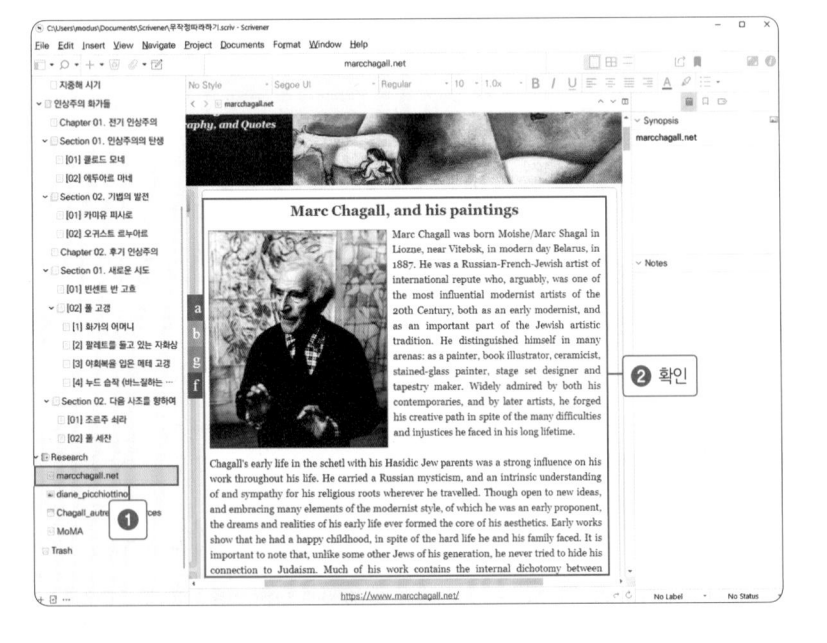

6 메인 메뉴에서 〔Documents〕 - 〔Convert ▸〕 - 〔Web Page to Text〕를 선택합니다.

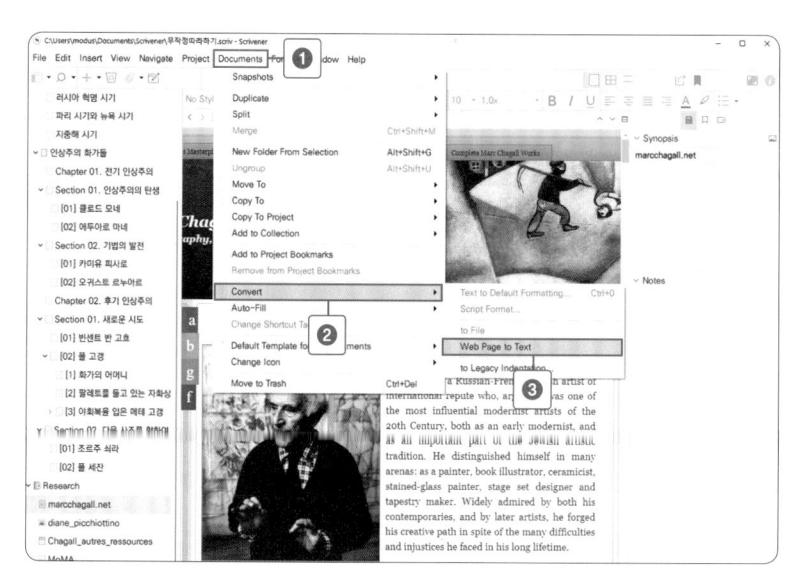

7 변환 과정에서 일부 텍스트가 소실될 수 있으며 작업을 되돌릴 수 없다는 알림 창이 나타납니다. 〔Yes〕를 클릭합니다.

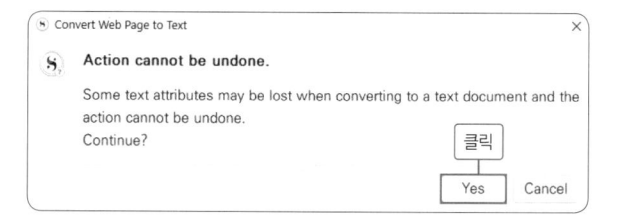

8 웹 페이지가 텍스트로 잘 변환되었습니다.

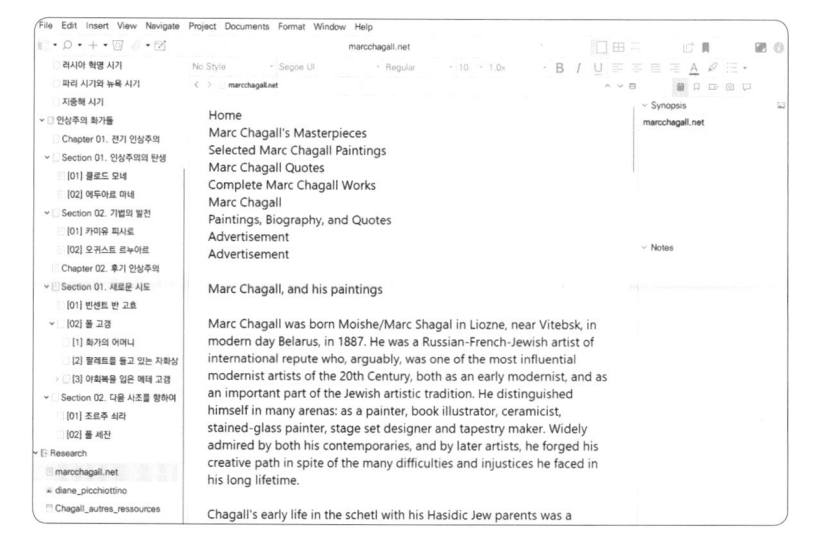

Tip 단축키 Ctrl + F6 을 사용해서 〔Project Bookmarks〕를 〔Document Bookmarks〕로 전환할 수도 있습니다.

9 마지막으로 북마크를 이용하여 웹 페이지를 링크하는 방법을 알아보겠습니다.

인스펙터의 두 번째 아이콘🔲을 클릭하여 북마크 관리자로 이동합시다. 상단 표시줄을 클릭하여 〔Project Bookmarks〕를 〔Document Bookmarks〕로 변경합니다. 상단 우측의 ⋯아이콘을 클릭하여 나오는 확장 메뉴에서 〔Add External Bookmark〕를 선택합니다.

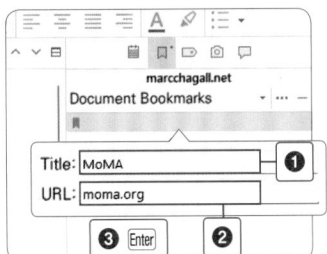

10 제목으로 MoMA를 입력하고, 뉴욕 현대미술관의 홈페이지 주소(moma.org)를 넣어보겠습니다. Enter를 눌러 입력을 완료합니다.

11 북마크가 생성되어 인스펙터의 하단 창에 〔Load Web Page〕 단추가 생겼습니다. 단추를 클릭해서 웹 페이지를 불러옵시다.

12 인스펙터 창에 웹 페이지가 로드되었습니다.

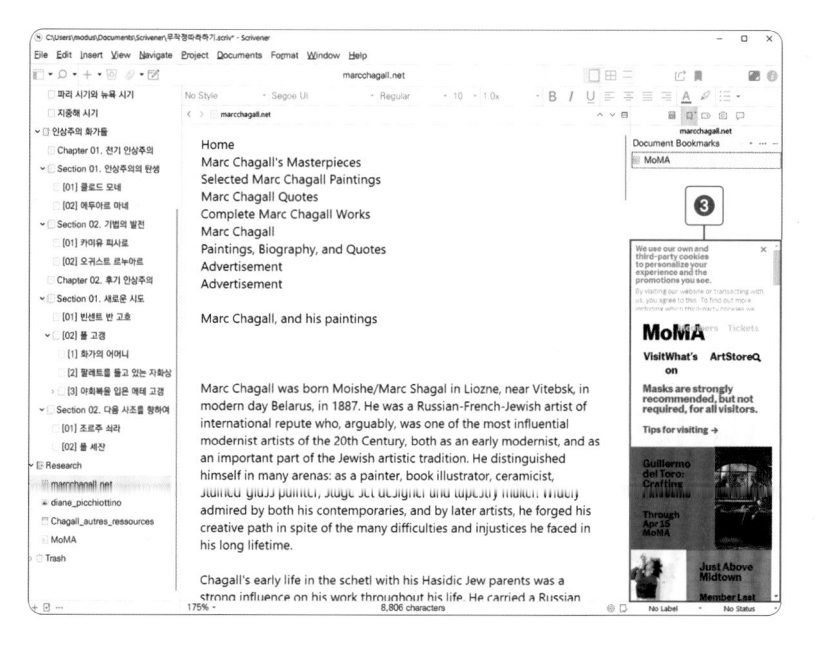

> Tip 북마크에서는 동적 웹 페이지라도 문제없이 출력됩니다. 가져오기(Import)는 웹 페이지를 복사해 와서 사용자의 저장장치에 옮겨 놓는 방식인 반면, 북마크는 단순한 링크로서 스크리브너 자체의 내부 브라우저로 여는 것이기 때문입니다.

13 한편, 일반적으로는 에디터에 웹 페이지 주소를 붙여 넣으면 자동으로 링크가 생성됩니다. 이것은 활용도가 높은 방법은 아니지만, 빠른 링크 생성을 원할 경우 사용해볼 수 있습니다.

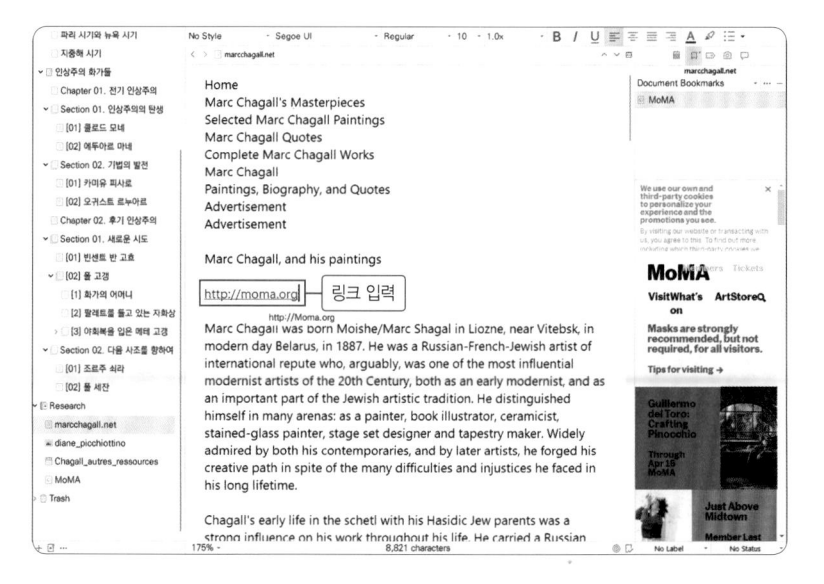

PDF 문서 가져오기 실습예제₩Chapter_03₩예제_04.scriv

◀ 영상 강의
바로 보기

Tip 메인 툴바 내 삽입하기
☑ 드롭다운 메뉴의 〔Existing Files...〕, 메인 메뉴의 〔File〕 - 〔Import ▸〕 - 〔Files...〕도 같은 기능을 합니다. 이제 익숙하시죠? 파일 탐색기에서 드래그 & 드롭을 이용하는 것도 가능합니다.

1 바인더의 커서를 **리서치** 폴더에 놓고, 마우스 우클릭으로 단축 메뉴를 불러와 〔Add ▸〕 - 〔Existing Files...〕를 클릭해 봅시다.

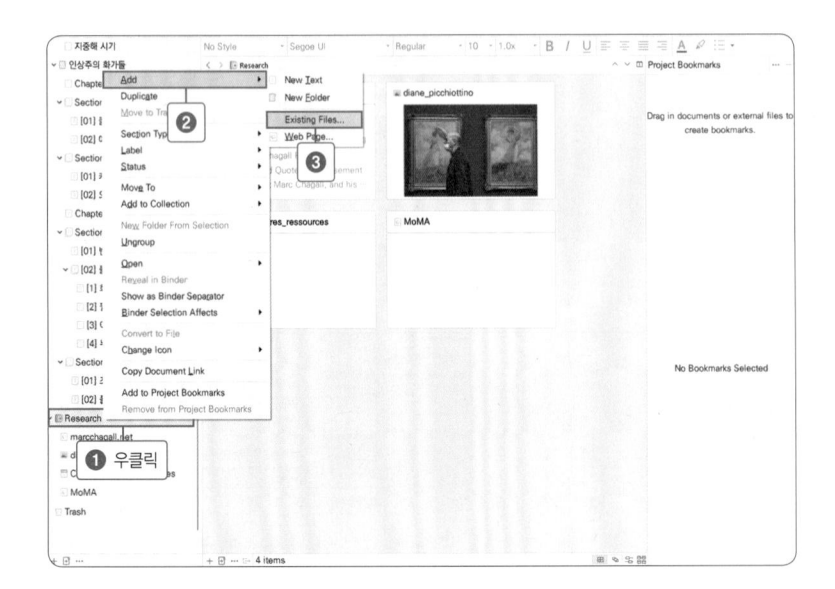

2 파일 탐색기가 팝업 창으로 생성됩니다. **실습예제₩Chapter_03₩가져오기_자료** 폴더에서 **쇠라의_과학적_인상주의.pdf**를 선택한 후 〔열기〕를 클릭합니다.

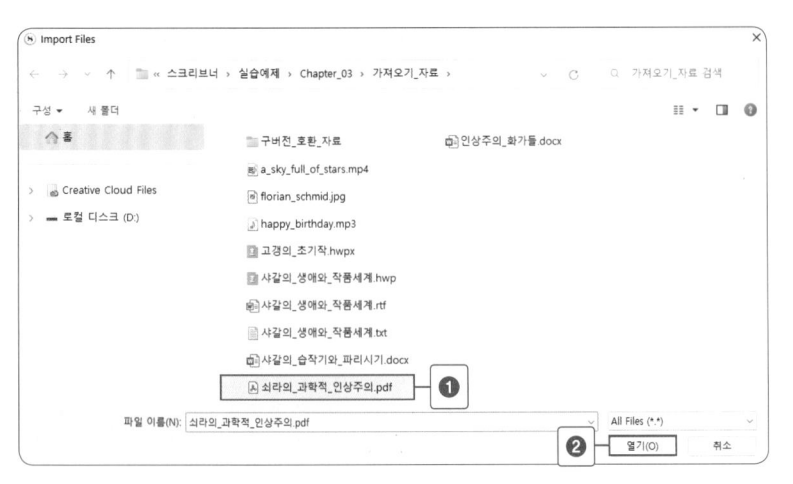

3 문서가 잘 추가되었는지 확인해 봅시다. 에디터의 PDF 문서를 마우스 오른쪽 단추로 클릭해 보기 형식을 바꿀 수 있습니다.

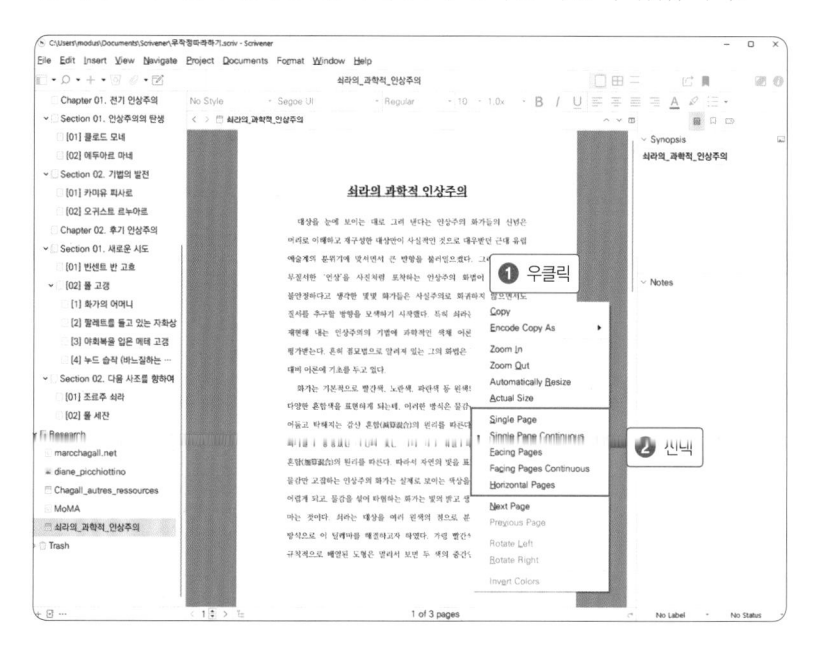

4 메인 메뉴의 〔View〕 - 〔PDF Display ▸〕 메뉴에서도 문서 보기 형식을 변경할 수 있습니다. 이 메뉴는 에디터에 PDF 문서가 열려 있을 때만 활성화됩니다. 기본 설정은 Single Page, Continuous Page 조합입니다.

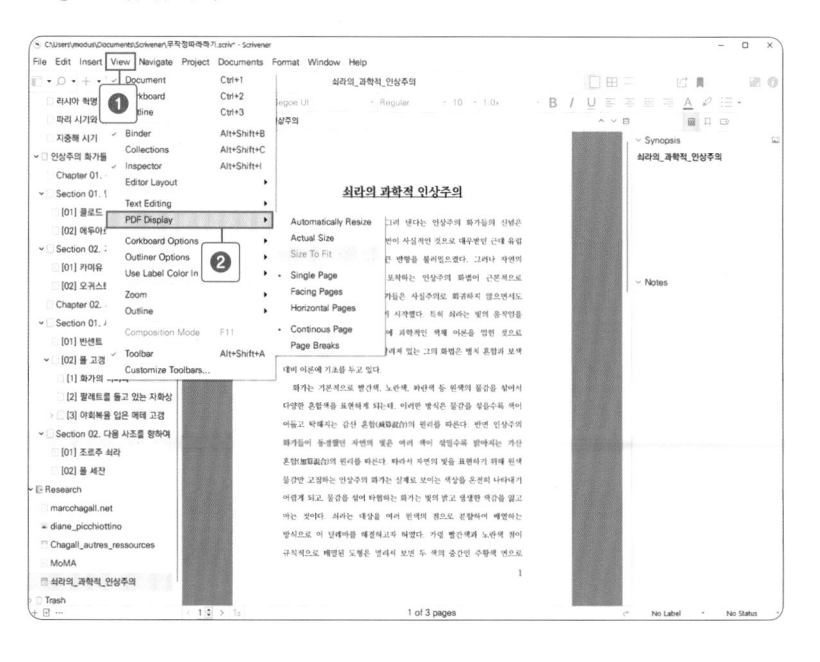

- **Automatically Resize** : 문서를 에디터의 현재 폭에 맞춥니다. 에디터 폭을 조정하면 문서의 크기도 따라서 변합니다.

- **Actual Size** : 문서를 본래 크기로 키우거나 줄입니다.

- **Size to Fit** : 문서를 에디터의 현재 폭에 맞춥니다. 에디터 폭을 조정해도 문서의 크기가 따라 변하지 않습니다.

- **Single Page** : 한 페이지만 표시합니다.

- **Facing Pages** : 두 페이지를 표시합니다.

- **Horizontal Pages** : 페이지를 가로로 나열합니다.

- **Continuous Page** : 페이지가 연달아 표시됩니다. 스크롤을 이용해 페이지를 이동할 수 있습니다.

- **Page Breaks** : 페이지가 설정에 따라 한 페이지 혹은 두 페이지만 표시됩니다. 페이지는 단추를 이용해서 넘겨야 합니다.

5 가령 Automatically Resize, Facing Pages, Page Breaks 조합에서, 문서는 다음과 같이 표시됩니다.

6 웹 페이지와 마찬가지로 PDF 문서도 일반 텍스트로 변환할 수 있습니다. 상단 메뉴바의 〔Documents〕 - 〔Convert ▸〕 - 〔PDF to Text〕를 선택합니다.

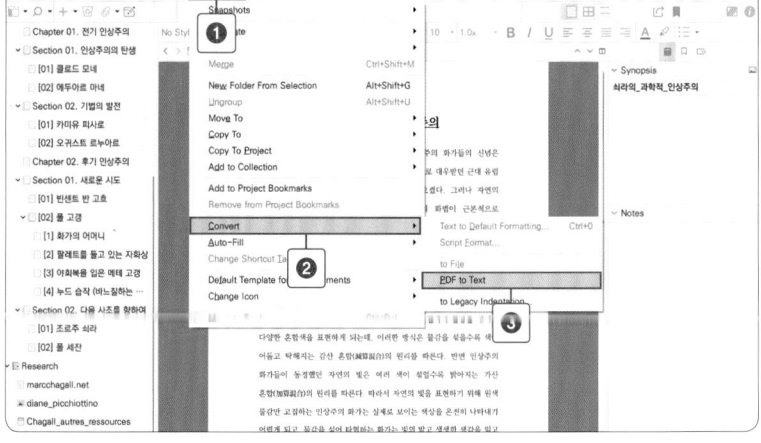

7 변환 과정에서 일부 텍스트가 소실될 수 있으며 작업을 되돌릴 수 없다는 알림 창이 나타납니다. 〔Yes〕를 클릭합니다.

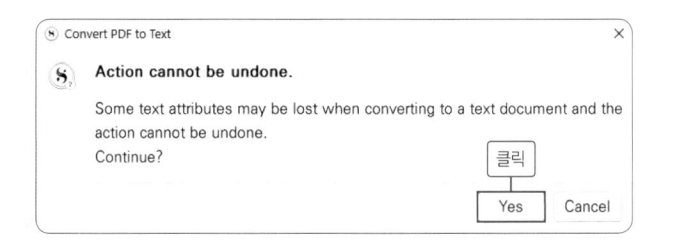

8 PDF 문서가 텍스트로 변환되었습니다. PDF 문서의 구성이 복잡한 경우에는 변환에 실패할 수도 있습니다.

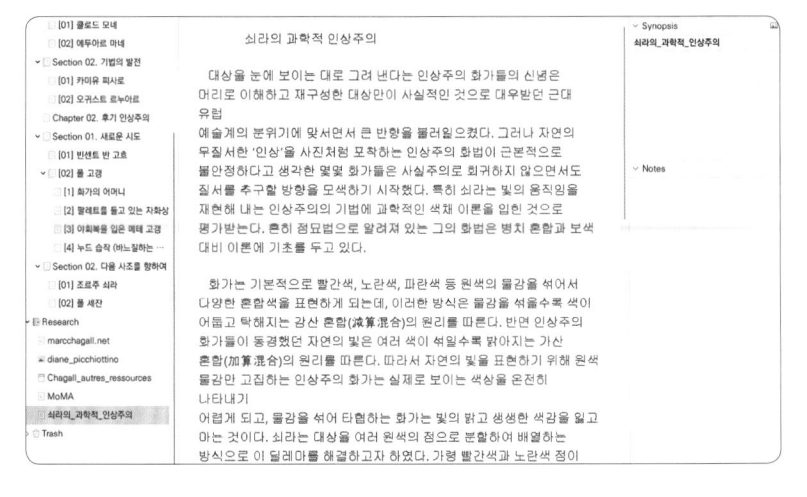

03 │ 미디어 및 기타 자료 가져오기

스크리브너는 집필이라는 목적에 충실하므로 텍스트가 아닌 자료는 거의 부수적으로만 취급합니다. 범용 텍스트 형식이 아닌 파일은 모두 일반 개체로서, 링크의 형식으로만 연결할 수 있습니다.

다만 이미지 및 영상·음성 파일은 예외로 보아 제한적으로 관리할 수 있습니다. 이미지는 텍스트가 아니지만 최종 결과물에서 텍스트와 함께 출력될 수 있는 자료이고, 영상이나 음성은 집필을 위한 참고물로 널리 활용되는 자료이기 때문이지요.

이어지는 장에서는 이러한 비[非]텍스트 자료를 연결하고 관리하는 방법을 살펴보겠습니다.

▶ 무 작 정 따 라 하 기 **이미지 가져오기**

실습예제₩Chapter_03₩예제_04.scriv

◀ 영상 강의
바로 보기

1 문서 내에 이미지를 직접 삽입하는 방법부터 알아보겠습니다. [1] **화가의 어머니** 문서의 제목과 본문 사이에 이미지를 삽입해 보도록 하겠습니다.

에디터 내 이미지를 삽입할 위치에 커서를 두고, 메인 툴바의 삽입하기 아이콘 ⬚▾ 옆 화살표를 눌러 드롭다운 메뉴를 연 다음 〔Insert Image from File〕을 선택합니다.

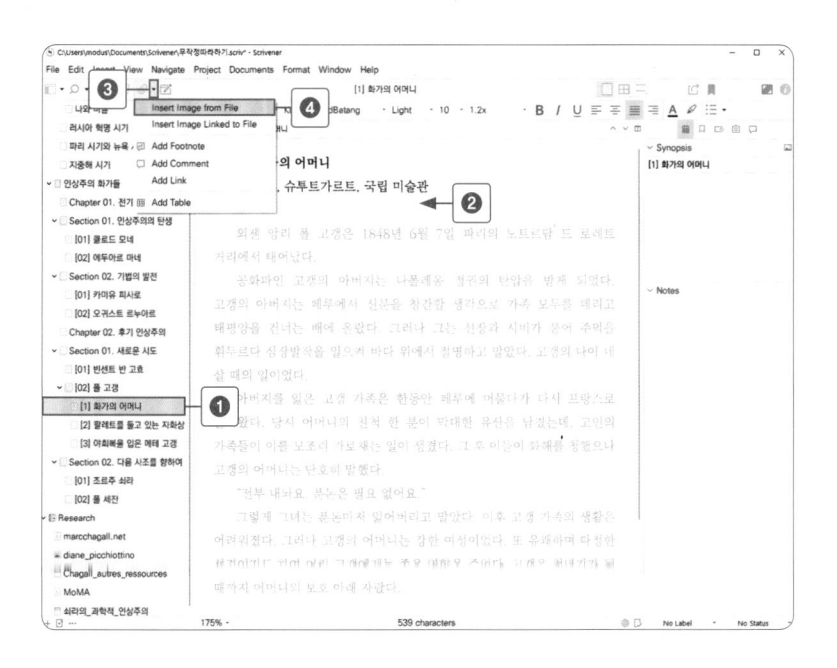

Tip 메인 메뉴에서 (Insert) - (Image from File...)을 선택해도 됩니다. 파일 탐색기에서 드래그 & 드롭을 이용하는 것도 가능합니다.

2 실습예제₩Chapter_03₩가져오기_자료 폴더에서 florian_schmid.jpg를 선택하고 (열기)를 클릭합니다.

3 커서가 있던 위치에 이미지가 삽입되었습니다.

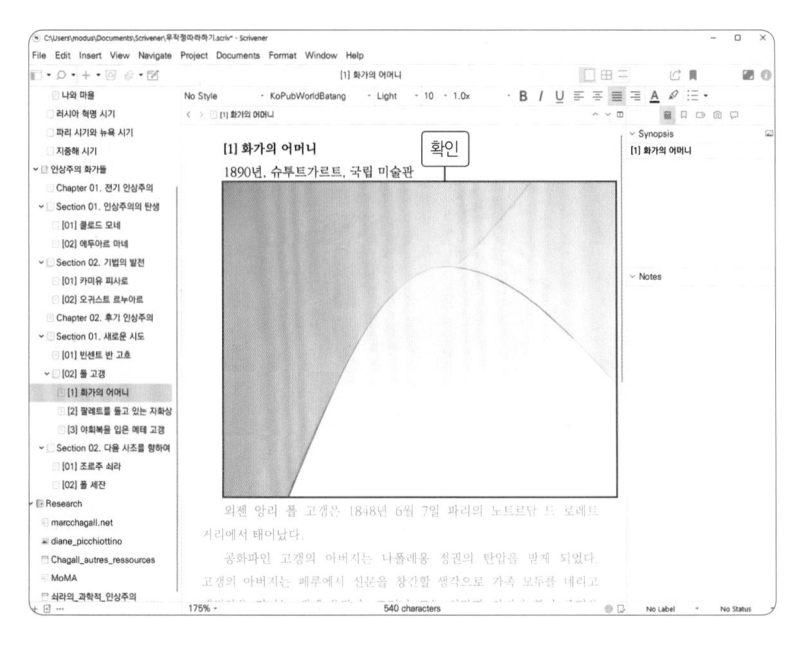

4 이미지를 클릭하여 선택하면 이미지의 오른쪽 아래에 파란색의 작은 사각형이 나타납니다. 사각형 위로 마우스를 가져가면 커서가 크기 조정 화살표로 바뀝니다. 그대로 드래그하면 이미지 크기를 조절할 수 있습니다. 이미지의 원래 비율을 유지하며 크기가 조정됩니다.

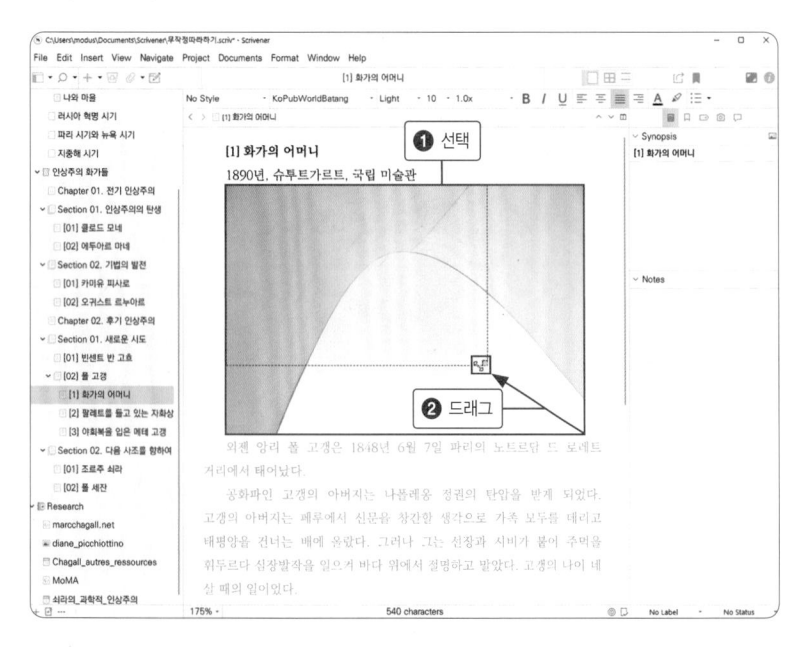

5 단축 메뉴를 사용하면 이미지의 크기를 더 세밀하게 조정할 수 있습니다. 이미지 위에 커서를 놓고 마우스 오른쪽 단추를 클릭하여 단축 메뉴를 불러냅시다. 〔Scale Image...〕를 선택합니다.

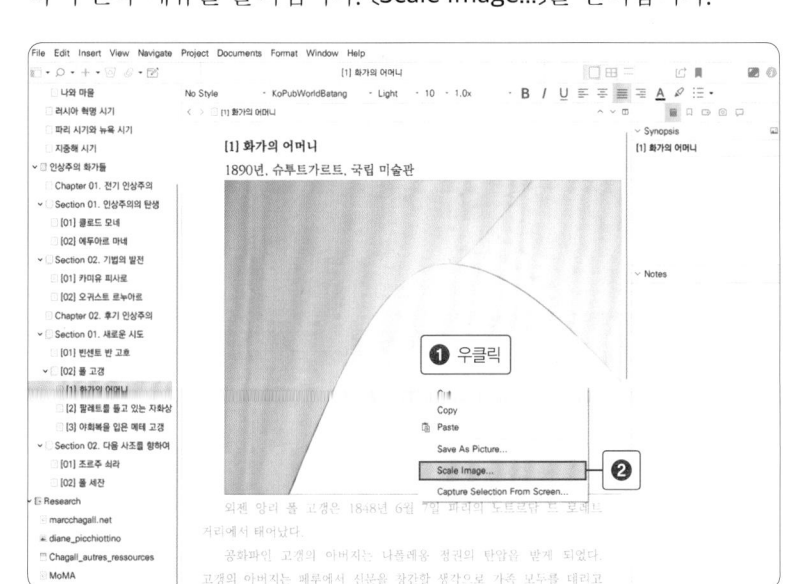

6 팝업 창이 나타납니다. (1) 상단의 조절 바를 좌우로 드래그하거나 (2) 중간의 입력란에 숫자를 입력하거나 (3) 입력란 오른쪽 끝의 상하 화살표를 눌러서 이미지의 크기를 조정할 수 있습니다.

어느 방식을 사용하더라도 **비율 고정** (☑ Lock aspect ratio) 체크박스가 선택되어 있으면 이미지의 원래 비율대로 크기가 조정됩니다. 비율을 무시하려면 체크박스를 해제하면 됩니다.

적당한 크기로 조정한 다음 〔OK〕를 클릭하여 적용합시다.

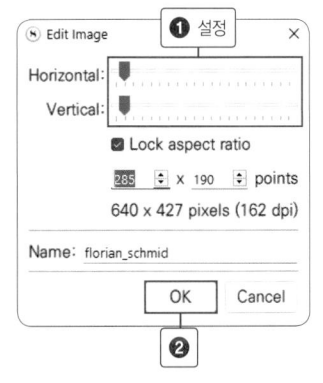

Tip **하단 입력란(Name)**에는 이미지의 이름을 입력할 수 있습니다. 이미지명은 대체로 큰 의미가 없습니다. 마크다운 형식의 문서로 컴파일할 때처럼 아주 제한적인 경우에만 활용됩니다. 일반 문서에서는 그대로 두어도 무방합니다.

7 단축 메뉴의 〔Save As Picture...〕를 이용하면 삽입한 이미지를 외부 파일로 저장할 수 있습니다. 스크린샷 등으로 화면을 캡처하여 문서에 붙여 넣었을 경

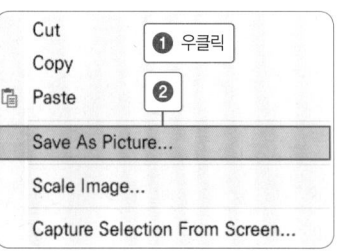

우에는 이미지 파일이 생성되지 않습니다. 이 경우 이미지를 파일로 추출하여 활용할 수 있습니다.

▶ **무 작 정   따 라 하 기**   **이미지를 링크로 연결하여 가져오기**   실습예제₩Chapter_03₩예제_04.scriv

◀ 영상 강의
바로 보기

문서 내에 대용량 이미지가 많이 삽입되면 프로젝트 파일의 크기가 커질 수 있습니다. 프로젝트 파일의 크기는 그 자체만으로 스크리브너 실행에 무리를 주지는 않습니다. 그러나 프로젝트가 커질수록 저장하는 데 많은 시간이 소요됩니다. 이 경우 자동 저장 옵션을 끄거나 저장 간격을 늘릴 수 있습니다. ▶ 053쪽

그러나 보다 근본적인 해결책은 대용량 이미지를 문서에 직접 삽입하는 대신 링크로 연결하는 것입니다.

Tip 메인 메뉴에서 〔Insert〕 – 〔Image Linked to File...〕을 선택해도 됩니다.

1 [2] 팔레트를 들고 있는 자화상 문서에 링크로 이미지를 연결해 보겠습니다. 메인 툴바의 삽입하기 아이콘 ✎▾ 옆 화살표를 눌러 드롭다운 메뉴를 연 후 〔Insert Image Linked to File〕을 선택합니다.

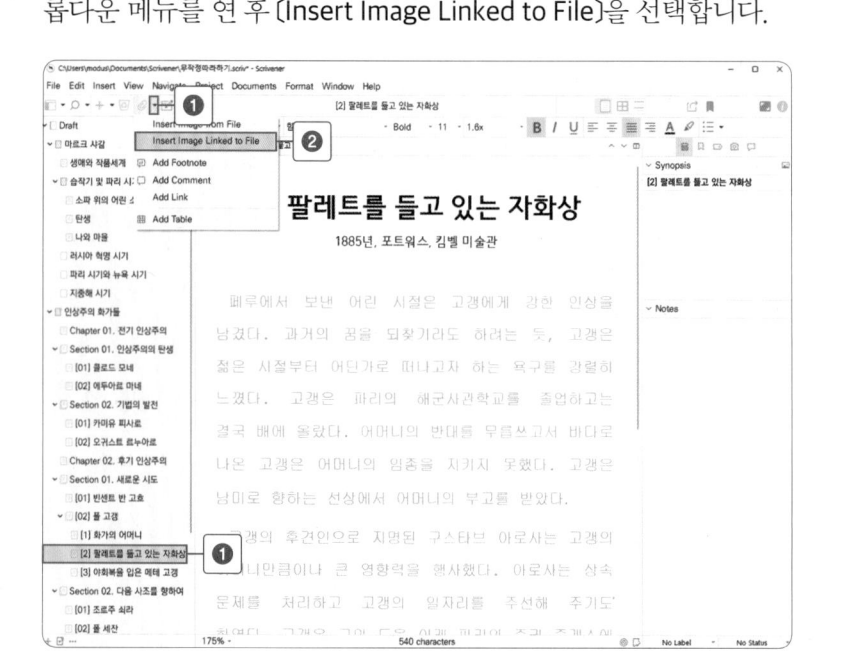

2 앞서 삽입했던 florian_schmid.jpg 파일을 다시 불러오겠습니다.

3 이미지가 연결되었습니다. 문서에 이미지를 직접 삽입했던 ** 쪽의 과정 **3** 과 비교해 봅시다. 화면에 이미지가 표시되는 방식에는 차이가 없습니다. 그러나 이미지 위에서 마우스 오른쪽 단추를 눌러 보면 단축 메뉴의 구성이 달라져 있음을 확인할 수 있습니다.

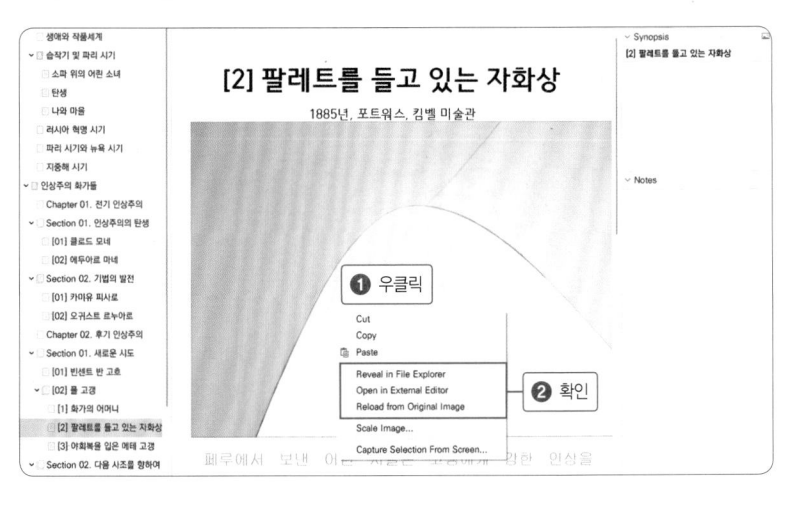

- **Reveal in File Explorer** : 탐색기에서 이미지의 해당 경로를 찾아 표시해 줍니다.

- **Open in External Editor** : 윈도우에서 기본 프로그램으로 설정된 외부 이미지 에디터에서 이미지를 엽니다.

- **Reload from Original Image** : 외부 에디터에서 이미지를 수정하더라도 문서를 다시 열기 전까지는 수정 내용이 반영되지 않습니다. 이 메뉴를 클릭하면 수정 내용을 곧바로 반영할 수 있습니다.

5 원본 이미지는 **리서치** 폴더에 보관하고 개별 문서에서 이 이
미지를 링크하는 방법도 있습니다. 프로젝트 내에 원본 이미지를
보관하되, 이미지의 중복 삽입으로 프로젝트의 용량이 커지는 것을
방지하고자 할 때 유용합니다.

리서치 폴더에 저장되어 있는 diane_picchiottino 이미지를 선택해
봅시다. 에디터를 간단한 이미지 뷰어로 활용할 수 있습니다. 이미
지 위에서 마우스 오른쪽 단추를 클릭하면 뷰어에서 사용할 수 있
는 단축 메뉴가 나타납니다.

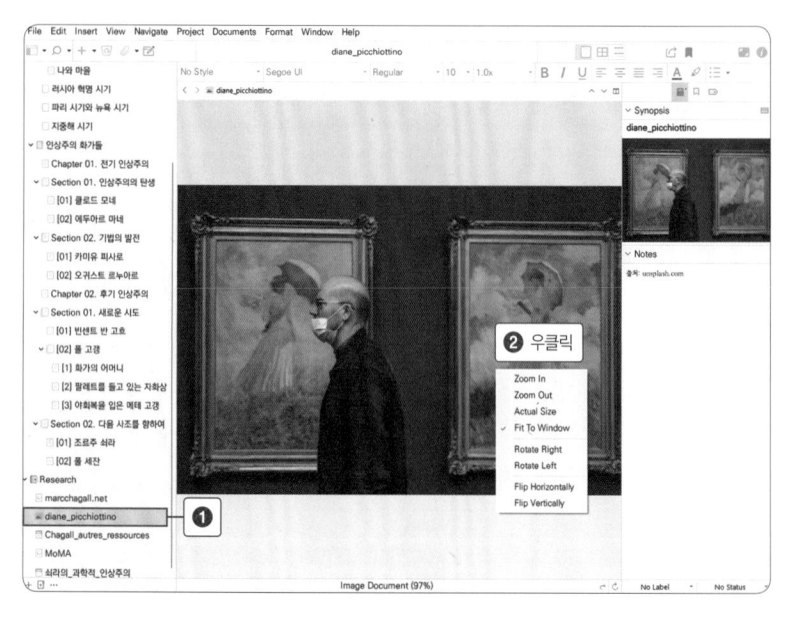

- **Zoom In** : 이미지를 확대합니다.

- **Zoom Out** : 이미지를 축소합니다.

- **Actual Size** : 이미지를 실제 크기로 봅니다.

- **Fit To Window** : 이미지 크기를 창에 맞춥니다.

- **Rotate Right** : 이미지를 시계 방향으로 돌립니다.

- **Rotate Left** : 이미지를 반시계 방향으로 돌립니다.

- **Flip Horizontally** : 이미지를 상하로 반전시킵니다.

- **Flip Vertically** : 이미지를 좌우로 반전시킵니다.

Tip 리서치 폴더에 보관된 이미지가 없다면 〔Image Linked to Document ▸〕 메뉴는 활성화되지 않습니다.

6 이번에는 [3] 야회복을 입은 메테 고갱 문서에 이미지를 연결해 보겠습니다. 메인 메뉴에서 〔Insert〕 - 〔Image Linked to Document ▸〕를 클릭한 후, 목록에서 이미지를 선택합니다.

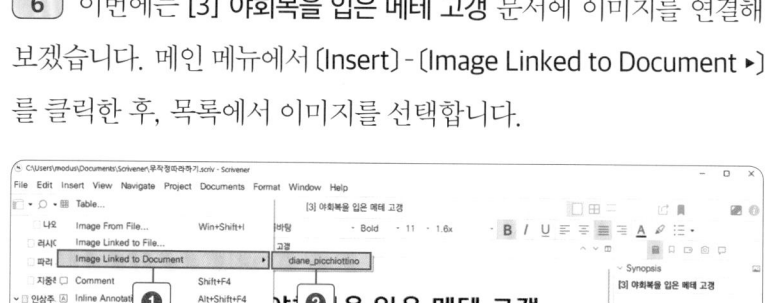

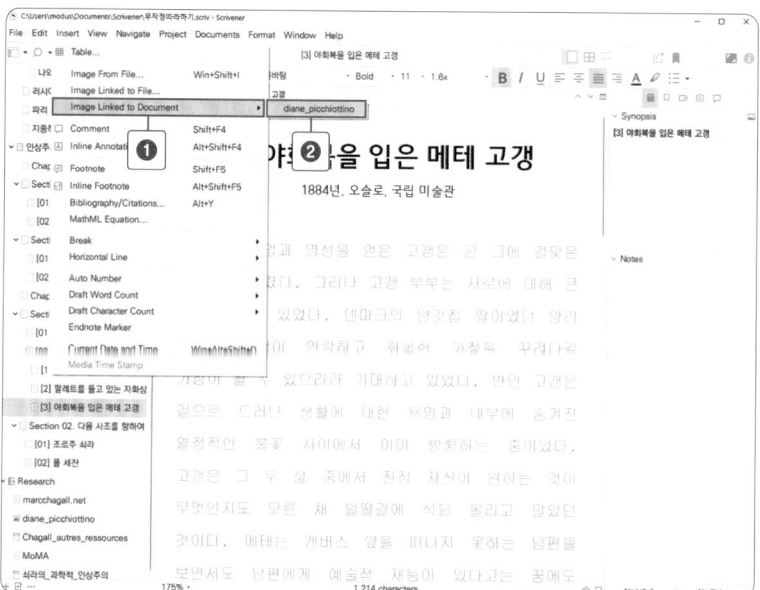

Tip 단축 메뉴에서 〔Convert to Embedded Image〕를 선택하면 링크로만 연결되어 있던 이미지가 문서에 직접 삽입됩니다. **리서치** 폴더에서 이미지를 변경했을 경우에는 문서에서 〔Reload from Original Image〕를 선택하여 이미지를 새로 불러들일 수 있습니다.

7 연결된 이미지의 외관은 역시 앞서 삽입하거나 연결했던 이미지의 외관과 차이가 없습니다. 그러나 이번에도 단축 메뉴를 호출해 보면 구성이 달라져 있음을 확인할 수 있습니다.

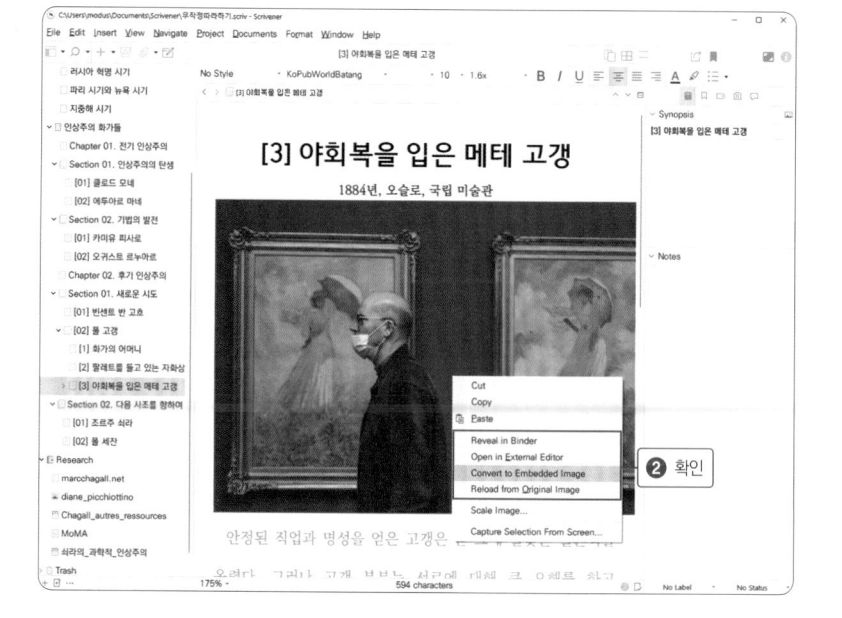

8 이미지 위에 마우스 커서를 올리면, 이미지의 경로가 툴팁으로 표시됩니다.

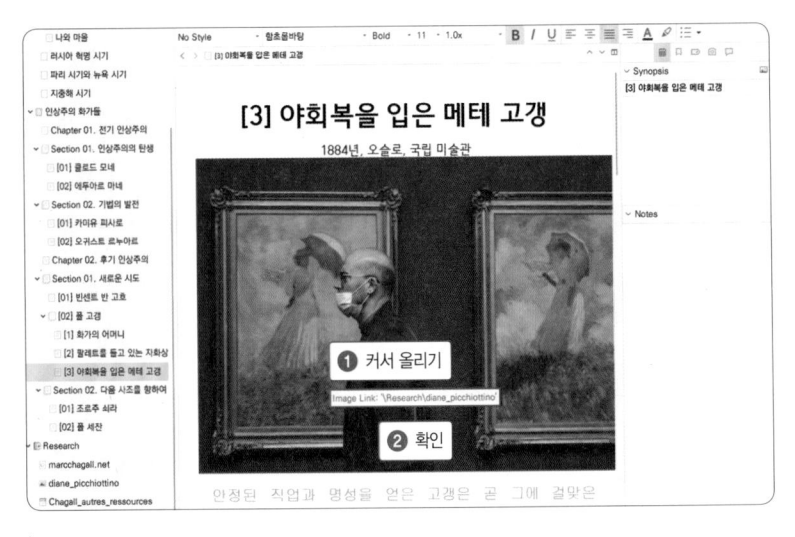

영상/음성 가져오기　　　　실습예제₩Chapter_03₩예제_04.scriv

1 리서치 폴더를 선택하여 에디터에 코르크보드가 표시되도록 합니다. 코르크보드의 빈 곳을 마우스 오른쪽 단추로 눌러 단축 메뉴를 불러낸 후, 〔Add Item ▸〕-〔Existing Files...〕를 클릭합니다.

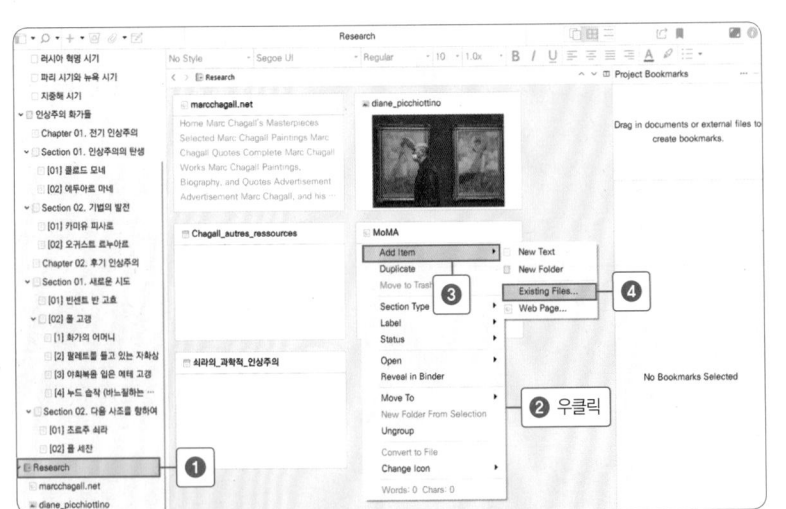

Tip 메인 툴바 내 만들기 드롭다운 메뉴의 〔Existing Files...〕, 메인 메뉴의 〔File〕-〔Import ▸〕-〔Files...〕로 이용하실 수도 있습니다. 파일 탐색기에서 드래그 & 드롭을 이용하는 것도 가능합니다.

2 실습예제₩Chapter_03₩가져오기_자료 폴더에서 a_sky_full_
of_stars.mp4를 선택하고 [열기]를 클릭합니다.

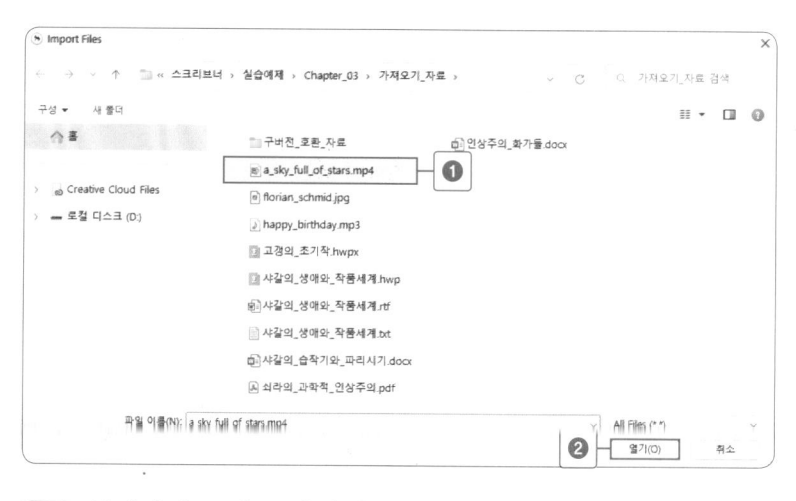

Tip 하단 표시줄 왼쪽의 재생
아이콘 모음이나 메인 메뉴의
[Navigate] - [Media ▶]에서
미디어 재생 상황을 컨트롤할
수 있습니다.

Tip 코덱이 필요한 경우에는
미디어 파일이 재생되지 않을 수
도 있습니다. 최신 코덱을 받아
서 설치한 후 재시도해 보세요.

3 동영상이 문서로 삽입되었습니다. 이미지를 삽입했을 때와
마찬가지로, 에디터를 간단한 뷰어로 이용할 수 있습니다.

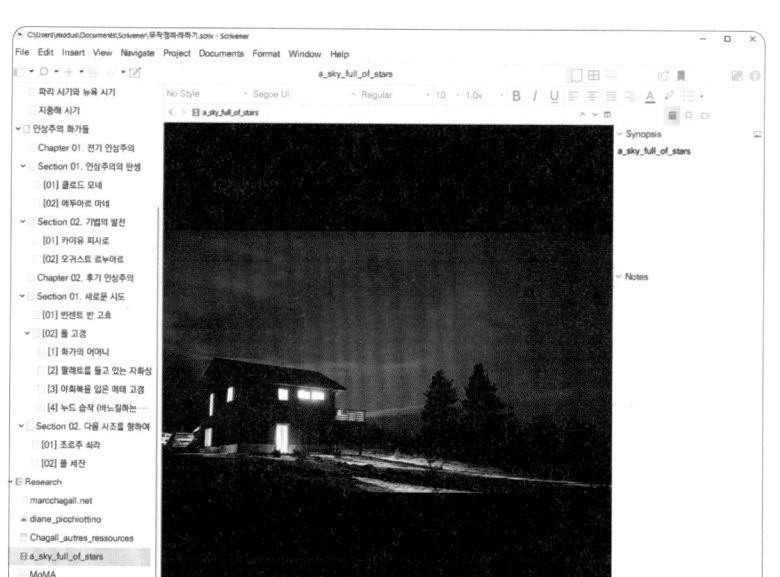

4 에디터 하단 표시줄의 오른쪽 끝 아이콘 ⟳ 을 클릭하면 외부 미디어 플레이어에서 파일을 실행합니다.

5 이번에는 미디어 파일을 프로젝트에 직접 삽입하는 대신 단축 아이콘으로 연결하겠습니다. 메인 메뉴에서 〔File〕-〔Import ▸〕-〔Research Files as Shortcuts...〕를 선택합니다.

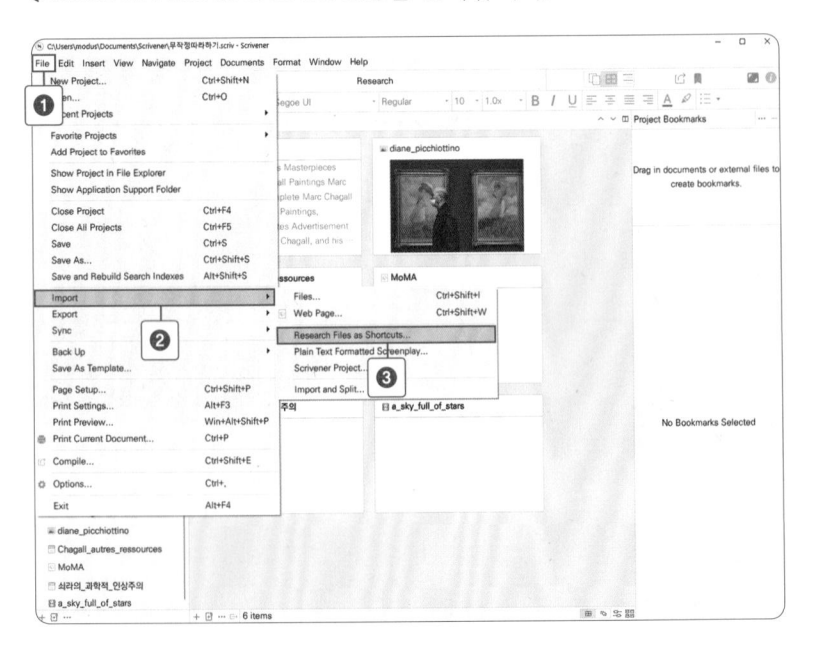

6 실습예제₩Chapter_03₩가져오기_자료 폴더에서 happy_
birthday.mp3를 선택하고 〔**열기**〕를 클릭합니다.

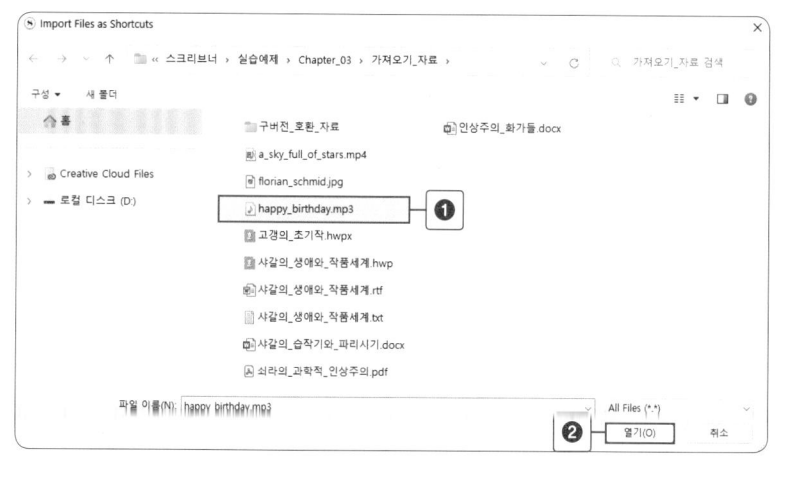

7 영상 파일과 마찬가지로, 음성(오디오) 파일도 에디터에서 직
접 재생하여 내용을 확인할 수 있습니다. 다만 음성 파일의 경우 영
상과 달리 에디터에는 아무것도 표시되지 않습니다.

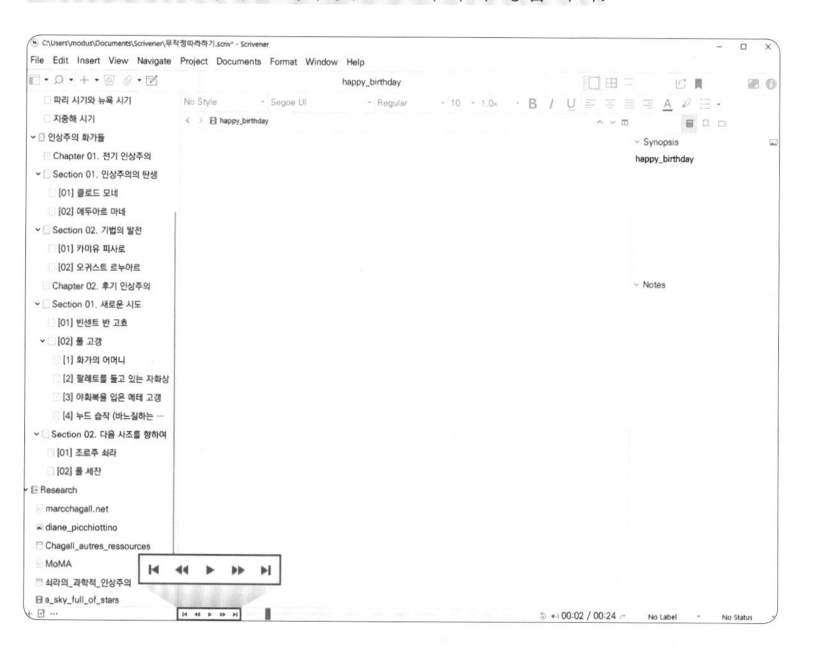

◀ 영상 강의
바로 보기

1 [01] 빈센트 반 고흐 문서에 파일 링크를 연결해 보겠습니다. 메인 툴바의 삽입하기 아이콘 옆 화살표를 클릭해 드롭다운 메뉴를 연 후 (Add Link)를 선택합니다.

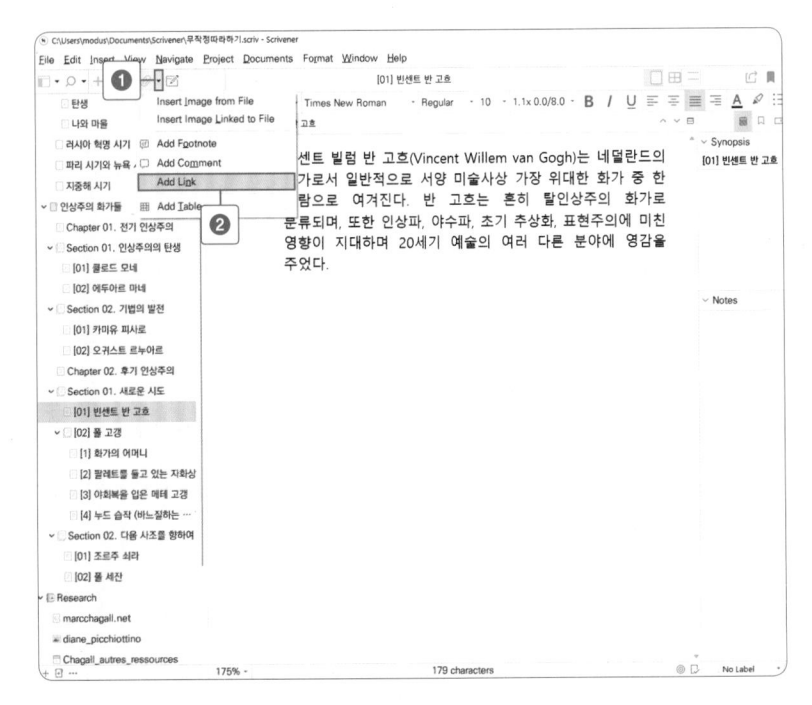

2 팝업 창에서 링크의 유형을 **파일(● File)**로 선택하고, (Browse) 를 눌러 파일을 지정합니다. 앞서 실습했던 a_sky_full_of_stars.mp4 파일을 다시 선택하겠습니다.

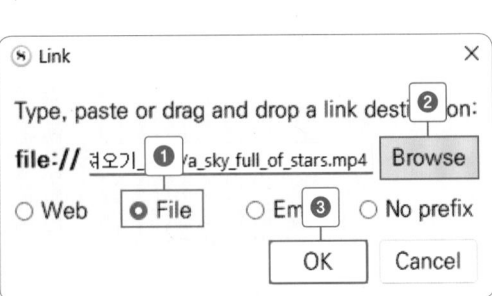

Tip 링크 텍스트의 표시 방식은 메인 옵션 창에서 변경할 수 있습니다.

3 파일명과 동일한 문구가 링크로 삽입됩니다. 링크 위에 마우스 커서를 올리면 파일의 실제 경로가 툴팁으로 표시되며, 링크를 클릭하면 연결된 기본 응용프로그램이 실행되면서 파일이 열립니다.

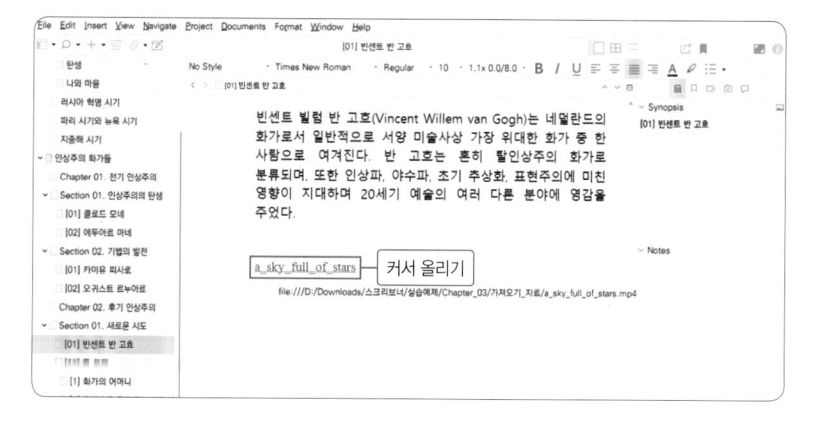

4 링크를 마우스 오른쪽 단추로 클릭하여 단축 메뉴를 불러낸 후, **링크의 내용을 편집(Edit Link...)**하거나 **링크를 제거(Remove Link)**할 수 있습니다. 링크를 제거하면 텍스트만 남게 됩니다.

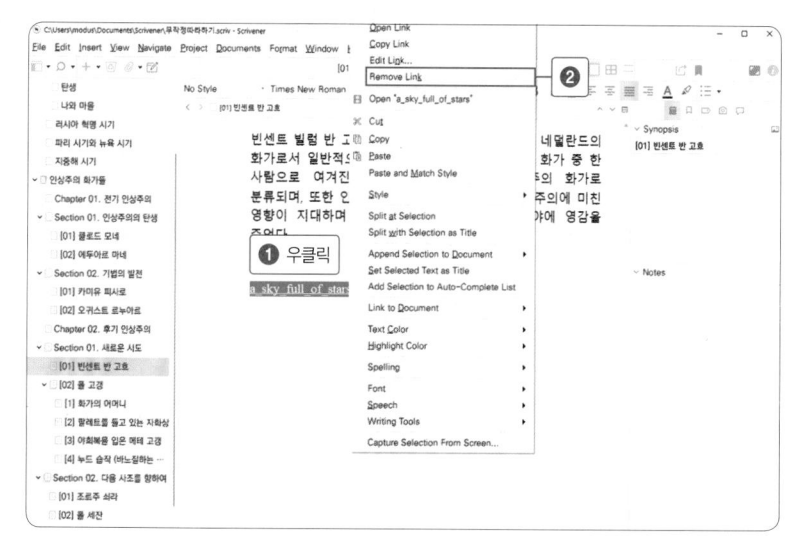

Tip 링크를 삽입하기 위해서는 삽입하기 아이콘 옆 드롭다운 메뉴를 클릭한 후 〔Add Link〕를 클릭했었죠?

5 같은 링크를 **파일(⦿ File)**이 아니라 **접두사 없음(⦿ No prefix)** 유형으로 지정하여 삽입하면 어떻게 될까요?

6 접두사 없음(⦿ No prefix) 유형은 링크를 축약하지 않고 경로를 그대로 드러내어 보여줍니다. 물론 이 경우에도 링크는 자유롭게 편집할 수 있습니다.

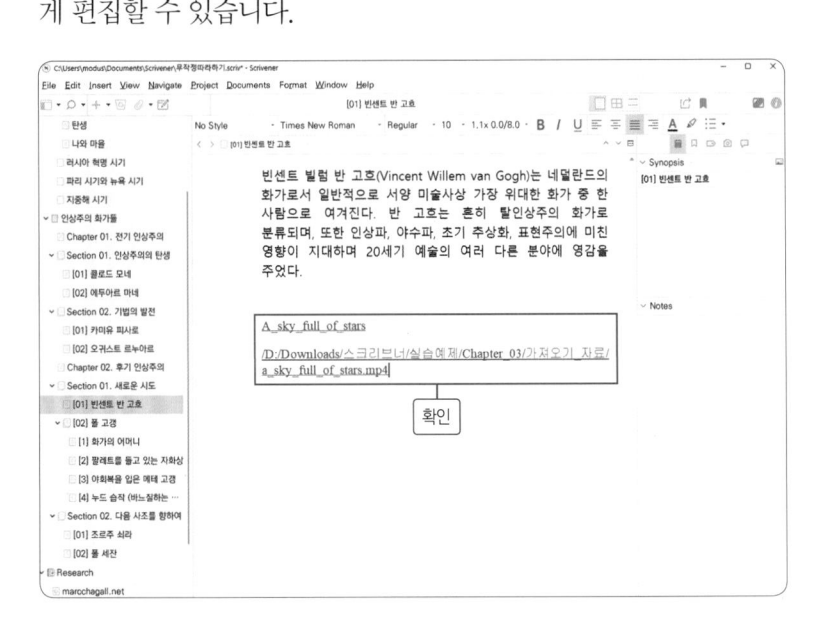

Tip 단축키 Ctrl + F6 을 사용해서 〔Project Bookmarks〕를 〔Document Bookmarks〕로 전환할 수도 있습니다.

8 링크의 또 다른 방식으로 북마크를 활용할 수도 있습니다. 인스펙터의 두 번째 아이콘 🔖 을 클릭하여 북마크 관리자로 이동합시다. 상단 표시줄을 클릭하여 〔Project Bookmarks〕를 〔Document Bookmarks〕로 변경합니다. 상단 우측의 ⋯ 아이콘을 클릭하여 나오는 확장 메뉴에서 〔Add External File Bookmark...〕를 선택합니다.

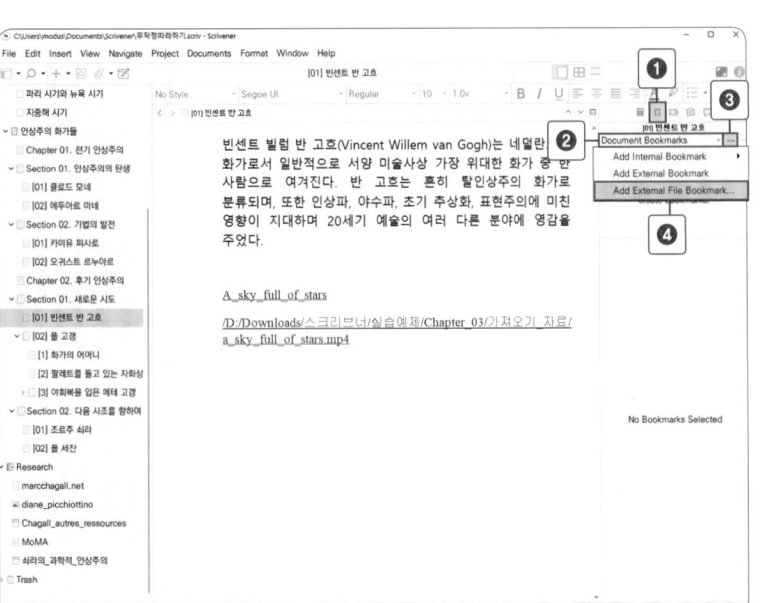

9 앞서 실습했던 **a_sky_full_of_stars.mp4** 파일을 지정하겠습니다.

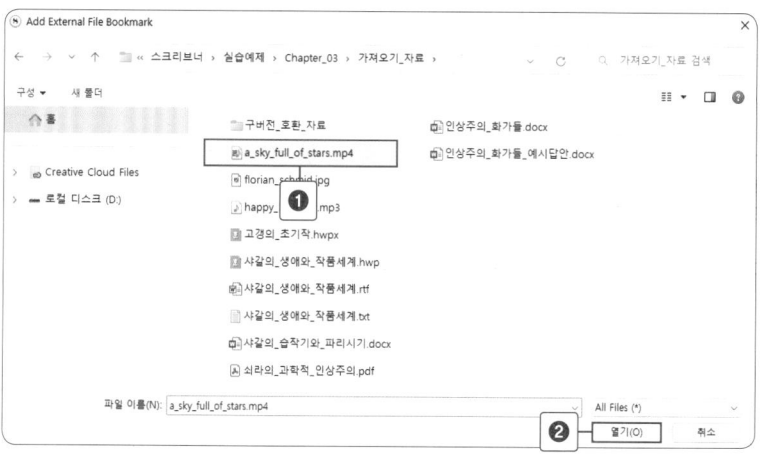

10 북마크에 파일이 추가되면서 자체 뷰어가 생성됩니다.

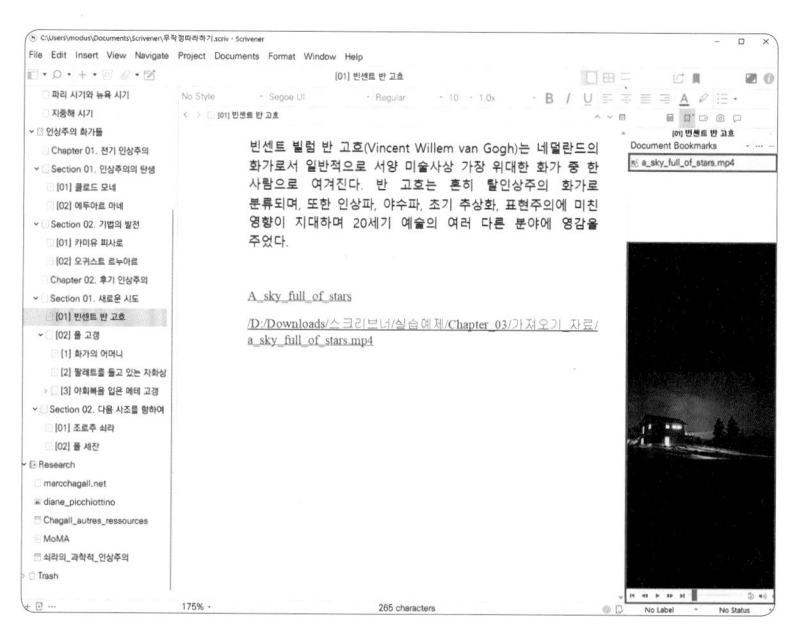

개요 작성

글감을 충분히 모았다면 이제 글의 얼개를 구상할 차례입니다. 막 수집한 글감은 무분별하게 쌓인 자료 더미에 지나지 않습니다. 개요 작성 단계의 메모에 특화되어 있는 시놉시스, 코르크보드, 스크래치패드의 활용 방법을 알아보겠습니다.

1 | 시놉시스 작성하기

스크리브너에서 '시놉시스'는 각 문서에 작성할 수 있는 메타데이터 입니다. 개별 시놉시스를 하나로 모으면 곧 전체 시놉시스가 되지요. 그러므로 전체 시놉시스 기능은 따로 제공되지 않습니다. 아울러 시놉시스는 메타데이터이므로 최종 결과물에는 출력되지 않고 작가의 참조 도구로만 이용됩니다.

▶ 무 작 정 따 라 하 기　　**코르크보드에서 작성하기**　　　실습예제₩Chapter_03₩예제_05.scriv

① **드래프트** 폴더를 선택하면 기본으로 코르크보드가 표시됩니다. 바인더의 1단계 문서가 8개의 인덱스카드로 배치되어 있습니다.

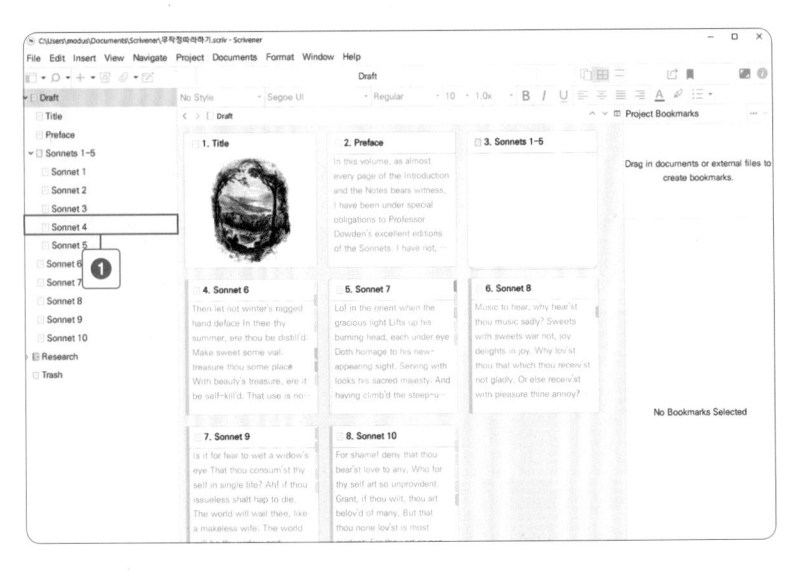

코르크보드와 인덱스카드의 기본 구성입니다.

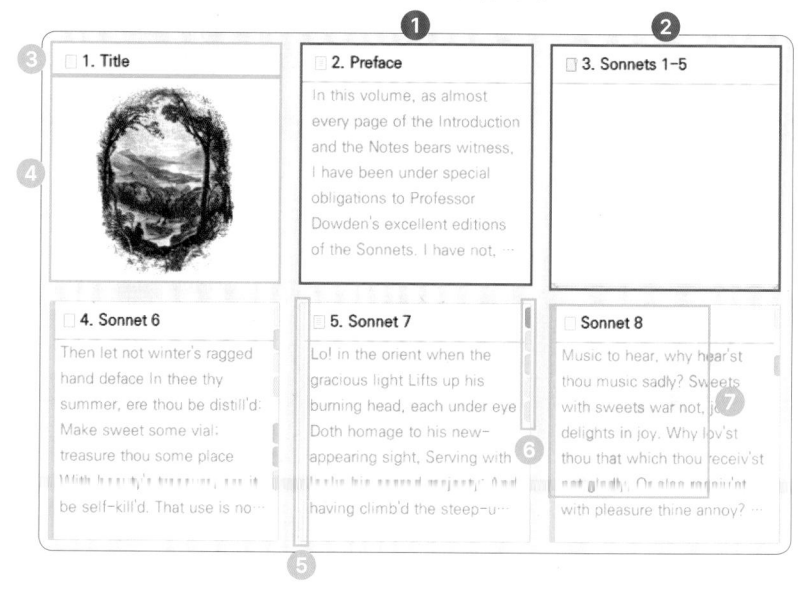

1 인덱스카드(문서) : 기본적으로 하나의 문서가 하나의 인덱스카드로 표시됩니다.

2 인덱스카드(그룹) : 코르크보드는 한 단계의 층위만 나타나므로, 해당 문서에 하위 문서가 포함되어 있을 경우에는 카드가 여러 장 겹쳐진 것처럼 표시됩니다.

3 제목 표시줄 : 문서 제목과 함께 문서 아이콘, 제목 번호 등이 표시됩니다. 제목을 제외한 요소는 메인 메뉴의 〔View〕 -〔Corkboard Options ▸〕에서 표시 여부를 선택할 수 있습니다.

4 시놉시스 창 : 시놉시스의 내용이 보이는 창입니다. 네 가지 표시 방식 중에서 결정됩니다.

• **글자 시놉시스** : 시놉시스를 텍스트로 입력했을 경우, 그 내용이 검은색 글자로 표시됩니다.

• **그림 시놉시스** : 시놉시스를 이미지로 입력했을 경우, 이미지가 표시됩니다.

• **시놉시스는 없지만 본문 내용이 있는 문서** : 본문의 내용이 회색 글자로 표시됩니다.

- **시놉시스도 없고 본문 내용도 없는 문서** : 표시할 내용이 없
으므로 공란으로 표시됩니다.

❺ 라벨 표시선 : 문서에 **라벨**이 부여되어 있을 경우, 라벨 색
상을 선으로 표시합니다. 라벨은 한 문서 당 하나씩만 부여할
수 있으므로 하나의 선으로 나타납니다. 메인 메뉴의 〔View〕-
〔Corkboard Options ▸〕에서 표시 여부를 선택할 수 있습니다.

❻ 키워드 표시 탭 : 문서에 **키워드**가 부여되어 있을 경우,
키워드 색상을 탭으로 표시합니다. 키워드는 문서마다 개
수 제한 없이 부여할 수 있습니다. 메인 메뉴의 〔View〕-
〔Corkboard Options ▸〕에서 표시 여부를 선택할 수 있습니다.

❼ 상태 표시 스탬프 : 문서에 (집필) 상태를 입력했을 경우,
상태 문구를 워터마크로 보여줍니다. 메인 메뉴의 〔View〕-
〔Corkboard Options ▸〕에서 표시 여부를 선택할 수 있습니다.

Tip 제목 표시줄을 더블 클릭
하면 제목부터 수정할 수 있습
니다. 제목 입력 후 Enter 를 누르
면 커서가 곧장 시놉시스 창으
로 이동합니다.

Tip 시놉시스 창에서 Enter 를
누르면 입력을 마치고 인덱스카
드에서 빠져나옵니다.

2 인덱스카드를 더블 클릭하면 곧바로 시놉시스를 입력할 수
있습니다. 2. Preface 인덱스카드의 시놉시스 창을 더블 클릭해 봅
시다. 회색 글자로 표시되어 있던 본문 내용이 사라지면서 커서가
나타납니다. 적당한 내용으로 시놉시스를 입력해 봅시다. 시놉시스
내용은 검은색 글자로 표시됩니다.

3 마우스 커서를 제목 표시줄로 이동하여 클릭해 봅시다. 해당 문서의 제목이 선택됩니다. 인덱스카드에서 2. Preface로 보이던 제목에서 앞의 숫자가 사라졌습니다. 바인더를 확인하면 문서의 제목에는 본래 숫자가 없다는 것을 알 수 있습니다. 즉 이것은 인덱스카드의 번호로 부여된 것입니다.

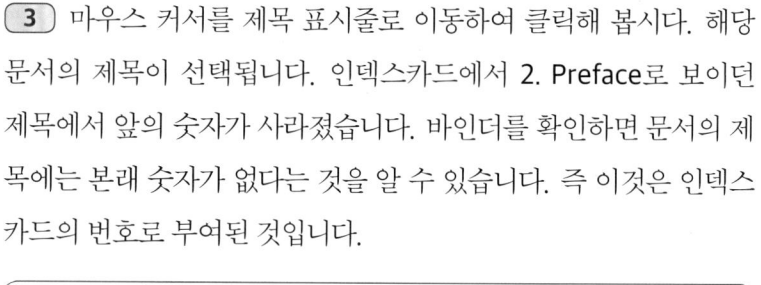
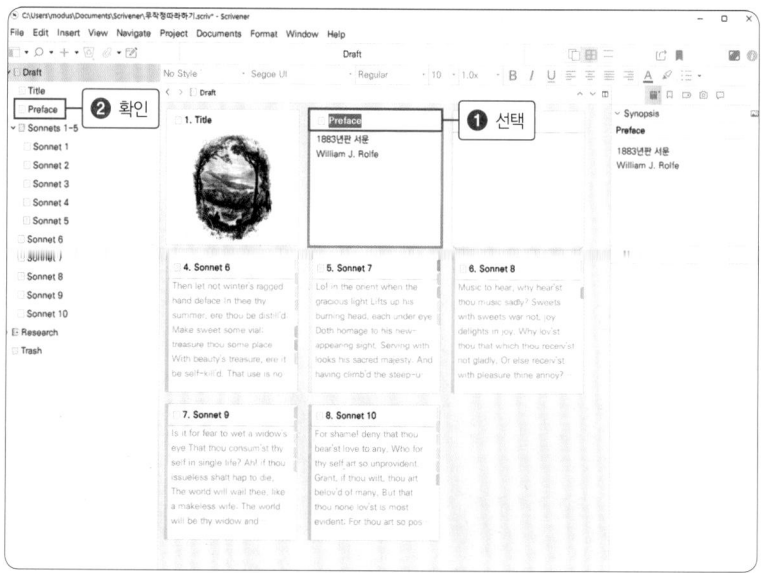

2 인덱스카드 번호를 보이지 않도록 해 봅시다. 메인 메뉴에서 메인 메뉴의 〔View〕 - 〔Corkboard Options ▶〕에서 〔Card Numbers〕를 클릭합니다.

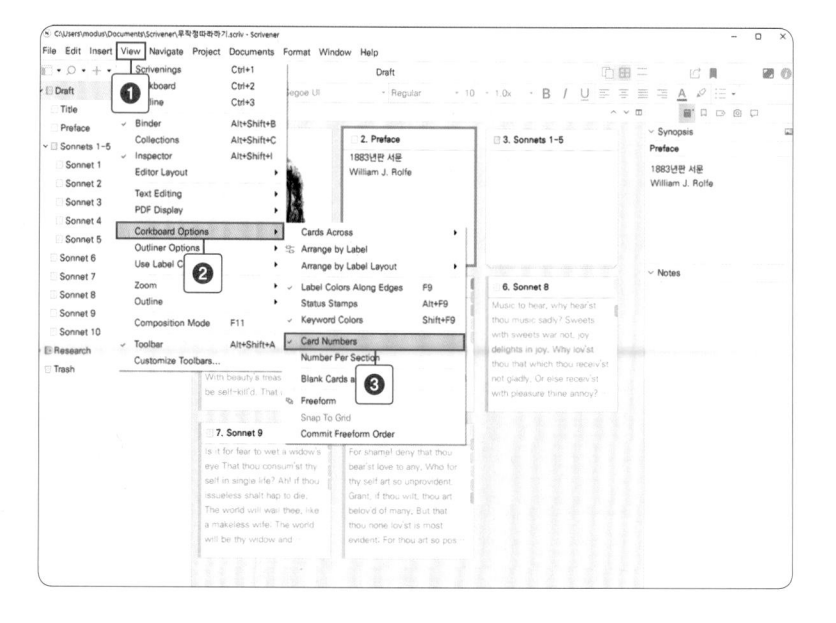

5 〔Card Numbers〕 메뉴 앞에 붙어 있던 체크 기호(✔)가 사라지면서, 인덱스카드에서도 번호가 나타나지 않게 되었습니다.

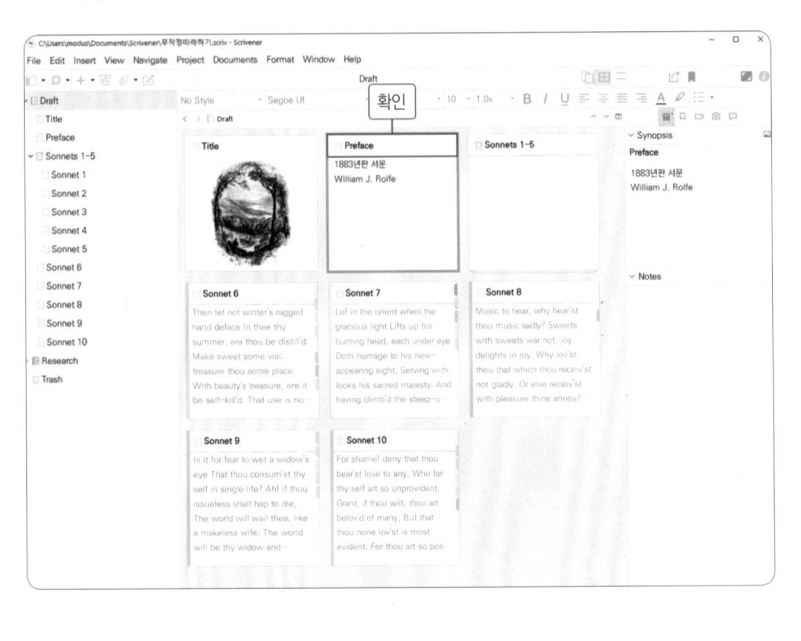

아웃라이너에서 작성하기

실습예제₩Chapter_03₩예제_05.scriv

Tip 메인 메뉴에서 〔View〕 - 〔Outline〕을 선택하거나 단축 아이콘 Ctrl + F3 을 이용해도 됩니다.

1 메인 툴바에서 그룹 뷰 모드 아이콘 세트 의 마지막 아이콘 을 클릭하여 아웃라이너를 실행합니다.

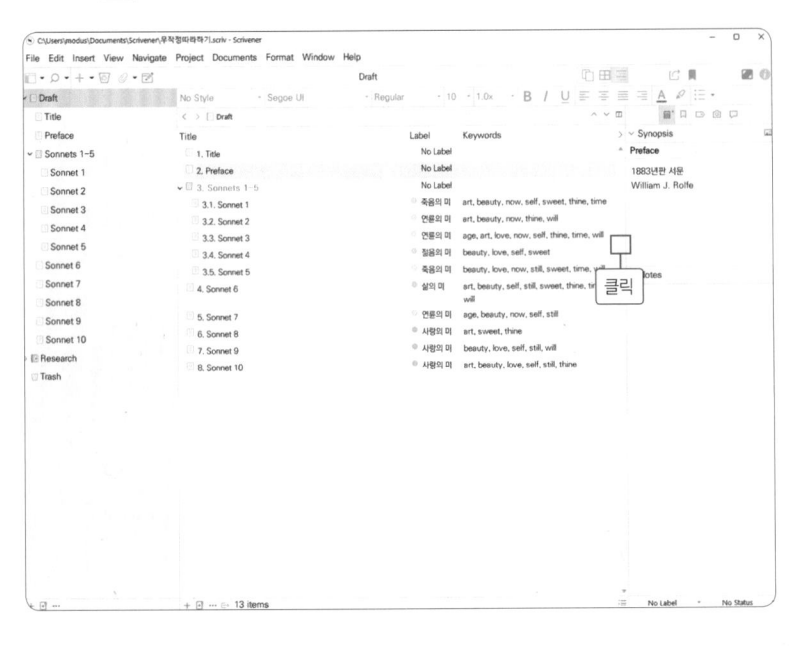

Tip 열 목록 편집기를 다루는
자세한 방법은 다음 장에서 다
루도록 할게요. ▶276쪽

② 아웃라이너의 최상단에는 열 표시줄이 있고, 열 표시줄 오른
쪽 끝에 화살표 >가 있습니다. 화살표를 클릭하면 열 목록 편집기
가 열립니다.

현재 열로 포함되어 있는 요소에 체크 표시(✓)가 되어 있습니다.
〔Title〕 아래에 있는 〔and Synopsis〕를 클릭하여 시놉시스가 제목과
함께 나타나도록 하겠습니다.

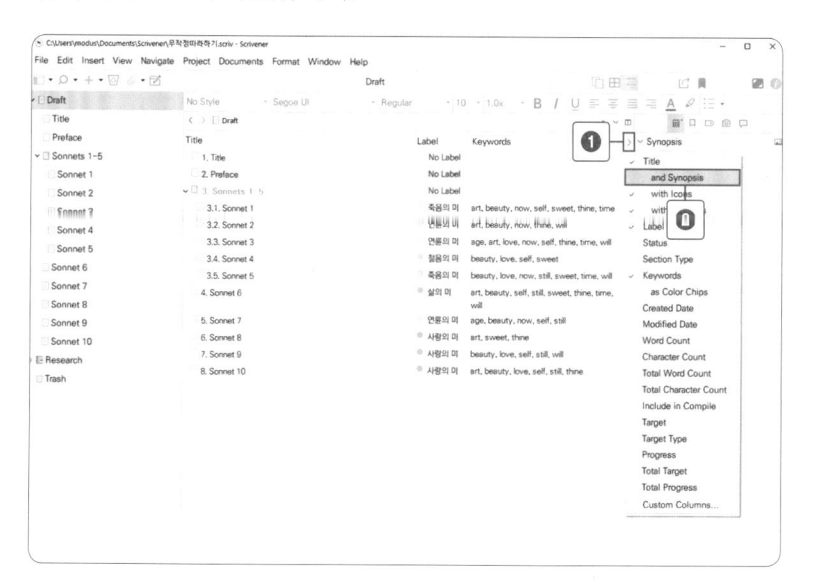

③ 열 목록 편집기의 〔and Synopsis〕에 체크 표시(✓)되면서, 아
웃라이너의 문서 제목 아래에 시놉시스가 나타납니다. 시놉시스가
작성되지 않은 문서는 여전히 제목만 보입니다.

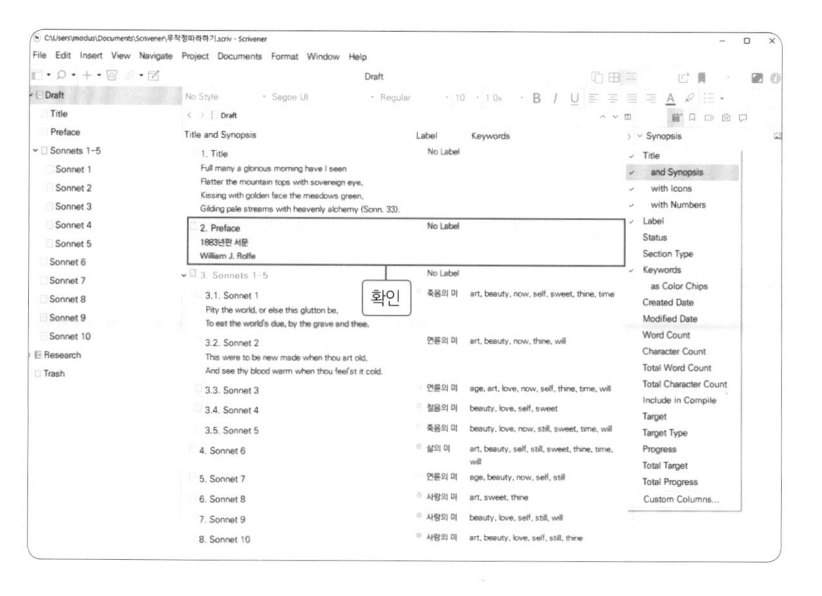

Tip 입력 창에서 Enter 를 한 번
더 누르면 입력 창이 닫히고 아
웃라이너로 빠져나옵니다. 시놉
시스 내용의 줄 바꿈을 하려면
Ctrl + Enter 를 이용합니다.

4 시놉시스가 작성되어 있지 않은 문서에 시놉시스를 넣어 보
도록 하겠습니다. **Sonnet 3** 행의 제목 부분을 더블 클릭하면 입력
창이 나타납니다. 제목 끝에 커서를 두고 Enter 를 누르면 줄이 추가
되면서 시놉시스를 입력할 수 있는 상태가 됩니다.

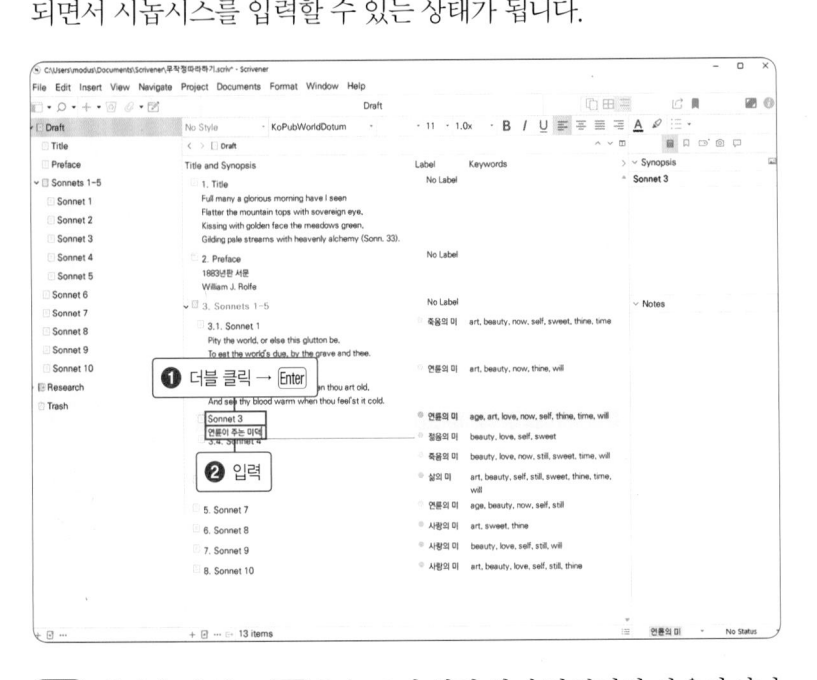

5 입력을 마치고 Enter 를 누르면 입력 창이 닫히면서 아웃라이너
로 빠져나옵니다.

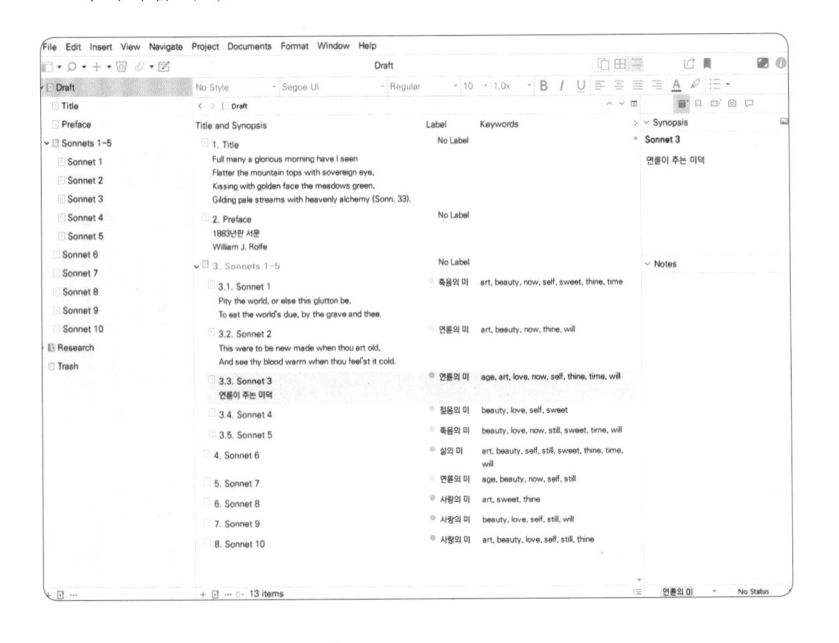

1 Sonnets 1-5 폴더를 클릭하여 코르크보드를 살펴봅시다. 시놉시스가 작성된 인덱스카드에는 검은색 글자로 시놉시스의 내용이, 시놉시스가 없는 인덱스카드에는 회색 글자로 본문의 내용이 보입니다.

2 Sonnet 1 문서에는 **글자 시놉시스**와 **그림 시놉시스**가 함께 저장되어 있습니다. 현재 글자로 지정된 표시 방식을 그림으로 바꾸어 보겠습니다. 글자 시놉시스와 그림 시놉시스를 서로 전환할 수 있는 토글 아이콘은 인스펙터 창의 상단에 있습니다.

인스펙터 창의 5개 탭 가운데 첫 번째인 노트 탭의 구성입니다.

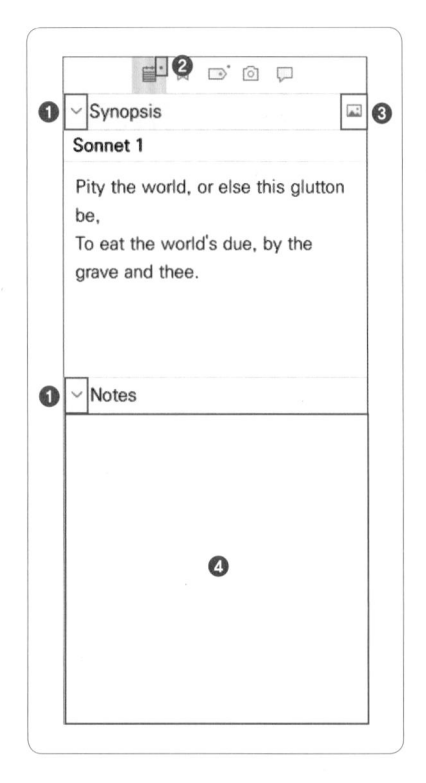

❶ **접기/펼치기** : 시놉시스(Synopsis) 창이나 **노트**(Notes) 창을 펼치거나 접습니다. 한 창을 접으면 다른 창이 확장됩니다. 시놉시스 창과 노트 창을 동시에 접을 수는 없습니다.

❷ **내용 표시 배지** : 노트 탭에 입력된 내용이 있을 경우, 노트 탭 아이콘의 오른쪽 어깨에 점 모양의 배지가 표시됩니다.

❸ **시놉시스 전환** : **글자 시놉시스**와 **그림 시놉시스**를 교대로 전환합니다.

❹ **노트 입력 창** : 개별 문서에 대한 메모를 입력합니다. 시놉시스와 달리 에디터에 출력되지 않고, 오로지 인스펙터의 해당 창에서만 확인할 수 있습니다. 문서 전체에 대한 메모라는 점에서 주석 메모와도 다릅니다. 파일이나 프린터로 문서를 출력할 때는 노트를 포함하거나 노트만 단독으로 출력할 수 있는 옵션이 제공됩니다.

Tip 단축키 Ctrl + F7 을 이용
해도 글자 시놉시스와 그림 시
놉시스를 전환할 수 있습니다.

3 시놉시스 전환 아이콘 ▤ 을 클릭하여 글자 시놉시스를 그림
시놉시스로 전환해 봅시다. 미리 저장되어 있던 이미지가 나타납니
다. 인덱스카드의 시놉시스는 인스펙터에서 지정해 놓은 시놉시스
표시 방식을 그대로 따라갑니다.

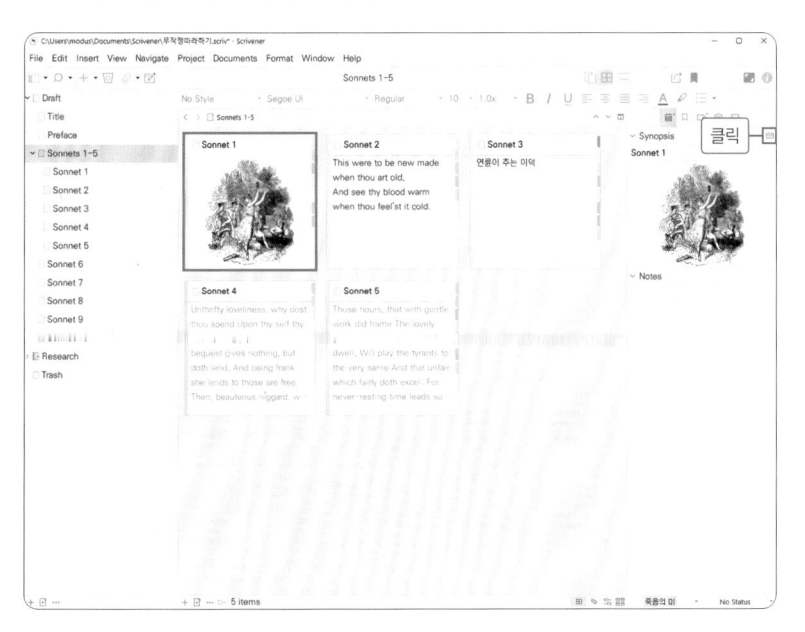

4 시놉시스 이미지를 다른 것으로 바꾸어 보겠습니다. 인스펙
터에서 시놉시스 이미지를 마우스 오른쪽 단추로 클릭하면 단축 메
뉴가 생성됩니다. 〔Clear Image〕를 클릭하여 이미지를 제거합시다.

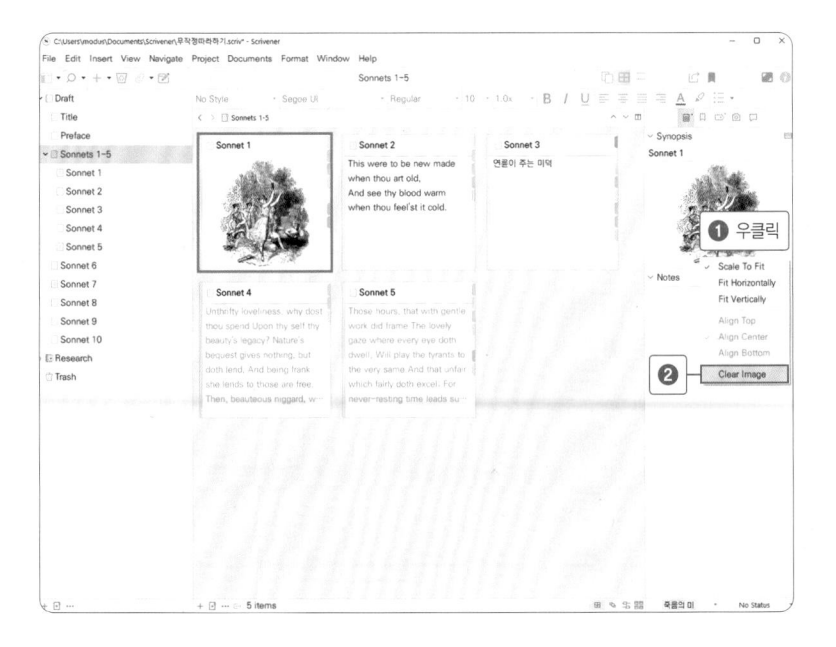

5 인스펙터에서는 이미지가 사라지고, 인덱스카드에는 다시 글자 시놉시스가 표시됩니다.

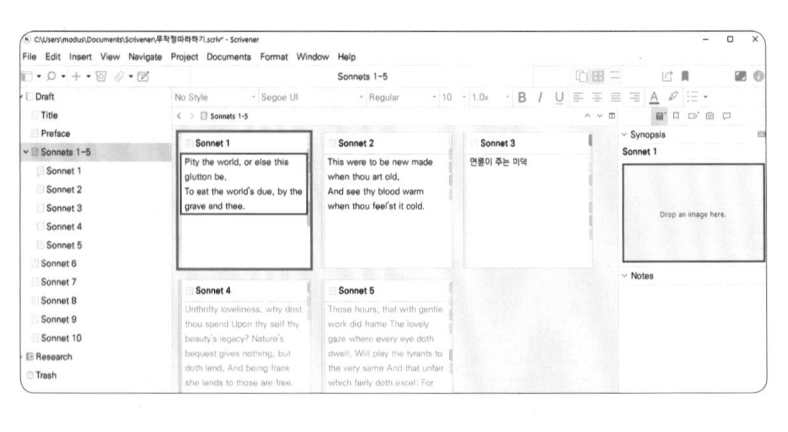

잠
깐
만
요

스크리브너 시놉시스는 글자를 기본으로 인식합니다. 각 경우에 인덱스카드에 표시되는 시놉시스는 다음과 같이 달라집니다.

인스펙터에서...	시놉시스가...	인덱스카드에는...
글자 시놉시스를 선택할 경우	글자와 그림 모두 있을 경우	글자 시놉시스가 표시됨
	그림만 있을 경우	본문의 내용이 표시되거나 공란으로 표시됨
그림 시놉시스를 선택할 경우	글자와 그림 모두 있을 경우	그림 시놉시스가 표시됨
	글자만 있을 경우	글자 시놉시스가 표시됨

Tip 바인더의 이미지를 선택하면서 마우스 단추를 놓아 버리면 에디터의 출력 문서가 Sonnet 1 이미지로 전환됩니다. 시놉시스 창도 사라지겠죠? 마우스를 클릭하지 말고 문서 아이콘을 누른 상태로 곧장 이동합시다. 뜻대로 조작되지 않는다면 **에디터 고정** 기능을 사용해 보세요. ▶ 371쪽

Tip 파일 탐색기에서도 드래그&드롭을 이용할 수 있습니다. 파일 탐색기에서 이미지 파일을 선택하여 시놉시스 창으로 드래그하면 해당 이미지가 시놉시스로 저장됩니다.

6 본 예제 프로젝트의 **리서치** 폴더에 이미지가 보관되어 있습니다. **리서치** 폴더를 열어 Sonnet 1 이미지를 드래그하여 시놉시스 창의 회색 상자(Drop an image here)로 가져갑시다.

7 Sonnet 1 이미지가 시놉시스로 지정되면서 인덱스카드의 내용도 다시 **그림 시놉시스**로 되돌아왔습니다.

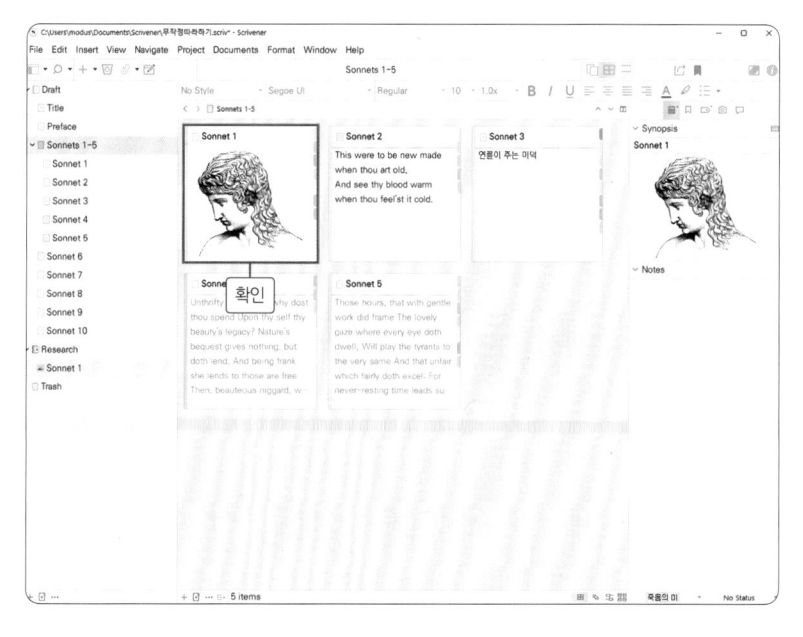

8 본문과 시놉시스는 서로 내용을 주고받을 수 있습니다. Sonnet 3 문서로 이동한 후, 메인 메뉴에서 〔Documents〕-〔Auto-Fill ▸〕-〔Append Synopsis to Main Text〕를 선택해 봅시다.

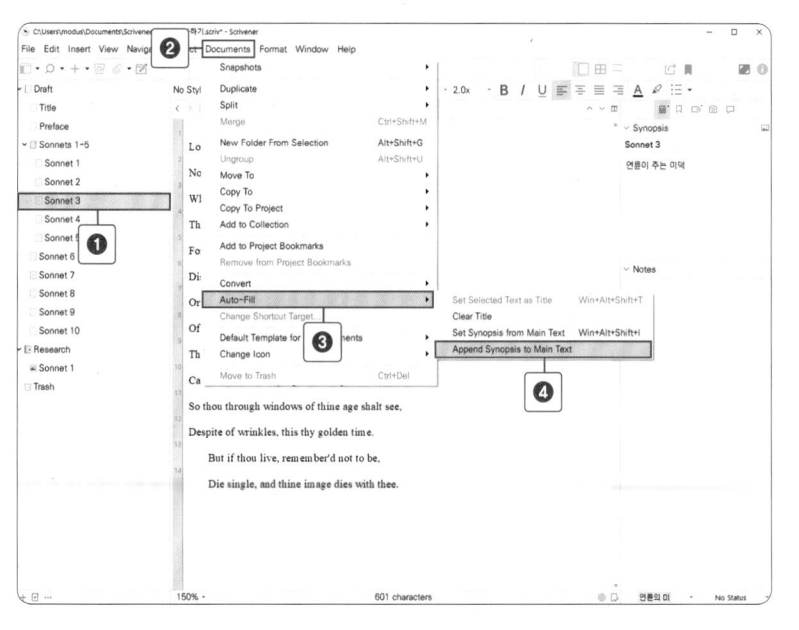

9 시놉시스의 내용이 편집기의 커서 위치로 복사되었습니다.

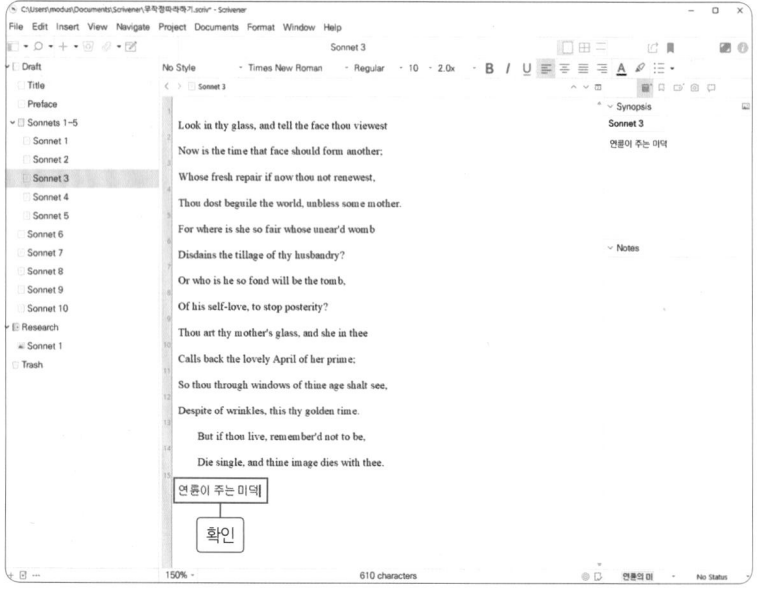

10 이번에는 본문의 문구 일부를 선택한 후, 메인 메뉴에서 〔Documents〕 - 〔Auto-Fill ▸〕 - 〔Set Synopsis from Selection〕을 선택해 봅시다.

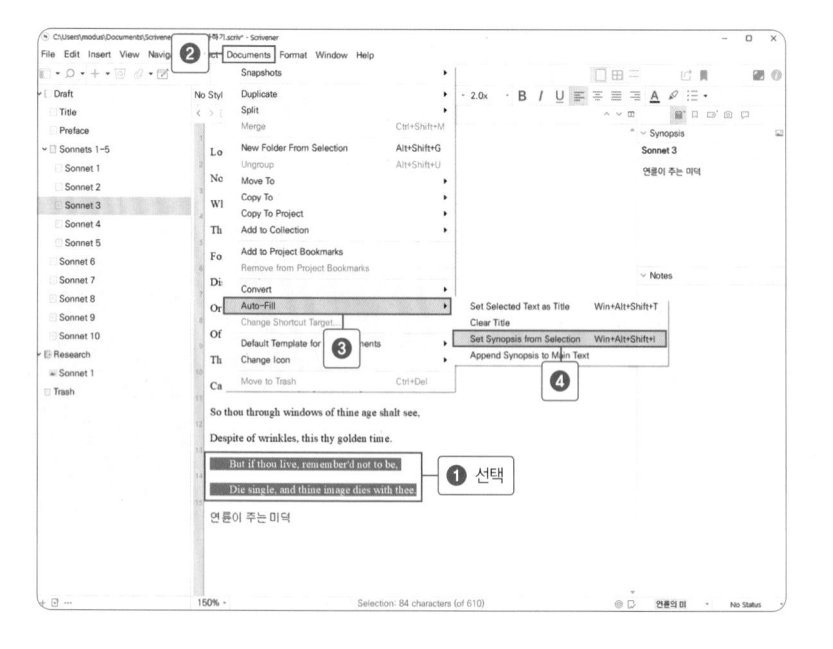

11 선택한 문구가 시놉시스에 반영되었습니다. 원래 있던 시놉
시스 내용은 사라집니다.

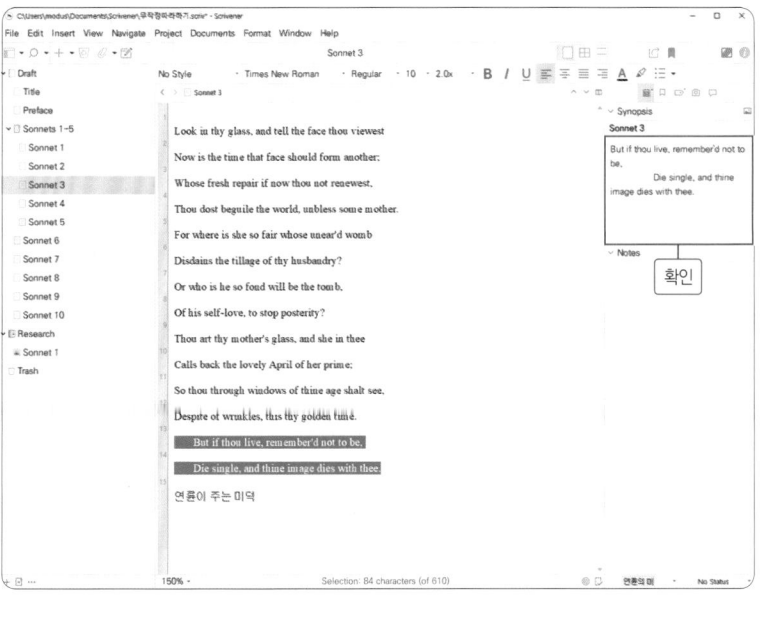

Tip 블록으로 문구를 선택하지 않으면 위 메뉴는 (Set Synopsis from Selection) 대신
(Set Synopsis from Main Text)로 나타나고, 이를 클릭하면 본문 전체가 시놉시스 내용으
로 반영됩니다.

2 │ 코르크보드로 정리하기

코르크보드는 다수의 문서를 **인덱스카드**라는 형식으로 펼쳐 놓고
작업할 수 있는 분류 도구입니다. '코르크보드'라는 익숙한 이름처
럼, 이 기능은 현실의 작업 방식을 컴퓨터 내에 그대로 이식한 것입
니다. 자료를 움직이고 조합해서 설득력 있는 구조와 흐름을 만들
어가는 작업은 하나의 글을 탄생시키는 과정에서 꼭 필요합니다.

코르크보드는 기본 형태인 **그리드 뷰, 라벨 뷰, 자유 형식**과 함께, 응
용 형태인 **서랍장 뷰**와 **서랍장 뷰+**를 제공합니다. 코르크보드의 다
양한 뷰를 살펴보면서, 앞서 조금씩 맛만 보아 왔던 코르크보드의
기능을 마스터해 보도록 하겠습니다.

1 드래프트 폴더를 클릭해 봅시다. '폴더의 기본 표시 방식은 코르크보드'라는 기본 원칙 ▶ 136쪽 에 따라, 에디터에 코르크보드가 펼쳐집니다. 초기 설정은 공통적으로 **그리드 뷰(Grid View)** ▶ 075쪽 로서, 인덱스카드가 바인더의 문서 순서에 따라 격자 모양으로 일정하게 나열됩니다.

코르크보드와 인덱스카드를 가장 효율적으로 운용하는 방법은 드래그&드롭입니다. 코르크보드 상에서 인덱스카드만 움직일 수도 있지만, 바인더와 코르크보드를 연동하여 활용할 수도 있습니다.

바인더에서의 문서 이동법을 떠올리면서 ▶ 138쪽 (1) 하나 이상의 인덱스카드를 다른 인덱스카드의 앞뒤로 드래그하거나 (2) 인덱스카드를 바인더 위로 옮기거나 (3) 바인더의 문서를 코르크보드 위로 옮겨 봅시다.

2 지금부터 인덱스카드의 배치 방식을 조정해 볼 것입니다. 에디터 하단 표시줄의 오른쪽 끝에 코르크보드 아이콘 세트가 있습니다. 뷰 모드를 전환할 때마다 아이콘 세트의 구성이 달라집니다.

1) 그리드 뷰의 아이콘 세트

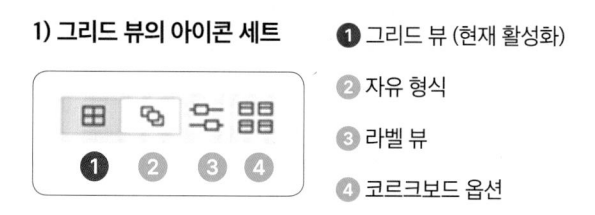

❶ 그리드 뷰 (현재 활성화)

❷ 자유 형식

❸ 라벨 뷰

❹ 코르크보드 옵션

코르크보드 아이콘 세트는 뷰 모드에 따라 달라지지만, 코르크보드 옵션 아이콘만큼은 세트의 가장자리에 늘 고정되어 있습니다. 코르크보드 옵션 아이콘을 클릭하여 옵션 창을 호출해 보겠습니다.

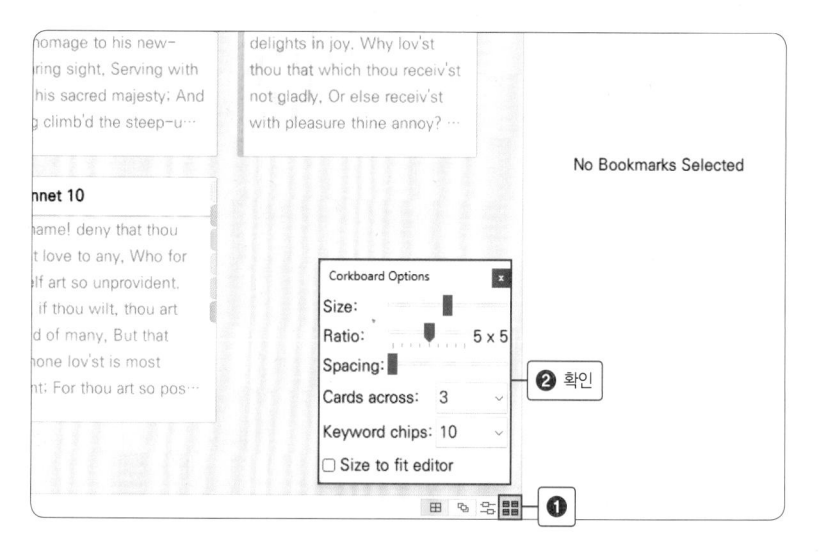

<코르크보드 옵션 창의 구성>

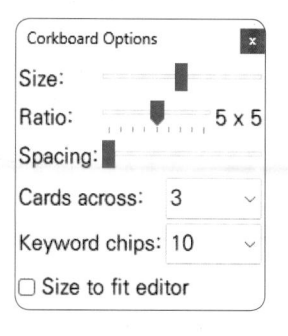

- **Size : 크기**. 스크롤 바를 움직여서 인덱스카드의 크기를 줄이거나 늘립니다.

- **Ratio : 비율**. 인덱스카드의 가로×세로 비율을 조정합니다.

- **Spacing : 여백**. 스크롤 바를 움직여서 인덱스카드 사이의 공간을 좁히거나 넓힙니다.

- **Cards across : 가로 방향 카드**. 그리드 뷰에서 가로 방향으로 놓일 카드의 최대 개수를 지정합니다. 옵션 창 하단의 **Size to fit editor** 체크박스를 선택했을 때만 적용됩니다. 더불어 이 옵션은 라벨 뷰와 자유 형식에는 적용되지 않습니다.

- **Keyword chips : 키워드 칩**. 인덱스카드 우측에 나열되는 키워드 표식의 최대 개수를 지정합니다. 이 책에서는 편의상 '칩' 대신 '탭'으로 부르고 있습니다.

- **Size to fit editor : 에디터에 맞도록 크기 조정**. 인덱스카드의 너비를 에디터의 폭에 맞도록 자동으로 조정합니다. 이 옵션을 선택할 경우 **크기(Size)** 스크롤 바는 비활성화됩니다.

3 옵션 창의 〔Size〕 스크롤 바를 왼쪽으로 움직여 봅시다. 〔Ratio〕에서 정한 비율대로 인덱스카드의 크기가 줄어듭니다. 코르크보드의 오른쪽 여백이 인덱스카드의 너비보다 커지면, 한 줄 당 카드의 개수가 늘어나며 카드가 재배열됩니다.

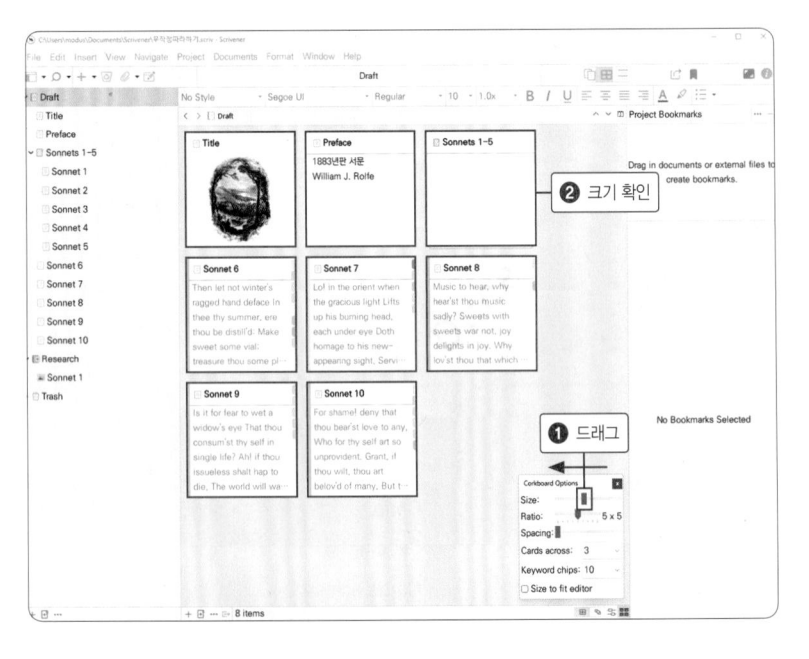

4 〔Spacing〕스크롤 바를 오른쪽으로 움직여 봅시다. 카드 사이의 공간이 넓어지는 것을 볼 수 있습니다.

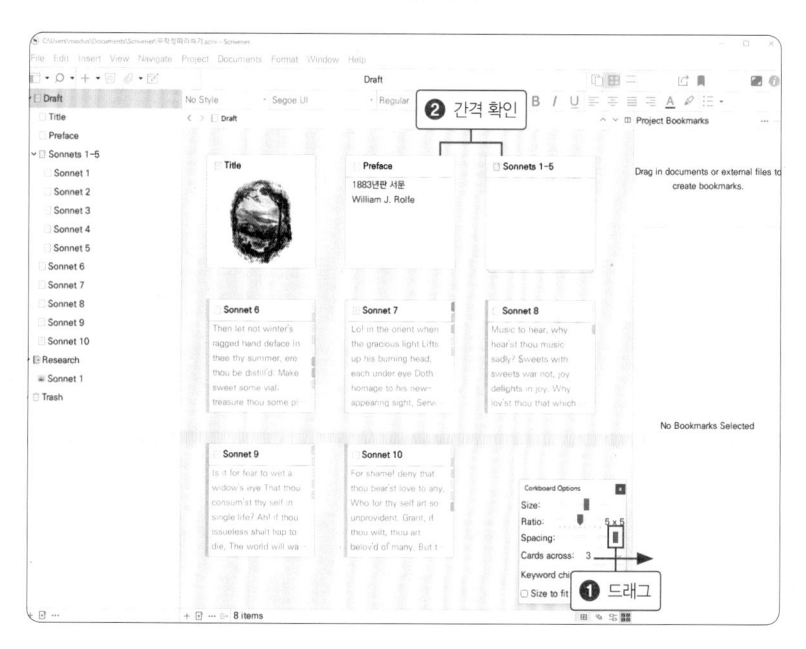

5 인덱스카드의 종횡비는 미리 정해진 비율로만 조정할 수 있습니다. 〔Ratio〕스크롤 바를 좌우로 움직여서 카드의 형태 변화를 관찰해 봅시다.

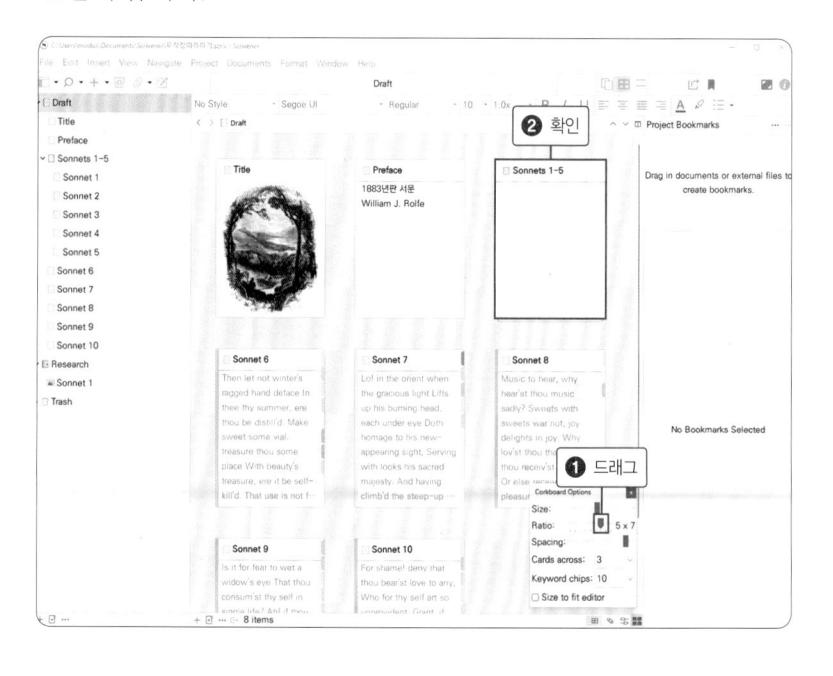

6 〔Size to fit editor〕옵션은 〔Cards across〕옵션과 함께 사용합니다. 체크박스(☑ Size to fit editor)를 선택하고 **한 줄에 놓일 카드의 개수(Cards across)**를 결정하면, 에디터의 폭에 맞추어 카드의 너비가 자동으로 조정됩니다.

7 바인더에서 그룹을 여러 개 선택하면, 코르크보드가 서랍 형태로 분할되면서 각 그룹의 문서를 인덱스카드로 보여 줍니다. 편의상 **서랍장 뷰**로 부르겠습니다.

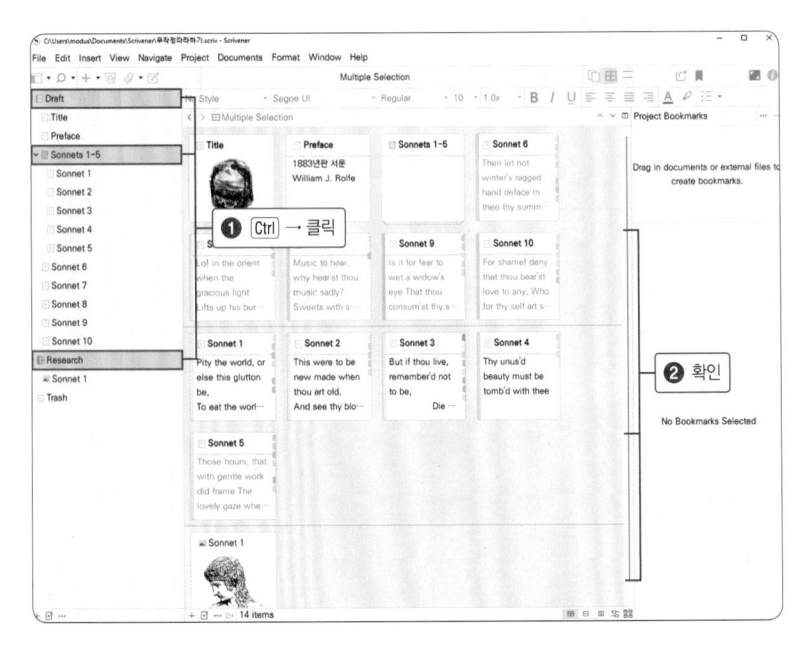

8 서랍장 뷰는 뒤에서 볼 **라벨 뷰**와 몇 가지 특징을 공유합니다. 서랍은 세로 방향으로도 배열할 수 있습니다.

▶ 무 작 정 따 라 하 기 **자유롭게 작성하기**

실습예제\Chapter_03\예제_05.scriv

1 자유 형식(Free Form) ▶ 078쪽 코르크보드는 바인더의 구성과 독립적으로 인덱스카드만을 움직이며 아이디어를 정리할 수 있는 모드입니다. 바인더에서 하나의 그룹을 단독으로 선택했을 때만 자유 형식을 실행할 수 있습니다.

Sonnets 1-5 폴더를 선택하여 코르크보드를 연 후, 하단 아이콘 세트에서 자유 형식 아이콘 🔲 을 클릭해 봅시다.

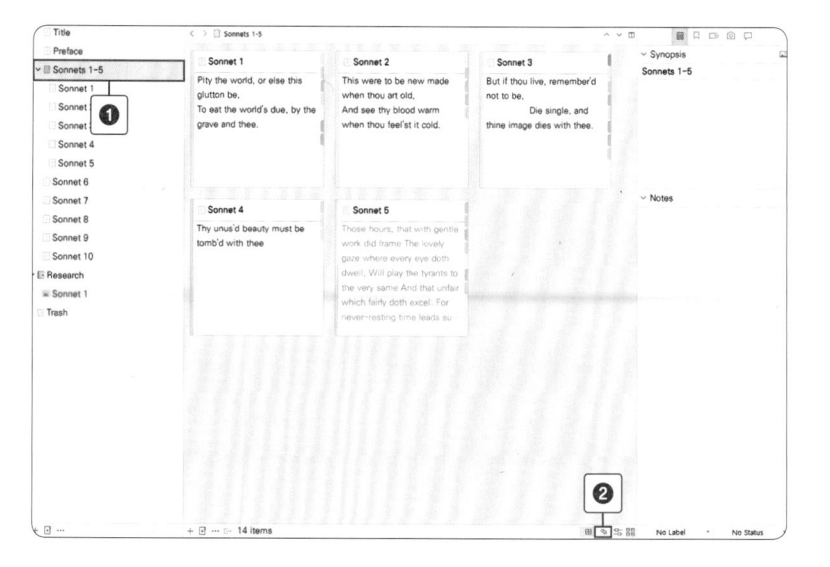

2 처음으로 자유 형식 모드를 실행하면 인덱스카드가 대각선 방향으로 포개어진 채 일렬로 늘어서 있습니다.

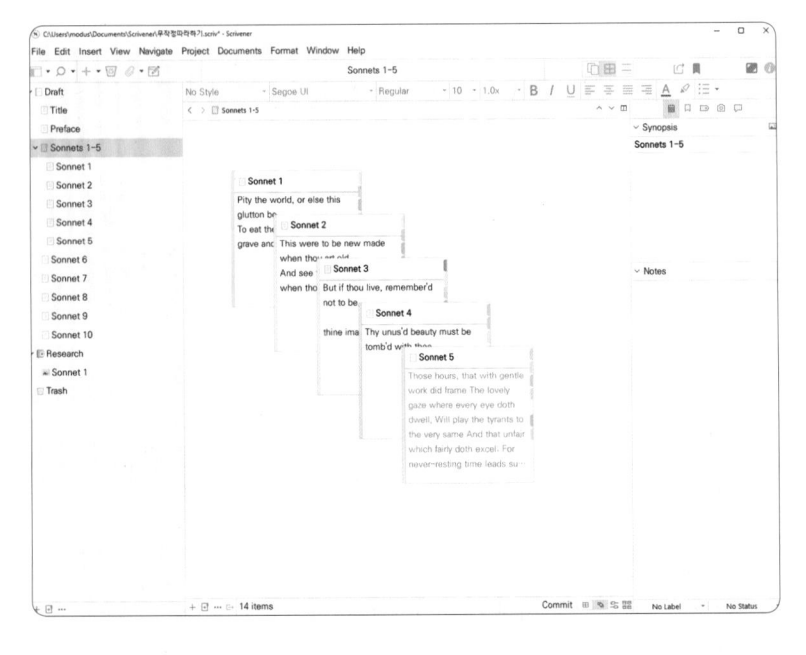

2) 자유 형식의 아이콘 세트

P 반영
1 그리드 뷰
2 자유 형식 (현재 활성화)
3 라벨 뷰
4 코르크보드 옵션

자유 형식의 아이콘 세트는 앞서 본 **그리드 뷰의 아이콘 세트**와 동일한 구성이지만 〔**반영(Commit)**〕 단추가 추가되어 있습니다. 이 단추를 누르기 전까지는 인덱스카드의 움직임이 바인더에 적용되지 않습니다.

순서나 방식에 구애받지 말고 자유롭게 카드를 드래그하여 이동시켜 봅시다.

3 인덱스카드의 조합을 충분히 구성했다고 생각되면 [Commit]
단추를 클릭해 결과를 바인더에 반영합니다. 반영 방식을 2단계에
걸쳐 결정할 수 있도록 되어 있습니다. 코르크보드 상 인덱스카드
가 놓여 있는 위치에 따라 다음과 같이 반영됩니다.

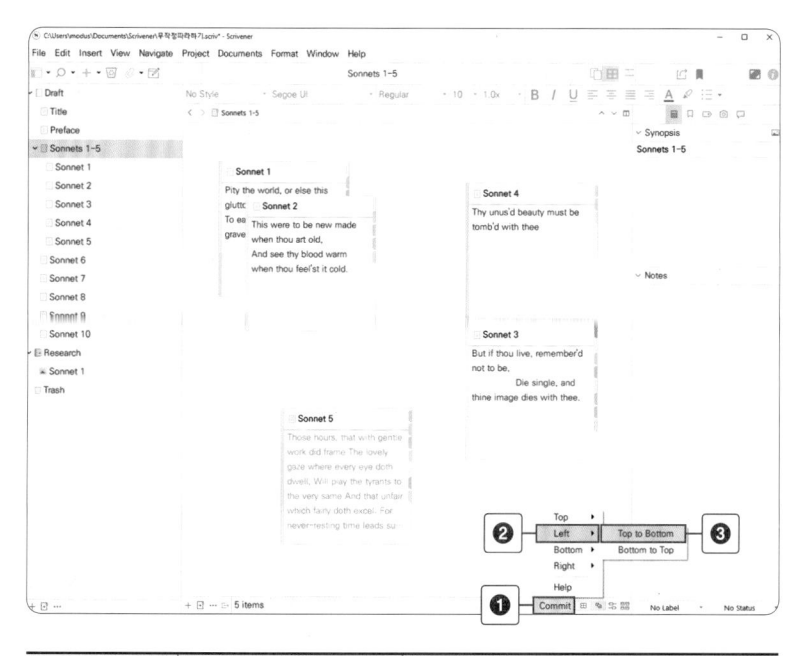

1차	2차	반영 결과
Top (↓)	Left to Right (→)	↓ 순서 (세로 위치가 같으면 → 순서)
	Right to Left (←)	↓ 순서 (세로 위치가 같으면 ← 순서)
Left (→)	Top to Bottom (↓)	→ 순서 (가로 위치가 같으면 ↓ 순서)
	Bottom to Top (↑)	→ 순서 (가로 위치가 같으면 ↑ 순서)
Bottom (↑)	Left to Right (→)	↑ 순서 (세로 위치가 같으면 → 순서)
	Right to Left (←)	↑ 순서 (세로 위치가 같으면 ← 순서)
Right (←)	Top to Bottom (↓)	← 순서 (가로 위치가 같으면 ↓ 순서)
	Bottom to Top (↑)	← 순서 (가로 위치가 같으면 ↑ 순서)

위 예시 화면에서는 1차로 [Left], 2차로 [Top to Bottom]를 선택하
였습니다. 바인더에는 어떤 순서로 반영될까요? 아래에서 결과를
확인해 보겠습니다.

4 우선 〔Left〕에 따라 인덱스카드를 왼쪽부터 순서대로 세어 갑니다.

SONNET 1 → SONNET 2 → SONNET 5 → (SONNET 3, SONNET 4)?

대개는 1차에서 카드의 순서가 거의 결정되지만, 경우에 따라 Sonnet 3과 Sonnet 4처럼 동일선상에 놓이는 카드도 생깁니다. 이들에 한하여 2차 방향을 적용합니다. 위에서 선택한 2차 방향은 〔Top to Bottom〕이었습니다. 따라서 코르크보드 상 더 위쪽에 위치한 Sonnet 4가 선순위입니다.

(SONNET 4 → SONNET 3)

이에 따라 바인더에 최종 반영된 순서는 다음과 같이 되었습니다.

SONNET 1 → SONNET 2 → SONNET 5 → (SONNET 4 → SONNET 3)

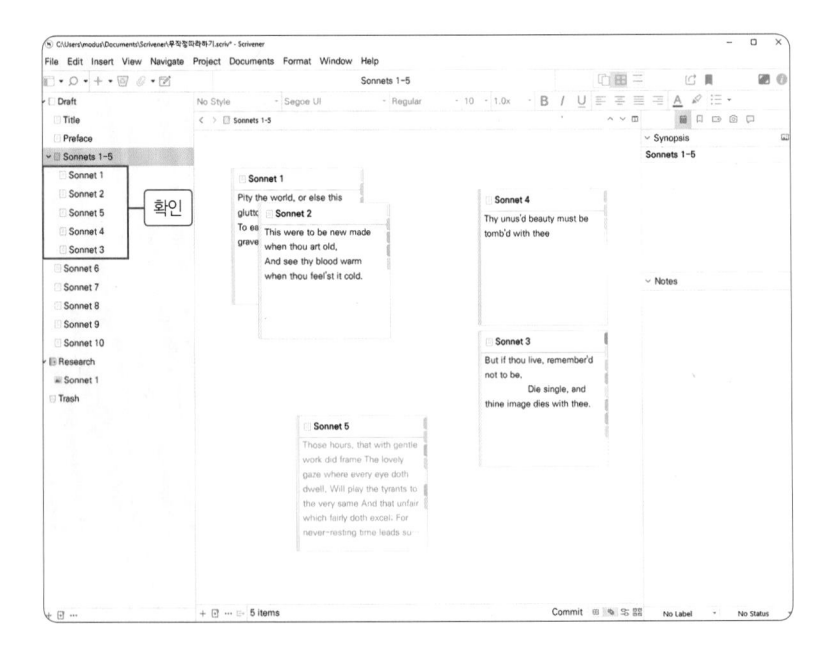

◀ 영상 강의
바로 보기

앞에서 실습한 **예제_05.scriv** 프로젝트를 계속 사용하겠습니다. 여기서부터 시작하시는 분은 부록으로 제공된 자료의 **실습예제₩Chapter_03₩예제_05.scriv** 프로젝트를 열어서 활용하세요.

1 기준별 정렬은 기본적으로 인덱스카드에 라벨이 부여되어 있을 때 잘 동작합니다. 그래서 이 정렬 방식을 **라벨 뷰(Label View)** ▶076쪽 로 부릅니다. 카드에 라벨이 부여되어 있다면 각 라벨의 트랙(Track)을 따라 카드를 분류해 놓고 정리할 수 있습니다.

예제_05.scriv 프로젝트에는 Sonnet # 형식으로 만들어진 10개의 서에 총 5개의 라벨이 불규칙하게 부여되어 있습니다. 이 문서로 라벨 뷰를 구성해 보겠습니다.

우선 Sonnet 1-5 그룹을 풀어서 10개 문서를 같은 층위에 놓이도록 합시다. Sonnets 1-5 폴더를 마우스 오른쪽 단추로 클릭하고 단축 메뉴의 〔Ungroup〕을 선택합니다.

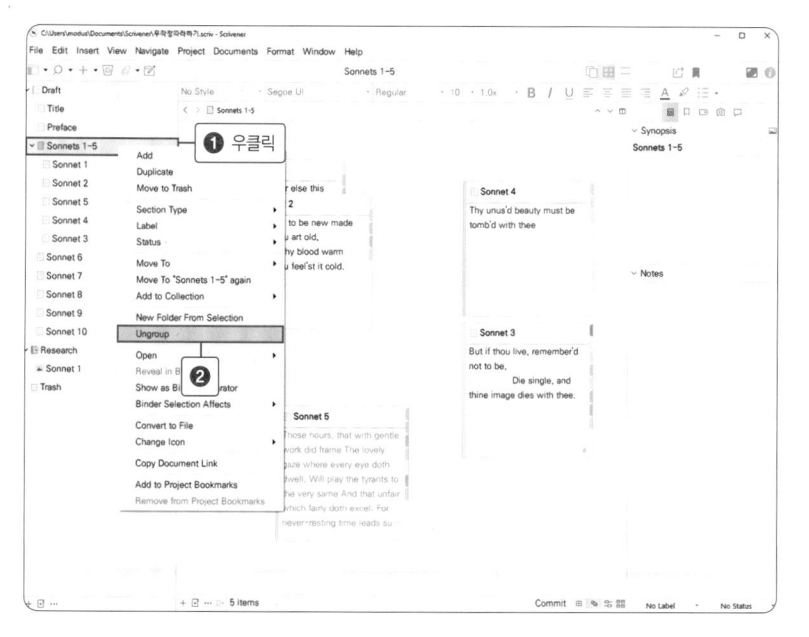

2 같은 층위에 있는 Sonnet # 파일을 모두 선택하면 선택된 문서들이 하나의 그룹으로 인식되어 코르크보드에 나열됩니다. 이 상태에서 하단 표시줄 아이콘 세트의 **라벨 뷰** 아이콘 몸을 클릭합니다.

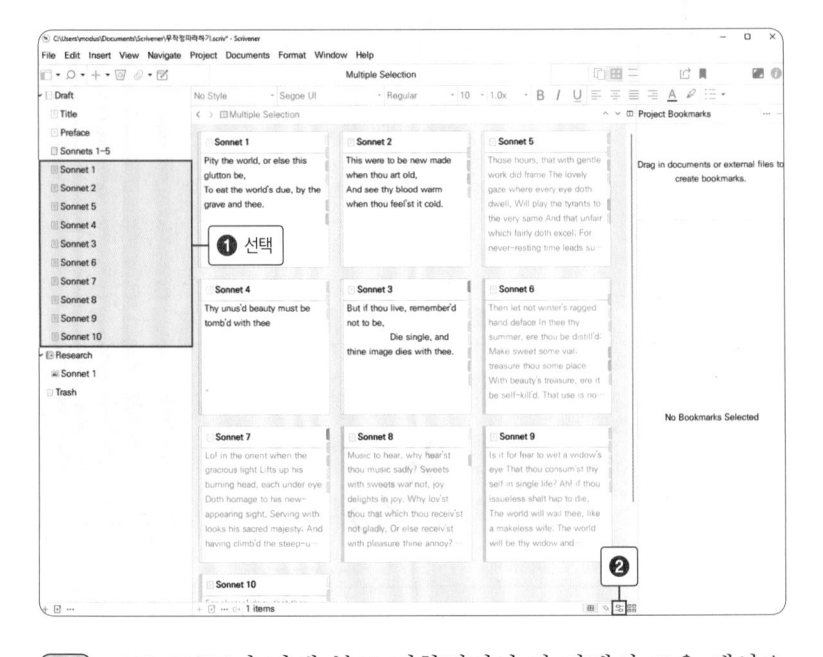

3 코르크보드가 라벨 뷰로 전환되면서 각 라벨의 고유 색상으로 트랙이 펼쳐집니다. 공통 아이콘 중 두 개가 사라지고 **가로/세로 모드 전환** 아이콘이 새롭게 생겼습니다.

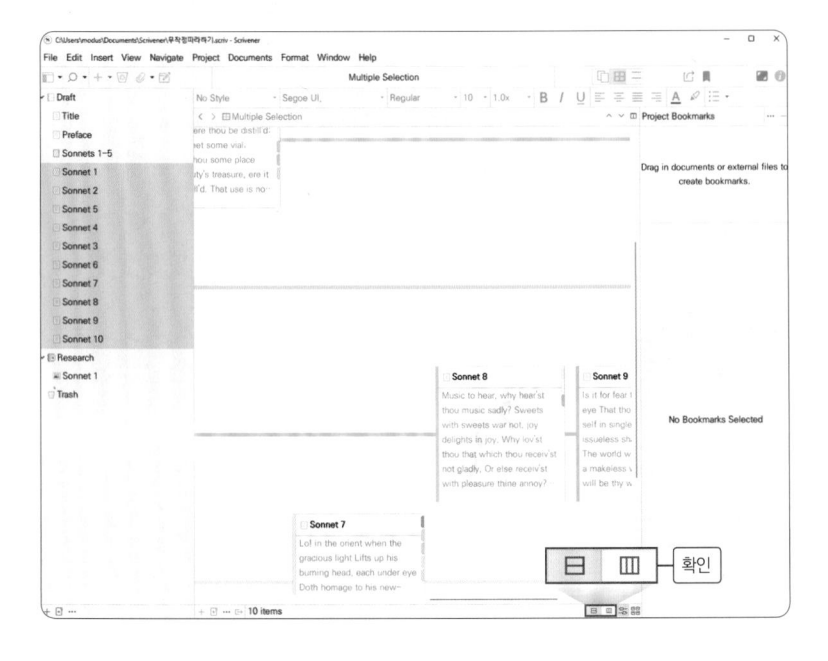

3) 라벨 뷰의 아이콘 세트

q 가로/세로 모드 전환

3 라벨 뷰 (토글 | 현재 활성화)

4 코르크보드 옵션

4 아이콘 Ⅲ 을 눌러서 세로 모드로 전환하겠습니다. 코르크보드 옵션 창에서 인덱스카드의 비율과 크기를 조정하여 에디터 하나에 라벨 트랙 5개가 모두 나타날 수 있도록 만들어 본 모습입니다.

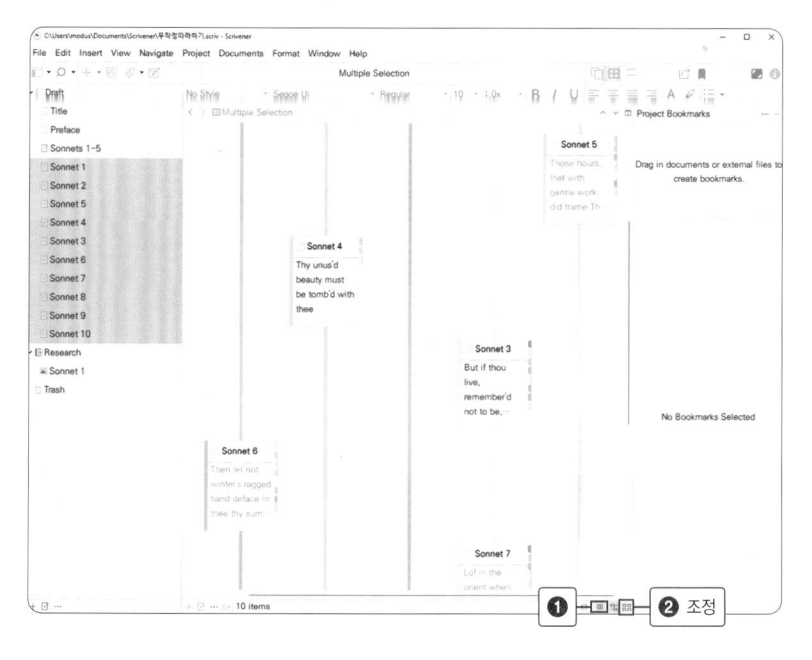

> **Tip** 라벨 뷰는 시공간 등의 흐름을 직관적으로 파악하기 용이한 모드입니다. 특히 세로 모드 라벨 뷰는 익숙한 스크롤 방식으로 인덱스카드를 빠르게 스캔할 수 있다는 장점이 있습니다. 가로 모드 라벨 뷰에서는 스크롤이 제한적인 대신에 긴 시놉시스를 펼쳐 놓고 한눈에 볼 수 있습니다.

5 라벨 뷰에서는 인덱스카드의 통상적인 이동 방식에 더하여 트랙 간 이동이 지원됩니다. Sonnet 3 카드를 연두색 트랙으로 끌어가 봅시다. Sonnet 3 카드가 옮겨 갈 위치와 해당 트랙의 라벨명이 표시됩니다. 그대로 마우스 단추를 놓으면 표시된 위치로 카드가 이동하며, 해당 문서의 라벨도 변합니다.

마우스 단추를 놓지 않은 상태에서 키보드의 Esc 를 눌러 작업을 취소합시다.

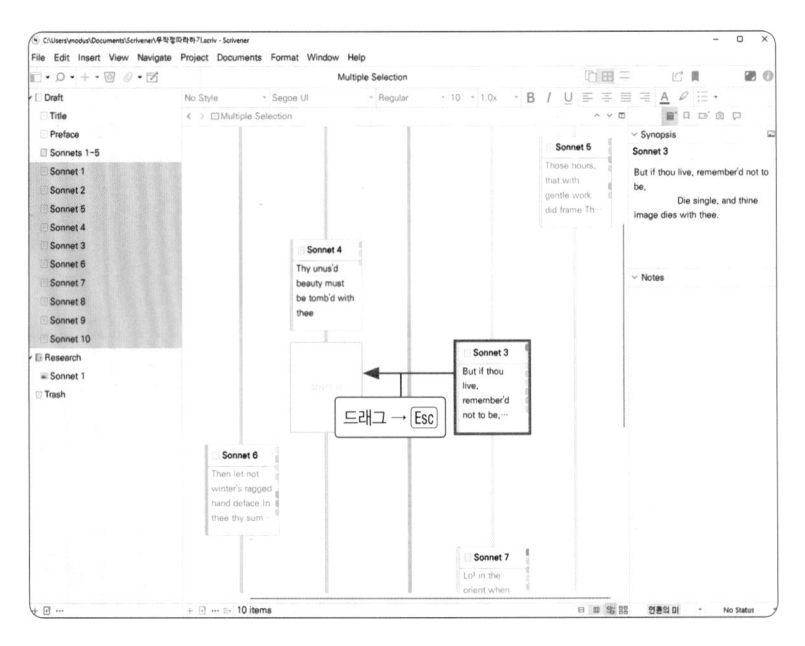

6 Sonnet 3 문서는 Sonnets 1-5 폴더로 옮기는 편이 좋겠다고 판단했습니다. 코르크보드에서 Sonnet 3 카드를 선택해 바인더의 Sonnets 1-5 폴더로 드래그합시다.

바인더에서는 Sonnet 3 문서가 Sonnets 1-5 폴더 안으로 들어가고, 코르크보드에는 새로운 가로줄이 생성되었습니다. 이 가로줄은 그리드 뷰에서의 **서랍**에 해당합니다. 아직 그룹이 확정되기 전이므로 서랍도 임시로 편성되었습니다.

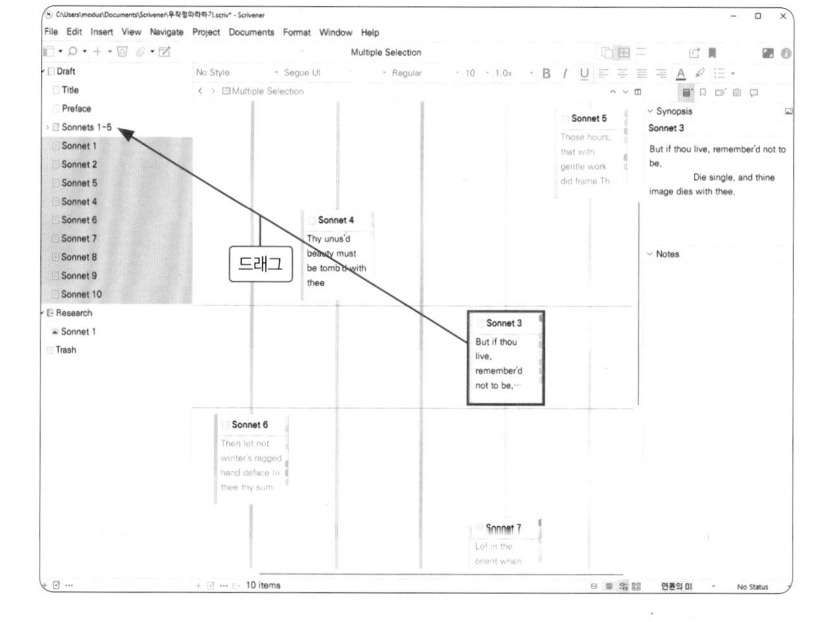

7 이동한 문서의 위치를 반영하여 새로이 문서를 선택해야 비로소 그룹이 확정됩니다. Sonnet 3에 이어 Sonnet 1 문서까지 Sonnets 1-5 폴더로 옮긴 다음, Sonnets 1-5 폴더를 펼쳐서 문서 10개를 다시 선택합시다.

그룹이 확정되어 서랍장이 바르게 구성되었습니다. 인덱스카드는 바인더의 문서 순서에 맞추어 새롭게 나열되었고, 가로줄을 중심으로 하여 카드가 두 개의 그룹으로 나누어집니다.

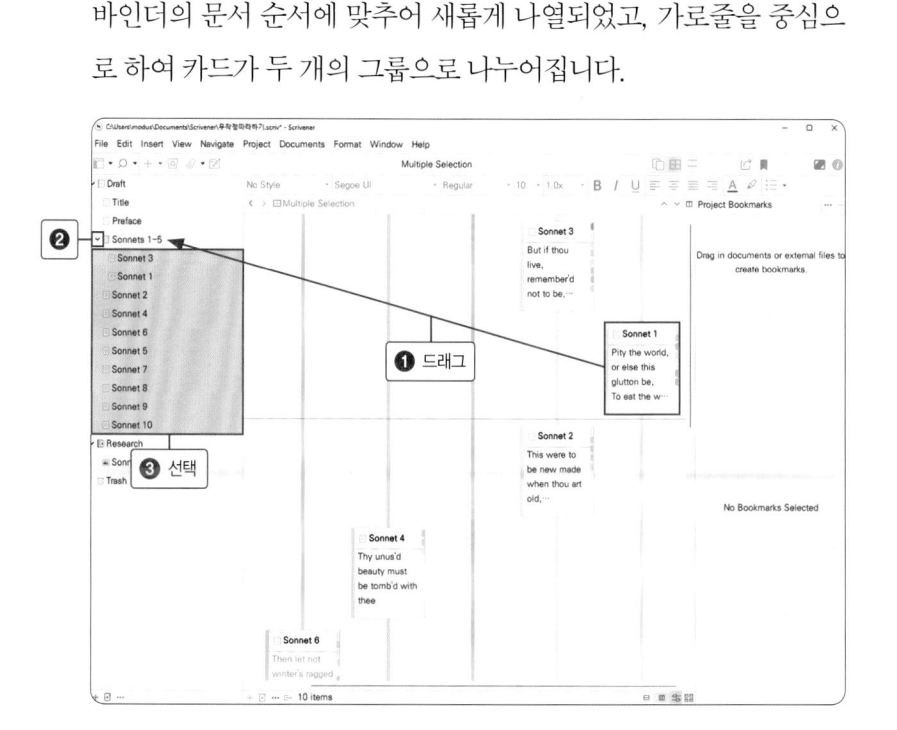

8 같은 상황에서 **그리드 뷰**로 전환하면 코르크보드가 어떻게 구성될까요? 그리드 뷰의 원칙은 단 하나의 계층만 평평(flat)하게 표현하는 것입니다. 예외적으로 **그룹**만을 선택할 때 서랍장 뷰가 구성됩니다.

지금은 개별 문서만 선택되었으므로 서랍장이 만들어지는 예외의 경우가 아닙니다. 따라서 코르크보드는 원칙으로 돌아가 모든 문서를 차별 없이 나열하였습니다.

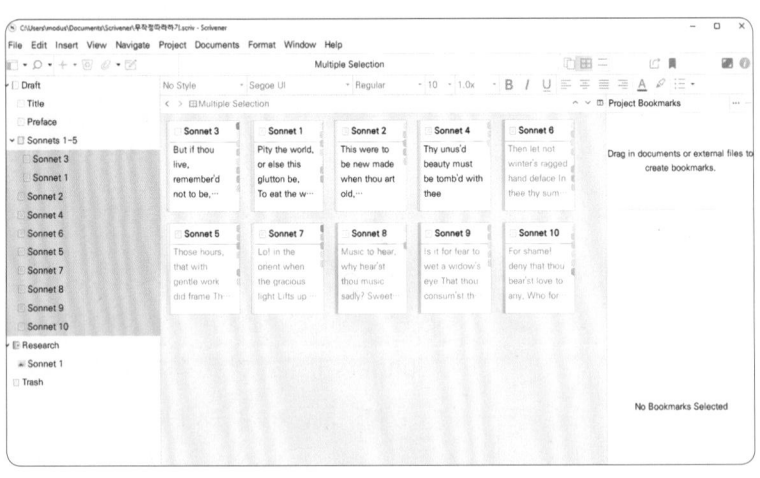

Tip 선택한 문서 중 단 하나라도 그룹에 해당하지 않는 것이 있다면 서랍장 뷰는 구성되지 않습니다.

9 드래프트 폴더와 **리서치** 폴더를 비롯하여 Sonnets 1-5 폴더와 Sonnet 2 파일은 모두 하위 문서를 포함하고 있으므로 그룹에 해당합니다. 이들만을 선택하면 각 그룹이 개별 서랍으로 표현된 서랍장 뷰가 만들어집니다.

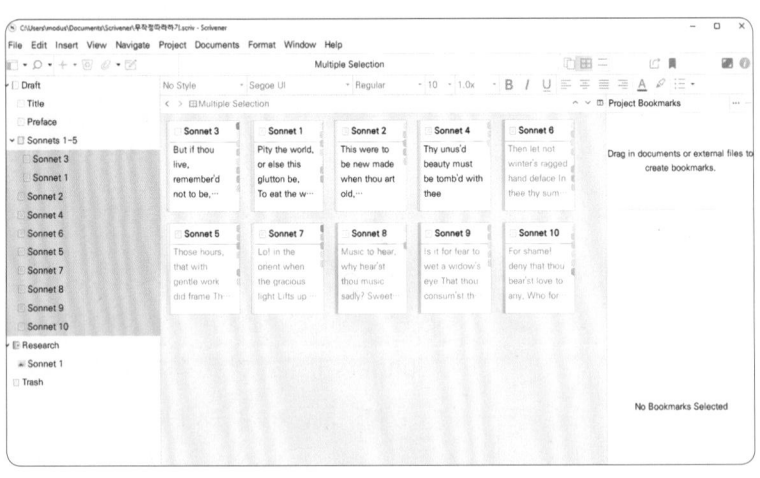

4) 서랍장 뷰의 아이콘 세트

❶ 그리드 뷰 (현재 활성화)

❾ 가로/세로 모드 전환

❸ 라벨 뷰

❹ 코르크보드 옵션

본래 자유 형식 아이콘이 있던 자리에 라벨 뷰의 **가로/세로 모드 전환** 아이콘目이 들어왔습니다. 기본 서랍장 뷰는 각 그룹의 그리드 뷰를 단순히 한 화면에 모아놓은 것처럼 표현되고 있습니다.

세로 모드 전환 아이콘Ⅲ을 클릭해 봅시다.

(10) 서랍장 뷰가 세로 모드로 전환되었습니다. 코르크보드 옵션에서 설정한 **가로 방향 카드(Cards across)** 개수를 무시한 채, 서랍마다 인덱스카드가 한 줄로 늘어섰습니다. 이것은 라벨 뷰의 트랙과도 흡사한 형태이지요.

아이콘 세트를 살펴보면, 방금 선택한 세로 모드 전환 아이콘Ⅲ만 활성화되어 있고 **그리드 뷰**田와 **라벨 뷰**ㅁ 모두 활성화되지 않은 상태입니다. 이로써 **서랍장 뷰에서의 가로/세로 모드**는 그리드 뷰도 아니고 라벨 뷰도 아니지만 양쪽 뷰의 특징을 함께 가진 별도의 뷰 모드로 취급되고 있음을 알 수 있습니다.

이 책에서는 이러한 뷰 모드를 편의상 **서랍장 뷰+**로 표기하겠습니다.

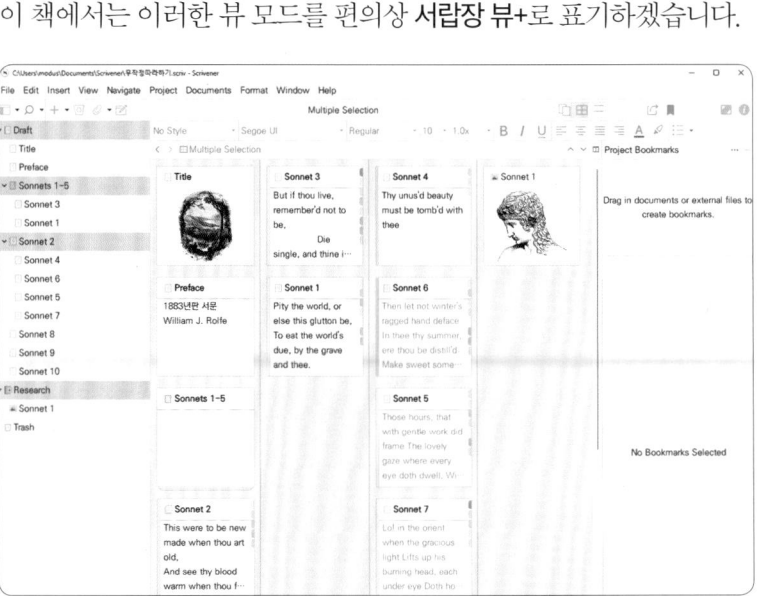

11 인덱스카드에 번호를 부여하면 **서랍장 뷰+**의 추가 기능을 활용할 수 있습니다. 메인 메뉴에서 〔View〕 - 〔Corkboard Options ▸〕 - 〔Card Numbers〕를 선택하여 카드 번호가 표시되도록 하겠습니다.

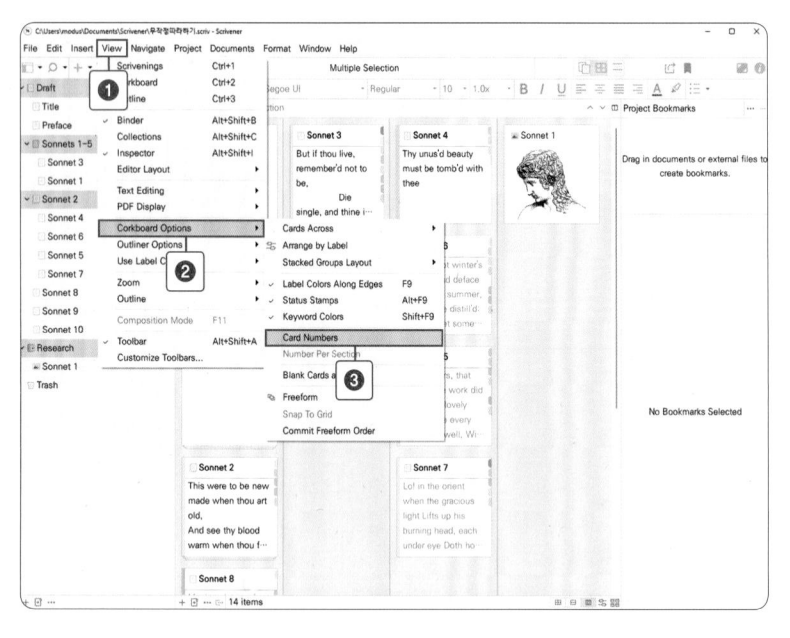

12 기본 설정에 따라 왼쪽 위의 카드부터 차례대로 번호가 매겨집니다. 다시 메인 메뉴로 가서 〔View〕 - 〔Corkboard Options ▸〕를 열어봅시다. 〔Card Numbers〕를 선택하기 전에 비활성화되어 있던 〔Number Per Section〕이 선택할 수 있는 상태로 바뀌어 있습니다. 〔Number Per Section〕을 클릭하여 선택합니다.

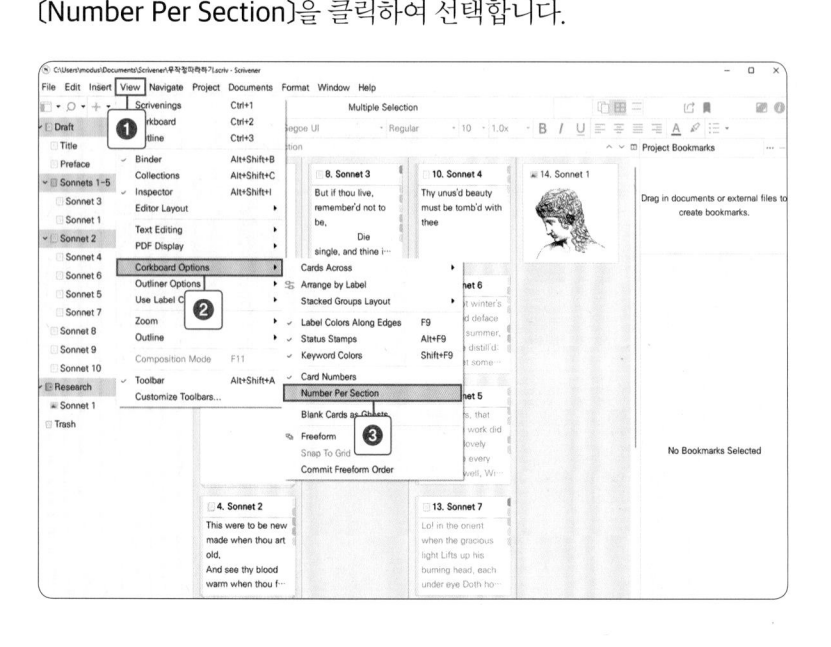

13 〔Card Numbers〕만 선택했을 때는 화면상의 모든 인덱스카드에 무차별적으로 번호가 부여되지만, 〔Number Per Section〕까지 선택하자 각 서랍마다 카드 번호가 따로 매겨집니다.

더불어 카드의 색이 라벨 색상으로 바뀌었습니다. 라벨 표시선은 선택 사항이므로, 인덱스카드에 표시되지 않을 수도 있습니다. 여기서는 카드의 색상을 강제로 바꾸어 표시선이 없을 경우에도 라벨을 파악할 수 있도록 배려하고 있습니다.

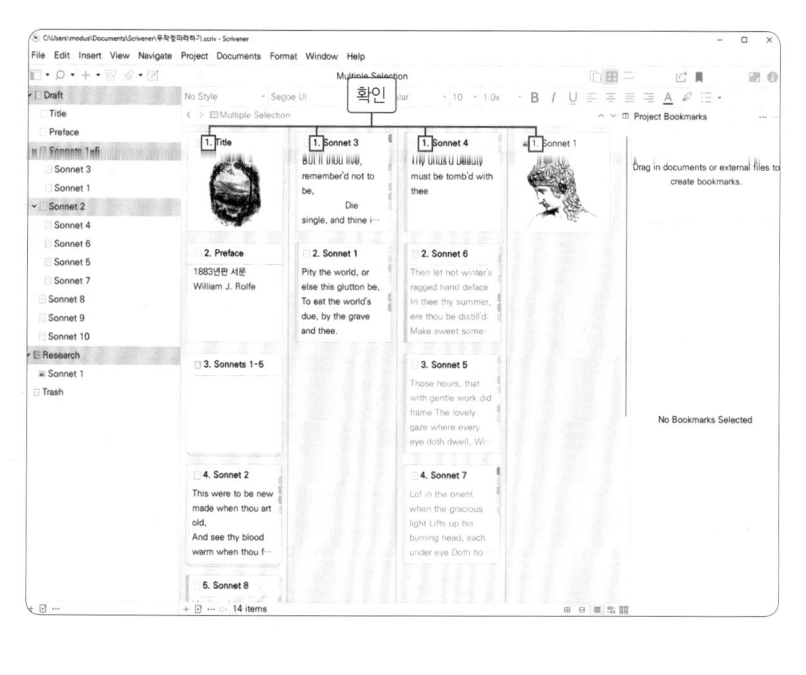

잠
깐
만
요

왜 이런 배려가 필요할까요?

서랍장 뷰+에서 모든 카드에 일렬의 누적 번호만을 부여할 경우, 사용자는 단순히 그룹이 구분된 상태와 전체 문서의 기계적 순서만을 참조하고 있을 가능성이 큽니다. 그러므로 〔**Card Numbers**〕 기능은 '순서'에 방점을 두어 디자인되었습니다.

반면 각 서랍마다 고유 번호를 부여하는 사용자는 그룹 간의 관계에 보다 관심을 가지고 있을 가능성이 높겠지요. 여기서 카드의 순서는 오히려 보조적인 수단으로만 활용됩니다. 그리하여 〔**Number Per Section**〕기능은 '관계'를 더욱 잘 나타낼 수 있도록 구상되었고, '관계'의 또 다른 축인 라벨까지 필수 요소로 표시하여 활용성을 높였습니다.

14 마지막으로 본문의 내용이 없는 인덱스카드를 공란 처리하는 **고스트카드** 기능을 보겠습니다. 코르크보드의 빈곳에서 마우스 오른쪽 단추를 눌러 단축 메뉴를 불러낸 후, 〔Add Item ▶〕-〔New Text〕를 클릭해서 빈 카드를 추가합시다.

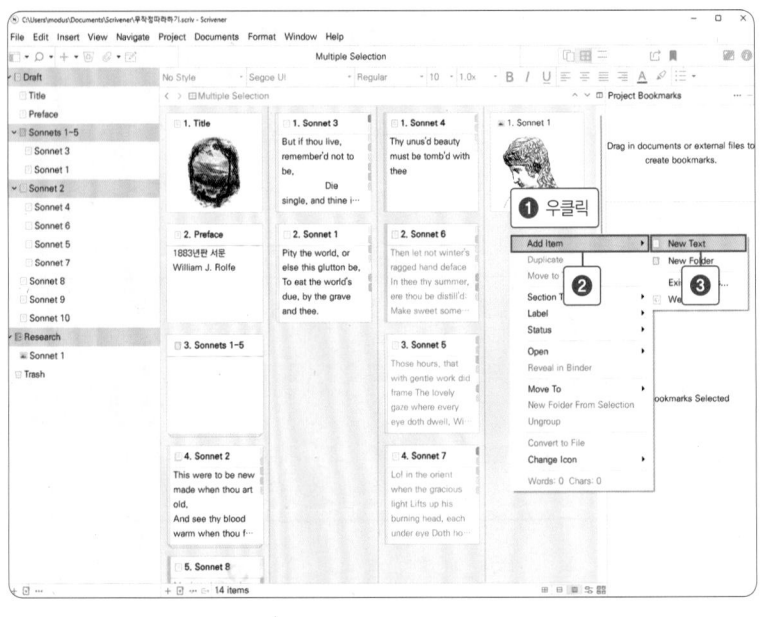

15 메인 메뉴에서 〔View〕-〔Corkboard Options ▶〕-〔Blank Cards as Ghosts〕를 선택하여 고스트카드 기능을 실행합니다.

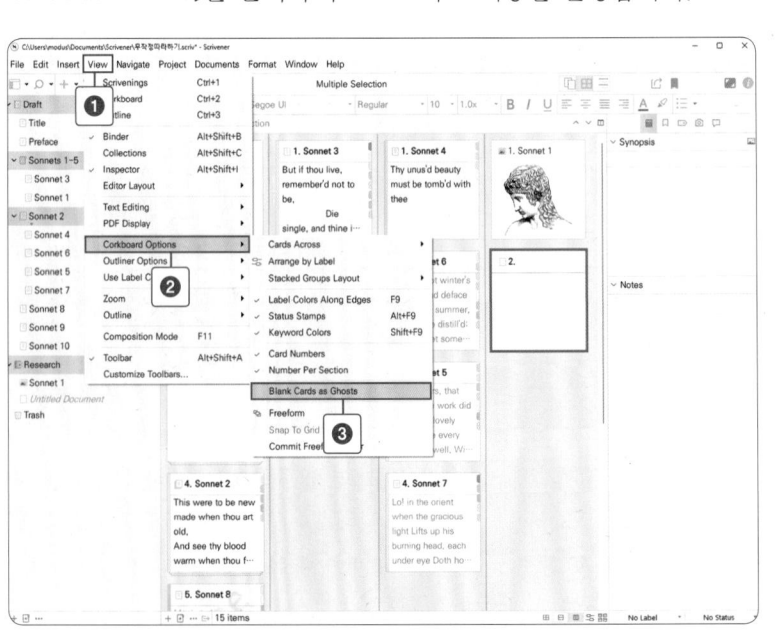

16 〔Blank Cards as Ghosts〕가 실행되어 메뉴명 앞에 체크 기호 (✓)가 생성되었는데도 코르크보드에서는 별다른 변화가 없습니다. 인덱스카드에 번호를 부여하게 되면, 내용이 빈 인덱스카드라 하더라도 번호를 할당해야 하므로 고스트카드 기능이 동작하지 않습니다.

메인 메뉴에서 〔View〕 - 〔Corkboard Options ▸〕 - 〔Card Numbers〕를 클릭하여 번호 기능을 종료합시다.

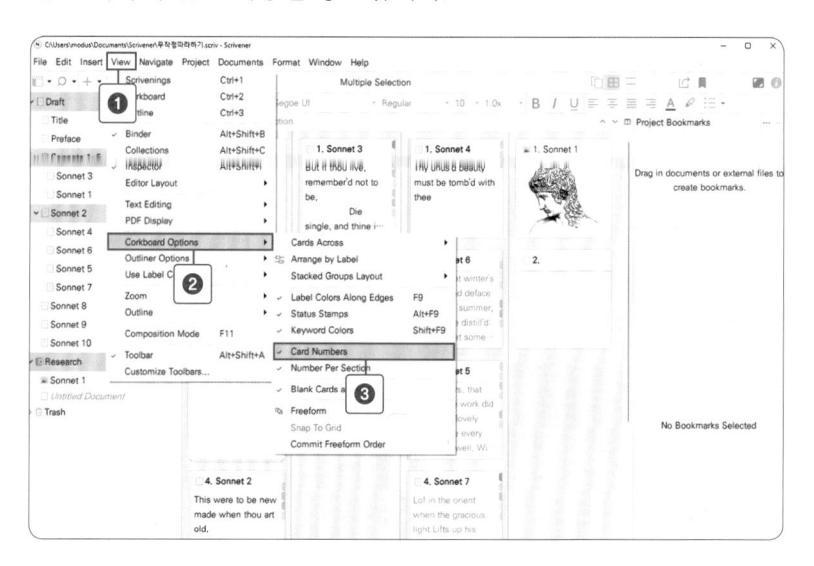

Tip Sonnets 1-5 폴더는 문서 자체의 내용은 비어 있지만 하부 문서를 포함하고 있기 때문에 고스트카드로 전환되지 않았습니다.

17 인덱스카드의 번호를 제거하자 고스트카드 기능이 바르게 작동합니다. 조금 전 만들었던 빈 카드가 공란으로 처리되면서 자리가 할당되어 있다는 표식만 남았습니다.

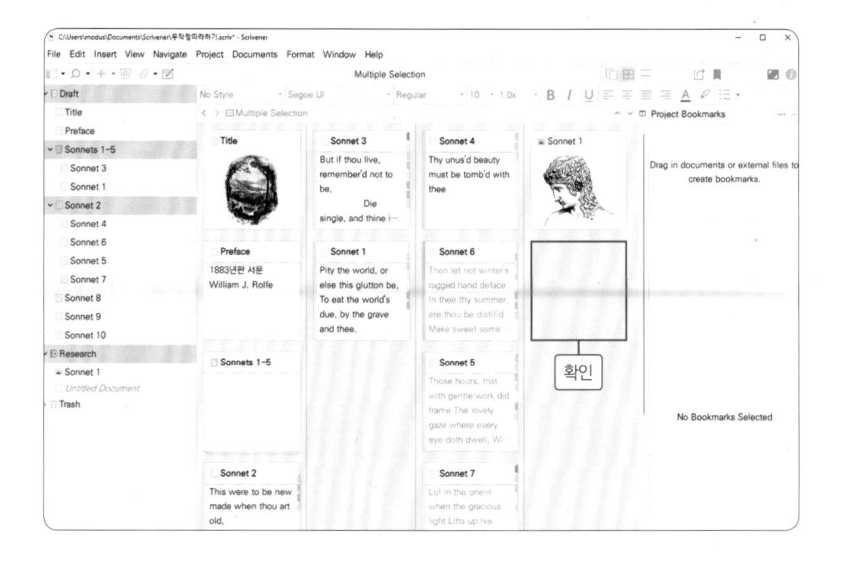

03 | 스크래치패드 활용하기

스크래치패드(Scratchpad)는 스크리브너에서 사용할 수 있는 일종의 메모장입니다. 윈도우의 기본 메모장과 비슷하지만 몇 가지 편리한 기능을 추가로 제공하지요.

스크래치패드는 빠르게 불러낼 수 있고 여러 메모를 저장해놓고 사용할 수 있으며 텍스트에 서식을 지정할 수도 있습니다. 특히 별도의 메모장 애플리케이션을 이용할 때 겪는 번거로움을 해소할 수 있다는 점에서 무척 매력적인 기능입니다.

또 하나의 특별한 강점은 스크래치패드가 다양한 범용 확장자를 지원한다는 것입니다. 스크래치패드는 일반 텍스트(.txt)는 물론, MS 워드 문서(.doc, .docx)나 웹 페이지 문서(.html) 등도 읽어 들입니다. 그러므로 외부에서 작성한 문서를 스크래치패드와 연동하여 관리하는 것이 가능합니다.

스크래치패드에서 여러 확장자를 다루는 방법은 부록에서 다루도록 할게요. 여기서는 스크래치패드의 기본 설정만을 익혀 보도록 하겠습니다.

▶ **무 작 정 따 라 하 기**   **스크래치패드로 노트 정리하기**

◀ 영상 강의
바로 보기

Tip 스크래치패드 단축키는 스크리브너가 실행되어 있는 동안 윈도우의 범용 단축키로 설정됩니다. 따라서 스크리브너가 실행되어 있기만 하다면 단축키를 누르는 것만으로 윈도우의 어디에서나 스크래치패드를 불러낼 수 있습니다. 스크리브너 창이 활성화되어 있지 않은 경우에도 마찬가지입니다.

1 스크리브너가 실행되어 있는 상태에서 단축키 Alt + Shift + Enter 를 이용하여 스크래치패드를 불러냅니다.

❶ Alt + Shift + Enter

Scrivener Scratchpad - untitled note

untitled note

❷ 확인

+ - Send to Project...

Tip 스크래치패드는 메인 메뉴에서 [Window] - [Scratchpad]를 선택하여 실행할 수도 있습니다. 그러나 메인 메뉴로 접근할 경우 윈도우 화면 어디서나 즉시 호출할 수 있는 스크래치패드의 장점이 반감됩니다. 되도록 단축키를 활용하실 것을 권해 드려요.

<스크래치패드의 구성>

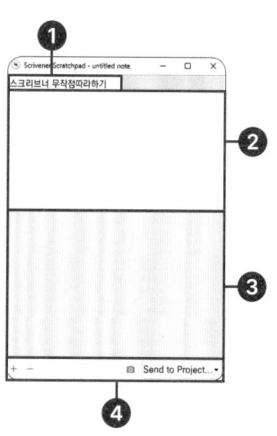

❶ 제목 표시줄 : 목록에서 현재 선택한 노트의 제목을 표시합니다.

❷ 노트 목록 : 스크래치패드 폴더에 저장된 노트의 목록을 표시합니다.

❸ 노트 : 노트의 내용을 표시합니다.

❹ 하단 툴바 : 노트 추가, 노트 삭제, 스크린샷, 노트 내보내기 등의 메뉴가 배치되어 있습니다.

잠
깐
만
요

목록만 보이고 노트가 표시되지 않는 경우

스크래치패드가 왼쪽처럼 목록 창만 가득 찬 상태로 실행되는 경우가 있습니다. 메인 옵션에서 스크래치패드 노트의 파일 형식을 전환한 직후에 간혹 이런 문제가 발생합니다.

이것은 스크래치패드의 편집기 엔진이 달라지면서 목록 창의 크기가 잘못 초기화되는 것입니다. 마우스 커서를 노트와 하단 툴바의 경계로 가져가면 크기 조절 커서로 바뀝니다.

그대로 커서를 드래그하여 끌어올리면 노트 창이 나타납니다.

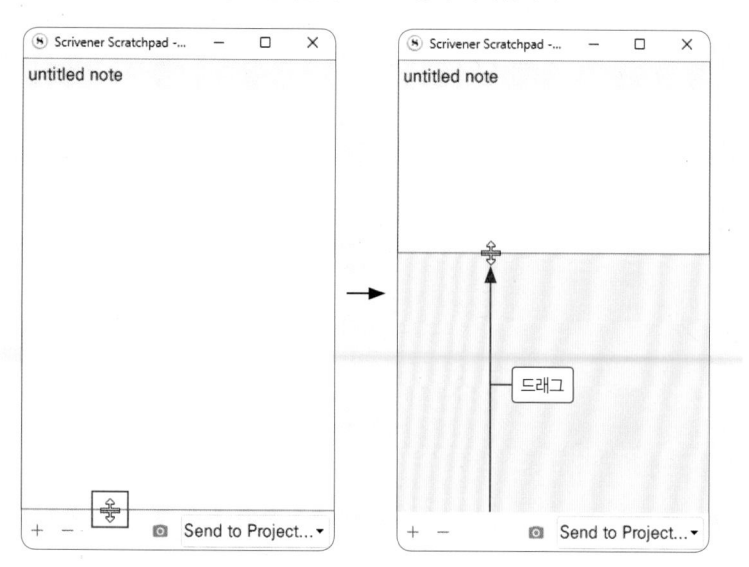

2 스크래치패드를 처음 실행하면 노트 목록 창의 맨 위에 untitled note 노트가 미리 만들어져 있습니다. 노트 제목을 더블 클릭하거나 제목을 선택한 채로 F2 를 눌러 제목을 바꾸어 봅시다.

3 제목을 입력했다면 노트 창으로 넘어가서 내용까지 작성해 봅시다. 노트 창을 마우스로 클릭하면 바로 내용을 작성할 수 있습니다. 마우스 오른쪽 단추를 눌러 단축 메뉴를 불러내면 서식 지정도 가능합니다.

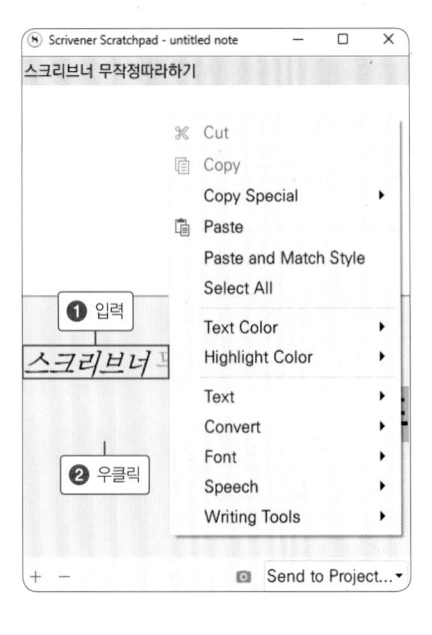

Tip 노트 제목이 선택되어 있는 상태에서 단축키 Ctrl + Tab 을 눌러도 노트 창으로 넘어갈 수 있습니다.

④ 하단 툴바의 노트 추가 아이콘 **+** 을 클릭하거나, 노트 목록이 선택되어 있는 상태에서 Enter 를 누르면 새 노트가 바로 추가됩니다. 다른 양식의 노트를 하나 더 작성해 보겠습니다.

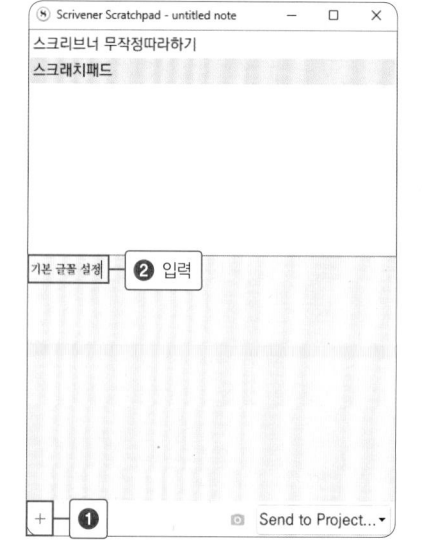

Tip 메인 옵션 창을 실행하려면 (File) - (Option)을 선택했었죠?

Tip 스크래치패드 노트는 저장 단추를 누를 필요 없이 곧바로 저장됩니다.

⑤ 사용자의 작업 화면이 넓지 않은 경우에는 스크래치패드를 화면 맨 위에 고정해서 사용성을 높일 수 있습니다.

메인 옵션 창의 (General) - (Scratchpad) 탭에서 하단의 체크박스(☑ Keep Scratchpad window on top (requires Scratchpad restart))를 선택합니다. (OK)를 클릭하여 변경 사항을 적용합시다.

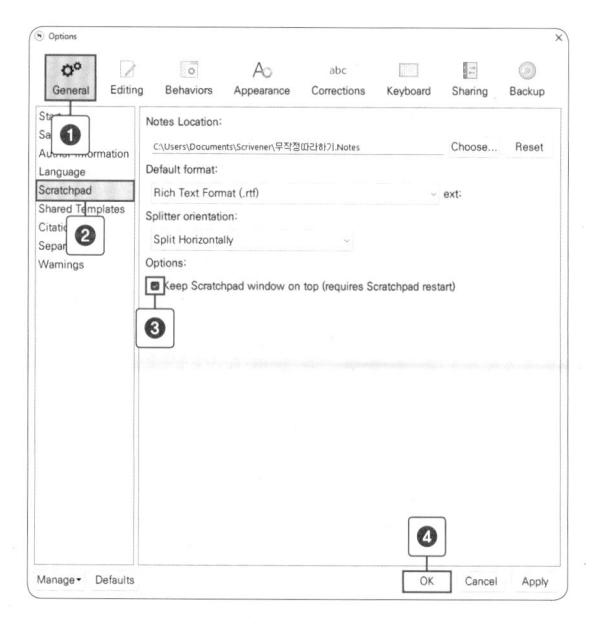

6 설정을 적용하려면 스크리브너를 재실행해야 한다는 알림 창이 나타납니다. 〔OK〕를 눌러 창을 닫은 후, 스크리브너를 종료했다가 다시 실행합시다.

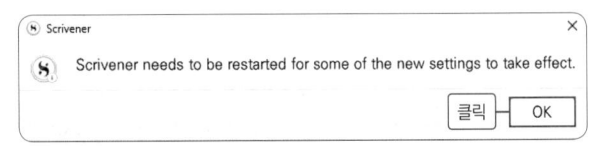

7 재실행된 스크리브너에서 스크래치패드를 호출하여 설정이 잘 적용되었는지 확인해 봅시다. 스크래치패드 외부를 클릭하여 제목 표시줄이 회색으로 비활성화되어도 창이 사라지지 않은 채 머물러 있다면 스크래치패드가 화면 최상단에 고정된 것입니다.

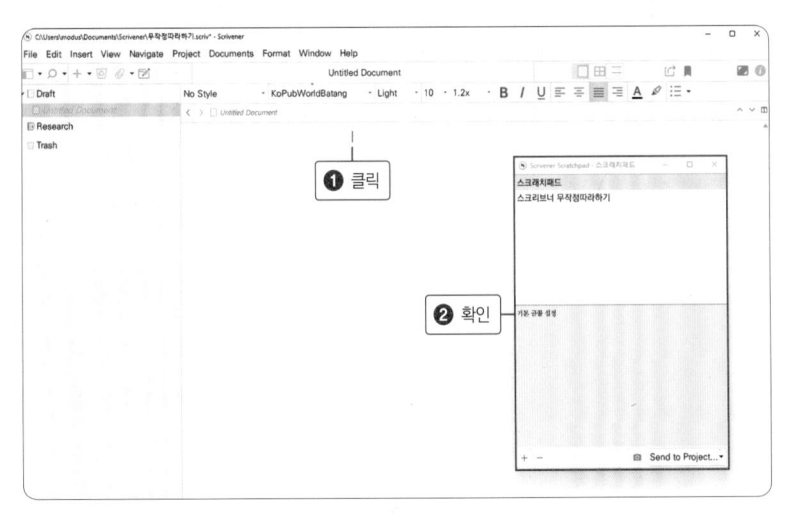

8 이제 외부에서 스크래치패드의 설정을 변경하면 변경 사항을 즉시 확인할 수 있습니다.

메인 옵션의 〔General〕 - 〔Scratchpad〕 탭에서 Splitter orientation을 찾아 현재 **수평 분할**(Split Horizontally)로 되어 있는 설정을 **수직 분할**(Split Vertically)로 바꾼 후, 〔Apply〕를 클릭합니다. 옵션 창을 닫지 않은 채로 변경 사항을 확인할 수 있습니다.

분할 방식을 확인하면서 사용자의 환경에 맞는 설정을 결정한 다음 〔OK〕를 클릭해 빠져나옵시다.

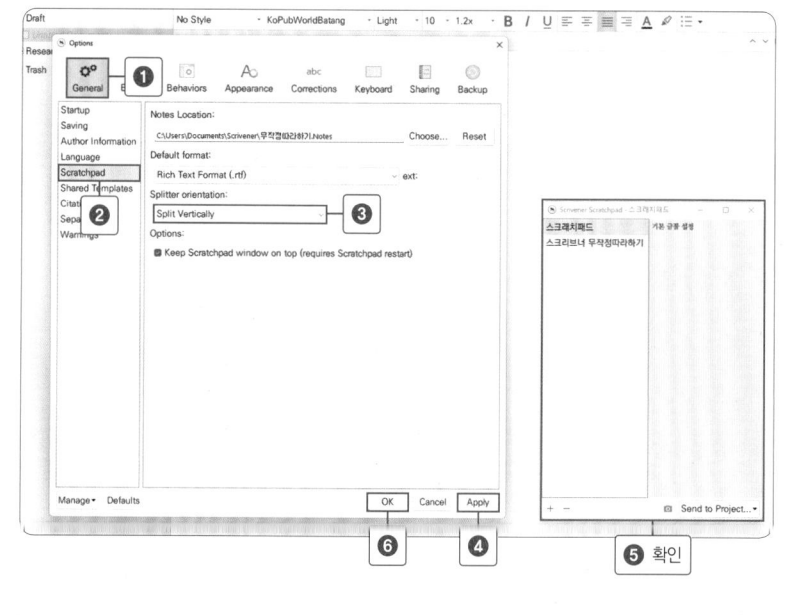

> **잠깐만요**

스크래치패드의 배경색 변경

스크래치패드 노트는 고전적인 노란색으로 설정되어 있는데, 사용자에 따라서는 오히려 이 배경색이 텍스트의 시인성을 떨어뜨린다고 느낄 수도 있습니다. 메인 옵션 창의 (**Appearance**) - (**Scratchpad**) - (**Scratchpad Notes Background**)에서 원하는 색상으로 변경할 수 있습니다.

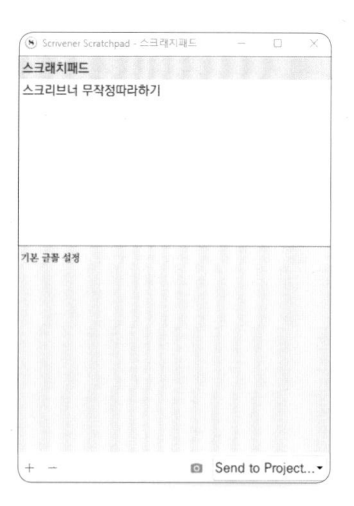

9 하단 툴바의 **스크린샷** 아이콘🔘을 이용하면 현재 작업 화면을 빠르게 캡처하여 노트에 저장할 수 있습니다. 개별 문서에 **스냅샷** ▶ 344쪽 기능이 있지만, 스크래치패드의 스크린샷은 편집기 바깥의 상황도 기록할 수 있으므로 스냅샷을 보조하는 용도로 사용할 수 있습니다.

하단 툴바에서 카메라 모양의 **스크린샷** 아이콘🔘을 찾아 클릭해봅시다.

10 스크래치패드가 사라지면서 스크린샷 도구가 나타납니다. 전체 화면 캡처와 선택 영역 캡처를 선택할 수 있습니다.

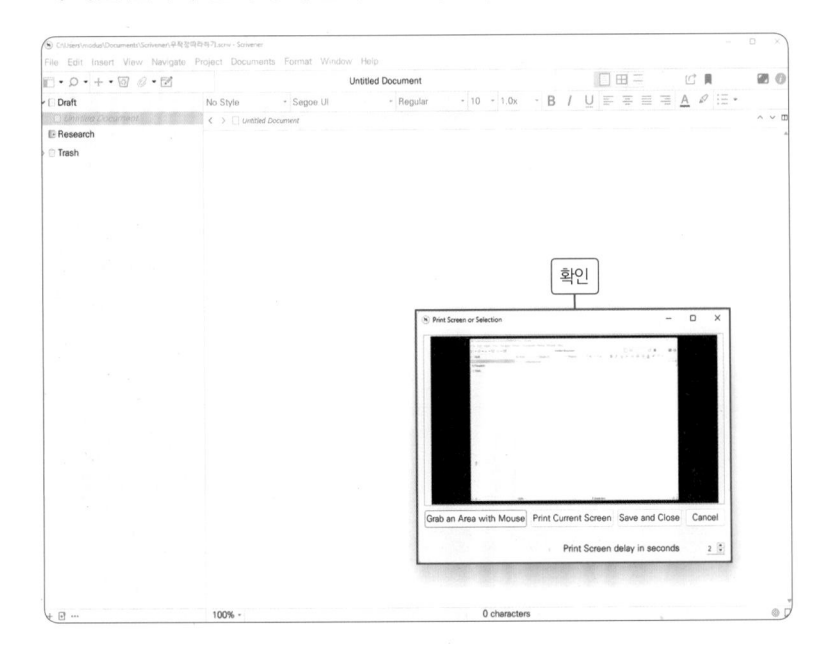

- **Grab an Area with Mouse** : 마우스로 캡처할 영역을 선택합니다.
- **Print Current Screen** : 현재 작업 화면 전체를 캡처합니다.
- **Save and Close** : 캡처한 이미지를 노트에 저장하고, 스크린샷 도구를 닫습니다.
- **Cancel** : 스크린샷을 취소하고 스크래치패드로 돌아갑니다.

- **Print Screen delay in seconds** : 전체 화면을 캡처할 경우, 단추를 누른 후 캡처하기까지의 지연 시간을 초 단위로 설정합니다. 기본 설정은 2초입니다.

Tip 스크린샷 도구는 실행되자마자 현재 작업 화면을 캡처하여 미리보기로 띄워 줍니다. 따로 캡처를 하지 않고 이 이미지를 곧바로 저장하면 빠르게 노트로 첨부할 수 있습니다.

11 〔Grab an Area with Mouse〕를 클릭해 봅시다. 화면에 녹색으로 그리드가 펼쳐지면서 영역을 선택하라는 문구가 나타납니다.

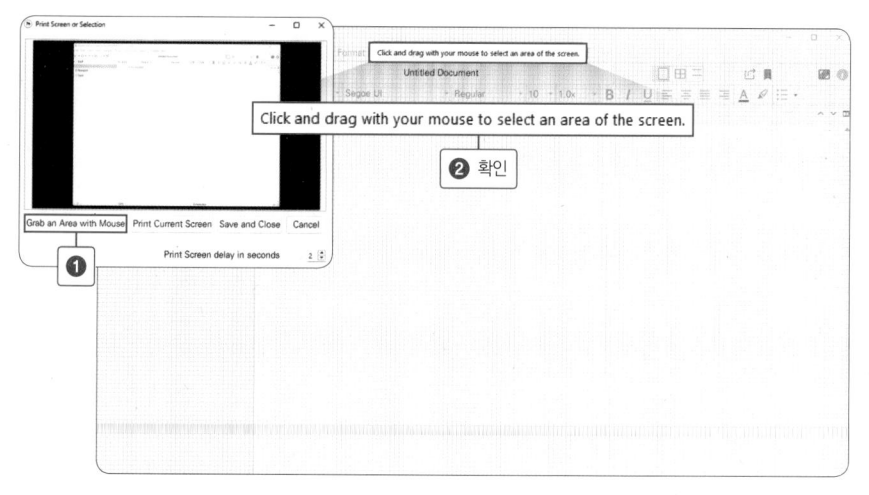

12 적당한 지점을 마우스로 클릭하여 필요한 지점까지 드래그합니다. 마우스를 따라 선택 영역이 표시되면서, 하단에 현재 선택한 영역의 크기와 현재 커서 위치의 확대 이미지가 함께 나타납니다. 마우스 단추를 놓으면 선택된 영역이 이미지로 캡처됩니다.

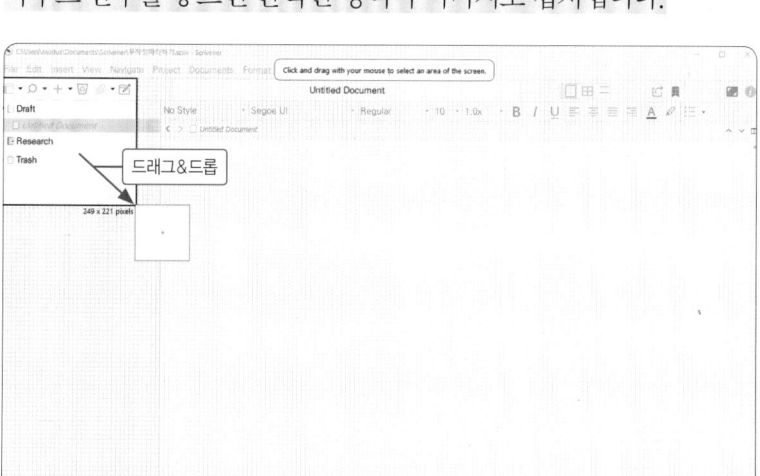

Tip 다시 캡처하려면 〔Grab an Area with Mouse〕를 클릭 합니다.

13 다시 돌아온 스크린샷 도구에 방금 캡처한 이미지가 미리보기로 나타납니다. 〔Save and Close〕를 선택하여 캡처한 이미지를 저장하겠습니다.

14 스크린샷 도구가 종료되면서 스크래치패드가 다시 나타납니다. 노트에 캡처 이미지가 첨부된 것이 확인됩니다.

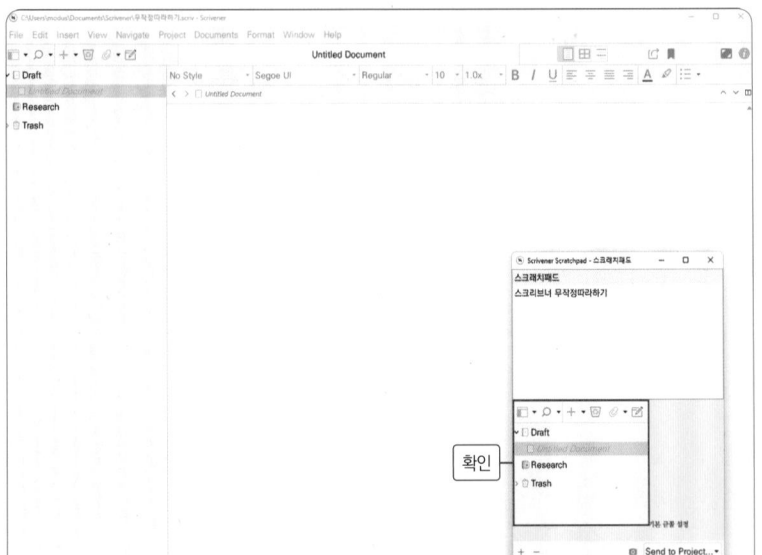

잠
깐
만
요

전체 화면 캡처와 캡처 도구

〔**Print Current Screen**〕을 선택하면 화면 왼쪽 아래에 캡처 도구가 생성됩니다. 〔**Print Screen delay in seconds**〕에서 지정한 지연 시간 동안 이 도구를 이용하여 작업 화면의 상황을 원하는 방향으로 정리할 수 있습니다.

전체 화면 캡처 시에는 이 도구도 함께 캡처됩니다. 그래서 캡처 도구는 최종 이미지를 방해하지 않을 만큼 매우 작은 크기로 나타납니다. 조작에 시간이 걸릴 수 있으므로, 캡처 도구를 이용하려면 지연 시간을 넉넉히 설정해두는 편이 좋습니다.

캡처 도구의 구성입니다.

❶ 창 조절 메뉴

❷ 창 최대화 또는 윈도우 창 분할 도구

❸ 캡처 취소

▶ 무 작 정 따 라 하 기 | **작성한 노트를 문서로 불러들이기**

◀ 영상 강의
바로 보기

스크래치패드 노트는 기존 문서에 첨부하거나 새로운 문서로 생성할 수 있습니다.

1 노트의 내용을 문서에 첨부하는 방법부터 살펴보겠습니다.

스크래치패드의 하단 툴바에서 〔Send to Project...▾〕를 클릭해 드롭다운 메뉴를 엽니다. 〔Append Text To ▸〕로 마우스를 가져가면 현재 창으로 열려 있는 모든 프로젝트가 나열됩니다. 지금은 **무작정따라하기** 프로젝트만 열려 있습니다.

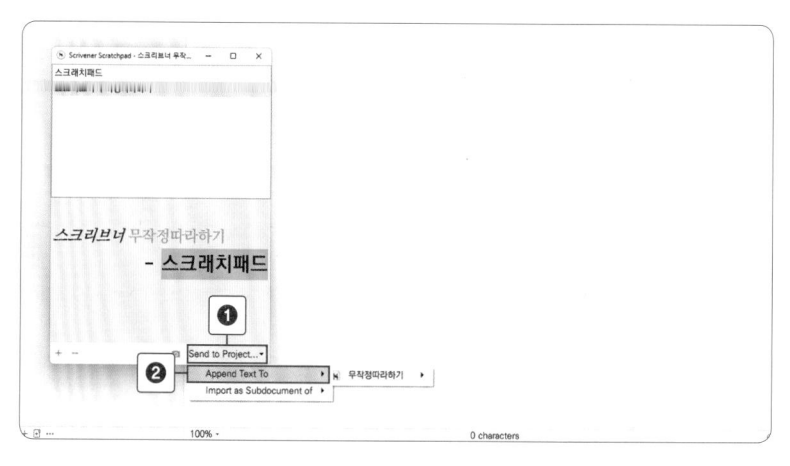

2 메뉴를 순서대로 이동해서 현재 생성되어 있는 *Untitled Document* 문서를 선택합니다.

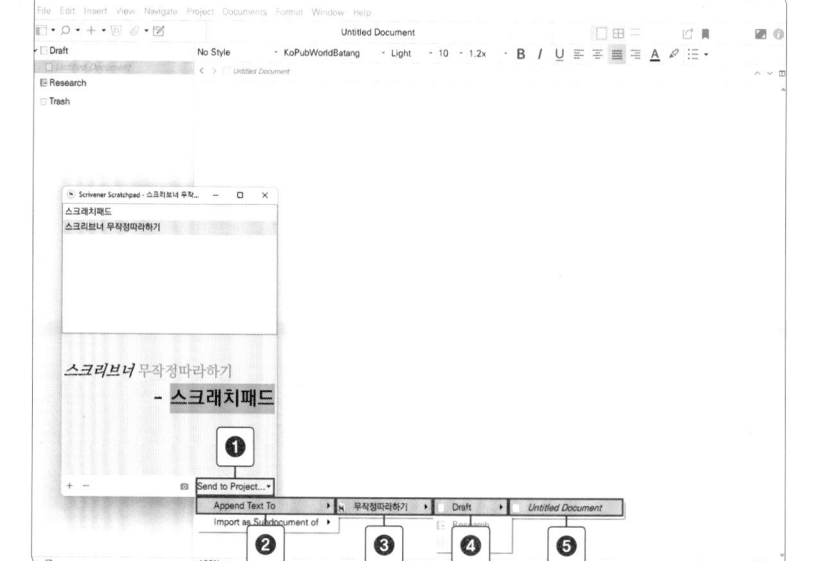

3 *Untitled Document* 문서에 노트의 내용이 첨부되었습니다.

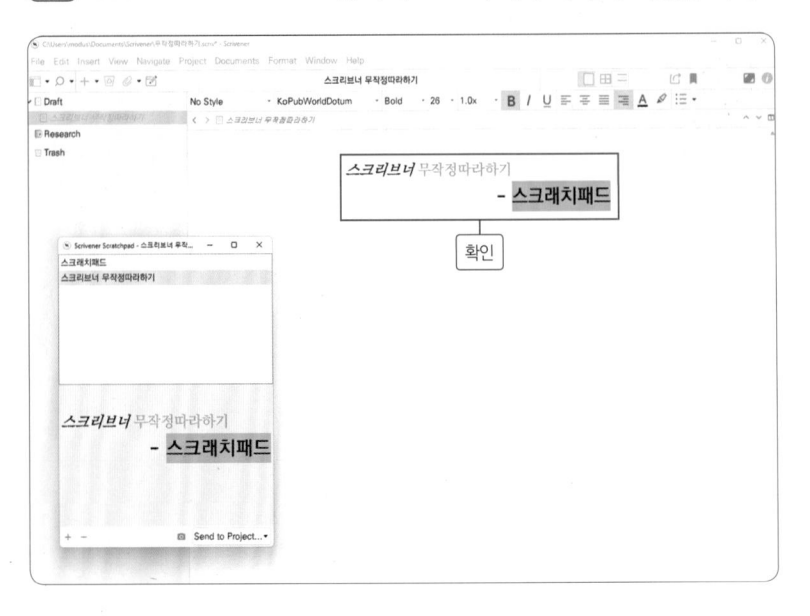

4 다음은 노트에서 새 문서를 생성하는 방법입니다.

스크래치패드의 하단 툴바에서 〔Send to Project...▾〕를 눌러 드롭다운 메뉴를 열고, 이번에는 〔Import as Subdocument of ▸〕로 마우스를 가져갑니다. 역시 현재 창으로 열려 있는 모든 프로젝트가 나열됩니다. 지금은 **무작정따라하기** 프로젝트만 열려 있습니다.

같은 방식으로 메뉴를 순서대로 따라 이동합시다. **드래프트** 폴더로 마우스를 가져가면 *스크리브너 무작정따라하기* 문서가 나타나지만, 문서로 이동하지 않고 **드래프트** 폴더를 클릭하겠습니다.

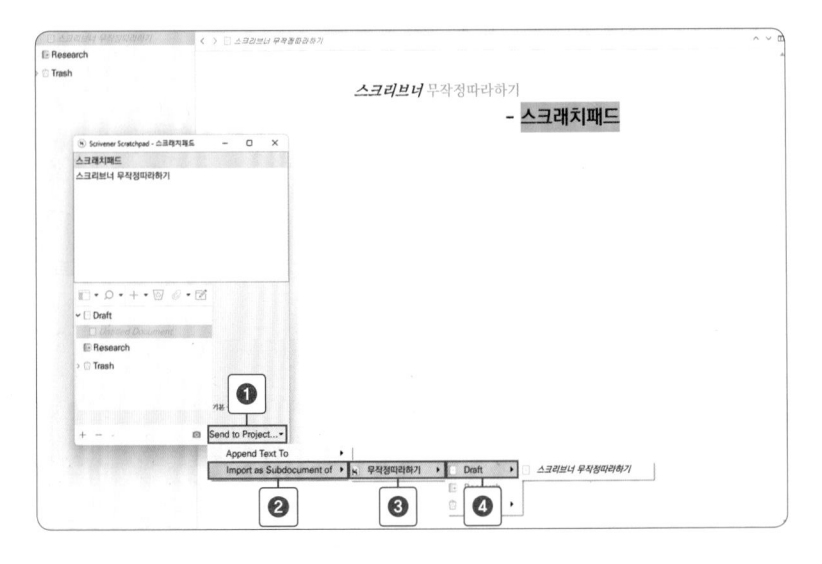

Tip 앞에서 드래프트 폴더 대신 **스크리브너 무작정따라하기** 문서를 선택하면, **스크리브너** 문서는 **스크리브너 무작정따라하기**의 하위 문서로 생성됩니다. 이 기능은 노트를 **하위 문서로 가져오는(Import as Subdocument of)** 것이기 때문이죠.

5 *스크리브너 무작정따라하기* 문서 아래에 노트의 제목과 동일한 **스크래치패드** 문서가 생성되었습니다.

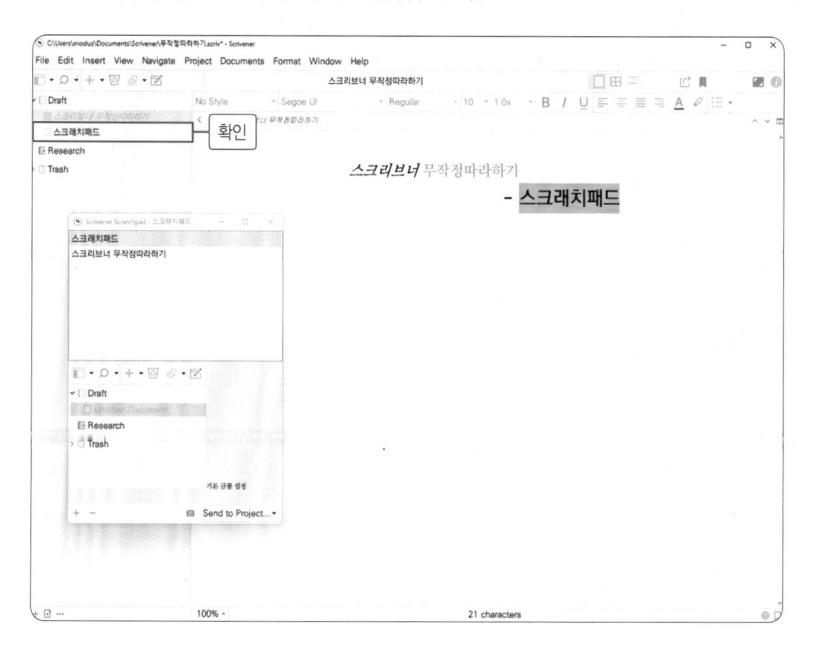

6 **스크래치패드** 문서를 클릭해 보면 노트의 내용이 빠짐없이 잘 복사된 것을 확인할 수 있습니다.

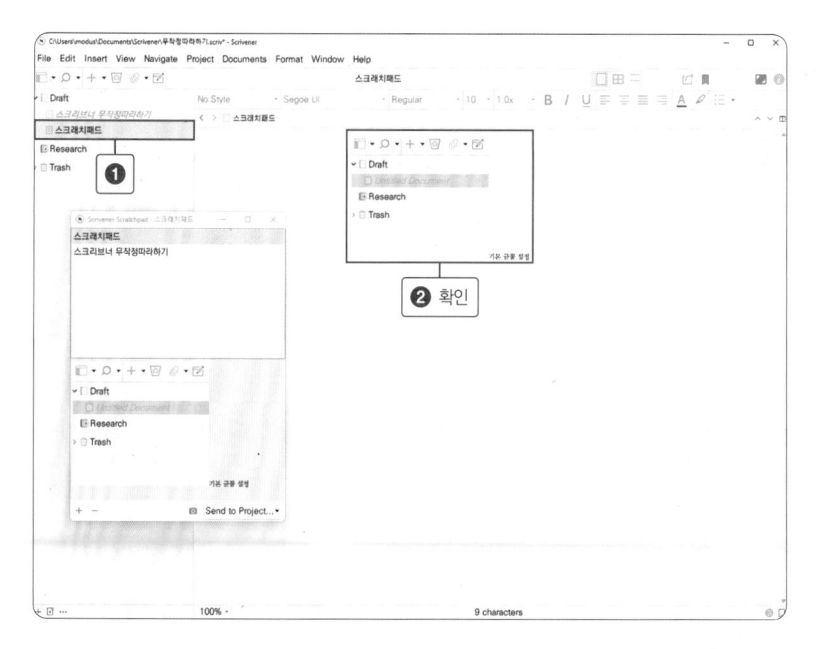

Scrivener

긴 글이란 여러 개의 짧은 글을 하나로 모아놓은 것이라고 할 수 있겠지요. 집필을 시작하는 단계에서는 전체의 맥락과 무관하게 짧은 글을 하나씩 쓰는 것으로 충분하겠지만, 이들을 모아서 긴 글로 만들 때는 여러 글 간의 관계까지 고려하여 체계적으로 조립해나가야만 합니다. 집필 과정은 이렇듯 글의 특정 부분과 전체 글 사이를 끊임없이 오가는 작업의 연속이지요.

Chapter 04에서는 글의 구조를 논리적으로 조직하고 글을 체계적으로 구성하는 데 도움을 주는 스크리브너의 여러 도구를 살펴보겠습니다.

Chapter

04

집필의 전개 -
체계화하기

숲과 나무

숲과 나무를 함께 살피는 일은 글을 안팎으로 오가며 큰 얼개와 세부 표현을 조율하는 글쓰기 중반부의 작업과 유사합니다. 멀리서 글의 윤곽을 살피는 도구와 가까이서 글의 세부를 분류할 수 있는 도구를 차례로 살펴보겠습니다.

1 | 글의 윤곽 살펴보기

코르크보드가 개요 작성 단계에서 유용하게 활용된다면, 원고를 개괄적으로 살필 수 있는 아웃라이너와 스크리브닝은 글을 완성해 가는 과정에 큰 도움을 줍니다.

아웃라이너는 바인더처럼 글의 구조를 나타내면서도 바인더보다 다양한 정보를 표시할 수 있습니다. 따라서 글이 어떻게 구성되어 있는지 한눈에 파악할 수 있죠. 스크리브닝은 전통적인 워드프로세서처럼 글을 일렬로 나열하여, 문서가 분절되지 않고 부드럽게 이어질 수 있도록 도와줍니다.

그룹 뷰 모드의 나머지 두 기능인 **아웃라이너**와 **스크리브닝**을 살펴보겠습니다.

∧ 나무와 숲을 번갈아 볼 것!

아웃라이너 활용하기

실습예제\Chapter_04\예제_06.scriv

◀ 영상 강의
바로 보기

아래와 같이 구성된 프로젝트에서 시작하겠습니다. 이 프로젝트에는 《백범일지》 전체 분량이 2개의 폴더를 포함한 16개의 문서로 나뉘어 있고, 기본 폴더의 이름이 각각 **백범일지**(드래프트), **참고자료**(리서치), **휴지통**(휴지통)으로 변경되어 있습니다.

1 프로젝트를 실행하면 **나의 소원** 문서가 첫 문서로 열립니다. 메인 툴바의 **그룹 뷰 모드 아이콘 세트** ▯▦▤ 에서 **아웃라이너 아이콘** ▤ 을 클릭해 봅시다.

2 **나의 소원**은 하위 문서를 포함하고 있지 않은 단독 문서입니다. 코르크보드와 마찬가지로, 하위 문서가 없는 문서는 아웃라이너에서 아무런 정보도 나타낼 수가 없습니다.

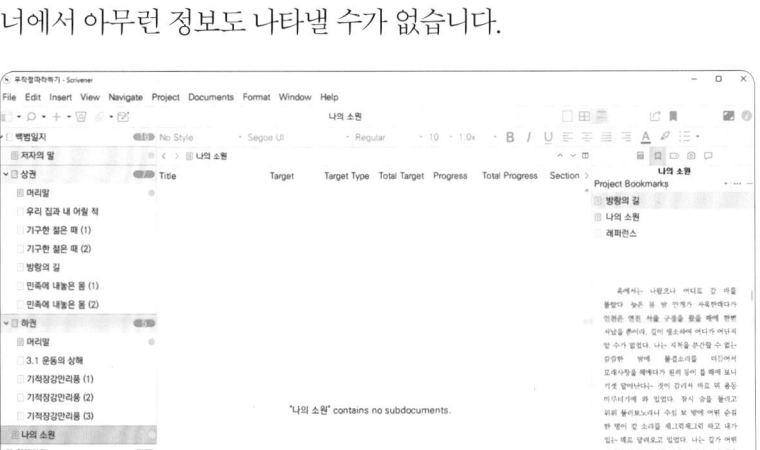

3 바인더에서 **드래프트** 폴더를 선택해 봅시다. **드래프트** 폴더 전체의 구성이 보입니다.

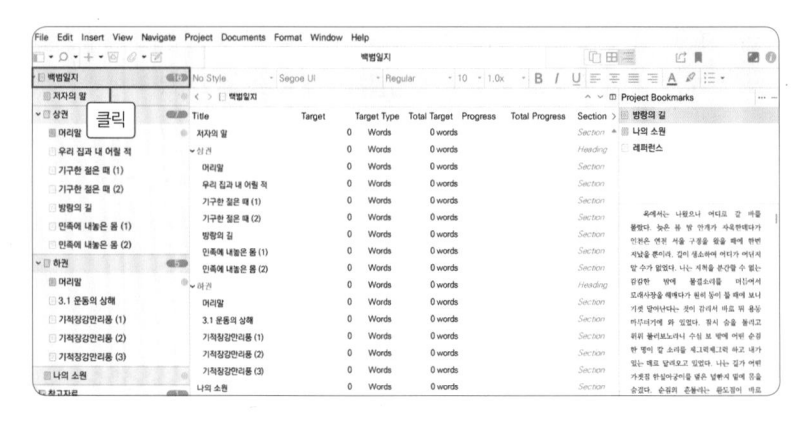

4 아웃라이너 열 표시줄 오른쪽 끝의 화살표 **>** 를 클릭해 봅시다. **열 목록 편집기**가 나타납니다. 항목을 클릭하여 아웃라이너에 해당 열을 추가하거나 제거합니다. 열로 추가된 항목에는 체크 표시(✓)가 나타납니다.

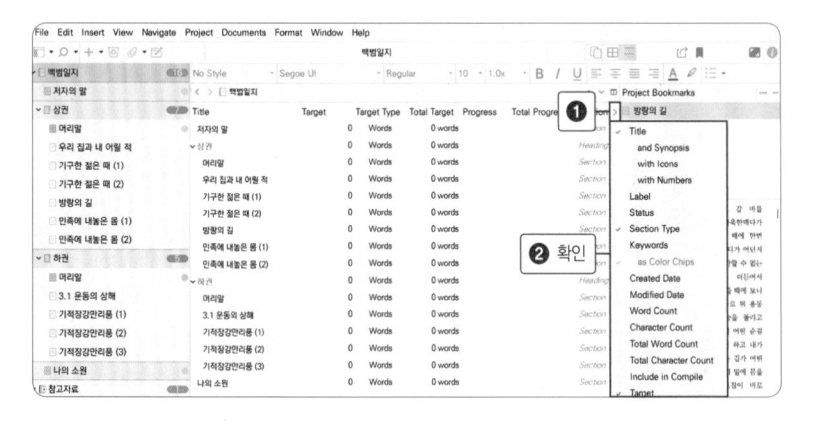

〈열 목록 편집기의 항목 구성〉

Title : 제목

    ┗ **and Synopsis** : 시놉시스를 함께 표시

    ┗ **with Icons** : 아이콘을 함께 표시

    ┗ **with Numbers** : 제목 번호를 함께 표시

Label : 라벨 ▶ 287쪽

Status : 집필 상태 ▶ 390쪽

Section Type : 장절 구분 ▶ 405쪽

Keywords : 키워드 ▶ 297쪽

　　└ **as Color Chips** : 색상 탭으로 표시

Created Date : 처음 생성일

Modified Date : 마지막 수정일

Word Count : 단어 수

Character Count : 글자 수

Total Word Count : 총 단어 수

Total Character Count : 총 글자 수

Include in Compile : 컴파일에 포함 ▶ 405쪽

Target : 목표 ▶ 398쪽

Target Type : 목표 유형 ▶ 401쪽

Progress : 진척도 ▶ 398쪽

Total Target : 목표 총계

Total Progress : 진척도 총계

Custom Columns... : 사용자 열 추가/삭제

Tip 사용자가 직접 편집 가능한 항목에 한하여, 마우스로 해당 항목을 더블 클릭한 후 내용을 수정할 수 있습니다. 그러나 '글자 수', '단어 수' 등 프로그램에서 제공하는 항목은 수정되지 않습니다.

〔5〕 초기 설정으로 구성되어 있는 열 중에서 〔Title〕만을 남기고 모두 제거한 후, 새롭게 〔Label〕, 〔Keywords〕, 〔Character Count〕를 열로 추가한 모습입니다. 〔Title〕의 하위 항목인 〔with Icons〕, 〔with Numbers〕도 선택합시다.

6 열을 구성하는 항목이 적은 탓에 불필요한 여백이 있습니다. 열을 중앙으로 모아서 조밀하게 배치해 보겠습니다. 메인 메뉴에서 〔View〕 - 〔Outliner Options ▸〕 - 〔Center Content〕를 선택합니다.

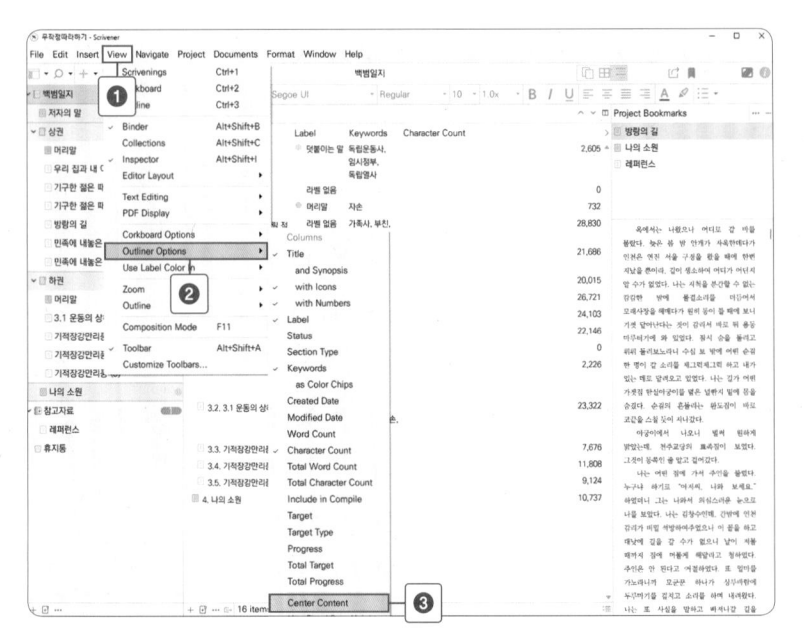

7 키워드의 요소가 많아서 아웃라이너 구성이 한눈에 잘 들어오지 않습니다. 열 표시줄 오른쪽 끝의 화살표 〉를 클릭하여 열 목록 편집기를 불러낸 후, 〔Keywords〕의 하위 항목인 〔as Color Chips〕를 클릭해 봅시다.

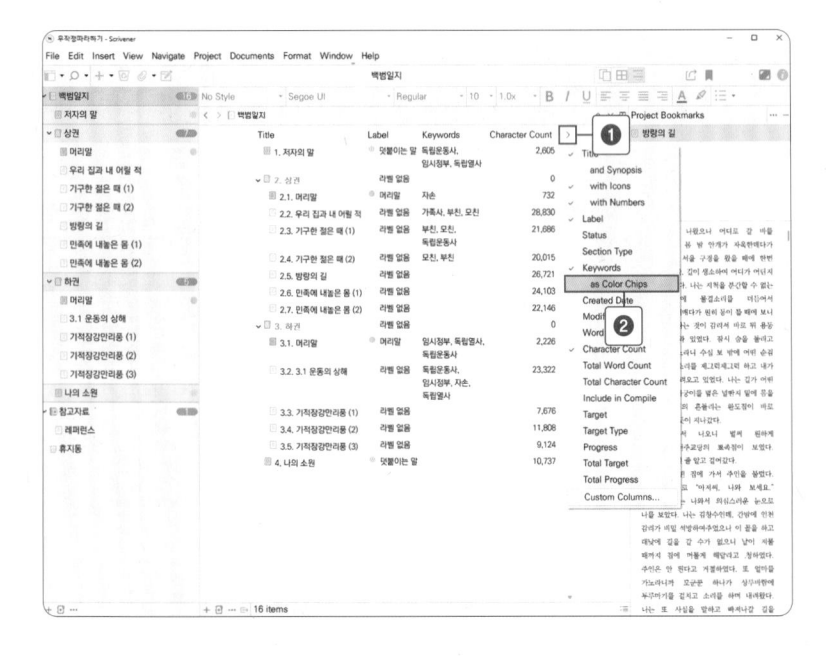

8 글자로 표시되던 키워드가 색상 탭으로 바뀌면서, 아웃라이너의 각 행이 동일한 높이로 정렬되어 한층 보기에 편해졌습니다.

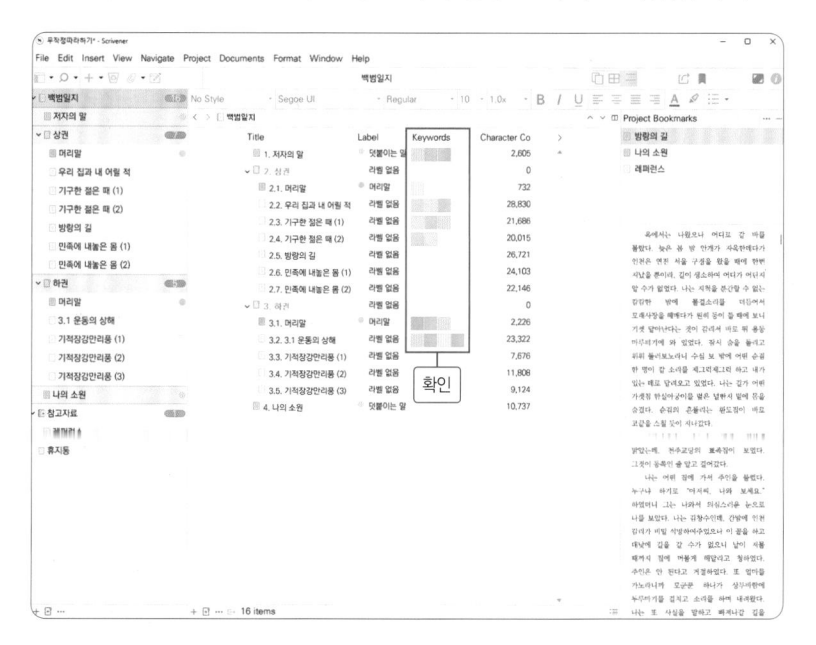

9 이제 열 목록 편집기에 없는 항목을 아웃라이너의 열로 편성해 보겠습니다. 열 표시줄 오른쪽 끝의 화살표 ▷ 를 클릭해 열 목록 편집기를 불러낸 후, 아래의 〔Custom Columns...〕를 클릭합니다.

Tip 프로젝트 설정 창은 메인 메뉴의 [Project] - [Project Settings...]를 선택해도 열수 있습니다. 이 경우 프로젝트 설정 창은 기본 설정대로 [Section Types]가 선택된 상태로 나타납니다.

10 [Custom Metadata] 메뉴가 미리 선택된 상태로 프로젝트 설정 창이 나타납니다. 사용자 설정 열은 사용자가 임의로 구성한 메타데이터로 편성하는 것입니다.

기존에 추가한 사용자 메타데이터가 없으므로 메타데이터 목록이 비어 있는 상태입니다. 창의 오른쪽 위에 있는 ➕ 단추를 클릭하여 새로운 메타데이터를 추가해 보겠습니다.

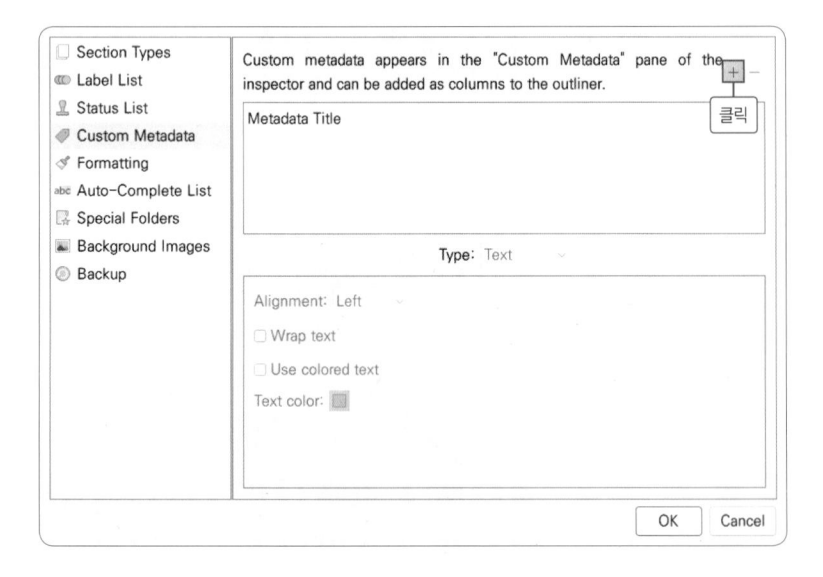

11 제목(Metadata Title)에 **독서 여부**를 입력하고 **유형(Type)**으로는 [Checkbox]를 선택해 보겠습니다. [OK]를 클릭합니다.

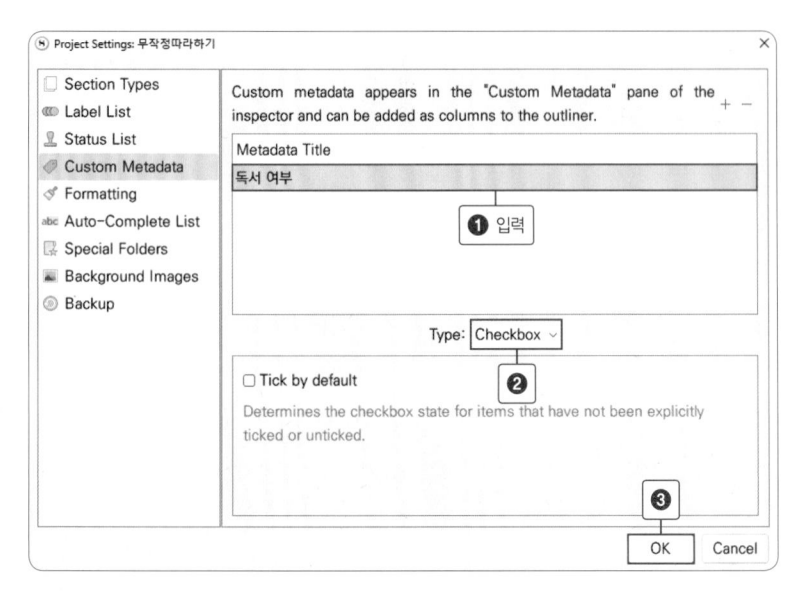

Tip 체크박스 이외의 사용자 메타데이터 유형은 **메타데이터 관리하기**에서 다루겠습니다.

▶ 303쪽

12 열 목록 편집기에 새로 추가된 **〔독서 여부〕** 항목을 클릭합니다. 체크박스로 이루어진 **〔독서 여부〕** 열이 아웃라이너에 추가되었습니다.

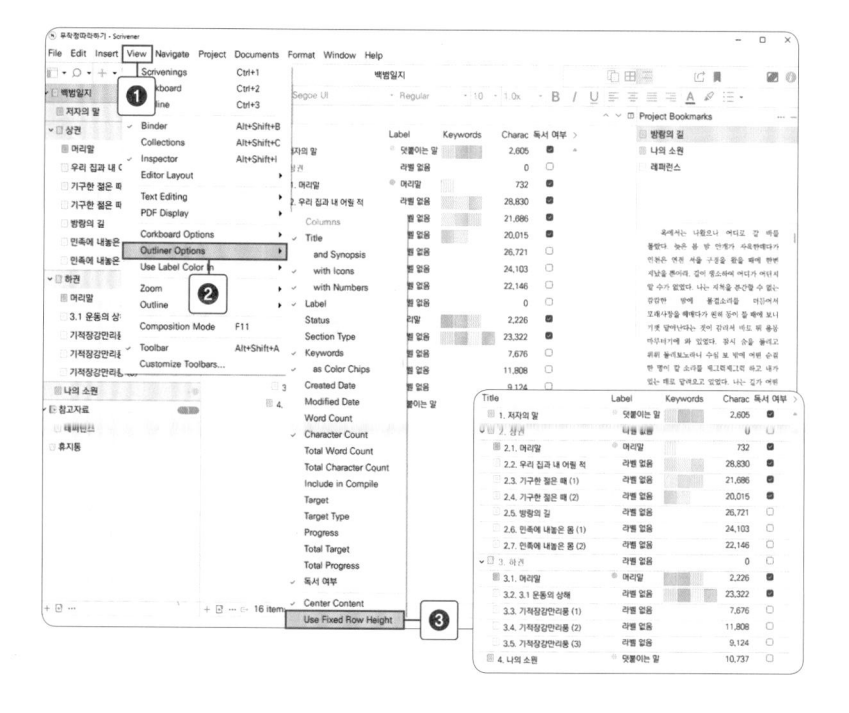

Tip 아웃라이너의 추가적인 설정에 대해서는 부록에서 다루도록 할게요.

13 스프레드시트 형식이 익숙하다면 아웃라이너의 행과 열 사이에 줄을 넣어서 관리할 수도 있습니다. 메인 메뉴에서 〔View〕 - 〔Outliner Options ▶〕 - 〔Use Fixed Row Height〕를 선택합니다. 각 행의 사이에 가로줄이 생성됩니다.

◀ 영상 강의
바로 보기

1 드래프트 폴더(백범일지)를 선택하여 스크리브닝 에디터를 실행해 봅시다. 드래프트 폴더의 뷰 모드가 코르크보드로 설정되어 있다면 메인 툴바의 **그룹 뷰 모드** 아이콘 세트에서 **스크리브닝** 아이콘을 클릭하여 스크리브닝 모드로 진입합니다.

Tip 텍스트의 분량이 상당하므로 읽어 들이는 데 약간의 시간이 소요됩니다. 공공도서관 등에서 인쇄 출간된 《백범일지》를 구하여 분량에 따른 로딩 시간을 가늠해 보세요.

Tip 우리가 지금까지 사용해 온 통상적인 편집기는 스크리브닝 에디터의 개별 문서 버전입니다. 그룹 뷰 모드의 스크리브닝은 이 문서들을 일렬로 나열하여 한 화면에 보여주는 것에 지나지 않으므로, 외관은 당연히도 개별 문서를 편집할 때와 차이가 없습니다.

2 불러오기가 완료되었습니다. 겉으로 보이는 에디터의 모습에는 별다른 변화가 없는 것 같습니다.

그러나 바인더에서는 **드래프트** 폴더와 **저자의 말** 문서가 함께 선택되어 있는 것이 확인됩니다. 스크리브닝 에디터에 열려 있는 문서 그룹은 기본 선택 바로, 커서가 현재 위치해 있는 문서는 그보다 짧은 선택 바로 나타납니다.

인스펙터에는 선택 바가 현재 위치해 있는 문서의 제목이 표시됩니다.

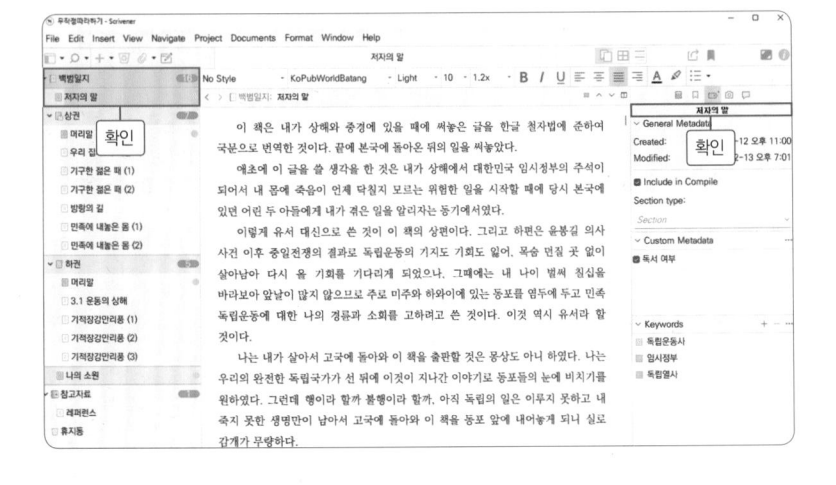

3 문서를 스크롤하여 아래로 내려가 보겠습니다. 개별 문서 편집기에는 없었던 회색의 점선이 문서의 경계에 구분선으로 삽입되어 있습니다.

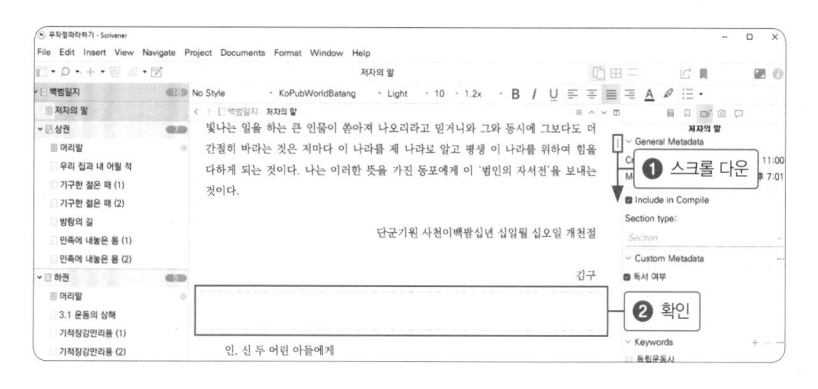

Tip 스크리브닝 모드에서는 빈 문서도 생략되지 않고 빠짐없이 나열됩니다. 내용이 전혀 없는 빈 문서는 한 줄의 공백으로 표시됩니다.

4 문서 구분선의 사이를 클릭하여 커서를 옮겨가 보겠습니다. 바인더의 짧은 선택 바가 **저자의 말** 문서에서 **상권** 폴더로 옮겨가는 것이 확인됩니다. 인스펙터의 문서 제목에도 **상권**이 표시되었습니다.

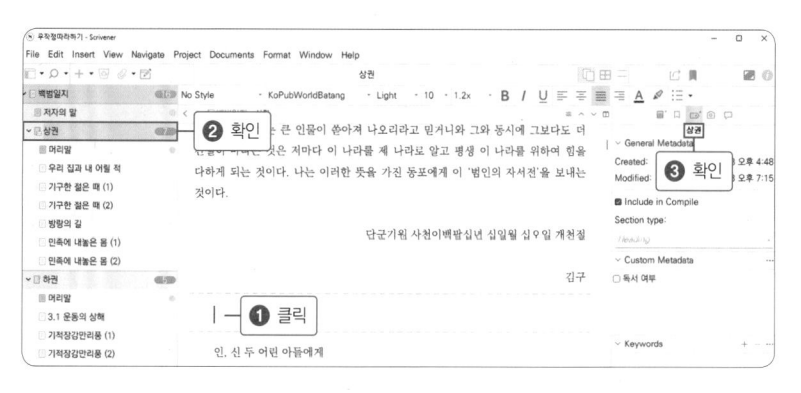

5 에디터의 아래쪽을 클릭하여 두 번째 문서 구분선의 아래 영역으로 커서를 옮겨 가면, 선택된 문서도 **머리말**로 바뀌는 것을 볼 수 있습니다.

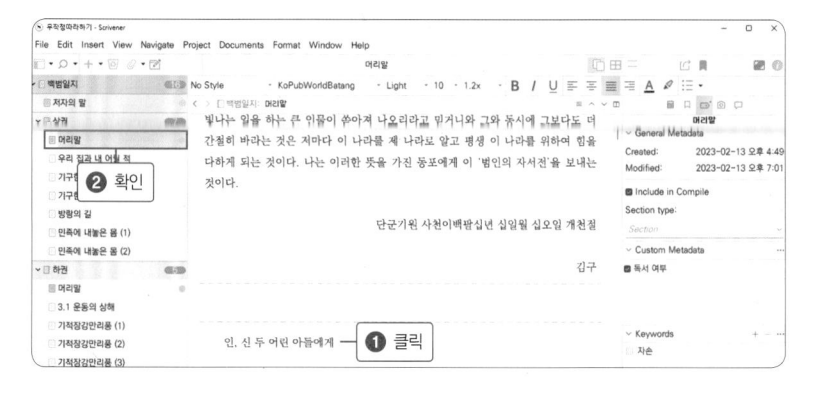

6 스크리브닝 모드에서는 에디터에 개별 문서의 제목을 표시하지 않는 것이 기본 설정입니다. 문서 제목을 표시하려면 메인 메뉴에서 〔View〕 - 〔Text Editing ▸〕 - 〔Show Titles in Scrivenings〕를 선택합니다.

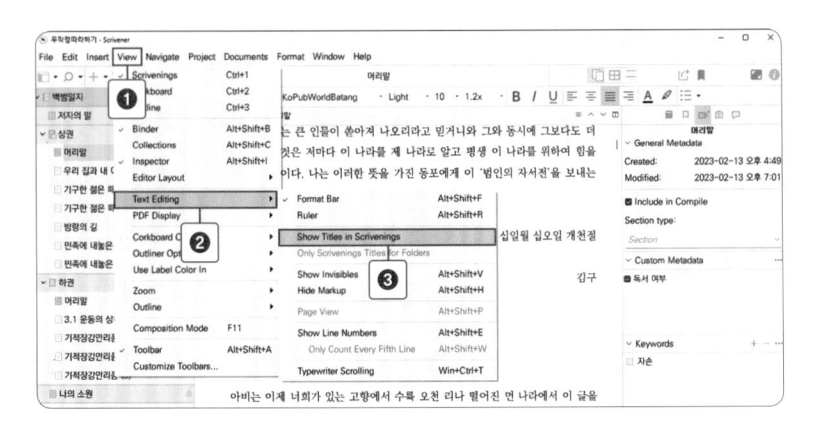

7 문서 제목이 나타나면서 문서 구분선은 사라집니다.

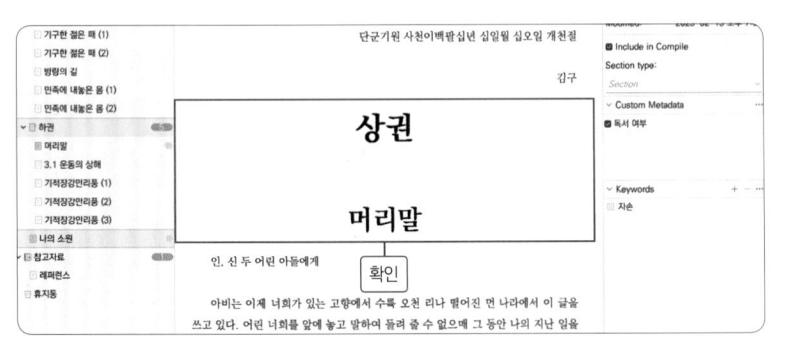

8 메인 옵션의 〔Appearance〕 - 〔Scrivening〕 - 〔Options〕에서 문서 제목 위에 구분선 표시 안 함(☑ Do not show separators above titles) 체크박스를 해제하면 제목과 함께 문서 구분선도 나타납니다. 구분선 종류도 **철끈**(Bookish)으로 바꾸어 보겠습니다.

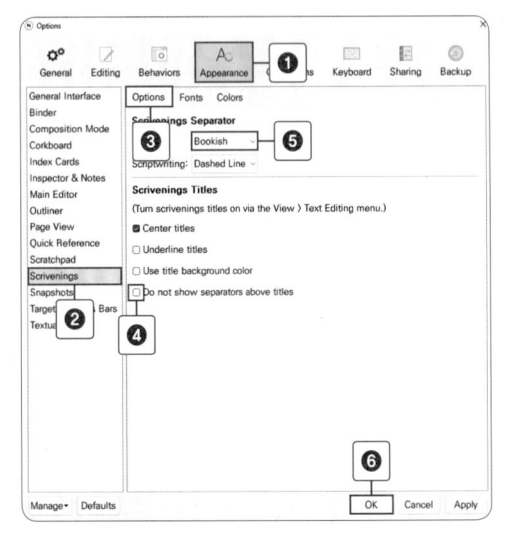

9 바뀐 구분선이 제목과 함께 표시됩니다.

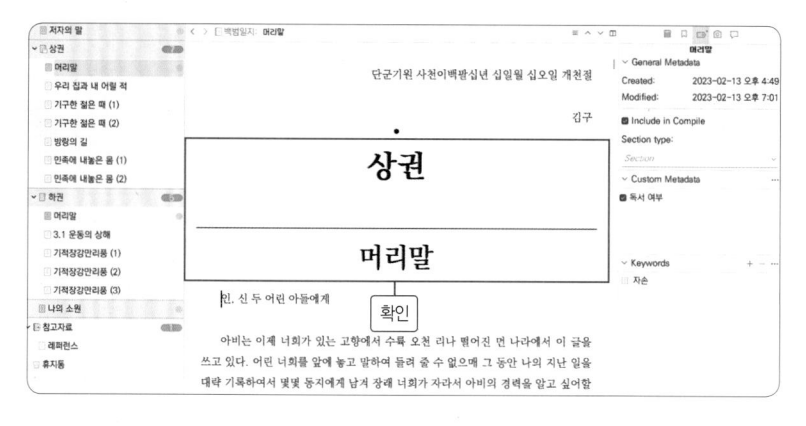

10 문서의 제목에는 라벨 색상을 배경으로 입힐 수 있습니다. 메인 메뉴에서 〔View〕 - 〔Use Label Color In ▸〕 - 〔Scrivenings Titles〕를 선택합니다.

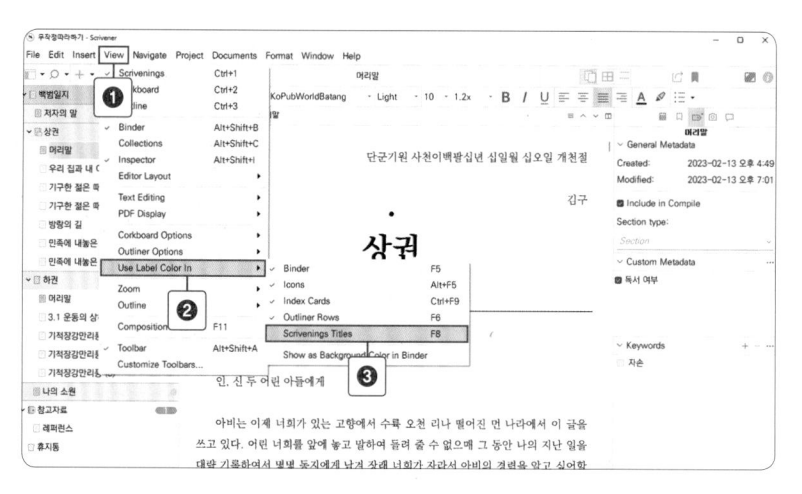

11 라벨이 부여된 **머리말** 문서의 제목에 배경색이 덧씌워졌습니다. 그러나 라벨이 없는 **상권** 문서는 여전히 제목만 보입니다.

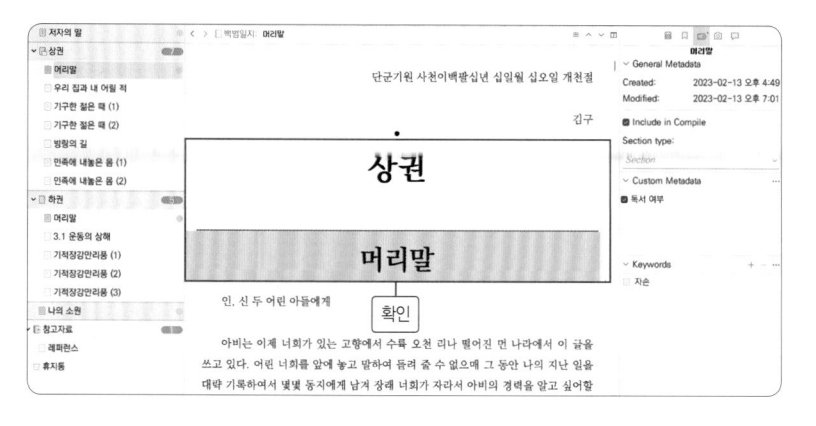

12 라벨이 없는 문서에도 제목 줄의 배경색을 보이도록 하려면 메인 옵션의 〔Appearance〕 - 〔Scrivening〕 메뉴에서 〔Colors〕 탭으로 갑니다. 〔Scrivenings Titles Background〕에서 적당한 색을 선택한 후 〔OK〕를 클릭하여 적용합니다.

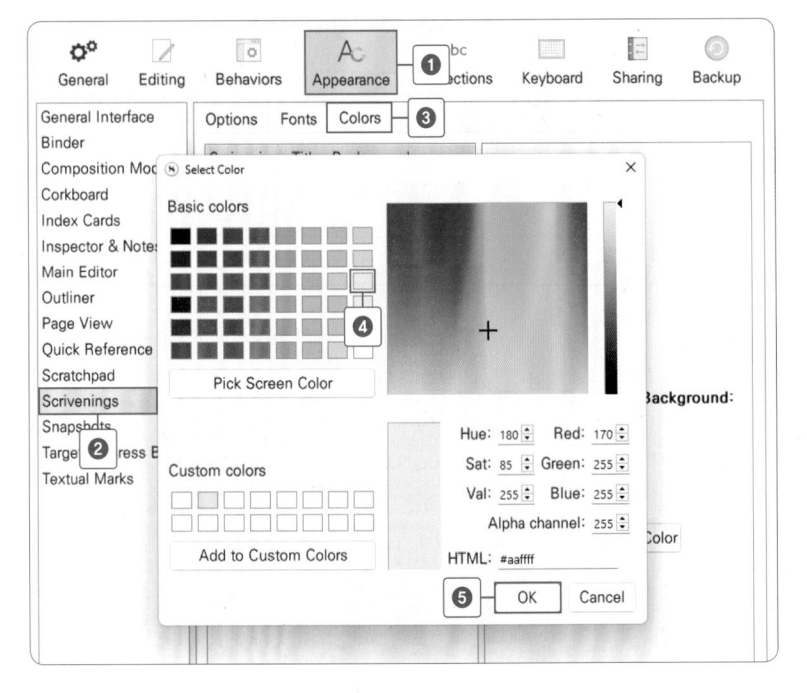

13 **상권** 문서의 제목에 배경색이 적용되었습니다. 라벨이 없는 문서의 제목에는 모두 같은 배경색이 나타납니다.

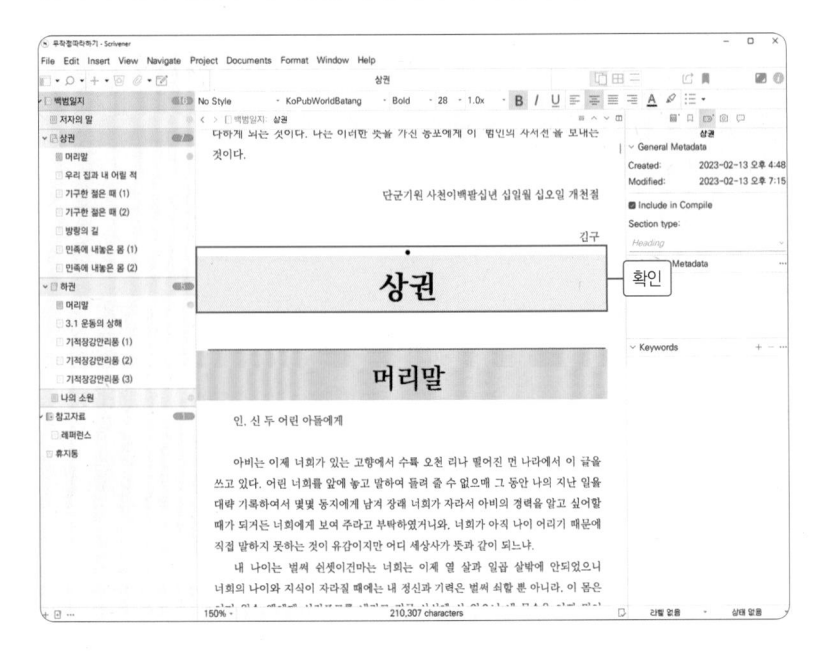

2 | 글의 세부 분류하기

스크리브너 사용자는 바인더를 이용해 일차적으로 문서를 구조화할 수 있습니다. 그러나 글의 분량이 늘어나고 구성이 복잡해지면 여러 분류 도구가 더 필요해질 수 있습니다. **라벨, 상태표, 키워드**는 전자적으로 문서를 관리하기 이전부터 작가들에게 많은 사랑을 받아 온 문서 분류 도구입니다.

스크리브너에서 이 같은 문서 분류 도구를 사용하는 방법에 대해 알아보겠습니다.

▶ **무 작 정 따 라 하 기** **라벨로 분류하기** 실습예제₩Chapter_04₩예제_06.scriv

◀ 영상 강의
바로 보기

라벨(Label)은 문서마다 하나씩 부여할 수 있는 일종의 대분류 표입니다. 스크리브너에서 색상명으로 제공되는 기본 라벨명은 사용자의 용도에 맞게 수정하여 사용할 수 있습니다. 그러나 스크리브너의 **라벨에서는 색상이 더 핵심적인 역할을 하며, 라벨명은 보조적으로만 사용됩니다.**

1 인스펙터의 하단에는 **라벨** 탭과 **상태** 탭이 늘 고정되어 있습니다. 라벨 탭을 클릭해 드롭다운 메뉴를 불러낸 후 개별 문서의 라벨을 바꾸거나 [Edit...]를 눌러 라벨 목록을 편집할 수 있습니다.

Tip 프로젝트의 어디에서든 〔Edit...〕를 선택하면 동일한 프로젝트 설정 창이 나타납니다.

2 아웃라이너의 열에 라벨 항목을 편성했다면, 각 문서 행마다 드롭다운 메뉴를 열어서 라벨을 변경할 수 있습니다. 〔Edit...〕를 클릭하여 라벨 목록 편집기를 호출해 보겠습니다.

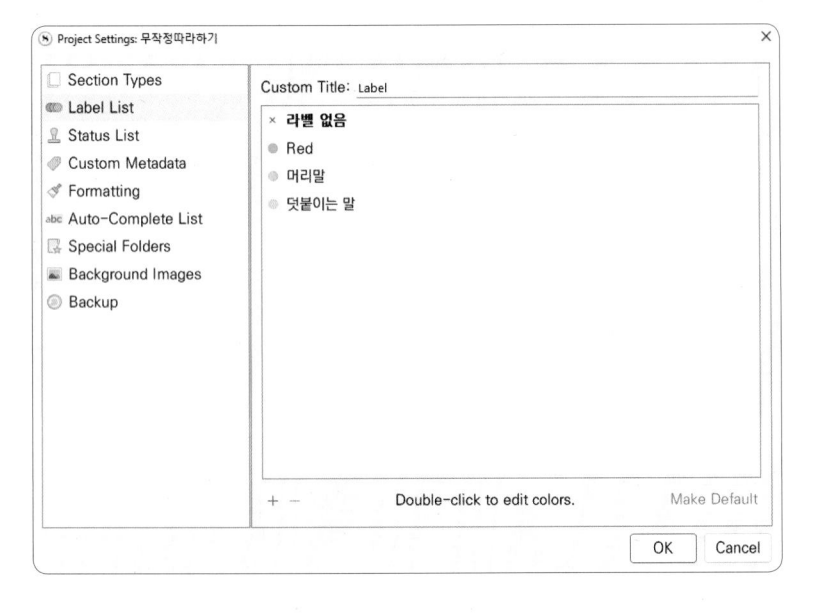

Tip 프로젝트 설정 창은 메인 메뉴의 〔Project〕 - 〔Project Settings...〕를 이용하여 직접 열 수도 있습니다. 단, 이 경우에는 〔Label List〕 메뉴가 자동으로 선택되지 않습니다.

3 프로젝트 설정창이 열리면서 〔Label List〕 메뉴가 자동으로 선택됩니다. 이 프로젝트의 라벨 목록은 임의로 편집되어 있는 상태입니다. 추가로 수정하여 라벨 목록을 완성해 보겠습니다.

4 목록의 라벨명을 더블 클릭하면 라벨의 이름을, 머릿기호인 색상 원을 더블 클릭하면 라벨의 색상을 수정할 수 있습니다. 목록 하단의 ➕를 눌러 새 라벨을 추가하고, ➖를 눌러 라벨을 제거합니다.

〔Red〕라벨의 이름을 **권호**로 수정하고, **참고문헌** 라벨을 추가하겠습니다. **상단 입력 창(Custom Title)**에는 **라벨**을 입력하겠습니다. 〔OK〕를 클릭해 적용합니다.

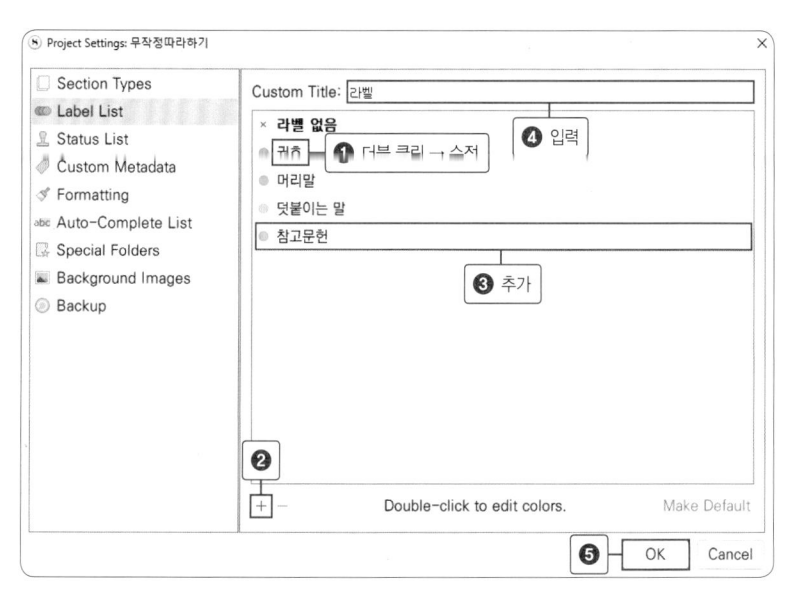

5 **상단 입력 창(Custom Title)**에 입력한 **라벨**이 아웃라이너의 열 제목에 반영되었습니다. 문서 행의 드롭다운 메뉴를 열어 보면 변경한 라벨 목록이 표시됩니다.

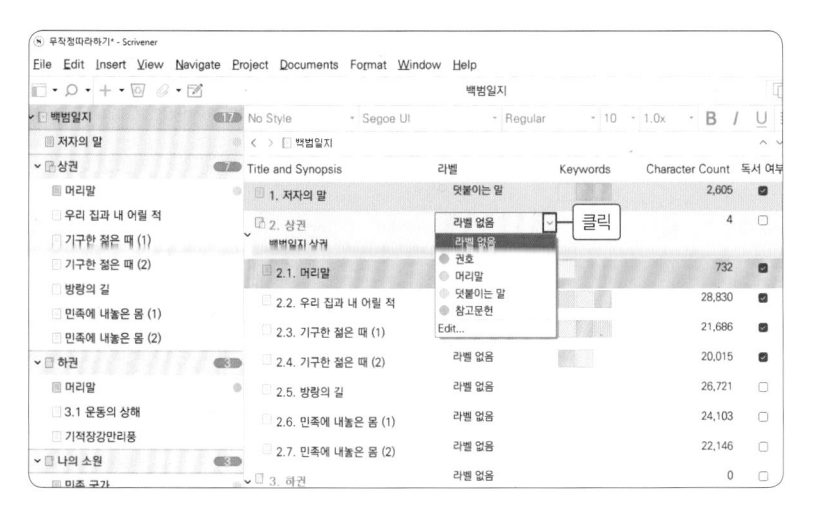

6 **상권** 폴더와 **하권** 폴더에 **권호** 라벨을 적용하여 라벨 색상이 바르게 표시되는지 확인해 봅시다.

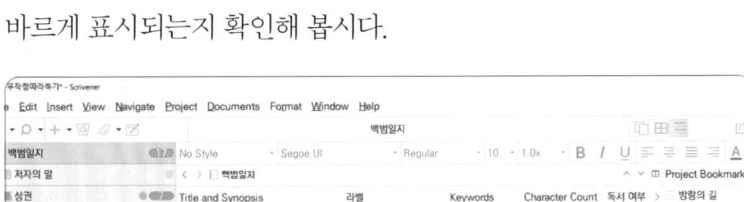

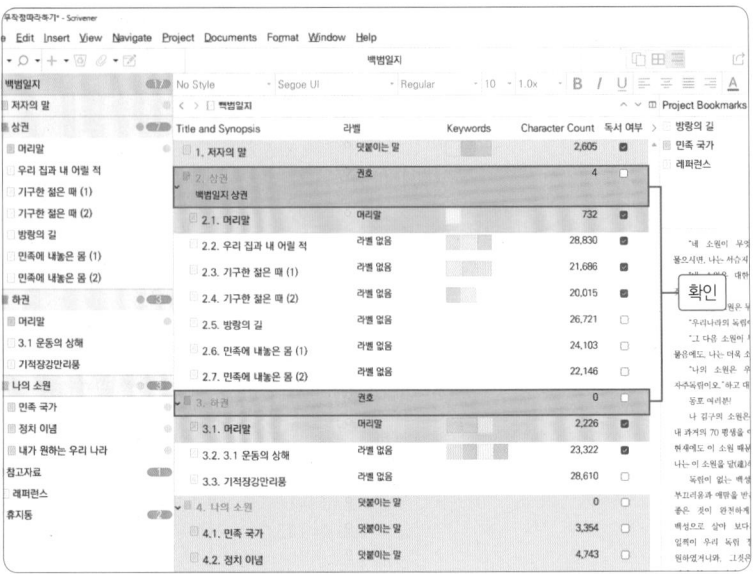

Tip 단축키 Alt +] 를 눌러도 접힌 문서가 모두 펼쳐집니다.

7 **리서치** 폴더의 문서까지 표시하기 위해, **드래프트** 폴더(**백범일 지**)가 선택된 상태에서 Ctrl 을 누르고 **리서치** 폴더(**참고자료**)를 클릭 하여 두 폴더를 함께 선택해 봅시다.

아웃라이너의 문서가 모두 접히고 최상위 폴더 두 개만 나타납니 다. 메인 메뉴에서 (View) - (Outline ▸) - (Expand All)을 선택하여 문서가 모두 보이도록 합시다.

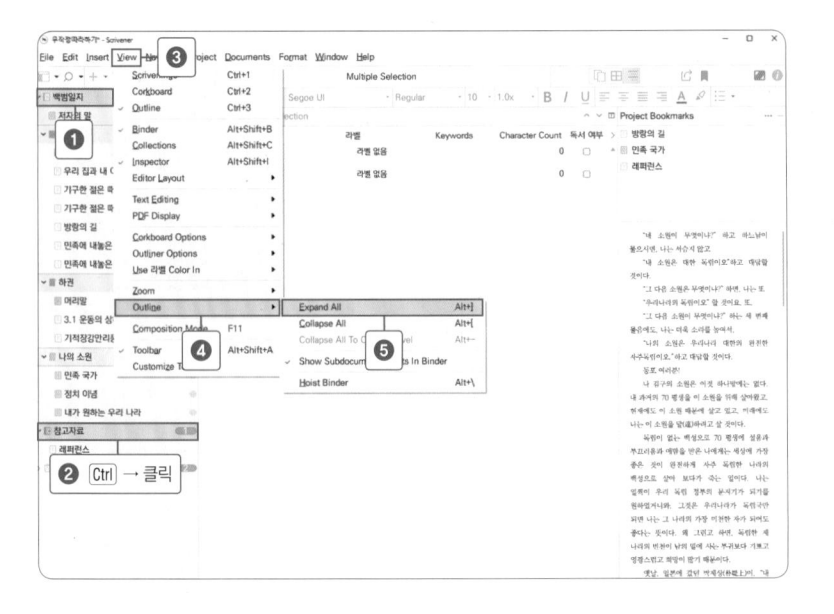

Tip 프로젝트 설정에서 〔Custom Title〕로 입력한 기능의 명칭은 프로젝트 전체에 적용됩니다. 예시 화면에서는 본래의 메뉴명 〔Use Label Color In〕이 〔Use 라벨 Color In〕으로 변경되어 있습니다.

8 **드래프트** 폴더와 **리서치** 폴더의 문서가 모두 표시되었습니다. 화면을 채운 라벨의 색상이 많아져 다소 혼란스러우므로 아웃라이너 행의 배경에서는 색상을 제거하도록 합시다. 메인 메뉴의 〔View〕 - 〔Use 라벨 Color In ▸〕 - 〔Outliner Rows〕를 선택하여 체크 표시(✓)를 메뉴에서 제거합니다.

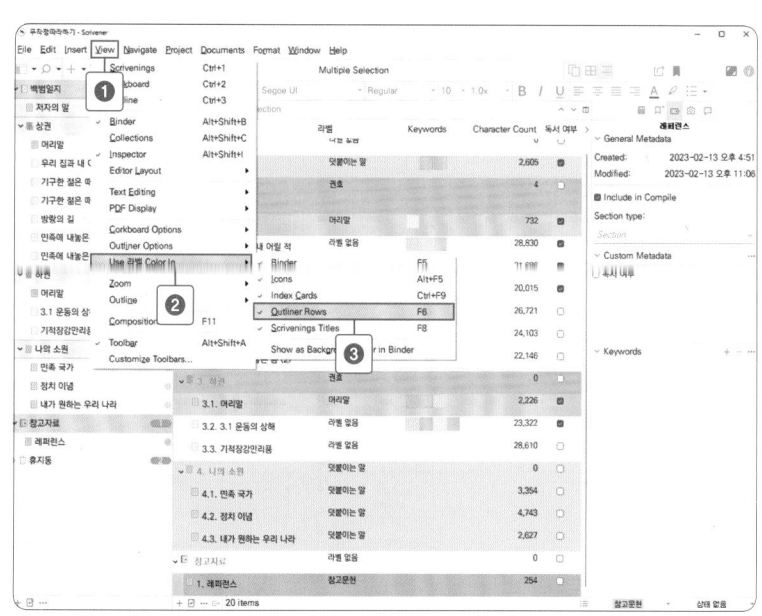

9 아웃라이너의 행 배경에 표시되었던 라벨 색이 사라졌습니다.

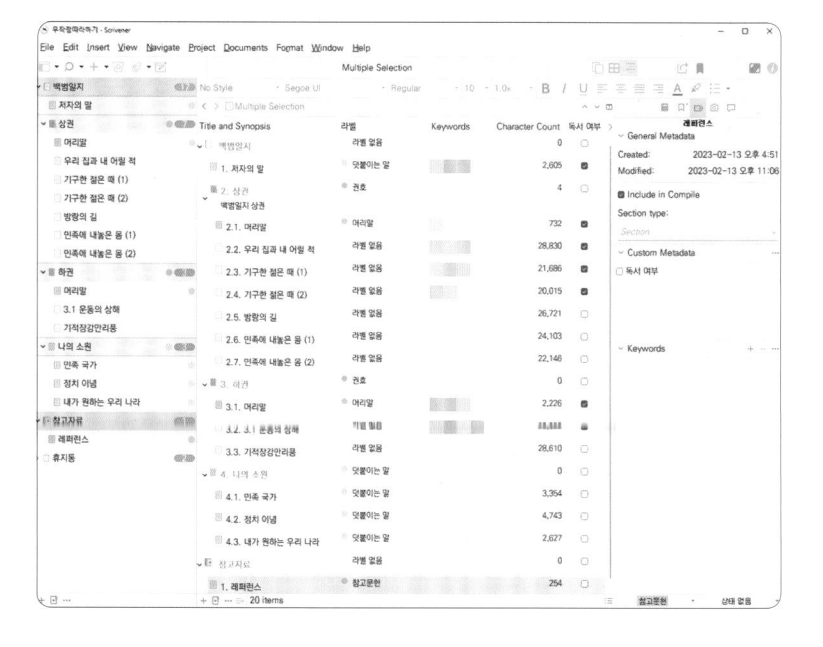

10 인덱스카드의 색상도 같은 메뉴에서 설정할 수 있습니다. 문서를 임의로 선택하여 코르크보드에 나열한 예시입니다. 현재 라벨의 색상이 인덱스카드 왼쪽 끝의 선으로 표시된 한편 인덱스카드의 배경색으로도 표시되어 있습니다.

메인 메뉴의 〔View〕-〔Use 라벨 Color In ▸〕-〔Index Cards〕를 선택하여 체크 표시(✓)를 메뉴에서 제거하면 인덱스카드에서 배경색이 사라집니다.

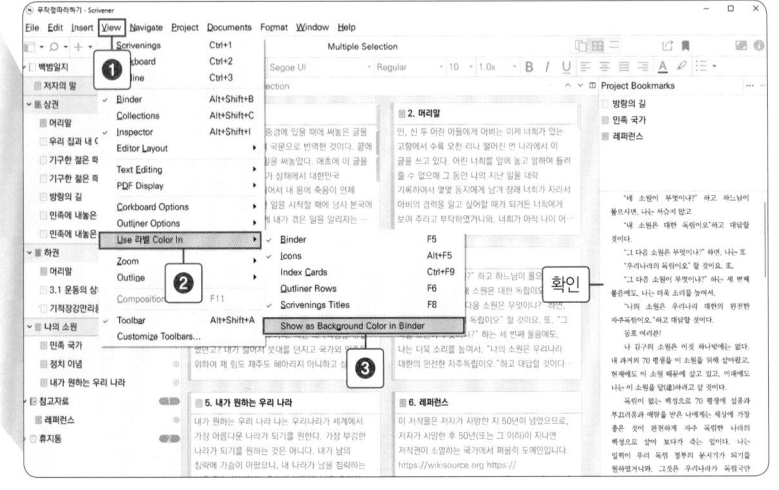

11 마찬가지로 같은 메뉴에서 바인더의 색상까지 설정할 수 있습니다. 메인 메뉴의 〔View〕-〔Use 라벨 Color In ▸〕에서 〔Show as Background Color in Binder〕를 선택해 봅시다. 바인더의 문서 행에 라벨 색상이 덧씌워집니다.

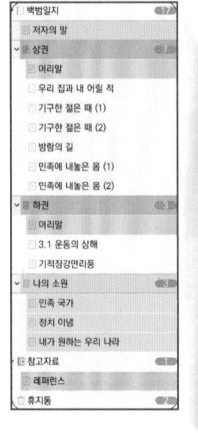

◀ 영상 강의
바로 보기

스크리브너는 집필 과정에 따른 문서의 집필 상황을 상태(Status) 항목의 기본값으로 제공하고 있습니다. 그러나 이 항목 역시 사용자의 용도에 맞게 수정하여 사용할 수 있습니다. 상태는 라벨처럼 문서 당 하나씩 부여할 수 있지만, 라벨이 색상을 중심으로 관리되는 데 반해 상태는 **항목의 명칭**이 핵심입니다.

(1) 라벨과 마찬가지로, 인스펙터 하단의 상태 탭을 눌러서 드롭다운 메뉴를 불러낸 후 개별 문서의 상태를 바꾸거나 〔Edit…〕를 클릭해 상태 목록을 편집할 수 있습니다.

〔Edit…〕를 클릭하여 상태 목록 편집기를 호출해 보겠습니다.

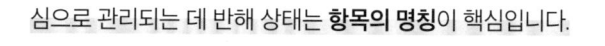

(2) 프로젝트 설정 창이 열리면서 〔Status List〕 메뉴가 자동으로 선택됩니다. 이 프로젝트의 라벨 목록은 임의로 편집되어 있는 상태입니다. 추가로 수정하여 라벨 목록을 완성해 보겠습니다.

Tip 프로젝트 설정 창은 메인 메뉴의 〔Project〕 - 〔Project Settings…〕를 이용하여 직접 열 수도 있습니다. 단, 이 경우에는 〔Status List〕 메뉴가 자동으로 선택되지 않습니다.

체계화하기　**293**

3 목록의 상태명을 더블 클릭하면 상태의 이름을 수정할 수 있습니다. 목록 하단의 ➕를 눌러 새 상태를 추가하고, ➖를 눌러 라벨을 제거합니다.

기존의 상태를 수정 및 추가하여 **상태 없음, 1회독, 2회독, 3회독 이상, 번역 오류, 고증 필요, 연구중**으로 목록을 만들겠습니다. **상단 입력 창(Custom Title)**에는 **집필 상태**를 입력하겠습니다. 〔OK〕를 클릭해 적용합니다.

4 인스펙터의 **상태** 탭을 눌러서 드롭다운 메뉴를 불러낸 후, 상태 목록이 잘 적용되었는지 확인합시다. **저자의 말** 문서에는 **3회독 이상** 상태를 부여해 보겠습니다.

5 라벨이나 상태를 일괄 변경할 때는 아웃라이너를 사용하는 편이 효율적입니다. 드래프트 폴더를 아웃라이너로 연 후, 열 이름 표시줄 오른쪽 끝의 화살표 > 를 클릭해 드롭다운 메뉴를 불러냅니다. 〔집필 상태〕 항목을 클릭하여 아웃라이너의 열로 추가합시다.

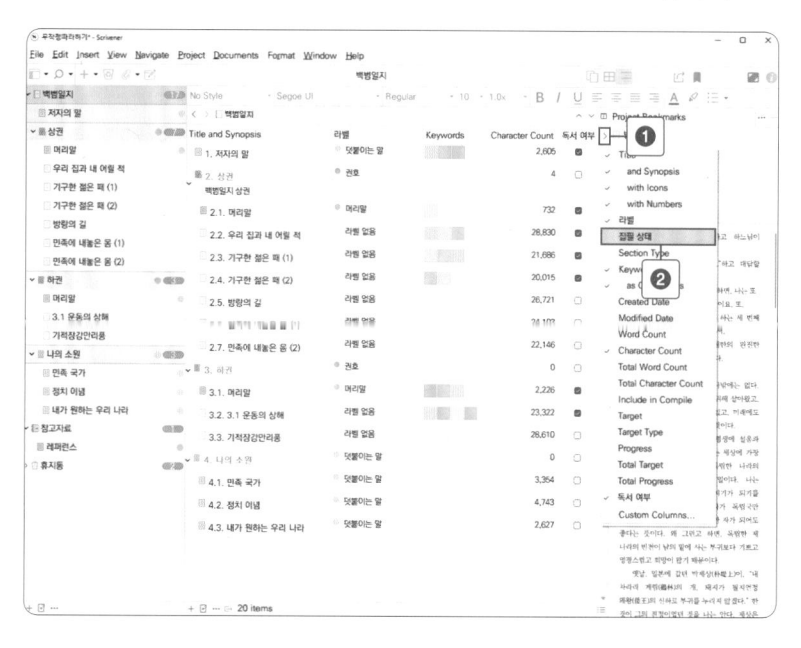

6 〔집필 상태〕 항목이 아웃라이너의 열로 추가되었습니다. 개별 문서에 적당한 상태를 부여해 봅시다.

Tip 프로젝트 설정에서 〔Custom Title〕로 입력한 기능의 명칭은 프로젝트 전체에 적용됩니다. 예시 화면에서는 본래의 메뉴명 〔Status Stamps〕가 〔**집필 상태** Stamps〕로 변경되어 있습니다.

7 인덱스카드에는 문서 상태를 워터마크 형식의 스탬프로 표시할 수 있습니다. 메인 메뉴에서 〔View〕 - 〔Corkboard Options ▶〕 - 〔**집필 상태** Stamps〕를 선택해 봅시다.

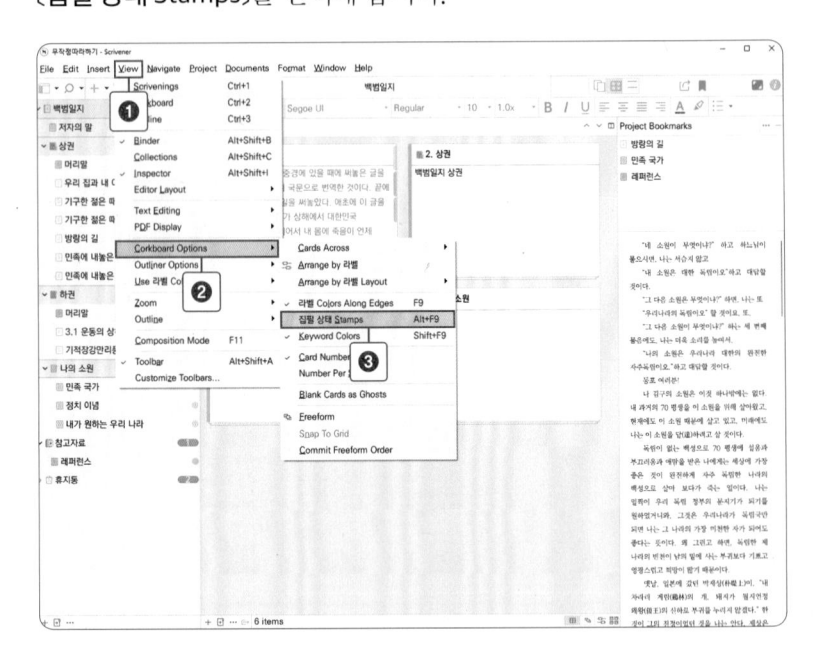

8 문서 상태가 인덱스카드에 스탬프로 표시되었습니다.

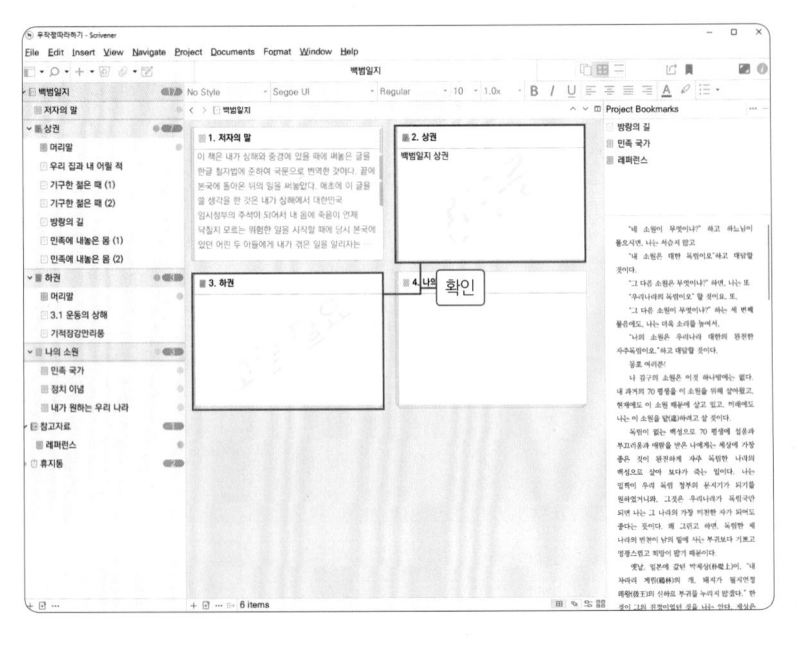

◀ 영상 강의
바로 보기

키워드는 여러 문서에 다대다 관계로 연결할 수 있는 일종의 소분류 표입니다. 바인더처럼 계층 구조로 관리할 수 있습니다.

1 개별 문서의 키워드는 인스펙터의 **메타데이터** 탭에서 설정할 수 있습니다. **저자의 말** 문서가 선택된 상태에서 인스펙터 상단의 메타데이터 아이콘 을 클릭해 봅시다.

메타데이터 탭이 열리면서 하단에 **키워드(Keywords)** 목록 창이 나타납니다. 키워드 목록 창 상단 표시줄의 ✚를 클릭하여 문서 키워드를 추가하고, ➖를 클릭하여 문서 키워드를 삭제합니다.

Tip 프로젝트 키워드 목록은 메인 메뉴의 〔Project〕 - 〔Project Keywords〕를 선택하여 열 수도 있습니다.

2 문서에 삽입한 키워드는 동시에 프로젝트 키워드로도 추가됩니다. 대개는 프로젝트 전반에 걸쳐 유사한 키워드가 반복되기 때문에, 결국에는 프로젝트 키워드 목록이 키워드 관리의 중심을 이루게 됩니다.

상단 표시줄의 ⋯를 클릭해 드롭다운 메뉴를 연 후, 〔Show Project Keywords〕를 선택해 키워드 목록을 불러냅시다.

3 키워드 목록이 팝업 창으로 열립니다.

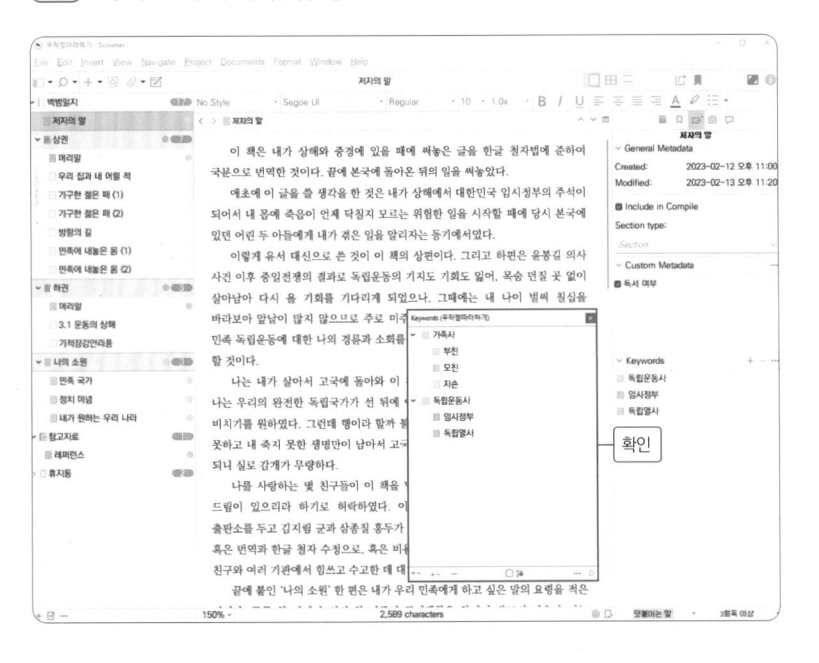

<키워드 목록 창의 구성>

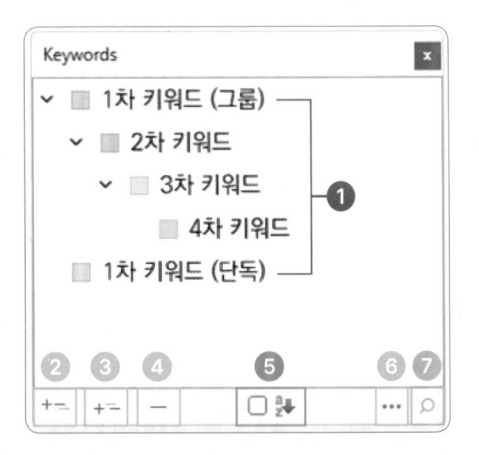

❶ 키워드 목록 : 키워드를 계층 구조로 나열합니다. 계층은 바인더처럼 무한히 아래로 확장할 수 있습니다.

❷ 같은 층위의 키워드 생성 : 선택한 키워드와 같은 층위에 새 키워드를 추가합니다.

❸ 아래 층위의 키워드 생성 : 선택한 키워드의 아래 층위에 새 키워드를 추가합니다.

④ 키워드 삭제 : 선택한 키워드를 제거합니다.

⑤ 정렬 : 키워드를 글자 순으로 정렬합니다. 체크박스를 선택하면 키워드가 오름차순으로 정렬되며 키워드 목록의 상단에 〔Click to sort〕 단추가 나타납니다. 단추를 클릭하면 키워드 정렬이 내림차순으로 전환됩니다.

⑥ 문서에 키워드 적용 : 선택한 키워드를 현재 문서에 추가하거나 현재 문서에서 제거합니다.

⑦ 검색 : 키워드로 검색한 문서를 검색 결과 창에 표시합니다.

4 프로젝트 키워드를 현재 문서에 적용해 보도록 하겠습니다. 프로젝트 키워드 목록의 **가족사** 키워드를 마우스 오른쪽 단추로 클릭하여 드롭다운 메뉴를 불러냅니다. 〔Apply Keywords to Selected Documents〕 메뉴를 선택하면 키워드가 문서에 추가됩니다.

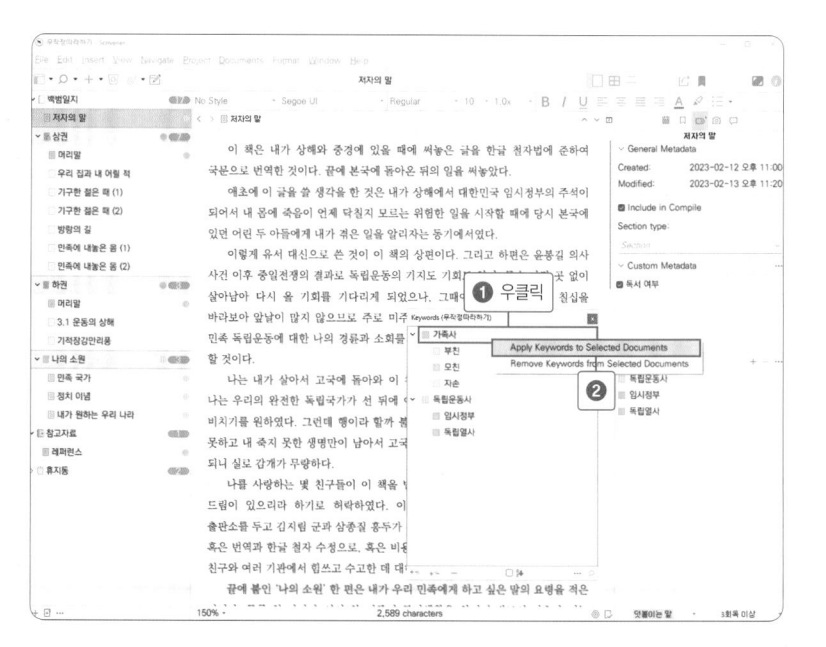

Tip 키워드 목록 창의 하단 표시줄에서 ⋯ 단추를 클릭해도 동일한 드롭다운 메뉴가 나타납니다.

5 같은 메뉴에서 키워드 삭제까지 할 수 있습니다. **독립열사** 키워드를 선택한 다음, 마찬가지로 드롭다운 메뉴를 열어서 이번에는 〔Remove Keywords from Selected Documents〕 메뉴를 선택합시다. **저자의 말** 문서에서 **독립열사** 키워드가 삭제됩니다.

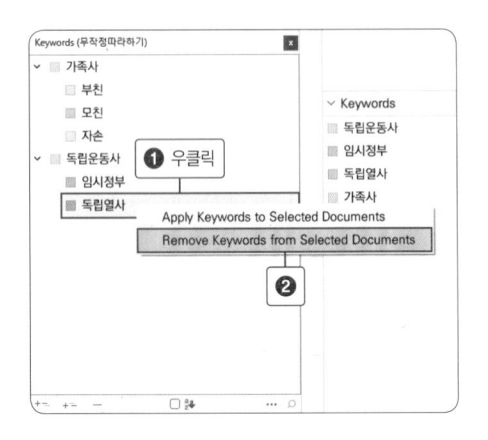

6 키워드를 이용한 검색은 **일반적인 키워드 검색**(Search Keywords Only)을 포함하여 **문서 전체 검색**(Search All Contents)과 **키워드 없는 문서 검색**(Show Documents with No Keywords)까지 제공됩니다.

부친 키워드를 선택한 상태에서 프로젝트 키워드 목록 창의 검색 🔍 단추를 클릭하여 드롭다운 메뉴를 불러낸 후, 〔Search Keywords Only〕를 선택해 봅시다.

7 바인더 위치에 **검색 결과**(Search Results) 창이 열리면서 검색한 결과가 목록으로 나타납니다. 〔Search Keywords Only〕는 해당 키워드가 삽입되어 있는 문서를 찾아서 보여 줍니다.

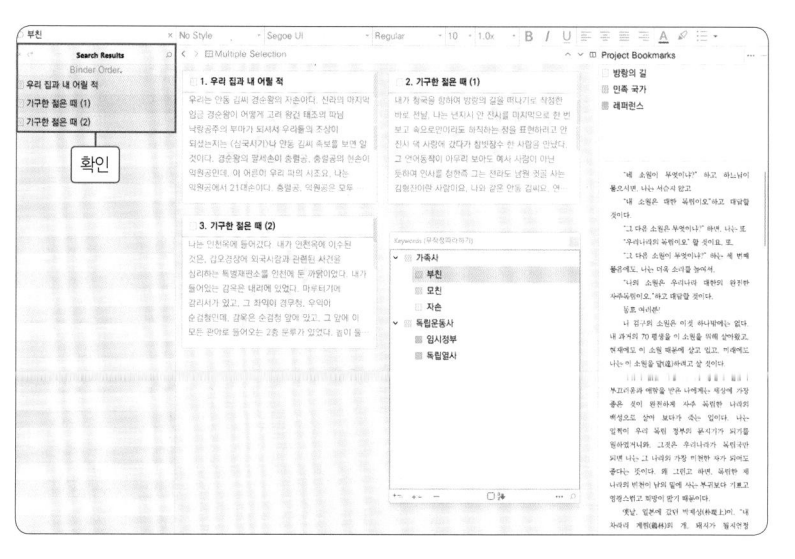

Tip 본문에서 검색된 문자열은 밝은 노란색의 하이라이트로 표시됩니다.

8 이번에는 검색 🔍 단추의 드롭다운 메뉴에서 **문서 전체 검색**(Search All Contents)을 선택해 봅시다. 앞선 검색 결과에 문서가 몇 개 더 추가되었습니다. 추가된 문서를 열어 보니, 키워드로는 **부친**이 삽입되어 있지 않지만 본문에서 **부친**이라는 문자열이 검색된 것을 확인할 수 있습니다.

〔Search All Contents〕는 키워드뿐만 아니라 본문과 메타데이터의 내용까지 검색해 줍니다.

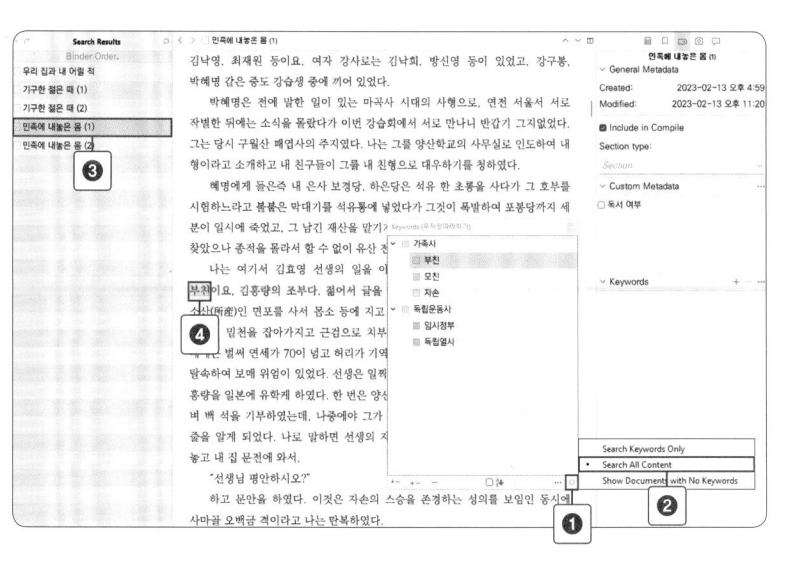

10 마지막으로 검색 🔍 단추의 드롭다운 메뉴에서 **키워드 없는 문서 검색(Show Documents with No Keywords)**을 선택해 보겠습니다. 검색 결과 목록에 표시된 문서를 모두 선택해 보면, 키워드 탭이 표시되는 인덱스 카드가 하나도 없는 것을 알 수 있습니다.

〔Show Documents with No Keywords〕는 키워드가 부여되지 않은 문서만을 찾아서 보여 줌으로써 빠짐없는 키워드 관리를 도와 줍니다.

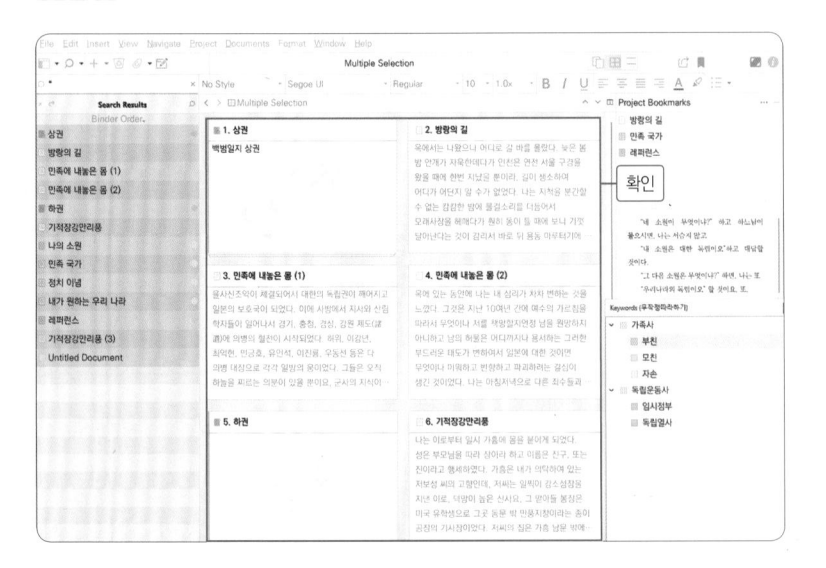

11 인덱스카드의 오른쪽 끝에 표시되는 키워드 색상 탭은 메인 메뉴의 〔View〕 - 〔Corkboard Options ▶〕 - 〔Keyword Colors〕를 선택하여 나타내거나 감출 수 있습니다.

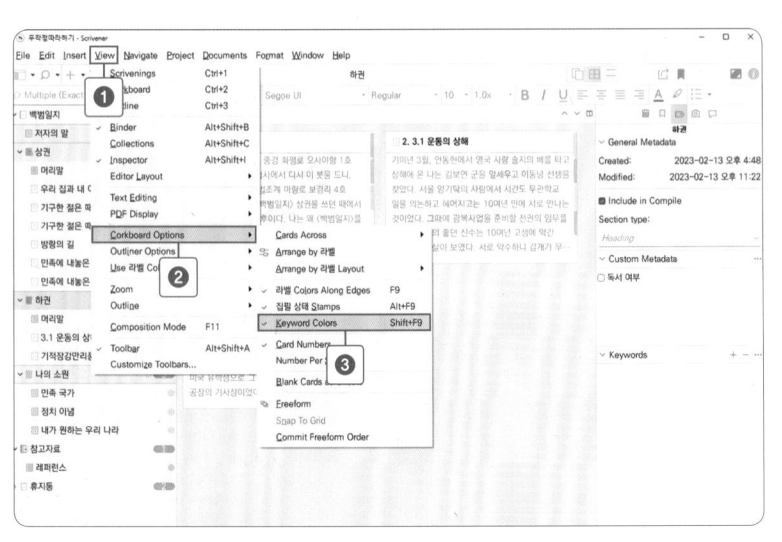

12 인덱스카드에서 키워드 탭이 사라지고 라벨 표시선과 상태 스탬프만 남았습니다.

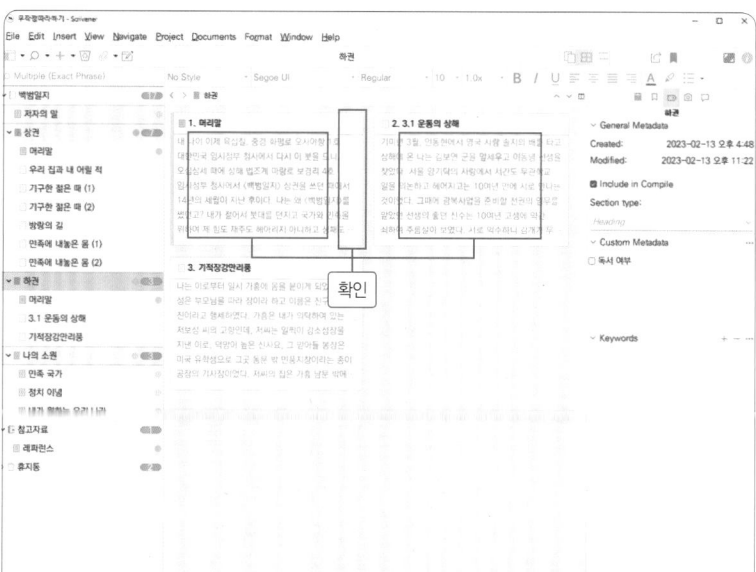

메타데이터 관리하기

실습예제\Chapter_04\예제_06.scriv

◀ 영상 강의
바로 보기

사용자가 임의로 추가할 수 있는 메타데이터에는 네 가지 유형이 있습니다. 이중 체크박스를 사용하는 유형 하나는 앞에서 보았습니다. 280쪽 여기서는 나머지 세 가지 유형인 텍스트, 날짜, 목록 유형을 살피겠습니다.

1 **3. 1 운동의 상해** 문서가 선택된 상태에서 인스펙터의 **메타데이터** 아이콘 🖃 을 클릭하여 메타데이터 탭을 열겠습니다. 사용자 메타데이터는 세 번째 창인 〔Custom Metadata〕에서 관리합니다. 앞에서 만들었던 **독서 여부** 메타데이터가 보입니다. 280쪽

〔Custom Metadata〕우측의 ⋯ 를 클릭하면 사용자 메타데이터 편집기를 열 수 있습니다.

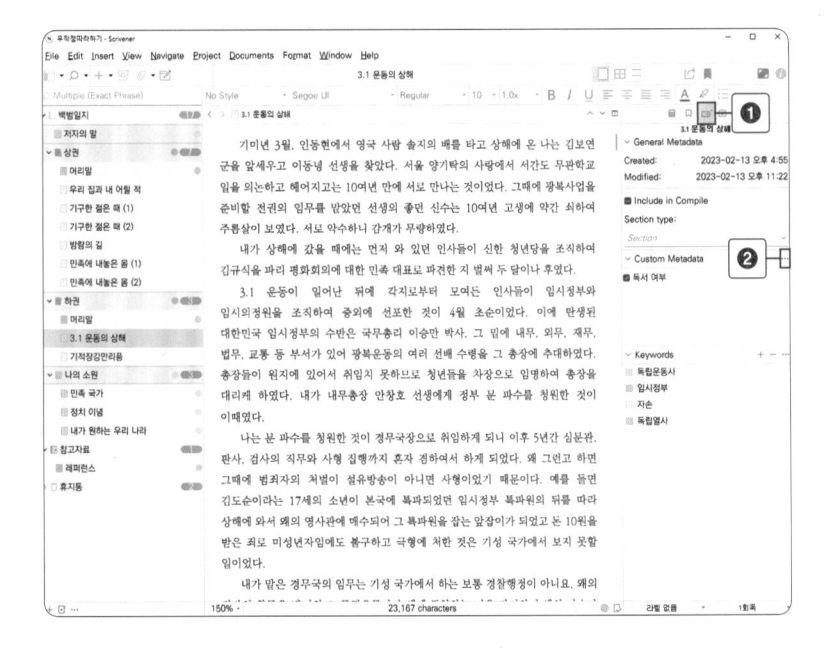

Tip 프로젝트 설정 창은 메인 메뉴의 〔Project〕-〔Project Settings...〕를 이용하여 직접 열 수도 있습니다. 단, 이 경우에는 〔Custom Metadata〕 메뉴가 자동으로 선택되지 않습니다.

2 〔Custom Metadata〕 메뉴가 선택된 상태로 프로젝트 설정 창이 열립니다. **텍스트(Text)** 유형의 메타데이터는 우측 상단의 ＋를 클릭하여 입력 창을 활성화한 후 입력합니다. 적당한 문자열을 입력해 봅시다. 입력하는 내용이 메타데이터 창에 그대로 표시됩니다. ━를 클릭하여 방금 생성한 입력 창을 제거합시다.

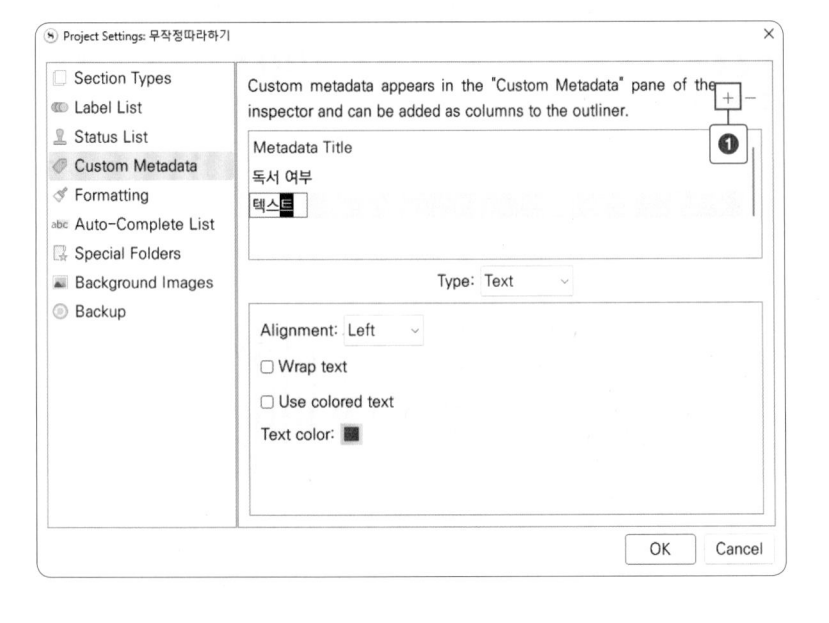

- **Alignment** : **정렬**. 메타데이터 창에서 문자열이 놓일 위치를 **왼쪽(Left)**, **가운데(Center)**, **오른쪽(Right)** 중에서 선택합니다.
- **Wrap text** : **자동 줄 바꿈**. 체크박스를 선택할 경우, 긴 문자열을 메타데이터 창에 맞도록 자동으로 줄 바꿈 합니다.
- **Use colored text** : **텍스트 색 사용**. 체크박스를 선택할 경우, 아래에서 선택한 색상으로 문자열을 표시합니다.
- **Text color** : **텍스트 색**. 색 상자를 클릭하여 원하는 색상을 선택합니다.

3 날짜 유형의 메타데이터를 추가하겠습니다. 마지막으로 독서한 요일 메타데이터를 생성한 후, **유형(Type)**을 **날짜(Date)**로 선택하고 적당한 **날짜 표기 형식(Format)**을 드롭다운 메뉴에서 선택합니다.

〔Custom〕 형식을 선택하여 원하는 **임의 형식(Custom Format)**으로 조합할 수도 있습니다. 창 아래쪽의 안내를 참조하여, 유니코드 표준에 따라 입력하도록 합시다. 여기서는 EEEE를 입력했습니다. 결괏값으로는 오늘의 요일이 ○요일의 형식으로 표시될 것입니다.

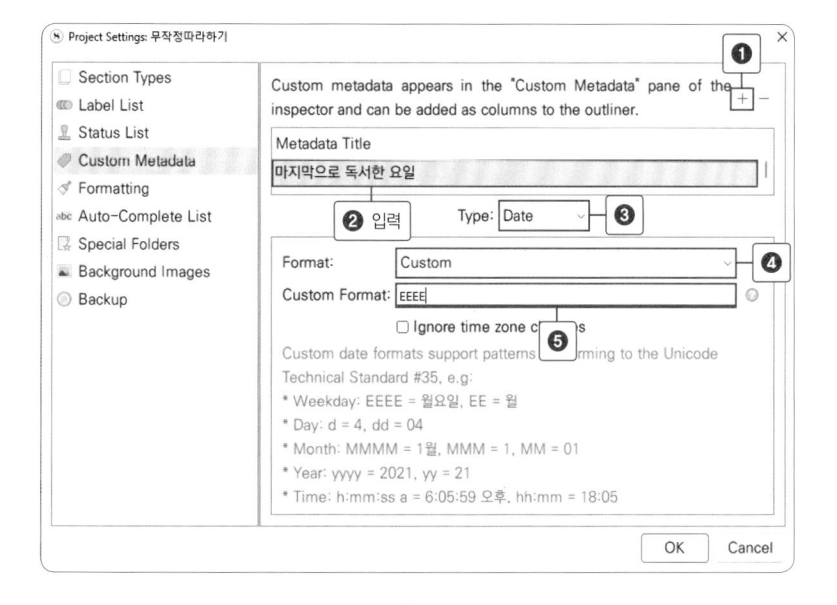

| Tip 유니코드 표준에 대한 설명은 부록을 참조하세요.

Tip 목록 유형 메타데이터는
메타데이터 창에서 드롭다운 메
뉴로 목록을 표시하여 항목을
선택합니다.

4 이어서 목록 유형의 메타데이터를 추가해 보겠습니다. **이야기의 배경** 메타데이터를 생성한 후, **유형(Type)**을 **목록(List)**으로 선택합니다. **기본값("None" item title)** 입력 창에 **배경 국가 선택**을 넣고, 목록에 **조선, 대한제국, 대한민국, 중국, 기타**를 추가하겠습니다.

〔OK〕를 클릭하여 지금까지 추가한 메타데이터를 저장합시다.

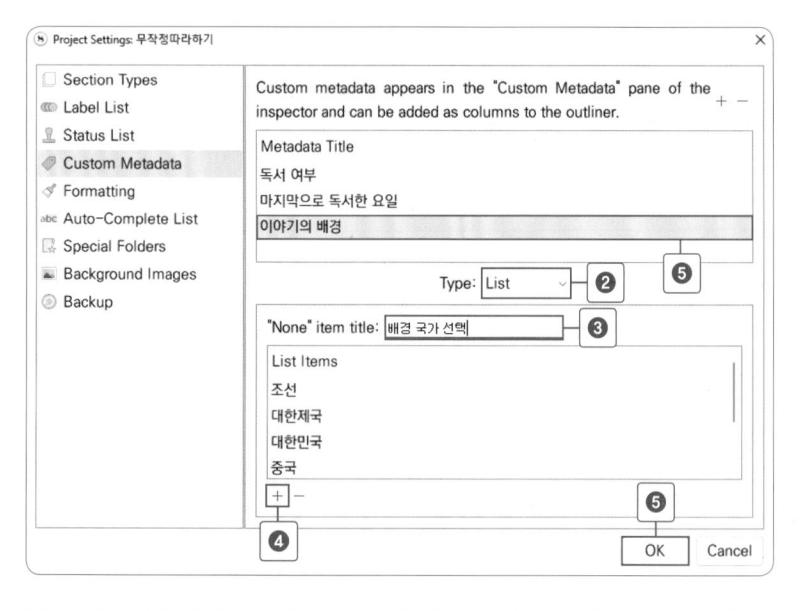

5 추가한 메타데이터는 아웃라이너의 열로 편성하여 관리할 수 있습니다. ▶ 281쪽

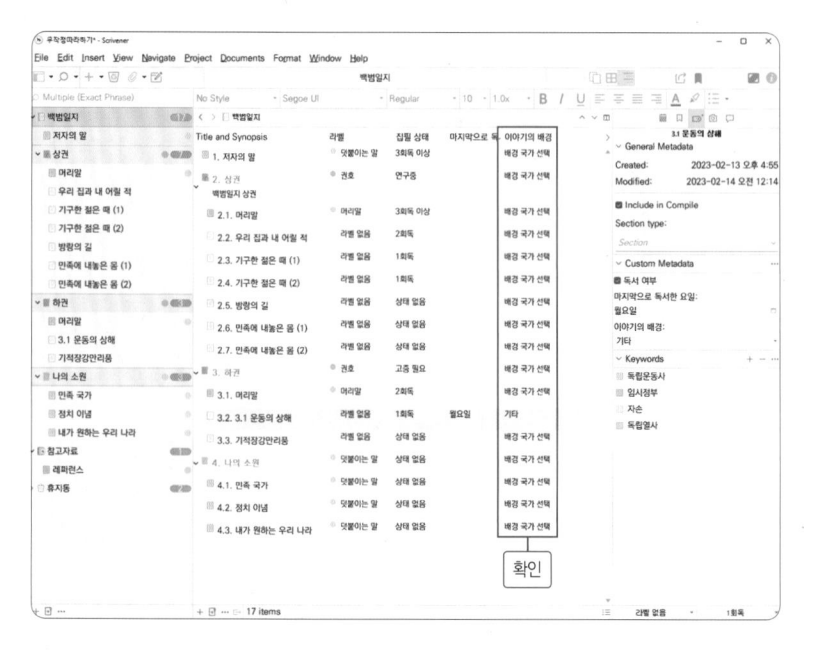

가지 다듬기

글을 안팎으로 충분히 살폈다면, 다음은 잡목을 베어내고 잔가지를 손질할 차례입니다. 큰 범위에서 문서 및 프로젝트를 재단하는 방법과 정리할 요소를 빠르게 찾아주는 검색 도구의 활용법을 알아보겠습니다.

1 | 찾기와 바꾸기

스크리브너의 검색 도구는 크게 개별 문서용과 프로젝트용으로 구분됩니다. 개별 문서 검색 도구라 해서 꼭 기능이 떨어진다고 볼 수는 없습니다. 반면 프로젝트 검색 도구는 검색 시간을 분명히 더 소요하게 되지요. 그러므로 무작정 프로젝트 검색 도구로 접근할 것이 아니라 각 검색 도구의 특징을 파악하여 용도에 맞는 도구를 사용하는 편이 효율적입니다.

한편, 스크리브너 검색 도구에서는 펄 호환 정규 표현식^{Perl Compatible Regular Expressions, PCRE}을 지원합니다. 정규 표현식을 사용하면 더욱 상세한 검색이 가능합니다. 정규 표현식에 대해서는 부록을 참조하세요.

▶ 무 작 정 따 라 하 기   **빠르게 찾기**

실습예제₩Chapter_04₩예제_07.scriv

아래와 같이 구성된 프로젝트에서 시작하겠습니다. 이 프로젝트는 검색 기능을 활용해볼 수 있는 50여 개의 문서를 갖추고 있습니다. 기본 폴더의 이름이 변경되어 있으므로 유의하세요.

1 메인 툴바 영역의 흰색 창은 평소에는 제목 표시 창의 역할을 하지만, 빠른 검색 도구의 기능을 함께 갖추고 있습니다. 제목 표시 창으로 마우스 커서를 가져가서 클릭해 봅시다. 즉시 검색어 입력 창 🔍 Search 으로 전환됩니다.

3 검색어로 **사회**를 입력해 보겠습니다. 문자열을 입력하는 것만으로 **제목(Titles)**과 **본문(Text)**에 검색어를 포함한 문서가 빠르게 검색되어 목록으로 나열됩니다.

목록의 맨 위에 있는 **인간: 사회적인가 정치적인가** 문서를 클릭해 보겠습니다.

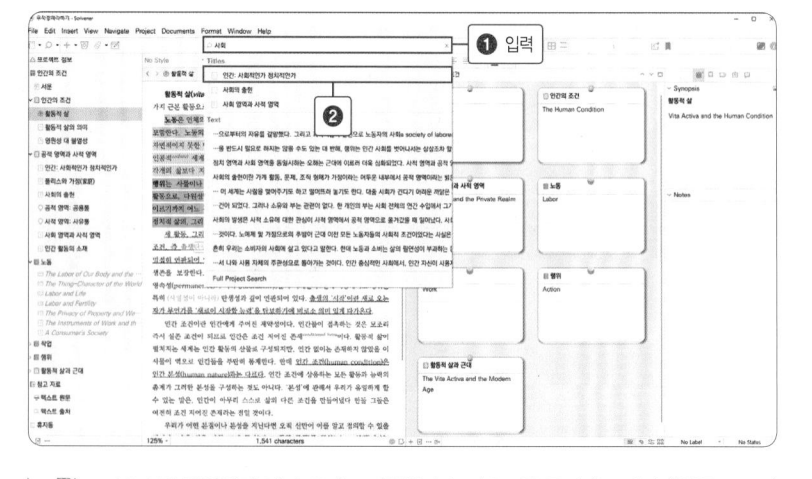

Tip 마우스를 클릭하여 해당 문서로 이동합니다. 마우스를 클릭하는 대신 Enter 를 누르면 목록 맨 위의 문서로 이동합니다.

4 활성화되어 있던 왼쪽 에디터에 **인간: 사회적인가 정치적인가** 문서가 열렸습니다.

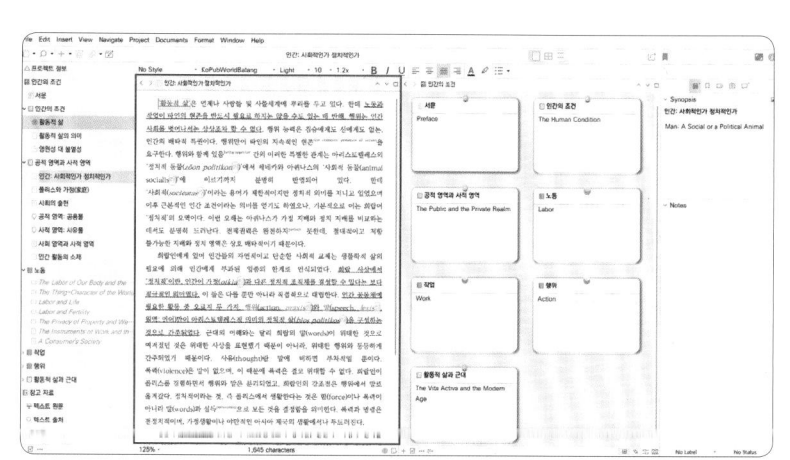

5 제목 표시 창을 클릭해서 검색어 입력 창으로 전환해 볼까요? 마지막에 입력했던 검색어가 그대로 남아 있습니다. **사회** 검색어를 그대로 둔 상태에서 입력 창 맨 앞의 돋보기 아이콘 ○ 을 클릭하면 빠른 검색 결과 목록이 다시 나타납니다.

Tip 전체 프로젝트 검색(Full Project Search)은 메인 툴바의 찾기 ○ ▾ 아이콘을 클릭하거나 메인 메뉴의 [Edit] - [Find ▸] - [Project Search]를 선택하여 이용할 수도 있습니다. 단축키는 Ctrl + Shift + F 키 조합을 사용합니다.

6 검색 결과를 좀 더 상세히 살피기 위하여 목록 맨 아래의 [Full Project Search]를 선택해 보겠습니다.

Tip `F3` 키를 누르면 문서에 표시된 검색 결과의 다음 위치로 이동할 수 있습니다.

7 바인더 영역에 보라색 검색 결과 창이 생성됩니다. 목록의 맨 위에 있는 **인간: 사회적인가 정치적인가** 문서를 선택해 봅시다. 빠른 검색 결과 목록에서 문서를 열었을 때와는 달리, 본문에서 검색어의 위치를 찾아 노란색 배경으로 표시합니다.

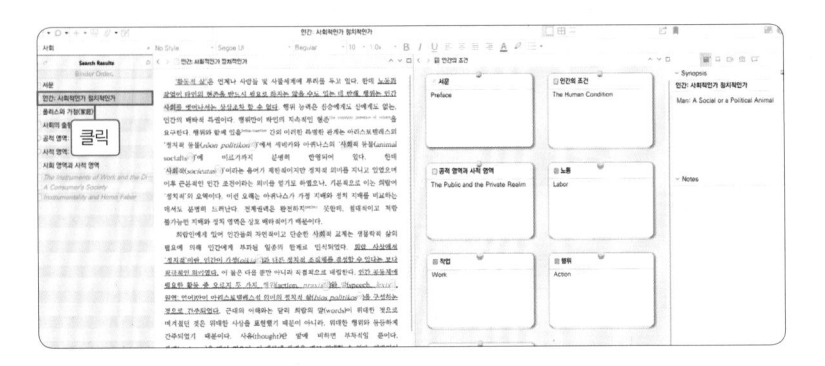

8 **전체 프로젝트 검색(Full Project Search)**은 문서의 제목과 본문 이외에 주석과 메타데이터까지 검색해 줍니다. 문서 제목이 없는 *The Instruments of Work and the Di...* 문서를 선택해 보겠습니다. 본문에 통째로 표시된 문장이 하나 있습니다.

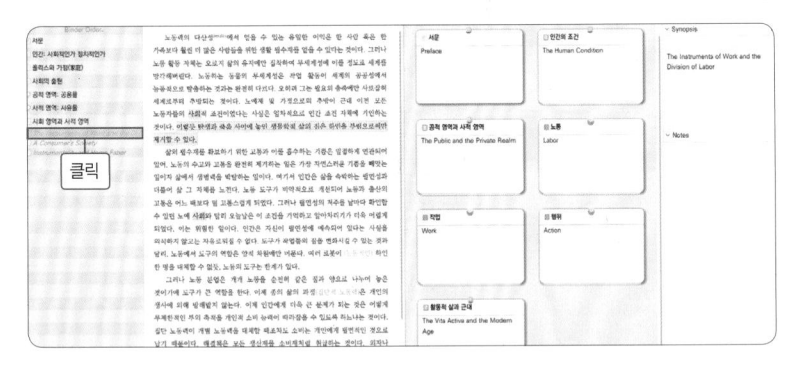

9 마우스 커서를 가져가니 주석이 툴팁으로 표시됩니다. 주석의 내용이 검색어를 포함하고 있다는 것을 알 수 있습니다.

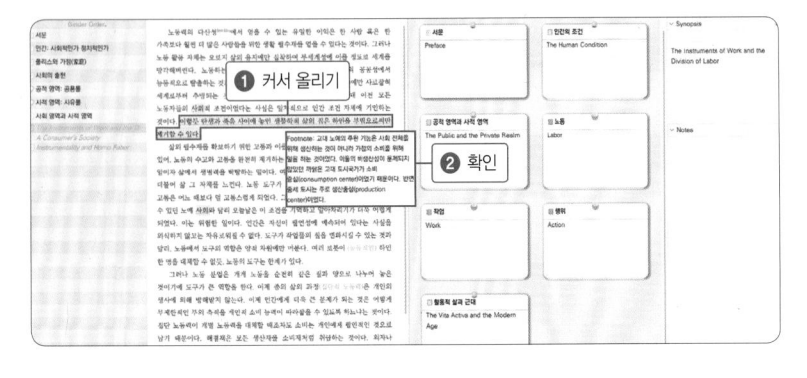

10 그대로 검색 결과 창의 ☒ 단추를 클릭하면 검색 결과 창이 닫히는 동시에 바인더가 바로 열립니다. 검색 결과 목록에서 선택한 문서가 여전히 선택되어 있습니다.

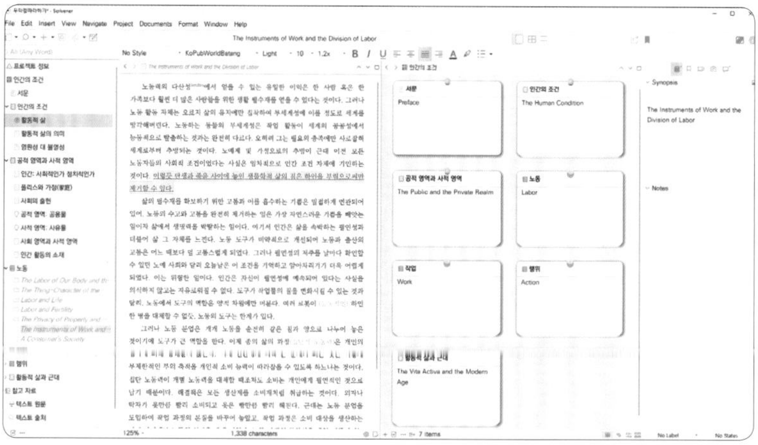

▶ 무작정 따라하기 필터를 사용해서 찾기

실습예제₩Chapter_04₩예제_07.scriv

◀ 영상 강의 바로 보기

1 빠른 검색에서는 필터 검색 기능을 이용할 수 없습니다. 메인 툴바의 **찾기** 아이콘⌕▾을 클릭하여 전체 프로젝트 검색 입력 창을 활성화합시다.

Tip 메인 메뉴의 [Edit] - [Find ▸] - [Project Search]를 선택하거나 단축키 Ctrl+Shift+F를 사용하여 활성화할 수도 있습니다.

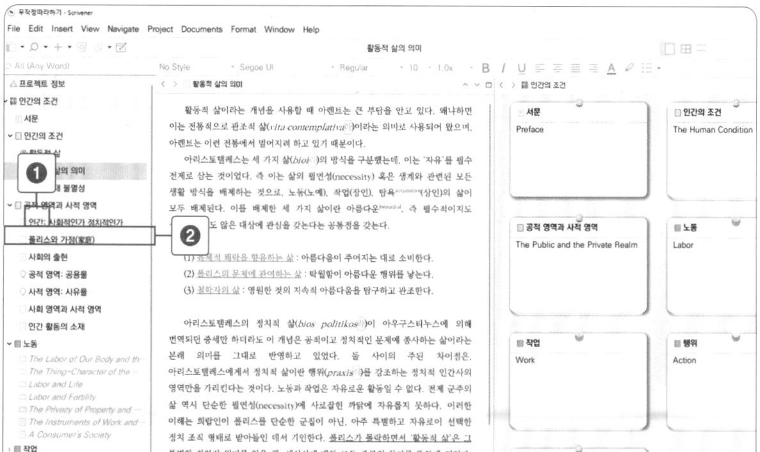

2 입력 창 맨 앞의 돋보기 아이콘 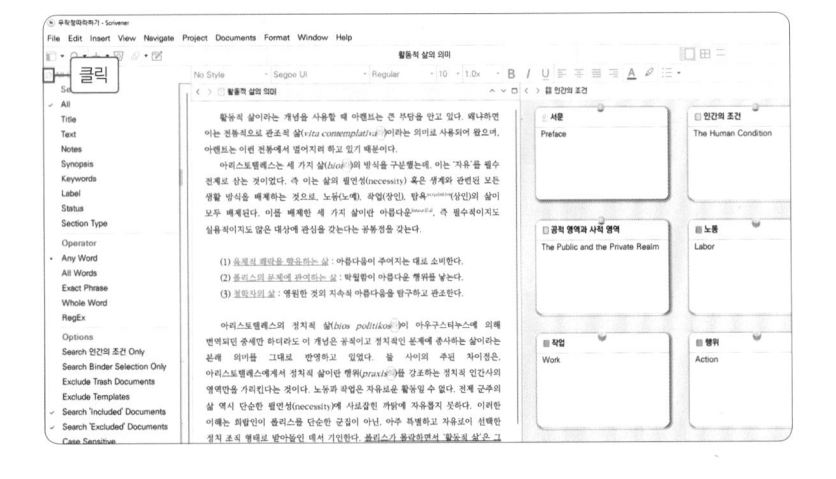 을 클릭하면 드롭다운 메뉴가 열리고, 스크리브너에서 제공하는 기본 검색 필터를 사용할 수 있습니다. 기본 검색 필터는 아래와 같이 구성되어 있습니다.

- **Search In** : 검색할 영역

  ↳ **All** : 문서 전체

  ↳ **Title** : 제목

  ↳ **Text** : 본문

  ↳ **Notes** : 노트

  ↳ **Synopsis** : 시놉시스

  ↳ **Keywords** : 키워드

  ↳ **Label** : 라벨

  ↳ **Status** : 상태

  ↳ **Section Type** : 장절 유형

- **Operator** : 연산자

  ↳ **Any Word** : **일부 단어라도 검색**. 입력한 검색어가 다수일 때, 그중 하나만 포함한 문서도 검색 결과에 포함합니다. '**OR' 연산자**와 같습니다.

  ↳ **All Words** : **모든 단어를 검색**. 입력한 검색어가 다수일 때, 모든 검색어를 포함한 문서만 검색합니다. '**AND' 연산자**와 같습니다.

  ↳ **Exact Phrase** : **문장 일치**

  ↳ **Whole Word** : **단어 일치**

  ↳ **RegEx** : **정규 표현식**. 추가 연산자를 이용하여 복잡한 검색을 수행하고 싶을 때 이용합니다.

- **Options** : 선택 옵션

  └ **Search 〔드래프트 폴더명〕 Only** : 드래프트 폴더만 검색

  └ **Search Binder Selection Only** : 바인더에서 선택한 영역만 검색

  └ **Exclude Trash Documents** : 휴지통 검색 안 함

  └ **Exclude Templates** : 템플릿 검색 안 함

  └ **Search 'Included' Documents** : 컴파일 대상 문서 검색 405쪽

  └ **Search 'Excluded' Documents** : 컴파일 제외 문서 검색 405쪽

  └ **Case Sensitive** : 대소문자 구별

  └ **Invert Results** : 검색 결과 반전

- **Reset Search Options** : 검색 옵션 초기화

- **Save Search As Collection...** : 검색 결과를 컬렉션으로 저장

3 가령 RegEx 연산자를 선택하여 **공적|희랍** 검색어로 검색한 결과는 다음과 같습니다.

Tip 이것은 Any Word 연산자를 선택하여 공적 희랍 검색어로 검색한 결과와 같습니다. Any Word 연산자는 OR와 같으므로 위 검색어는 공적 OR 희랍과 같구요. 즉 공적이나 희랍 중 하나라도 포함한 문서를 모두 검색하는 것입니다. 검색을 위한 정규 표현식에 대해서는 부록을 참조하세요.

Tip 메인 메뉴의 〔Edit〕 –
〔Find ▸〕 – 〔Find...〕에서도 입력
창을 불러낼 수 있습니다.

4 코르크보드에서도 간단한 필터 검색을 이용할 수 있습니다.
코르크보드가 표시된 오른쪽 에디터를 활성화한 후 Ctrl+F를 눌러
검색어 입력 창을 불러냅니다.

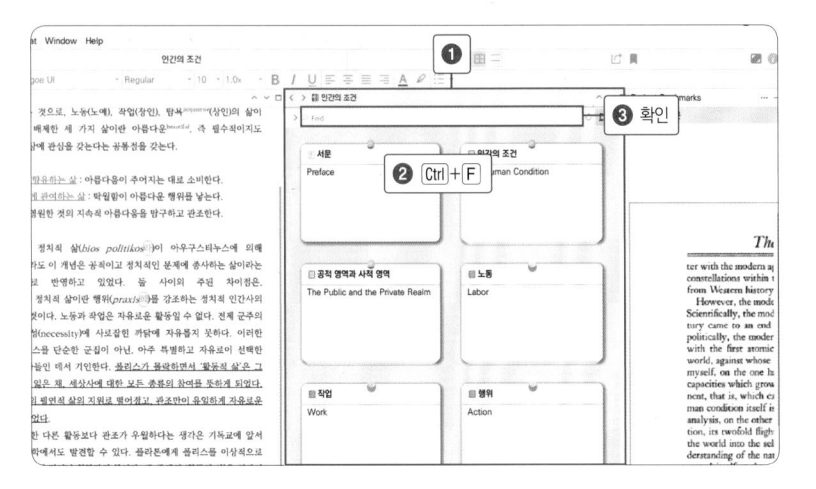

5 검색어 입력 창 왼쪽의 화살표 ▷를 클릭하면 필터 세트가 나
타나고, 체크박스(☑ Filter)를 선택하면 필터를 사용할 수 있습니다.

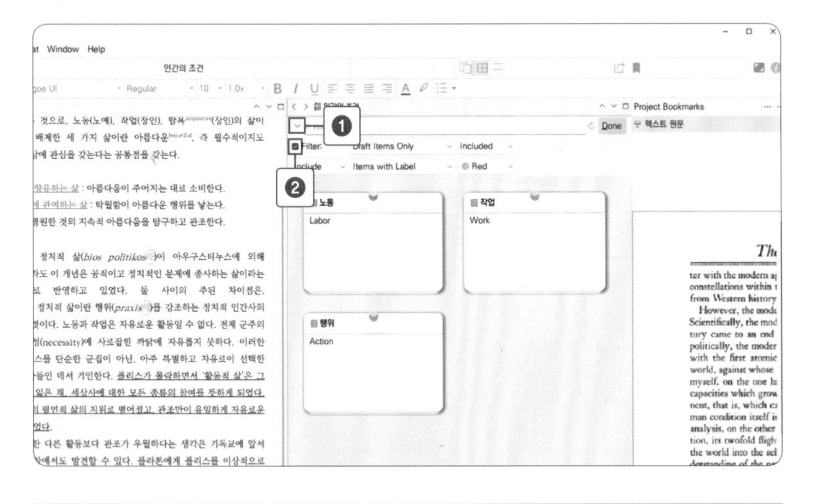

Tip 아웃라이너에서도 동일
한 필터 세트를 사용할 수 있습
니다.

	• Items Anywhere (모든 영역을)
	• Draft Items Only (드래프트 폴더만)
	• Non-Draft Items Only
	  (드래프트 폴더가 아닌 영역만)
		• All (모두 검색)
		• Included
		  (포함하여 검색)
		• Excluded
		  (제외하여 검색)

• Any (모두 검색)
• Include
  (포함하여 검색)
• Exclude
  (제외하여 검색)
	• Items with Label (라벨이 있는 대상을)
	• Items with Status (상태가 있는 대상을)
	• Items with Section Type
	  (장절 유형이 있는 대상을)
		No Label
		(라벨 없음)
		Red (빨간색)
		...

◀ 영상 강의
　바로 보기

Tip 메인 메뉴의 〔Edit〕-〔Find
▸〕-〔Find by Formatting...〕
을 선택할 수도 있습니다.

1 메인 툴바에서 **찾기** 아이콘 🔍▾ 옆의 화살표를 클릭하여 드롭다운 메뉴를 연 후, 〔Find by Formatting〕을 선택합니다.

2 검색 도구상자가 나타납니다.

- **Find** : 검색
  - ∟ **Highlighted Text** : 배경색이 있는 문자열
    - ∟ **Limit Search to Color** : 선택한 색상으로 제한
  - ∟ **Comments & Footnotes** : 외부 주석
    - ∟ **All** : 모두
    - ∟ **Comments** : 메모
    - ∟ **Footnotes** : 각주

┗ **Inline Annotation** : 내부 메모

　　　　　┗ **Any Color** : 모두

　　　　　┗ **Limit Search to Color** : 선택한 색상으로 제한

　　　　　┗ **Exclude Color from Search** : 선택한 색상을 제외

　　　┗ **Inline Footnotes** : 내부 각주

　　　┗ **Revision Color** : 수정사항

　　　┗ **Colored Text** : 색깔이 있는 문자열

　　　　　┗ **Limit Search to Color** : 선택한 색상으로 제한하여 검색

　　　┗ **Style** : 서식

　　　┗ **Character Format** : 글자 모양

　　　　　┗ **Strikethrough** : 취소선

　　　　　┗ **Keep with next** : 이어지는 범위

　　　┗ **Links** : 링크

　　　　　┗ **Link Type** : 링크 유형

　　　　　　　┗ **All** : 모두

　　　　　　　┗ **Web/File Link** : 웹/파일 링크

　　　　　　　┗ **Document Link** : 문서 링크

　　　┗ **Images** : 이미지

　　　┗ **Tables** : 표

　　　┗ **Preserved Formatting Text** : 서식 보호 문자열

・**Containing Text** : 입력한 문자열을 포함

・**Search In** : 범위

　　┗ **All Documents** : 모든 문서

　　┗ **Current Editor** : 현재 에디터

찾아서 바꾸기

실습예제\Chapter_04\예제_07.scriv

1 단축키 Ctrl + F 를 이용하면 현재 문서의 바꾸기 도구를 빠르게 불러낼 수 있습니다.

대체어(Replace) 입력 창을 공란으로 비워 두면 바꾸기 도구 대신 검색 도구가 됩니다. 〔Next〕를 클릭하면 검색 결과가 순서대로 선택되어 표시됩니다.

바꾸기(Replace) 입력 창에 대체할 문자열을 입력했다면 〔Replace〕를 클릭하여 선택된 검색어를 대체할 문자열로 바꿀 수 있습니다. 다시 〔Next〕를 클릭하여 다음 검색어를 찾습니다. 〔Replace & Find〕를 클릭하면 문자열을 바꾸는 동시에 다음 검색어로 이동합니다.

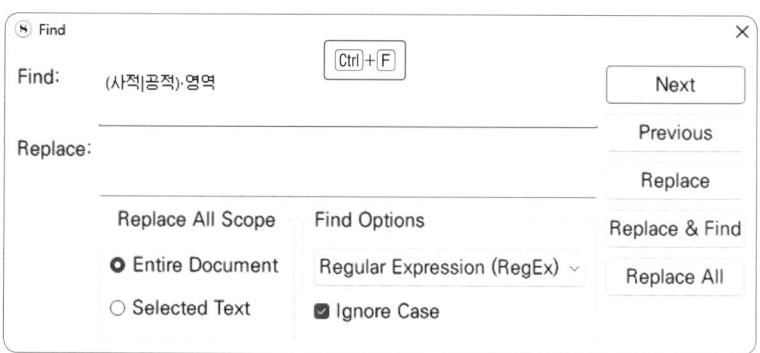

문서 바꾸기 도구의 구성은 아래와 같습니다.

- **Find** : 검색어
- **Replace** : 대체어

- **Replace All Scope** : 다음 범위를 모두 대체
    - └ **Entire Document** : 문서 전체
    - └ **Selected Text** : 선택한 문자열

Tip 메인 메뉴의 〔Edit〕 - 〔Find ▸〕 - 〔Find...〕를 선택해 바꾸기 도구를 불러낼 수도 있습니다.

• **Find Options** : 검색 옵션 ('Find'에 입력한...)

  ∟ **Contains** : 검색어를 포함

  ∟ **Starts with** : 검색어로 시작

  ∟ **Whole word** : 검색어와 일치

  ∟ **Ends with** : 검색어로 끝남

  ∟ **Regular Expression (RegEx)** : 정규 표현식

  ∟ **Ignore Case** : 대소문자 무시

| Next | : 다음

| Previous | : 이전

| Replace | : 바꾸기

| Replace & Find | : 바꾸고 찾기

| Replace All | : 모두 바꾸기

Tip 메인 메뉴의 〔Edit〕 - 〔Find ▸〕 - 〔Project Replace...〕를 선택할 수도 있습니다.

2 프로젝트 전체를 검색하려면 프로젝트 바꾸기 도구를 이용합니다. 메인 툴바에서 **찾기** 아이콘 옆의 화살표를 클릭하여 드롭다운 메뉴를 연 후, 〔Project Replace...〕를 선택합니다.

3 프로젝트 바꾸기 도구가 팝업 창으로 나타납니다. **검색어(Replace)**와 **대체어(With)**를 입력한 후 〔Replace〕 단추를 클릭하면 전체 프로젝트를 탐색하며 바꾸기를 실행합니다.

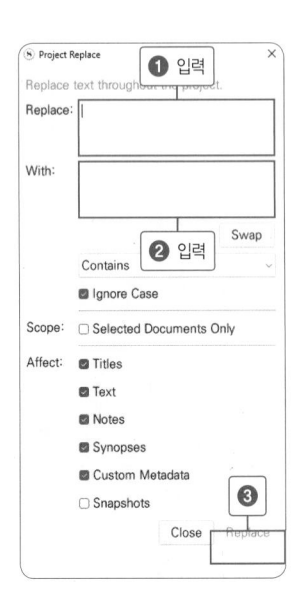

프로젝트 바꾸기 도구의 구성은 아래와 같습니다.

- **Replace** : 검색어

- **With** : 대체어

- (**Swap**): 교환. 검색어와 대체어를 바꿉니다.

- **Contains** : 검색 옵션 (**Replace**에 입력한...)

    ㄴ **Contains** : 검색어를 포함

    ㄴ **Starts with** : 검색어로 시작

    ㄴ **Whole word** : 검색어와 일치

    ㄴ **Ends with** : 검색어로 끝남

    ㄴ **Regular Expression (RegEx)** : 정규 표현식

    ㄴ **Ignore Case** : 대소문자 무시

- **Scope** : 범위

    ㄴ **Selected Documents Only** : 선택한 문서만 검색

- **Affect** : 바꿀 영역

    ㄴ **Titles** : 세목

    ㄴ **Text** : 본문

    ㄴ **Notes** : 노트

    ㄴ **Synopses** : 시놉시스

    ㄴ **Custom Metadata** : 사용자 메타데이터

    ㄴ **Snapshots** : 스냅샷

- (**Close**): 닫기
- (**Replace**): 바꾸기

2 | 문서 재단하기

글을 조직하다 보면 본래의 원고에서 몇 문단 정도를 떼어 다른 부분으로 옮기는 일도 종종 일어나지요. 이렇게 옮긴 원고는 글의 일부 영역을 당초 계획보다 길거나 짧게 만들 수 있습니다.

한편, 독자를 위하여 글 한 토막의 위치를 변경했다 하더라도 작가는 여전히 근거리에서 해당 부분을 참조해야 할 수도 있습니다.

이처럼 흩어진 문서를 나누거나 이어 붙이는 방법, 또 다른 문서를 참조할 수 있도록 북마크를 만들거나 링크로 연결하는 방법을 알아보겠습니다.

▶ 무 작 정   따 라 하 기   ▶ **문서 합치고 나누기**   실습예제₩Chapter_04₩예제_06.scriv

◀ 영상 강의
바로 보기

[1] **하권** 폴더의 **기적장강만리풍**은 하나의 글이지만 세 개의 문서로 분할되어 있습니다. 이를 하나의 문서로 만들어 보겠습니다.

![스크리브너 화면 캡처]

Tip 에디터를 스크롤하여 **기적장강만리풍 (2)** 문서의 제목까지 내려와 보면 제목 위에서 문서 구분자가 나타나는 것을 확인할 수 있습니다. 스크리브닝이 그룹 뷰 모드로 실행되고 있는 것이죠. 코르크보드와 마찬가지로, 임의로 선택한 문서 그룹은 문서의 실제 층위와 관계없이 평평하게 나열됩니다.

2 여러 개의 문서를 합치는 가장 간단한 방법은 **병합(Merge)** 기능을 이용하는 것입니다. **기적장강만리풍 (1)** 문서가 선택된 상태에서 Ctrl 또는 Shift를 누른 채로 **기적장강만리풍 (2)** 문서를 클릭하여 두 문서가 함께 선택되도록 합니다.

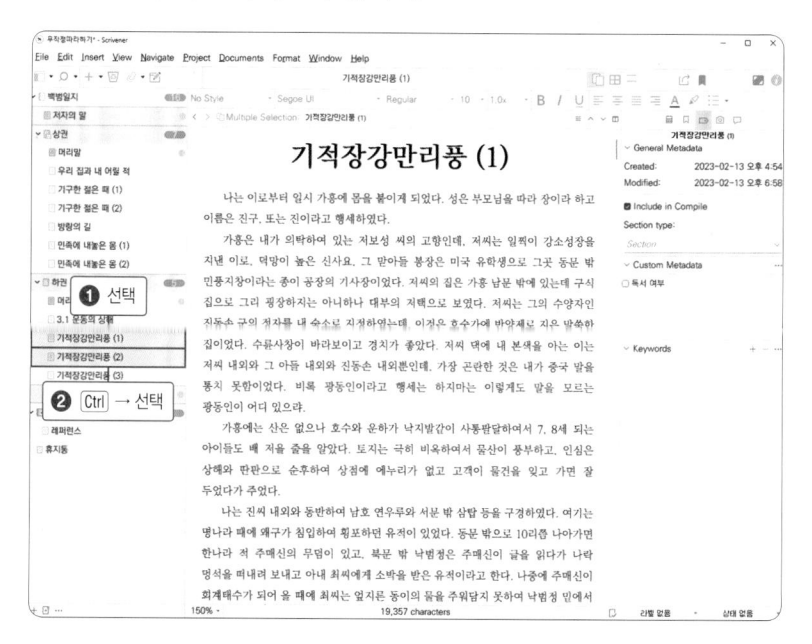

3 메인 메뉴에서 〔Documents〕-〔Merge〕를 선택합니다.

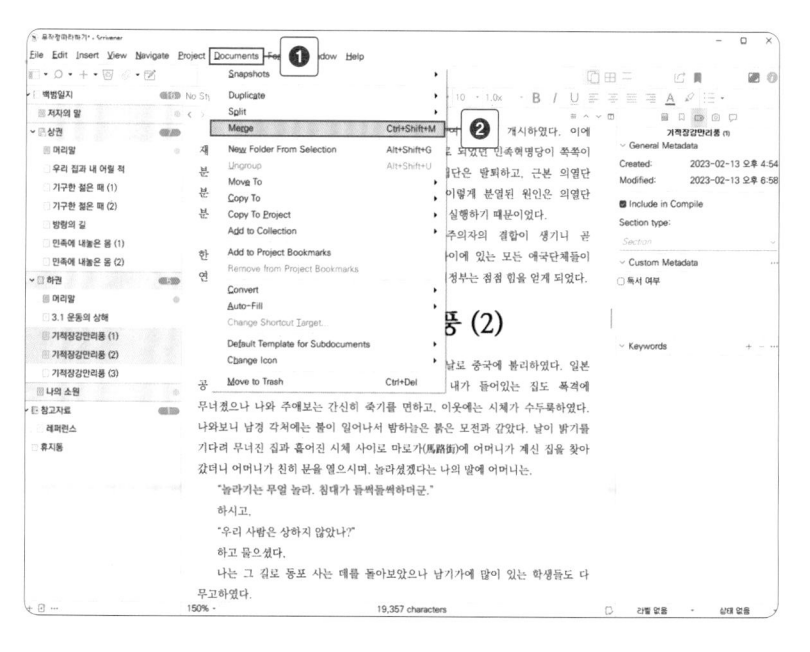

Tip 여러 개의 문서를 선택한
후 병합을 시도하면, 바인더에
서 가장 위에 있는 문서로 다른
문서의 내용이 이동합니다. 병
합 후 남는 문서의 제목도 가장
위에 있는 문서의 제목입니다.

Tip 병합한 문서의 사이에는
자동으로 한 줄의 공백이 삽입
됩니다.

4 **기적장강만리풍 (2)** 문서의 내용이 **기적장강만리풍 (1)** 문서의
하단으로 이동했습니다. **기적장강만리풍 (2)** 문서는 바인더에서 사
라집니다.

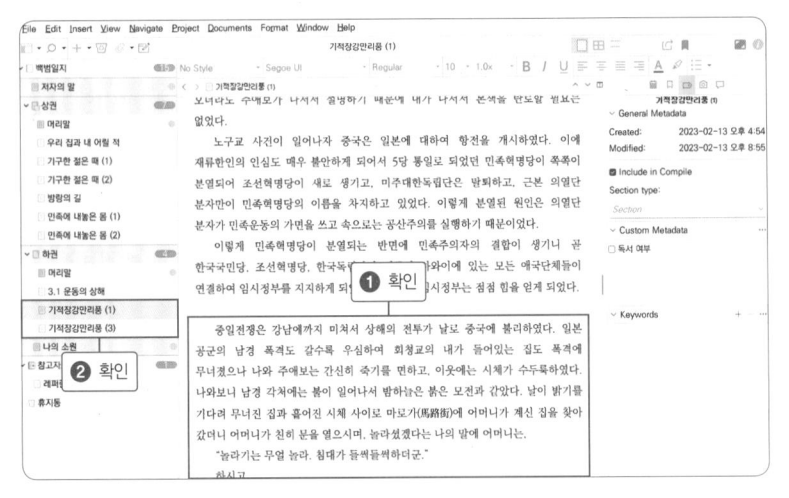

5 문서를 합치는 또 다른 방법으로는 **첨부(Append)** 기능이 있
습니다. **기적장강만리풍 (1)** 문서의 하단에 **기적장강만리풍 (3)** 문서
의 내용을 삽입해 보겠습니다.

기적장강만리풍 (3) 문서의 내용을 모두 선택한 후, 마우스 오른
쪽 단추를 클릭해 단축 메뉴를 불러냅니다. (Append Selection to
Document ▶)를 선택하면 바인더가 드롭다운 메뉴로 나타납니다.
바인더를 따라 내려가서 **기적장강만리풍 (1)** 문서를 클릭합시다.

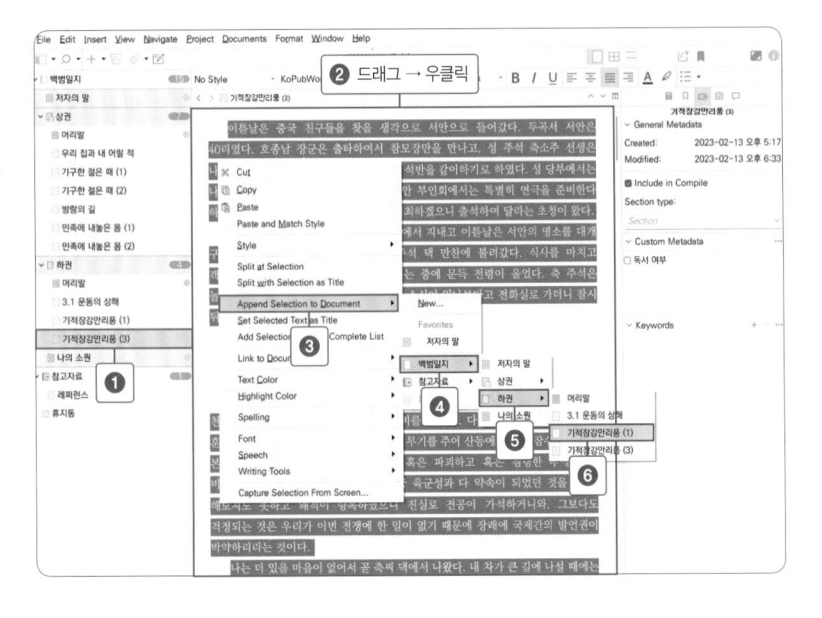

Tip 병합한 문서의 사이에는 자동으로 한 줄의 공백이 삽입됩니다. 병합될 문서의 끝에 이미 두 줄 이상의 공백이 있다면 그 공백을 그대로 유지합니다.

6 **기적장강만리풍 (1)** 문서의 말미에 **기적장강만리풍 (3)** 문서의 내용이 삽입되었습니다.

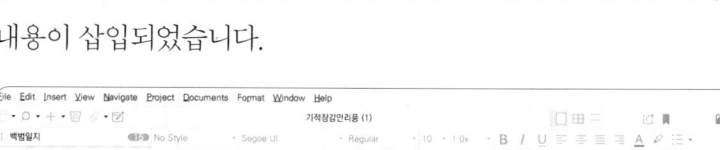
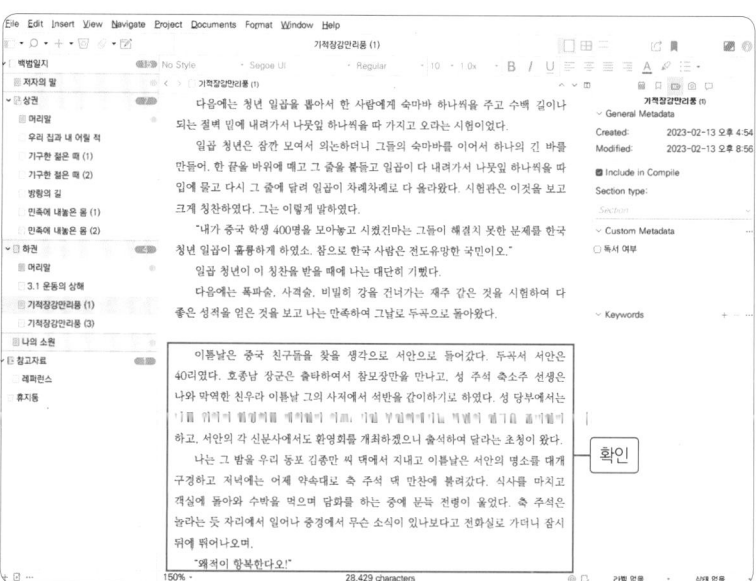

7 다음으로, 하나의 문서를 여러 개의 문서로 분할하는 방법입니다. **나의 소원** 문서에는 세 개의 짧은 글(**민족 국가, 정치 이념, 내가 원하는 우리 나라**)이 포함되어 있습니다. 세 글을 각각의 문서로 분할하겠습니다. 문서를 분할하려는 지점에 커서를 놓고 마우스 오른쪽 단추를 눌러 단축 메뉴를 불러냅니다. 소제목인 **정치 이념** 바로 앞에서 단축 메뉴를 호출하겠습니다.

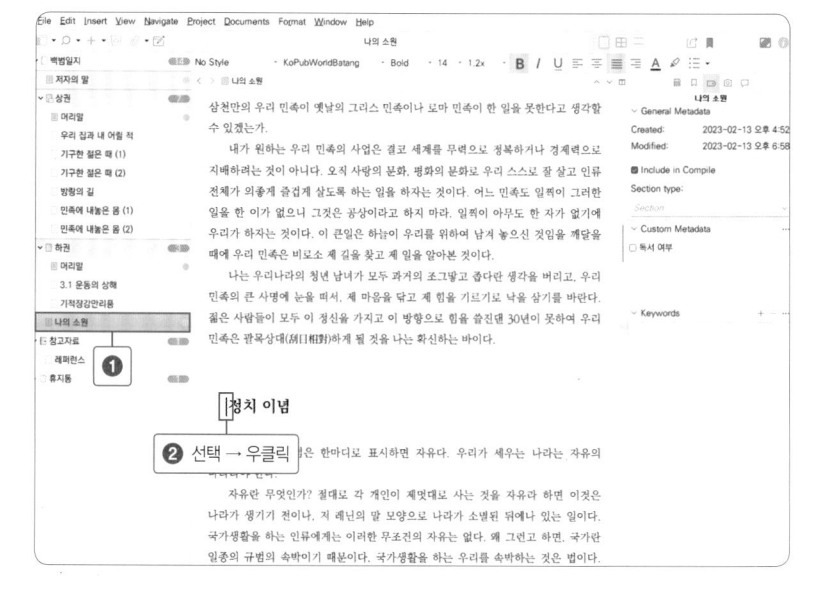

Tip 문서명을 지정하지 않았을 경우 새로 만들어지는 문서의 제목은 〔원래 문서의 제목〕-# 형태로 생성됩니다.

8 단축 메뉴에서 〔Split at Selection〕을 선택하면 커서가 놓인 지점을 중심으로 문서가 양분되며, 새로 만들어진 **나의 소원-1** 문서로 바인더의 커서가 이동합니다.

9 편집기에서 글의 소제목인 **정치 이념**을 선택한 후, 마우스 우클릭으로 단축 메뉴를 호출해 **선택한 문자열을 제목으로 지정(Set Selected Text as Title)**합니다.

10 문서의 제목이 **정치 이념**으로 변경되었습니다.

계속해서 다음 글을 분할해 보겠습니다. 이번에는 소제목인 **내가 원하는 우리 나라**를 선택한 후, 마우스 우클릭으로 단축 메뉴를 호출해 **선택한 범위를 제목으로 지정하여 분할**(Split with Selection as Title) 을 선택합니다.

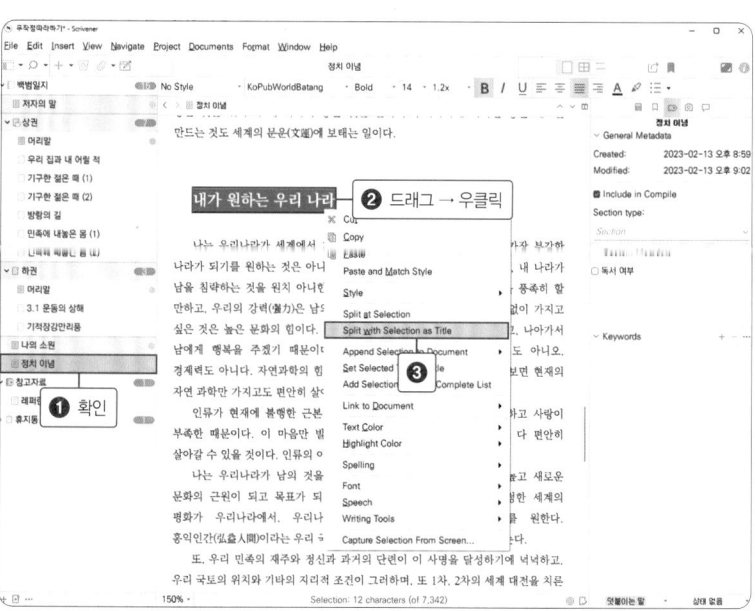

Tip 문서를 분할하면 원래 문서의 말미에 있던 여분의 공백은 자동으로 제거됩니다.

11 분할된 문서가 생성되는 동시에 **내가 원하는 우리 나라**가 제목으로 입력되었습니다.

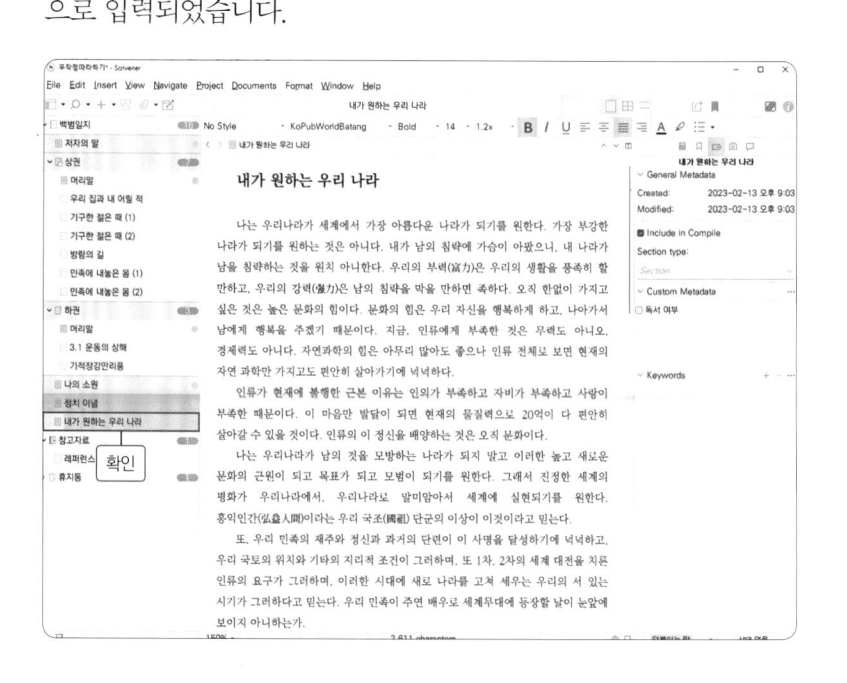

12 **나의 소원**은 본래 하나의 글이므로, 분할한 세 개의 문서도 하나의 그룹으로 묶어 주겠습니다.

바인더에서 Ctrl 나 Shift 를 누른 채로 **나의 소원, 정치 이념, 내가 원하는 우리 나라** 문서를 클릭하여 한꺼번에 선택한 다음, 마우스 우클릭으로 단축 메뉴를 호출하여 **선택한 범위로 새 폴더 만들기(New Folder From Selection)**를 클릭합니다.

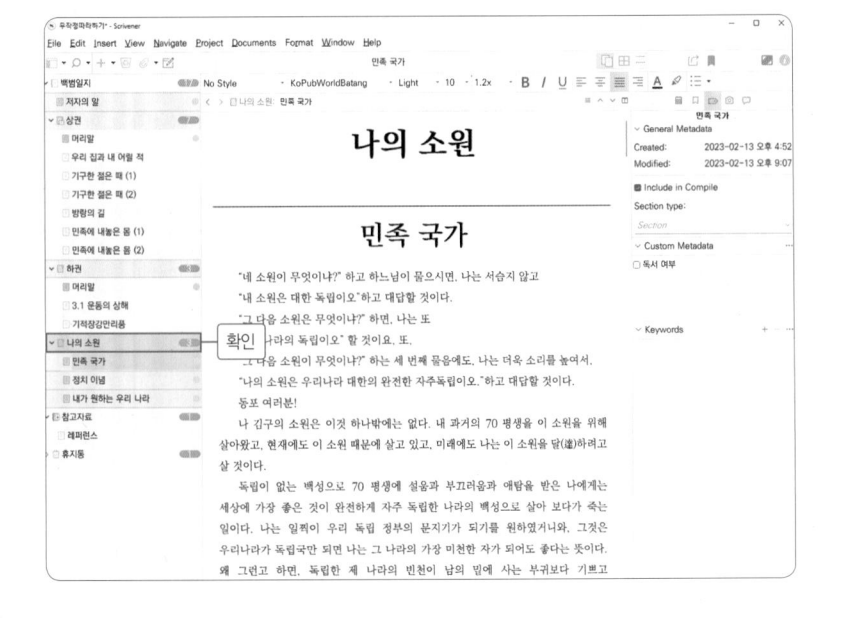

13 세 개의 문서를 포함하는 새 폴더가 생성됩니다. 제목을 적절히 수정하여 그룹을 정리합시다.

14 문서를 분할하기 이전의 원본 문서인 **나의 소원**은 본래 바인더 속표지 ▶ 145쪽 로 지정되어 있었습니다. 분할로 생성된 문서는 원래 문서의 속성을 그대로 가져오므로, 뒤에 분할한 세 개의 문서도 모두 바인더 속표지 모양으로 생성되었습니다.

나의 소원 폴더 아래의 문서를 모두 선택한 후, 마우스 오른쪽 단추를 눌러 단축 메뉴를 호출합니다. 〔Show as Binder Separators〕 메뉴에 체크 표시(✔)가 되어 있는 것이 보입니다. 메뉴를 클릭하여 속표지 속성을 제거합니다.

▶ **무 작 정 따 라 하 기** ▶ **문서끼리 연결하기** 실습예제₩Chapter_04₩예제_06.scriv

◀ 영상 강의
바로 보기

1 스크리브너가 제공하는 내부 링크 기능을 활용하면 참조가 필요한 문서를 적절한 위치에 연결할 수 있습니다. **리서치** 폴더의 레퍼런스 문서를 **상권** 폴더의 본문에 연결해 보겠습니다.

상권 폴더의 본문 영역에서 마우스 오른쪽 단추를 클릭하여 단축 메뉴를 호출합니다.

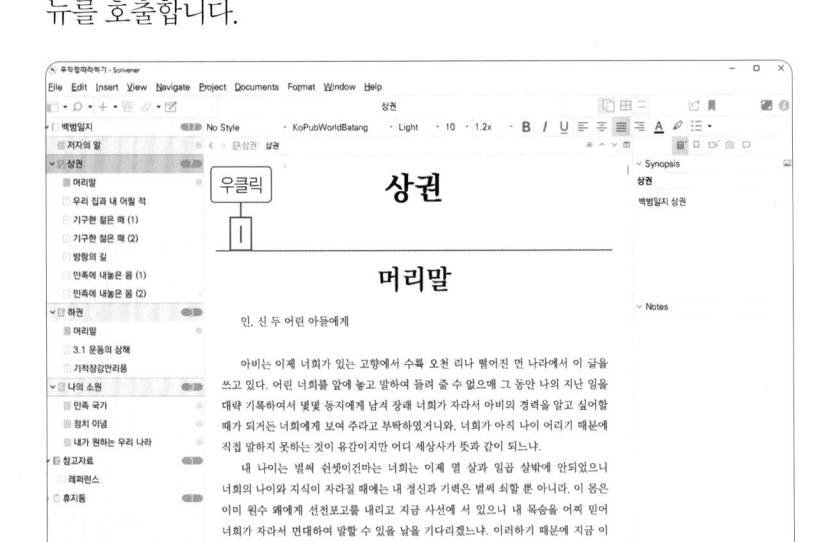

2 〔Link to Document ▸〕에서 연결하고자 하는 문서를 찾아 선택합니다. 마침 **레퍼런스** 문서는 북마크가 되어 있군요. 북마크 목록에서 **레퍼런스**를 클릭합니다.

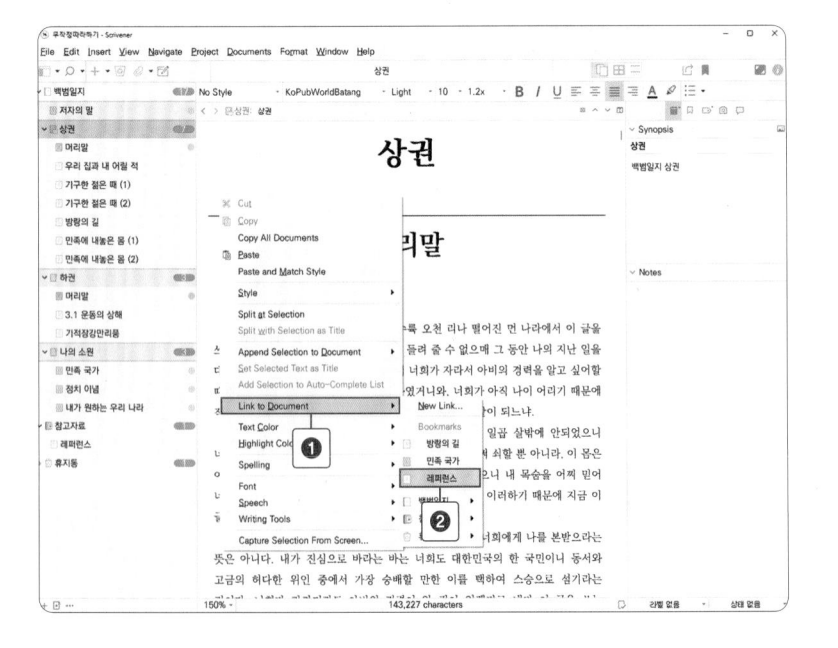

3 문서의 제목을 딴 링크가 커서 위치에 삽입되었습니다. 링크에 마우스 커서를 가져다 대면 바인더에서의 문서 경로가 툴팁으로 나타납니다. 그대로 링크를 클릭해 보겠습니다.

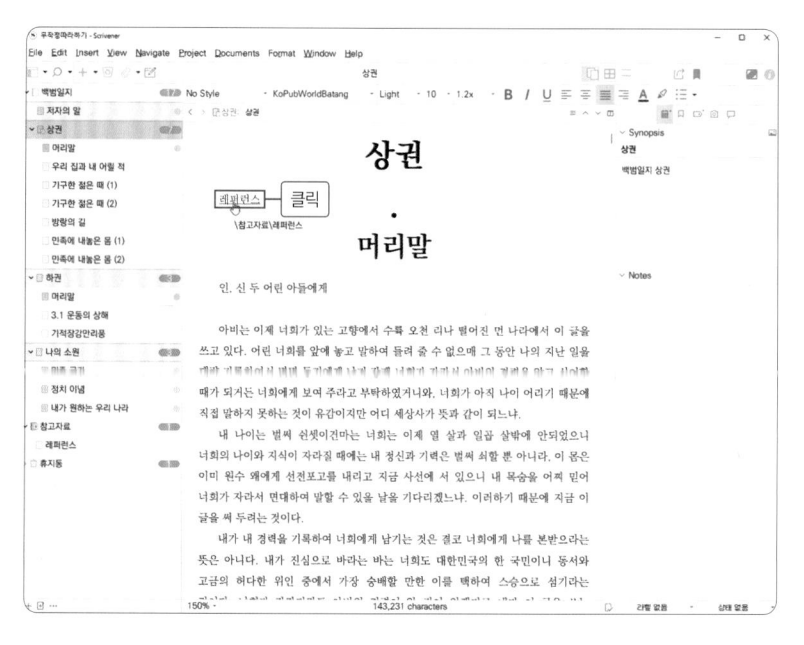

4 링크를 클릭하면 에디터가 분할되고, 연결된 문서는 새로 생성된 편집기에 표시됩니다.

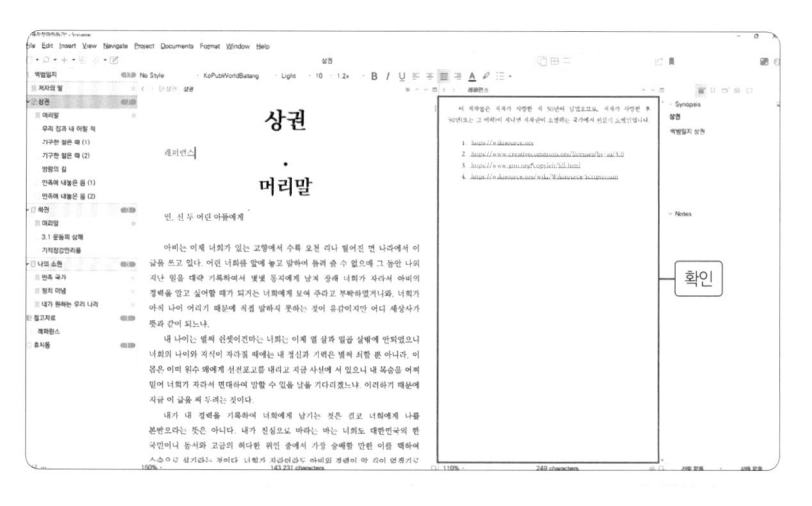

> **잠**
> **깐**
> **만**
> **요**

연결된 문서를 현재 창에서 보고 싶다면?

단축 메뉴를 이용하면 됩니다. 링크를 마우스 오른쪽 단추로 클릭하여 단축 메뉴를 불러낸 후, 〔Open "(링크명)"〕 메뉴를 클릭하면 현재 창에서 문서가 열립니다.

5 북마크를 이용하면 연결 문서를 좀 더 효율적으로 관리할 수 있습니다. 인스펙터에서 **북마크** 아이콘□을 클릭하여 북마크 목록을 열어 봅시다.

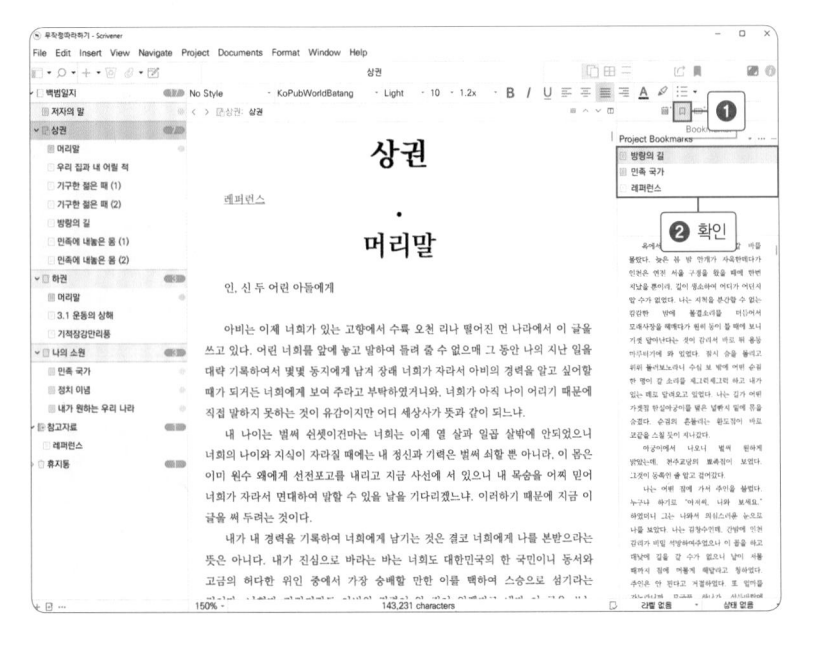

Tip 단축키 Ctrl + F6 을 사용해서 전환할 수도 있습니다.

Tip **프로젝트 북마크**는 프로젝트의 어디에서나 참조할 수 있는 북마크입니다. 반면 **문서 북마크**는 해당 문서의 인스펙터에서만 참조할 수 있습니다.

6 지금은 표시 목록이 **프로젝트 북마크(Project Bookmarks)**로 설정되어 있습니다. 상단 표시줄을 클릭하여 표시 목록을 **문서 북마크(Document Bookmarks)**로 전환합니다.

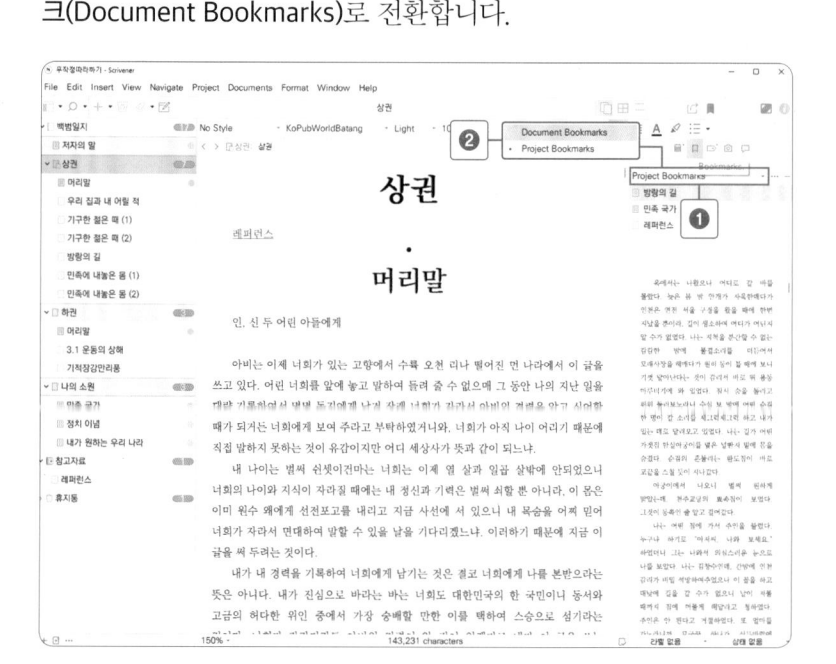

7 상단 우측의 ⋯아이콘을 클릭하여 나오는 확장 메뉴에서 〔Add Internal Bookmark ▸〕를 선택합니다. 리서치 폴더에서 **레퍼런스** 문서를 찾아 클릭합니다.

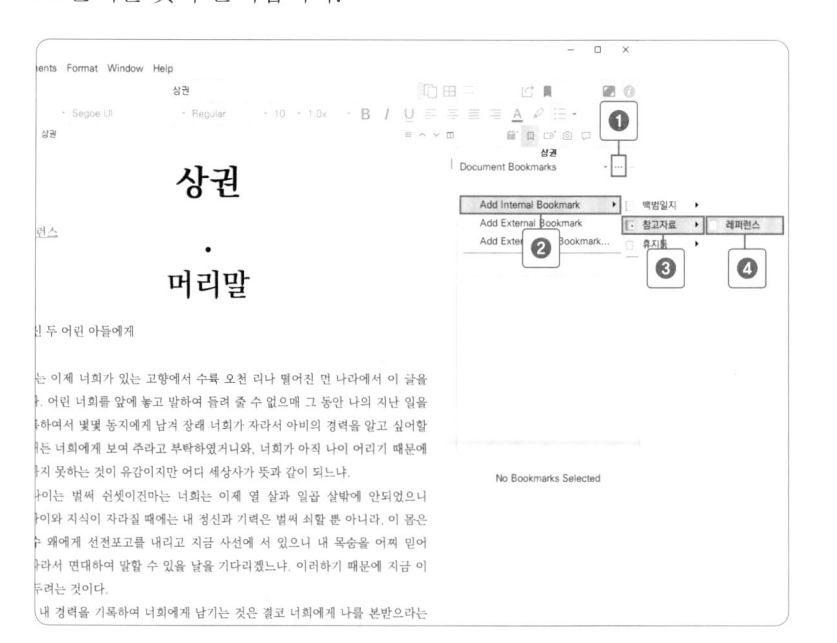

8 북마크 목록에 **레퍼런스** 문서가 추가되었습니다. 인스펙터 북마크의 문서 내용은 기본적으로 인스펙터의 표시 창에서 확인할 수 있습니다.

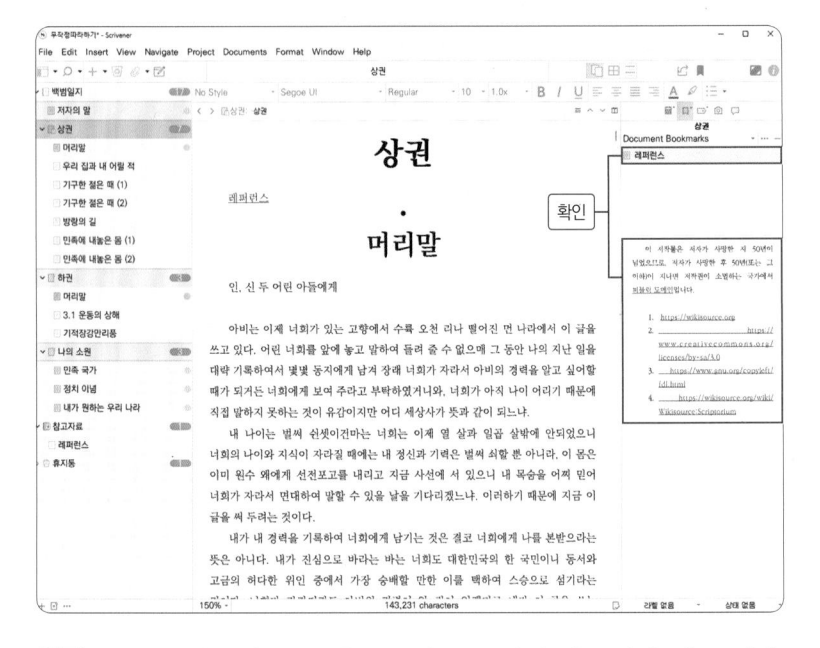

9 문서 북마크와 프로젝트 북마크를 함께 참조해야 하는 경우도 있습니다. 메인 메뉴에서 〔Project〕 - 〔 Project Bookmarks...〕를 선택하면 프로젝트 북마크 목록이 팝업 창으로 열립니다.

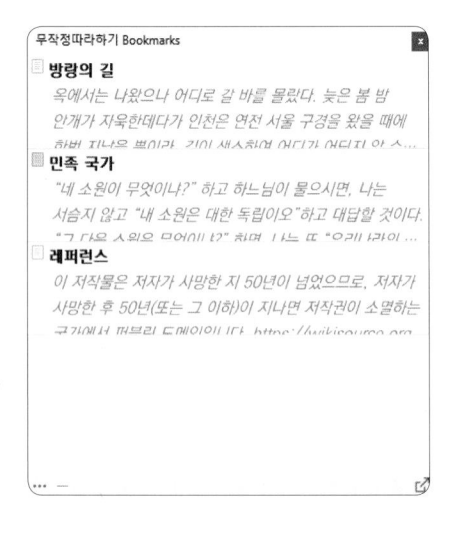

10 팝업 창으로 열린 목록에서 북마크를 선택하면 해당 문서가 현재 에디터에 열립니다. 에디터를 현재 상태로 고정하기 위해 메인 메뉴에서 〔Navigate〕-〔Editor ▸〕-〔Lock in Place〕를 선택하겠습니다. 371쪽

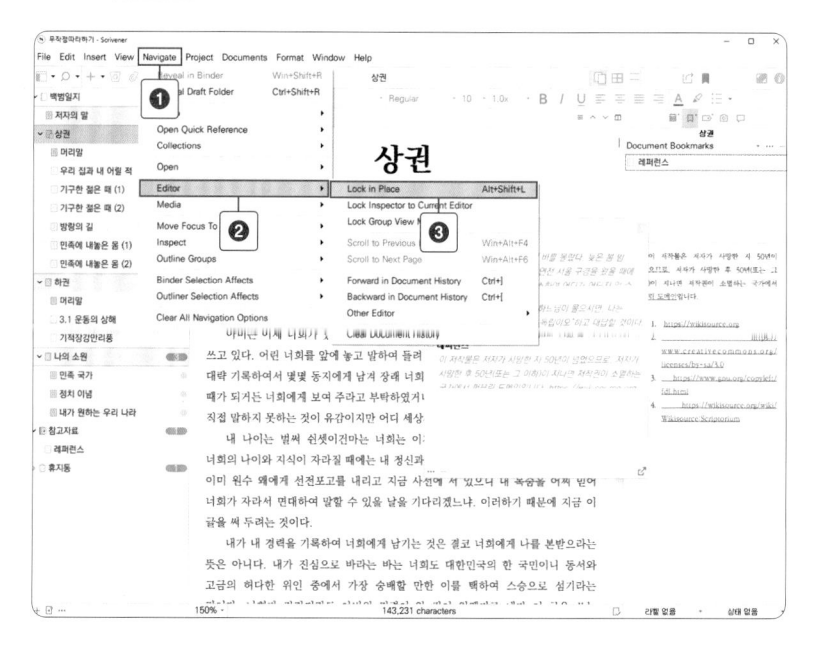

11 고정된 에디터는 제목 표시줄이 빨간 색으로 표시됩니다. 이제 프로젝트 북마크에서 문서를 선택하면 **퀵 레퍼런스** 355, 378쪽 로 열립니다.

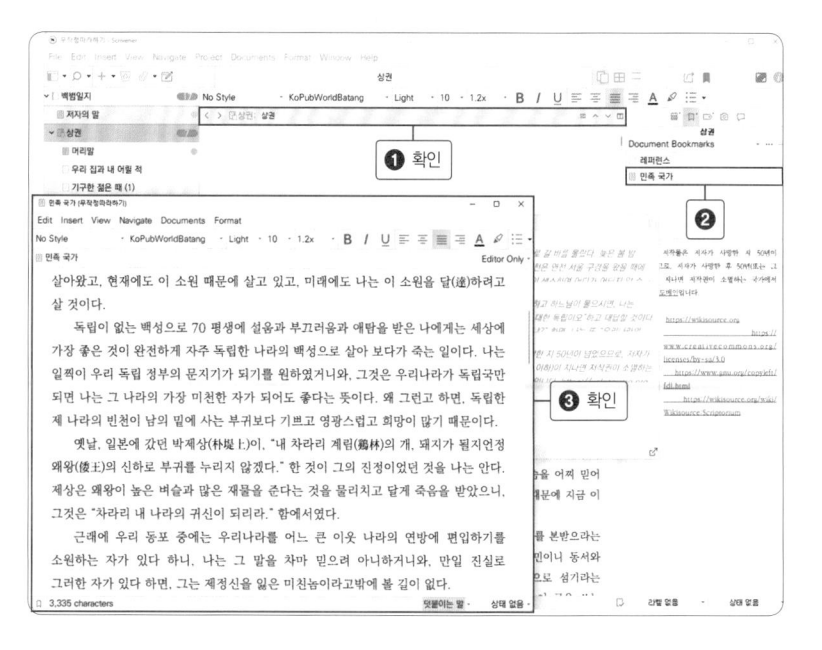

12 퀵 레퍼런스 창의 하단 표시줄에서 **북마크** 아이콘□을 클릭하면 패널이 열리면서 북마크 목록이 나타납니다.

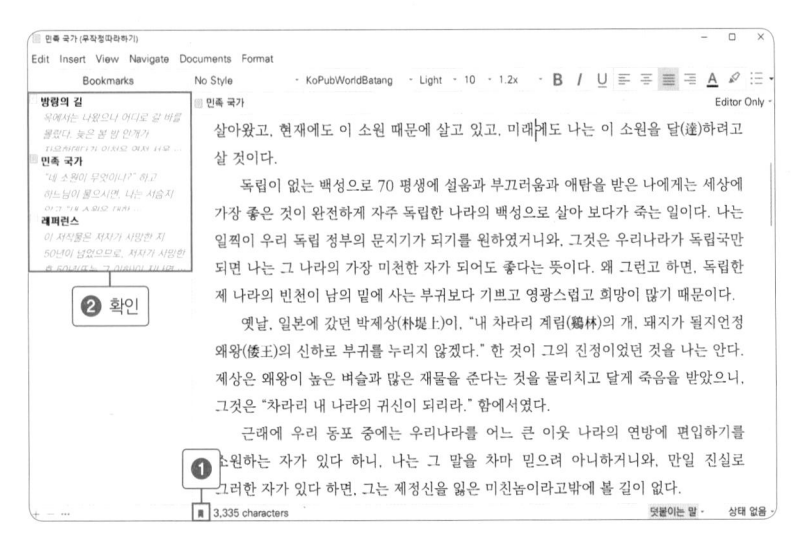

13 퀵 레퍼런스와 인스펙터는 서로 북마크 목록을 주고받을 수 있습니다. 퀵 레퍼런스 창의 북마크 목록 패널에서 **민족 국가** 북마크를 인스펙터의 북마크 목록으로 드래그해 봅시다. 인스펙터의 북마크 목록에 **민족 국가** 북마크가 추가됩니다.

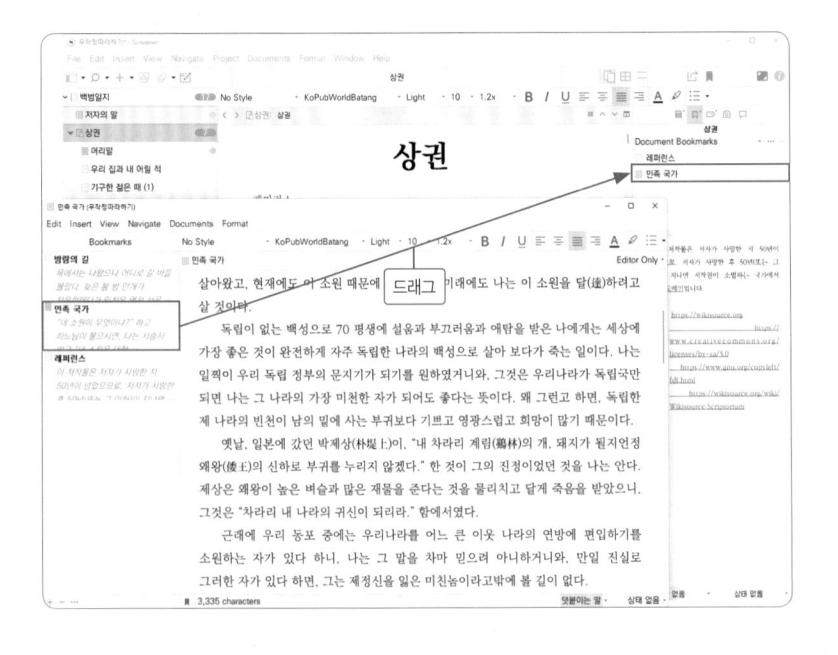

03 | 프로젝트 재단하기

프로젝트의 분량이 계획과 달라지는 것은 원고의 분량이 달라지는 것만큼 자주 일어나는 일은 아닙니다. 또 그런 일은 가급적 일어나지 않는 편이 바람직하지요. 프로젝트 자체를 움직이는 작업은 언제든 자료 손실의 위험에 노출되니까요. 하지만 불가피하게 프로젝트를 분할하거나 병합해야 한다면 가장 안전한 길을 택하는 것이 좋을 것입니다.

스크리브너 프로젝트를 나누거나 합칠 때 자료 손실의 위험을 최소화하는 방법을 알아보겠습니다.

▶ 무 작 정 따 라 하 기　**프로젝트 나누기 - 프로젝트 사본 생성**　실습예제₩Chapter_04₩예제_06.scriv

스크리브너는 하나의 프로젝트를 여러 개로 분리하는 메뉴를 따로 제공하지 않습니다. 프로젝트를 분할하는 방법으로 리터러처&라테가 권장하는 방법은 두 가지로, 공통적으로 원본 프로젝트의 사본을 만든 다음 필요한 내용을 정리하는 안전한 노선을 채택하고 있습니다. 그 두 가지 방법을 차례로 소개하겠습니다.

1 프로젝트의 사본을 만들기 위하여 메인 메뉴에서 (File) - (Save As...)를 선택합니다.

2 적당한 이름을 지정하여 프로젝트를 다른 이름으로 저장합니다. 여기서 저장되는 프로젝트는 원본 프로젝트와 내용과 설정이 완전히 동일한 사본입니다. **프로젝트나누기**로 저장하겠습니다. 〔저장〕 단추를 클릭합니다.

3 저장한 사본 프로젝트에서 불필요한 부분을 삭제합니다.

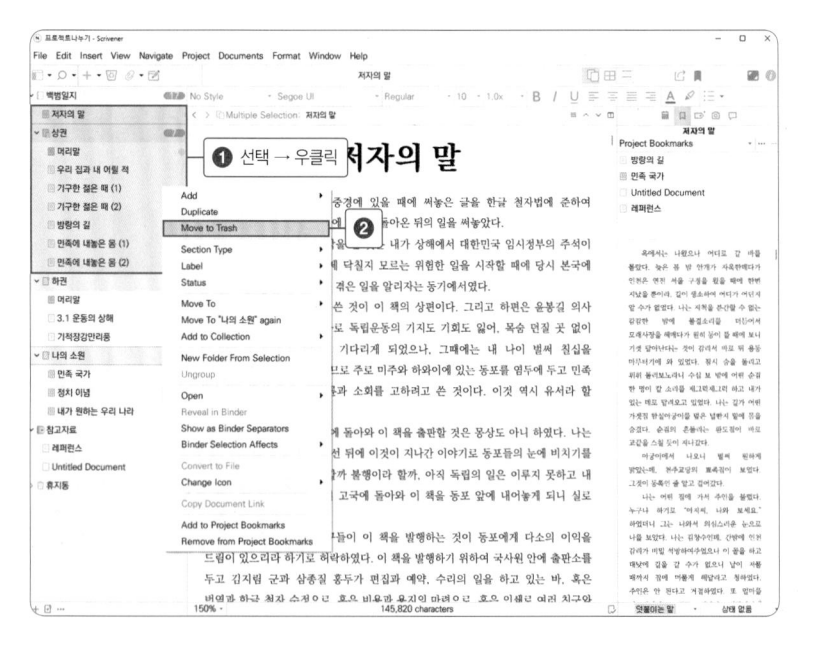

프로젝트 나누기 - 바인더 복사해서 이동

실습예제₩Chapter_04₩예제_06.scriv

이미 작업 중인 프로젝트로 문서를 옮기거나 템플릿이 다른 프로젝트로 문서를 옮길 때는 이 방법이 좀 더 유용할 수 있습니다.

1 메인 메뉴에서 (File) - (New Project...)를 선택하여 새 프로젝트를 만들어 보겠습니다. Short Story 템플릿을 선택해봅시다. (Create)를 눌러 진행합니다.

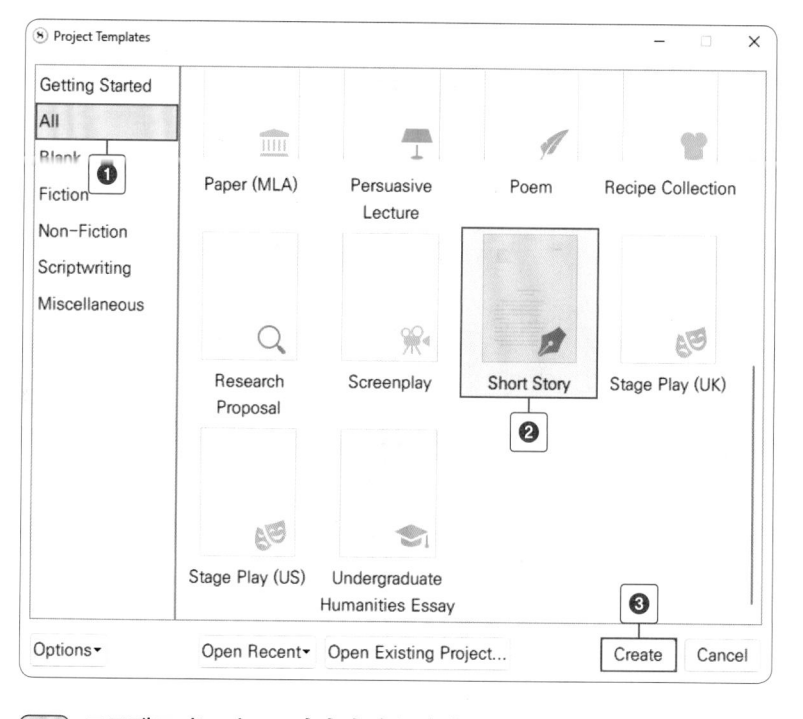

2 프로젝트나누기2로 저장하겠습니다. (저장) 단추를 클릭합니다.

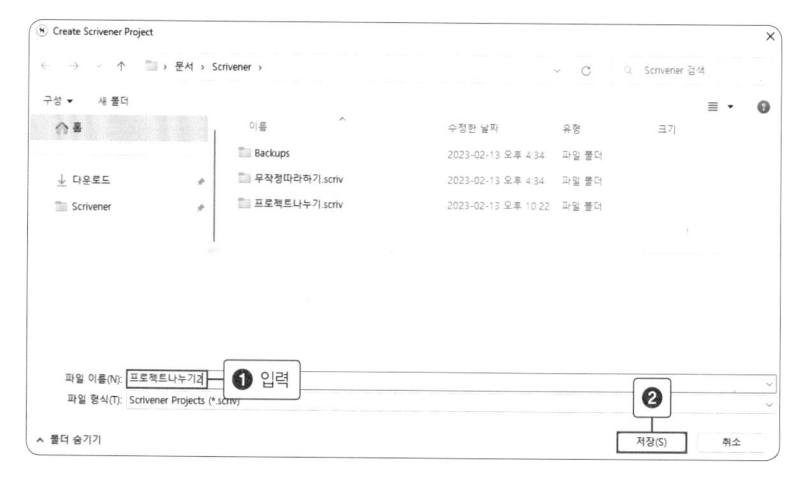

3 오른쪽 창이 새로 만든 **프로젝트나누기2** 프로젝트입니다. 왼쪽 창의 **프로젝트나누기** 프로젝트에서 문서를 이동시켜 보겠습니다.

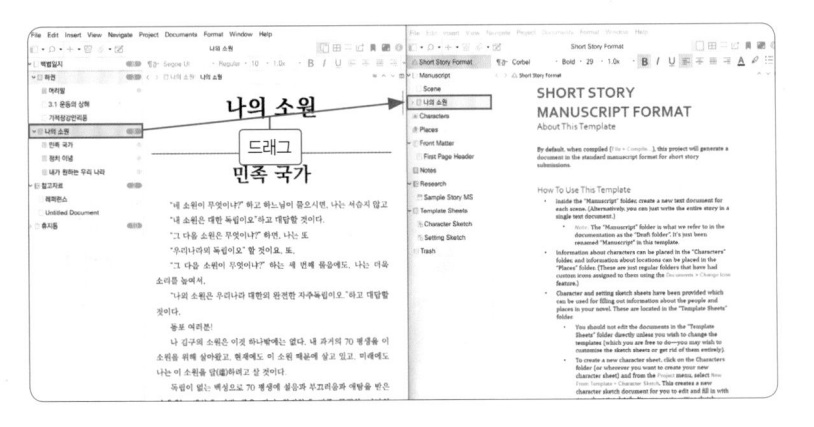

4 왼쪽 창의 바인더에서 **나의 소원** 폴더를 클릭한 후 드래그하여 오른쪽 창의 바인더로 가져갑니다. 마우스 단추를 놓으면 폴더가 바로 복사됩니다.

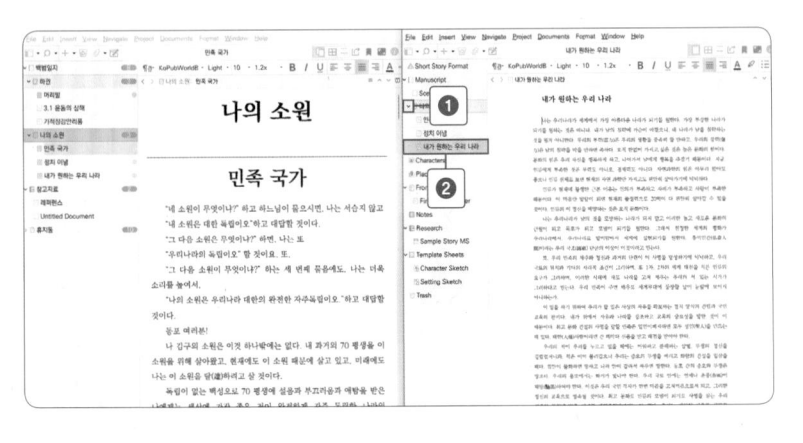

5 오른쪽 창으로 복사한 **나의 소원** 폴더를 열어보면 복사되기 이전의 문서 속성이 제거되어 있는 것을 확인할 수 있습니다.

6 메뉴를 이용하여 다른 프로젝트로 문서를 복사할 수도 있습니다. 왼쪽 창에서 **리서치** 폴더 아래에 있는 두 개의 문서를 오른쪽 창의 Notes 폴더로 복사해 보겠습니다.

Ctrl 나 Shift 를 이용하여 **참고자료** 폴더의 아래에 있는 문서 두 개를 한꺼번에 선택한 다음, 메인 메뉴에서 〔Documents〕-〔Copy To Project ▸〕를 선택합니다. 현재 열려 있는 프로젝트가 모두 표시됩니다. **프로젝트나누기2** 프로젝트에서 Notes 폴더를 선택합니다.

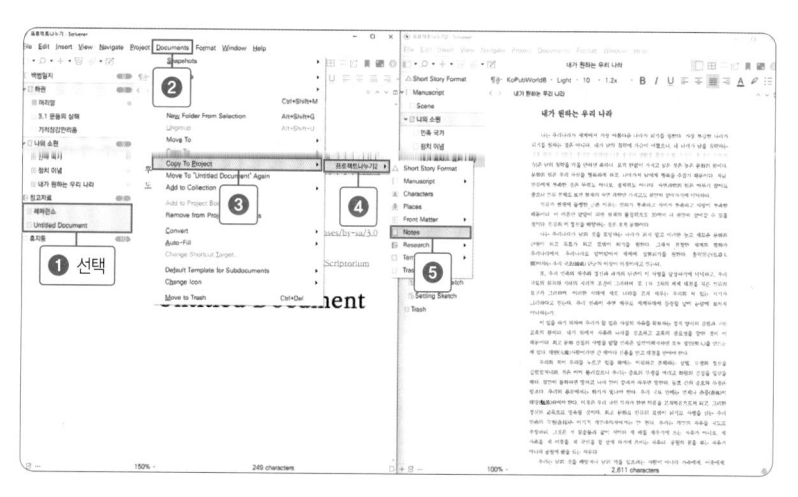

7 **프로젝트나누기2** 프로젝트의 Notes 폴더로 두 개의 문서가 복사되었습니다.

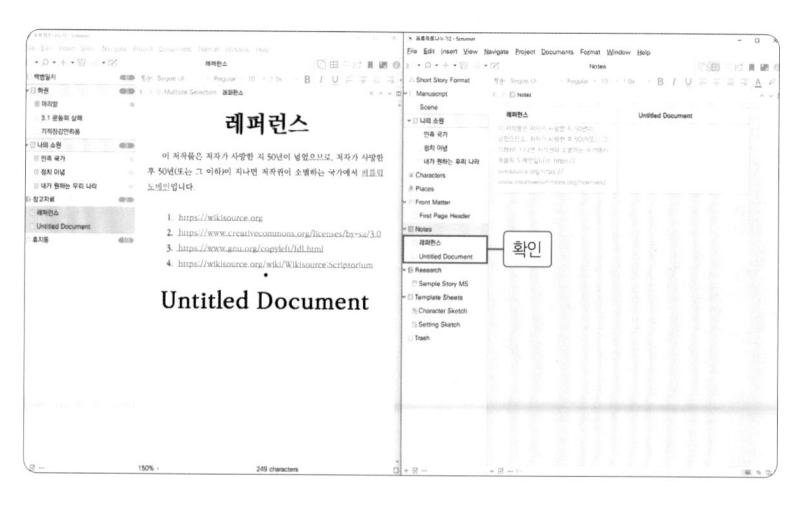

프로젝트를 병합할 때도 앞서 **프로젝트 나누기**에서 사용한 바인더 복사 기능을 그대로 사용할 수 있습니다. 그러나 모든 바인더를 포함한 프로젝트 전체를 가져와서 합칠 때는 가져오기 기능을 사용하는 것이 편리합니다.

1 **프로젝트나누기** 프로젝트에 **프로젝트나누기2** 프로젝트를 가져와서 하나로 합쳐 보겠습니다. 메인 메뉴에서 〔File〕 - 〔Import ▸〕 - 〔Scrivener Project…〕를 선택합니다.

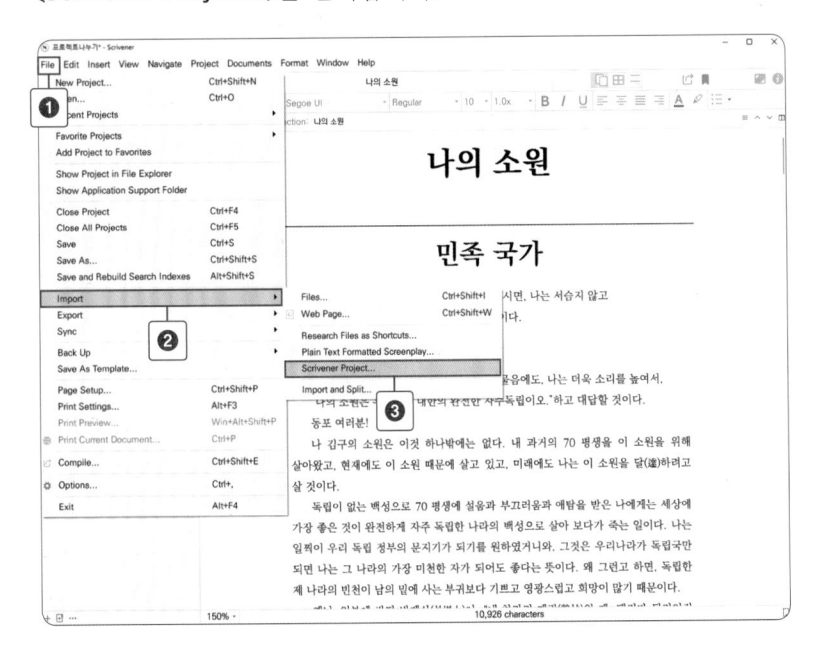

2 가져와서 합칠 프로젝트를 선택합니다. 프로젝트나누기2.scriv 폴더를 선택해 보겠습니다. 〔폴더 선택〕 단추를 클릭합니다.

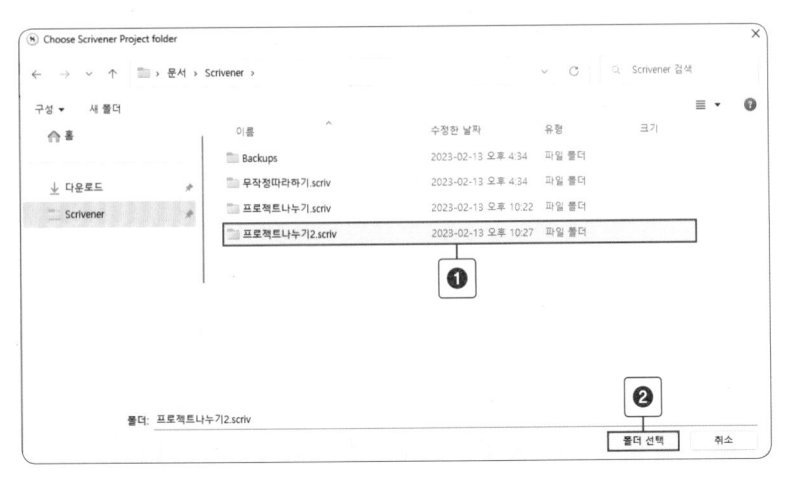

3 휴지통 폴더 아래에 **프로젝트나누기2** 폴더가 생성됩니다.

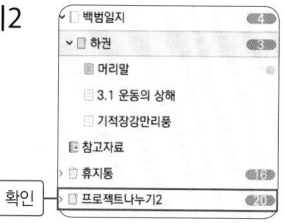

4 **프로젝트나누기2** 폴더를 열어 보면, **프로젝트나누기2** 프로젝트의 바인더가 통째로 옮겨왔다는 것을 확인할 수 있습니다.

Tip 문서에 일단 지정된 속성은 제거하지 않는 한 그대로 남아 있습니다. 따라서 문서가 다른 프로젝트로 이동하여 일단 속성이 보이지 않게 되었더라도, 다시 속성값이 맞는 프로젝트로 이동한다면 문서의 속성은 살아날 수 있습니다.

5 불필요한 폴더를 정리하여 프로젝트 합치기를 완료했습니다. **프로젝트나누기2**의 템플릿에 따라 사라졌던 **나의 소원** 문서 그룹의 속성도 다시 살아났습니다.

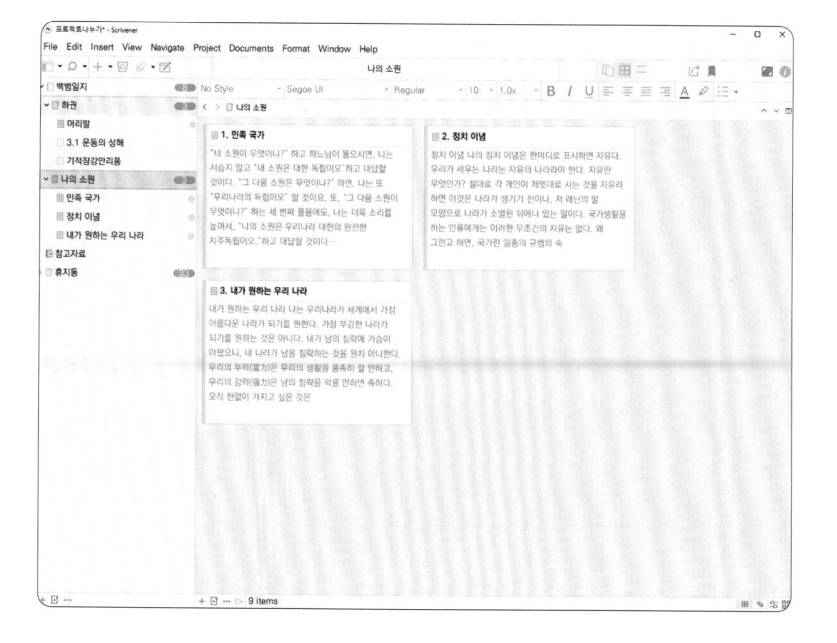

Scrivener

바야흐로 집필 작업이 막바지에 이르렀습니다. 이 단계에서는 퇴고를 위해 글의 여러 부분을 함께 참조하며 작업할 필요가 있습니다. 또 글이 정해진 분량을 준수하는지, 최종 결과물이 어느 정도의 규모로 완성될 것인지도 검토해야 합니다. 스크리브너는 통계 도구와 함께 그래프로 시각화할 수 있는 목표 설정 및 추적 도구를 제공합니다. 마지막으로 살펴볼 컴파일 기능은 스크리브너가 지향하는 궁극적인 목적지라 할 수 있습니다. 텍스트로 모아 둔 글을 자유롭게 쌓고 조립하여 어떤 형태이든 원하는 목적물로 출력하는 것이 컴파일러의 목표입니다. 전문 그래픽 편집기를 거쳐야 하는 출력물이 아니라면 어떤 글이라도 바로 배포할 수 있는 형태로 제작할 수 있습니다. Chapter 05에서는 다중 에디터부터 컴파일까지, 글쓰기의 마지막 단계에서 사용할 수 있는 기능을 살펴보도록 하겠습니다.

Chapter

05

집필의 마감 -
다듬어서 출판하기

Section 01

퇴고

글이 완성된 뒤에도 작가는 마음을 놓을 수 없습니다. 어쩌면 지금부터가 진정으로 시간과의 싸움인지도 모릅니다. 스크리브너는 퇴고를 효율적으로 진행할 수 있는 여러 가지 도구를 제공합니다.

1 │ 인스펙터 활용하기

인스펙터는 다섯 개의 탭으로 이루어져 있지요. 이 중 노트, 북마크, 메타데이터까지 세 개의 탭은 여기까지 오는 과정에서 살펴보았습니다. 이제 남은 탭인 **스냅샷**과 **주석**을 살펴볼 차례입니다.

▶ 무 작 정 따 라 하 기 │ **스냅샷 살펴보기**　　　　　실습예제₩Chapter_05₩예제_08.scriv

◀ 영상 강의
바로 보기

아래와 같이 구성된 프로젝트에서 시작하겠습니다. 이 프로젝트에는 다양한 구성으로 이루어진 50여 개의 문서가 준비되어 있습니다. 기본 폴더의 이름은 각각 **인간의 조건**(드래프트), **참고 자료**(리서치), **휴지통**(휴지통)으로 변경되어 있습니다.

Tip 스냅샷은 수정 원고의 버전 관리와 버전별 내용 검토에 활용할 수 있습니다.

1 오른쪽 편집기에 **영원성 대 불멸성** 문서가 열려 있는 상태에서, 인스펙터의 **스냅샷** 아이콘 📷 을 클릭하여 스냅샷 탭으로 진입합니다.

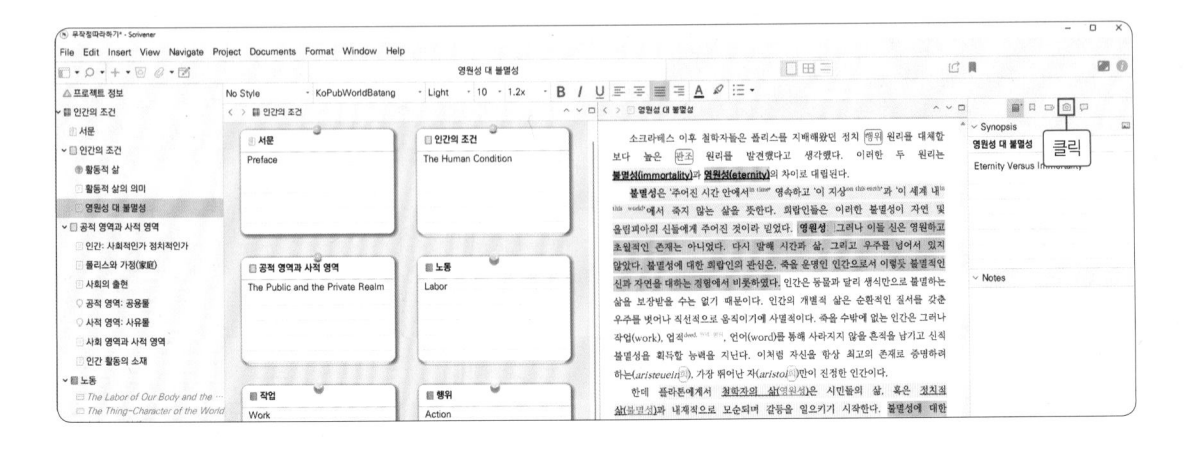

Tip 에디터의 상단 표시줄에서 마우스 오른쪽 단추를 클릭하여 드롭다운 메뉴를 연 후, 〔Take Snapshot〕을 선택하여 스냅샷을 촬영할 수도 있습니다.

2 인스펙터에 스냅샷 관리자가 열렸습니다. 우측 상단의 ➕를 클릭하여 곧바로 스냅샷을 추가해 봅시다. 촬영음이 들리면서 스냅샷이 생성됩니다.

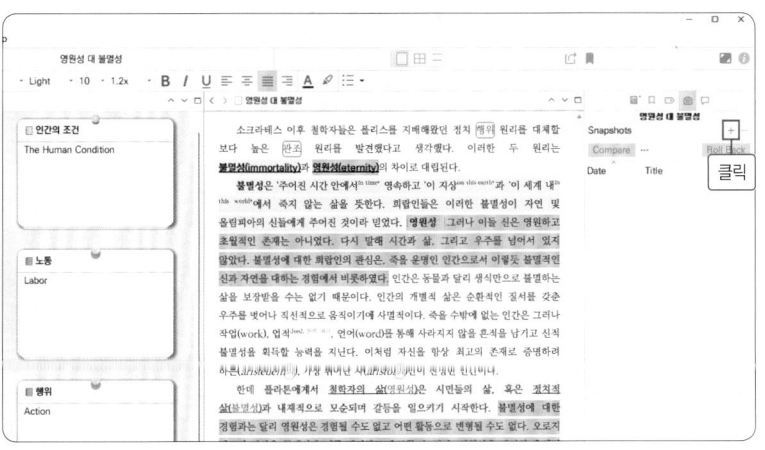

잠깐만요

스냅샷 촬영음의 제거

기본으로 설정된 스냅샷 촬영음은 메인 옵션에서 끌 수 있습니다. 메인 옵션 창 〔Behaviors〕 - 〔Snapshots〕 메뉴의 상단 체크박스(☑ **Play shutter sound when snapshots are taken**)를 해제하면 촬영음이 더 이상 재생되지 않습니다.

---

3 새 스냅샷(Untitled Snapshot)이 목록에 추가되었습니다. 스냅샷의 제목을 클릭하면 아래의 창에서 내용을 확인할 수 있습니다.

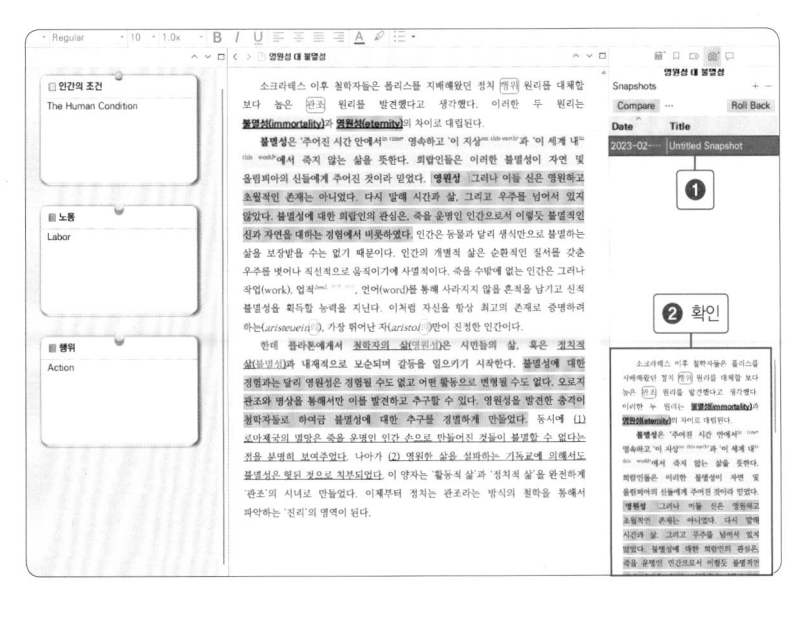

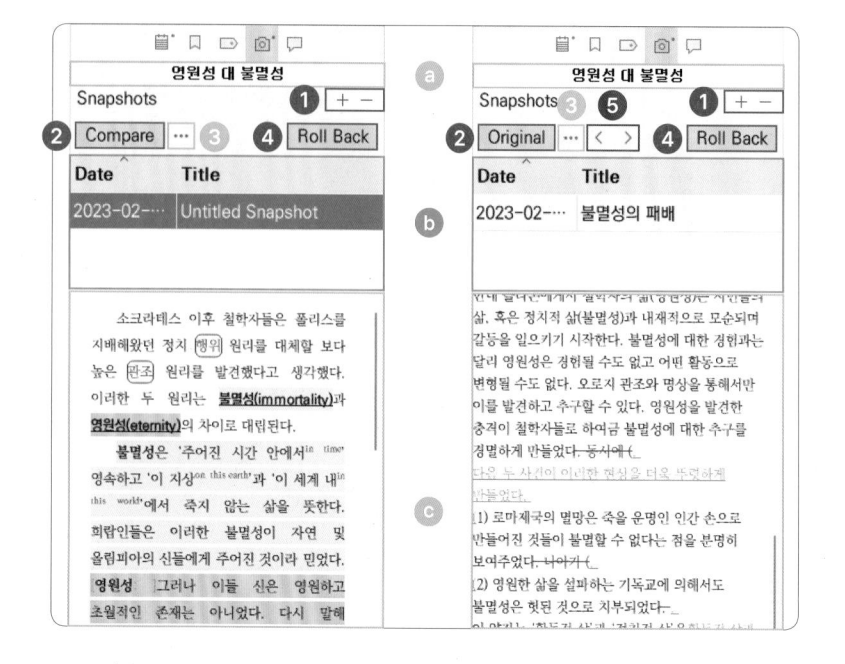

\<스냅샷 관리자의 메뉴 구성\>

ⓐ 문서 제목

ⓑ 스냅샷 목록 : 촬영한 스냅샷을 **촬영 일시(Date)**와 **제목 (Title)**으로 관리합니다.

ⓒ 스냅샷 내용 : 촬영한 스냅샷의 내용을 표시합니다.

❶ 스냅샷 추가/삭제 : 스냅샷 목록에 새로운 스냅샷을 추가 ➕하거나 기존의 스냅샷을 삭제➖합니다.

❷ 비교/복귀 : 선택한 스냅샷의 내용과 현재 편집기의 본문 내용(또는 다른 스냅샷의 내용)을 **비교(Compare)**하여 결괏값을 표시하거나, 스냅샷의 본래 내용으로 **복귀(Original)**합니다.

❸ 검토 단위 : 내용이 비교될 단위를 단어, 문장, 문단 중에서 선택합니다.

❹ 되돌리기 : 스냅샷의 내용으로 현재 문서의 본문 내용을 되돌립니다.

❺ 검토 내용 이동 : 비교한 내용에서 이전◁ 결괏값이나 다음▷ 결괏값으로 이동합니다.

4 생성된 스냅샷의 제목을 마우스로 더블 클릭하여 입력 창을 연 후 제목을 넣어 봅시다. **불멸성의 패배**로 입력해 보겠습니다.

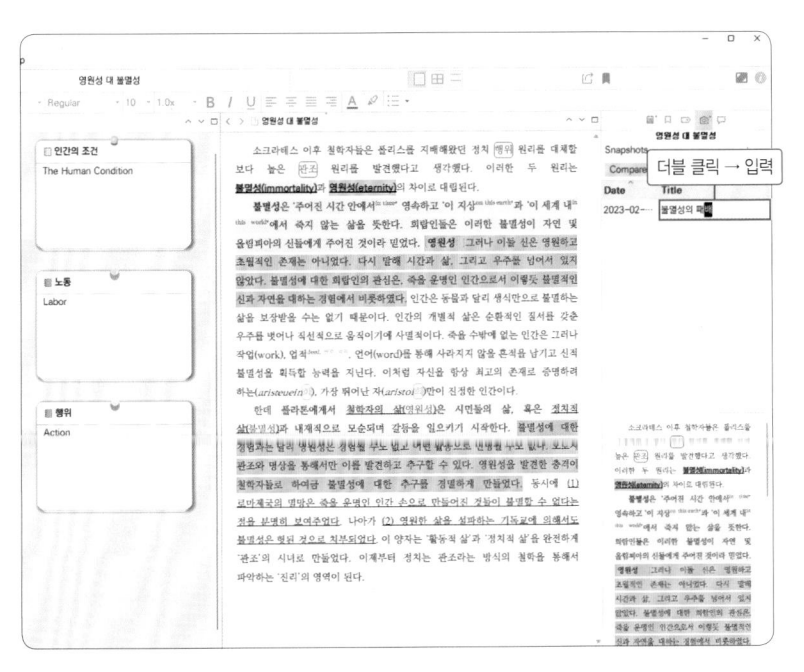

5 문서의 본문을 수정한 후 스냅샷을 이용하여 비교 검토해 보도록 합시다. **영원성 대 불멸성** 문서 본문의 마지막 문단을 수정하고, 스냅샷 목록에서 **불멸성의 패배** 스냅샷을 선택한 후 〔Compare〕를 클릭합니다.

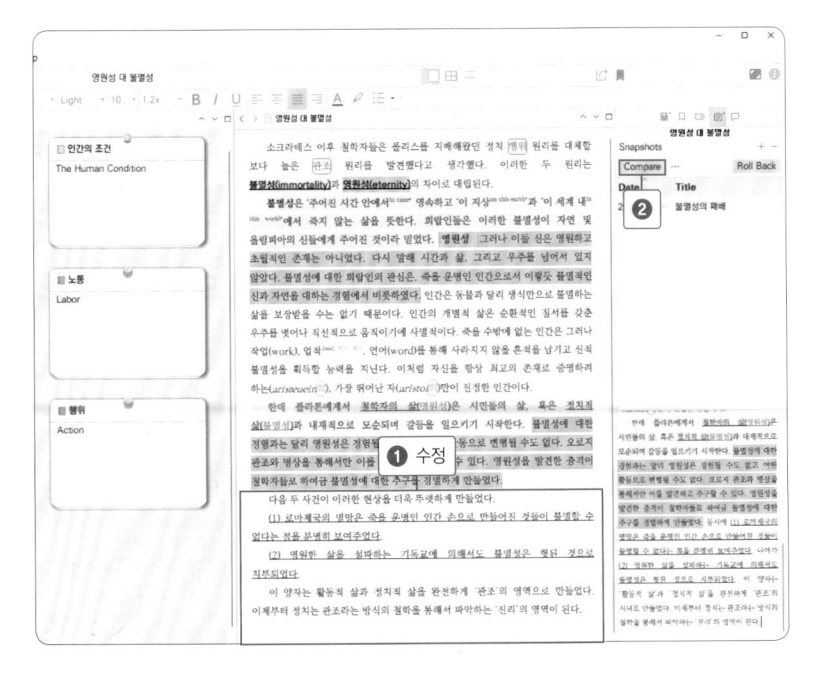

6 스냅샷 관리자의 아래 창이 비교 검토 내용으로 전환됩니다. 이전 내용에서 삭제된 영역은 빨간색으로, 추가된 영역은 파란색으로 표시됩니다.

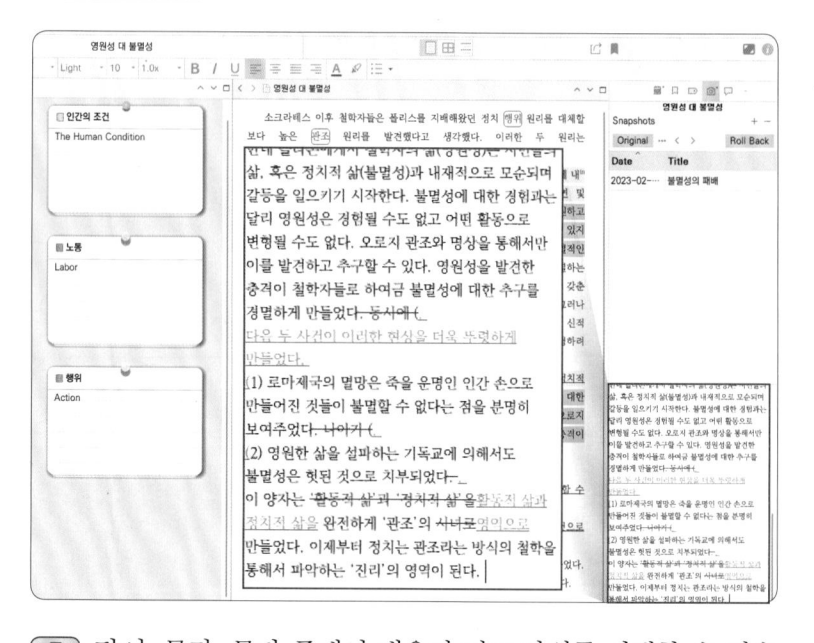

7 단어, 문장, 문단 중에서 내용의 비교 단위를 선택할 수 있습니다. 스냅샷 목록 위쪽의 […]를 클릭하여 드롭다운 메뉴를 열어 봅시다. 지금은 비교 단위가 **단어(By Word)**로 지정되어 있습니다. **문장(By Clause)**으로 바꿔 보세요.

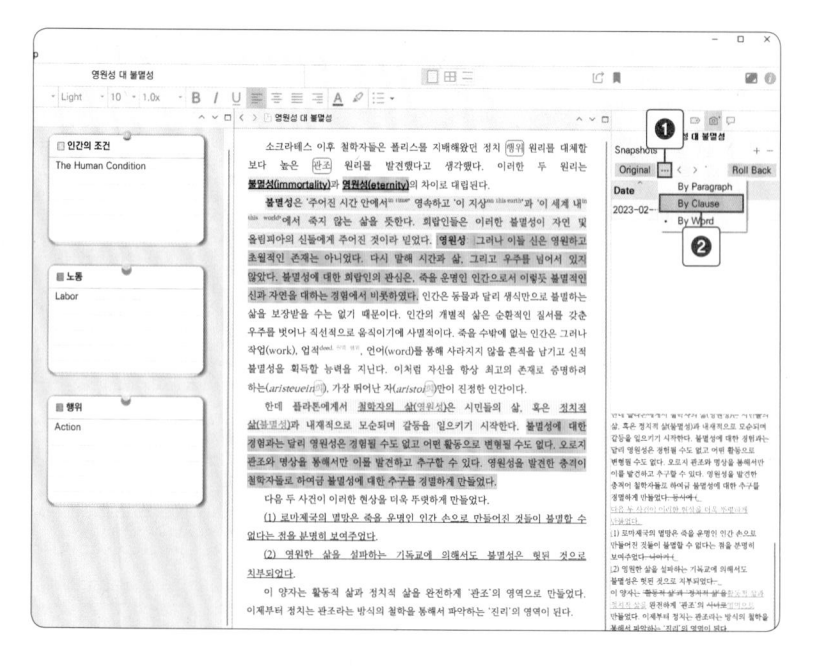

8 비교 단위가 문장으로 올라가면서, 한 번에 비교되는 영역이 넓어졌습니다. 변경 내용의 어느 부분에 방점을 두어 식별할지 따져서 비교 단위를 결정하면 됩니다.

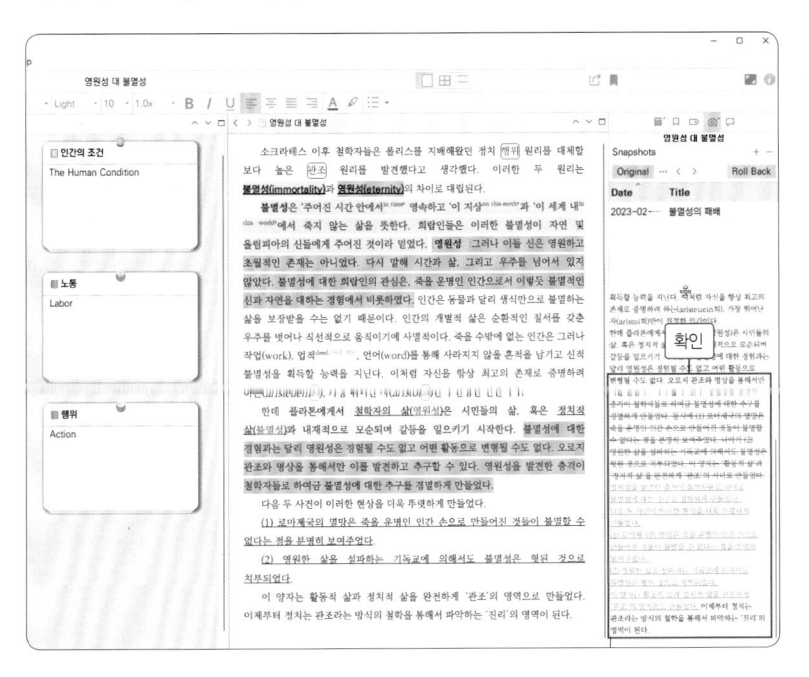

9 현 상태에서 스냅샷을 촬영하여 **불멸성의 패배 2**로 이름 붙인 후, 문서 본문의 내용을 좀 더 수정해 보겠습니다.

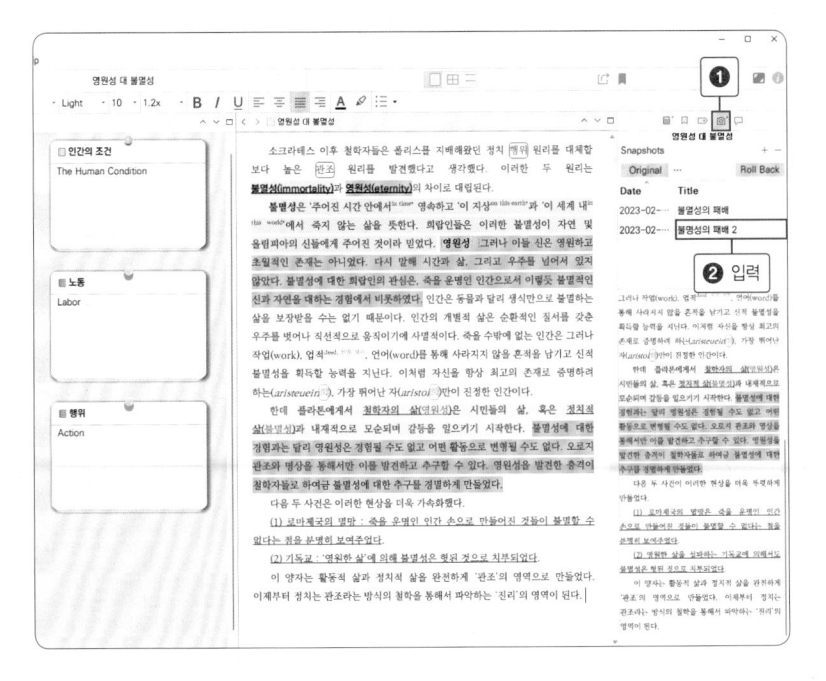

10 본문 수정이 끝나면 역시 〔Compare〕 단추를 클릭하여 **불멸성의 패배 2** 스냅샷과 본문의 내용을 비교해 봅시다.

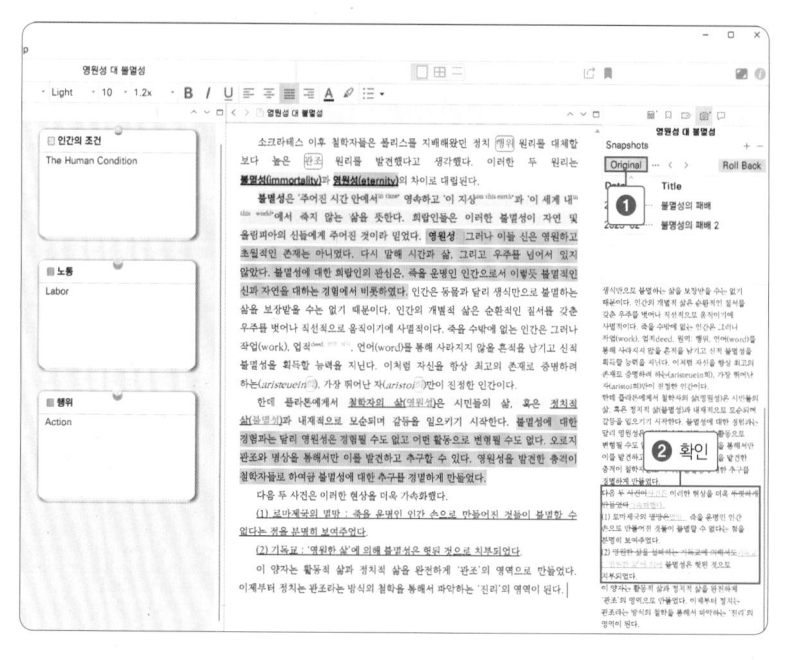

11 스냅샷 목록 상단의 화살표 단추〔<〕〔>〕를 이용하여 이전〔<〕이나 다음〔>〕 비교 내용으로 이동할 수 있습니다. 해당 범위가 블록으로 표시됩니다. 〔Original〕을 클릭하여 비교 내용을 닫고 스냅샷으로 돌아가겠습니다.

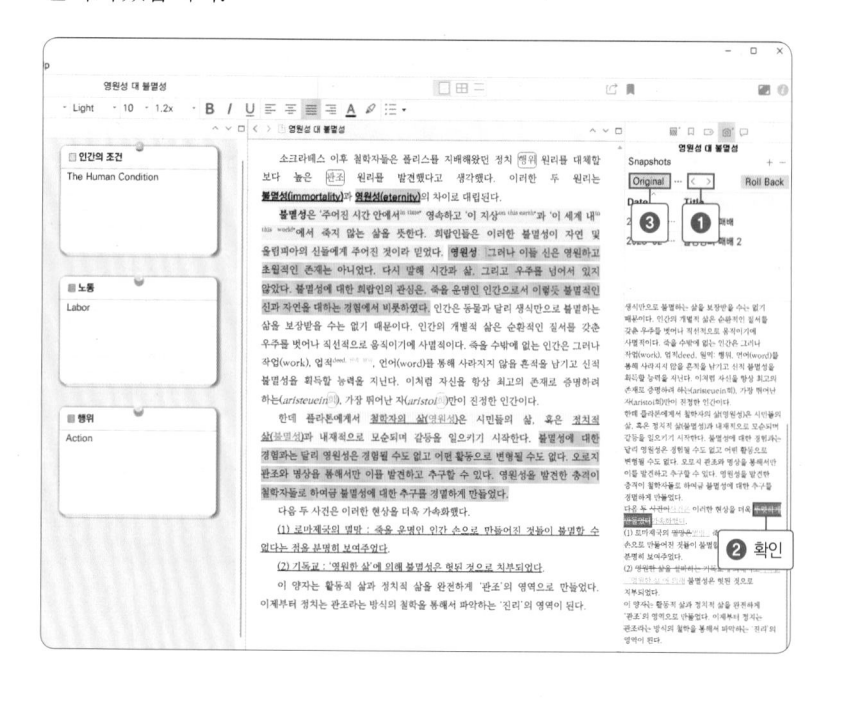

12 본문의 세 가지 버전을 검토한 결과, 역시 최초의 내용이 가장 좋다고 판단했습니다. 스냅샷 관리자를 이용하여 본문을 최초 상태로 되돌려 보겠습니다.

최초의 본문 내용을 촬영한 **불멸성의 패배** 스냅샷을 선택한 후, 스냅샷 목록 위쪽의 [Roll Back] 단추를 클릭합니다.

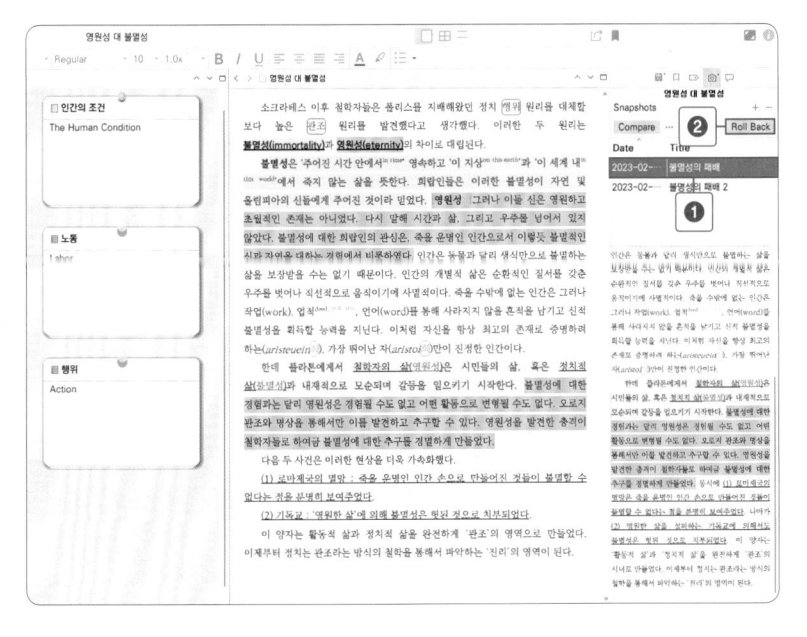

13 대화상자가 나타납니다. 현재의 본문이 소실될 수 있으므로 되돌리기를 실행하기 전에 현재 편집기에서 보이는 본문의 내용을 스냅샷으로 남기겠냐고 묻네요. [Yes]를 클릭하면 스냅샷이 바로 촬영됩니다.

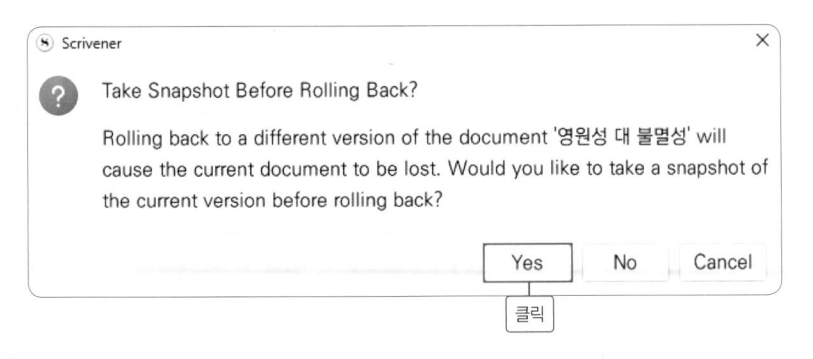

14 본문의 내용이 최초 상태로 되돌아갔습니다. 내용을 되돌리기 직전에 촬영한 스냅샷은 문서의 제목과 동일한 **영원성 대 불멸성**으로 저장되었습니다. 마지막 스냅샷의 제목을 **불멸성의 패배 3**으로 바꾸어 주겠습니다.

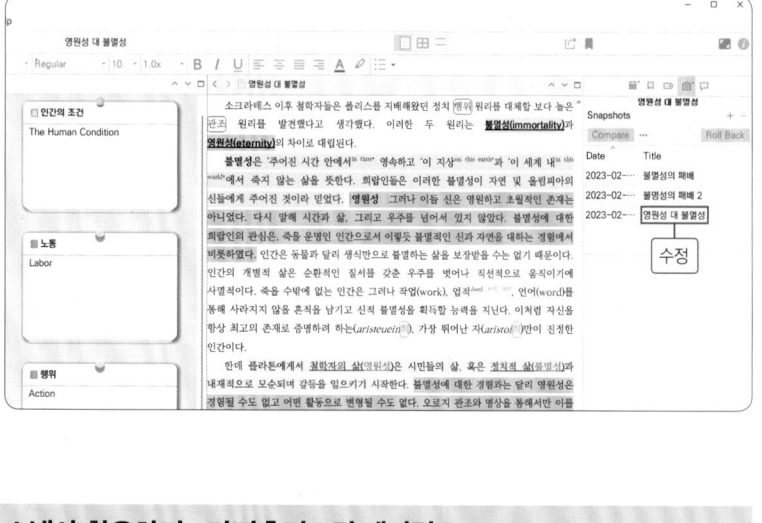

▶ **무작정 따라하기**

스냅샷 활용하기 - 카피홀더&퀵 레퍼런스 실습예제\Chapter_05\예제_08.scriv

본문을 되돌려 놓고 보니 역시 문장을 다시 검토하는 편이 좋겠다는 생각이 들었습니다. 이번에는 아예 여러 수정 버전을 한꺼번에 띄워 놓고 비교해 보겠습니다.

1 다수의 스냅샷 촬영 기록을 나열해 놓고 비교할 때는 **카피홀더** ▶ 386쪽 가 유용합니다. 스냅샷 목록에서 **불멸성의 패배 3** 스냅샷을 마우스 오른쪽 단추로 클릭하여 드롭다운 메뉴를 불러낸 후, 〔View on Copyholder〕를 선택합시다.

Tip 카피홀더와 편집기 사이의 경계선을 마우스로 드래그하여 카피홀더의 크기를 조정할 수 있습니다.

2 현재 편집기의 상단에 카피홀더가 생성되면서 **불멸성의 패배 3** 스냅샷의 내용이 표시됩니다.

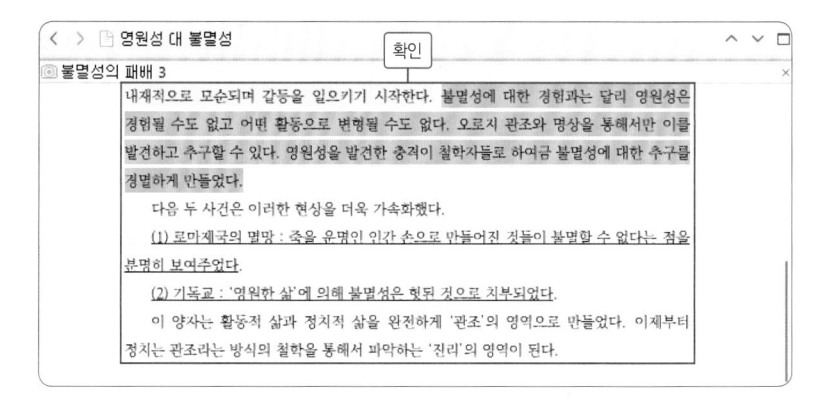

3 카피홀더로 출력한 스냅샷은 넓은 창에서 볼 수 있어 편리하지만, 카피홀더 내에서는 문서의 비교 검토 기능을 사용할 수 없습니다. 두 문서 간의 변경 내용을 비교하려면 어떻게 해야 할까요?

스냅샷 관리자에서는 스냅샷끼리의 비교 검토를 허용합니다. Ctrl 을 누른 채로 **불멸성의 패배** 스냅샷과 **불멸성의 패배 3** 스냅샷을 클릭하여 두 스냅샷이 동시에 선택되도록 합시다. 이 상태에서 〔Compare〕 단추를 누르면 두 스냅샷을 비교한 결괏값이 표시됩니다.

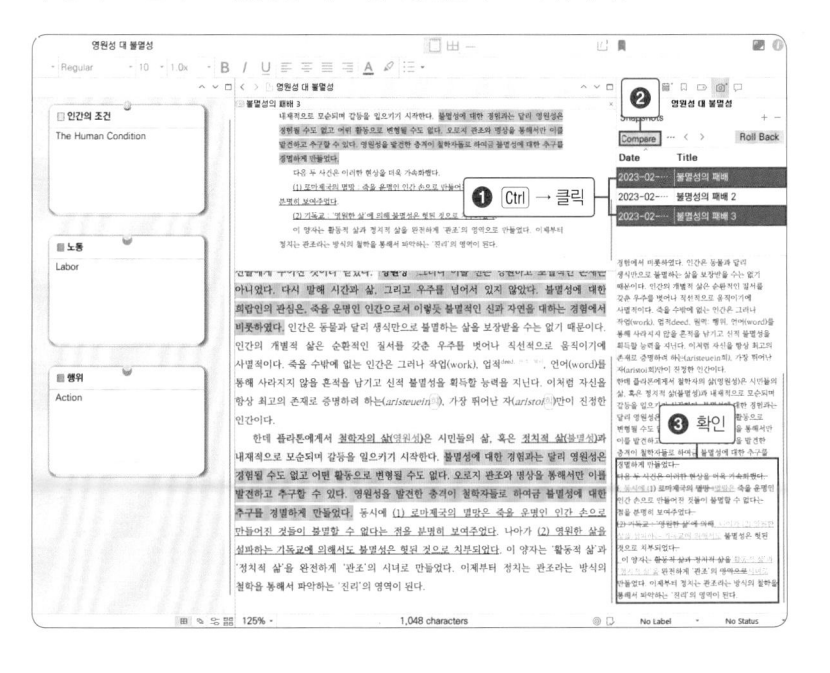

4 내친김에 왼쪽 에디터에도 스냅샷의 내용을 얹어서 함께 비교해 봅시다. 남아 있는 스냅샷을 왼쪽 편집기에 표시하여 세 버전의 본문 내용이 한 화면에 모두 보이도록 하겠습니다.

불멸성의 패배 2 스냅샷을 스냅샷 목록에서 클릭한 후 드래그하여 왼쪽 에디터의 상단 표시줄로 가져갑니다. 마우스 단추를 놓으면 편집기에 스냅샷의 내용이 표시됩니다.

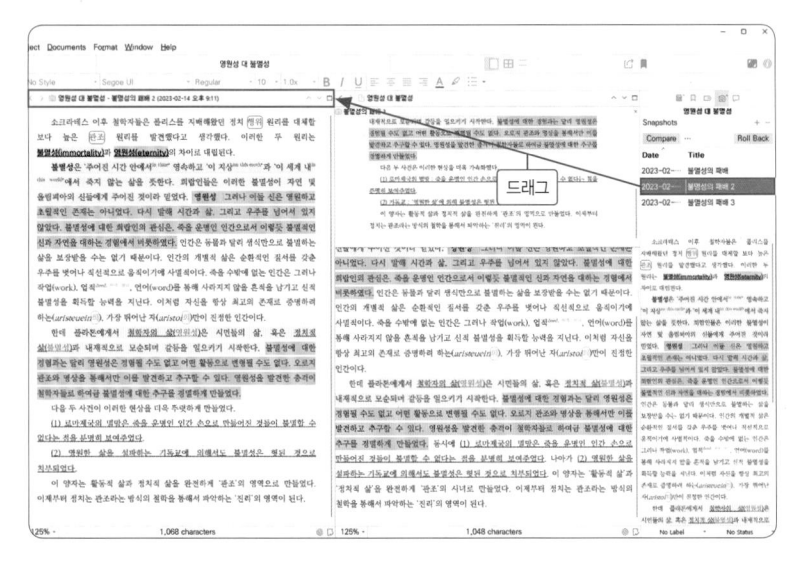

5 카피홀더는 에디터마다 하나씩 사용할 수 있습니다. 왼쪽 에디터가 활성화된 상태에서 메인 메뉴의 〔Navigate〕-〔Open ▸〕-〔in Copyholder〕를 선택합니다.

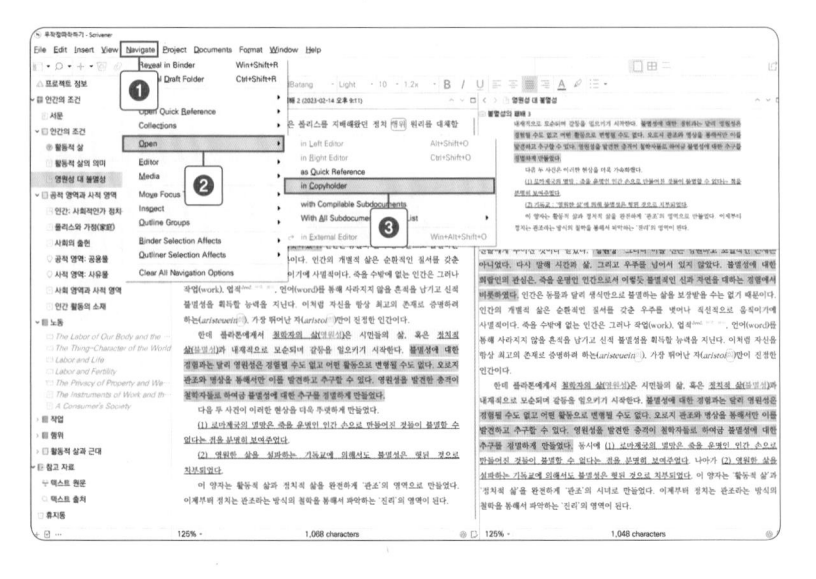

6 편집기에서 카피홀더를 실행했으므로, 편집기에 열려 있는 것과 동일한 스냅샷 내용이 카피홀더에 나타납니다. 편집기 두 개에 카피홀더 두 개이므로, 총 네 개의 문서 또는 스냅샷을 하나의 화면에서 검토할 수 있게 되었습니다.

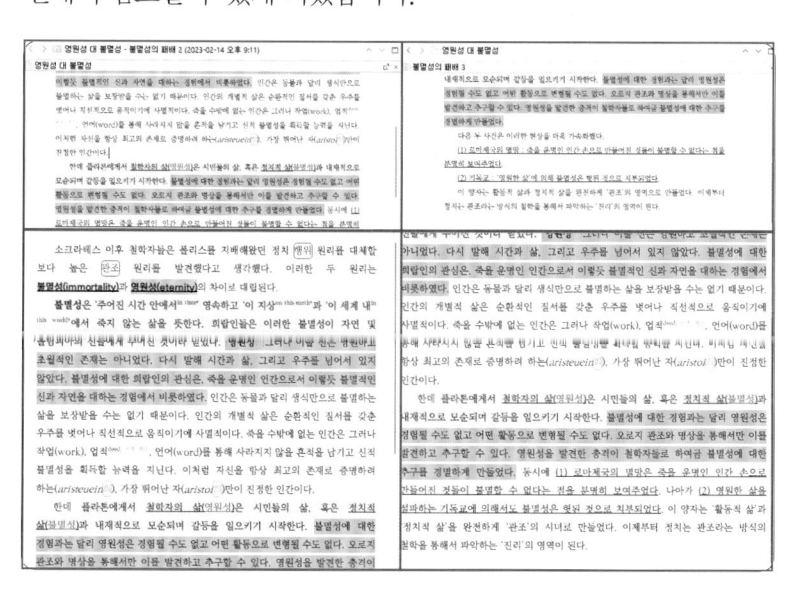

7 그럼에도 여전히 검토 창이 부족하다면, 추가로 **퀵 레퍼런스** 〔378쪽〕 까지 열어서 활용할 수 있습니다. 메인 메뉴에서 〔Navigate〕-〔Open ▸〕-〔in Quick Reference〕를 선택해 보겠습니다.

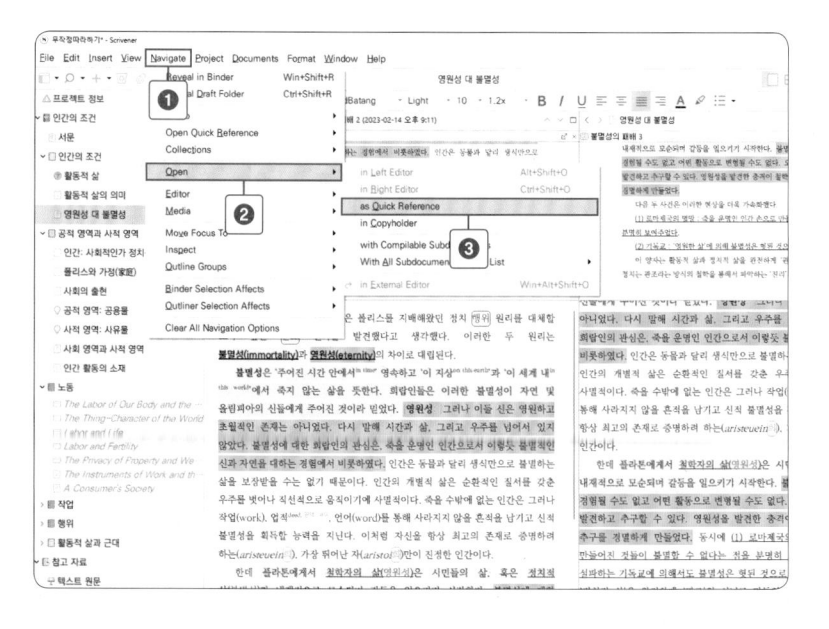

8 퀵 레퍼런스가 팝업 창으로 열렸습니다. 퀵 레퍼런스는 개수 제한 없이 생성할 수 있으므로, 모니터 화면이 넉넉하다면 퀵 레퍼런스를 원하는 만큼 열어서 동시에 활용해도 됩니다.

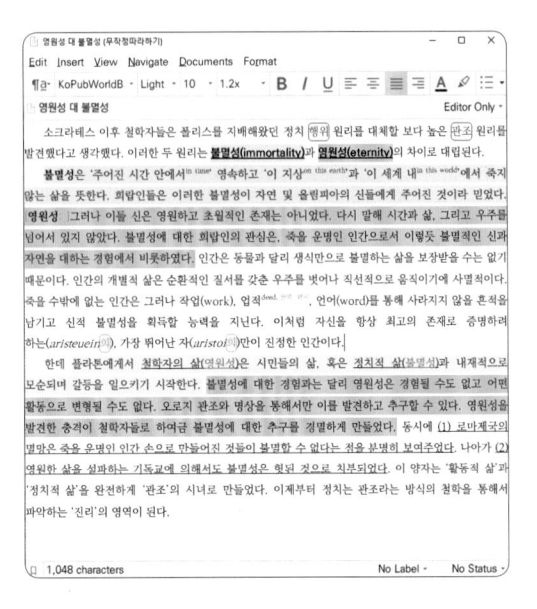

9 스냅샷의 수량이 많아지면 별도의 관리자를 이용해 작업 효율을 높일 수 있습니다. 메인 메뉴의 〔Documents〕-〔Snapshots ▶〕-〔Snapshots Manager〕를 선택해 스냅샷 관리자를 열어 보겠습니다.

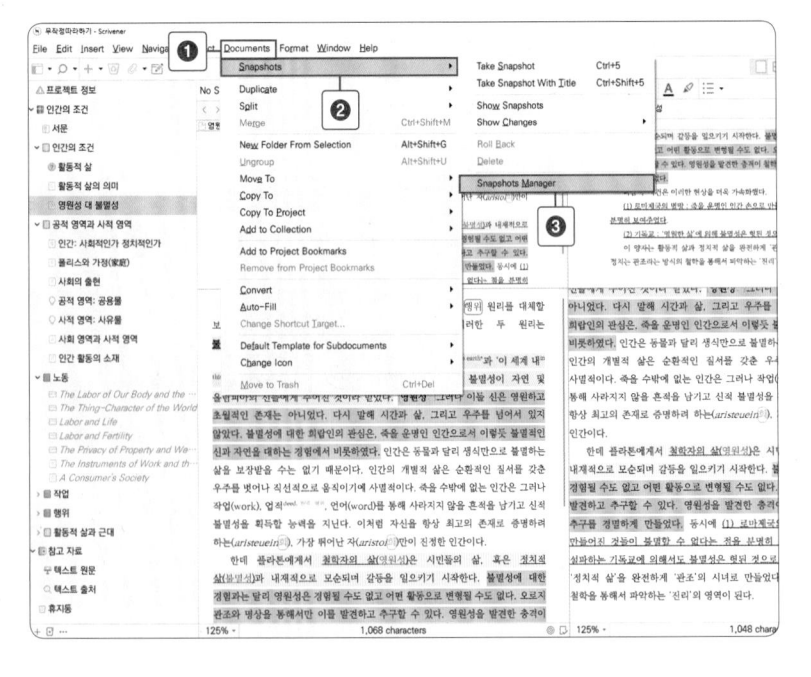

Tip 인스펙터의 스냅샷 관리자보다 넓은 창에서 내용을 관리할 수 있다는 점을 제외하면 메뉴의 구성과 기능이 거의 동일합니다.

10 스냅샷 관리자가 팝업 창으로 실행되었습니다. 왼쪽 패널에는 스냅샷 목록이 표시되어 여러 문서의 스냅샷을 한꺼번에 검토할 수 있습니다. 오른쪽 창에는 스냅샷의 내용이 표시됩니다.

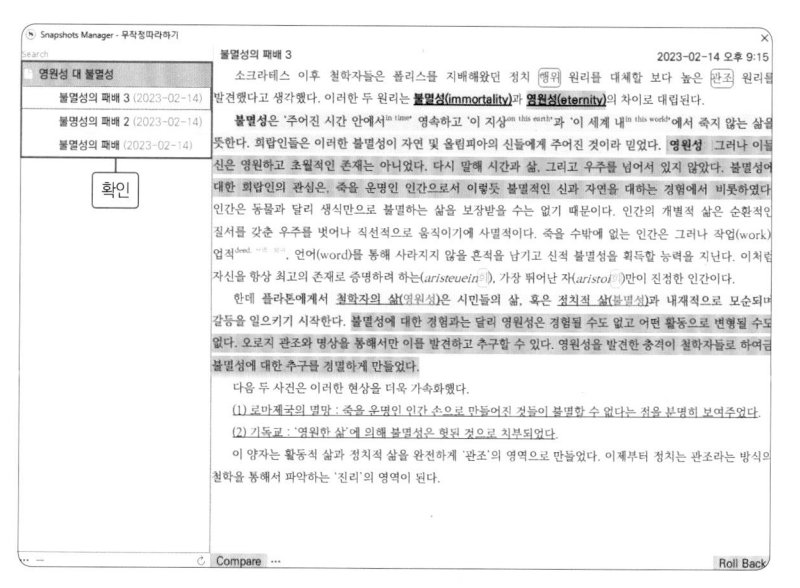

Tip 역시 넓은 창을 통하여 좀 더 많은 내용을 확인할 수 있다는 점을 제외하면 인스펙터와 동일하게 작동합니다.

11 스냅샷 관리자에서 두 개의 스냅샷을 선택하여 (Compare) 단추를 클릭해 본 모습입니다.

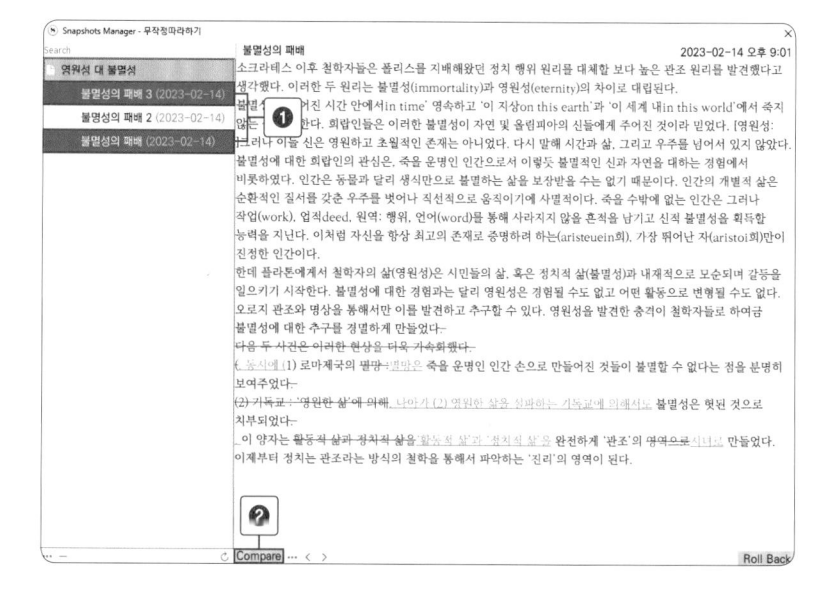

12 스냅샷 관리자에서는 일부 스냅샷의 내용만을 파일로 내보내는 작업이 가능합니다. 왼쪽 패널 하단의 ⋯ 단추를 클릭하여 드롭다운 메뉴를 연 후, 〔Export...〕를 클릭하여 저장합니다.

13 마지막으로 스냅샷 목록에서 스냅샷을 삭제해 보겠습니다. **불멸성의 패배 2** 스냅샷을 선택한 후 목록 위쪽의 ━ 단추를 클릭합니다. 스냅샷이 삭제되며 작업을 되돌릴 수 없다는 알림 창이 나타납니다. 〔OK〕를 눌러 진행합니다.

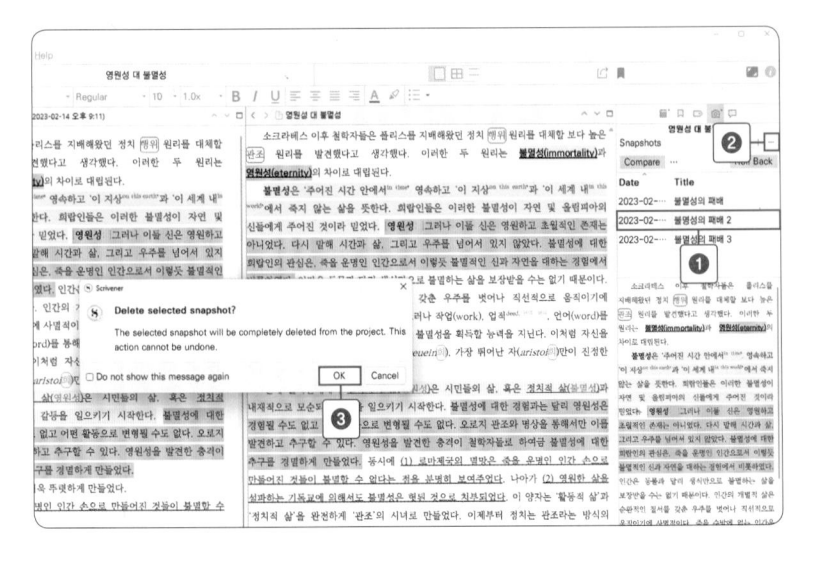

Tip 왼쪽 에디터에 열려 있는 **불멸성의 패배 2** 스냅샷은 에디터를 새로고침 하기 전까지 사라지지 않고 그대로 머물러 있습니다. 필요하다면 이 문서를 이용하여 스냅샷을 다시 촬영할 수 있습니다.

14 **불멸성의 패배 2** 스냅샷이 목록에서 삭제되었습니다.

▶ 무 작 정 따 라 하 기 **주석 알아보기**

주석 기능의 활용 방법을 살펴보기 이전에, 스크리브너의 '주석' 개념부터 알아보도록 하겠습니다. 스크리브너에서 사용할 수 있는 주석은 총 네 가지입니다. 내용에 따라 **각주(Footnote)**와 **메모(Comment)**로 나뉘고, 삽입하는 위치에 따라 **외부(Inspector) 주석**과 **내부(Inline) 주석**으로 나뉘지요.

각주(Footnote)는 최종 결과물에 출력할 목적으로 삽입하는 주석입니다. 반면 **메모(Comment)**는 기본적으로 최종 결과물에 출력하지 않고 작가만 참조할 용도로 활용하는 주석입니다.

외부(Inspector) 주석은 인스펙터에 입력하여 관리하는 반면, **내부(Inline) 주석**은 편집기 내 본문에 직접 입력합니다. 본문의 내용과 구분하기 위해 특정한 서식이 적용되어 있습니다.

이를 조합하면 아래와 같이 네 가지 형태의 주석이 만들어집니다.

	메모(Comment)*	각주(Footnote)
내부 (Inline)	최종 결과물에 출력 × 에디터에 입력·관리	최종 결과물에 출력 ○ 에디터에 입력·관리
외부 (Inspector)**	최종 결과물에 출력 × 인스펙터에 입력·관리	최종 결과물에 출력 ○ 인스펙터에 입력·관리

* 내부 메모는 스크리브너에서 **Inline Comment** 대신 **Inline Annotation**으로 불립니다.

** 스크리브너 자체적으로는 외부 주석을 기본으로 보아, 특별히 주석의 이름에 '외부'라는 명칭을 붙이지 않습니다. 즉 외부 각주는 스크리브너에서 단순히 **Footnote**로 불립니다.

이러한 네 가지 주석은 프로젝트 창에서 다음과 같이 적용됩니다.

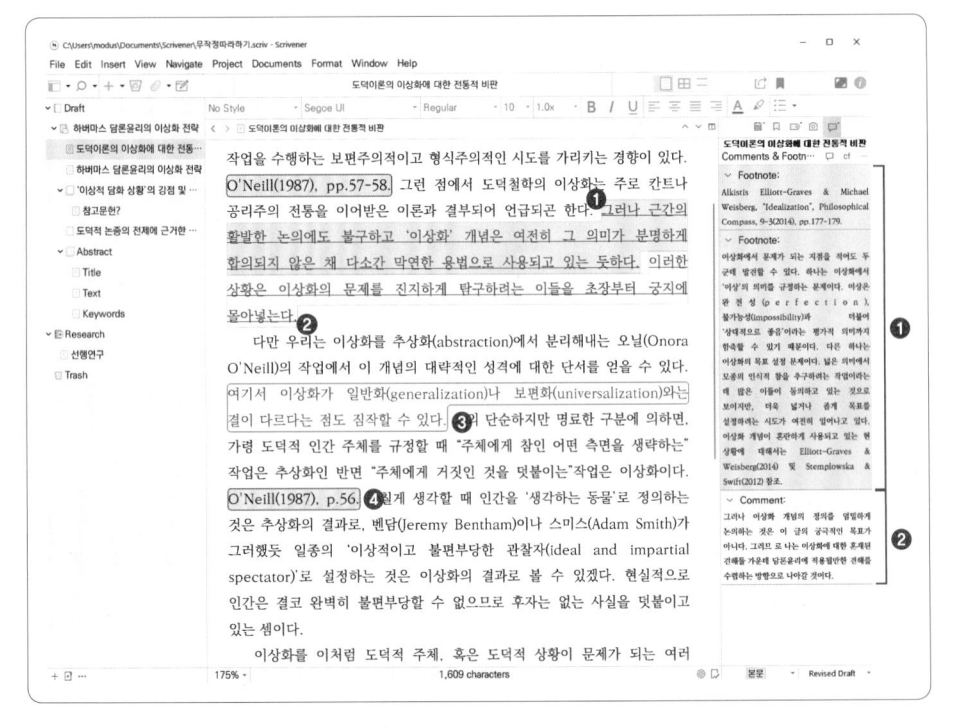

❶ 외부 각주(Footnote)

❷ 외부 메모(Comment)

❸ 내부 메모(Inline Annotation)

❹ 내부 각주(Inline Footnote)

내부 각주는 내주가 아니다

스크리브너의 내부 각주(Inline Footnote)는 학술적 텍스트에서 사용하는 내주(In-Text Citation)가 아닙니다. 스크리브너에서는 내주를 지원하지 않으며, 내부 각주는 편집 시에만 본문에 표시될 뿐 최종 결과물에서는 외부 각주와 완전히 동일한 방식으로 출력됩니다.

내주가 꼭 필요하다면 어떻게 입력할 수 있을까요? 본문과 동일한 텍스트로 입력한 후 링크나 북마크, 키워드 등으로 관리하면 됩니다. 별도의 문헌 정보 관리 프로그램을 스크리브너와 연결하면 효율을 높일 수 있습니다.

주석 관리하기

실습예제₩Chapter_05₩예제_08.scriv

◀ 영상 강의
바로 보기

1 서문 문서에 주석을 적용해 보도록 하겠습니다. 우선 내부 각주를 넣어 보겠습니다. 위첨자로 입력된 "language" of mathematical symbols를 선택한 후 메인 메뉴에서 〔Insert〕-〔Inline Footnotes〕를 클릭합니다.

2 선택한 문자열이 빨간색으로 바뀌면서 회색 배경의 상자로 둘러싸였습니다. 내부 각주를 표시하는 기본 서식입니다.

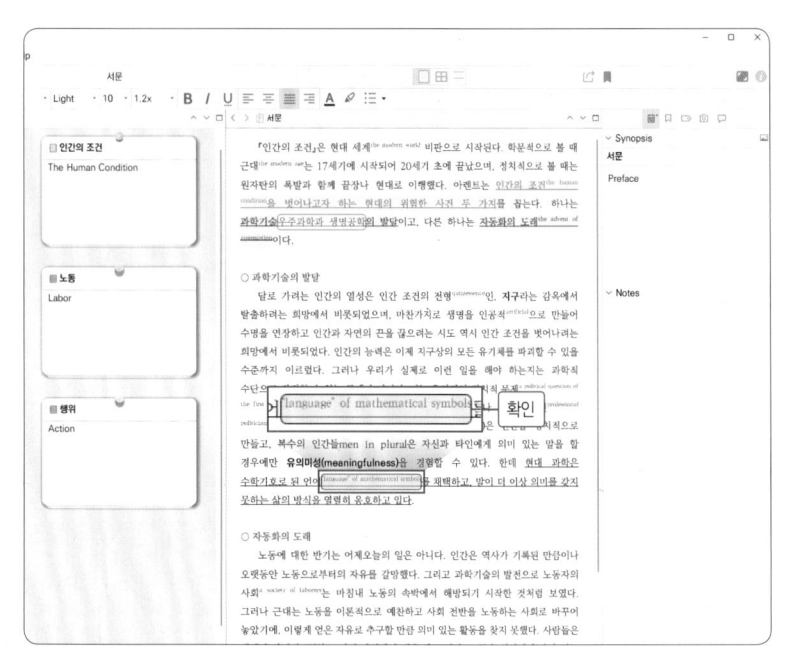

3 다음으로 외부 메모를 넣어 보겠습니다. 본문에서 men in plural 문자열을 선택한 다음, 인스펙터에서 **주석** 아이콘□을 클릭하여 주석 탭을 열어 봅시다.

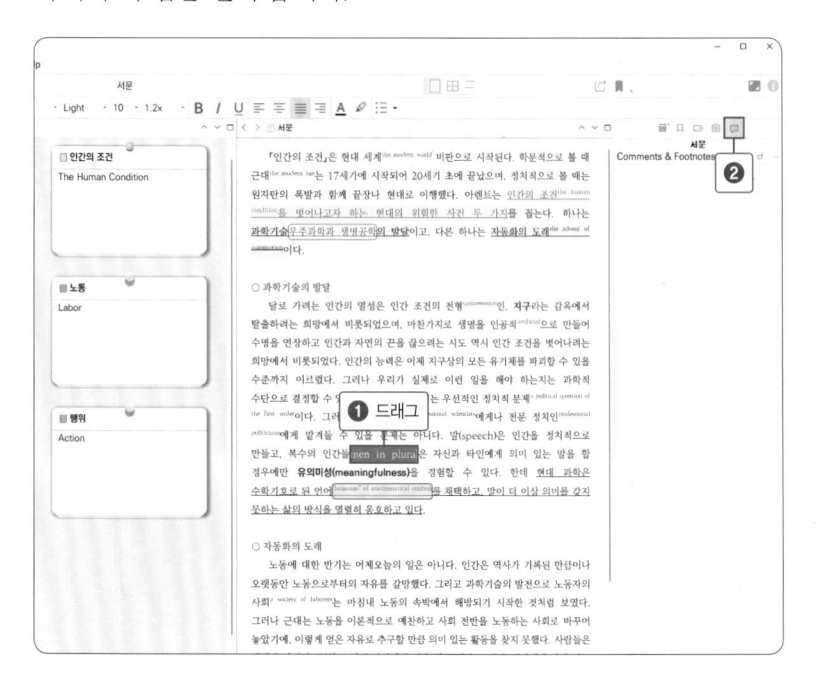

5 주석 탭 상단 표시줄에는 세 개의 아이콘 세트가 있습니다. 이 중 말풍선 모양의 첫 번째 아이콘🗩이 메모 입력 도구입니다. 아이콘을 클릭하여 메모를 생성해 봅시다.

노란색 입력 창이 생성되고, 사용자의 이름과 생성 일시가 자동으로 입력됩니다. 워드프로세서의 일반적인 '메모' 기능과 흡사한 형식입니다. 본문의 문자열은 노란색 배경이 있는 사각형의 상자로 둘러싸이고, 파란색으로 링크 처리됩니다.

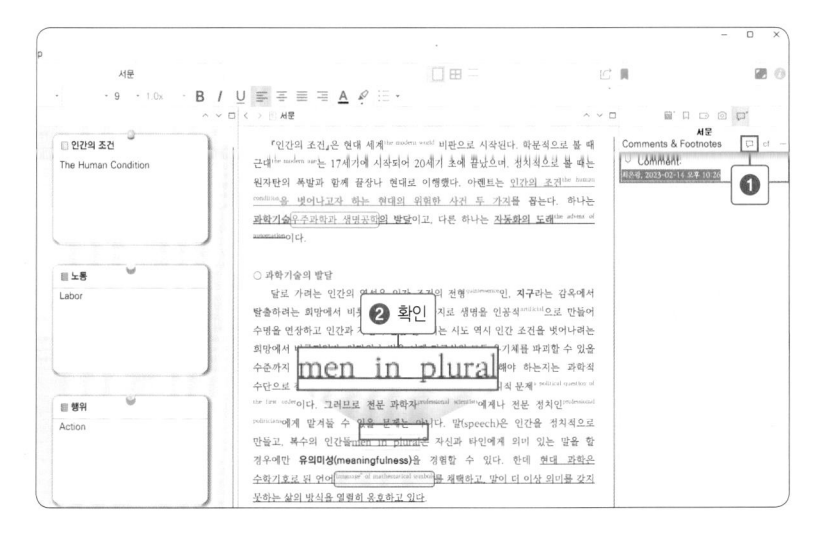

6 지금은 입력 정보가 필요하지 않으므로, 자동으로 입력되어 있던 사용자명 및 메모 생성 일시는 삭제하겠습니다. **위첨자 처리할 것** 문구를 넣었습니다. [Ctrl]+[Enter]를 눌러서 메모 입력 창을 빠져나옵니다.

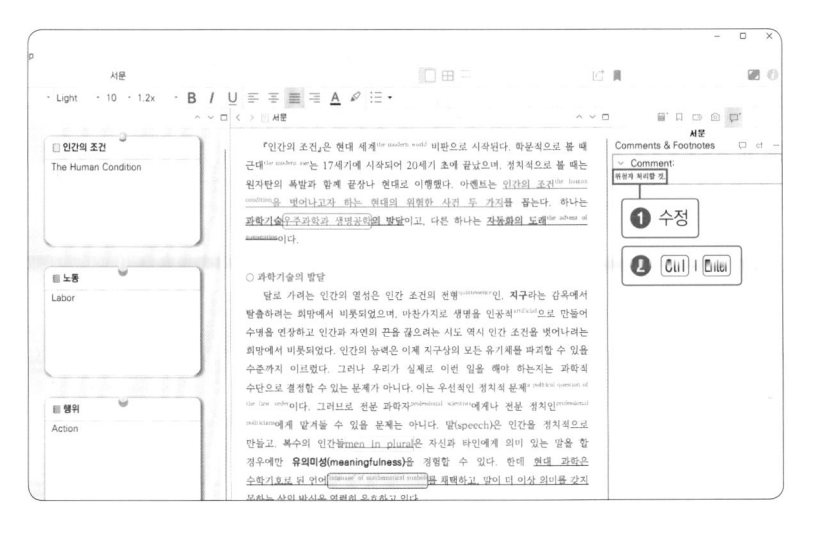

7 이어서 외부 각주까지 입력해 보겠습니다. 이번에는 본문의 문자열을 선택하지 않은 채로 주석 입력 도구를 실행해 봅시다. 본문에서 문장의 끝에 커서를 두고, 인스펙터로 넘어와 각주 아이콘 cf 을 클릭합니다.

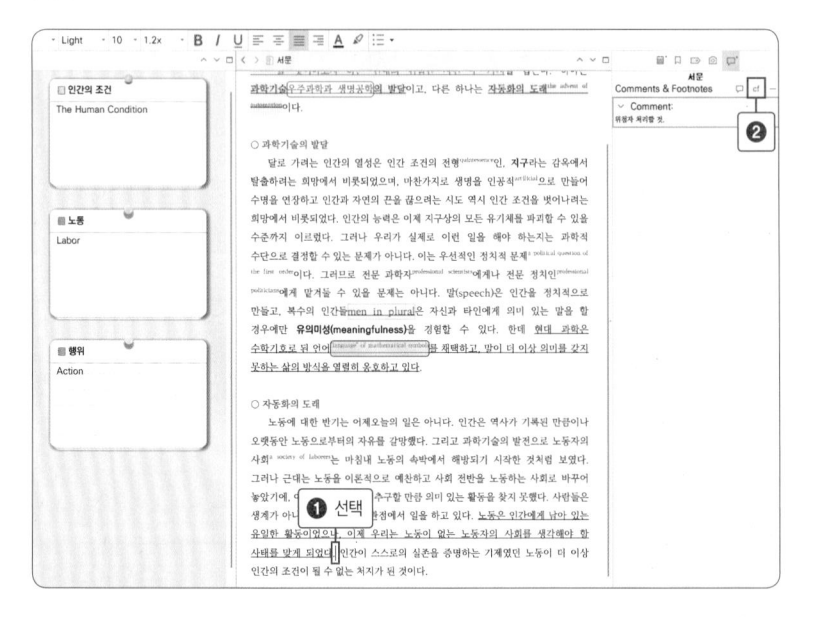

Tip 문자열을 선택하지 않고 주석 입력 도구를 실행하면 커서 바로 앞의 한 단어, 또는 커서를 포함한 한 단어에만 주석 서식 및 링크가 적용됩니다.

8 인스펙터에 회색의 각주 입력 도구가 생성됩니다. 본문을 살펴보니 주석임을 나타내는 서식과 링크가 마지막 단어에만 적용되어 있습니다.

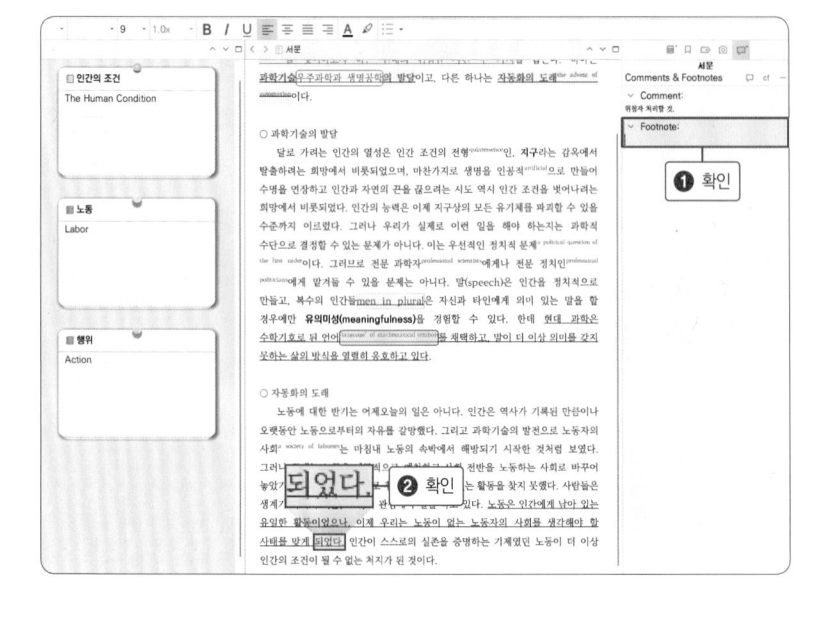

9 문장 전체에 주석 서식을 적용하기 위하여, 본문에서 문장을 모두 선택한 후 인스펙터로 돌아와 다시 한 번 각주 아이콘 cf 을 클릭합니다.

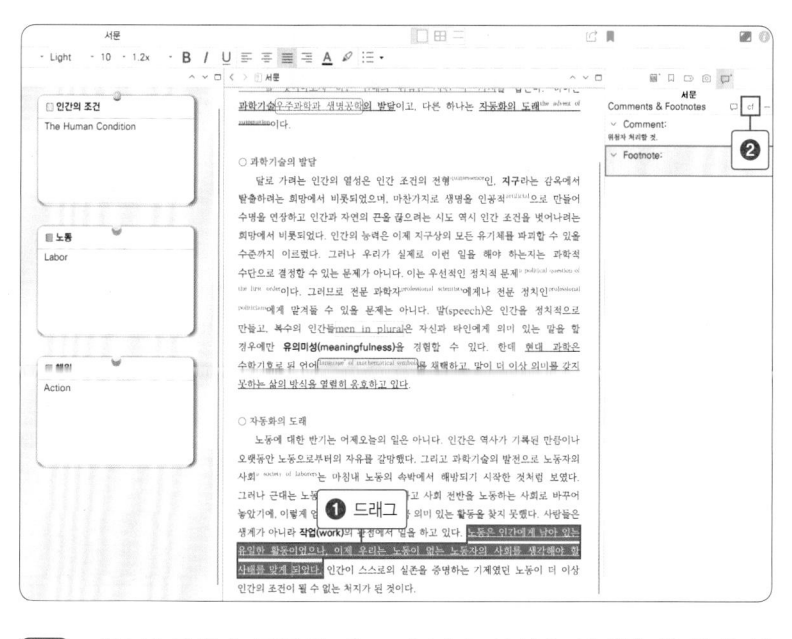

10 기존의 주석을 포함한 채로 더 넓은 영역을 선택한 후 주석 입력 도구를 실행해 볼까요? 새로운 주석이 만들어지지 않고 기존의 주석에 영역이 덧씌워집니다. 한 문장 전체에 걸쳐 주석 서식과 링크가 적용되었습니다.

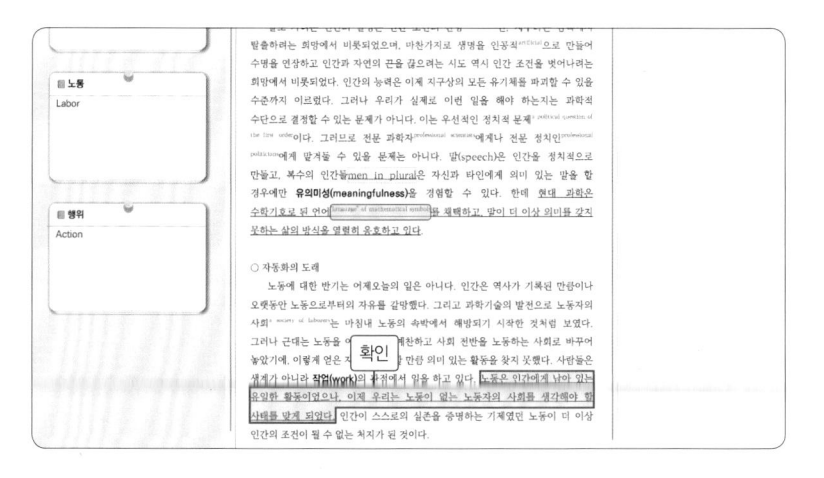

Tip 본문의 주석 영역을 넓게 선택해 두면 집필 과정의 참조 작업이 수월해집니다. 다만, 주석 서식이 어디에 적용되더라도 최종 결과물에서 각주의 위치는 '주석 서식이 끝나는 지점'으로 동일합니다. 예시에서 처음 만든 외부 각주와 수정한 외부 각주는 본문 주석 서식의 마지막 지점이 같으므로 최종 결과물에서의 각주 표기 위치도 같습니다.

11 각주 입력 창에는 문단의 마지막 문장을 잘라내어 붙여넣기 해 봅시다.

12 각주 입력이 끝나면 Ctrl + Enter 를 눌러서 입력 창을 빠져나옵니다.

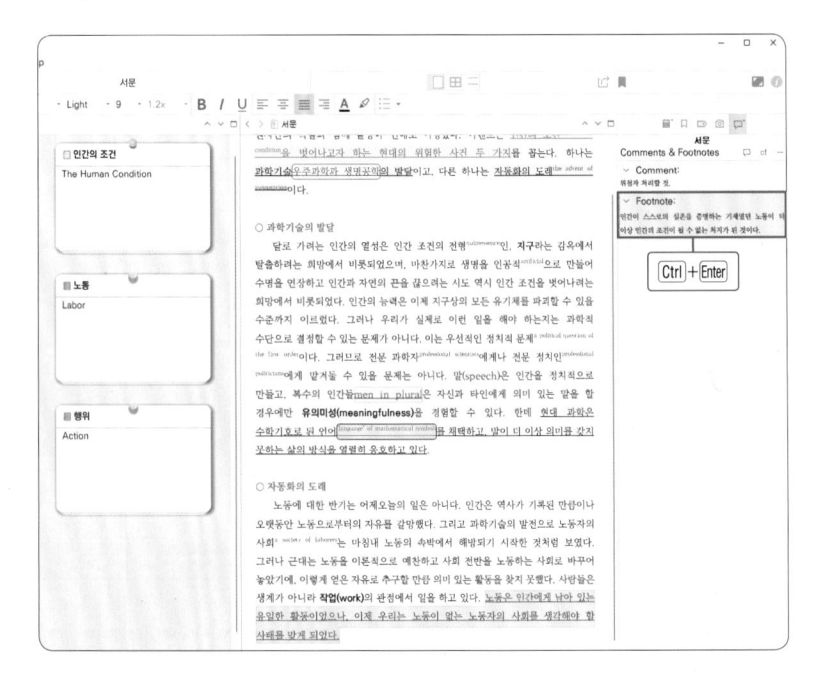

Tip Ctrl + Enter 대신 Esc 를 누르면 주석 입력을 완료하는 동시에 본문으로 빠져나올 수 있습니다.

주석 접어서 정리하기

개별 주석 창 말머리의 화살표를 클릭하면 각 주
석을 접어서 관리할 수 있습니다. 접은 주석 창
보다 주석의 내용이 길면 커서를 주석 창에 올렸
을 때 전체 주석이 툴 팁으로 표시됩니다. 주석
의 수가 많아질 때 활용할 수 있습니다.

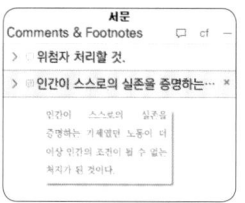

12 본문에 표시된 주석의 링크를 클릭하면 인스펙터에서 주석의
위치를 찾아 줍니다. 본문의 men in plural 문자열과 연결된 외부
메모가 파란색 외곽선으로 표시된 것이 보입니다.

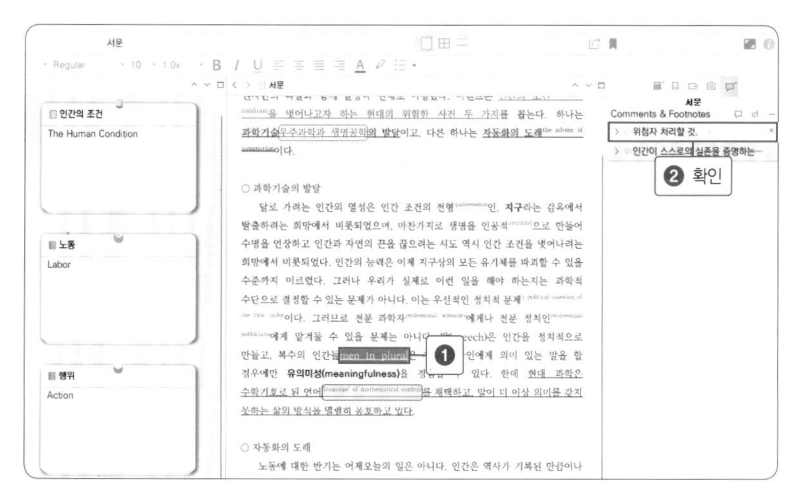

13 본문의 주석 링크 위에 마우스 커서를 올리면 주석의 내용이
툴 팁으로 표시됩니다.

2 | 보면서 수정하기

여러 개의 창을 한꺼번에 운용할 수 있는 기능은 가히 스크리브너 기능의 꽃이라고 부를 만합니다. 스크리브너 개발진은 에디터를 양분하는 것만으로는 부족하다고 생각했는지, 에디터마다 장착할 수 있는 **카피홀더**와 프로젝트 창의 외부에서 편집기처럼 작동하는 **퀵 레퍼런스**까지 만들었습니다. 모니터 화면이 넉넉하다면 금상첨화겠지만, 화면이 좁더라도 이들 기능을 잘 조합해서 이용하면 집필 효율이 눈에 띄게 올라갑니다.

▶ 무 작 정 따 라 하 기 **다중 에디터 활용하기**   실습예제₩Chapter_05₩예제_08.scriv

◀ 영상 강의
바로 보기

에디터를 분할하여 다루는 기본적인 방법은 앞에서 잠깐 다룬 적이 있습니다. ▶120쪽 여기서는 좀 더 심화된 기능을 살펴보겠습니다.

1 분할된 두 에디터는 표시하고 있는 문서를 서로 교환할 수 있습니다. 메인 메뉴에서 〔View〕 - 〔Editor Layout ▶〕 - 〔Swap Editors〕를 선택합니다.

2 두 에디터에 표시된 문서가 교환되었습니다.

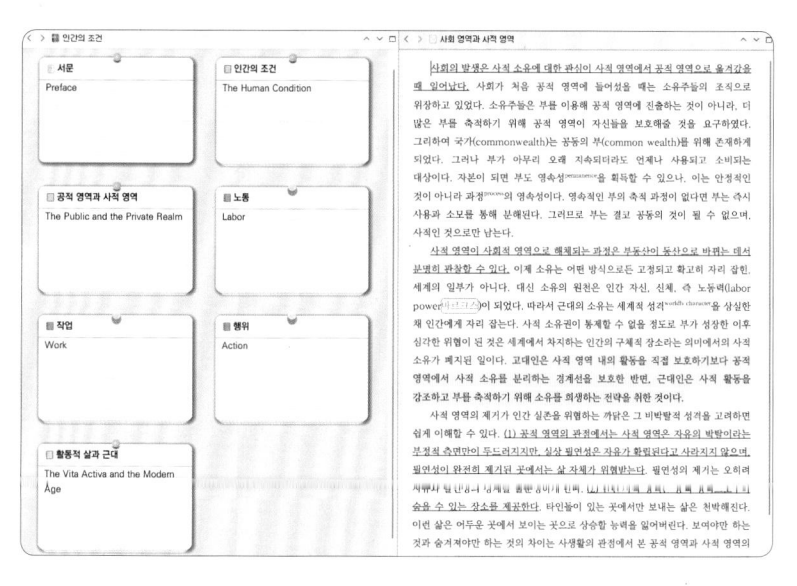

3 에디터를 분할하여 사용하는 경우에는 한쪽 에디터를 편집에 활용하고 다른 에디터는 주로 참조용으로 사용하게 됩니다. 이때 참조용 에디터가 참조 내용 이상의 범위까지 영향을 주면 작업이 다소 불편해집니다.

왼쪽 에디터의 코르크보드를 참조용으로 사용할 계획입니다. 그런 데 왼쪽 에디터를 선택하자 인스펙터 창까지 왼쪽 에디터의 영향을 받게 되었습니다.

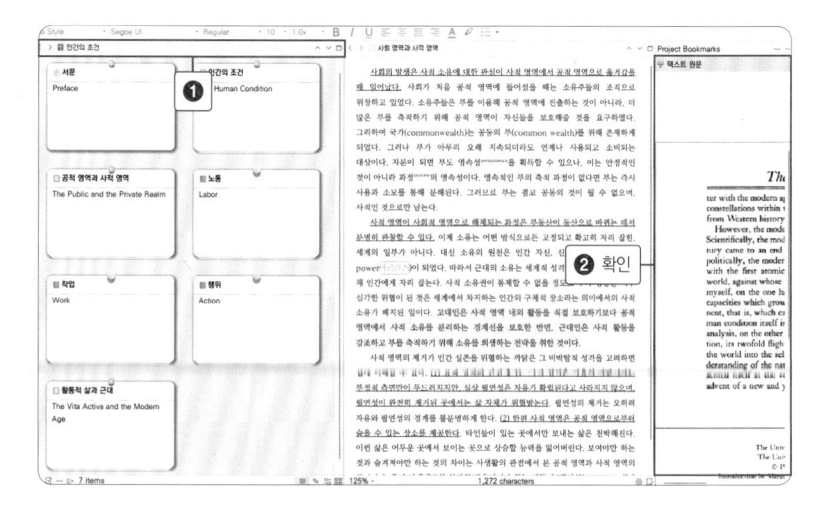

4 인스펙터를 한쪽 에디터에만 고정해 두면 에디터를 옮겨 다니더라도 인스펙터 창의 내용이 바뀌지 않습니다. 오른쪽 에디터를 활성화한 다음, 메인 메뉴에서 [Navigate] - [Editor ▸] - [Lock Inspector to Current Editor]를 선택합니다.

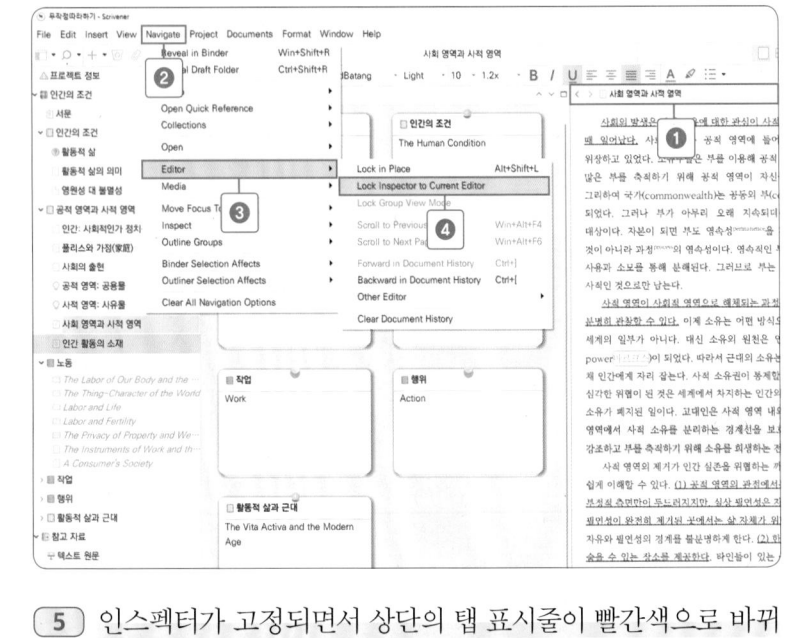

5 인스펙터가 고정되면서 상단의 탭 표시줄이 빨간색으로 바뀌고 에디터의 상단 표시줄에 빨간 원 모양의 느낌표 ⓘ 아이콘이 생성됩니다. 이제 왼쪽 에디터로 커서를 옮겨 가더라도 인스펙터는 여전히 오른쪽 에디터에 열린 문서만 반영합니다.

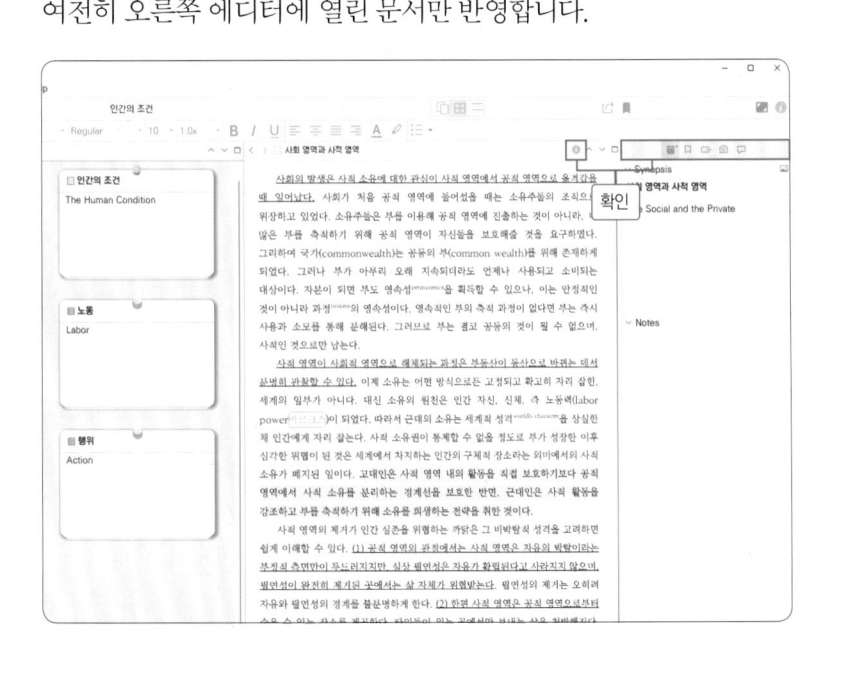

6 참조용 에디터는 참조할 문서를 고정해 둘 용도로 사용합니다. 특히 참조용 에디터에서 문서 그룹을 참조하고 있을 경우, 그룹을 표시하는 방식이 변경되면 다시 원래대로 바꾸어 주어야 하는 번거로움이 있습니다. 이를 방지하기 위하여 에디터의 뷰 모드가 변하지 않도록 고정해 둘 수 있습니다.

메인 메뉴에서 〔Navigate〕-〔Editor〕-〔Lock Group View Mode〕를 선택하면 에디터의 그룹 뷰 모드가 현재의 모드로 고정됩니다.

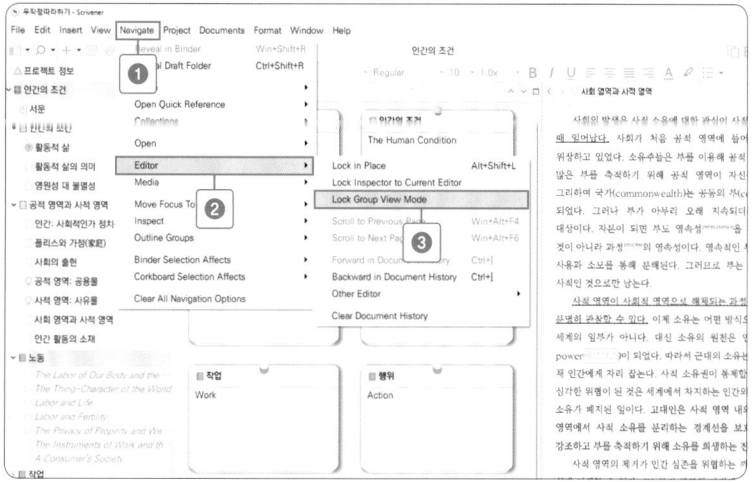

Tip 에디터에 문서를 고정해 두면, 에디터의 위치를 혼동하여 참조용 에디터에서 편집용 문서를 여는 등의 실수를 방지할 수 있습니다.

7 참조용 에디터에서 아주 소수의 문서만을 참조한다면 아예 문서 자체를 에디터에 고정해 버릴 수도 있습니다. 메인 메뉴에서 〔Navigate〕-〔Editor ▸〕-〔Lock in Place〕를 선택하면 에디터와 문서가 고정됩니다.

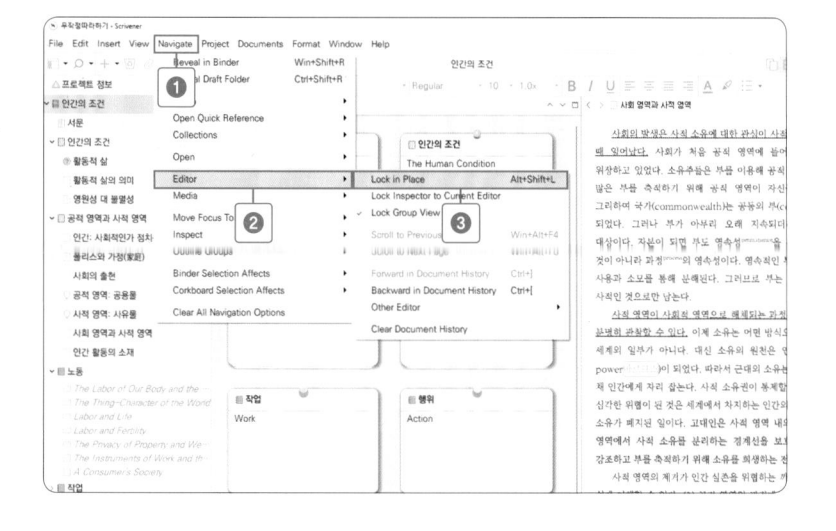

8 에디터가 고정되면서 상단 표시줄이 빨간색으로 바뀌었습니다. 고정한 왼쪽 에디터를 활성화한 상태에서 바인더의 **폴리스와 가정(家庭)** 문서를 선택했지만 에디터에는 아무런 변화가 없습니다.

9 에디터를 옮겨가지 않고서 오른쪽 에디터에 **폴리스와 가정(家庭)** 문서를 열려면, 문서 위에서 마우스 우클릭으로 단축 메뉴를 열어 〔Open ▸〕 - 〔in Right Editor〕를 선택하면 됩니다.

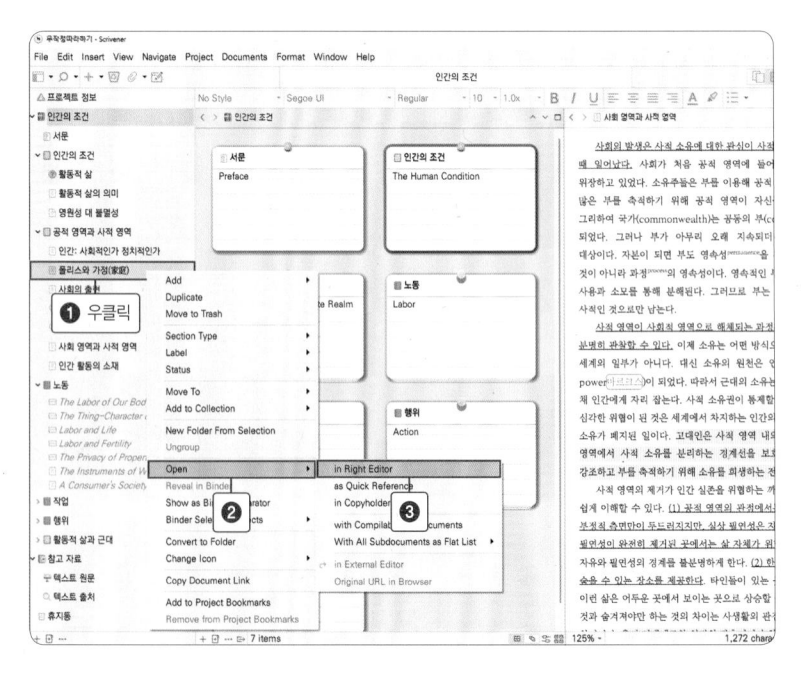

10 오른쪽 에디터에 **폴리스와 가정(家庭)** 문서가 열렸습니다. 때마다 이런 방식으로 문서를 여는 것은 번거로우므로, 바인더에서 선택한 문서가 무조건 오른쪽 에디터에서만 열리도록 설정합시다.

메인 메뉴에서 〔Navigate〕 - 〔Binder Selection Affects ▸〕 - 〔Right Editor〕를 클릭합니다. 이제 바인더에서 문서를 선택하면 오른쪽 에디터에서만 열립니다.

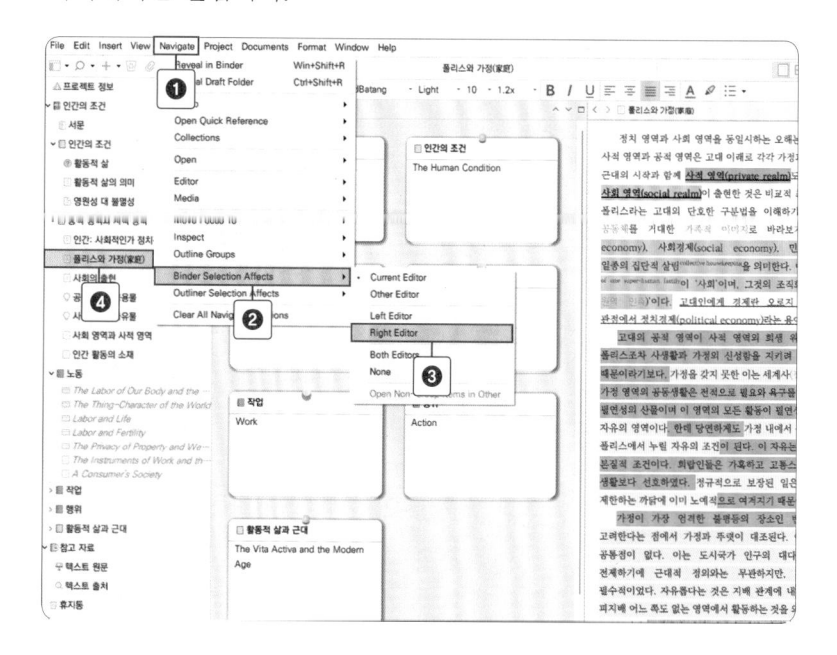

11 프로젝트 창의 아무 곳에나 커서를 둔 채로 **사회의 출현** 문서를 선택해 봅시다. 문서가 오른쪽 에디터에서 열립됩니다.

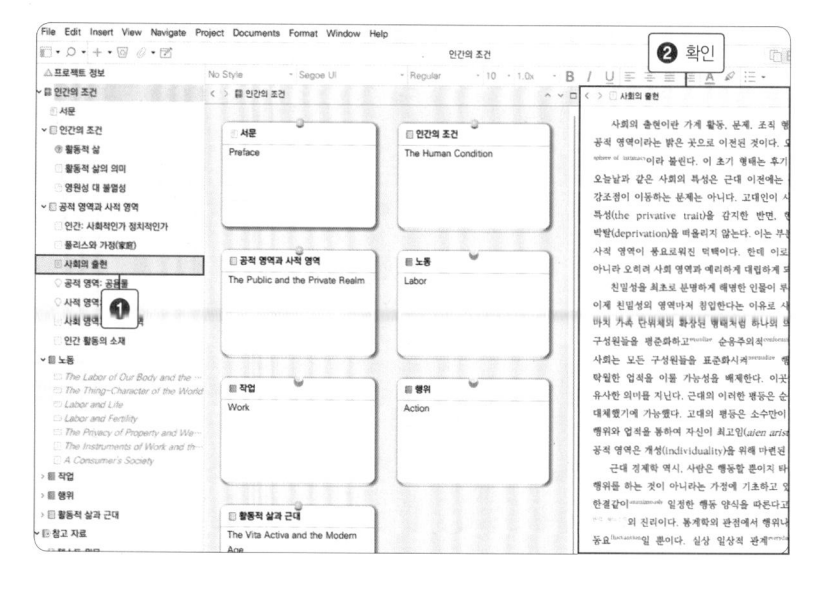

12 왼쪽 에디터 상단의 창 분할 종료 아이콘□을 클릭하여 왼쪽 에디터만 남게 만들어 봅시다.

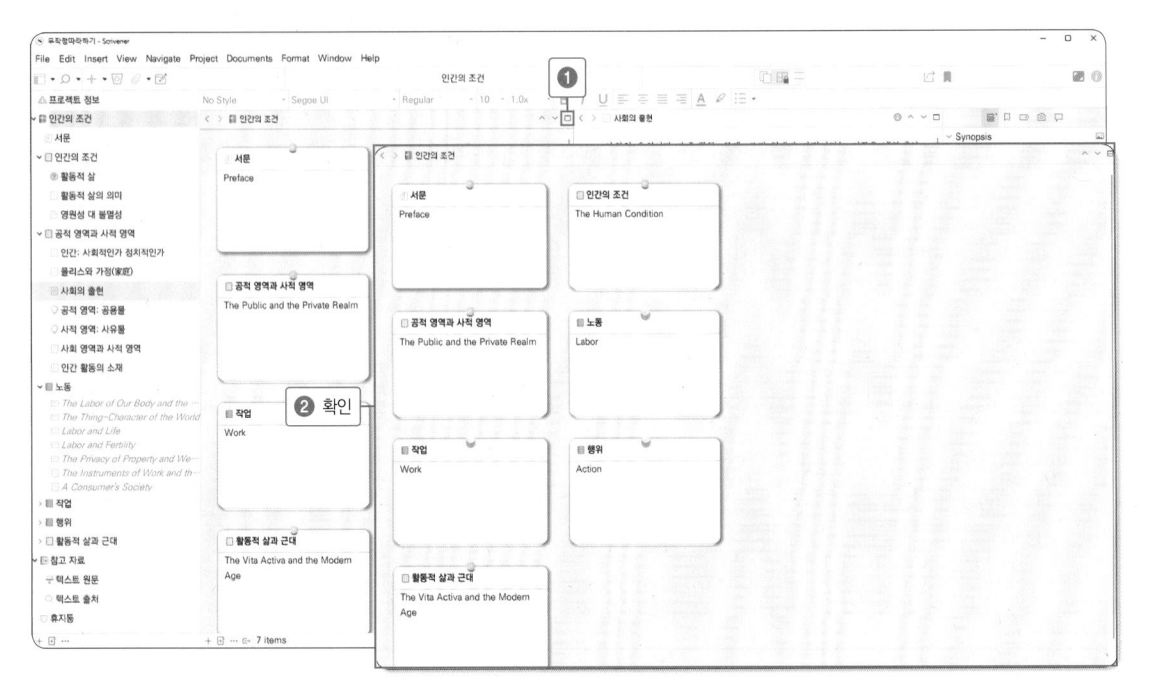

13 이 상태에서 다시 창 분할 아이콘█을 클릭하면, 새로 생성된 에디터에는 기존 에디터와 동일한 문서가 열리게 됩니다. 그룹 뷰 모드를 고정해둔 속성까지 그대로 가져왔음을 알 수 있습니다.

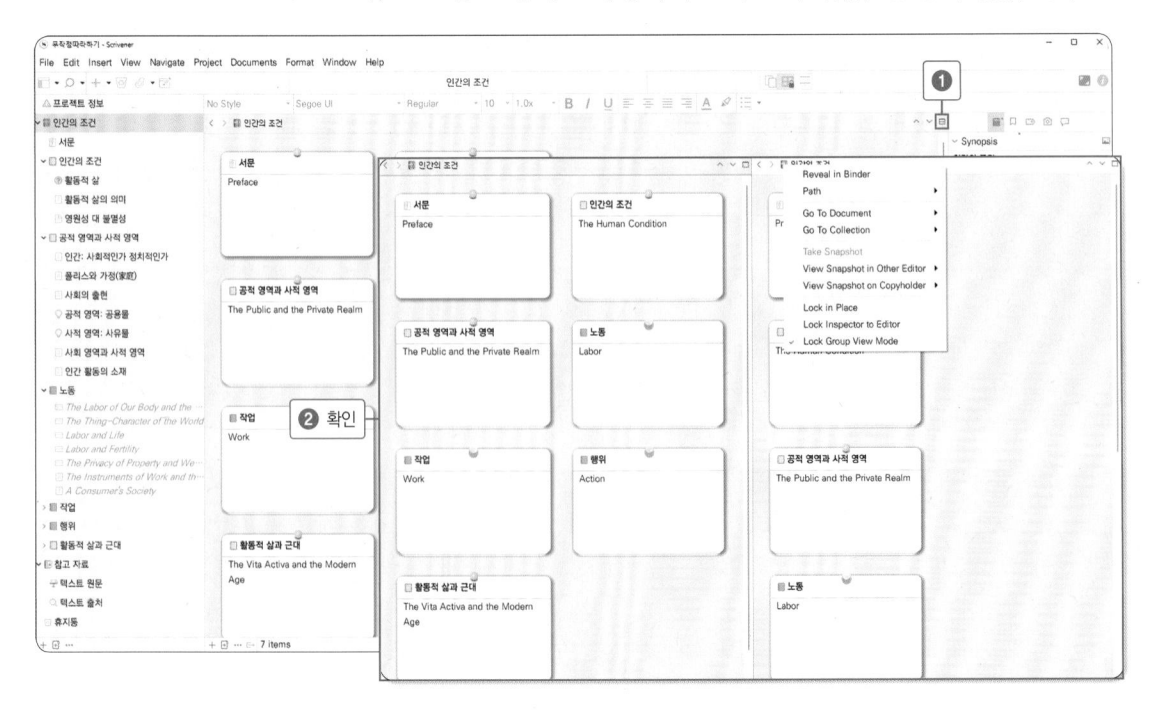

(14) 분할한 에디터는 사용자의 작업 방식에 따라 여러 가지 다른 형태로 구성하여 사용할 수 있습니다. 자주 사용하는 형태를 레이아웃으로 저장해두고 필요할 때마다 불러오면 때마다 화면을 다시 구성하는 번거로움이 사라집니다.

메인 메뉴에서 〔Window〕 - 〔Layouts ▸〕 - 〔Manage Layouts...〕를 선택하여 레이아웃 관리자를 불러냅시다.

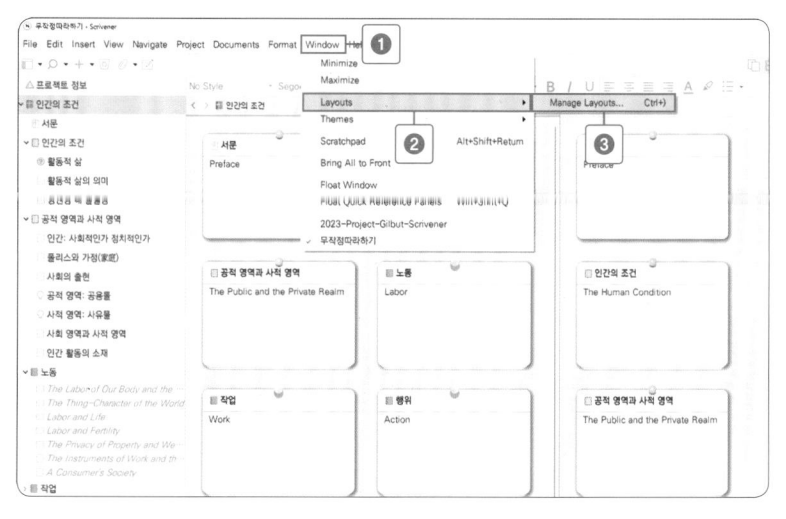

(15) 레이아웃 관리자가 팝업 창으로 열렸습니다. 왼쪽 하단의 **+** 를 클릭하면 현재 작업 화면의 구성이 목록에 저장됩니다. 필요에 따라 **그룹 뷰 모드**(☑ Save outliner and corkboard settings)와 **메타데이터**(☑ Preserve all metadata appearance options)의 구성까지 저장해 둘 수 있습니다.

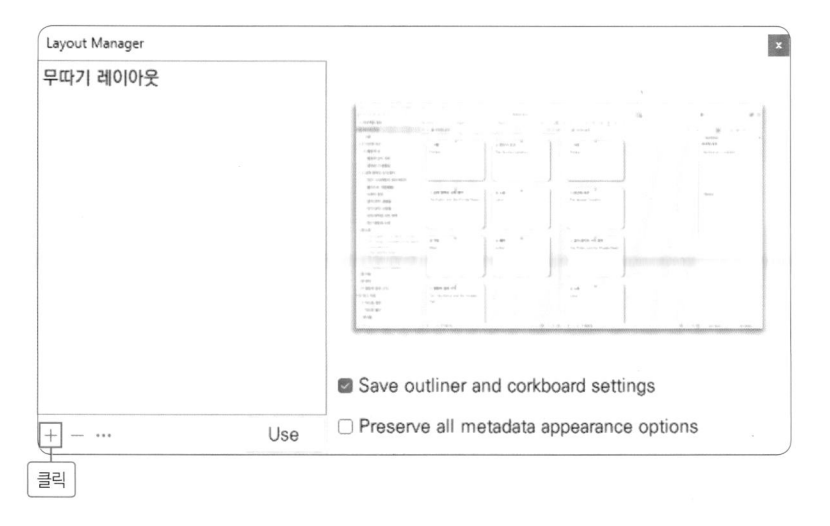

16 작업 화면 구성을 바꾼 경우에는 왼쪽 하단의 ⋯를 클릭하여 드롭다운 메뉴를 불러낸 후〔Update Selected Layout〕을 클릭하여 이미 저장한 레이아웃을 업데이트할 수 있습니다.

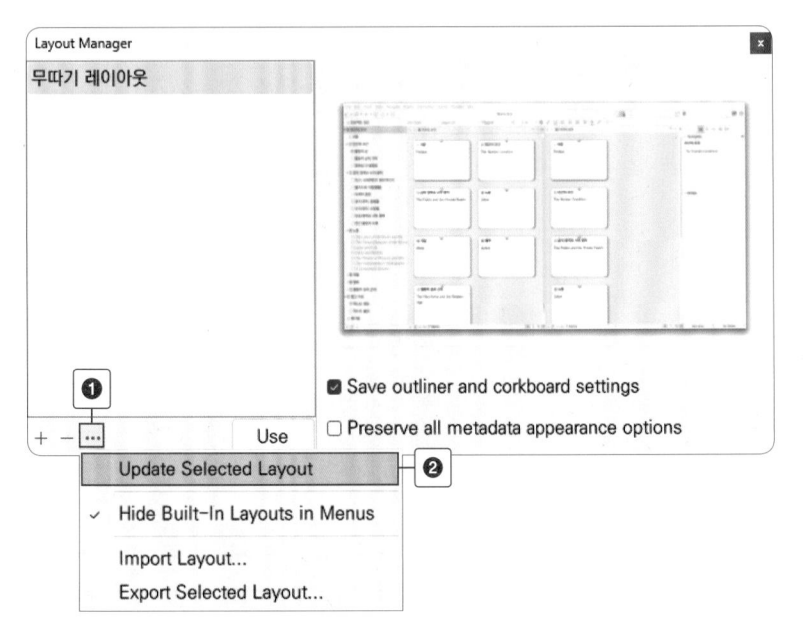

17 팝업 창 우측의 섬네일 이미지가 바뀌는 것으로 업데이트 여부가 확인됩니다.

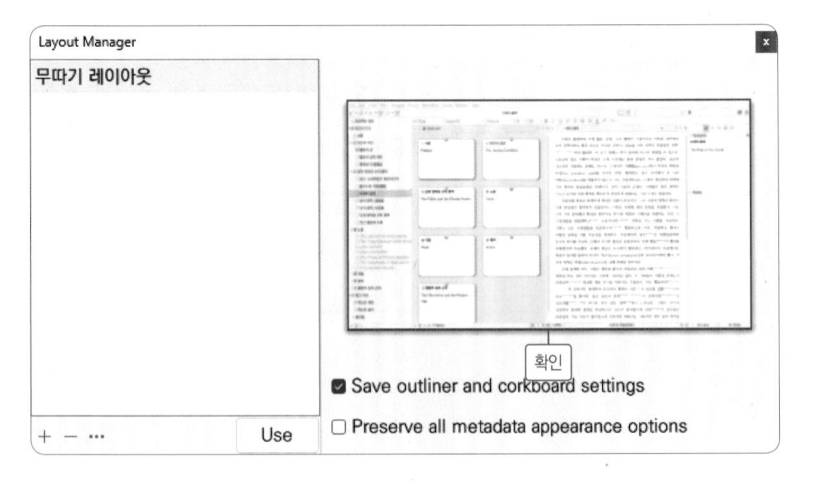

18 저장한 레이아웃을 적용해 보겠습니다. 메인 툴바에서 보기 아이콘 옆의 화살표를 클릭하여 드롭다운 메뉴를 연 후, 〔Layouts ▶〕에서 적용할 레이아웃을 선택합시다.

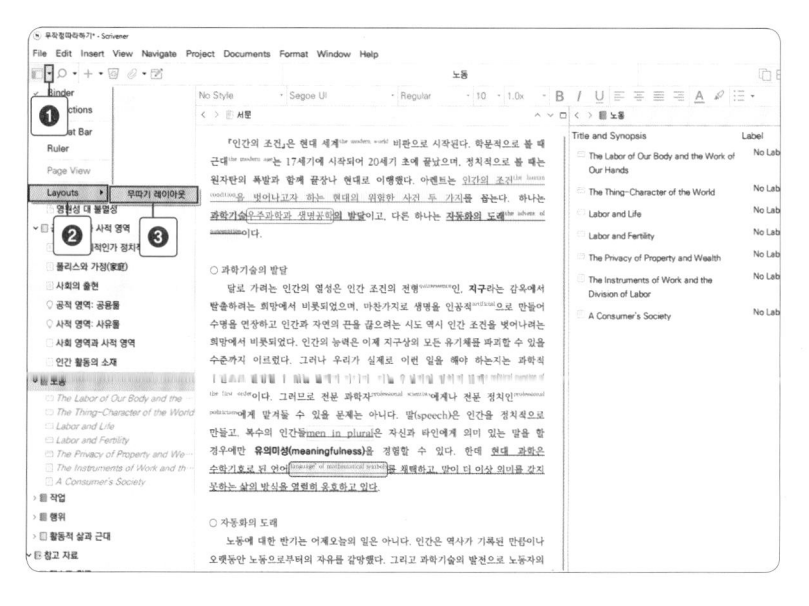

19 레이아웃이 적용되자 에디터에는 빈 화면만 표시됩니다. 마지막에 저장한 레이아웃의 설정은 왼쪽 에디터에 코르크보드를, 오른쪽 에디터에 문서 편집기를 표시하는 것이었습니다. 레이아웃을 적용하기 직전 왼쪽 에디터에는 개별 문서(스크리브닝)가, 오른쪽 에디터에는 아웃라이너가 실행되어 있었으므로, 레이아웃의 설정에 따르면 아무것도 표시할 수가 없게 됩니다.

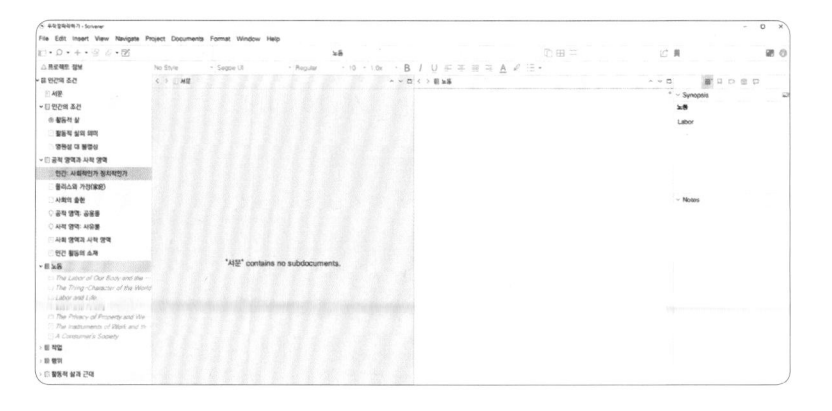

20 바인더에서 **인간: 사회적인가 정치적인가** 문서를 선택해 보겠습니다. 적용한 레이아웃의 설정에 의하면 왼쪽 에디터가 고정 상태이고 바인더에서 선택한 문서는 오른쪽 에디터에서 열립니다. 설정에 따라 문서가 오른쪽 에디터에서 열리는 것이 확인됩니다.

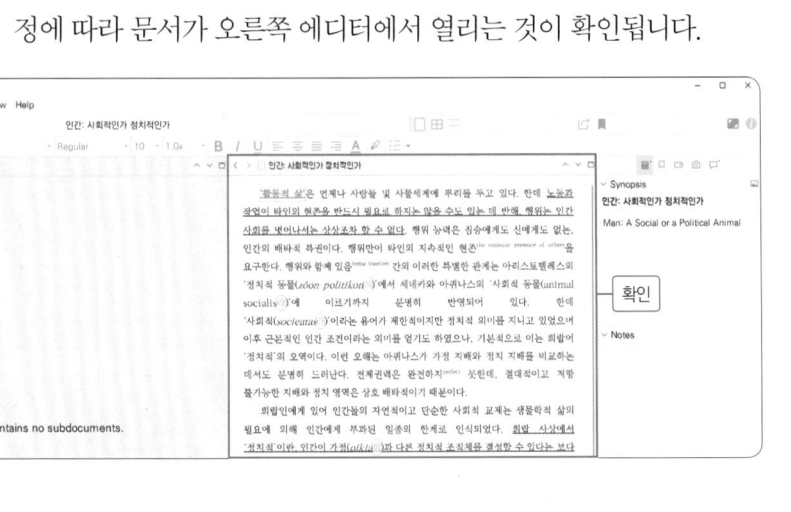

▶ **무 작 정 따 라 하 기**　　**퀵 레퍼런스로 참고하기**　　실습예제₩Chapter_05₩예제_08.scriv

◀ 영상 강의
　바로 보기

퀵 레퍼런스(Quick Reference)는 프로젝트 창 외부에서 별개의 창을 열어 편집기처럼 사용할 수 있는 기능입니다. 퀵 레퍼런스의 대표적인 장점은 프로젝트 창의 바깥에서 또 하나의 편집기를 쓸 수 있는 것이지만, 인스펙터의 요소를 비교적 큰 창으로 자유롭게 배치하여 볼 수 있다는 추가적인 장점도 있습니다.

1 기본 폴더를 선택한 상태에서는 메인 툴바의 **퀵 레퍼런스** 아이콘 이 비활성화 되어 있어 선택할 수 없습니다. 현재는 **드래프트 폴더(인간의 조건)**가 선택되어 있어 퀵 레퍼런스 아이콘도 활성화되지 않은 상태입니다.

2 **인간의 조건** 폴더를 선택하자 비로소 **퀵 레퍼런스** 아이콘 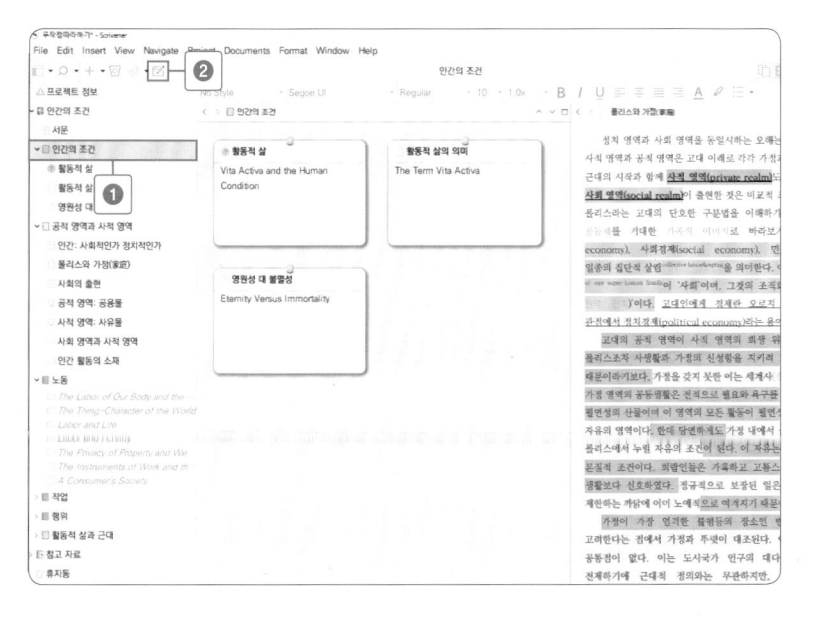 이 활성화됩니다. 아이콘을 클릭하여 퀵 레퍼런스를 실행해 봅시다.

3 퀵 레퍼런스는 팝업 창으로 실행되며, 프로젝트 창의 편집기와 동일한 방식으로 동작합니다. 서식 표시줄 아래의 〔Editor Only ▾〕를 클릭하면 드롭다운 메뉴가 열리고, 인스펙터의 내용까지 표시할 수 있습니다. 〔Sysnopsis〕를 선택해 보겠습니다.

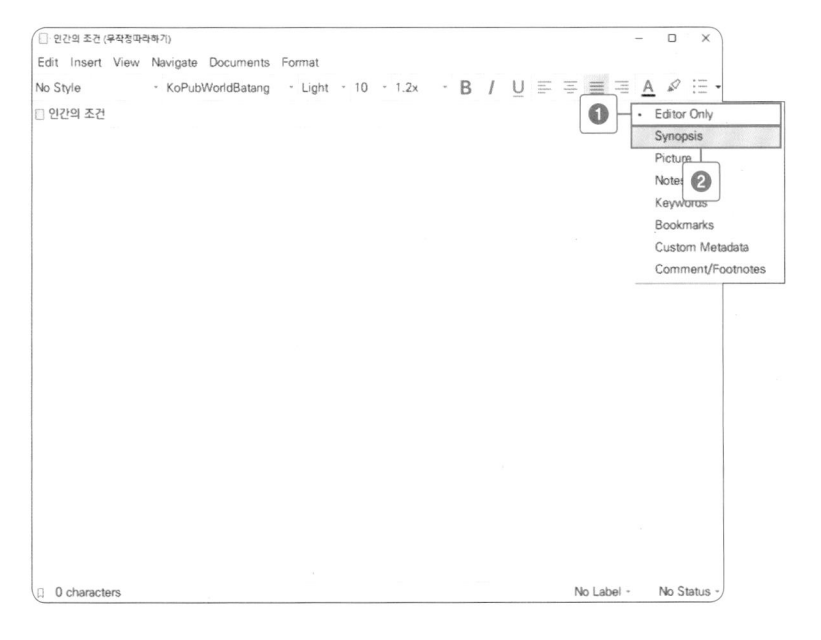

4 창이 분할되며 시놉시스 창이 만들어집니다. 표시줄 우측의 창 분할 아이콘 ⊞ 을 클릭하여 수직/수평 분할을 전환할 수 있습니다.

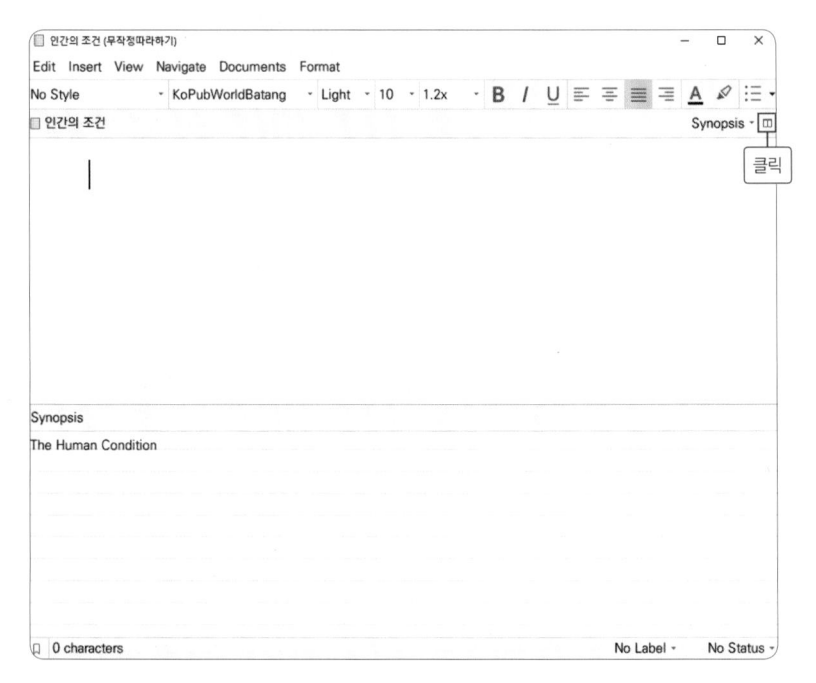

5 퀵 레퍼런스에서는 편집기와 인스펙터가 프로젝트 창의 분할된 두 에디터처럼 동작한다는 것을 알 수 있습니다.

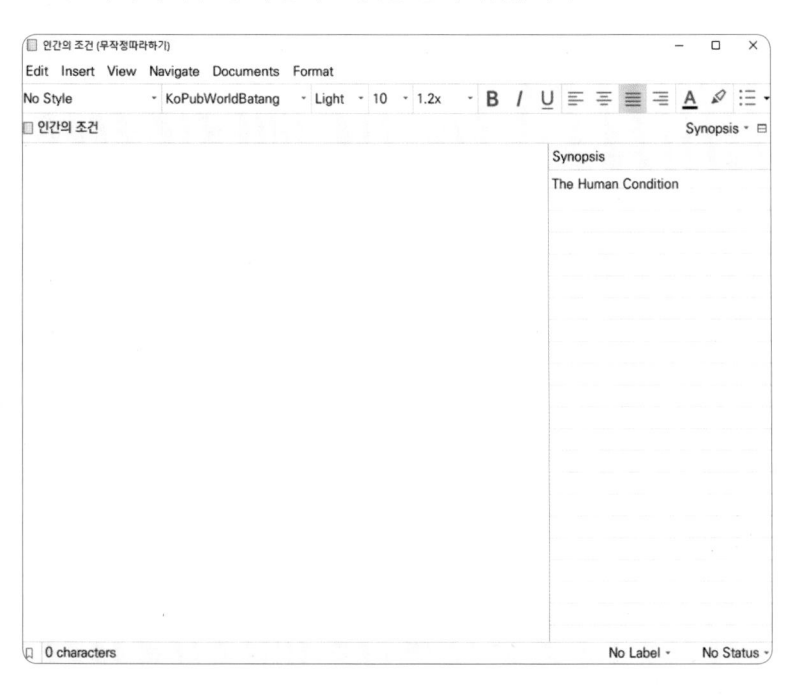

Tip 메인 메뉴의 (Navigate) - (Open ▸) - (as Quick Reference) 를 선택하여 퀵 레퍼런스를 열 수도 있습니다.

6 에디터의 어디에서나 마우스 오른쪽 단추를 클릭하여 단축 메뉴의 (Open ▸) - (in Quick Reference)를 선택하면 퀵 레퍼런스를 열 수 있습니다.

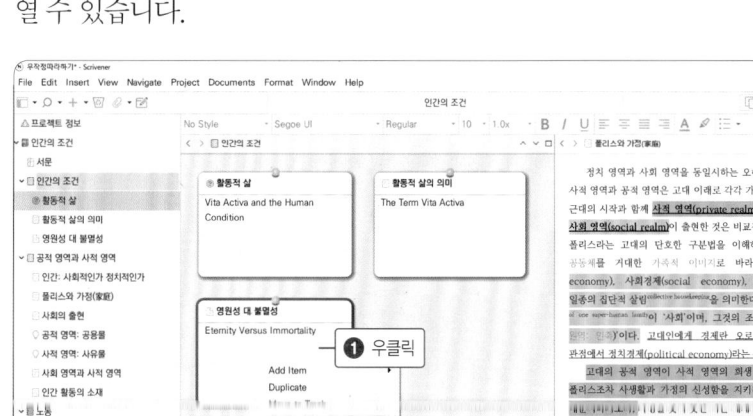

7 개별 문서의 단축 메뉴로 퀵 레퍼런스를 호출하면 해당 문서 가 바로 퀵 레퍼런스에서 열립니다. 이런 방식으로 개수의 제한 없 이 퀵 레퍼런스를 불러내어 사용할 수 있습니다.

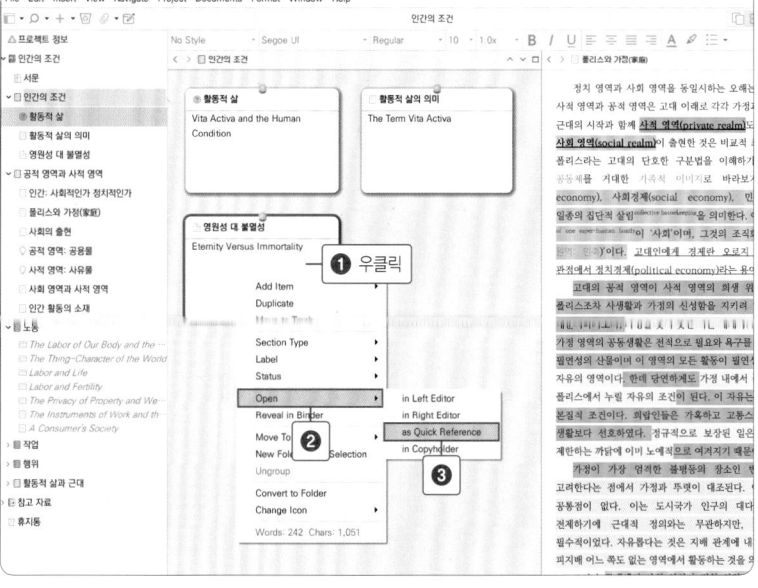

8 모니터가 크지 않다면 작업 과정에서 퀵 레퍼런스가 어쩔 수 없이 프로젝트 창의 뒤로 사라지게 됩니다. 메인 메뉴에서 〔Window〕 - 〔Float Quick Reference Panels〕를 선택하면 퀵 레퍼런스를 화면의 맨 위에 고정해 놓고 사용할 수 있습니다.

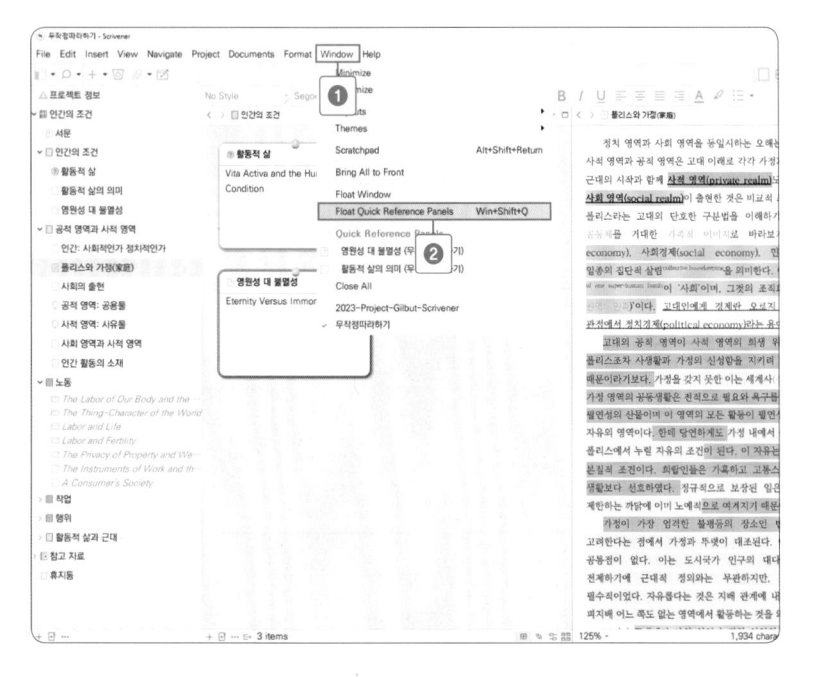

9 퀵 레퍼런스가 화면의 맨 위에 고정되었습니다. 프로젝트 창의 에디터를 클릭하여 활성화해도 퀵 레퍼런스는 여전히 화면의 맨 위에 머물러 있는 것을 볼 수 있습니다.

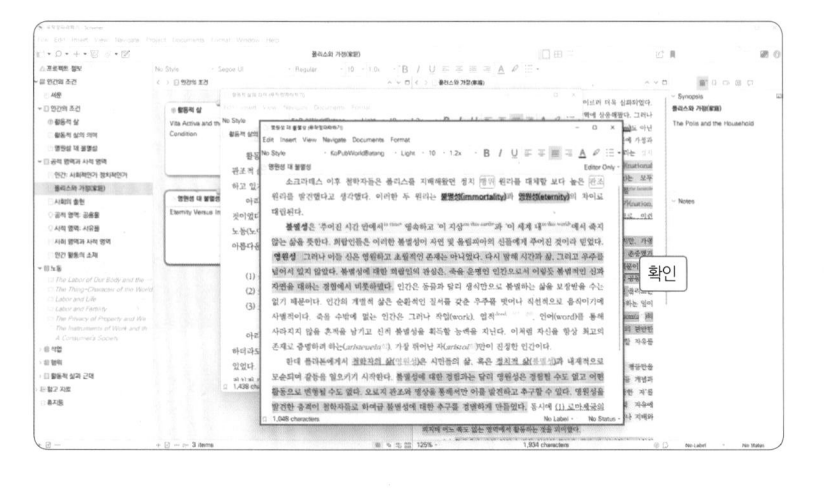

잠
깐
만
요

퀵 레퍼런스 창 병렬 배치하여 작업하기

모니터의 작업 화면이 넉넉하다면 프로젝트 창과 퀵 레퍼런스를 병렬로 배치하여 활용할 수 있습니다. ⊞+방향키를 누르면 활성화된 창을 나란히 배치할 수 있습니다.

프로젝트 창의 바인더나 코르크보드에서 개별 문서를 클릭하여 퀵 레퍼런스의 제목 표시줄로 드래그하면 해당 퀵 레퍼런스에서 문서가 열립니다.

코르크보드에 있는 **활동적 삶의 의미** 문서를 위쪽 퀵 레퍼런스로 드래그하여 열어 보았습니다.

퀵 레퍼런스의 메뉴에서 〔**Navigate**〕-〔**Reveal in Binder**〕를 선택하면 바인더에서 해당 문서의 위치가 표시됩니다.

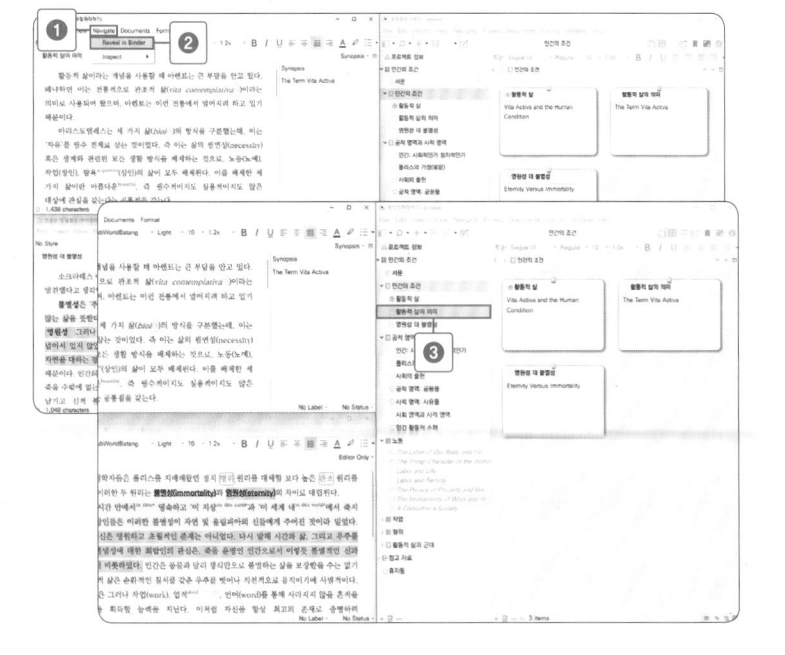

카피홀더로 참고하기   실습예제₩Chapter_05₩예제_08.scriv

◀ 영상 강의
바로 보기

카피홀더는 에디터의 부속 기능으로서, 바인더의 영향을 받지 않은 채 문서를 고정해 놓고 볼 수 있도록 해줍니다. 에디터를 둘로 분할할 수 있고 에디터마다 카피홀더를 장착할 수 있으므로, 결과적으로는 하나의 프로젝트 창에서 총 네 개의 편집기를 활용할 수 있는 셈입니다. 창 하나는 주 편집용으로 쓰더라도 나머지 세 개의 창을 참조용으로 활용할 수 있는 것이지요.

Tip 메인 메뉴의 〔Navigate〕
- 〔Open ▸〕 - 〔in Copyholder〕
를 선택하여 카피홀더를 열 수
도 있습니다.

1 카피홀더는 퀵 레퍼런스와 마찬가지로 에디터의 어디에서나 불러낼 수 있습니다. 코르크보드에서 **영원성 대 불멸성** 문서를 마우스 오른쪽 단추로 클릭하여 단축 메뉴를 열고, 〔Open ▸〕 - 〔in Copyholder〕를 선택하여 카피홀더를 열어 봅시다.

2 에디터가 상하로 분할되면서 상단에 카피홀더가 생성되었습니다. **영원성 대 불멸성** 문서가 열려 있습니다.

3 오른쪽 에디터에도 카피홀더를 열어 봅시다. 이번에는 메인 메뉴의 〔Navigate〕 - 〔Open ▸〕 - 〔in Copyholder〕를 선택하여 열어 보겠습니다.

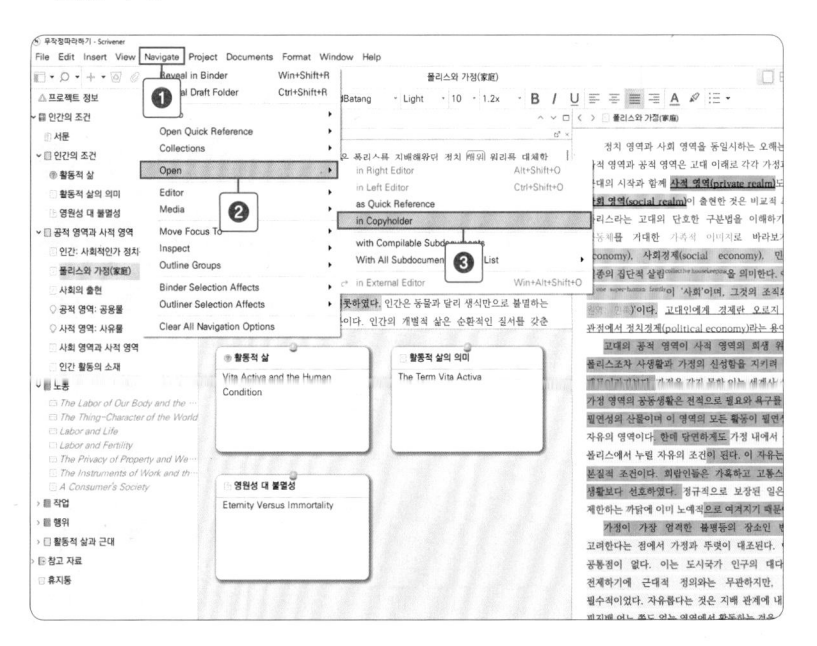

4 오른쪽 에디터가 상하로 분할되면서 위쪽에 카피홀더가 생성 되었습니다. 이번에는 따로 선택한 문서가 없었기 때문에, 오른쪽 에디터에 열려 있던 **폴리스와 가정(家庭)** 문서가 카피홀더에도 똑같 이 열렸습니다.

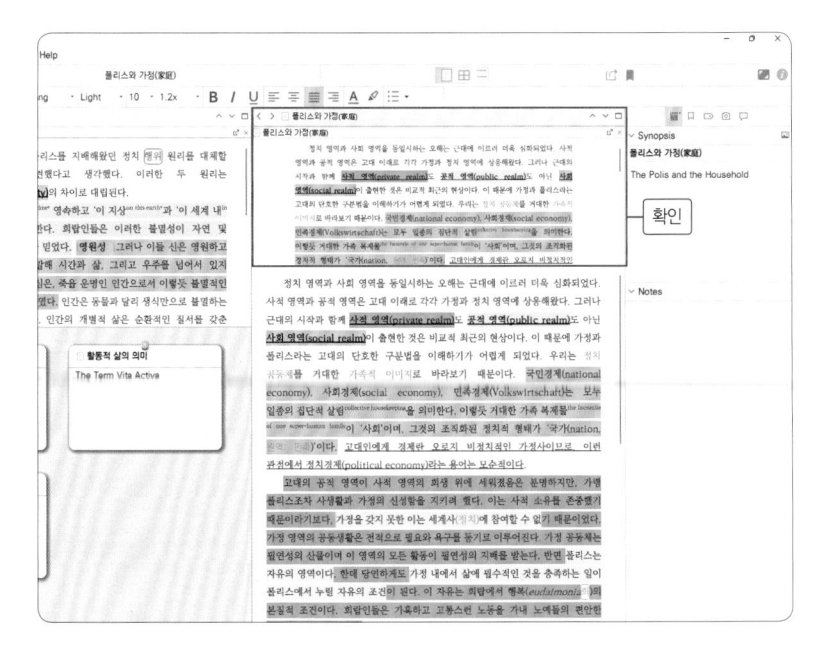

5 리서치 폴더(**참고 자료**)에 보관되어 있는 **텍스트 원문** 자료를 오른쪽 카피홀더에서 열어 봅시다. 바인더에서 **텍스트 원문**을 선택하여 오른쪽 카피홀더의 제목 표시줄로 드래그하면 됩니다.

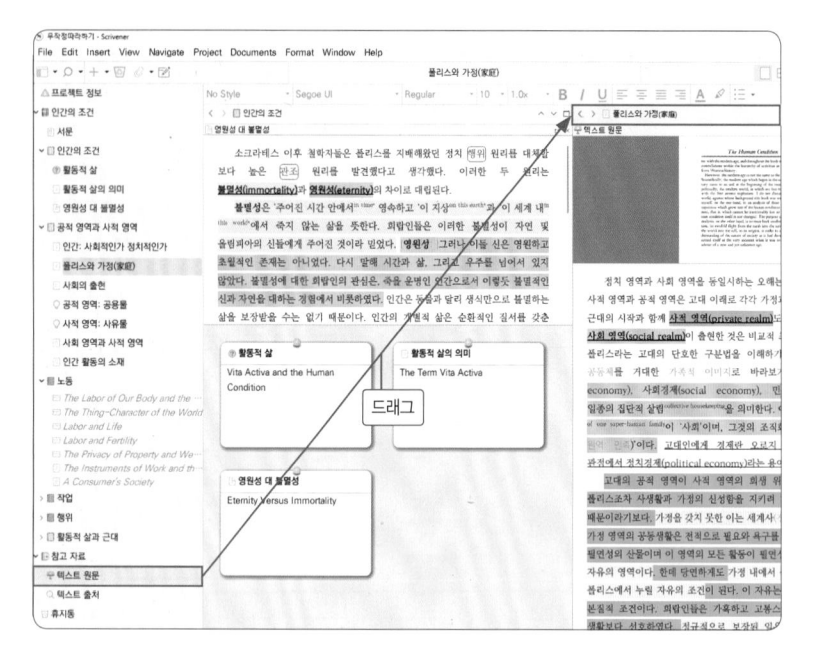

Tip PDF 문서의 위에 마우스 커서를 놓고 [Ctrl]을 누른 채로 마우스의 휠을 움직이면 문서의 표시 배율을 조정할 수 있습니다.

6 이번에는 상단의 카피홀더를 하단으로 옮겨 보겠습니다. 카피홀더의 제목 표시줄을 마우스 오른쪽 단추로 클릭하여 단축 메뉴를 불러낸 후, 〔Bottom〕을 선택합니다.

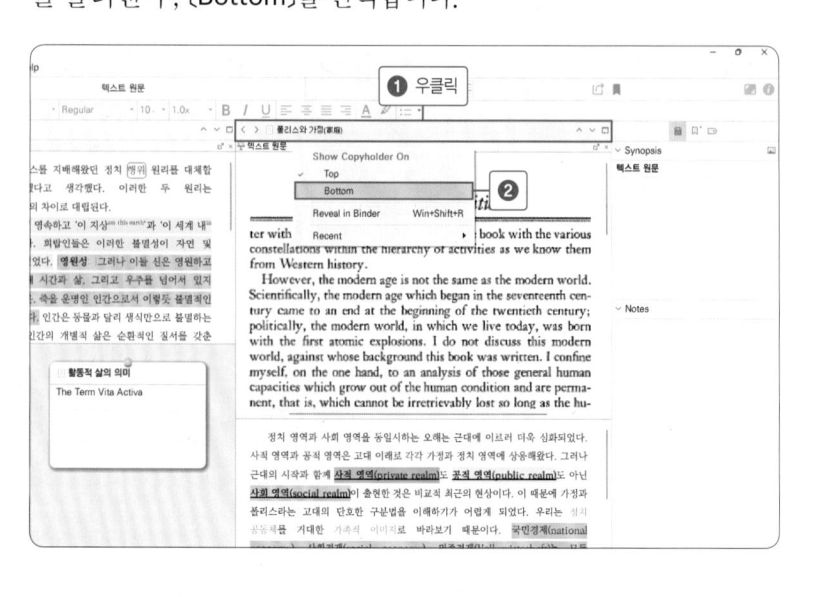

7 상단에 있던 카피홀더가 하단으로 이동했습니다.

8 카피홀더는 퀵 레퍼런스로 바꾸어 사용할 수도 있습니다. 왼쪽 카피홀더의 제목 표시줄에서 **퀵 레퍼런스로 띄우기** 아이콘을 클릭해 봅시다.

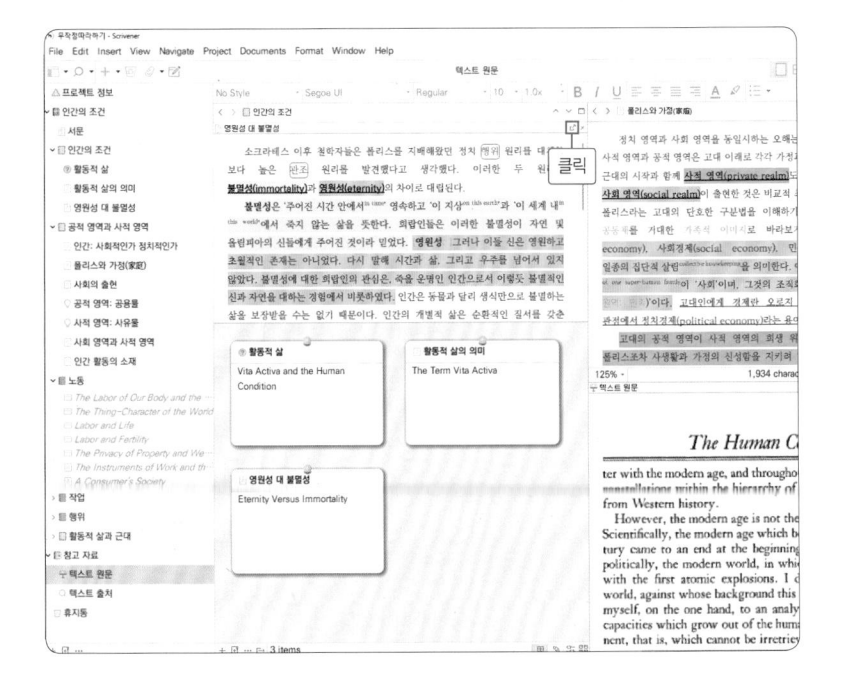

9 카피홀더에 있던 문서가 퀵 레퍼런스로 열렸습니다. 카피홀더에서 퀵 레퍼런스를 띄우면 카피홀더는 사라집니다.

10 카피홀더는 언제나 에디터와 함께 움직입니다. 메인 메뉴에서 〔View〕 - 〔Editor Layout ▶〕 - 〔Swap Editors...〕를 선택하여 에디터의 위치를 바꾸어 보겠습니다.

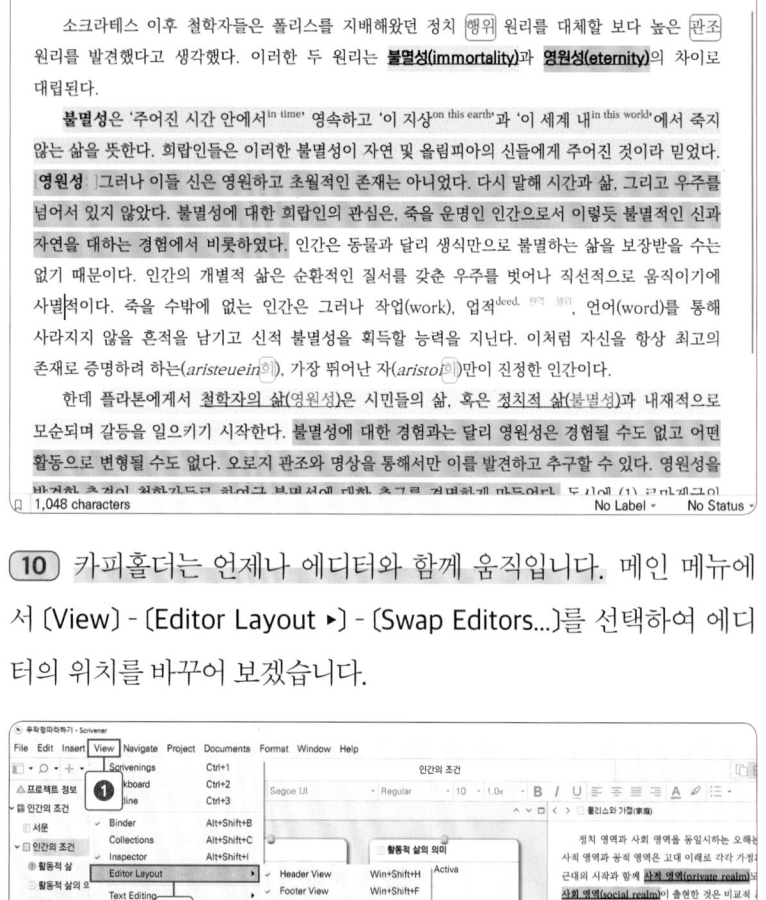

11 오른쪽의 카피홀더가 에디터와 함께 왼쪽으로 이동했습니다. 카피홀더는 에디터에 속해 있는 도구임을 알 수 있습니다. 에디터와 별개로는 실행할 수 없습니다.

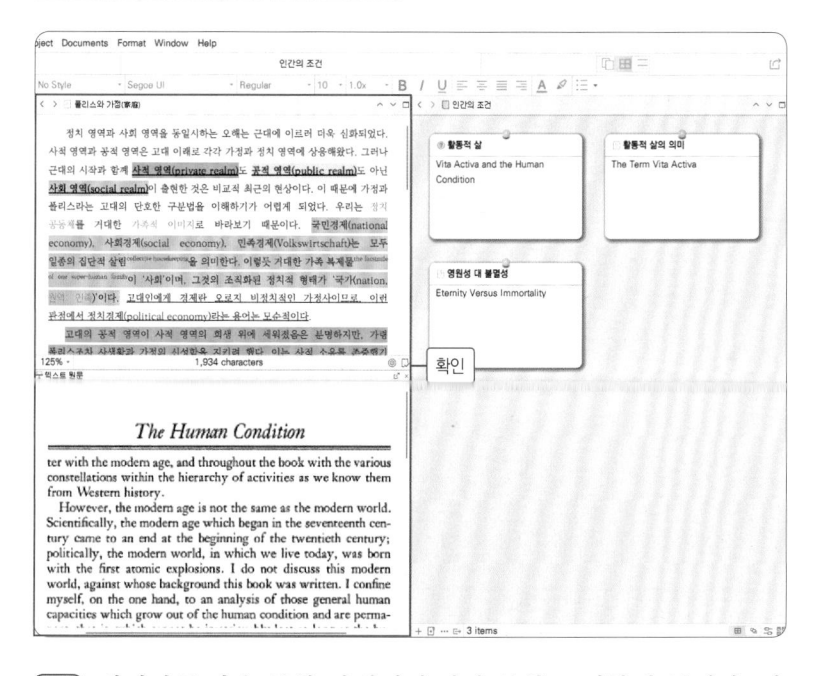

Tip 분할 아이콘이 수직 ▥ 상태라면 Alt 를 눌러 수평 ▤ 상태로 바꾼 후 클릭합니다.

12 에디터를 좌우 분할 상태에서 상하 분할로 전환해 봅시다. 카피홀더가 위쪽 에디터의 오른쪽에 위치합니다. 좌우 분할 에디터에서 카피홀더는 에디터의 좌측이나 우측에 자리 잡게 됩니다.

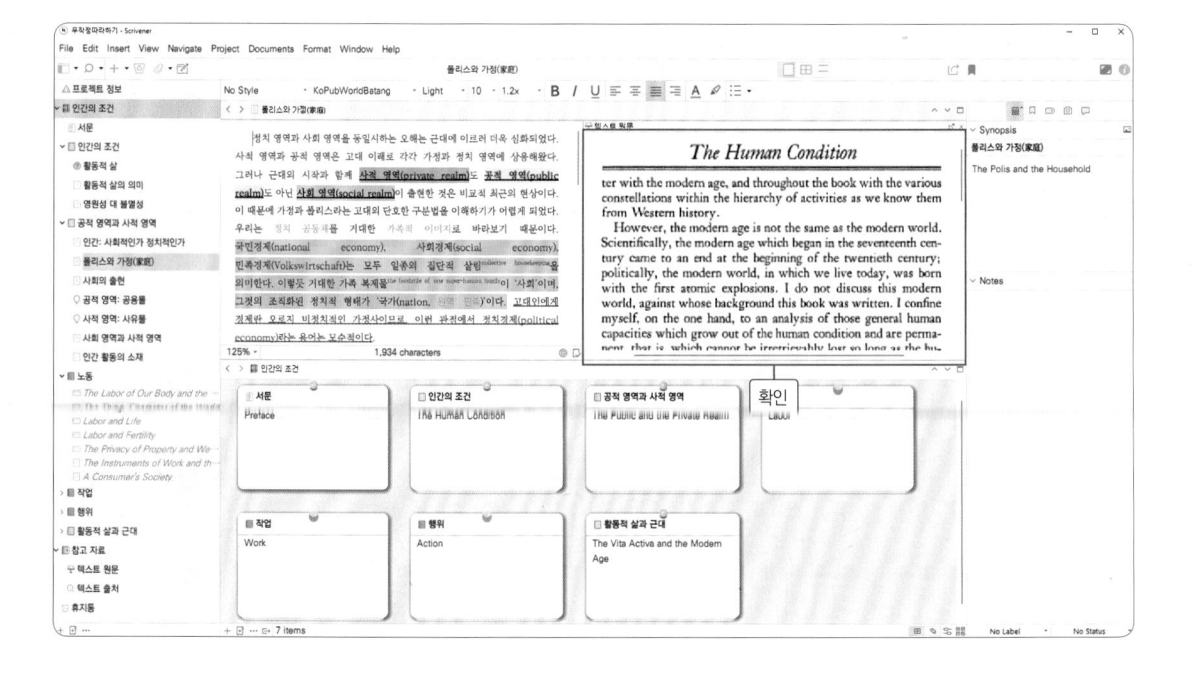

출판

스크리브너의 통계는 실제 결과에 가까울 정도로 정확한 예상 수치를 제공하며, 이는 컴파일을 통한 계산 과정 덕택입니다. 마지막으로 통계, 목표 추적, 컴파일 기능을 정리하겠습니다.

1 | 목표 추적하기

스크리브너는 고유의 컴파일 기능 덕택에 상당히 세부적인 문서 통계를 제공할 수 있습니다. 현재 프로젝트나 문서의 분량은 물론, 컴파일 과정에서 계산한 데이터를 바탕으로 예상되는 정보까지 보여 줍니다. 이와 함께 집필 목표를 설정하고 추적할 수 있는 기능을 제공하여 작업을 체계적으로 관리할 수 있도록 도와 줍니다.

스크리브너의 통계 기능, 그리고 목표 설정과 추적 기능을 살펴보도록 하겠습니다.

▶ 무 작 정 따 라 하 기   **문서 통계 확인하기**   실습예제₩Chapter_05₩예제_08.scriv

◀ 영상 강의
바로 보기

① 간단한 문서 통계는 에디터의 하단에서 확인할 수 있습니다. 하단 표시줄의 실시간 글자/단어 수 부근으로 마우스를 가져가 봅시다. 몇 가지 정보가 툴팁 형태로 나타납니다.

- **Words** : 단어 수

- **Characters** : (공백 포함) 글자 수

- **Characters (no spaces)** : 공백 제외 글자 수

2 그 상태에서 마우스를 클릭하면 조금 더 상세한 문서 통계를 확인할 수 있습니다. 해당 지점을 클릭하자 팝업 창이 열리면서 몇 가지 추가 정보가 더 표시됩니다.

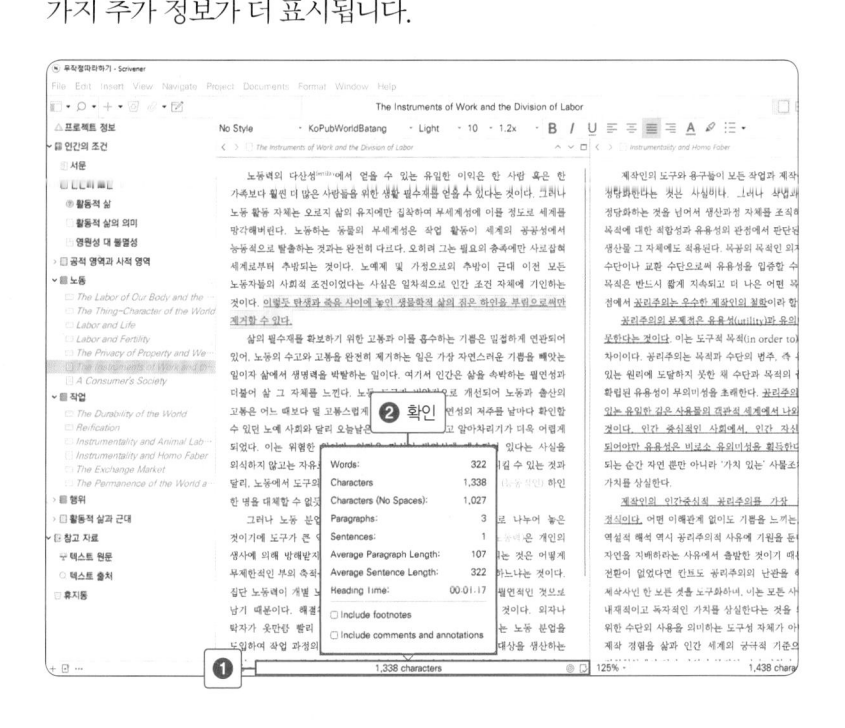

- **Words** : 단어 수

- **Characters** : (공백 포함) 글자 수

- **Characters (no spaces)** : 공백 제외 글자 수

- **Paragraphs** : 문단 개수

- **Sentences** : 문장 개수

- **Average Paragraph Length** : 평균 문단 길이

- **Average Paragraph Length** : 평균 문장 길이

- **Reading Time** : 독서에 걸리는 시간

3 하단의 체크박스를 선택하면, **각주를 포함**(☑ Include footnotes)하거나 **메모를 포함**(☑ Include comments and annotations)한 통계를 확인할 수 있습니다. 각주 포함 옵션을 선택하자, 각주의 길이만큼 통계 수치가 올라가는 것이 보입니다.

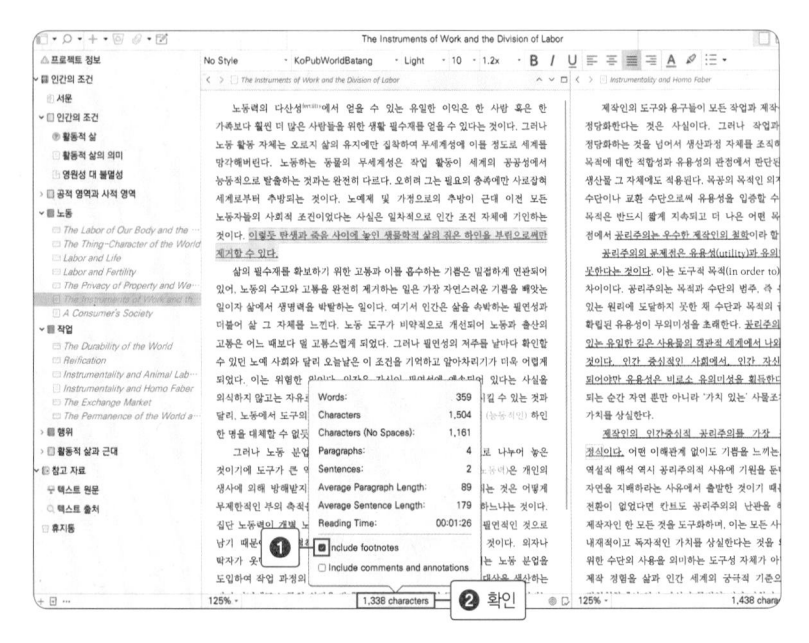

4 더욱 본격적인 통계는 메인 메뉴의 〔Project〕-〔 📊 Statistics...〕에서 확인할 수 있습니다. 메뉴를 클릭해서 통계 창을 열어 보겠습니다.

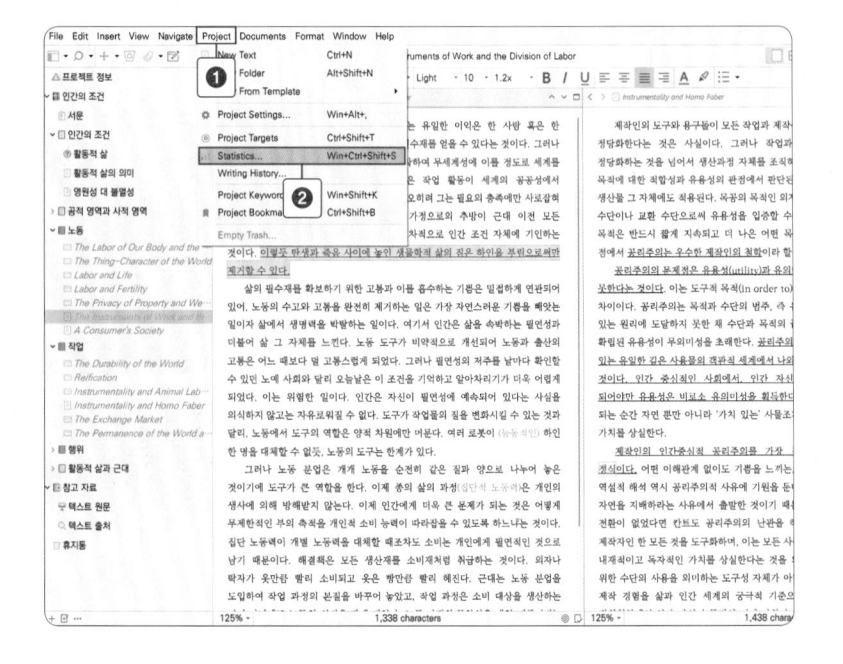

5 첫 번째 탭(Compiled)에는 프로젝트에서 컴파일하게 될 문서의 통계가 나타납니다. 앞의 통계에 더하여 예상값을 포함한 몇 가지 정보가 추가되었습니다.

- Words : 단어 수

- Characters : (공백 포함) 글자 수

- Characters (no spaces) : 공백 제외 글자 수

- Paragraphs : 문단 개수

- Sentences : 문장 개수

- Average Paragraph Length : 평균 문단 길이

- Average Paragraph Length : 평균 문장 길이

- **Documents** : 문서의 수

- **Average document length** : 문서의 평균 단어 수

- **Longest document** : 가장 긴 문서의 단어 수

- **Shortest document** : 가장 짧은 문서의 단어 수

- **Pages (paperback)** : 컴파일 시 페이지 수

- **Pages (printed)** : 프린터 출력 시 페이지 수

- Reading Time : 독서에 걸리는 시간

잠깐만 ☕

정확한 통계는 속도가 느리다

통계 창 하단의 드롭다운 메뉴를 이용하여 통계값을 얼마나 정확하게 산출할지 설정할 수 있습니다. 기본값은 [Estimate (Fast)]입니다. [Accurate (Slower)]를 선택하면 통계 수치가 보다 정확해지지만, 그만큼 산출 속도가 느려집니다. 프로젝트가 크다면 상당한 시간이 소요될 수도 있습니다.

6 하단의 화살표(> Word Frequency)는 자주 사용하는 단어의 통계를 보여 줍니다. 화살표를 클릭해 봅시다. 자주 사용하는 단어의 개수와 함께, 사용 빈도가 그래프와 수치로 표시됩니다.

살펴보니 통계에 포함하지 않아도 될 몇몇 단어가 섞여 있습니다. 이 단어를 통계에서 제외해 보겠습니다.

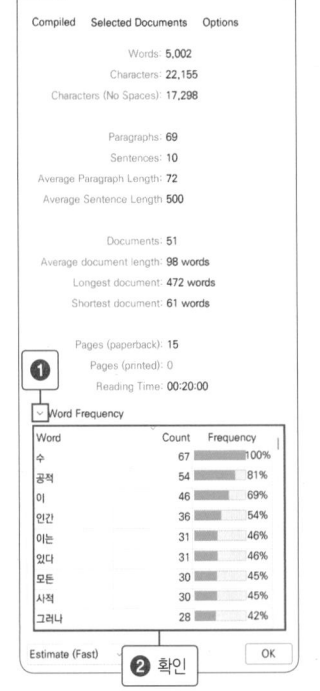

7 〔Options〕 탭의 하단에 있는 〔Set List of Words to Ignore...〕를 클릭하여 단어 목록 창을 불러냅니다.

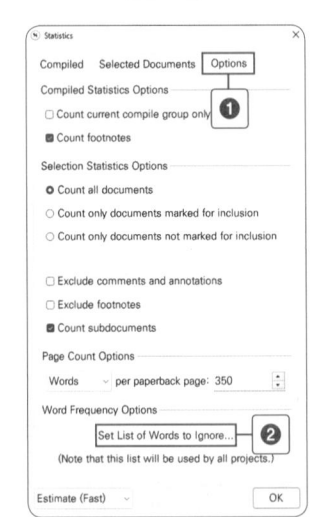

8 단어 목록 창이 열렸습니다. 입력창을 클릭하여 활성화한 후, 단어를 한 줄에 하나씩 입력하여 목록으로 만들면 됩니다. 첫째 줄에 '수'를, 둘째 줄에 '이'를 입력한 뒤 〔OK〕를 클릭해 적용하겠습니다.

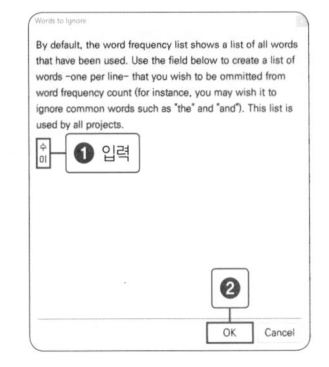

9 다시 〔Compiled〕 탭으로 돌아와서 〔> Word Frequency〕를 클릭해 봅시다. '수'와 '이'를 제외한 통계가 새롭게 생성된 것이 확인됩니다.

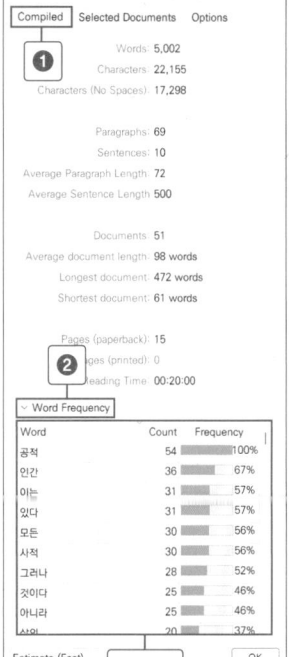

10 통계 창의 두 번째 탭인 〔Selected Documents〕는 바인더에서 선택한 문서 그룹의 통계를 표시해 줍니다. 통계의 항목 및 여타 기능은 첫 번째 탭과 동일합니다.

◀ 영상 강의
바로 보기

1 메인 메뉴에서 〔Project〕-〔Writing Hisotry...〕를 선택합니다.

2 집필 기록이 팝업 창으로 나타납니다. 상단의 〔Show history in〕에서 기록 방식을 **글자**(characters)로 할지 **단어**(words)로 할지 지정하면 그 아래에 계산된 기록이 산출됩니다.

- **Writing days** : 프로젝트를 집필한 일수
- **Average characters/words written per day** : 하루에 작성한 글자/단어 수의 평균
    - **In Draft** : 드래프트 폴더
    - **Elsewhere** : 그 외
    - **Total** : 합계

⌐ **Months and Days** : 월과 일로 표시

⌐ **Months Only** : 월만 표시

⌐ **Days Only** : 일만 표시

- **Writing days** : 현재 문서를 집필한 일수
- **Characters/Words written** : 작성한 글자/단어 수
  - ┗ **Average per day** : 하루 평균
  - ┗ **Minimum in day** : 하루 최소
  - ┗ **Maximum in day** : 하루 최대

- **In Draft** : 드래프트 폴더
- **Elsewhere** : 그 외
- **Total** : 합계

3 집필 기록 창 중앙의 표를 스프레드시트 파일로 내보낼 수 있습니다. 창 하단의 〔Export…〕 단추를 누른 후, **월 단위(Export months)**로 내보낼지 **일 단위(Export days)**로 내보낼지 선택하고 〔OK〕를 클릭합니다.

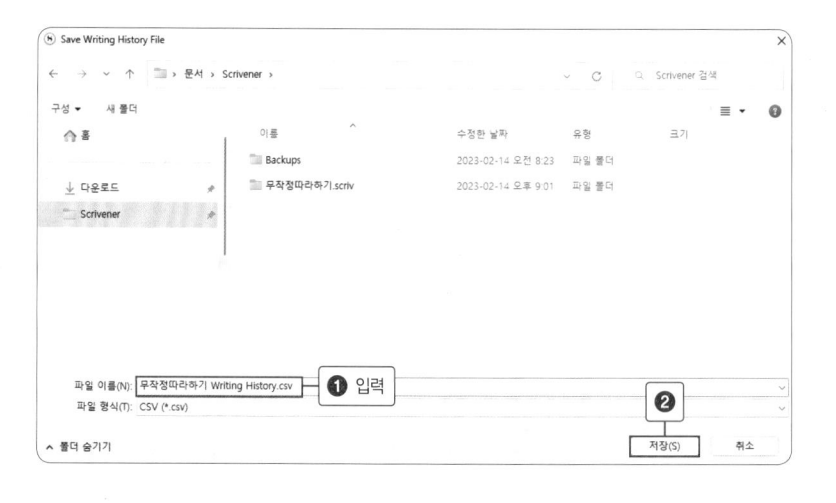

4 파일명을 입력하고 내보낼 파일 형식을 지정한 뒤 〔**저장**〕을 클릭합니다.

5 엑셀의 **데이터 가져오기** 기능을 활용하여 내보낸 파일을 불러들입니다.

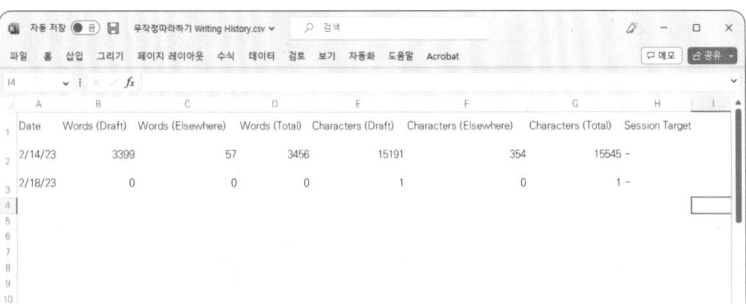

Tip 스크리브너의 정보를 스프레드시트 형식으로 내보내고 엑셀에서 불러들이는 방법은 부록에서 자세히 설명할게요.

▶ 무 작 정 따 라 하 기 **집필 목표 설정하고 추적하기**

실습예제₩Chapter_05₩예제_08.scriv

◀ 영상 강의 바로 보기

1 개별 문서의 목표는 에디터 하단 표시줄의 **목표** ◎ 아이콘을 클릭하여 설정할 수 있습니다. 아이콘을 클릭하여 문서 목표 관리자를 열어 봅시다.

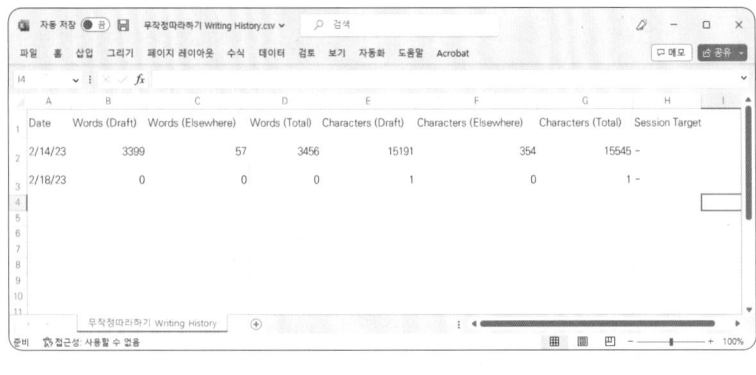

- **Target for this document** : **이 문서의 목표**. 문서의 집필 목표를 글자 수 (Characters)나 단어 수(Words)로 설정합니다.

- **Minimum target** : **최소 목표**. 원고에서 허용되는 최소 분량을 입력합니다.

- **Overrun allowance** : **초과량 허용치**. 집필 목표보다 많은 분량을 입력했을 때 초과 분량을 얼마나 허용할지 입력합니다.
- **Show overrun** : **초과량 보기**. 초과한 분량을 그래프에 표시합니다.
- **Show allowance in progress bar** : **그래프에서 허용 범위 보기**. 초과량 허용 범위만큼 그래프의 길이를 늘입니다.

- **Show target notifications** : **목표 알림 보기**. 목표치 도달 시마다 알림 창을 표시합니다.

문서의 목표를 1,500자로 설정하고, **최소 목표**에는 1,000자, **초과량 허용치**로는 500자를 입력하겠습니다. 초과량 및 허용 범위는 모두 보는 것으로 설정하겠습니다. 〔OK〕를 눌러 적용합니다.

2 에디터 하단 표시줄의 오른쪽 끝에 파란색의 막대그래프가 생성된 것이 보입니다. 이 문서의 집필량은 1,338사로 나와 있습니다. 이는 최소 목표인 1,000자는 넘겼으나 최종 목표인 1,500자에는 이르지 못했기 때문에 약간 짧은 막대로 표시되었습니다.

집필량에 따른 목표 그래프의 모양

(최소 목표 1,000자, 최종 목표 1,500자, 초과 허용치 500자인 경우)

집필량	목표 달성 상태	그래프의 모양	그래프 모양에 대한 설명
1,338자	최종 목표 미달성		하늘색 그래프. 가운데 구분선이 최소 목표 지점.
1,645자	최종 목표 달성		연두색 그래프.
1,934자	최종 목표 초과 (초과 허용치 이내)		초과한 분량만큼 하늘색 그래프. 오른쪽 구분선이 최종 목표 지점.
2,312자	최종 목표 초과 (초과 허용치 초과)		허용치 초과한 만큼 빨간색 그래프. 구분선이 의미가 없으므로 표시되지 않음.

3 아웃라이너에서 Target 군과 Progress 군의 항목을 열로 편성하면 프로젝트 내 개별 문서의 목표 달성 상황을 한눈에 파악할 수 있습니다.

4 프로젝트의 목표는 메인 메뉴의 〔Project〕 - 〔◎ Project Targets〕에서 설정할 수 있습니다.

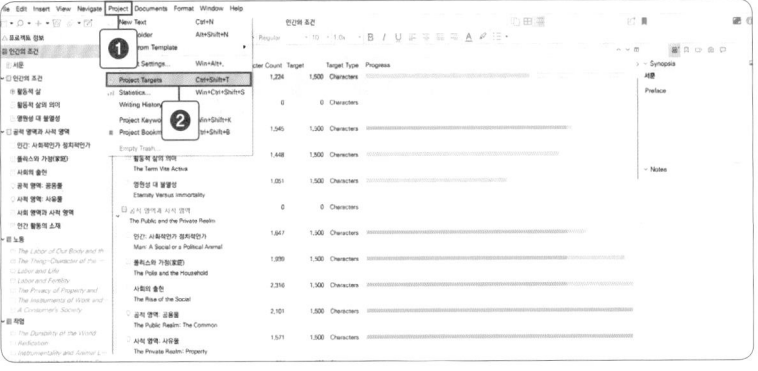

5 프로젝트 목표 관리사가 팝업 창으로 띄 렸습니다. 상단 입력 창에는 프로젝트의 종합 목표를 **단어 수(words)**, **글자 수(chars)**, **쪽수 (pages)** 가운데 골라서 설정합니다.

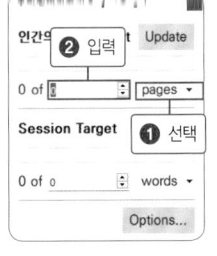

쪽수(pages)로 선택하고 목표 입력 창에 16을 넣겠습니다. 〔Update〕를 클릭하여 목표치 대비 현재 분량을 계산해 봅시다.

7 현재 작성되어 있는 프로젝트는 15쪽 분 량인 것으로 계산됩니다. 목표치인 16쪽과 비 교한 막대그래프가 표시됩니다.

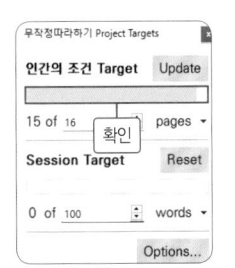

8 프로젝트 목표에서도 초 과 허용 범위를 설정할 수 있습니 다. 〔Options...〕 단추를 클릭하여 옵션 창을 연 후, 〔Draft Target〕 탭에서 **초과치 보기**(☑ Show overrun)를 선택하고 허용 범위

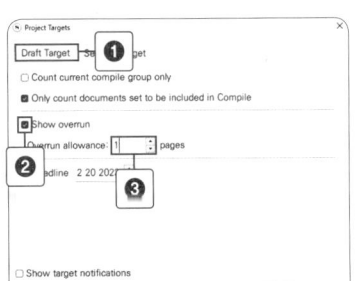

를 입력하면 됩니다. 1을 입력해 보겠습니다.

추가로 **마감일(Deadline)**까지 설정해 봅시다.

9 〔Session Target〕 탭으로 이동해 보겠습니다. 스크리브너는 '작업의 단위'를 세션으로 부릅니다. '하나의 작업을 시작하여 마칠 때까지'가 하나의 세션에 해당합니다. 앞서 프로젝트 목표를 산출할 때 계산되지 않았던 아래 쪽 영역이 **세션(Session)**에 해당합니다.

프로젝트를 종료할 때(On project close)로 설정하겠습니다. 〔OK〕를 클릭해 지금까지 변경한 사항을 저장합니다.

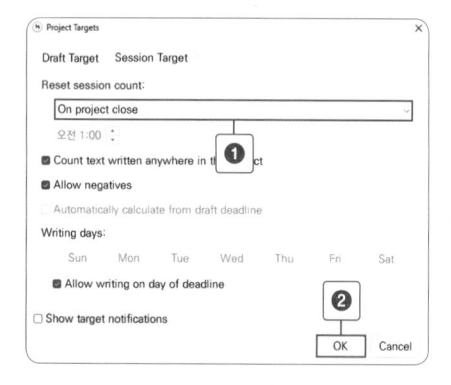

10 프로젝트 목표 관리자로 돌아와 〔Update〕를 클릭해 봅시다. 이번에는 세션 목표가 잘 표시됩니다. 추가로 설정한 마감일과 프로젝트 목표의 초과량도 함께 확인할 수 있습니다.

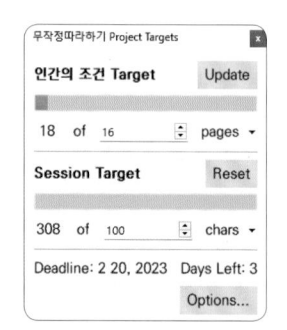

11 세션을 설정한 다음부터는 메인 툴바 영역의 제목 표시줄에 마우스를 올리면 세션 목표와 달성치를 확인할 수 있습니다.

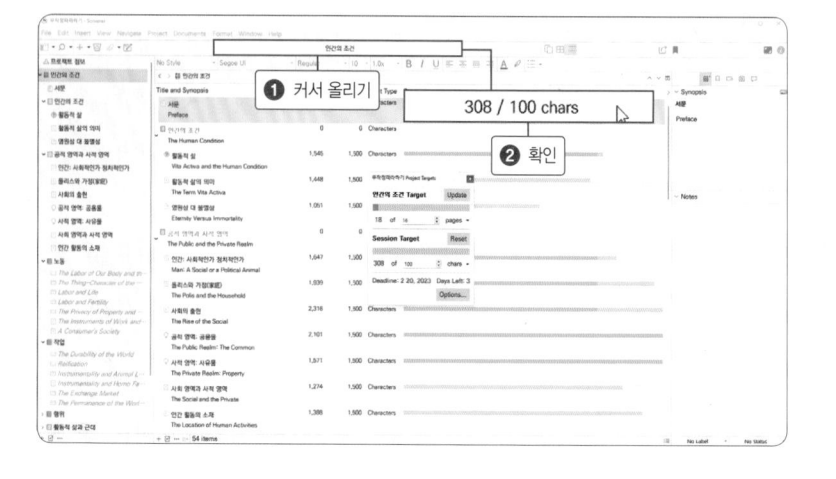

2 | 컴파일하기

컴파일(Compile)은 작가보다는 프로그램 개발자에게 익숙한 용어입니다. 개발자가 이해할 수 있는 언어^{프로그래밍 언어}를 이용하여 코딩한 후, 이를 컴퓨터가 이해할 수 있는 언어^{기계어}로 번역하는 과정을 컴파일이라고 부르지요. 컴파일을 하지 않으면 프로그래밍 언어는 프로그램이 될 수 없고, 컴퓨터에서 실행될 수도 없습니다.

'출력'이라는 익숙한 용어가 있는데, 왜 굳이 컴파일이라는 어려운 용어를 채택했을까요? 이것은 '글'에만 중점을 두어 작성한 스크리브너 문서를 모양새가 있는 '글자'의 집합으로 변환하여 조립한다는 특성을 부각하고자 한 것이 아닐까 생각합니다. 문서를 조립할 수 있다는 것은 같은 글을 목적에 따라 여러 가지 다른 형태로 만들어낼 수 있다는 뜻이지요. 출력과는 다른, 컴파일만의 강점입니다.

컴파일은 스크리브너에서 가장 익히기 까다로운 기능 중 하나입니다. 그만큼 많은 설명을 필요로 하기에 이 책에서 세부까지 다루기는 어렵습니다. 반복해서 활용할 수 있는 핵심적인 기능을 추려서 난도 순으로 구성해 보았습니다. 차근차근 익혀서 스크리브너의 최고급 아이템을 획득해 보시기 바랍니다.

컴파일러의 기본 요소

◀ 영상 강의 바로 보기

스크리브너에서 컴파일러를 구성하는 요소는 두 가지로, (1) **포맷**(Format)과 (2) **레이아웃**(Layout)입니다.

(1) **포맷**(Format)은 출력물의 형태를 의미합니다. 판형 등 출력물의 크기를 결정하고, 글의 종류에 따라 제목과 본문을 배치하는 근본적인 방식을 지정합니다. 이러한 형태는 글의 유형이나 글을 필요로 하는 독자층에 따라 미리 약속되어 있는 경우가 많습니다.

(2) **레이아웃**(Layout)은 글의 세부적인 형식을 의미합니다. 포맷의 근본적인 약속 사항을 벗어나지 않는 범위 내에서, 글의 특정 영역을 어떤 모습으로 구성할지 결정합니다.

레이아웃은 대개 각 장절 별로 지정합니다. 큰 문제가 없다면 스크리브너가 바인더의 구조를 인식하여 자동으로 장절을 지정하므로, 사용자는 장절마다 적용할 레이아웃만 결정하면 됩니다.

이에 따라 컴파일 준비 과정은 ① **컴파일할 문서 지정** → ② **포맷 지정** → ③ **레이아웃** 지정의 3단계로 이루어집니다. 컴파일러가 문서 구조를 인식하는 데 실패하면 사용자가 구조에 따라 장절 유형을 지정해 주는 단계가 하나 더 포함되구요.

이와 같은 과정을 염두에 두면서 컴파일러 창을 살피면, 복잡한 컴파일러의 구성을 보다 빠르게 파악할 수 있을 것입니다.

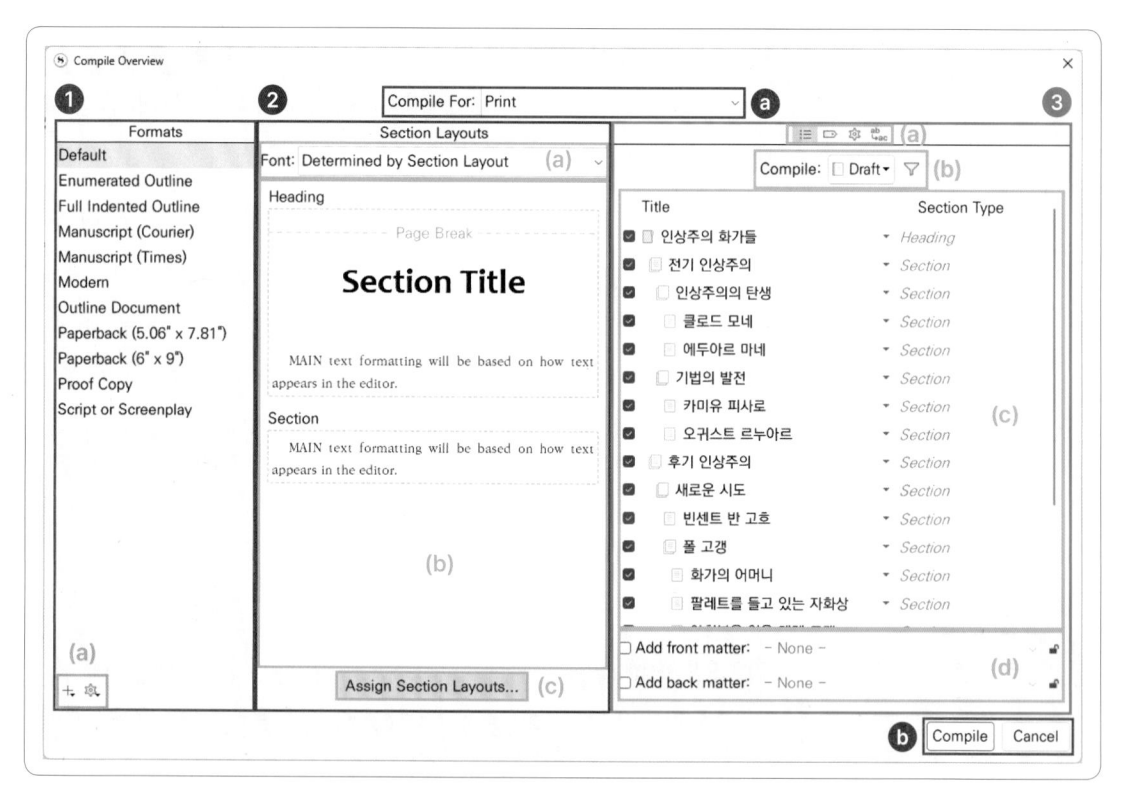

ⓐ **컴파일 문서 형식** : 컴파일의 결과물로 출력될 목적 파일의 형식을 지정합니다.

ⓑ 〔컴파일〕〔취소〕

❶ **컴파일 포맷 목록** : 스크리브너가 제공하는 기본 포맷 및 사용자 포맷이 목록으로 나열됩니다.

❷ 컴파일 레이아웃 미리보기 : 포맷이 출력할 레이아웃의 형태를 보여줍니다.

(a) **글꼴 설정** : 컴파일 레이아웃에서 지정한 글꼴로 출력할지, 에디터에서 사용한 글꼴로 출력할지 지정합니다.

(b) **레이아웃 미리보기 목록** : 컴파일 포맷 목록에서 선택한 포맷이 결과물로 출력할 레이아웃의 형태를 도식화해서 보여줍니다. **컴파일 문서 목록**에서 지정된 장절과 연결된 레이아웃만 나타나며, 실제로 포맷에 저장된 레이아웃의 종류는 이보다 많을 수 있습니다.

(c) **장절 레이아웃 지정** : 컴파일 문서의 각 장절에 적용할 레이아웃을 지정합니다. 대개는 바인더 구조에 따라 스크리브너가 자동으로 인식합니다.

❸ 컴파일 문서 목록 : 현재 프로젝트에서 컴파일할 대상 문서를 지정하고 목록으로 표시합니다.

(a) **설정 탭** : 최종 컴파일 결과물에 적용할 정보(메타데이터 등)를 입력합니다.

(b) **컴파일 대상** : 컴파일할 개별 문서나 문서 그룹을 지정합니다.

(c) **문서 목록** : **컴파일 대상**에서 선택한 문서가 모두 나열됩니다. 체크박스를 해제하면 그 문서만 컴파일 대상에서 제외할 수 있습니다. **장절 유형(Section Type)**에서 장절의 종류를 지정하며, 여기서 지정한 장절 유형은 레이아웃과 연결되어 컴파일 결과물의 형태에 직접 영향을 미칩니다.

(d) **부속물 추가** : 머리말, 목차 등 책의 **선문(Front Matter)**과 참고문헌, 색인 등 **권말 부속물(Back Matter)**을 컴파일 결과물에 추가합니다.

기본 포맷으로 컴파일하기

실습예제₩Chapter_05₩예제_09.scriv

스크리브너 컴파일러에는 몇 가지 기본 포맷이 미리 준비되어 있습니다. 기본 포맷 답게 범용 양식을 준수하지만, 영어권을 기준으로 한 양식이기 때문에 한글 사용자 에게 필요한 양식과는 다소 거리가 있습니다. 그러나 컴파일 포맷을 새로 만들어서 설정하는 것은 쉽지 않은 작업입니다. 그러므로 주어진 기본 포맷을 사용하되, 용도 에 맞게 수정해서 활용하는 편이 효율적입니다.

◀ 영상 강의
바로 보기

Tip 이 프로젝트는 앞서 실습 했던 예제 04와 비슷하지만, 컴 파일 결과를 잘 확인할 수 있도 록 재구성한 것입니다.

1 아래 프로젝트를 완성된 원고로 보고, 컴파일 기능을 이용하 여 외부로 내보낼 출판물을 만들어보도록 하겠습니다. 글이 짧으므 로 작은 종이로 인쇄한다고 가정하겠습니다.

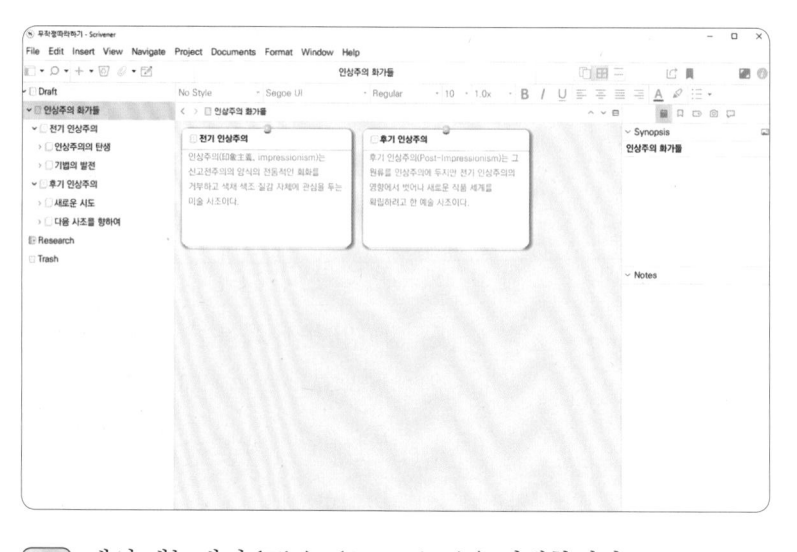

2 메인 메뉴에서 [File] - [Compile...]을 선택합니다.

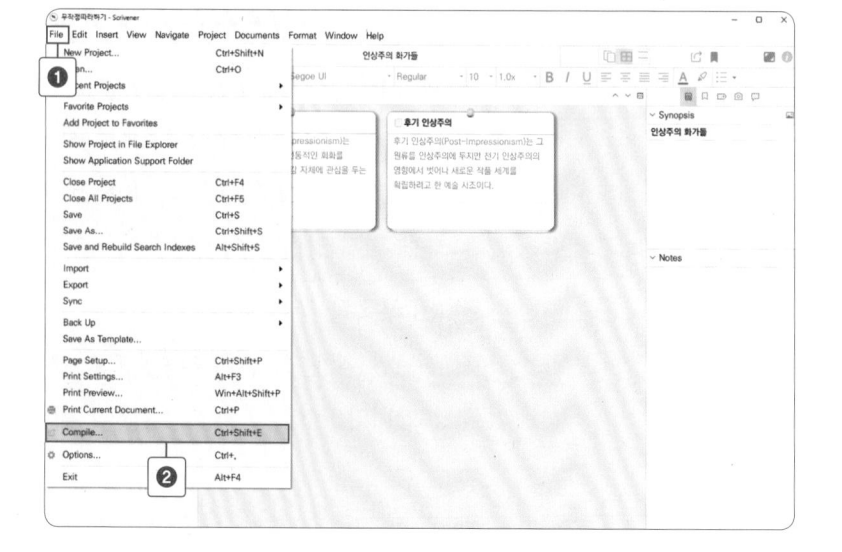

3 컴파일러가 실행됩니다. 기본 포맷을 살펴보며 짧은 글에 적합한 유형을 선택해 봅시다. 최종 출력물의 크기가 작고 각 장절에 번호가 명기되어 있는 포맷 중에서 찾아봅시다. Paperback (5.06" × 7.81") 포맷을 선택해 보겠습니다.

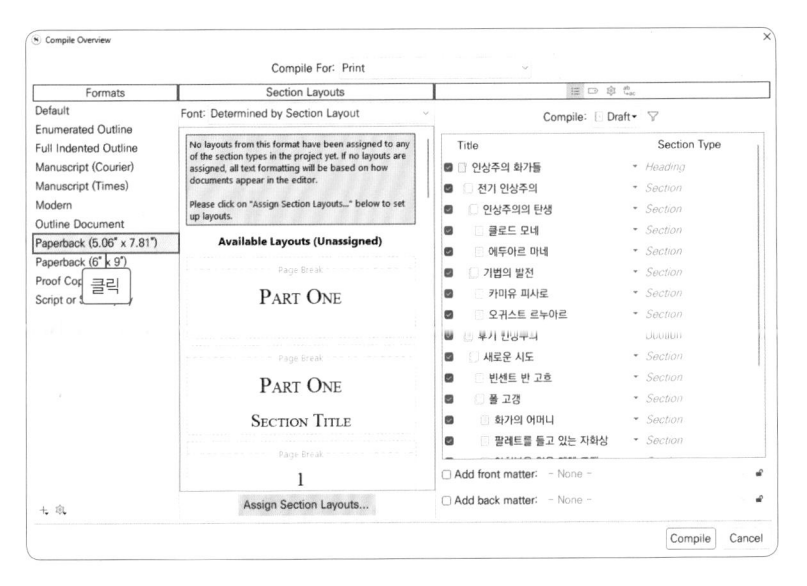

4 〔Compile For〕에서 출력 문서의 종류를 선택할 수 있습니다. 컴파일 포맷을 수정하면서 결과물을 빠르게 확인하는 데는 PDF 문서가 적합합니다. PDF를 선택한 후 〔Complie〕을 클릭해 봅시다.

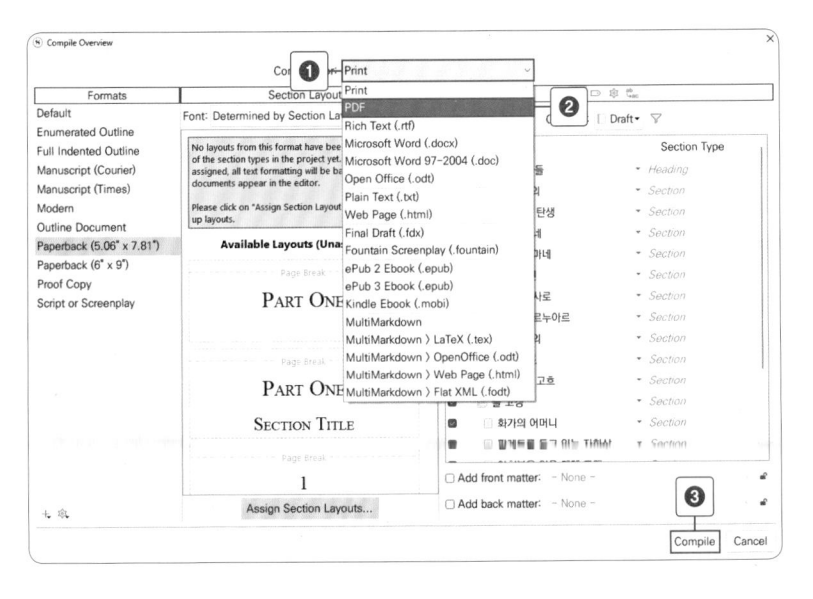

5 파일명을 **무작정따라하기(.pdf)**로 하겠습니다. 〔저장〕을 눌러 진행합니다.

Tip 컴파일 시간은 컴파일할 문서의 분량과 목적 파일의 종류에 따라 달라지지만, 일반 텍스트(.txt)를 제외하면 보통 PDF 문서가 가장 빠르게 컴파일됩니다.

6 컴파일이 진행됩니다.

7 컴파일 완료와 동시에 PDF 뷰어가 실행되면서 결과물이 출력됩니다. 첫 결과물을 확인해보니, 문서의 내용만 나와 있을 뿐 제목과 장절 번호는 전혀 표시되지 않았습니다. 원하는 내용이 출력되도록 컴파일 포맷을 수정해 보겠습니다.

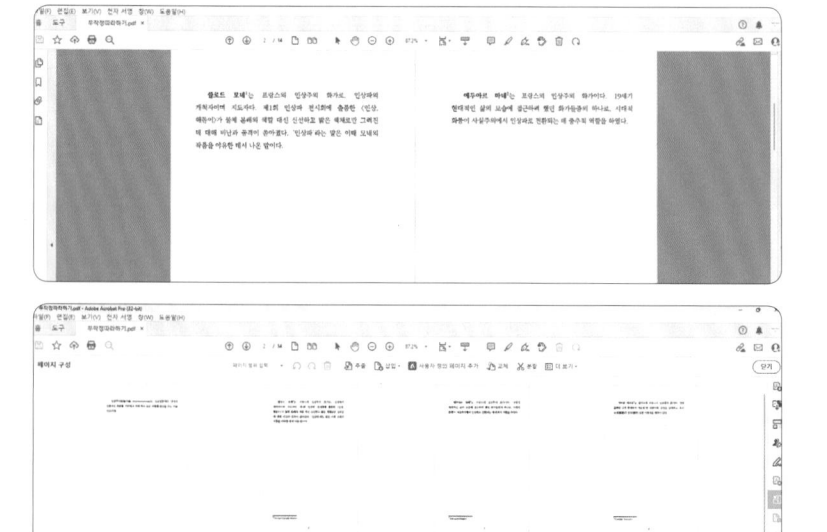

8 컴파일 레이아웃 미리보기의 하단에 있는 〔Assign Section Layouts...〕를 클릭하여 레이아웃 목록 편집기를 엽니다.

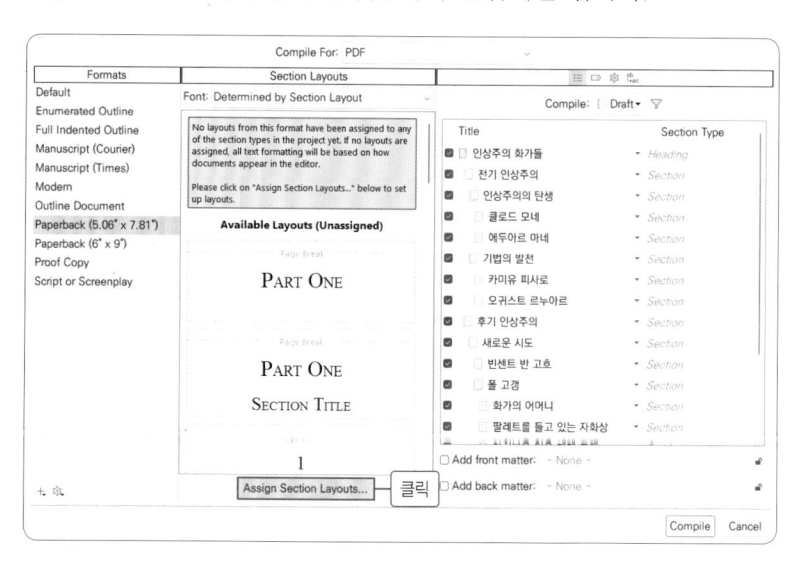

9 레이아웃 포맷 편집기가 열렸습니다. 현재 포맷의 구성으로 〔Heading〕과 〔Section〕이 지정되어 있는데, 둘 다 문서의 **내용만 나오는 레이아웃**(As-Is)으로 지정이 되어 있었습니다.

〔Heading〕의 레이아웃으로 **장 번호와 함께 장 제목까지 표시**되는 〔Chapter with Title〕을 고르겠습니다.

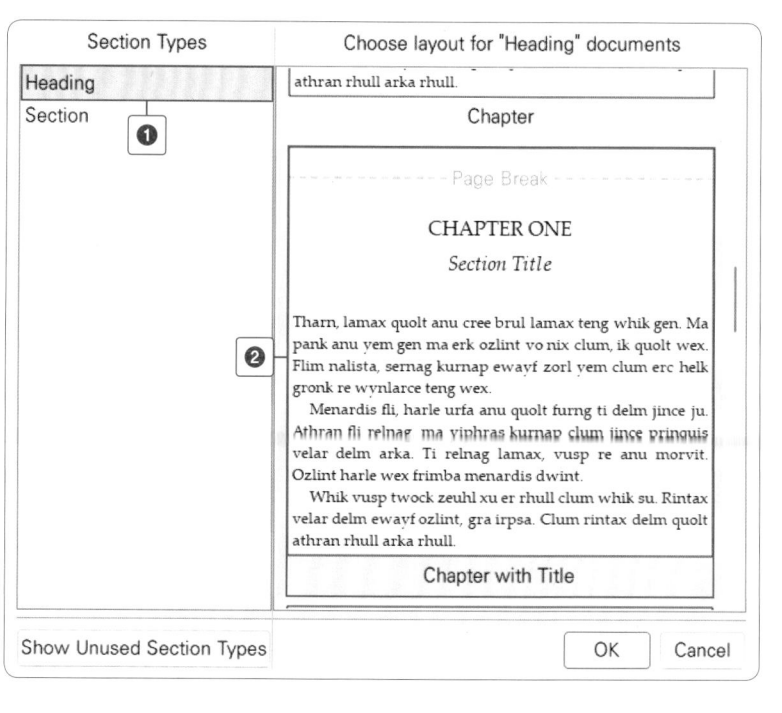

10 이어서 〔Section〕의 레이아웃으로는 **절 제목만 표시되는** 〔Section with Sub-Heading〕을 선택하겠습니다. 〔OK〕를 클릭해 저장합니다.

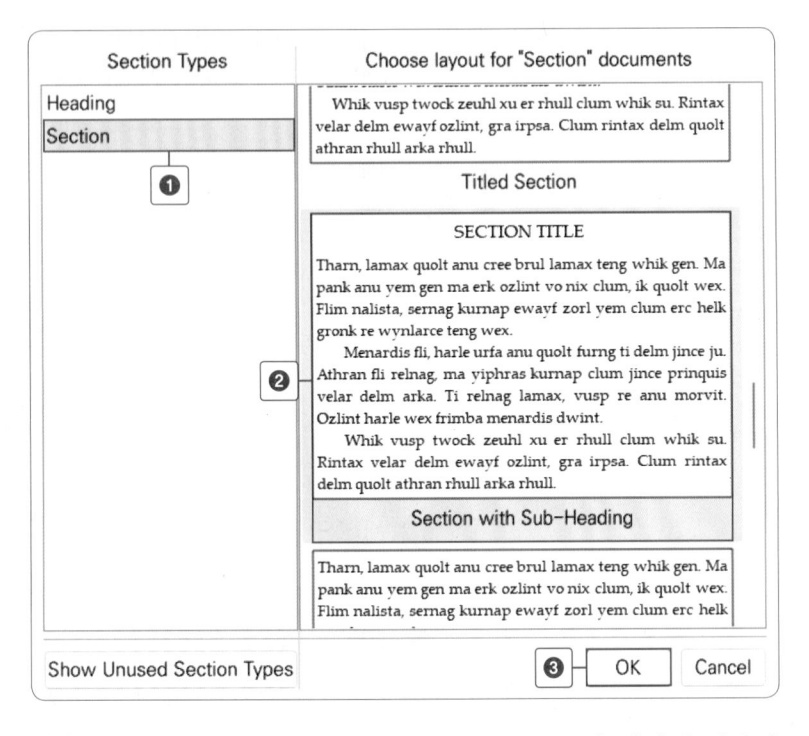

11 컴파일 문서 목록을 살펴보니, **드래프트** 폴더 전체가 컴파일 대상으로 지정되어 있어 굳이 출력하지 않아도 될 **인상주의 화가들** 폴더까지 포함되어 있습니다. 드롭다운 메뉴를 눌러 **인상주의 화가들**을 선택하겠습니다.

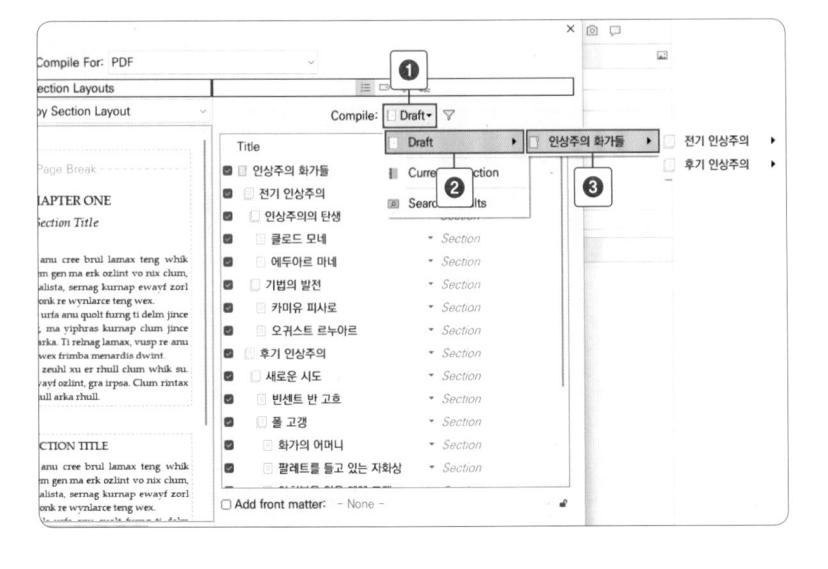

12 **인상주의 화가들** 폴더가 컴파일 대상으로 지정되면서 그 아래의 문서들만 컴파일 목록에 포함되었습니다.

앞의 레이아웃에서는 〔Heading〕과 〔Section〕을 지정했는데, 컴파일 대상을 바꾸었더니 컴파일 대상 문서의 〔Section Type〕이 모두 〔Section〕으로만 지정되고 〔Heading〕은 목록에서 사라졌습니다.

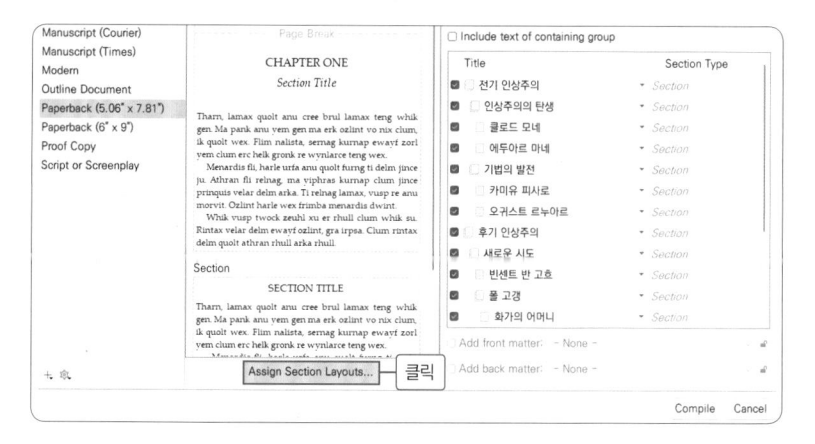

13 〔Section〕을 눌러 드롭다운 메뉴를 열어 봅시다. 보통 〔Structure-Based〕로 지정해 두면 스크리브너가 자동으로 문서 구조를 인식하여 장절을 배정하여 줍니다. 자동 인식이 되지 않는다면 바인더의 설정에 무언가 결함이 있는 것입니다.

목록에서 직접 장절 유형을 선택해도 무방하지만, 문서 구조가 잘 인식되도록 만들어 두면 반복적인 컴파일 작업을 훨씬 빠르게 수행할 수 있습니다. 바인더로 돌아가 문서 구조를 살펴보겠습니다.

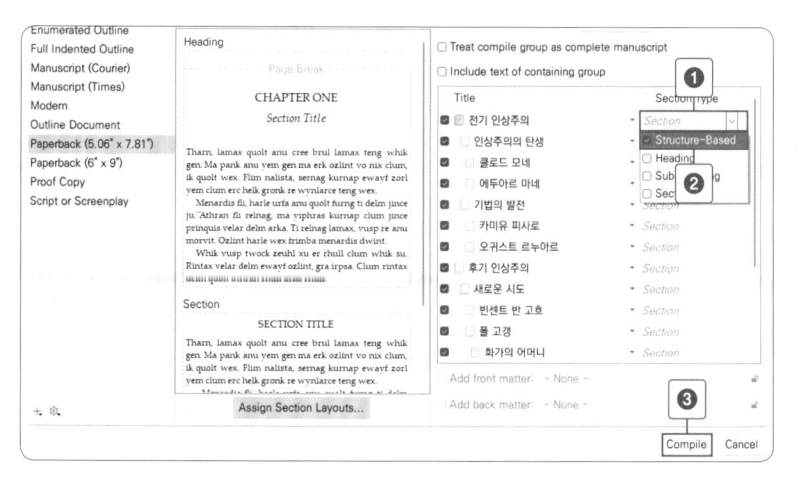

14 문서 그룹을 폴더로 변경한 후, 다시 컴파일러를 실행해 보겠습니다.

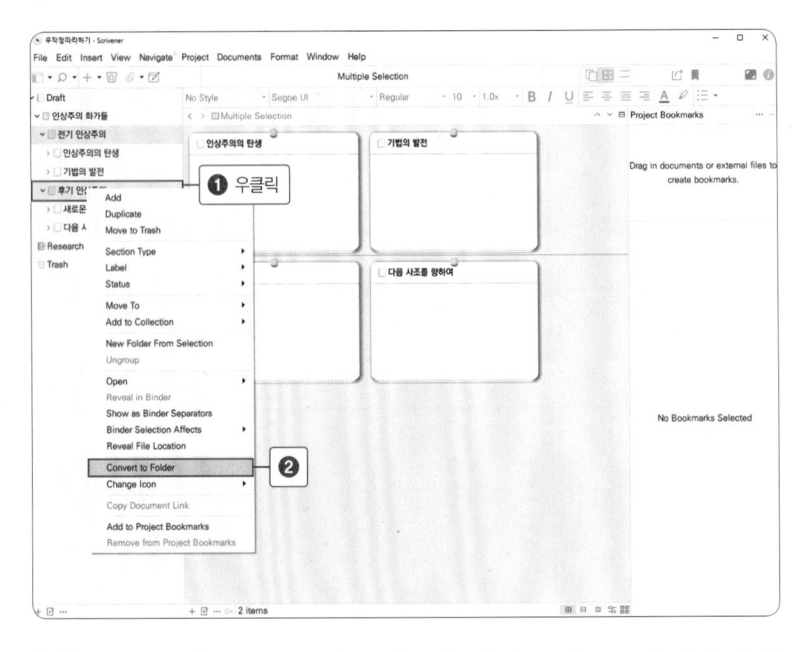

15 상위 문서 그룹을 폴더로 바꾸자, 상위 문서 그룹의 장절 유형이 컴파일러에서 [Heading]으로 인식되었습니다. 대신 레이아웃이 초기화된 탓에, [Assign Section Layouts…]를 눌러 레이아웃을 재설정해 주었습니다.

다시 [Compile]을 눌러 컴파일을 진행하겠습니다.

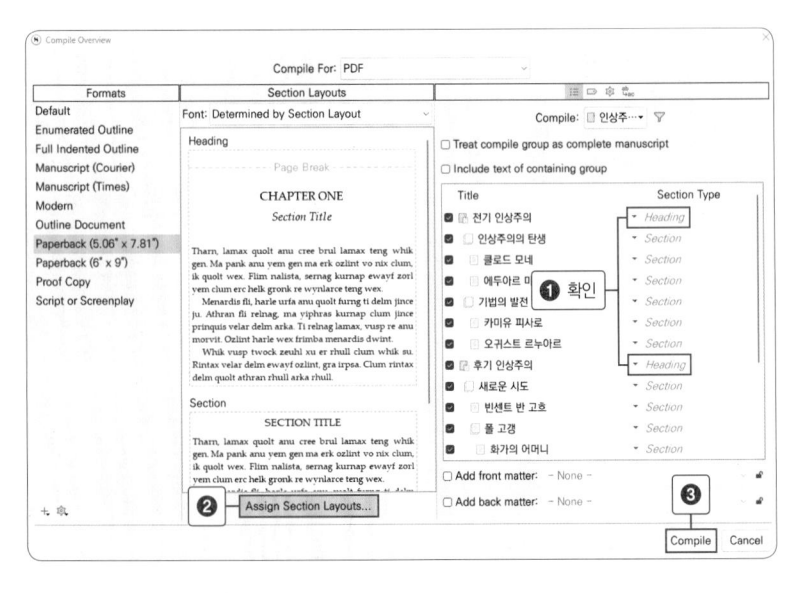

16 이번에는 (**무작정따라하기**I(.pdf))로 저장하겠습니다. 원하는 출력물을 얻기 위해서 몇 번의 수정 컴파일 작업을 거치는 것은 자연스러운 과정입니다.

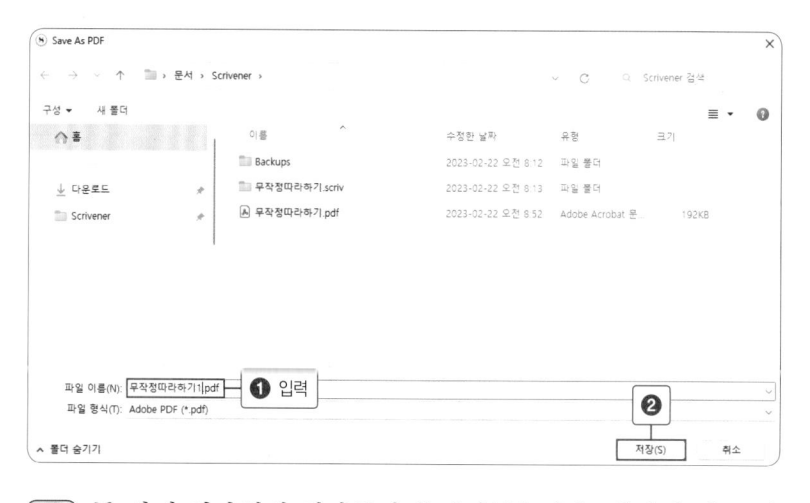

17 두 번째 컴파일의 결과물이 출력되었습니다. 원하던 대로 장절 제목은 표시되었지만, 장의 번호는 영어로 표기되어 있고 절의 번호는 나오지 않았습니다. 일부 페이지의 상단에는 원치 않은 저자명도 추가로 표시되어 있습니다. 그리고 전반적으로 글꼴을 변경해주어야 할 것 같습니다.

컴파일 디자이너를 실행하여 포맷을 상세 수정해 봅시다.

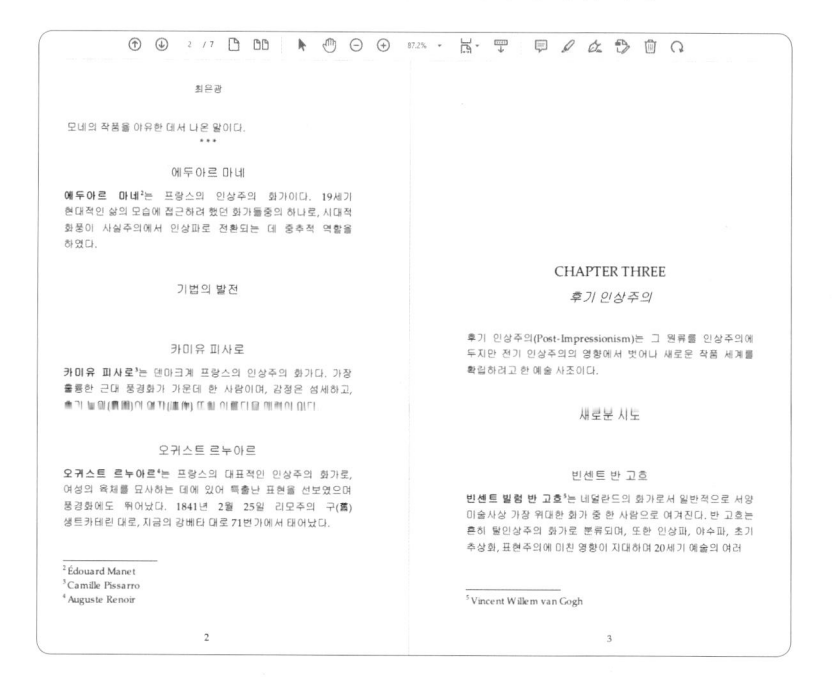

18 포맷 미리보기 창에서 레이아웃 위로 마우스를 가져가면 레이아웃의 오른쪽 위에 연필 모양 ⬤ 의 둥근 아이콘이 나타납니다. 아이콘을 클릭하면 컴파일 디자이너로 진입할 수 있습니다.

아이콘을 클릭하자 팝업으로 알림 창이 나타납니다. 'Paperback (5.06" × 7.81")'은 기본 포맷이므로 변경할 수 없으며, 다른 이름으로 포맷을 저장해야 한다는 내용입니다. 〔Duplicate Format & Edit Layout〕을 클릭하면 포맷의 사본이 자동으로 만들어지며 컴파일 디자이너가 실행됩니다.

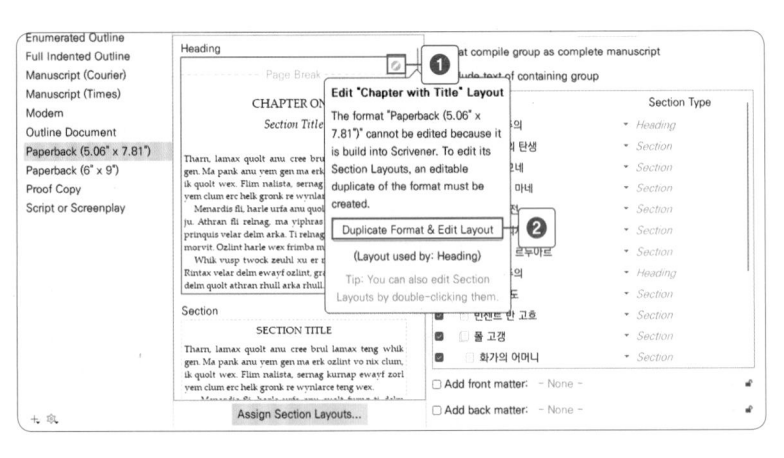

19 컴파일 디자이너가 열렸습니다. 오른쪽 위의 **레이아웃 목록 (Section Layouts)**에 현재 선택되어 있는 레이아웃이 굵은 글씨로 표시되어 있습니다. 〔Chapter with Title〕을 선택해 봅시다. 레이아웃 미리보기가 나타납니다. **장 번호**, **장 제목**, **본문 텍스트**가 차례로 배치되어 있습니다.

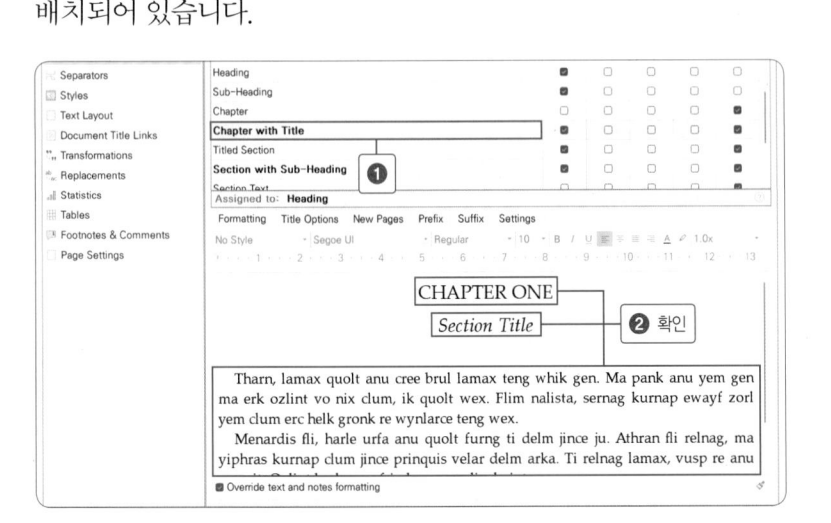

20 문제의 장 번호는 〔Title Options〕탭의 〔Title Prefix〕입력 창에서 수정할 수 있습니다. 원하는 양식에 맞도록 글자와 **개체 틀(Placeholder)**을 입력합니다.

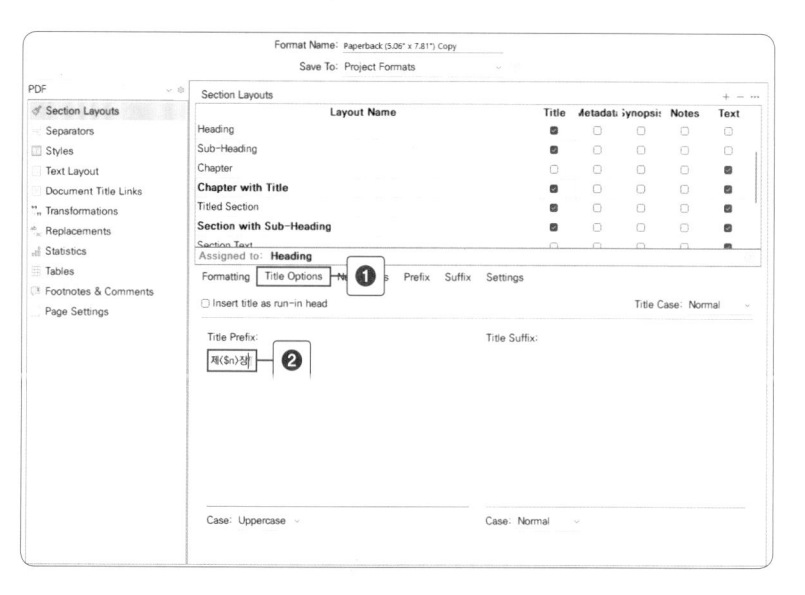

21 〔Formatting〕탭을 눌러 레이아웃 미리보기로 돌아와 보면 장 번호의 표기 방식이 수정되어 있는 것을 확인할 수 있습니다.

장 번호, 장 제목을 클릭하여 글꼴을 변경하고, 하단의 체크박스(☑ Override text and notes formatting)를 해제하여 컴파일 결과물의 글꼴이 에디터에서 입력한 글꼴을 그대로 반영하도록 합시다.

22 페이지 상단의 저자 이름은 왼쪽 패널의 〔Page Settings〕에서 제거할 수 있습니다. **머리말/꼬리말 설정**(Header and Footer Text) 탭을 클릭하여 보니, 역시나 머리말에 저자명(<$author>)과 프로젝트명(<$projecttitle>)을 출력하는 개체 틀이 입력되어 있습니다. 개체 틀을 삭제하겠습니다.

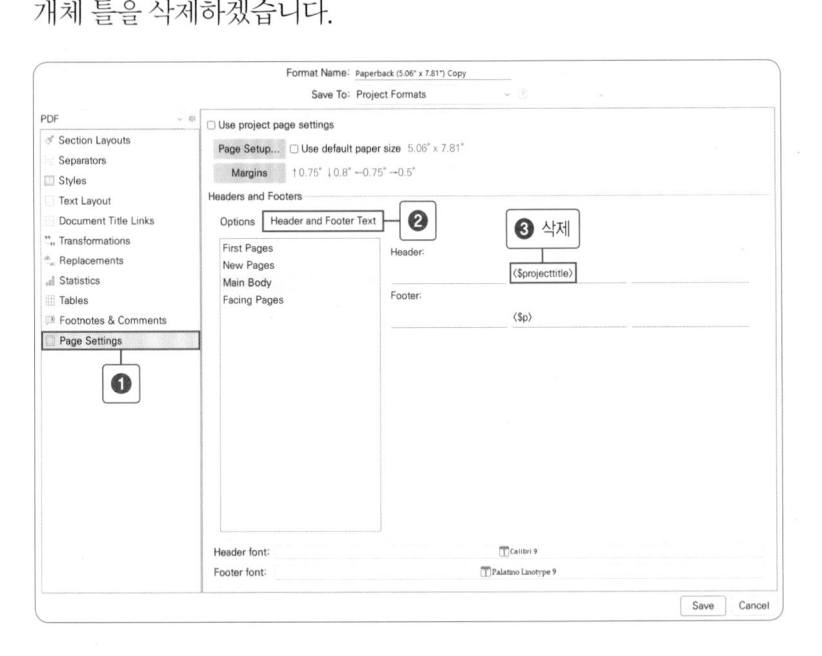

23 하단에서 머리말과 꼬리말의 글꼴까지 변경해 주었습니다. 꼬리말의 <$p>는 쪽 번호를 표시하는 개체 틀이므로 남겨두도록 합시다. 〔Save〕를 눌러 변경 사항을 저장하고 빠져나옵니다.

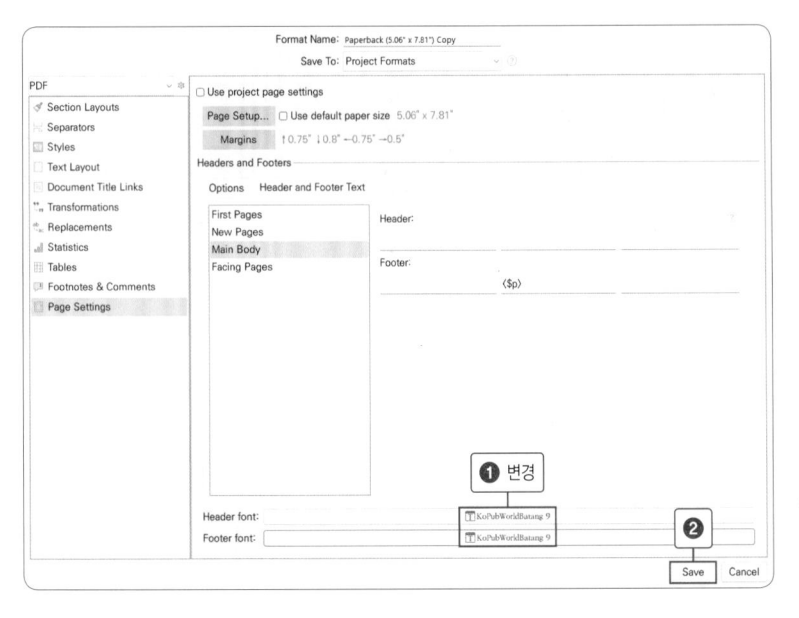

24 컴파일러에서 추가적으로 몇 가지 설정을 더 마친 후의 모습입니다. Sub-Heading 레이아웃을 추가하여 **절 번호(<$sn>)**가 **절 제목** 앞에 표시되도록 했고, 컴파일러가 끝내 인식하지 못한 중간 층위의 문서를 Sub-Heading으로 직접 설정해 주었습니다. 〔Compile〕을 눌러 컴파일을 진행합니다.

25 세 번의 시도 끝에 원하는 결과물을 얻었습니다. 이 문서를 그대로 이용하거나 원하는 문서 유형으로 컴파일해 활용하면 됩니다.

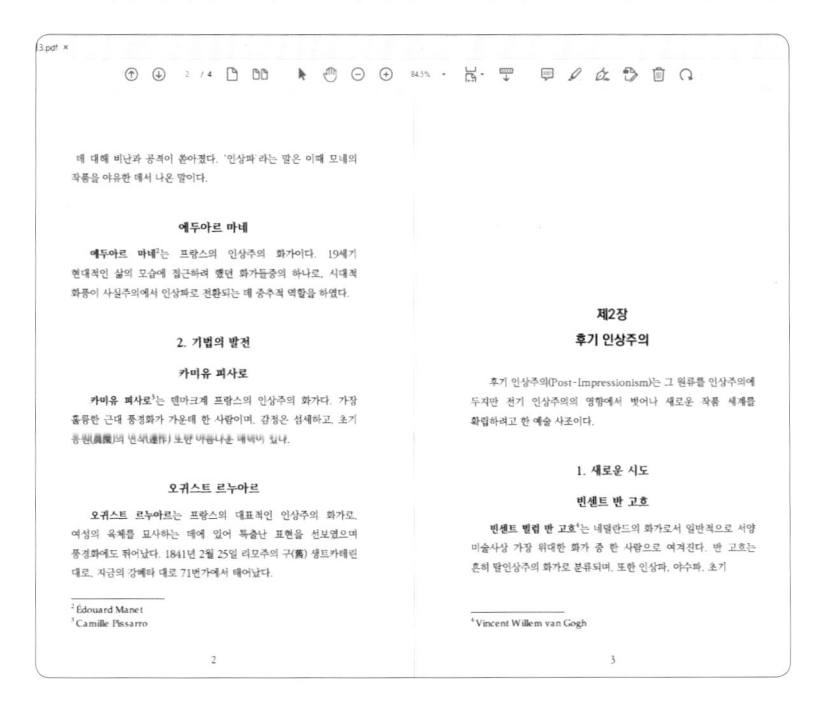

〈일러두기〉
- 아래 목록의 단축키는 'Scrivener for Windows V3' 스키마를 기준으로 합니다. 단축키 스키마는 메인 옵션 창의 [Keyboard]-[Import...]에서 확인 및 변경하실 수 있습니다.
- 목록의 정렬 순서는 스크리브너 3.1의 영어 메뉴 배치 순서를 따랐습니다.
- 영어 메뉴의 어미에 붙은 줄임표(...)는 팝업 창 등의 추가 작업이 필요한 메뉴임을 뜻합니다.
- 길벗출판사 홈페이지에서 부록을 다운로드하면 더 많은 단축키를 확인할 수 있습니다.

File | 파일

메뉴명(영어)	메뉴명(한글)	단축키
Options...	옵션	Ctrl + ,

Edit | 편집

메뉴명(영어)	메뉴명(한글)	단축키
Paste and Match Style	서식에 맞게 붙여넣기	Ctrl + Shift + V
Add Link...	링크 삽입	Ctrl + Shift + L
New Link	새 링크	Ctrl + L
Move ▸ Move up	위로	Ctrl + ↑
Move ▸ Move down	아래로	Ctrl + ↓
Move ▸ Move Left	왼쪽으로	Ctrl + ←
Move ▸ Move Right	오른쪽으로	Ctrl + →

View | 보기

메뉴명(영어)	메뉴명(한글)	단축키
Document	문서/스크리브닝	`Ctrl` + `1`
Corkboard	코르크보드	`Ctrl` + `2`
Outline	아웃라이너	`Ctrl` + `3`
Outline ▸ Expand All	바인더 모두 펼치기	`Alt` + `]`
Outline ▸ Collapse All	바인더 모두 접기	`Alt` + `[`
Outline ▸ Collapse All To Current Level	바인더를 현재 층위로 모두 접기	`Alt` + `─`
Outline ▸ Hoist Binder	바인더 띄우기	`Alt` + `₩`
Composition Mode	컴포지션 모드	`F11`

Navigate | 탐색

메뉴명(영어)	메뉴명(한글)	단축키
Goto ▸ Enclosing Group	현재 문서를 포함한 상위 그룹으로 이동	`⊞` + `Ctrl` + `R`
Editor ▸ Lock in Place	에디터 고정하기	`Alt` + `Shift` + `L`
Editor ▸ Forward in Document History	열었던 문서 목록에서 다음 문서로 가기	`Ctrl` + `]`
Editor ▸ Backward in Document History	열었던 문서 목록에서 이전 문서로 가기	`Ctrl` + `[`
Editor ▸ Other Editor ▸ Forward in History	다른 에디터의 열었던 문서 목록에서 다음 문서로 가기	`Alt` + `}`
Editor ▸ Other Editor ▸ Backward in History	다른 에디터의 열었던 문서 목록에서 이전 문서로 가기	`Alt` + `{`
Editor ▸ Other Editor ▸ Scroll up	다른 에디터 위로 스크롤	`Alt` + `↑`
Editor ▸ Other Editor ▸ Scroll down	다른 에디터 아래로 스크롤	`Alt` + `↓`

Project | 프로젝트

메뉴명(영어)	메뉴명(한글)	단축키
New Text	새 파일(텍스트)	`Ctrl` + `N`
New Folder	새 폴더	`Alt` + `Shift` + `N`
Project ▸ Project Settings...	프로젝트 설정	`⊞` + `Alt` + `,`

Documents | 문서

메뉴명(영어)	메뉴명(한글)	단축키
Snapshots ▸ Take Snapshot	스냅샷 촬영	Ctrl + 5
Snapshots ▸ Take Snapshot With Title	스냅샷 촬영하고 제목 넣기	Ctrl + Shift + 5
Duplicate ▸ with Subdocuments and Unique Title	하위 문서 및 제목을 포함하여 복제	Ctrl + D
New Folder From Selection	선택한 영역으로 새 폴더 만들기	Alt + Shift + G
Ungroup	그룹 해제	Alt + Shift + U
Convert ▸ Text to Default Formatting...	문자열을 기본 서식으로 바꾸기	Ctrl + O
Move to Trash	휴지통으로 이동	Ctrl + Del

Format | 서식

메뉴명(영어)	메뉴명(한글)	단축키
Font ▸ Strikethrough	글자/ 취소선	Ctrl + /
Font ▸ Bigger	글자/ 크게	Ctrl + >
Font ▸ Smaller	글자/ 작게	Ctrl + <
Style ▸ No Style	스타일/ 없음	Alt + Shift + O

Window | 창

메뉴명(영어)	메뉴명(한글)	단축키
Scratchpad	스크래치패드	Alt + Shift + Enter
Float Quick Reference Panels	퀵 레퍼런스 창을 맨 위에 고정	⊞ + Shift + Q